Das Buch

Keine Gestalt des 16. Jahrhunderts hat die Fantasie der Menschen so angeregt wie die Figur des Doktor Faustus, Gelehrter und Scharlatan in einer Person. So ist er auf vielfältige Art und Weise in die Weltliteratur eingegangen – doch hier präsentiert er sich in ungewöhnlichem Gewande: Als mit Zauberkräften begabter Abenteurer zieht er umher. Dabei begleitet ihn sein treuer Gefährte Christof Wagner, der uns das Leben Faustus' überliefert.

In *Der Engelspakt* sitzt Faustus und Wagner die Inquisition im Nacken. Faustus' Scheiterhaufen brennt schon – als ihm ein leibhaftiger Engel zu Hilfe kommt: Angelina, die dem sogenannten Zug der Engel, einer geheimen Assassinen-Truppe des Vatikans, angehört. Doch durch ihre mutige Tat zieht sie den Zorn der Kardinäle auf sich – und muß nun selbst vor den Häschern der Kirche fliehen ...

In *Der Traumvater* begleitet Wagner seinen Meister in den Spreewald. Hier soll es zur Begegnung mit dem Traumvater kommen, der alle sieben Jahre seine sieben Getreuen zu sich ruft, darunter die Hexe Walpurga und der Maler Jheronimus Bosch. Was ist das Geheimnis des Traumvaters, und welche Macht hat er über diese Menschen?

Der Autor

Kai Meyer, Jahrgang 1969, hat als Drehbuchautor und Journalist gearbeitet. Er hat bereits durch einige historische Romane auf sich aufmerksam gemacht: *Der Rattenzauber* (01/10524), *Das Gelübde* (01/10654), *Der Schattenesser* (01/10780) und *Die Alchimistin* (01/10842).

Der Engelspakt und *Der Traumvater* bilden die beiden ersten Bände einer Trilogie um den sagenhaften Doktor Faustus. Der dritte Band ist in Vorbereitung.

KAI MEYER

Dr. FAUSTUS

Der Engelspakt
Der Traumvater

Zwei historische Romane

WILHELM HEYNE VERLAG
MÜNCHEN

HEYNE ALLGEMEINE REIHE
Nr. 01/13099

Umwelthinweis:
Das Buch wurde auf chlor- und säurefreiem
Papier gedruckt.

Taschenbuchausgabe 11/99

Printed in Germany 1999
Umschlagillustration: Artothek
Umschlaggestaltung: Hauptmann und Kampa
Werbeagentur, CH-Zug,
unter Verwendung des Gemäldes
»Nächtliche Feuersbrunst im Dorf« von I. M. Tonkow
Satz: Buch-Werkstatt GmbH, Bad Aibling
Druck und Bindung: Elsnerdruck, Berlin

ISBN 3-453-16282-X

http://www.heyne.de

Der Engelspakt

Zum Spaß
&
Für Björn

Prolog

Die Dunkelheit ist ein seltsames Ding: Was, so frage ich Euch, hat es mit ihr auf sich, daß sie uns wieder und wieder mit Furcht erfüllt, Nacht für Nacht, Leben für Leben? Ich kann Euch ehrlichst versichern, ich selbst habe mein Teil an durchwachten Nächten erlebt, an halsbrecherischen Fluchten im Finstern und an Morden, ausgeführt von den schwärzesten Seelen. Ich war dabei, als die Sonne vom Himmel verschwand, obgleich es noch mitten am Tage war, und ich kenne den Qualm brennender Städte, der sich über die Länder legt und mit seinem Schatten die Menschen frißt. Doch obgleich mir all diese Dunkelheiten wohl vertraut sind, so habe ich doch nie ihr Geheimnis durchschaut, und selbst mein Meister, der große Doktor Faustus, ist zuletzt daran gescheitert.

Ich sah die Horden des Suleiman durch die Schießscharten der Wiener Tore, und die Knie haben mir geschlottert vor Angst. Und doch spüre ich dieselbe Furcht, wenn das Licht verlöscht und die Geister der Toten an den Türen rütteln.

Jeder weiß, weshalb ihn das Säbelrasseln der Türken beeindruckt (seit jenem Tag im Jahre 1529 trage ich eine unschöne Narbe an der Kehle). Warum uns aber die Nacht mit ihrer Dunkelheit verängstigt, das weiß keiner ganz genau. Zumindest hat es mein Meister nicht gewußt, und Ihr wollt nicht behaupten, Ihr wüßtet mehr als er, nicht wahr? Gut, das will ich meinen.

Mein Meister, o ja, von ihm will ich berichten. Ihr müßt wissen, er ist nicht mehr unter uns. Der Teufel besuchte ihn des Nachts in seiner Kammer und schlug ihm den Leib in Stücke. Ich selbst war nicht dabei, das muß ich gestehen, doch der gute Doktor nahm es mir nicht übel: Er wußte wohl, daß ihm das letzte Stündlein schlug, und so schrieb er zuvor seinen Willen nieder und bedachte einen gewissen Christof Wagner mit all seinem teuren Besitz.

Und Christof Wagner, das bin ich.

Erlaubt mir einen Einschub: Ein lieber Freund von mir versucht sich gleichfalls an der Niederschrift von Faustens Leben. Er ist bald am Ende damit, doch wir wissen beide, daß er mehr mit Fantasie denn mit wahrem Wissen von den Dingen berichtet. Deshalb will ich versuchen, Euch die Wirklichkeit zu schildern, ganz so, wie ich sie am eigenen Leibe erfuhr. In einem allerdings ist mir mein Freund mit seiner *Historia von D. Johann Fausten* voraus: Er weiß genau, wie mein Meister verstarb, und er war dumm genug, mir davon zu erzählen (unter dem Siegel der Verschwiegenheit, versteht sich). Daher will ich, bevor ich aus Faustens Leben erzähle, zuerst von seinem Tode sprechen.

Mein Meister, der längst ahnte, daß sein Sterben nahte, hatte im Jahre 1540 im Dorfe Rimlich Quartier bezogen. Dies nun liegt eine halbe Meile Wegs vor Wittenberg (wo – welch Ironie des Schicksals – meine Geschichte ihren Anfang nimmt). Zwischen zwölf und ein Uhr nachts hob ein furchtbarer Wind an, der den Gasthof von allen Seiten umtobte, so daß selbst der Wirt seinen Besitz Besitz sein ließ und jammernd zu den Nachbarn floh. Zugleich drang aus der Kammer des Doktors ein grauenvolles Lärmen. (Mein Freund schreibt: »... als ob das Haus voller Schlangen, Nattern und anderer schädlicher Würmer wäre«. Nun, hier ist der gute Wille sicher mit ihm durchgegangen, denn in seinem schlichten Gemüt gehören Schlangen ebenso zum Satan wie Wein in die Schreibstube, wenn Ihr versteht, was ich meine ...)

Man habe den Doktor in Todesangst schreien hören, so heißt es. Falls dem wirklich so war, es würde mir das Herz zerreißen – allerdings will ich auch dieses Detail bezweifeln. In all den Jahren an der Seite meines Meisters habe ich ihn niemals in Todesangst erlebt, erst recht nicht, daß sie ihn zum Schreien brachte (obwohl er vom Schreien was verstand – etwa, wenn ich den Schwefel verlegte).

Nun, ganz gleich, ob er schrie oder nicht, es wurde schließlich Tag, und Totenstille kehrte ein. Der Wirt trollte sich zurück in seinen Gasthof und pochte an des Meisters Tür. Als dieser keine Antwort gab, ließ der Wirt den Riegel zerbrechen. Drinnen bot sich ihm ein entsetzlicher Anblick. Boden, Wände und Decke waren voll von Blut, und das kluge Hirn des Meisters klebte wie eine zerquetschte Fliege an der Wand. Auch lagen seine Augen und etliche Zähne umher. Es heißt, der Teufel habe ihn von einer Wand zur anderen geschlagen, wie ein Waschweib den Teppich. Seine Leiche fand man schließlich draußen auf dem Misthaufen, übel zugerichtet, wie Ihr Euch denken mögt.

Ihr fragt Euch nun: Was ist das für ein Erzähler, der das Ende an den Anfang setzt? Und ich antworte: Urteilt nicht über Dinge, von denen Ihr nichts versteht! Glaubt Ihr, ich will auf der Streckbank enden? Die Geschichte, die nun folgt (und alle anderen, die ich Euch später berichten will) ist voll von Mord und Blutvergießen, von Untaten und Blasphemie, von Verbrechen wider der Menschlichkeit – und der ein oder anderen hübschen Maid. All das gut vermengt zu einem Garn, wie man es nur noch selten findet. Und letzteres hat seinen Grund, denn Kirche und Obrigkeit sehen es nicht gern, wenn man von ihren Übeln erzählt – es sei denn, die Geschichte hat eine solide Moral. Und eine Moral sollen sie bekommen, die feisten Pfaffen und Klunkerjunker.

Kurzum: Faustens Tod (mögen seine Umstände der Wahrheit entsprechen oder nicht) gehört dazu, sonst bekämt Ihr den Rest nicht zu lesen. Und um sicherzugehen, daß all die tumben Kirchensklaven und Königstreuen diese Moral auch verstehen, steht sie gleich am Anfang:

Wer mit dem Teufel paktiert, den holt derselbe!

Das klingt nicht schön und läßt auch an Weisheit zu wünschen übrig, doch muß es wohl sein. Bitteschön, ihr hohen Herrn und edlen Damen, eure Moral! Auf daß sie euch zum Gefallen reiche!

Womit wir uns dieser Pflicht entledigt hätten und uns den wahren Werten meiner Geschichte zuwenden können. Wie gesagt, es geht um Mord und um Weiber und um ein böses Geheimnis – aber das merkt Ihr selbst noch früh genug.

Ihr seht, ich bin vorsichtig. Ich habe zu viele in den Folterkammern brüllen hören, habe zu viele gesehen, die ihr Leben auf Rad und Scheiterhaufen ließen. Oft genug schmorte ich selbst im Kerker und erfuhr die zweifelhaften Freuden des Prangers. (Habt Ihr je den Inhalt eines Nachttopfs im Gesicht gespürt? Dabei lernt Ihr das Alltägliche des Lebens von einer völlig neuen Seite kennen.) Ich habe jetzt ein schönes Alter erreicht, und sterben will ich nur noch im Bett, nicht vor den Augen des geifernden Pöbels.

Mit einem Mann auf dem Scheiterhaufen beginnt auch diese Geschichte. Und auch verbrannt wird jemand gleich zu Anfang.

Ein und derselbe, sollte man meinen.

Weit gefehlt.

Kapitel 1

Der Scheiterhaufen stand bereit, und bereit war auch Faustus. Der Strick, mit dem ihn der Henkersknecht an den Pfahl fesselte, war mit Wasser getränkt, damit er in der Hitze nicht nachgab. Faustus spürte, wie die Feuchtigkeit aus dem Hanf durch seine Kleidung drang. Angesichts der Umstände war ihm die kühle Nässe nicht unangenehm; nicht mehr lange, und sie würde samt seiner selbst zu Rauch verdampfen.

Der Pfahl ragte aus einem hölzernen Podest, das man in der Mitte des Platzes errichtet hatte. An die dreihundert Menschen hatten sich an jenem Pfingstmontag des Jahres 1515 vor dem Wittenberger Schloß versammelt, um der Hinrichtung beizuwohnen. Die Aufregung war groß. Landsknechte hielten die Männer und Frauen im Zaum. Hier und da schlüpften Kinder zwischen den Beinen und Hellebarden der Soldaten hindurch und tanzten frech vor ihnen umher, bis einer sie einfing und zurück zu den fluchenden Eltern brachte. Händler boten getrocknetes Obst und süßes Backwerk feil. Ein Wirt hatte ein Bierfaß herangerollt; der Andrang übertraf seine Erwartung bei weitem, und so schickte er seinen Knecht, ein zweites Faß zu holen.

Verbrennungen im Auftrag der Heiligen Inquisition waren keine Seltenheit, doch Faustus galt als Berühmtheit, als Schwarzkünstler von Rang, und keiner wollte sein Ende missen. Nicht, weil man ihn derart verabscheute, keineswegs; die Menschen wären in gleicher Zahl herbeigeströmt, hätte Faustus ihnen eine Kostprobe seiner Zauberkünste versprochen. Man wollte unterhalten werden, ganz gleich um welchen Preis. Ob durch falschen oder Feuerzauber war nicht wichtig.

Allein das Spektakel zählte. Die Menge war nicht wählerisch.

Freilich war die frohe Stimmung nicht allein der Ausdruck guter Laune. Vielmehr mochte manch einer fröhlicher scheinen, als ihm in Wahrheit zumute war. Wer Mitleid mit einem Häretiker zeigte, lief Gefahr, selbst als nächster in den Flammen zu sterben. Der Pöbel war durchsetzt von Spionen und Spitzeln. Die Ohren der Inquisition waren allgegenwärtig, und ihre Augen lauerten auf Zeichen des Verrats.

»Doktor Johannes Faustus«, rief eine Stimme über den Schloßplatz hinweg, und schlagartig verstummte die Menge. Die Ausgelassenheit wich angespannter Erwartung. Manch einer mochte frösteln, einem anderen das Herz ein wenig schneller schlagen. Die meisten aber harrten stumm und ergeben dem weiteren Geschehen.

Der Sprecher, ein großer, knöcherner Mann in den schwarzen Gewändern der Inquisition, stand auf einem ähnlichen Podest wie Faustus selbst, ihm gegenüber vor der Fassade des Schlosses. Statt mit Reisigbündeln war seine Tribüne jedoch mit Seide geschmückt, statt eines Pfahls stand obenauf ein gepolsteter Sessel. Konrad von Asendorf, Inquisitor im Auftrag des Heiligen Vaters, trat einen Schritt nach vorn bis an den Rand der Plattform. Dräuend stand er über den Köpfen des Volkes. Ein Windstoß bauschte seinen Mantel auf, und so manchem entfuhr ein erschrockenes Keuchen. Es sah aus, als wolle sich der Inquisitor auf Rabenschwingen in die Luft erheben.

»Johannes Faustus«, wiederholte Asendorf mit schnarrender Stimme, »der du dich selbst den Quellbrunn der Nekromanten nennst, den Zweiten unter den Magiern, Astrologe, Chiromant und … und …« Er verstummte und blickte wütend nach hinten zu seinem Zwergendiener, der ihm wieselflink ein Papier überreichte. »Chiromant, Aeromant, Geomant, Pyromant und Hydromant«, las er ab und schleuderte das Papier dann über die Schulter nach hinten. »Du, Johannes Faustus, der du die heilige Kirche lästerst, dich Schwarzer Magie bedienst und den Verkehr mit dem Bocksfüßigen pflegst ...« Er hielt inne und horchte zufrieden auf das erschrockene Raunen der Menge. »Du bist angeklagt, ein Ketzer zu sein und anders zu glauben und zu lehren als die römische Kirche. Das Gericht der Heiligen Inquisition hat dich deshalb zum Tode auf dem Scheiterhaufen verurteilt. Nimmst du deine Strafe an?«

Hunderte Augenpaare schwenkten aufgeregt zu Faustus hinüber, der eng verschnürt dastand und seinen Blick nicht einen Moment von der schwarzen Gestalt seines Widersachers nahm. Sein schmales Gesicht verzog sich zu einem freundlichen Lächeln, doch seine Lippen blieben geschlossen.

Der Henkersknecht trat von hinten an ihn heran und raunte ihm weithin hörbar zu: »Du mußt antworten ›Ich danke der Obrigkeit für diese Gnade.‹«

Faustus lächelte eine Spur breiter.

Der Henkersknecht grunzte zornig, zückte ein Messer und hielt es an die entblößte Kehle des Doktors. »Antworte, Ketzer!«

Faustus sagte kein Wort.

Der Knecht blickte hinüber zu Asendorf, der ihm mit einem Wink zu verstehen gab, er solle das Messer sinken lassen. »Wir wissen seine Dankbarkeit zu schätzen«, sagte der Inquisitor gleichgültig. Dann rief er lauter: »Vollstreckt jetzt das Urteil!«

Der Henkersknecht sprang eilig vom Scheiterhaufen, während sich gleichzeitig vier Fackelträger aus der Menge lösten und von allen Seiten auf das Podest zutraten. An den Ecken der Plattform angelangt, blieben sie stehen, hielten die Fackeln mit gestreckten Armen über ihre Köpfe und drehten sich einmal um sich selbst. Die Zuschauer starrten gebannt auf die zuckenden Flammen. Das erwartungsvolle Raunen wurde lauter.

(Erlaubt mir, verehrter Leser, an dieser Stelle eine kurze Unterbrechung im Ablauf der Ereignisse. Es gibt etwas, daß Ihr über diesen besonderen Fall einer Ketzerverbrennung wissen solltet. Natürlich ist Euch klar, daß dies keine Hinrichtung wie jede andere war, einfach weil Faustus kein Mann wie jeder andere war. Für gewöhnlich vergingen zwischen Verhaftung des Delinquenten und der Vollstreckung seines Urteils mindestens vier Wochen – manchmal gar mehrere Jahre. Während dieser Zeit wurde er verhört, oftmals gefoltert und schließlich vor das hohe Gericht der Inquisition gestellt. Währenddessen kündigten die Pfaffen den Gläubigen das bevorstehende Schauspiel an, luden mit Nachdruck zur Teilnahme ein und versprachen jedem Zuschauer einen Ablaß von zehn bis vierzig Tagen. Einen Tag vor der Hinrichtung schmückte man den Platz, wo der Scheiterhaufen errichtet wurde, mit Fahnen und Girlanden, stellte Blumen in die umliegenden Fenster und Balkone und erbaute eine standesgemäße Tribüne für hohe Gäste. Am Morgen des Hinrichtungstages zog die Gemeinde in einer Prozession durch die Straßen, an ihrer Spitze eine Kongregation des heiligen Petrus des Märtyrers, einem erschlagenen Hexenjäger aus Verona, den der Papst zum Schutzheiligen der Inquisition erkoren hatte. Dumpfe Glockenschläge begleiteten das festliche Geschehen, die Verurteilten wurden rasiert und geschoren, in weiße Gewänder gekleidet und unter viel Brimborium auf den Scheiterhaufen geführt.

Im Falle des Doktor Faustus lagen die Dinge jedoch ein wenig anders. Das mochte teils daran liegen, daß Wittenberg eine Kleinstadt war, zwar stolzer Sitz einer Universität, doch klein und ländlich nichtsdestotrotz.

Wichtiger jedoch war das Bestreben Konrads von Asendorfs, sein Opfer so schnell wie möglich den Flammen zu überantworten, so daß zwischen Verhaftung und Urteilsvollstreckung kaum ein ganzer Tag verstrich. Es hatte kein echtes Verhör gegeben, keine Folter und keine Verhandlung. Asendorf hatte sein Urteil gesprochen, und in der gleichen Stunde wurden die Flammen geschürt.

Ihr müßt wissen, Faustus und Asendorf kannten einander schon lange. Der Inquisitor jagte den Schwarzkünstler seit Jahren durchs ganze Land, von einer Grenze des Heiligen Römischen Reichs zur anderen. Es würde an dieser Stelle zu weit führen, Euch die Hintergründe dieser persönlichen Feindschaft zu schildern – doch verzagt nicht, Ihr werdet später davon hören. Vorerst soll die Feststellung genügen, daß der Inquisitor den Faustus zu seiner Nemesis erkoren hatte, seinem Erzfeind, den es um jeden Preis zu vernichten galt. So also kam es, daß die Hinrichtung an jenem Pfingstmontag mit erstaunlich niedrigem Aufwand, ohne prächtigen Blumenschmuck und Prozession vonstatten ging. Selbst der übliche Gottesdienst vor Vollstreckung des Urteils hatte sich auf wenige Gebete und ein verkürztes *Kyrie eleison* beschränkt.

Doch hört nun, wie es weiterging:)

Während die Fackelträger noch mit erhobenen Armen rund um den Scheiterhaufen Aufstellung bezogen, winkte ein Geistlicher einige Kinder herbei. Es waren drei Jungen und drei Mädchen, und alle trugen festliche Gewänder mit aufgestickten Kreuzen. In ihren Händen hielten sie schwere Bücher. Mochte der Teufel wissen, wo der Pfaffe sie aufgetrieben hatte, denn es handelte sich um Exemplare des Talmuds und Korans, um Werke der Katharer, Manichäer und Nestorianer.

Ehrenvolle Aufgabe der Kinder war es, die ketzerischen Schriften später in die Flammen zu werfen. Der Pfaffe, der die Darbietung offenbar als überraschende Gefälligkeit für den Inquisitor geplant hatte, versicherte sich mit einem Seitenblick der Gunst Asendorfs. Der Hexenjäger lächelte erfreut und schenkte dem Priester ein huldvolles Nicken.

Der Henkersknecht gab seinen Männern ein Zeichen. Alle vier senkten die Fackeln.

Ein gellender Schrei zerriß die Stille.

»*Die Pest!*« kreischte eine Stimme. »*Die Pest ist da!*«

Das erste Reisigbündel fing knisternd Feuer.

Aller Augen rasten herum. Die Menschenmenge geriet in Bewegung. Selbst Asendorf nahm den Blick vom Scheiterhaufen seines Gegners und blickte zur Quelle des Aufruhrs.

Durch das Stadttor an der Westseite des Schloßplatzes kamen zwei Wachleute herbeigestürmt. Sie hatten ihre Spieße fallen gelassen und mischten sich unter die gaffenden Menschen. In einer einzigen Wellenbewegung strömten die Männer und Frauen auf sie zu.

»Die Pest ist da!« schrie der eine noch einmal. »Flieht, Leute, flieht! Die Seuche holt uns alle!«

Wittenbergs Bürgermeister sprang von seinem Platz am Fuße des Inquisitor-Podests und hob an, die Menschen zur Ruhe zu gemahnen. Sein Versuch scheiterte, bevor er überhaupt den Mund öffnen konnte.

Im gleichen Moment ertönte ein Knirschen, laut und immer lauter, dann schob sich ein Pferdekarren durch das Stadttor. Seine hölzernen Scheibenräder quietschten und krachten, während sie mühsam über das Pflaster holperten. Ein einziger Klepper hing im Geschirr und kämpfte wacker mit dem Gewicht seiner Last.

Hinten auf dem Wagen lagen Leichen. Mindestens ein halbes Dutzend. Ihre starren, verwinkelten Glieder waren mit schmutzigen Tüchern umwickelt. Eiter und dunkles Blut tränkten die Stoffe. Dort, wo die Haut der Toten zu sehen war, prangten schwarze, häßliche Flecken.

Eine krumme Gestalt, ebenfalls in Tücher gehüllt, die alleine Augen und Nase frei ließen, führte das Pferd am Zügel. Sie hielt den Rücken gebeugt, keuchte bei jedem Atemzug und verfiel in ein entsetzliches Husten, würgte Schleim hoch und spie ihn angewidert aufs Pflaster – gleich vor die Füße der vorderen Zuschauer.

Die Menge schien zu explodieren. In einer einzigen, unwirklichen Eruption aus Panik und Geschrei strömte der Pöbel auseinander, sternförmig, fort von dem Karren und seiner tödlichen Fracht. Brüllend flohen die Männer und Frauen, rannten sich gegenseitig über den Haufen, kreischten und heulten, als sei ihnen der Leibhaftige selbst auf den Fersen. Bürgermeister und Stadtrat ergriffen die Flucht, ebenso die Landsknechte, der Henker und seine Leute.

Asendorf blickte sich fassungslos um und mußte mitansehen, wie ihn sein Gefolge im Stich ließ. Er zögerte einen Augenblick, halb zornig, halb verwirrt, dann entschloß er sich selbst zur Flucht. Mit wehenden Gewändern sprang er vom Podest und rannte mit einigen der Stadtoberen durch eine Seitentür ins Schloß.

Es schienen kaum wenige Herzschläge vergangen, dann war der Platz geräumt – bis auf den gefesselten Faustus und den Pesttransport. Die Menschen waren in ihre Häuser geflohen, die Obrigkeit hatte hinter den Mauern des Schlosses Zuflucht gefunden. Als letzter warf der Priester das Tor der Schloßkirche hinter sich zu. Er suchte mit dem halben Dutzend Kinder Schutz unter dem Mantel des Herrn. Die häretischen Bücher lagen achtlos im Schmutz vor dem Scheiterhaufen, manche aufgeklappt, andere zerfleddert. Lose Seiten flatterten im Wind.

Faustus starrte voller Erstaunen auf den Pestkarren,

der sich mit knirschenden Rädern über den Schloßplatz quälte. Die Gestalt an den Zügeln würdigte ihn keines Blickes, als sie den Scheiterhaufen passierte. Einen Moment lang hatte Faustus geglaubt, Verbündete seien ihm unverhofft zu Hilfe gekommen, doch je weiter sich der Karren von ihm fort bewegte, desto geringer wurde seine Zuversicht. Als der Leichenwagen schließlich vor der Schloßkirche zum Stehen kam, war Faustus klar, daß dies keine List seiner Freunde darstellte. Man war keineswegs gekommen, um ihn zu retten.

Schlimmer noch: Einer der Fackelträger hatte vor seiner Flucht Feuer an den Scheiterhaufen gelegt. Rechts von Faustus brannte das Reisig lichterloh, und es war allein eine Frage der Zeit, ehe die Flammen auf den Rest des Podests übergreifen würden. Schon spürte er die brüllende Hitze auf der Haut, fühlte, wie sich seine Kleidung erwärmte und ihm der Schweiß in Strömen aus den Poren schoß. Er hatte sich geschworen, vor Asendorfs Augen kein Zeichen von Furcht oder Reue zu zeigen. Doch, zum Teufel damit, der Inquisitor war geflohen; er würde nicht mitansehen können, wie sein Opfer sich gegen den Tod auflehnte.

Mit aller Kraft stemmte Faustus sich gegen die Fesseln. Erst gaben sie einen Fingerbreit nach, dann aber hielten sie straff und stramm seiner Gegenwehr stand. Die Flammen loderten höher und höher. Immer lauter wurde ihr Knistern und Fauchen, immer heißer ihre tödliche Glut. Die Hitze begann weh zu tun.

Der krumme Pferdeführer umrundete derweil sein Gefährt. Plötzlich gerieten die Leichen in Bewegung. Glieder wurden gestreckt, Gesichter gehoben. Blitzschnell sprangen die sechs Gestalten von dem Karren und rannten hinüber zur Kirchentür. Zwei von ihnen warfen sich kraftvoll dagegen, und sogleich flog das Portal krachend nach innen. Auch der Pferdeführer straffte sich, entwickelte mit einem Mal erstaunliche Behendigkeit und folgte den übrigen ins Innere des Gotteshauses. Innerhalb weniger Atemzüge stand der Karren verlassen da, und die eben noch Toten waren in der Kirche verschwunden.

Faustus bemerkte es aus den Augenwinkeln, doch er hatte bei weitem andere Sorgen. Das Reisig brannte jetzt in einem Halbkreis um den Scheiterhaufen. Schon bald würde sich der Flammenring schließen. Und doch blieb alles Zerren und Ziehen an den Fesseln ohne Wirkung. Faustus klebte wie festgeschmiedet am Pfahl.

Aus dem offenen Kirchentor ertönte Geschrei, dann stürmten die Kinder mit wehenden Gewändern ins Freie. Heulend rannten sie davon und verschwanden in einer nahen Gasse.

Wenige Herzschläge lang herrschte Stille. Dann sprangen sechs der insgesamt sieben Gestalten aus dem Tor. Hinter ihnen drang Rauch durch das Portal. So schnell sie konnten überquerten die Maskierten den Platz und verließen die Stadt durch das Westtor.

Verzweifelt sann Faustus nach Rettung. Seine Gedanken tobten. Irgendeinen Weg mußte es geben, irgendein Mittel, der Feuersbrunst zu entkommen. Die Enden des Flammenkreises rückten unerbittlich aufeinander zu. Es blieb kaum noch Zeit. Die Hitze wurde unerträglich. Es roch nach Verschmortem, und es dauerte einen Augenblick, ehe Faustus begriff, daß sich seine Haare zu kräuseln begannen. Die Welt um ihn herum zerfloß allmählich zu einem trüben Gemisch aus Licht und Schatten.

Mit einem Schrei stürmte die siebente Gestalt aus der Kirchentür. Die Tücher, die sie sich um den Kopf geschlungen hatte, brannten lichterloh. Keuchend zerrte sie an den Bandagen. Das letzte, was Faustus erkannte, war, daß es sich um eine junge Frau handelte, der Statur nach eher ein Mädchen. Dann raubte ihm die Hitze für einen kurzen Moment die Besinnung.

Augenblicke später war er wieder bei Bewußtsein, und nichts hatte sich an seiner Lage geändert. Die Flammen tobten unvermindert. Höchstens ein Schrittweit trennte den Flammenring um den Scheiterhaufen von seiner Bestimmung.

Da bemerkte Faustus, wie sich seine Fesseln lösten. Das Mädchen huschte neben ihm übers Podest, in einer Hand ein blitzendes Messer. Ihr Kopf war eine rauchende Brandwunde. Ein Wunder, daß sie nicht die Besinnung verlor. Sie sprang vom Rand der Plattform hinab aufs Pflaster und folgte ihren Gefährten stolpernd durchs Stadttor, ohne ein Wort, ohne sich umzusehen. Faustus blieb keine Zeit, über das Wunder nachzudenken. Mit letzter Kraft schüttelte er die Fesseln ab, löste sich vom Pfahl und taumelte vom Podest in die Freiheit. Hinter ihm schloß sich mit einem Fauchen der Flammenring. Der Scheiterhaufen verwandelte sich in ein Inferno aus Höllenhitze und berstendem Holz. Das Knistern wurde zum Brüllen, das Feuer zum Fanal.

Faustus schleppte sich strauchelnd davon, gleichfalls in die Richtung des Stadttors, als plötzlich noch etwas geschah.

Der Priester taumelte kreischend aus der Kirche. Sein Gewand brannte lichterloh, ebenso seine Haare, seine Hände, sein Gesicht. Wie ein heidnischer Feuergott tanzte er in irren Verrenkungen vor dem Portal, sein Körper eine einzige Zuckung, geschüttelt von der grausamen Qual, mit der die Flammen seine Glieder verzehrten. Schließlich brach er leblos zusammen und verbrannte.

Faustus blieb keine Zeit, darüber nachzudenken. Irgend jemand mußte vom Schloß aus das Geschehen beobachtet haben. In wenigen Augenblicken würden sich die ersten ins Freie wagen, zumal immer mehr Rauch aus der Kirche drang. Im Inneren des Gebäudes tobte ein Feuer. Die maskierten Brandstifter hatten ganze Arbeit geleistet.

Bis zum Stadttor waren es nur noch wenige Schritte. Faustus bewältigte sie nur langsam, viel zu langsam. Er war nicht wirklich verletzt, aber die Hitze hatte seinen Körper geschwächt und ihn all seiner Kräfte beraubt. Er taumelte durch den Torbogen und blickte hinaus in die weite Landschaft. In der Ferne glaubte er sieben Gestalten auf Rössern zu sehen, die über die Felder davongaloppierten. Die Pferde mußten hier draußen bereitgestanden haben. Faustus wünschte sich mit aller Kraft, daß auch auf ihn eines wartete, doch seine Hoffnungen wurden enttäuscht. Kein Pferd weit und breit. Seine Befreiung war nicht geplant gewesen. Das Mädchen hatte nur Mitleid mit ihm gehabt.

Wenn er fliehen wollte, so mußte er es allein tun. Ganz auf sich gestellt. Ohne weitere Hilfe.

Es war nicht das erste Mal, daß er aus Asendorfs Fängen entkam. Doch nie zuvor war er seinem Schicksal so knapp entronnen. Der Inquisitor hatte ihn schon früher gefangen und eingekerkert, ihn sogar dem hochnotpeinlichen Verhör – der Folter – unterzogen. Trotzdem war Faustus stets der letzten aller Strafen entgangen. Und wieder war es ihm gelungen. Es fragte sich nur, wie lange.

Faustus schlug sich seitwärts ins Gebüsch, das an dieser Stelle bis an die Stadtmauer wucherte. Äste und Dornen stachen in seine Haut, doch der Schmerz, den sie verursachten, war nichts gegen die qualvolle Glut des Scheiterhaufens.

Auf der anderen Seite des Tores wurden Rufe laut. Offenbar hatte man den Schwindel bemerkt und die Leiche des Priesters entdeckt. Jemand schrie nach Wasser, um das Feuer in der Kirche zu löschen. Zugleich ergoß sich ein Dutzend bewaffneter Landsknechte aus dem Stadttor, um die Täter zu fassen. Wütend und verwirrt blickten sie sich um, als niemand zu sehen war.

Faustus beobachtete sie durch die Zweige: Eine stetig wachsende Zahl von Männern in geschlitzten, bunten Pluderhosen, breiten Kuhmaulschuhen und kurzen, engen Ärmeljacken. Auf den Köpfen trugen sie Kappen und federgeschmückte Barette, und da war keiner, der nicht mit Schwert, Spieß oder gar einer Handbüchse bewaffnet war.

Faustus befand sich in keiner beneidenswerten Lage. Asendorfs Schergen wußten, daß ihn die Flucht vom brennenden Scheiterhaufen geschwächt haben mußte. Seine einzige Hoffnung war, daß sie annehmen würden, er sei gemeinsam mit den Brandstiftern zu Pferd entkommen. Vielleicht würden sie darauf verzichten, die nähere Umgebung zu durchsuchen.

Doch seine Zuversicht wurde von neuem enttäuscht. Einer der Landsknechte, offenbar ihr Hauptmann, schrie lautstark Befehle, und sogleich schwärmten die Soldaten in alle Richtungen aus. Mit grimmigen Mienen und gezückten Waffen stampften sie durch Wiesen und Geäst, stachen mit ihren Klingen in verdächtiges Buschwerk und blickten mißtrauisch hinter jeden Baum. Faustus sah mit Erschrecken, wie gleich vier von ihnen schnurstracks auf sein Versteck zukamen. Einen Augenblick lang erwog er, ob es gelingen könnte, sie alle kraft seines Geistes zu beeinflussen, doch er wußte, daß der Versuch zum Scheitern verurteilt war. Er war schwach, außer Atem und beim besten Willen nicht in der Lage, sich in diesem Zustand zugleich auf vier fremde Geister einzustellen. Alles, was ihm blieb, war die Flucht.

So leise wie möglich drehte er sich um und hastete

gebückt durchs Gebüsch. Es war nur eine Frage der Zeit, bis sie ihn bemerken würden, und der gefürchtete Moment kam schneller, als ihm lieb sein konnte. Einer der Landsknechte schrie auf, zeigte mit dem Schwert auf ihn und rief die anderen herbei. Die vier Männer, die Faustus am nächsten waren, setzten sich sogleich auf seine Spur, und auch die übrigen kamen eilig herbeigerannt.

Sein Vorsprung war nicht groß, zwanzig, höchstens dreißig Schritte, und obgleich seine Beine lang waren, fehlte ihnen jetzt doch die Kraft, den Verfolgern davonzulaufen. Es war aussichtslos. Keuchend hetzte er durchs Unterholz, schlug Zweige und Blattwerk beiseite, rannte entlang der Stadtbefestigung nach Norden und wußte doch, daß er den Männern nicht entkommen konnte. Fraglos würden sie sich aufteilen und versuchen, ihn einzukesseln. Er hatte keinen Zweifel, daß es ihnen gelingen würde.

Er hörte ihre Rufe erst hinter, dann auch in einigem Abstand neben sich. Baumstämme und Äste verbargen sie vor seinen Augen, was seine Ungewißheit nur noch erhöhte. Er hatte das Gefühl, daß sie überall um ihn waren, und etwas sagte ihm, daß dieser Eindruck nicht täuschte. Die Jagd war längst entschieden. Das Wild saß in der Enge.

Er wollte nach links ausweichen, fort von der Stadt, durch die Bäume hindurch und hinaus ins freie Land, doch von dort waren die Schritte und Flüche seiner Verfolger nur allzu deutlich zu hören. Rechts von ihm befand sich die Stadtmauer. Die einzige Fluchtmöglichkeit war demnach geradeaus, und dort würden sie ihm früher oder später den Weg abschneiden. Ebensogut konnte er gleich stehenbleiben und sich geschlagen geben.

Während er diese Möglichkeit noch erwog, kam das Ende früher als erwartet. Plötzlich brachen vor ihm zwei Gestalten aus dem Gebüsch. Es gelang ihm eben noch, seine Schritte zu bremsen, sonst wäre er in ihre ausgestreckten Klingen gerannt. Wortlos blieb er stehen, rang sich ein bitteres Lächeln ab und ließ sich widerstandslos festnehmen. Überall um ihn herum traten Landsknechte aus dem Unterholz und richteten ihre Waffen auf ihn. Einige beschimpften ihn lautstark, doch er ließ ihre Tiraden wirkungslos von sich abprallen und hoffte nur, daß sie ihn nicht auf der Stelle töten würden. Der Hauptmann erreichte ihn als letzter und gab schneidend Befehl, ihn unversehrt in die Stadt zu bringen. So nahmen ihn die Soldaten widerwillig in ihre Mitte und führten ihn unter manchen Stößen und Beschimpfungen zurück zum Stadttor.

Auf dem Schloßplatz hatten sich wieder zahlreiche Bürger eingefunden, die verstört auf die lodernden Reste des Scheiterhaufens und durch das rußige Kirchentor blickten. Das Feuer im Inneren war offenbar gelöscht, es konnte nicht groß gewesen sein. Die Leiche des Priesters lag verborgen unter einer Decke. An ihren Rändern kräuselte sich dürrer Rauch empor.

Man schenkte Faustus und dem Trupp der Landsknechte kaum Beachtung. Einige Frauen standen weinend in der Nähe des toten Pfaffen, andere bemühten sich, einen Blick ins Innere der Kirche zu erhaschen. Nur einige Kinder, die ihre Fröhlichkeit viel schneller als die Erwachsenen zurückerlangt hatten, hüpften ausgelassen vor den Füßen der mürrischen Soldaten und schnitten Faustus Grimassen.

Die Landsknechte führten ihn durch eine lange Straße zum Rathaus auf dem Marktplatz. Drinnen erwarteten ihn der Inquisitor und sein Gefolge. In einem hölzernen Saal mit Deckenleuchter und großen, hellen Fenstern saß Konrad von Asendorf auf einem hochlehnigen Stuhl, strich sich unablässig übers Kinn und musterte seinen Gefangenen aus dunklen, grundlosen Augen. Sein Zwergendiener saß im Schneidersitz neben ihm am Boden und hielt eine geschlossene Bibel in den kleinen Händen. Das Buch war fast so groß wie sein Oberkörper. In jeder anderen Lage hätte Faustus gelächelt; seit er Asendorf kannte, ließ sich der Hexenjäger von dem kleinen Mann die Heilige Schrift nachtragen, ganz gleich, wo er sich aufhielt. Der Bibelzwerg, ein häßlicher Kerl mit knorrigem Gesicht und feuerrotem Haar, schien mit dieser Aufgabe vollauf zufrieden.

Hinter dem Inquisitor standen weitere seiner Gefolgsleute, darunter einige, die ihn stets begleiteten, und andere, die sich für die Zeit seines Besuchs aus der Wittenberger Bürgerschaft rekrutierten. Da war ein hagerer Vikar, der für Asendorf die lästige Pflicht der Nachforschungen über die Lebensumstände eines Angeklagten übernahm; es gab zwei Qualifikatoren, Männer des Rechts, deren Aufgabe es war, die Urteile des Inquisitors so vorzuformulieren, daß sie der weltlichen Gesetzgebung nicht widersprachen; dazu kamen ein Notar, der mit seiner Unterschrift die Aussagen des Beschuldigten bestätigte, ein Prokuror, der als Mönch während der Verhandlung die Rolle des kirchlichen Anklägers übernahm, außerdem drei weitere Männer und Frauen – zweifellos Familiares, geheime Denunzianten, welche die Angeklagten zum Geständnis überreden sollten. Sie waren von allen Knechten des Hexenjägers die schlimmsten, denn die Familiares unterstanden keinem Gericht, genossen völlige Straffreiheit und verfuhren mit dem gemeinen Volk nach eigenem Gutdünken. Oft genug erpreßten sie reiche Bürger mit der Androhung, sie auf den Scheiterhaufen zu bringen; wer nicht zahlte, starb in den heiligen Flammen.

Zu Faustus' Überraschung gab Asendorf seinem Anhang einen Wink, zu verschwinden. »Laßt mich einen Augenblick mit dem Angeklagten allein«, befahl er leise und doch eindringlich genug, daß niemand zu widersprechen wagte. Es war ungewöhnlich, daß ein Inquisitor das geheime Gespräch mit einem Beschuldigten suchte. Vor allem bei den beiden Rechtsgelehrten mußte dieses Vorgehen auf stillen Widerspruch stoßen, denn Asendorf zeigte damit nur zu deutlich, wie wenig er sich um die Gesetze scherte.

Die Prozession der Männer und Frauen verschwand schweigend durch die Tür. Faustus blieb mit dem Hexenjäger zurück. Allein der Bibelzwerg saß noch reglos zu Asendorfs Füßen auf dem Parkett, als gehöre er zum Mobiliar der Halle. Der Befehl des Inquisitors schien für den Kleinen nicht zu gelten.

Asendorf, immer noch in seine schwarzen Gewänder gehüllt, den Kopf mit einer Kappe bedeckt, lehnte sich in seinem Stuhl zurück und betrachtete Faustus mit scharfem Blick. Man hatte dem Gefangenen beide Hände auf den Rücken gebunden. Sein schmächtiges Gesicht war rußverschmiert, die einfache Kleidung schmutzig. Bei jedem anderen hätte Faustus den Versuch unternommen, den Willen seines Gegenübers kraft seiner Gedanken zu brechen. Doch an Asendorf war er mit derlei schon bei früheren Begegnungen gescheitert. Der Hexenjäger sprach, wie zudem die meisten Menschen, nicht auf geistige Beeinflussung an. Das letzte Mal, als Faustus diese Fertigkeit erfolgreich hatte einsetzen können, lag über ein Jahr zurück. Einem zahlenden Publikum mochte er diesen Trick noch gelegentlich vorgaukeln können – meist mit gedungenen Helfern, die sich als beeinflußte Opfer ausgaben –, doch in Wahrheit war es mit seinen Kräften nicht allzuweit her.

»Du bist des Todes, mein Sohn«, sagte Asendorf und preßte die blutleeren Lippen aufeinander. Er mochte dies für ein Lächeln halten. »Du weißt es, und ich weiß es. Du stehst im Bund mit dem Widersacher.

Du bist ein Verführer zum Bösen und ein Betrüger, wie es keinen anderen geben mag.«

Faustus hob die Schultern und schwieg. Es hatte keinen Sinn, dem Inquisitor zu widersprechen. Vielmehr war er neugierig, was Asendorf ihm zu sagen hatte. Weshalb ordnete er nicht gleich eine erneute Hinrichtung an?

»Dein Tod ist seit langem beschlossene Sache, und ich muß dir nicht sagen, daß es eigentlich nichts geben dürfte, daß mich von seiner Vollstreckung abhalten sollte.« Asendorf stützte sich mit dem rechten Ellbogen auf die Armlehne und begann erneut, über sein Kinn zu streichen. Mit der anderen tätschelte er dem Bibelzwerg den Kopf, der daraufhin eilig die Heilige Schrift aufschlug und mit tonlosen Mundbewegungen zu rezitieren begann. Kein Wort kam dabei über seine Lippen. Der Kleine war keinesfalls stumm, das wußte Faustus; offenbar wollte Asendorf seiner eigenen Rede durch das stille Bibelzitat religiöses Gewicht verleihen.

»Ich weiß, du bist ein gelehrter Mann«, fuhr der Hexenjäger fort. »Und ich glaube, du bist klug genug zu begreifen, welch günstiges Angebot ich dir machen will.«

Hier horchte Faustus auf, doch er tat es insgeheim, ohne Asendorf den Triumph seiner Aufmerksamkeit zu gönnen. Schweigend harrte er allem weiteren.

»Du hast gesehen, was auf dem Schloßplatz geschehen ist«, sagte der Inquisitor. »Ich weiß, daß manch einer glaubt, du selbst stecktest hinter dem feigen Anschlag auf das Haus Gottes und das Leben des armen Priesters«, – demütig schlug er ein Kreuzzeichen –, »doch ich glaube nicht daran. Man mag dir vieles vorwerfen können, Faustus, doch Rachsucht an einem Unschuldigen gehört meines Erachtens nicht dazu. Ich bin nicht sicher, weshalb man dich trotzdem aus deiner mißlichen Lage befreit hat, doch damit mag ich mich später beschäftigen. Jetzt geht es mir um etwas anderes.«

Faustus begann zu ahnen, daß die Ereignisse vielleicht noch eine Wende zum Besseren nehmen mochten, vielleicht Kerkerhaft statt Feuertod. Doch was Asendorf dann sagte, übertraf seine kühnsten Erwartungen:

»Ich werde dich freilassen.«

Faustus schenkte ihm einen zweifelnden Blick und sprach zum ersten Mal, seit ihn die Soldaten hierhergebracht hatten. »Aus welchem Grund solltet Ihr das tun?«

Der Inquisitor verzog das Gesicht zu einem gequälten Grinsen. »Oh, glaube ja nicht, daß mir diese Entscheidung leichtfällt. Und sei versichert, keinesfalls bewahrt sie dich vor weiterer Verfolgung durch die Heilige Inquisition. Im Gegenteil: Hast du erst erreicht, was ich von dir verlange, werde ich meine Anstrengungen, deiner habhaft zu werden, vervielfachen. Ich jage dich bis ans Ende der Welt, wenn es sein muß, und ich schwöre dir hier, im Angesicht des Herrn, daß du brennen wirst, Faustus. Du *wirst* brennen.«

Er seufzte tief und preßte sein Kinn mit Daumen und Zeigefinger so fest zusammen, daß jede Farbe daraus entwich. »Doch bis dahin verlange ich deine Unterstützung. Ich will wissen, wer das Feuer in der Kirche gelegt hat, bei dem der Priester ums Leben kam. Und du bist der Mann, der mir seine Mörder ausliefern wird.«

Faustus schwieg, während der Bibelzwerg mit seiner lautlosen Lesung fortfuhr.

»Du kennst dich aus in Ketzerkreisen«, fuhr Asendorf fort. »Es wird dir nicht schwerfallen, herauszufinden, wer hinter dem Anschlag steckt. Ich will alles von dir: Namen, Gründe, Verbindungen zu anderen häretischen Zirkeln. Alles, verstehst du?«

»Ich kann Euch nicht helfen«, widersprach Faustus ruhig. Selbst wenn er gewollt hätte – und davon war er weit entfernt –, er wußte nicht, wie er das Gewünschte erfahren sollte. Und keinesfalls würde er irgend jemanden an die Inquisition ausliefern, ganz gleich, welches Verbrechen er begangen hatte.

Asendorf schüttelte unwillig den Kopf. »Ich könnte dir drohen, Faustus. Ich könnte dir erklären, was meine Leute mit dir anstellen werden, wenn du nicht tust, was ich verlange. Doch ich weiß, wie wenig ich dich mit Worten beeindrucken kann. Deshalb werde ich zu einem anderen Mittel greifen, dich zu überzeugen. Sag mir, Faustus, wo ist der Hund, an dem dein Herz so hängt?«

Faustus stand da wie vom Blitz getroffen. Er gab sich Mühe, weiterhin unbeteiligt und gleichgültig zu erscheinen, doch dem Hexenjäger konnte nicht entgangen sein, wie seine Züge bei der Erwähnung Mephistos gefroren. Faustus hatte geglaubt, der Hund sei davongelaufen, als Asendorfs Schergen ihn festnahmen.

Der Inquisitor brachte das erste ehrliche Lächeln zustande. »Nun, du kannst es dir denken, nicht wahr? Um ehrlich zu sein, meine Leute wollten die Bestie erschlagen – sie hat einigen von ihnen böse Bißwunden zugefügt –, doch es gelang mir, sie davon abzuhalten. Und als ob das nicht Grund genug wäre, mir dankbar zu sein, will ich dir das Tier sogar zurückgeben – sobald du mir alle Namen nennst! Habe ich mich klar genug ausgedrückt, *Doktor* Faustus?«

Faustus gab keine Antwort. Asendorfs Drohung mochte auf ihre Weise lächerlich erscheinen. Ein Hund im Tausch gegen Menschenleben – die Entscheidung sollte so schwer nicht fallen. Doch mit Mephisto hatte es auf vielerlei Art besondere Bewandnis (von der Ihr, geduldiger Leser, später mehr erfahren sollt).

»Du wirst herausfinden, wer hinter dem Tod des

Priesters steckt«, sagte Asendorf scharf und beugte sich vor. Dabei stieß seine Hand gegen den Kopf des Bibelzwergs, der daraufhin erschrocken keuchte und einen Augenblick lang um Fassung rang. Der Inquisitor bemerkte, daß die Bibellesung stockte, und schenkte dem Zwerg einen drohenden Blick. Der häßliche Kerl begann am ganzen Körper zu zittern und beeilte sich, in hündischer Ergebenheit fortzufahren.

»Warum liegt Euch ausgerechnet an diesen Ketzern soviel?« fragte Faustus, nachdem er seine Beherrschung wiedererlangt hatte. »Sicher verärgert Euch nicht allein, daß sie Euer kleines Schauspiel von vorhin verdorben haben.«

Asendorf bohrte seinen Blick in Faustus' Augen. »Dies war nicht der erste Vorfall dieser Art. Sie schlagen überall zu, im ganzen Reich. Der Heilige Stuhl sieht es nicht gern, wenn man seine Statthalter verbrennt.«

Da mußte Faustus mit einemmal lachen. »Herrgott, Asendorf, heißt das, man gab Euch den Auftrag, diese Menschen zu fassen? Ist es das, was Euch in solche Verzweiflung treibt, daß Ihr sogar mich dafür laufen laßt?«

Der Inquisitor zuckte zurück, als hätte Faustus ihm ins Gesicht geschlagen. Er ließ sich gegen die Stuhllehne fallen und krampfte seine Finger um die Armstützen. »Was interessiert es dich, selbst wenn dem so wäre?«

Faustus lachte noch immer, wohl wissend, wie sehr er den Hexenjäger damit erzürnte. Asendorf mochte ein paar Jahre älter sein als er selbst – Faustus zählte zum Zeitpunkt dieser Begebenheit dreißig Lenze –, doch was der Inquisitor ihm an Erfahrung voraus hatte, machte Faustus durch eine gehörige Portion Dreistigkeit wett. Mein Meister war schon damals einer, der selbst im Angesicht des Satans zu lachen vermochte, und ich bin sicher, er tat genau das, als der Bocksfüßige ihn schließlich zu sich holte.

Asendorf, der es trotz aller Macht und Grausamkeit an Imposanz nicht mit dem Leibhaftigen aufnehmen konnte, mußte den Spott des Schwarzkünstlers hilflos über sich ergehen lassen. Denn mein Meister – der damals freilich noch nicht mein Meister war – wußte nun, wie sehr der Inquisitor auf ihn angewiesen war. Und Faustus gedachte, seinen Vorteil gnadenlos auszuspielen. Er wollte Asendorf winseln sehen.

Doch soweit ließ der Inquisitor es nicht kommen. »Du wirst über mein Angebot nachdenken, Faustus. Heute nacht, im Kerker. Morgen erwarte ich deine Antwort – und du weißt, welche ich meine.«

Damit schlug er vor Faustus ein nachlässiges Kreuzzeichen, als wolle er ihn für die Nachtruhe segnen, rief nach den Wachen und ließ den Gefangenen abführen.

»Steckt ihn ins Verlies!« rief er hinter ihnen her und schlug zugleich seinem Bibelzwerg auf den Schädel. »Laßt ihn hungern und laßt ihn frieren! Laßt ihn leiden wie seinen Hund!«

Es muß ihn mehr als gekränkt haben, daß Faustus selbst da noch schallend lachte.

Kapitel 2

Dies war der Punkt, an dem ich selbst die große Bühne betrat. Ich schlitterte mitten ins Spielgeschehen, ohne einen Schimmer, was mich erwarten mochte. Und, glaubt mir, ich tat es nicht ohne Getöse. Ja, in der Tat, die Kulissen erbebten ob dieses Augenblicks, und Ihr, die Damen und Herren in den vorderen Rängen, Ihr solltet Euch in acht nehmen, denn meine Anwesenheit in dieser Geschichte ist nicht ohne Folgen. Paßt auf, daß Euch keine wirbelnde Schwertspitze streift. Und, Pardon, es mag vorkommen, daß meine Büchse sich in die falsche Richtung entlädt. Duckt Euch, wenn Ihr könnt.

Es ist an der Zeit, ein paar Worte über mich selbst zu verlieren. Meinen Namen verriet ich Euch bereits, doch hier ist er noch einmal: Christof Wagner. Merkt ihn Euch gut. Ihr mögt auch außerhalb dieser Zeilen noch von ihm hören.

Ich ward geboren zu Wittenberg, so sagte man mir im Waisenhaus, und dort wuchs ich auf. Meine Kindheit war ereignislos, genauso meine Jugend – bis zu jenem Tag, da ich meinen Meister traf.

Gestattet mir trotzdem in aller Kürze, von meinem Leben *vor* diesem entscheidenden Tag zu berichten. Ich bin Waise, so lang meine Erinnerung zurückreicht. (Man hat mir vorgeworfen, ich sei der Sohn einer Hündin, was nicht möglich ist – sicher hätte ich mich dann besser mit des Meisters Töle, mit Mephisto, verstanden. Unser Verhältnis aber war zeitlebens, nun, nennen wir es – gespalten.)

Ich weiß nicht, wer mein Vater war, und auch an meine Mutter fehlt mir jedes Andenken. Früh ging ich bei einem Mönch in die Lehre, doch lernte ich von ihm nicht das Rezitat frommer Bibelsprüche und Kirchenlieder, sondern vielmehr die Kunst des Bierbrauens. Er war alt und fett, an einer Hand fehlten ihm zwei Finger, und seine größte Sorge war weniger sein Seelenheil (oder gar das meine) als sein unmäßiger Stuhlgang, der ihn mindestens sechs- bis siebenmal am Tag von seiner Arbeit fortriß. Da war es nötig, daß jemand während dieser Zeit seine Aufgaben übernahm, und dieser jemand war ich.

Es gab noch einen zweiten Knecht in seinen Diensten, einen mürrischen Mann, viel älter als ich selbst. Er behauptete, er habe mit den Spaniern die Mauren aus Granada vertrieben und an der Seite Vasco da Gamas das Kap der Guten Hoffnung umschifft. Was immer davon auch der Wahrheit entsprach – er verstand es meisterlich, mit Schwert und Dolch umzugehen. Stets, wenn der alte Mönch sich zur Verrichtung seines leidigen Geschäfts in die Wälder schlug, berichtete mir mein Gefährte von seinen Abenteuern in fremden Ländern, an der Seite großer Heroen und in den Armen schöner Frauen. Sicher entstand damals schon der Wunsch in mir, es ihm einmal gleichzutun. Schließlich faßte ich mir ein Herz und bat ihn, mich in der Kunst des Kampfes zu unterweisen, und zu meiner Freude willigte er ein. So lernte ich leidlich, mit der Klinge zu spielen, mit dem Bogen zu schießen und mich auf dem Rücken eines Pferdes zu halten. Letzteres wohl nur mit Vorbehalt: Zur Übung diente mir des Mönchs Brauereigaul, ein lahmes, behäbiges Tier, das selbst die Großmutter des Kaisers Maximilian hätte reiten können.

Ein guter Bierbrauer wäre nie aus mir geworden, doch der Mönch zahlte mir zwei Gulden im Monat, mehr, als mancher Handwerksknecht von seinem Meister erhielt. Davon lebte ich und konnte stets ein paar Kreuzer beiseite legen. Mehr noch: Der gute Mann war so freundlich, mir ein kleines Vermögen von dreißig

Gulden zu hinterlassen – mit der Auflage allerdings, mir davon ein Studium an der Universität zu Wittenberg zu finanzieren. Der Alte war ein guter Freund eines hiesigen Doktors der Theologie, und jener nahm mich unter seine Fittiche, zahlte mir monatlich einen Teil meines Erbes aus und sorgte dafür, daß ich meine Zeit tatsächlich mit dem Lesen kluger Schriften verbrachte, statt mit Kumpanen durch die Schänken zu ziehen und mich an den Freuden des Lebens zu ergötzen. Heute weiß ich dies zu schätzen, damals aber verging kein Tag, an dem ich meinem Gönner nicht Pest und Syphilis an den Hals wünschte. Freilich war ich dankbar genug, um zu erkennen, daß er es gut mit mir meinte, und im großen und ganzen kam ich all meinen Pflichten nach. So wurde aus Wagner, dem Waisenkind und Bierbrauer, Wagner, der Studiosus.

Doch genug davon. Ich spanne Euch auf die Folter (ein Wortspiel übrigens, mit dem gerade ich nicht spaßen sollte, geriet ich doch selbst oft genug in die Fänge derselben).

Ihr wollt wissen, wie es dem Faustus erging?

So höret denn von meinem heldenmutigen Versuch, ihn aus dem Kerker zu befreien.

***

Das Gefängnis lag unweit des Augustinerklosters im Osten Wittenbergs, eingelassen in die Stadtbefestigung. Es war ein grobgemauerter, zweigeschossiger Bau, in dessen oberem Stockwerk der Hauptmann der Stadtwache residierte. Auf ebener Erde gab es einige Zellen mit vergitterten Luken, doch der Hauptteil der Kerkeranlagen lag unterirdisch, besaß keine Fenster und war, wie ich schon bald erfahren sollte, ein ganz und gar unleidlicher Ort.

Es gibt wenig, womit ich meinen heillosen Leichtsinn entschuldigen kann. Denn wer ist unter gewöhnlichen Umständen schon so dumm, einen Gefangenen der Inquisition aus einem bewachten Stadtkerker befreien zu wollen? Nun, genau das war mein Plan – das heißt, weniger der meine, als jener meines damaligen Mäzens. Tatsächlich war ich dem guten Mann zu einigem Dank verpflichtet, wiewohl ich niemals mein Leben für ihn aufs Spiel gesetzt hätte – unter gewöhnlichen Umständen, wie gesagt. Leider waren eben die Umstände gegen mich. Tatsächlich erpreßte mich der alte Sack – Gott erbarme sich seiner Seele! – und drohte mir, das Erbe meines Lehrherrns einzubehalten, falls ich ihm nicht mit einer kleinen Gefälligkeit zur Seite stünde. Diese kleine Gefälligkeit war, wie Ihr Euch denken könnt, Faustens Befreiung. Nichts weiter als das.

Mir liegt nicht viel an Reichtum und Besitz, und ich liebe das Leben. Zweifellos hätte manch anderer in meiner Lage seinen Hut genommen und wäre von dannen gezogen, ohne Geld und ohne Segen, doch dafür mit der Aussicht, noch einige Jahre länger unter den Lebenden zu weilen. Ich aber war jung und übermütig und glaubte, einer wie der Faustus würde sich zweifellos dankbar erweisen – mit einem magischen Sack voll Gold, beispielsweise, einem, der sich vielleicht von alleine nachfüllt …

Nun müßt Ihr wissen, daß über Faustus ein ganzer Berg von Gerüchten umging. Es hieß, er könne alles vollbringen, was auch Christus vollbrachte, so oft und wann er wolle. Man munkelte, er habe einige der wichtigsten Zauberbücher verfaßt, etwa Teile des *Picatrix* und das *Secreta secretorum*, das lange Zeit dem Aristoteles zugeschrieben wurde. Selbst am *Buch der Geheimnisse* sollte er beteiligt gewesen sein, was sich allerdings später als Unsinn erwies. Fest steht, er war ein Meister der Kabbala, kannte sich aus in den Lehren der Gnosis und unterhielt freundschaftlichen Beziehungen zu zahllosen Gelehrten und Alchimisten jener Zeit.

Man erzählte sich, er sei als Sohn armer Bauern zur Welt gekommen, die ihn in ihrer Not dem reichen Bruder seines Vaters in Verwahrung gaben. Jener lebte zu Weimar und hatte selbst keine Nachkommen, so daß er ihn zum Erben seines Reichtums machte und nach Ingolstadt auf die hohe Schule schickte. Faustus sollte dort Theologie studieren, kam aber in unselige Verbindung zu umherreisenden Zigeunern und Tataren, lernte von ihnen das Handlesen und vielerlei weitere Zauber und verlegte sein Studium sodann auf die Astronomie und Astrologie. Auf anderem Gebiet brachte er es gar bis zum doctor medicinae. Faustus galt als ausgesprochener Epikureer und besserte, nachdem er sein Erbe verpraßt hatte, durch Jahrmarktsgaukelei und den ein oder anderen Zauber seinen Geldbeutel auf. Gelegentlich nahm ihn ein Landesfürst auf und erhoffte sich von ihm magischen Beistand gegen Feinde, in Regierungsgeschäften und, allzuoft, im Liebeswerben.

Viel wurde später über seinen Pakt mit dem Teufel geredet. Faustus, der es durchaus genoß, das eine oder andere Gerücht durch Taschenspielertricks und unheilschwangere Aussprüche zu nähren, äußerte sich niemals dazu, er stritt nichts ab und bestätigte nichts. Nachdem ich ihn eine Weile kannte, hörte ich auf, ihm Fragen darüber zu stellen, denn sie führten zu nichts, außer daß sich seine Stirn umwölkte und ich sein Gepäck tragen mußte. Was keinesfalls heißt, daß ich die Wahrheit nicht doch noch erfuhr.

Dies also war das, was man sich über meinen künftigen Meister erzählte, abends am Feuer oder bei der Arbeit auf den Feldern. Sein Name geisterte durch Studierzimmer und Gelehrtenstuben, durch Thronsäle und Fürstengemächer. Man kannte ihn im Norden wie im Süden, und die Pfaffen predigten seine Verdammnis von den Kanzeln. Er war Doktor Faustus – Chiromant, Aeromant, Pyromant und Hydromant –, und ich bin stolz auf jedes Jahr, das ich an seiner Seite verlebte.

Freilich, bis es soweit war, mußte ich ihn erst aus dem verflixten Kerker befreien. Damals versprach ich mir von meinem Gelingen wahrlich nicht mehr als ein paar Gulden und die ein oder andere magische Gefälligkeit.

So erinnerte ich mich denn an das, was mein Gefährte in den Diensten des Braumeisters mich gelehrt hatte, besorgte mir einen scharfen Dolch, nahm all meinen Witz und Wagemut zusammen und machte mich auf, mein Vorhaben in die Tat umzusetzen.

Ich erwähnte schon, daß das Gefängnis an die Stadtmauer grenzte. Am Fuße ihrer Außenseite fiel der Boden für einige Schritte steil ab, war bedeckt von dichten Ginsterbüschen und mündete in ein wildwucherndes Geflecht von Hecken und Sträuchern. Von einem Studienkameraden, einem aufstrebenden Mediziner, der einige Jahrzehnte später in der Schlacht zu Mühlberg die Wunden des Herzogs Alba kurieren sollte, hatte ich erfahren, daß es einen schmalen Schacht gab, der vom Gefängnis aus unter der Stadtmauer hindurch bis in eben jenes Buschwerk führte. Dort endete er an einem engen Eisengitter. Mein Freund stand während seiner Studien einem örtlichen Medicus zur Seite, der sich ab und an um die Gesundheit der Gefangenen kümmerte. Bei solchen Besuchen im Kerker hatte er erfahren, daß die Wärter alle Abfälle – vom Nachttopf bis zu Körperteilen – in ein Loch im Boden warfen. Von hier aus gelangte der Müll durch den Schacht bis hinaus an die Außenmauer, wo sich die Flüssigkeiten in die Büsche ergossen, die größeren, festen Bestandteile sich aber im Gitter verfingen. Zweimal im Jahr mußten unglückliche Gefangene in den Schacht hinabsteigen und die entsetzlichen Reste beiseite schaffen.

Dabei war unter den Eingekerkerten bekannt geworden, daß sich das Eisengitter durch die jahrzehntelange Nässe und Fäulnis gelockert hatte. Rost hatte die Stangen zerfressen, und es genügte – so zumindest hieß es – ein starker Tritt, um das Gitter zu zerbrechen. Den Gefangenen nutzte dies wenig, denn es war unmöglich, aus ihren Zellen zu entkommen und den Fluchtweg nach außen zu nutzen. Umgekehrt aber mochte es einem Mann durchaus gelingen, von der Außenseite nach innen zu gelangen – ein Vorhaben, das freilich niemand vorhersah.

Diesen Mangel an Weitsicht gedachte ich mir zunutze zu machen. Ich schlich also nach Anbruch der Dunkelheit durchs Stadttor, schlug mich seitwärts in die Büsche und suchte, bis ich die angegebene Stelle entdeckte. Um ehrlich zu sein – und obgleich das meine Leistung schmälern mag –, dauerte diese Suche nicht allzulang, denn der Gestank, den der schreckliche Pfuhl verbreitete, lastete weithin über der Gegend.

Das Gitter glotzte wie ein rundes, schwarzes Auge aus dem Hang. Es maß etwa die Spanne meines Oberkörpers. Davor waren in einem Umkreis von ein bis zwei Schritten sämtliche Pflanzen abgestorben. Mochten Bauern auch Mist auf ihre Felder karren, damit ihre Saat gut gedieh – zuviel des Guten behagte offensichtlich keinem Gewächs. Der Anblick, der sich mir bot, belegte dies zur Genüge.

Der Boden vor dem Gitter war mit dunkler, ranziger Schlacke bedeckt, ein widerlicher Schlamm aus menschlichen Ausscheidungen, Essensresten und manch totem Aasfresser, dem der Genuß des fauligen Morasts das Leben gekostet hatte. Der Gestank spottete jeder Beschreibung. Wohlweislich hatte ich mir ein Halstuch eingesteckt, das ich mir nun vor Mund und Nase band. Es schmälerte die Tortur nur unerheblich.

Des weiteren hatte ich mir von einem Nachbarn ein

Paar hoher Stulpenstiefel entliehen, als dieser sie abends zum Lüften vor die Tür stellte. Zweifelsohne würde er sich am Morgen wundern, wie sie *nach* der Lüftung rochen, denn nun stieg ich mit ihnen mitten in die blasige Brühe. Fädenziehend und mit schlürfenden Lauten stiefelte ich vorwärts bis zum Gitter.

Immer wieder rief ich mir die Drohung meines Oheims ins Gedächtnis: Brachte ich Faustus nicht wohlbehalten zum vereinbarten Treffpunkt, sähe ich keinen müden Kreuzer mehr. Die Aussicht, fortan auf alle Bequemlichkeit verzichten und für mein Auskommen arbeiten zu müssen, trieb mich schleunigst vorwärts. Der alte Schweinehund hatte mich vollends in seinen geizigen Klauen.

Ich erreichte das Gitter und umfaßte es mit beiden Händen (die Handschuhe hatte ich am Nachmittag auf dem Markt, nun ja, erstanden). Ich zerrte und ruckte, der Schweiß quoll mir aus allen Poren, doch schließlich gaben die ersten Eisenstreben nach. Mit einem häßlichen Knirschen brach das durchrostete Gitter aus seiner Verankerung. Ich stemmte es verächtlich zur Seite und blickte angstvoll in den Schacht, der sich dahinter auftat. Zwei Ratten sprangen aufgescheucht zur Seite.

Vor mir lag eine enge Röhre, annähernd rund und einen guten Schritt im Durchmesser. Sie führte ziemlich steil nach oben, doch die Wände waren grob und kantig, so daß sie Fingern und Füßen reichlich Halt bieten mochten. Andererseits waren sie fingerdick mit fettigem Auswurf und allerlei Pilzen bedeckt, was jeder Kletterei zuwiderwirkte. Bevor ich aber auch nur den Versuch wagen konnte, mich durch den Schacht in die Höhe zu schieben, mußte ich erst über einen kniehohen Haufen von Unrat steigen, der sich hinter dem Gitter verfangen hatte. Ich wagte nicht, seine Bestandteile genauer zu betrachten. Die Versuchung, meinen Wohlstand fahrenzulassen, unverrichteter

Dinge umzukehren und meinem Vormund zu erklären, wohin er sich seine Gulden schieben könne, war übermächtig. Trotzdem ging ich weiter.

Im Schacht herrschte völlige Dunkelheit. Es gelang mir tatsächlich, mich mühsam entlang der Schräge in die Höhe zu schieben, wenngleich mir die Enge und der wahrlich teuflische Gestank zu schaffen machten. Jeden Augenblick erwartete ich, daß man von oben eine weitere Ladung von Nachttöpfen über mich entleeren würde. Doch – welch Glück im Unglück! – der gefürchtete Moment blieb aus.

Schließlich schien mir trübes Fackellicht entgegen, gelblich und zuckend, und da wußte ich, daß ich zumindest die erste Hälfte meines Weges bewältigt hatte. Die Vorstellung, dieselbe Strecke wieder zurückklettern zu müssen, stimmte mich nicht eben hoffnungsvoll.

Das letzte Stück des Schachtes führte senkrecht nach oben, doch schließlich erreichte ich trotz aller Widrigkeiten eine ummauerte Öffnung im Boden des Kerkerkellers. Eine hüfthohe Brüstung umschloß das Loch. Als ich vorsichtig darüber hinwegblickte, sah ich zu meiner Erleichterung, daß die Kammer leer war. Der Gestank des Schachtes kam mir erstmals zugute; kein Wächter wollte sich in seiner Nähe aufhalten. Langsam und lautlos kletterte ich über die Brüstung, zog das Tuch vom Gesicht und schnappte nach Atem. Die abgestandene, stickige Luft des Verlieses erschien mir herrlich erfrischend und klar.

Ich zog den Dolch. Und obgleich ich nicht gedachte, ihn wirklich einzusetzen, beruhigte mich doch sein Gewicht in meiner Hand. Behutsam, nun wieder durch das Tuch maskiert, schlich ich zur offenen Tür der unterirdischen Kammer und blickte hinaus auf einen Korridor. Rechts und links davon lagen die Zellen der Gefangenen hinter schweren Holztüren. In jeder gab es eine kleine Öffnung, durch die man ins Innere schauen konnte. Ich zählte ein Dutzend Türen. Faustus konnte hinter jeder davon hocken. Ich lauschte auf die Stimmen der Kerkerwächter und hörte ihr rohes Gelächter. Unmöglich, abzuschätzen, wie viele es waren. Ihr Lärmen drang aus einer offenen Tür am anderen Ende des Gangs.

Zwei Fackeln tauchten die Umgebung in flackerndes Halblicht. Ein letztes Mal erwog ich die Möglichkeit umzukehren, dann nahm ich all meinen Mut zusammen und trat in den steinernen Flur. Bei jedem Schritt behielt ich den Durchgang zur Wächterkammer im Blick. Ich trat an die erste Verliestür und sah durch die Öffnung hinein. Der Raum dahinter war dunkel und offenbar unbelebt. Weiter zur nächsten Tür. Dort saß ein bärtiger Kerl und starrte blicklos ins Leere. Noch eine Tür und noch eine.

Hinter der siebten schließlich fand ich jenen, den ich suchte. Faustus stand aufrecht in der Kerkerkammer, als sei er bereit zum sofortigen Aufbruch. Er rührte sich nicht, sah mir aber direkt in die Augen, als ich durch das Guckloch ins Innere blickte. Ein Schauer kroch mir über den Rücken. Hatte er wissen können, daß ich kam? Ahnte er, daß man ihn retten wollte, oder wußte er es gar? Er war ein Magier, natürlich, und Magier vermögen in die Zukunft zu blicken. Folglich mußte er den Ausgang meines Befreiungsversuchs längst kennen.

Er stand da wie erstarrt, kerzengerade, ein Lächeln auf den Lippen. Er trug weite schwarze Kleidung, die an einigen Stellen zerrissen war. Weitere Anzeichen davon, daß er dem Scheiterhaufen nur mit Mühe und Not entgangen war, gab es nicht. Offenbar hatte man ihm Gelegenheit gegeben, sich Ruß und Schmutz vom Leib zu waschen.

Die Zellentür war von außen versperrt. Ich schob den Riegel beiseite und verfluchte insgeheim das schabende Geräusch, das ich dabei verursachte. Aus der

Kammer der Wächter erklang gröhlendes Gelächter. Keiner schien etwas bemerkt zu haben.

Ich zog die Tür auf und erschrak. Faustus stand gleich dahinter, kaum eine Fingerlänge von mir entfernt. Ich spürte seine Nähe wie ein plötzlicher Wechsel von Wärme zu Kälte. Er hatte schneeweiße Haut, und sein Gesicht war lang und kantig wie ein Eiskristall. Sein ganzer Körper schien mir ebenso hoch wie zerbrechlich, leicht wie eine Wasserspinne. Pechschwarzes Haar wuchs in einem wirren Wust über seiner Stirn und fiel hinab bis auf die Schultern. Er war viel jünger als ich erwartet hatte. Auf dem Scheiterhaufen hatte ich ihn nur aus der Ferne gesehen, doch da war er mir sehr viel älter erschienen. Vielleicht lag das daran, daß ein wahrer Magier schlichtweg alt sein *mußte;* ein langer Bart und tiefe Falten gehörten ebenso dazu wie ein Zauberstab. Faustus besaß nichts von alldem.

Vielleicht, so überlegte ich, hielt er sich auf übernatürliche Weise jung. Möglicherweise war es gar der Teufel selbst, der ihm die ewige Jugend geschenkt hatte. Instinktiv wich ich einen Schritt nach hinten.

Faustus schien die Bewegung so zu verstehen, daß ich Platz für ihn machte, doch tatsächlich hatte ich nur Angst. Er trat an mir vorbei auf den Gang und wandte sich wortlos zu jenem Durchgang, durch den ich gekommen war. Seine Schritte wirkten weder erhaben noch allmächtig; statt dessen strebte er mit allzu menschlicher Eile dem Fluchtloch entgegen.

Ich drückte die Tür zu und legte den Riegel vor. Wieder das verdammte Geräusch. Faustus war bereits in der Kammer am Ende des Flurs verschwunden, als ich mich gleichfalls umdrehte und ihm nachfolgen wollte.

Im selben Moment ertönte hinter mir ein lauter Schrei:

»Der Gefangene flieht!«

So schnell ich konnte rannte ich los, ohne mich umzusehen, den Gang hinunter, an den Zellentüren vorbei. In den Kammern erwachten die Gefangenen aus ihrer Erstarrung. Einige begannen, an den Türen zu rütteln. Mit einem Mal war das ganze Verlies von ohrenbetäubendem Lärm erfüllt.

Als ich den Raum erreichte, sah ich gerade noch, wie Faustus' schwarzer Haarschopf hinter der Brüstung des Abfallochs untertauchte. Hinter mir ertönten weitere Rufe. Rüstzeug klirrte. Stiefel schepperten über Stein. Einer der Verfolger war direkt hinter mir. Ich spürte ihn mehr, als daß ich ihn sah. Er schrie mir irgend etwas in den Nacken; in der Hetze des Augenblicks verstand ich kein Wort.

Ohne mich zu vergewissern, ob Faustus bereits in Sicherheit war, schwang ich mich über die Brüstung und verschwand mit einem wilden Aufschrei im Schacht. Ich schabte an den Wänden vorüber, holte mir in einem einzigen Augenblick eine ganze Fülle von Abschürfungen und blauen Flecken und rutschte dann den gewundenen Tunnel hinab. Ich riß die Arme vor den Kopf, um ihn vor abstehenden Steinkanten zu schützen, und sauste brüllend in die Tiefe.

Mit einem widerlichen schmatzenden Laut klatschte ich schließlich in die Schlackepfütze am Fuße des Schachts. Benommen und mit schmerzenden Gliedern blieb ich einen Moment lang liegen. Ich erwartete, daß Faustus, wenn ich die Augen aufschlug, bereits aufrecht dastehen würde, mit sauberer Kleidung und ungeduldigem Blick. Doch als ich endlich zu mir kam und mich umsah, da saß der große Magier ebenso erbärmlich wie ich selbst inmitten schwarzen Schlamms.

Murrend und stöhnend rappelten wir uns auf.

»Wir müssen uns beeilen«, keuchte ich. »Die Soldaten werden bald hier sein.«

Faustus nickte und fragte: »Wer seid Ihr, junger Freund?«

Ich nannte ihm meinen Namen.

»Und wer schickt Euch?«

Ich schüttelte unwillig den Kopf und machte mich daran, durch Ginster und Dornensträucher einen Weg zu bahnen. »Später«, gab ich ihm zur Antwort. »Folgt mir, dann werdet Ihr Euren Wohltäter treffen.«

Er eilte mit großen Schritten hinter mir her. »So wie ich es sehe, seid erst einmal Ihr selbst mein Wohltäter.«

»Später ist genug Zeit, um sich dafür erkenntlich zu zeigen«, entgegnete ich und gratulierte mir selbst für meinen einfühlsamen Hinweis auf die erwartete Belohnung.

Wir zwängten uns wortlos durchs Geäst. Hinter uns wurden Stimmen laut. Auf den Zinnen der Stadtmauer regte sich etwas, Fackeln huschten in der Dunkelheit hin und her. Die Bahn, die wir ins Buschwerk schlugen, war nicht zu übersehen. Unser einziger Vorteil war der Vorsprung, den wir vor unseren Verfolgern hatten.

Nach einer Weile erreichten wir einen schmalen Pfad, der schon bald im Wald verschwand. Ihm folgten wir, dann wandte ich mich rechterhand ins Unterholz. Faustus folgte mir bereitwillig. Wir kamen an einen schmalen Bach, kaum mehr als ein Rinnsal, dessen eiskaltes Wasser mir gerade bis zu den Knöcheln reichte. In der Hoffnung, die Strömung würde unsere Spuren verwischen, liefen wir durchs Wasser nach Norden, immer auf der Hut, auf dem kiesigen Grund nicht den Halt zu verlieren. Ich war sicher, daß man Hunde zu unserer Verfolgung einsetzen würde, doch auch sie würden im Wasser Mühe haben, unsere Fährte aufzunehmen. In der Ferne hörte ich bereits ihr Kläffen und Winseln.

Wir mochten eine halbe Meile durch den Bach gelaufen sein, als ich Faustus zuzischte, die Böschung zur Rechten zu erklimmen. Dahinter lag eine Waldlichtung, auf der ich am Nachmittag zwei Pferde bereitgestellt hatte. Ich hatte sie im Auftrag meine: munds von einem durchreisenden Händler k müssen (von seinem Geld, versteht sich). Darar man erkennen, wieviel dem alten Bastard an Faustus' Freiheit lag.

Auf den Pferden galoppierten wir entlang eines Waldweges weiter gen Norden, bogen am Waldrand in westliche Richtung und ritten von dort aus eine ganze Weile geradeaus über weite, gewellte Wiesen, bis wir ein einsames Haus erreichten. Es thronte auf einem kahlen Hügel, weithin sichtbar im Mondschein. Das Gebäude besaß zwei Stockwerke. Das Dach war an einer Seite zusammengesackt und hing durch wie ein Stück Zeltplane. Die Fenster waren winzig klein, die Haustür zweiflügelig. An der Südseite des Hauses kauerte ein niedriger Schuppen; er lehnte sich schief gegen die Mauer wie ein altes Weib nach einem mühsamen Gang zum Marktplatz.

Der Hügelkuppe selbst entsprossen ein paar einsame Halme und wiegten sich lautlos im Wind. Der Westhang endete in weiteren dichten Wäldern, die tief hinein ins Nachtdunkel reichten.

Vor dem Eingang zügelten wir die Pferde. Darüber hing ein Holzschild mit eingebranntem Schriftzug: *Siechenhaus.*

»Stellen wir die Tiere im Schuppen unter«, sagte ich, »sonst sieht man schon von ferne, daß wir hier sind.«

Faustus lächelte, als belustige es ihn ungemein, daß ich hatte annehmen können, er käme nicht selbst auf diesen Einfall. Wir brachten die Pferde in den Schuppen, wo bereits ein drittes Tier an einem Balken festgemacht war. Mein Patron war also schon hier.

Eilig liefen wir zur Haustür, und zum ersten Mal beobachtete ich bewußt, wie Faustus sich bewegte. Mehr noch als bei seinem ersten Anblick schien er mir nun wie eine große Heuschrecke, mit seinen langen, dünnen Gliedern, die sich ungewöhnlich flink voranbewegten. Ich wußte nicht, ob Magier auch mit dem Schwert umzugehen verstanden, doch Faustus' augenfällige Gewandtheit war die beste Voraussetzung für einen geschickten Fechter.

Ich wollte eben die Tür öffnen, als sie von innen her aufgerissen wurde. Mein Vormund stand im Rahmen, ein schwarzer Scherenschnitt gegen das Licht einer einsamen Kerze. Seine Tonsur glänzte wächsern.

»Los, herein mit euch!« raunte er uns zu und trat zur Seite.

Faustus und ich traten ein, und mein erpresserischer Mäzen warf die Tür hinter uns zu. Dann kam er auf Faustus zu, schüttelte ihm die Hand und umarmte ihn. Der Doktor erwiderte die Geste ohne Vorbehalt.

»Luther«, sprach Faustus voller Wärme, »ich ahnte, daß Ihr dahintersteckt.«

Es war ungewöhnlich, daß er ihn beim Familiennamen nannte. Ich kannte ihn nur als Bruder Martinus, Halter des Lehrstuhls für Theologie an der Universität zu Wittenberg. Ihn hatte der selige Braumeister zu meinem Vormund bestimmt. Sicher, Martinus meinte es gut mit mir. Doch änderte das nichts an der schmachvollen Tatsache, daß er mich aufs Übelste genötigt hatte, mein eigenes Leben für das des Doktors aufs Spiel zu setzen. Jetzt erst wurde mir klar, wie gefährlich nah ich selbst am Scheiterhaufen vorbeigeschlittert war – vorausgesetzt, Asendorfs Schergen hätten nicht gleich kurzen Prozeß mit mir gemacht.

Martinus hatte eine ausgeprägte, weit vorgewölbte Stirn, die seinem Blick stets etwas Finsteres verlieh. Seine Nase war groß und bucklig, die Wangenknochen scharf. Er hatte ein tiefes Grübchen unterhalb der Unterlippe, so daß es aussah, als verziehe er den Mund immerzu im Trotz. Sicherlich ging das nicht allzunah an der Wahrheit vorbei: Sein Widerstand gegen alles und jeden, vor allem aber gegen den Heiligen Stuhl, war eines seiner hervorstechendsten Merkmale. Manch einer sagte ihm eine große Zukunft voraus. Ich selbst aber glaubte damals viel eher, daß auch er eines Tages zu weit gehen und bei der Inquisition in Ungnade fallen würde. Stets und ständig schwafelte er davon, das Übel an seiner Wurzel zu packen und die Kirche von Grund auf neu zu gestalten; ein Traum, den insgeheim so mancher hegte, wenngleich keiner wagte, ihn so deutlich auszusprechen wie Bruder Martinus dies tat. Nein, dachte ich damals, mit einem wie ihm mußte es ein ungutes Ende nehmen – freilich wurde ich bald schon eines Besseren belehrt.

»Ich bin froh, Euch wiederzusehen«, polterte Martinus und wischte sich Schweiß vom kahlrasierten Kopf. Allein ein dunkler Haarkranz war ihm von seiner einstigen Lockenpracht geblieben (an die zu erinnern er nie müde wurde). Ein paar Jahre später kehrte er der Tracht der Augustinermönche den Rücken und ließ sein Haar wieder wachsen, was ihm, wie ich fand, weitaus besser zu Gesichte stand.

»Ihr seid ein wahrer Freund in der Not, Luther«, entgegnete Faustus und löste sich aus der Umarmung des Mönchs. »Aber verratet mir, wer dieser mutige Junge ist, den Ihr zu meiner Rettung entsandt habt.«

Martinus blickte mich an, lächelte breit und schlug mir so kräftig auf die Schulter, daß ich fast zu Boden ging. »Der treue Wagner, mein Mündel. Er studiert die Theologie, genau wie einst Ihr selbst. Ein guter Junge – allerdings mit einem eigenen Willen. Ich mußte ihn, nun, überreden, Euch aus dem Kerker zu holen.« Dabei lachte er schallend.

Überreden! Der Hundsfott!

»Ein eigener Wille ist ein kostbares Gut«, sagte Faustus, nickte mir anerkennend zu und ließ sich dann auf den nächstbesten Stuhl fallen. Das Holz knirschte nicht einmal, so leicht war der Körper des Doktors. Vor ihm auf dem Tisch stand die einzige Kerze im Raum. Das Licht zuckte über Faustus' Kalkgesicht und ließ es noch eingefallener erscheinen.

Aus dem Gespräch, das sich nun zwischen den beiden entspann, erfuhr ich, woher ihre Bekanntschaft rührte: Im Julius des Jahres 1505, recht genau vor einer Dekade also, hatte der Doktor meinen Vormund in der Nähe von Erfurt vor einem Blitzschlag gerettet. Während des Dialogs im Siechenhaus blieb mir der genaue Ablauf jenes Ereignisses verborgen, später aber erfuhr ich am eigenen Leib, wie Faustus es verstand, durch magische Kräfte den Weg eines Blitzes von seinem Opfer fortzulenken. Auch mein Leben rettete der Doktor auf diese Weise, wenngleich es mich keinesfalls dazu bewegte, sogleich in die Arme der Kirche zu fliehen und das Schicksal des dicken Martinus zu teilen.

Faustus erzählte uns, wie sich die Schergen der Inquisition seiner bemächtigt hatten: In einem nahen Dorf hatte er vor zwei Tagen auf dem Marktplatz die Wurzel eines Galgenbaumes freigelegt, um zwischen ihren Strängen nach jungen Alraunen zu suchen. Er gestand ein, daß er dabei unvorsichtig vorgegangen sei, denn die empörten Dorfbewohner hatten ihn – wohl in Aussicht auf einen kirchlichen Ablaß – hinterrücks niedergeschlagen und der Inquisition überantwortet. Konrad von Asendorf, der sich durch Zufall oder Fügung ganz in der Nähe aufhielt, frohlockte angesichts dieses Glücks, beanspruchte die Gefangennahme für sich und verurteilte sein Opfer innerhalb weniger Stunden zum Tod in den Flammen.

Martinus schüttelte sich vor Lachen, als Faustus von seinem Mißgeschick auf dem Dorfplatz erzählte, wechselte dann aber abrupt die Stimmung und fluchte lautstark über die Ablaßpolitik der Kirche. »Heutzutage kann sich jeder Dummkopf durch Geld oder Gefälligkeit von seinen Sünden freikaufen«, wetterte er und hängte einen tiefempfundenen Sermon über den Niedergang des Christentums hintan. Weder Faustus noch ich unterbrachen ihn, nickten vielmehr an den nötigen Stellen und verbargen unsere Ungeduld hinter Masken höflicher Aufmerksamkeit.

Nachdem Martinus geendet hatte, ergriff Doktor Faustus eilends das Wort: »Mir scheint, wir sollten bald von diesem Ort verschwinden«, sagte er. »Asendorfs Männer werden die Umgegend absuchen. Mein Leben ist dem Inquisitor teuer, in seiner jetzigen Lage mehr denn je.«

Daraufhin berichtete er uns, wie es ihm seit seiner Flucht vom Scheiterhaufen ergangen sei. Vor allem beim Gespräch mit Asendorf ging er freimütig in jedes Detail. Da erst begriff ich, von welchem Ausmaß das Verbrechen war, das ich mit Faustens Befreiung begangen hatte. Der Inquisitor war auf die Hilfe des Doktors angewiesen, da es sonst keine Spur zu den Mordbrennern zu geben schien. Wenn Faustus ihm nicht half, die schuldigen Ketzer aufzudecken, würde Asendorf vor dem Heiligen Stuhl ganz buchstäblich »zu Kreuze kriechen« müssen. Ich erwähnte dies treffliche Wortspiel, doch keiner der beiden Älteren lachte; vergrätzt hielt ich mich fortan mit solcherlei Späßen zurück.

Was die Flucht aus dem Wittenberger Land anging, waren die beiden Freunde einer Meinung. »Asendorf wird nicht davon ablassen, Euch zu jagen«, bestätigte Martinus. »Sicher wäre es gut, wenn Ihr für eine Weile ganz aus den Augen der hiesigen Obrigkeit verschwändet.«

Faustus nickte. »In der Tat. Und wie ich Euch kenne, lieber Luther, wißt Ihr bereits eine Möglichkeit.«

Bruder Martinus, dem diese Worte sichtlich schmeichelten, lächelte beschämt. »Nun«, begann er gedehnt, »sicher wäre es kein Zeichen von Klugheit, hätte ich

Euch befreit, nur um Euch sogleich wieder schutzlos den Klauen der Kirche auszuliefern.«

Ich kochte innerlich vor Wut über die Worte des Mistkerls. Ich war es, der Faustus befreit hatte, nicht er. Allein die Vorstellung, wie sich Martinus mit seinem Wanst durch den Schacht gequält hätte, besserte meine Laune augenblicklich; ich sah ihn vor mir, mit wedelnden Beinen, keuchend und schimpfend, wie er in dem Loch steckte gleich einem Weinpfropf. Ja, dieser Gedanke gefiel mir in der Tat.

»Traft Ihr je mit Sachsens Kurfürst zusammen?« fragte Martinus an Faustus gewandt.

»Mit Friedrich?« fragte dieser. »Nein, niemals.«

Martinus schmunzelte zufrieden. »Der Alte ist mir wohlgesonnen. Wir unterhielten uns einst über das verruchte Wesen der Kirche ...« Hier spare ich Martinus' übliche Rede zu seinem Lieblingsthema aus, mit der er uns selbst in diesem Augenblick nicht schonte.

Anschließend sagte er: »Wie dem auch sei, Friedrich steht auf meiner Seite und hat mir mehr als einmal angeboten, in schlechten Zeiten den Schutz seiner Mauern zu suchen. Als ich erfuhr, daß Ihr, Faustus, Euch in dieser Gegend aufhaltet, sandte ich vorsorglich einen Brief an meinen Gönner. Er sollte ihn spätestens übermorgen erreichen. Darin erwähnte ich, daß es nötig sein könnte, einem guten Freund und Kampfgefährten Unterschlupf zu gewähren – Ihr seht, meine Voraussicht war nicht unbegründet. Friedrich hält sich zur Zeit auf der Wartburg auf. Ihr kennt sie sicher: Sie reckt ihre Türme über Eisenach, unten an der Grenze zum Hessischen, fünf Tagesritte von hier.«

Martinus erhob sich von seinem Stuhl, trat an ein Bündel, das in einer Ecke des Raumes lag, und zog ein gefaltetes Papier hervor. »Friedrich schrieb mir schon vor Monaten diesen Passierschein. Mein Name steht darin, doch weiter südlich kennt niemand mein Gesicht. Es sollte Euch keine Schwierigkeit bereiten, damit bis zur Wartburg zu gelangen. Sagt allen, die Euch fragen, Euer Name sei Luther, und zeigt Ihnen dieses Papier. Man wird glauben, Ihr reist unter dem Schutze des Kurfürsten. Ich bin sicher, Friedrich wird Euch auf der Burg warmherzig empfangen, denn er haßt die Allmacht der Pfaffen. Ich bürge für Euch mit meinem Namen, allein das wird ihm genügen.«

Faustus nahm den Passierschein zögernd und mit sichtlicher Rührung entgegen. »Ich weiß nicht, ob ich Euer Angebot annehmen kann, lieber Freund.«

»Ach was!« rief Martinus aus. Seine wegwerfende Geste verriet Großmut, die der alte Knauser mir gegenüber nie hatte walten lassen. »Die Stunde, in der ich selbst Friedrichs Hilfe benötigen werde, wird noch lange nicht schlagen. Und bedenkt: Ihr könnt meine Unterstützung nicht ablehnen, denn der Kurfürst erwartet Euch bereits – spätestens dann, wenn mein Brief bei ihm eintrifft.«

Nun, wir alle wissen, wie es tatsächlich kam: Im Jahre 1521, sechs Jahre später, verhängte der Reichstag zu Worms eine Ächtung über den aufmüpfigen Mönch. Seine reformerische Lehre wurde verboten, ihm selbst drohten Kerker und Schlimmeres. Damals entschloß sich Kurfürst Friedrich zum Eingriff und gewährte Martinus Unterschlupf auf der Wartburg. Dort residierte er als »Junker Jörg« und begann mit der Übersetzung des Neuen Testaments. In jenem Jahr traf ich ihn wieder, wir saßen lange beisammen und leerten so manchen Becher (wobei sich sein Geiz als der alte erwies, denn die Zeche überließ er mir).

Im alten Siechenhaus bei Wittenberg ahnte freilich keiner von uns, was die Zukunft bringen würde – Faustus vorsichtig ausgenommen. Bruder Martinus griff erneut in sein Bündel und zog zwei Kutten der Augustinermönche hervor.

»Nehmt sie, sie werden Euch während der Flucht von Nutzen sein«, sagte er.

Man mag es mir als Dummheit auslegen, doch zu jenem Zeitpunkt glaubte ich noch, beide Kutten seien für Faustus. Ich wunderte mich allerdings, weshalb mir die eine kürzer als die andere erschien, zog es jedoch vor, zu schweigen.

Faustus nahm auch die Kleidungsstücke an sich, doch seine Miene blieb voller Zweifel. »Und Ihr denkt, Friedrich wird einem gesuchten Ketzer Einlaß gewähren?«

Martinus nickte eilig. »Glaubt mir, mein Wort bedeutet ihm viel. Ich habe Euch als vortrefflichen Gelehrten geschildert, und freilich wird er Euren Namen längst kennen. Friedrich ist ein großzügiger Mann, mit dem Herzen am rechten Fleck.«

Tatsächlich wurde später im gemeinen Volk behauptet, zu Friedrichs Sterbestunde seien überall im Land Regenbögen erstrahlt, und Martinus selbst sollte berichten, im Augenblick von Friedrichs letztem Atemzug sei »ein Kind zu Wittenberg ohne Haupt geboren und noch eines mit umgekehrten Füßen«. Luther blieb bis zuletzt ein Mann starker Worte.

Ich ahnte, daß sich das Gespräch dem Ende entgegenneigte, und noch immer war kein Wort über meine Belohnung gefallen. Daher mühte ich mich redlich, den Augenblick des Aufbruchs hinauszuzögern. »Was aber«, so fragte ich, »wenn auf dem Weg Asendorf selbst des Doktors habhaft wird? Sicher wird er sich durch keinen Passierschein der Welt beeindrucken lassen.«

Faustus runzelte die weiße Stirn. »Dem gilt es durch Eile entgegenzuwirken.«

»Das ist wahr«, bestätigte Martinus. »Das Schreiben des Fürsten kann euch nur vor Übeln auf dem Weg bewahren, nicht aber vor Asendorfs Männern. Wenn sie euch einholen, seid ihr allein aufeinander gestellt.«

Aufeinander? Ich war nicht ganz sicher, wie er das meinte. Fraglos konnte er nicht wirklich glauben, ich würde mich Faustus anschließen!

»Ganz richtig«, sagte Martinus lachend, als er meine Gedanken erriet. »Du, bester Wagner, wirst mit dem Doktor gehen.«

Ich sprang auf, mit solcher Heftigkeit, daß der Stuhl hintüber kippte. »Keinesfalls!« entfuhr es mir lautstark. »Ich bin kein Ketzer und will keiner sein. Ich habe mein Leben einmal zu oft aufs Spiel gesetzt. Das muß genügen!«

»Ich fürchte, dir bleibt keine andere Wahl«, widersprach Martinus. »Bleibst du in Wittenberg, wird man dir zweifelsohne auf die Spur kommen. Vergiß nicht, du hast einen gesuchten Ketzer befreit.«

Plötzlich begriff ich, daß er all das von Anfang an geplant hatte. Schnaubend vor Wut ballte ich die Fäuste, um auf ihn loszugehen. »Ihr habt mich in mein Verderben laufen lassen! Ihr seid ein schöner Vormund! Erst droht Ihr mir, mein Geld zu rauben, dann zerstört Ihr mein Leben!«

Martinus wich meinem zornigen Angriff mit erstaunlicher Behendigkeit aus und bückte sich dann hinab zu seinem Bündel, ganz so, als sei er sicher, daß ich es kein zweites Mal versuchen würde. »Dein Geld, das habe ich hier. Gut, daß du mich daran erinnerst.«

Damit zog er einen ledernen Beutel hervor, in dem es versöhnlich klimperte. »Ich habe deinen Besitz verdoppelt, mein junger Freund«, sagte er und hielt mir den herrlichen Schatz entgegen. »Nicht, weil ich deine Dienste kaufen will, sondern weil das Studium an der Seite eines Mannes wie Faustus Unbehaglichkeiten mit sich bringt, die man mit klingender Münze wenigstens zum Teil beheben kann.«

»Studium?« fragte ich überrascht und griff dabei eilig nach dem Beutel, bevor Martinus seine Meinung ändern konnte. Ich war sicher, daß die Aufregung ihn in einen Zustand zeitweiliger Umnachtung gestürzt hatte; wie sonst ließ sich seine plötzliche Freigebigkeit erklären?

»Ja, mein Lieber. Faustus wird fortan dein Lehrer sein«, entgegnete Martinus. »Vorausgesetzt, er ist einverstanden.« Damit wandte er sich erwartungsvoll an den Doktor.

Es fiel schwer, dessen Miene richtig zu deuten. Es war offensichtlich, daß ihn der Gedanke an einen Klotz am Bein nicht freudig stimmte. Andererseits stand er gleich in zweifacher Schuld: Zum einen bei Martinus, der seine Rettung veranlaßt, zum anderen bei mir, der sie ausgeführt hatte. Offenbar galt ihm Dankbarkeit soviel, daß er Martinus' Bitte nicht von vornherein ablehnte – wenngleich ich mir genau das wünschte. Hatte ich mich nicht eben erst an das gesicherte Dasein gewöhnt? An das geruhsame Leben, das Studium der Bücher? Sollte ich all das jetzt aufgeben, allein für die Aussicht auf unstete Wanderschaft? An der Seite eines verurteilten Ketzers noch dazu!

Faustus ließ sich Zeit, ehe er zur Antwort anhob. Und selbst dann noch dauerte es eine Weile, bis sein Mund die Worte formte: »Meinethalben soll er mitkommen«, sprach er und wandte sich dann direkt an mich. »Bist du gelehrig, sollst du mein Schüler sein. Bist du es nicht, trennen wir uns auf der Wartburg.«

Der Höflichkeit halber hätte er ein »Einverstanden?« anfügen können, doch das tat er nicht. Für ihn waren seine Worte Beschluß.

Auch Martinus gab sich damit zufrieden, und mich selbst fragte ohnehin keiner mehr. Ich öffnete den Mund, um zu widersprechen, als Faustus plötzlich den Zeigefinger an seine Lippen hob und lautlos vom Stuhl sprang. Eilig löschte er die Kerze und huschte ans Fenster. Ich sah unsicher zu Martinus hinüber, doch in der Dunkelheit war sein Gesicht kaum mehr als ein Schemen. Mit einemmal überkam mich Furcht. Sollte das bedeuten –

»Wir sind entdeckt!« zischte Faustus.

Er starrte angestrengt hinaus in die Nacht. Martinus und ich traten an ein Fenster auf der anderen Seite des Eingangs und taten es ihm gleich. Vor den trüben Scheiben war nichts als mitternächtliche Schwärze. So sehr ich mich auch bemühte, etwas zu erkennen, Gestalten vielleicht oder nur eine Regung – ich sah nichts außer Finsternis. Martinus und ich wechselten einen Blick, er zuckte mit den Schultern. Gemeinsam schauten wir fragend zu Faustus hinüber.

Der Doktor war indes in hektische Betriebsamkeit geraten. Er sprang zum Tisch und schob ihn von innen gegen die Haustür.

»Glaubt Ihr, daß sie das aufhalten wird?« wagte ich zweifelnd anzumerken.

Faustus schenkte mir einen zornigen Blick. »Helft mir lieber, statt sinnlos herumzureden!«

Dabei drehte er den Tisch auf die Seite, so daß die Platte an der Tür lehnte. »Den Schrank, dort drüben!« befahl er. Martinus und ich beeilten uns, ihm ohne Widerspruch beizustehen. Gemeinsam schoben wir einen schweren Eichenschrank mit zerbrochenen Türen gegen den Tisch. Noch immer zweifelte ich: Was half es, die Tür zu versperren, wenn allein im Erdgeschoß ein halbes Dutzend Fenster nach außen wiesen?

»Und nun?« fragte ich.

Draußen in der Nacht erklang ein gedämpfter Schrei. Es mochte ein Tier gewesen sein oder auch ein verstelltes Kommando. Mit einemmal glaubte ich Faustus aufs Wort: Asendorfs Männer hatten den Hügel umstellt. Wahrscheinlich rückten sie schon in geschlossener Formation den Hang herauf, leise, gebückt, die Waffen gezogen. Die Erkenntnis der

Tragweite meines Bubenstücks durchmischte sich jetzt mit dem Begreifen, daß der einzige Weg heraus geradewegs auf den Scheiterhaufen führte. Wer Ketzer unterstützte, war selber einer. Das Gesetz der Heiligen Inquisition ließ in dieser Hinsicht keine Fragen offen.

Plötzlich packte Faustus mit einer seiner knochigen Hände Martinus' Oberarm. »Wo ist die Falltür?« fragte er.

Falltür? Was meinte er?

Martinus deutete auf die Feuerstelle des offenen Kamins, die groß genug war, daß vier Menschen nebeneinander darin hätten Platz finden können. »Dort vorn«, sagte er, löste sich von Faustus und eilte hinüber. Mit dem Fuß begann er, kalte Asche vom Boden der Feuerstelle zu scharren. Darunter kam eine eiserne Platte zum Vorschein. Als Martinus mit der Ferse darauf pochte, ertönte ein hohler, dumpfer Klang.

»Woher wußtet Ihr, daß es hier eine Falltür gibt?« fragte ich Faustus verblüfft.

Der Doktor eilte zu Martinus und zog mit ihm an einem rostigen Haltering im Boden. Erst als ich den beiden zur Hilfe kam, gelang es mit vereinten Kräften, die geheime Öffnung freizulegen.

Martinus wandte sich noch einmal um und griff nach seinem Bündel. Es war lang und sperrig, als bewahre er darin Eisenstangen oder Schwerter auf. Er warf es in die dunkle Tiefe, und schon nach einem Herzschlag hörten wir den Aufprall. Martinus sprang todesmutig hinterher.

Ich war der nächste, doch bevor ich mich an der Kante herablassen konnte, hielt Faustus mich für einen Moment an der Schulter zurück. »Merk dir gut: Bei geheimen Treffen wie diesem, wähle immer einen Ort, an dem es mehr als einen Ausgang gibt.«

»Dann wußtet Ihr, daß Ihr Euch auf Martinus verlassen könnt«, stellte ich erstaunt fest.

Faustus nickte. »Er wäre niemals so dumm gewesen, uns beide und sich selbst in eine Falle zu locken. Wenn er dieses Haus als Ort unserer Zusammenkunft wählte, mußte es einen geheimen Fluchtweg geben. Abgesehen davon: Viele Siechenhäuser im ganzen Land besitzen unterirdische Keller und Katakomben. Während der großen Pestepidemien war keine Zeit, die Leichen der Kranken, die hier zusammengepfercht wurden, von einem Ort zum anderen zu transportieren. Man warf sie einfach durch Falltüren hinab in die Tiefe, bahrte sie bestenfalls dort unten auf.«

Ich nickte, beeindruckt, wie viel von diesem Mann zu lernen war. Vielleicht war der Wechsel meines Lehrherrn doch zu meinem Besten.

Ich sprang wagemutig in die Tiefe und spürte bereits im nächsten Augenblick harten Boden unter den Füßen. Eilig trat ich zur Seite, um auch meinem neuen Meister den Zutritt zur Unterwelt der Pestleichen zu ermöglichen. Es dauerte einen Moment, dann sprang er hinter mir hinab. Ich fragte mich, was er oben noch getan haben mochte, das seine Flucht verzögert hatte; dann erkannte ich das Seil, dessen eines Ende er in Händen hielt. Die andere Seite mußte er an einen zweiten Ring an der Unterseite der Eisenplatte befestigt haben. Zu dritt zogen wir daran und schlossen so den Zugang hinter uns. Einen winzigen Moment bevor die Platte zurück in ihre Fassung krachte, hörte ich, wie oben im Haus die Fenster zersplitterten. Asendorfs Männer strömten herein. Unser Vorsprung war denkbar gering.

Martinus zog aus seinem Bündel eine Fackel und entzündete sie. In ihrem Schein erkannten wir, daß wir uns am oberen Ende eines abschüssigen Tunnels befanden. Rechts und links von uns waren Gittertüren im Gestein eingelassen. Die gesamte Umgebung ähnelte verblüffend den unterirdischen Kerkergewölben, aus denen ich Faustus befreit hatte.

Der Doktor band das Ende des Seils eilig um eines der Gitter, zog es straff und vertaute es mit einer Reihe komplizierter Knoten. Asendorfs Männer würden nun auf gehörige Schwierigkeiten stoßen, wenn sie versuchten, die Falltür zu öffnen.

»Was sind das für Verliese?« fragte ich, während wir den finsteren Gang hinabeilten.

Martinus, der mit seiner Fackel voranlief, gab mir die Antwort: »Keine Verliese«, sagte er knapp. »Hier unten wurden jene Pestkranken eingesperrt, die der Schwarze Tod gräßlich entstellt hatte. Hätte man sie oben im Haus behalten, hätten alle Neuankömmlinge, bei denen zum Teil nur der Verdacht auf Krankheit bestand, unweigerlich die Flucht ergriffen. So landeten die schweren Fälle hier unten, damit es oben nicht zur Rebellion kam.«

Das schien mir Sinn zu machen. Die Pest war noch lange nicht besiegt, immer wieder flackerte sie überall in Europa von neuem auf. Im Wittenberger Land lag die letzte verheerende Seuche bereits Jahrzehnte zurück. Aus jener Zeit stammte diese Anlage. Siechenhäuser gab es Hunderte im ganzen Reich; ihr einziger Zweck war es, die Kranken an einem Ort zusammenzupferchen, um so zu versuchen, die Gefahr der Ansteckung in den Städten geringzuhalten – mit mäßigem Erfolg.

Der Gang führte in einem langgestreckten Bogen nach unten. Ich hoffte, daß unter den Wittenberger Landsknechten, die Asendorfs Truppe zweifellos verstärkten, keiner war, der den geheimen Ausgang kannte.

Nach einer Weile blieben die Gittertüren hinter uns zurück. Zu beiden Seiten des Tunnels waren nun Nischen aus dem massiven Stein der Wände gehauen. In vielen moderten spröde Gebeine.

»Können wir uns daran nicht mehr anstecken?«

fragte ich ängstlich; Vorsicht ist bis heute eine meiner vordersten Tugenden geblieben.

»Wir wollen es nicht hoffen«, gab Faustus zur Antwort. Ich vermochte nicht zu erkennen, ob er die Worte ernst meinte oder vielmehr nur meine Unwissenheit belächelte. Ich entschied mich vorsorglich für letztere Möglichkeit. Trotzdem spürte ich am ganzen Leib ein entsetzliches Jucken. Ich war dankbar für die Dunkelheit; ansonsten hätte ich kaum der Versuchung widerstehen können, meine Haut nach schwarzen Blasen abzusuchen.

Wir eilten weiter den Gang hinab, während hinter uns das Pochen auf der Falltür heftiger wurde.

»Werden sie uns folgen können?« fragte ich.

Faustus schüttelte den Kopf. »Das glaube ich nicht. Sie werden statt dessen in die Umgebung ausschwärmen. Auch sie können sich denken, daß dieser Gang nicht endlos ist. Irgendwo müssen wir wieder hinaus ins Freie. Wenn wir Pech haben, erwarten sie uns dort.«

Meine Hoffnung auf einen glücklichen Ausgang unserer Flucht verrauchte ins Nichts. Asendorf und die seinen waren nicht zu unterschätzen; wir waren nicht die ersten Menschen, auf die der Inquisitor Jagd machte.

Der Geheimgang endete an einer Mauer. Über unseren Köpfen befand sich eine weitere Falltür, die nach oben führte. Martinus stieß mit der Fackel danach, doch die einzige Folge war, daß sich ein Funkenregen auf unsere Häupter ergoß.

Faustus hielt ihn zurück. »Bevor wir dort hinaufsteigen und vielleicht keine Zeit zum Gespräch bleibt, muß ich Euch um etwas bitten, Freund Luther.«

»So bittet«, erwiderte Martinus ungeduldig.

»Der Priester«, sagte Faustus. »Der Priester, der von den Ketzern in seiner Kirche verbrannt wurde, kanntet Ihr ihn?«

Martinus hob die Schultern. »Flüchtig. Wir unterhielten uns das eine oder andere Mal. Aber ich besuche die Messe im Kloster, nicht die in der Schloßkirche. Weshalb wollt Ihr das wissen? Wenn Asendorf uns fängt, wird er Euch sein Angebot kaum ein zweites Mal machen.«

»Ich brauche sein Angebot nicht«, entgegnete Faustus geheimnisvoll. »Gab es irgendwelche Besonderheiten im Lebenswandel des toten Priesters?«

Martinus trat rastlos von einem Fuß auf den anderen; es war ihm nicht recht, noch länger hier unten aufgehalten zu werden. »Er kam vor gut zehn Jahren nach Wittenberg. Er war schon alt, und er machte auf mich den Eindruck eines gelehrten, weitgereisten Mannes. Es hieß, er habe eine Weile im Ausland gelebt, doch ich weiß nicht, was davon der Wahrheit entspricht. Es wird so vieles gefaselt, so vieles, das ohne jede Bedeutung ist. Dabei ist es doch die Kirche, um die es gehen sollte, denn allein sie – «

»Ja, ja«, unterbrach Faustus ihn unhöflich. »Fällt Euch sonst noch etwas zur Person des Toten ein?«

Martinus schüttelte gekränkt den Kopf. »Nein.«

Mein neuer Meister seufzte, dann legte er seinem Freund die Hand auf die Schulter. »Nichts für ungut«, bat er und wandte sich dann an mich: »Steig auf die Schultern dieses wertvollen Mönches. Vielleicht gelingt es dir, die Falltür zu öffnen. Aber gib acht, daß keiner von Asendorfs Männer obendrauf steht.«

Martinus entrang sich ein Lächeln und bückte sich, damit ich seine breiten Schultern besteigen konnte. Ich war damals achtzehn Jahre alt und beileibe kein Federgewicht. Ich war größer als Martinus (wenn auch nicht so lang wie Faustus), und es muß kein Leichtnis für ihn gewesen sein, mich in die Höhe zu stemmen. Er tat es trotzdem ohne Murren, auf daß ich schon Augenblicke später beide Hände gegen das kalte Eisen der Falltür pressen konnte.

Mit einem Keuchen gelang es mir in der Tat, die Platte aus ihrer verkrusteten Verankerung zu lösen. Durch einen schmalen Spalt, kaum so breit wie mein kleiner Finger, drang mir frische Luft entgegen. Da erst wurde mir klar, wie erbärmlich es in dem unterirdischen Grabtunnel stank. Ich drückte fester, jetzt in groben, rhythmischen Stößen, bis die Platte sich vollends anheben und zur Seite schieben ließ. Mühevoll versuchte ich, die Dunkelheit mit Blicken zu durchdringen. Breite Farnwedel bedeckten von außen die Öffnung.

»Zieh dich nach oben«, raunte Faustus hinauf und löschte zugleich die Fackel, damit ihr Schein uns nicht verriet.

Ich tat, wie mir geheißen, stieß mit dem Kopf durch Farnblätter und zog schließlich auch den Rest meines Körpers ins Freie. Vorsichtig sah ich mich um, von der Schulter abwärts immer noch von den Pflanzen verborgen. Um mich waren Wald und dichtes Unterholz. Es war immer noch stockfinster. Durch die Äste konnte ich die funkelnden Sterne am Nachthimmel erkennen. Zwanzig Schritte weiter zu meiner Rechten schien der Wald zu enden; dahinter erhob sich in einiger Entfernung, eher zu erahnen als wirklich zu sehen, der Hügel mit dem Siechenhaus. Von dort erklangen die Rufe unserer Verfolger. Fackeln huschten über die Hänge, Irrlichter in der kühlen Nacht.

»Ihr könnt heraufkommen«, flüsterte ich über die Schulter in den Einstieg hinab. Dann bahnte ich mir so geräuschlos wie möglich einen Weg aus dem Dickicht. Nach einer Weile wunderte ich mich, warum keiner der beiden anderen nachkam. Schließlich erreichte mich das leise Rufen meines Meisters. Ich eilte sogleich zurück und bemerkte, daß der Doktor zwar bereits inmitten der Farnsträucher saß, es ihm aber nicht gelang, den schweren Martinus allein durch die Öffnung zu ziehen.

Unwillig sah er zu mir auf. »Du mußt noch viel lernen, mein Junge.«

Ich verkniff mir ein Grinsen und hockte mich neben ihn. Martinus reichte mir von unten das schwere, sperrige Bündel entgegen, ich nahm es und legte es beiseite. Dann zogen wir den Mönch mit vereinten Kräften ins Freie.

Martinus sah aus, als wolle er mich mit einer ganzen Fülle von Flüchen bedenken, zog es aber angesichts der Gefahr für uns alle vor, zu schweigen.

Als wir schließlich außerhalb des Farndickichts standen, entrollte Martinus am Boden sein Bündel, und zum Vorschein kamen ein Schwert und zwei mannslange Holzstäbe. Die Klinge stak in einer einfachen Scheide. Ihr Griff war durch einen verschnörkelten Gitterkorb geschützt. Es war zweifellos eine wertvolle Waffe.

Um so erstaunter war ich, als Martinus sie mir achtlos entgegenhielt. »Hier, das ist für dich«, sagte er. »Du kannst doch damit umgehen, nicht wahr?«

Ich konnte mein Glück kaum fassen und entrang mir ein fades »Leidlich«. Eine solche Waffe, ganz für mich allein! Sollte ich Martinus all die Jahre über fälschlich des Geizes bezichtigt haben? Die vergangenen Stunden stellten das Bild, das ich mir von ihm gemacht hatte, vollends auf den Kopf.

»Und diese beiden«, sagte der Mönch und nahm die Kampfstäbe zur Hand, »sind wohl uns beiden angemessen.« Dabei überreichte er einen an Faustus, der ihn prüfend in den Händen wog. Schließlich nickte er zufrieden.

Außer den Waffen befanden sich in dem Bündel noch zwei weitere Fackeln und ein zugezurrter Beutel, kindskopfgroß, den Martinus Faustus übergab. »Das eine oder andere darin mag Euch von Nutzen sein. Es wird nicht die Dinge aufwiegen, die Asendorf Euch abnahm, aber es war alles, was ich in der Eile besorgen konnte.«

Faustus band sich den Beutel an den Gürtel, dann schüttelte er Martinus warmherzig die Hand. »Ich danke Euch noch einmal«, flüsterte er.

Wir machten uns auf den Weg und gelangten nach einigem Umherirren auf einen schmalen Pfad. Hinter uns waren noch immer die Rufe unserer Jäger zu hören. Immer häufiger hörte ich es von allen Seiten im Unterholz knistern. Mancher Laut mochte von Tieren herrühren, doch ich bezweifelte nicht, daß Asendorfs Männer längst den Wald durchkämmten.

Nach einer Weile erreichten wir einen kleinen Tümpel inmitten hoher Tannen. Hier erwarteten uns drei weitere Pferde. Martinus hatte in der Tat an alles gedacht. Ich bewunderte ihn dafür, daß er in der Kürze der Zeit solch aufwendige Vorbereitungen hatte treffen können.

So schnell es der enge Pfad durch die Wälder zuließ, galoppierten wir davon. Es gab keinen Anhaltspunkt dafür, welche Himmelsrichtung wir einschlugen, doch Martinus wies uns kundig den Weg. Mir schien eine kleine Ewigkeit vergangen, ehe wir endlich den Waldrand erreichten. Von dort aus folgten wir einem Weg durch offene Felder, der uns schließlich bis zu einem Kreuzweg unter einer hohen, weitgefächerten Linde führte.

Martinus zügelte sein Roß, wir anderen taten es ihm gleich.

»Von hier aus müßt ihr den Weg allein finden«, sagte er.

Ich begriff, daß die Stunde des Abschieds gekommen war. Und was ich nie für möglich gehalten hätte, geschah: Ich spürte Trauer darüber. Mochte ich den groben Mönch auch noch so oft verflucht haben, so hatte ich ihn doch über die Jahre hinweg liebgewonnen.

Faustus und er schüttelten sich erneut die Hände. »Denkt an die Kutten«, empfahl Martinus. Meine eigene steckte noch zusammengeknüllt hinter meinem Gürtel. Das Schwert hatte ich am Sattel des Pferdes befestigt. »Ihr seid jetzt Augustinermönche«, flachste mein scheidender Vormund.

»Wird man Euch in Wittenberg nichts Übles wollen?« fragte ich.

Martinus schüttelte den Kopf. »Keiner hat mich hier gesehen. Niemand wird mich verdächtigen. Und falls man mich fragt, was aus dir geworden ist, werde ich sagen, du seist bei Nacht und Nebel fortgegangen. Sicher werden sie irgendwann, was dich betrifft, die richtigen Schlüsse ziehen, aber mir droht keine Gefahr. Hab also keine Angst um mich, mein Junge.«

Wir umarmten uns in aller Eile, dann ritt er mit zum Gruß gereckten Arm davon, ohne ein weiteres Wort, ohne sich umzusehen.

Faustus schenkte mir ein aufmunterndes Lächeln. Ich nickte ihm stumm zu, zog mir die Kutte über den Kopf und bemühte mich, an all die guten Dinge zu denken, die vor mir liegen mochten. Es gab viele liebe Bekannte, aber kaum einen engen Freund, den ich in Wittenberg zurückließ, und selbst der Krämerstochter, die mir manch heißen Blick geschenkt hatte, weinte ich nicht nach. Nein, die einsame Träne, die ich vergoß, galt Bruder Martinus.

Nachdem auch Faustus die Mönchskutte übergestreift hatte, ließ er sein Pferd wenden.

»Nach Süden«, rief er munter, trat seinem Tier in die Flanken und sprengte eilends voran.

Ich ritt an seiner Seite, ebenso schnell, ebenso aufgeregt, doch in Gedanken ganz woanders.

Kapitel 3

Wir ritten die Nacht hindurch bis in den späten Vormittag. Als die Sonne ihren höchsten Stand erreichte, überschritten wir die Grenze zum Mansfelder Land. Vor uns lag der Harz. Von einem Hügel aus sahen wir, wie er sich wuchernd nach Süden und Westen erstreckte: Eine wilde, bergige Landschaft, bedeckt von schwarzen Forsten, die sich bis ins Unendliche dehnten. Die Hänge waren hoch, mitunter steil und felsig, die Täler grundlos und dunkel. Eisige Bäche schoßen geschwind in die Tiefe, und die kargen menschlichen Ansiedlungen zu beiden Seiten unseres Weges wurden seltener und verschwanden schließlich ganz. Die unheimlichen Wälder schienen sich vor uns zu öffnen und wieder zu schließen, nachdem wir sie einmal betreten hatten. Ein Gefühl angstvoller Beklemmung beschlich mich, während wir auf engen, unbelebten Pfaden vorwärtsritten.

Ich war überzeugt, daß uns hier von Asendorfs Seite aus keine Gefahr mehr drohte. Faustus aber erging sich in düsteren Warnungen, den Feind niemals zu unterschätzen.

»Ich bin sicher«, sagte er, »Asendorf wird uns weiterhin jagen. Er wird uns hetzen bis ans Ende seiner Tage, da besteht kein Zweifel.«

»Dann glaubt Ihr, er ist noch hinter uns?« fragte ich eingeschüchtert.

Faustus nickte unheilschwanger. »Ganz bestimmt sogar. Wir sehen ihn nicht, aber jeder Moment des Verschnaufens kann unser letzter sein. Ich kenne den Hexenjäger – er ist beharrlich in seinem Streben.«

So zogen wir weiter durch die Wälder, ohne eine

menschliche Seele zu treffen. Nach einer Weile bemühte ich mich, der urwüchsigen Gegend eine natürliche Schönheit abzugewinnen, doch es blieb bei dem hehren Versuch. Selbst zwitschernde Vögel schienen mir hier wie die Vorboten kommenden Unglücks. Hinter jedem Baumstamm, jenseits jeder Kehre mochten die Geister des Waldes auf uns lauern. Ich erinnerte mich an all die Legenden von grausamen Hexen und Harzer Riesen, an Kobolde, Wichtel und Erdgespenster. Ich war stets ein Mann, der Aberglauben von Wahrheit zu unterscheiden wußte, doch auf jener Flucht, gejagt von den Schergen des Inquisitors und gefangen in einer Landschaft, die so eindeutig nicht für uns Menschen gemacht war, zitterten mir die Knie vor Angst.

Ich beschloß, mich von den bösen Ahnungen abzulenken und das Gespräch mit Faustus zu suchen.

»Meister – wenn ich Euch fortan so nennen darf –, warum habt Ihr Bruder Martinus nach dem toten Priester befragt?«

Der Trab seines Pferdes ließ die zurückgeschlagene Kapuze des Doktors auf und nieder wippen. Er blickte starr geradeaus, als könnten seine Augen durch die Mauer des Waldes hindurchblicken, nach Süden, in freundlichere Lande.

Schließlich erwiderte er: »Ich wollte wissen, ob es einen Grund für die Mordbrenner gab, den Pfaffen zu töten. Dafür aber mußte ich mehr über sein Leben erfahren, mehr über seine Vergangenheit.«

»Und?« fragte ich weiter. »Wißt Ihr nun mehr?«

»Du hast es doch selbst gehört, Wagner, der Priester war ein gescheiter, weltgewandter Mann.«

»Aber das reicht nicht aus, um mehr über seinen Tod herauszufinden«, widersprach ich.

»So, glaubst du? Nun, wie wäre es dann mit dem Hinweis, daß er einst im Ausland lebte?« Das Frage-Antwort-Spiel schien ihn zu belustigen.

Ich hob schweigend die Schultern und wich einem tiefhängenden Fichtenzweig aus.

»Warten wir ab«, sagte Faustus. »Es mag die Zeit kommen, da uns dieser Hinweis und manch anderer ein Bild der Wahrheit vermitteln wird.«

»Ich nahm an, Ihr wolltet dem Inquisitor gerade deshalb entkommen, um ihn nicht in dieser Sache unterstützen zu müssen?« Die Beharrlichkeit meines Meisters erstaunte mich. Wozu das alles?

Faustus schüttelte den Kopf. »Ich werde keinen Finger krümmen, um Asendorf zu helfen. Doch was spricht dagegen, herauszufinden, was mit diesem und den anderen Priestern geschah?«

»Über die Ihr alle nichts wißt«, wagte ich einzuwenden und erwartete sogleich eine Schelte.

Doch Faustus verzichtete darauf, mich zu maßregeln. Vielleicht gefiel es ihm gar, daß da einer war, der ihm trotzte. »*Noch*, mein guter Wagner, noch weiß ich nichts darüber.«

»Dann wollt Ihr die Sache wirklich weiterverfolgen?«

»Hast du etwas Besseres vor?«

Das hatte ich in der Tat, wenngleich ich mich nicht getraute, es laut auszusprechen: Ich wollte von Faustus lernen, in Laboratorium und Lesesaal. Keineswegs stand mir der Sinn danach, ihm als Handlanger bei solcherlei Unsinn zur Seite zu stehen.

Faustus schien in meinem Innersten zu lesen: »Du solltest dich mit dem Gedanken vertraut machen, daß eine Lehre bei mir nicht damit getan ist, sich die Nase mit dem Staub alter Bücher zu pudern. Siehst du hier irgendwo eine Bibliothek? Oder auch nur ein Bücherregal? Eben, mein Bester. Ein Studiosus unter Doktor Faustus lernt sein Geschäft mit den Händen im Schmutz, beim Pflücken von Wunderwurzeln und in der Walpurgisnacht hoch auf dem Blocksberg. Die brave Zeit des Sitzens ist vorbei. Von heute an wirst du die wahren Geheimnisse erlernen, jene, die in keinem Folianten geschrieben stehen – zumindest nicht in solchen, wie du sie aus Wittenberg kennst. Sei bereit für Neues, Wagner, und sei in Teufelsnamen *offen.*«

Seine Worte waren nicht ohne Wirkung, wenngleich sie mich ein wenig kränkten. Ich war keiner, dessen Füße unterm Studienpult verstaubten, von morgens bis abends, sommers wie winters. Hatte ich ihm nicht meine Tatkraft bewiesen? War nicht ich es gewesen, dem er sein Leben verdankte?

»Das weiß ich alles«, sagte er, ohne daß ich meine Gedanken in Worte gefaßt hätte. Herrgott, konnte er wahrlich in meinen Schädel blicken? »Du besitzt Wagemut und ein gewisses Geschick«, fuhr er fort, obgleich ihm mein Erschrecken kaum entgangen sein konnte. »Das waren die Voraussetzungen, aufgrund derer ich dich in meine Dienste nahm. Nun aber gilt es, dich auch für die höheren Dinge als tauglich zu erweisen. Nicht allein Witz ist gefragt, sondern Weisheit.«

Daraufhin schwieg ich und tat wohl auch gut daran, denn Faustus trieb sein Pferd plötzlich zur Eile, galoppierte bis zur nächsten Biegung und blieb dort stehen. Aufmerksam schien er in die Wälder zu lauschen.

Ich blieb eine Weile zurück, um ihn nicht zu stören, dann schloß ich auf. Noch immer wagte ich nicht zu sprechen.

Ein Knirschen und Knarren zerriß die Stille, ein langgezogener, jammervoller Laut wie von berstendem Holz. Vor meinen Augen erstand das dämonische Bild eines Riesen, der sich mit Pranken und Füßen einen Weg durch die Wälder bahnte. Fauchend und zornig trampelte der Gigant eine Schneise ins friedliche Grün. Vögel stoben auf und stiegen flatternd gen Himmel. Baumstämme knickten wie Grashalme.

Und tatsächlich illustrierte mein Hirngespinst das

andauernde Knirschen aufs Trefflichste. Ich zweifelte nicht, daß ich mit meiner Ahnung richtig lag. Wir hatten einen der Geister des Waldes geweckt. Nun kam er, um grausame Rache zu nehmen.

Faustus trieb sein Tier weiter vorwärts. Ich wollte ihn zurückhalten, wagte aber nicht, mich als Feigling zu erweisen. So ritt ich todesmutig hinter ihm drein, verkrampft vom Kinn bis zur Sohle, bebend und bereit, mit meinem Leben abzuschließen.

(Euch, kopfschüttelnder Leser, sei versichert, daß auch ich gelernt habe, daß es weder Riesen noch Waldgeister gibt. Aber bedenkt meine angstvolle Lage: Hinter uns der sichere Tod in Gestalt der Heiligen Inquisition, um uns das unerforschte Waldland, und vor uns eine Quelle übler Laute. Bedenkt gefälligst Eure eigene Verfassung in solch einem Augenblick, ehe Ihr die meine verurteilt!)

Langsam ritten wir weiter den Waldpfad entlang. Ich mühte mich, einen heimlichen Blick in Faustus' Gesicht zu werfen, doch er befand sich vor mir, und sein schwarzer Haarwust machte es unmöglich, seine Züge zu erkennen. Das Geräusch hielt an, es knirschte ohne Unterlaß. Und je weiter wir ritten, desto lauter wurde es.

Die Sonne hatte fast ihren höchsten Stand erreicht. Sie tauchte den geschlängelten Weg zwischen den Bäumen in helles Frühlingslicht. Ihr gleißender Schein verdrängte meine Verzweiflung ein wenig. Ich hob das Gesicht, um es von dem feurigen Glutball erwärmen zu lassen. Schon spürte ich, wie meine furchtsame Anspannung nachließ. Funken tanzten hinter meinen geschlossenen Lidern. Die Wärme prickelte wohlig auf meiner Haut.

Plötzlich war mir, als schiebe sich etwas vor die Sonne. Ein kühler Schatten huschte über mein Gesicht. Als ich die Augen öffnete, waren sie von der Helligkeit betäubt, und einen panischen Moment lang war ich völlig geblendet. Erst als sich meine Blicke klärten, erkannte ich, daß die Sonne unverändert am blauen Himmel hing. Auch Faustus verriet keine Sorge. Hatte ich mich getäuscht?

Keineswegs, denn im selben Augenblick verdunkelte erneut ein mächtiger Schatten das glühende Gestirn. Hoch erhob er sich über die Wipfel der Bäume, lang und schwarz, seine Form von den gleißenden Strahlen verzerrt. Erschrocken keuchte ich auf und riß mit aller Kraft am Zügel des Pferdes. Wiehernd bäumte es sich auf, ich spürte noch, wie ich den Halt verlor, dann stürzte ich hinterrücks ins Leere und prallte schmerzhaft auf den Waldweg. Wie betäubt taumelte ich auf die Füße, hörte erneut das furchtbare Knirschen, sah mich um – und erblickte Faustus, der sich schüttelte vor Lachen.

»Was, mein lieber Wagner, bezweckt Ihr mit dieser amüsanten Darbietung, wenn die Frage gestattet ist?« Sein Gesicht hatte zum ersten Mal einen Hauch von Farbe bekommen, so sehr belustigte ihn mein Sturz vom Pferd.

»Ich … nun …« Weiter kam ich nicht, denn wieder schob sich ein Schatten über den Weg und verdunkelte die Sonne.

Nun erkannte ich freilich, was ihn verursachte. Vor uns, auf einer Erhebung im Wald, stand eine Mühle. Sie war von hier aus nicht zu sehen, doch ragten ihre Flügel über die Bäume hinaus, und bei jeder Drehung schoben sich ihre Enden nacheinander vor die Sonne. Von ihnen rührte auch das erbärmliche Knirschen, denn der Wind ließ die hölzernen Gewinde ächzen.

Kleinlaut enthielt ich mich jeder Erklärung, packte mein Pferd am Zügel und schwang mich stumm zurück in den Sattel. Mein Hintern schmerzte, ebenso mein Rücken, doch gab ich mir alle Mühe, mein Leid zu überspielen. Ein schöner Zauberlehrling war ich; witterte ich doch schon hinter den Flügeln einer Mühle magische Gefahren.

Griesgrämig kauerte ich im Sattel und blickte starr auf Faustus, der nun wieder vor mir ritt und gelegentlich fröhlich vor sich hinlachte. Mürrisch stellte ich fest, daß der Mann mehr Humor besaß, als erwartet – wenn auch zum falschen Zeitpunkt. Ha, warte nur, dachte ich, es kommt der Moment, an dem ich über dich lache! Um nichts in der Welt hätte ich dies laut ausgesprochen; wenngleich mir Faustens Fähigkeit einfiel, meine Gedanken zu lesen. Doch falls er es wirklich vermochte, so hielt er sich nun zurück. Wahrscheinlich beschäftigten ihn längst ganz andere Dinge.

Wir kamen um eine Wegkehre, ritten einen ansteigenden Pfad hinauf, und plötzlich stand die Mühle vor uns. Sie war nicht allzugroß, ein häßlicher Kegel aus grobem Stein, an dessen Vorderseite sich das riesige Kreuz der Windflügel drehte. Es gab einen niedrigen Anbau, über dessen Tür ein hölzernes Schild in der Brise schaukelte. *Zur schönen Müllerin* stand darauf in liebloser Handschrift. Der Besitzer unterhielt neben seiner Mühle auch die einzige Schänke diesseits der Berge – eine Verbindung, die keinesfalls selten war. Viele Müllersleute im ganzen Land nutzten den Umstand, daß alle Bauern der Umgebung gezwungen waren, die Ernte bei ihnen mahlen zu lassen. So wurden die Mühlen überall zum Treffpunkt, und nicht wenige betrieben einen Ausschank. Oftmals war damit mehr zu verdienen als mit dem schlichten Getreidemahlen.

Vor dem Gasthaus standen zwei Pferdewagen, beladen mit vollen Mehlsäcken. Aus einem offenen Fenster erklangen Stimmen. Offenbar nutzten die Bauern den Besuch beim Müller für ein paar Krüge Bier, von denen ihre Weiber nichts ahnten.

Wir banden unsere Pferde vor dem Eingang an. Bevor wir eintraten, zischte Faustus mir zu: »Denk daran, wir sind Augustinermönche auf dem Weg nach Süden. Überlaß mir das Reden.«

Innerlich rümpfte ich die Nase ob diesen Mißtrauens, tat aber, was mein Meister verlangte.

Die schöne Müllerin, die das Türschild versprach, entpuppte sich als feister Kerl mit buschigen, schwarzen Augenbrauen und schweißglänzender Glatze. Seine riesigen Hände sahen aus, als mahle er das Korn mit den Fingern; der Bierkrug, den sie hielten, verschwand fast völlig darin. Er saß mit zwei Bauern und ihren vier Knechten an einem runden Tisch und war allein an seiner ledernen Schürze zu erkennen. Als wir eintraten verstummte das Gespräch der Männer, und der Müllerwirt stand auf.

»Seid willkommen«, sagte er freundlich, wohl, weil man in dieser Gegend gläubig war und unsere Mönchskutten Eindruck machten.

Faustus erwiderte den Gruß. »Bruder Martinus«, stellte er sich vor und ließ mich selbst außer acht. Na schön, dachte ich mir, verschwinde ich halt in seinem Schatten, wenn er es will. Sollte er sich beim nächsten Mal doch selbst befreien.

Mein Meister bat um eine Mahlzeit und zwei Krüge mit klarem Wasser (*Wasser!* Ich traute meinen Ohren nicht!). Außerdem fragte er, ob es möglich sei, für einige Stunden zu ruhen.

Der Wirt erwiderte, er habe in seinem Haus keine Gastzimmer, wolle zwei Dienern Gottes aber gern seine eigene Kammer zur Verfügung stellen. Faustus nahm das Angebot an und sagte, der Segen des Herrn sei dem guten Mann dafür sicher. Die Bauern verabschiedeten sich, und wir blieben allein mit dem Müller zurück. Er beeilte sich, uns ein karges Mahl aufzutragen – Brot, Butter und paar Scheiben fetten Käse – und setzte sich dann wie selbstverständlich zu uns an den

Tisch. Da seine Kundschaft fort war, blieb ihm offenbar keine Arbeit zu tun.

»Gestattet mir die Frage«, bat Faustus, »aber woher nehmen die Bauern das Getreide, das sie Euch bringen? Mir scheint, es gibt hier nur Wald und keine Felder.«

Der Müller grinste und entblößte sein lückenhaftes Gebiß. »Überm Hügel gibt's ein Tal, wo ein kleines Dorf liegt. Die Leute dort haben schon vor Generationen ein paar von den Hängen gerodet. Aber Ihr habt recht, Bruder, mein Geschäft läuft nicht gut. Das wenige Korn, das die kleinen Felder abwerfen, lastet mich kaum aus. Mir bleibt gar nichts anderes übrig, als Bier und Wein auszuschenken. Das stärkt mir ein wenig den Rücken, wenn ich so sagen darf.«

Faustus nickte verständnisvoll. Wir hatten beide während der ganzen Zeit unsere Kapuzen hochgeschlagen, um uns nicht durch die fehlende Tonsur zu verraten. Faustus' schwarze Mähne quoll trotzdem darunter hervor. Den Müller schien dies nicht zu stören. Er war sichtbar glücklich, ein paar neue Gesichter zu sehen. Trotz seiner plumpen Gestalt besaß er ein sanftes Gemüt.

»Sagt, wie ist Euer Name?« fragte mein Meister.

»Friedbert«, entgegnete der Mann, lehnte sich zurück und nahm vom Nachbartisch, an dem zuvor die Bauern gesessen hatten, seinen halbvollen Bierhumpen.

Faustus schob sich ein großes Stück Käse in den Mund und sagte kauend: »Sicher erhofft Ihr Euch von zwei Durchreisenden Neuigkeiten aus der weiten Welt.« Tatsächlich war es üblich, daß man als Gast von dem berichtete, was man an kleinen und großen Ereignissen auf seinem Weg geschaut hatte. In abgelegenen Landstrichen wie diesem war das für die Einheimischen die einzige Möglichkeit, zu erfahren, was im übrigen Reich vor sich ging.

Der Müller lächelte und nahm einen Schluck von seinem Bier. »Schön wär's, wenn Ihr Neues zu erzählen wüßtet, Bruder Martinus. Hier bei uns tut sich so wenig, daß man ganz krank wird vor Einsamkeit.«

»Ich fürchte leider, ich muß Euch enttäuschen«, sagte Faustus. »Wir erfahren selbst nur wenig von dem, was außerhalb unserer Klostermauern geschieht. Und auf dem Weg läßt uns das Gebet wenig Zeit, nach rechts und links zu schauen.«

Die scheinbare Leichtigkeit, mit der er dem armen Tropf die Hucke voll log, stimmte mich ärgerlich. Zugleich aber wußte ich natürlich, daß uns keine Wahl blieb. So verlockend es auch war, dem einsamen Müller ein Stück der Wahrheit zu offenbaren und ihm so als Dank für seine Gastfreundschaft eine Freude zu bereiten, so gefährlich war es auch. Faustus hatte vollkommen recht: Kein Unbeteiligter durfte in diese Sache gezogen werden. Unsere Feinde waren keine Räuber und Banditen; nein, wir flohen vor den Schergen der Kirche, und nirgends war deren Macht so groß wie unter der unbedarften Landbevölkerung.

Der Müller verzog traurig den Mund, zuckte aber dann mit den Schultern. »Vieles weiß ich ohnehin schon von den Gauklern, die gestern bei mir haltmachten.«

»Gaukler?« fragte Faustus scheinbar gleichgültig, doch ich bemerkte am Zucken seiner Brauen, daß er hellhörig wurde.

Friedbert nickte gefällig. »Ein Wanderzirkus. Lagert unten im Dorf. Nur eine kleine Truppe, doch was für eine, sage ich Euch!«

»Erzählt«, bat mein Meister und grub die Zähne tief ins Brot.

So erfuhren wir, daß am gestrigen Tag vier bunte Planwagen vor der Mühle gehalten hatten. Herunter sprang eine Horde ungewöhnlicher Gesellen, Männer wie Frauen. »Lieber Himmel, die hättet Ihr sehen müssen«, schwärmte Friedbert begeistert. »Da war ein Weib mit einem Bart, der ihr bis über die Titten – verzeiht, Bruder – bis zum Bauchnabel reichte. Ein anderer hatte drei Arme und nur ein einziges Auge auf der Stirn. Geschaudert hab ich, als ich das sah, Gott ist mein Zeuge! Dann waren da zwei junge Weibsbilder, die an den Leibern zusammengewachsen waren, genau hier ...« Er stand auf und zeigte auf sein breites Gesäß. »Ein Mann war so dünn wie ein Gerippe, aber gesoffen hat er wie ein Brotbäckerknecht. Hat 'ne Menge Münzen springen lassen. Und sein Weib hättet Ihr sehen sollen, dreimal so fett wie ich selbst. Himmelherrgott, zwei Kerle haben sie aus dem Wagen heben müssen. Fast blieb sie in meinem Eingang stecken! Es waren auch viele Normale dabei, sahen aus wie ich und Ihr. Feuerschlucker und Musikanten, denk' ich mal. Hatten auch 'ne Tänzerin dabei, ein ganz junges Ding, zart wie eine Waldelfe, aber das war eher ein trauriger Anblick: Die Kleine hatte wohl 'nen Unfall. Mußte eine Ledermaske tragen, überm ganzen Kopf. Hat sich irgendwo das Gesicht verbrannt, hat mir der Dürre erzählt.«

Faustus und ich hatten dem erregten Vortrag des Müllers höflich und mit gelinder Neugier zugehört, doch man mag sich vorstellen, daß wir bei seinen letzten Sätzen fast am Brot erstickten. Wir wechselten einen hastigen Blick; ich war stolz darauf, daß wir beide den gleichen Gedanken hatten. Ein Mädchen mit verbranntem Gesicht! Sicher, es mochte Zufall sein, doch lag es nicht nahe, an ein ganz bestimmtes Mädchen zu denken? An jenes, dessen Kopfwickel sich bei der Flucht aus der brennenden Kirche entzündet hatten? Jenes Mädchen, das Faustus vom Scheiterhaufen befreit hatte?

(Nun kann ich ahnen, daß Ihr, strenger Leser, mir soviel Willkür des Schicksals schwerlich abnehmen mögt. Und Ihr habt recht: Auch ich selbst vermochte kaum an eine solche Fügung zu glauben. Doch war es in Anbetracht der Umstände nicht mehr als recht und billig, Näheres über jenen Wanderzirkus erfahren zu wollen? Haltet also Eure Häme im Zaum, bis Ihr die Hintergründe kennt.)

»Und diese Truppe lagert noch immer im Dorf?« fragte Faustus mit äußerster Ruhe.

Der Müller nickte. »Jawohl. Zwei Tage wollten sie bleiben und ein paar Kröten mit ihrer Gaukelei verdienen. Und morgen dann weiterziehen zum nächsten Ort.« Er lachte bitter. »Ich hab denen gesagt, daß sie hier in den Wäldern wenig Glück haben werden. Es gibt kaum Dörfer hier. Aber vielleicht wollen die ja auch nur für 'ne Weile ungesehen bleiben, irgendwo fernab der Straßen.«

Mein Meister krauste die Stirn. »Wie kommt Ihr darauf?«

»Na ja«, sagte Friedbert, »ich hatte so den Eindruck, daß sie Sorgen haben. Weiß nicht genau, warum. Aber die Anführerin von denen hat mich gefragt, ob hier oft Landsknechte vorbeiziehen.«

»Und was habt Ihr erwidert?« wollte Faustus wissen.

Der Müller sah ihn erstaunt an, und ich fragte mich, ob Faustus die Bauernschläue seines Gegenübers nicht unterschätzte. Sicher mochte Friedbert nun ahnen, daß auch uns nur wenig an einer Begegnung mit Soldaten lag. »Tja, ich hab gesagt, manchmal kommen welche her, aber nur ganz selten. Und daß sie nichts zu befürchten haben, wenn sie hier eine Nacht oder so bleiben. Hoffe, ich hab da nichts Falsches gesagt. Würde mich traurig machen, wenn denen was passieren täte.«

Ich sah Faustus an und wartete auf das, was er antworten würde, doch im selben Augenblick begriff ich, wie Friedbert seine Worte gemeint hatte: Der Müller vermutete *uns* als mögliche Verräter. Sicher, wir hatten weder Frauen mit Bart noch saufende Gerippe vorzuweisen. Zudem glaubte er, wir seien Geistliche. Fürchtete er, wir seien im Auftrag der Inquisition hinter den Gauklern her? Es wäre nicht das erste Mal gewesen, daß die Kirche Zirkusleute als Ketzer verbrannte.

Faustus rettete die Lage mit gehörigem Geschick: Er machte seinerseits ein Eingeständnis und zerstreute so die Zweifel des Müllers. »Uns liegt selbst wenig an einem Zusammentreffen mit Landsknechten«, sprach er aus, was Friedbert längst ahnen mußte. So trat er nichts an Boden ab und gab dem Müller trotzdem das Gefühl, ihn zu einem Eingeweihten zu machen. Damit mußte er erheblichen Eindruck schinden.

Und in der Tat – Friedbert lehnte sich vertraulich zu uns herüber und flüsterte: »Hab gleich geahnt, daß Ihr keine Mönche seid, Ihr beiden. Seid selbst auf der Flucht, was? Na klar, wer sonst kommt schon in unsere Gegend. Aber keine Angst, von mir habt Ihr nichts zu befürchten. Bin immer auf der Seite derer, die den Obrigen eins auswischen.« Er lachte rauh. »Und darauf einen Schluck!« Damit stemmte er seinen Krug an die Lippen und leerte ihn in einem einzigen Zug.

Faustus und ich nippten zaghaft an unserem Wasser. Ach, wie hätte ich mir gewünscht, selbst mit feinem Wein oder Bier auf den neuen Vertrauten anzustoßen! Aber nein, wir mußten ja beim Wasser bleiben. Wieder einmal verfluchte ich meinen neuen Meister. Kreuzbrave Zeiten schienen meiner zu harren. Himmel, der Kerl war keuscher als der gottesfürchtige Bruder Martinus; der hatte zumindest einem guten Trunk nicht widerstehen können.

»Wie steht's nun mit der Kammer?« fragte Friedbert und erhob sich. »Ich will Euch gleich zwei Liegen bereiten.«

»Später, mein Freund«, sagte Faustus zu meinem

Erschrecken. Waren mir nicht wenigstens ein paar Stunden Schlaf vergönnt? Wir hatten pausenlos im Sattel gesessen, die ganze Nacht und den Morgen hindurch.

»Mein Freund und ich wollen noch ein paar Schritte durch die Wälder laufen und in uns gehen«, sagte Faustus augenzwinkernd zum Müller.

Friedbert grinste. »Aber sicher können Eure Pferde zu fressen vertragen, oder? Hafer ist keiner da, aber Heu könnt Ihr haben.«

Faustus nickte. »Habt Dank.« Er griff unter seine Kutte und zog einen Gulden hervor. »Hier, für die Zeche«, sagte er und reichte dem Müller die Münze.

Der starrte sie ungläubig an. »Aber, Herr, das ist zuviel ...«

Allerdings, das fand ich auch – von einem Gulden konnte ein Knecht seine Frau und sich selbst zwei Wochen lang ernähren!

Faustus schüttelte den Kopf und drückte Friedbert die Münze in seine haarige Pranke. »Nehmt und seht nach den Pferden. Ihr seid ein braver Mann und habt entsprechende Entlohnung verdient.« Damit stand er auf und gab auch mir das Zeichen zum Aufbruch.

Wir ließen den glücklichen Riesen stehen und traten ins Freie. Bei den Pferden verharrten wir kurz. »Nehmen wir die Waffen mit?« fragte ich und fügte mißmutig hinzu: »Wohin wir auch immer gehen mögen ...«

Faustus lächelte und legte mir eine Hand auf die Schulter. »Sei nicht wütend«, sagte er.

»Bin ich nicht.«

»Natürlich bist du's.«

»Keineswegs.«

»Aber sicher.« Faustus lächelte noch immer. »Und was die Waffen betrifft: Wir lassen sie hier. Zwei Mönche, die mit Schwert und Knüppel in ein Dorf marschieren, könnten mehr Aufsehen als nötig erregen.«

»Dann wollt Ihr ins Dorf?«

»Natürlich«, entgegnete er, »wohin sonst?«

Ich selbst hätte mich für die dumme Frage ohrfeigen mögen. Das Mädchen mit der Ledermaske. Wir mußten erfahren, was es mit ihr auf sich hatte. Und wo sonst als im Lager der Gaukler hätten wir die Wahrheit herausfinden können?

So liefen wir den Waldweg talwärts, den auch die Bauern mit ihren Karren genommen hatten. Nach wenigen Schritten wandte ich mich erneut an meinen Meister:

»Herr, erlaubt mir eine Frage.«

»Seit wann so zurückhaltend?«

»Nun«, begann ich zögernd, »ich wundere mich bereits seit unserer Flucht aus dem Siechenhaus über etwas, das Ihr im Zusammenhang mit Eurem Gespräch mit Asendorf erwähntet.«

»Und das wäre?«

»Ihr spracht von einem Hund, der Euch viel bedeutet. Und doch habt Ihr ihn seither nicht mehr erwähnt, ja, Ihr scheint ihn nicht mal zu vermissen.«

Faustus blieb ruhig. »Woraus schließt du das?«

Ein wenig verdattert dachte ich darüber nach, dann erwiderte ich: »Ihr verliert kein Wort über ihn. Sicher, Euer Leben bedeutet Euch mehr als das eines Hundes, aber …«

»Nein«, unterbrach er mich barsch, »du bemühst dich zu folgern, siehst aber nur eine einzige Möglichkeit, jene, die du sehen willst.«

Ich verstand nicht, was er meinte. »Aber, Meister, Ihr …«

Wieder fiel er mir ins Wort. »Du urteilst vorschnell, Wagner. Ich spreche nicht über Mephisto – denn das ist sein Name –, aber das bedeutet nicht, daß mein eigenes Leben von höherem Wert ist als das seine.« Er klang jetzt fast ein wenig ungehalten.

»Ich wollte Euch nicht zu nahe treten«, entschuldigte ich mich.

»Wähle jetzt nicht den einfachsten Weg«, sagte er und sah mich düster an. Ich fragte mich verwirrt, was ich falsch gemacht hatte. »Bleib bei deinen Thesen«, fuhr er fort. »Aber argumentiere! Du stellst nur vage Behauptungen auf, doch wo sind die Begründungen?«

Jetzt begriff ich, daß dies die erste Lektion meines neuen Lehrherrn war. Das beruhigte mein schlechtes Gewissen ein wenig, schmälerte jedoch kaum meine Verwirrung. »Ich weiß nicht«, stammelte ich und verdammte mein mangelndes Sprachgeschick. »Ich glaubte einfach, daß Ihr den Hund aufgegeben habt, im Austausch gegen Eure eigene Rettung.«

Faustus schloß einen Herzschlag lang die Augen und seufzte. »Lieber Wagner«, sagte er schließlich, »du mußt noch soviel lernen. Wie soll je ein wahrer Gelehrter aus dir werden, wenn du an Aufgaben wie dieser scheiterst. Hör zu: Die Tatsachen sind zweierlei. Zum ersten: Mephisto befindet sich in Asendorfs Gewalt und dient ihm als Geisel. Und zum zweiten: Ich habe während des ganzen Weges nicht davon gesprochen. Deine Schlußfolgerung ist, daß ich das arme Tier aufgegeben habe – wobei deine Überzeugung daher rührt, daß Mephisto eben *nur ein Tier* ist. Diese Gewißheit aber verstellt dir den Blick auf andere mögliche Wahrheiten. Streich das vorgefaßte Urteil aus deinem Gedächtnis und überlege erneut.«

Ich gab mir Mühe, seinen Gedankengängen zu folgen, und grübelte, während wir den Weg ins Tal fortsetzten, über weitere Möglichkeiten nach. Schließlich sagte ich: »Es wäre denkbar, daß Asendorf den Hund gar nicht einfing, denn er gab Euch keinen Beweis dafür.«

Faustus' Antwort verriet weder Ablehnung noch

Zustimmung. »Hätte ich dann über die Annahme seines Angebotes nachgedacht?«

»Aber ja«, entgegnete ich schnell. »Ihr zeigt große Anteilnahme an dem Fall des verbrannten Priesters. Und obgleich ich die Gründe nicht kenne, scheinen sie mir doch für Euch selbst von Wichtigkeit zu sein. Denn selbst wenn Ihr die Lösung des Rätsels, also die Täter, enthüllen könntet, könntet Ihr kaum damit zu Asendorf zurückgehen; er würde Euch mit oder ohne die Mordbrenner töten lassen. Also habt Ihr einen Grund für Eure weiteren Nachforschungen, der über das Schicksal des Hundes hinausgeht.«

Nun lächelte mein Meister. »Siehst du, so gefällst du mir besser. Jetzt versuchst du, den Dingen auf den Grund zu gehen, und läßt dich nicht allein von vagen Eindrücken leiten. Trotzdem: Denk weiter nach. Fällt dir noch eine dritte Begründung für meine Teilnahmslosigkeit gegenüber Mephisto ein?«

»Nun, daß Euch das Tier am Herzen liegt, habt Ihr bereits zugegeben. Einverständnis mit seiner Gefangenschaft kann also kein Grund für Euer Verhalten sein.«

»Das ist richtig.«

»Dann weiß ich nur noch eine einzige Möglichkeit«, sagte ich. »Es wäre durchaus möglich, daß – «

»*Halt!*«

Faustus' Befehl riß mich aus dem feingeschliffenen Bogen meiner Argumentation. Einen Moment lang glaubte ich, er hätte einen erneuten Fehler in meiner Gedankenfolge entdeckt. Dann aber sah ich, daß er stehenblieb. Im selben Augenblick packte er mich schon an der Schulter, riß mich zurück und zog mich mit sich ins Dickicht. Dort fielen wir hinter einem Gebüsch auf die Knie.

Ich öffnete den Mund, um zu fragen, was geschehen sei, doch Faustus brachte mich mit barscher Geste zum Schweigen.

»Dort vorn!« flüsterte er beinahe lautlos und deutete mit dem Zeigefinger durch den Wald.

Hinter den Stämmen erkannte ich das Tal und mit ihm die Hütten des Dorfes. Wir mochten kaum mehr hundert Schritte entfernt sein. Zahlreiche Bäume verstellten uns die Sicht (verstellten *mir* die Sicht, muß es richtig heißen, denn Faustus hatte längst gesehen, was zwischen den Häusern vor sich ging).

Mein Meister deutete weiter nach rechts, wo der Weg eine Schleife machte, bevor er an unserem Versteck vorüberführte. Kurz hinterm Ortsausgang entdeckte ich ein halbes Dutzend Landsknechte, die vom Dorf hinauf zur Mühle ritten.

Natürlich! schoß es mir durch den Kopf; die Bauern hatten geplaudert. Die Soldaten hatten sie nach uns befragt, und sicher hatten die Männer nichts Eiligeres zu tun gehabt, als von den beiden Mönchen oben in der Mühle zu berichten. Dies wiederum bedeutete, daß das Dorf schon in der Hand des Hexenjägers war.

»Sie müssen direkt hinter uns gewesen sein, ohne daß wir sie oder sie uns bemerkten«, zischte Faustus unbehaglich. Er war es nicht gewohnt, daß er seinen Feinden allein durch Glück entging. »Während wir beim Müller saßen, müssen sie uns überholt haben.«

Alles weitere war offensichtlich: Nachdem Asendorfs Männer im Dorf Erkundigungen eingeholt hatten, ritten einige nun zurück zur Mühle, um dort nach den beiden Mönchen zu suchen. Noch aber konnten sie nicht sicher sein, daß sich Faustus und ich unter deren Kutten verbargen.

»Was nun?« fragte ich leise. Die schreckliche Erkenntnis, wie knapp wir der Gefangennahme entgangen waren, war mir tief in die Knochen gefahren.

Faustus gab mir mit einem Wink zu verstehen, ihm zu folgen. Er schob sich weiter durchs Unterholz, dem gegenüberliegenden Waldrand entgegen. Es dauerte nicht lange, da blickten wir verborgen hinter den äußeren Stämmen ins Tal hinab. Wir befanden uns auf einer felsigen Klippe, von der aus wir beste Sicht auf das Geschehen im tiefer liegenden Dorf hatten.

Ein gutes Dutzend Landsknechte lagerte auf dem Dorfplatz, um den herum an die zwanzig, höchstens dreißig Hütten und Häuser standen. Es war eine klägliche Ansiedlung, und die Menschen, die dort lebten, mußten am Rande der Armut vegetieren. Auf der anderen Seite der Ortschaft breiteten sich an einem Hang mehrere Felder aus. Rings um Dorf und Äcker schloß sich der tiefe, dunkle Forst.

Außer den Soldaten befand sich auf dem Dorfplatz ein Großteil der Bewohner, aneinandergerückt zu einem furchtsamen Pulk aus Frauen, Männern und Kindern. Sie wurden nicht bedroht oder gar mit Waffengewalt in Schach gehalten, doch es war allzu ersichtlich, daß die waffenstarrende Truppe sie ängstigte. Landsknechte waren für viele der einfachen Menschen gleichbedeutend mit Plünderung, Schändung und Mord – eine Erfahrung aus zahllosen Kriegen und Scharmützeln, die immer wieder zwischen einzelnen Fürstentümern und Landstrichen entflammten.

Freilich stand dem Anführer der Soldaten der Sinn nach Höherem. Konrad von Asendorf saß im Sattel seines Pferdes, einem prächtigen Hengst, der so schwarz war wie die Gewänder seines Herrn. Er unterhielt sich mit einem bärtigen Mann, offenbar dem Sprecher der Dorfbewohner. Asendorf sah zornig aus. Auf einem Pony an seiner Seite hockte der häßliche Bibelzwerg.

Neben dem Inquisitor stand ein zweiter Reiter in der prunkvollen Kleidung eines Kirchenfürsten. Er trug weite, goldbestickte Gewänder und eine passende Haube auf dem Kopf. Sein Roß war mit einem wertvollen Sattel und glitzerndem Gehänge geschmückt.

Ich deutete auf den Mann. »Wer ist das?«

Faustus, der neben mir auf der Klippe lag und über den Rand hinweg in die Tiefe starrte, schwieg erst eine Weile, dann ließ er sich zu einer Antwort herab. »Ortwin DeAriel, Kardinal im besonderen Auftrag des Heiligen Stuhls. Papst Leo betreut ihn in der Regel mit Aufgaben, die ein gewisses Maß an Geheimhaltung erfordern. DeAriel hat es durch geschicktes Taktieren innerhalb der Kirchenhierarchie verstanden, über vier Päpste hinweg im Amt zu bleiben. Er hat heute noch dieselbe Macht inne wie unter der Regentschaft Alexanders VI., mehr noch sogar. Wo andere Kardinäle mit den Heiligen Vätern kommen und gehen, ist es DeAriel gelungen, von Papst zu Papst an Einfluß zu gewinnen.«

»Wenn sogar Leo im fernen Rom an uns gelegen ist und er einen seiner mächtigsten Männer schickt, besteht dann überhaupt noch Hoffnung?« fragte ich niedergeschlagen.

Faustus schüttelte den Kopf und lächelte bitter. »Es würde mir schmeicheln, wäre DeAriel wegen uns im Land. Aber das wäre zuviel der Ehre. Nein, der Kardinal überwacht die Nachforschungen in der Sache der toten Priester. Papst Leo muß sehr an der Aufklärung dieser Morde gelegen sein.«

»Was aber sucht er dann unten im Dorf?«

»Asendorf wurde beauftragt, die Ketzer, die für die Anschläge verantwortlich sind, ausfindig zu machen und zu richten«, erklärte Faustus. »Er scheint nach wie vor zu glauben, daß ich ihn auf die Spur der Täter führen kann. So macht er Jagd auf uns und hofft, zugleich auch die Morde aufzuklären. DeAriel wird den nötigen Druck auf ihn ausüben.« Nun grinste er fast schadenfroh. »Der arme Asendorf sitzt ganz schön in der Klemme.«

»Bedeutet das nicht, daß Asendorf seine Anstrengungen verstärken wird?«

»Genau«, gab Faustus zur Antwort. »Doch sieh nur, was jetzt geschieht ...«

Meine Augen folgten seinem Blick ins Tal. Tatsächlich gerieten die Reihen der Landsknechte in Bewegung. Auf einen Befehl Asendorfs hin sprangen einige auf ihre Rösser und preschten auf den Tieren quer durchs Dorf bis zu einer Wiese am anderen Ende der Ortschaft. Dort standen vier kunterbunte Planwagen, um die sich einige Männer und Frauen in ebensolcher Kleidung scharten. Außer den Pferden, welche die Wagen zogen, graste nahebei noch ein halbes Dutzend weiterer Tiere.

Die Landsknechte bezogen in einem weiten Kreis um das Lager der Zirkusleute Aufstellung. Keiner stieg vom Pferd. Asendorf, sein Bibelzwerg und De-Ariel folgten in gemächlicherem Trab. Sie passierten den Ring der Soldaten, der sich nun mit jedem Schritt, den sich die beiden Anführer der Gauklertruppe näherten, enger zusammenzog.

Faustus stieß mich an. »Komm mit, wir müssen dort hinunter!«

»Was?« entfuhr es mir viel zu laut. »Das kann nicht Euer Ernst sein.«

»Schweig still und folge mir!« gebot er unwillig und machte sich daran, verborgen hinter Büschen und vereinzelten Bäumen den Steilhang hinabzuklettern.

Ich zitterte vor Angst. Meine Kleidung unter der groben Kutte war schweißgetränkt. Faustus war mein Lehrherr; ich mußte tun, was er verlangte. Und wohin sonst hätte ich auch gehen können? An der Mühle erwartete mich das gleiche Schicksal wie unten im Dorf. Mir blieb gar keine andere Wahl, als dem Doktor zu folgen.

Ich hatte Mühe, auf lockerem Geröll und zwischen vorspringenden Felsnadeln mit ihm Schritt zu halten. Faustus erwies sich als geschickter Kletterer, und es dauerte nicht lange, da kauerte er im Buschwerk am Fuße des Abhangs und wartete ungeduldig, daß auch ich unten eintraf.

Gemeinsam näherten wir uns schließlich dem Dorf, schnell, gebückt, immer darauf bedacht, nicht ins Blickfeld der Landsknechte zu geraten. Wir schlugen einen Bogen um die äußeren Hütten und Ställe, nutzten ein paar verdutzte Rinder als willkommenen Schutz vor Entdeckung und gelangten endlich bis auf etwa zwanzig Schritte an das Lager der Gaukler. Die Wiese, auf der die Planwagen standen, grenzte an den Wald, und so verbargen wir uns am äußeren Rande des Unterholzes. Von hier blickten wir durch Zweige und Laub direkt auf die Gauklertruppe, die Landsknechte und die beiden Klerikalen. Mit Mühe konnten wir Teile ihrer Worte verstehen.

Für die Zirkusleute sprach eine junge Frau, höchstens dreißig Jahre alt, mit langem schwarzem Haar und dunklen, feurigen Augen. Sie trug lederne Hosen und ein weißes Hemd mit brauner Weste. Mit bewundernswertem Mut trat sie Hexenjäger und Kardinal höflich, aber nicht demütig entgegen. Ihre Worte klangen fest und furchtlos.

Die übrigen Gaukler standen unsicher und erwartungsvoll hinter ihrer Anführerin. Nun sah ich auch, was der Müller gemeint hatte: Da war eine Frau, fett wie ein Weinfaß, die einen dürren, knochigen Kerl an der Hand hielt. Im Hintergrund standen die beiden verwachsenen Mädchen, und auch das bärtige Weib war in der Gruppe zu erkennen. Hinzu kam ein gutes Dutzend weiterer exotischer Gestalten; die meisten verdankten ihre Auffälligkeit jedoch eher Farbe und Schnitt ihrer Kleidung, bunte Gecken in Flickenmänteln, weiten Glitzerstoffen, einer gar mit Turban. Auch sah ich einen, der nur ein Auge besaß, das beachtlich weit auf die Stirn gerückt war; das andere war zugewachsen. Einen dritten Arm, wie Friedbert berichtet hatte, entdeckte ich wohl nicht an ihm. Auch von dem Mädchen mit der Ledermaske war von meinem Platz aus nichts zu sehen.

Kardinal DeAriel überließ das Reden dem Inquisitor. In seiner Stellung war er nur dem Heiligen Vater verpflichtet. Es war nicht seine Aufgabe, sich mit minderem Volk abzugeben.

Das Gespräch zwischen Asendorf und der Gauklerin war bereits weit fortgeschritten, als wir unbemerkt unser Versteck bezogen. Offenbar verdächtigte der Hexenjäger die Zirkusleute, zwei Ketzern Unterschlupf zu gewähren – keine Frage, wen er damit meinte. Die junge Frau stritt alle Vorwürfe ab. Asendorf wurde ihrer Unschuldsbeteuerungen allmählich müde und gab seinen Leuten einen Wink. Der Ring der Landsknechte brach auseinander, als die Männer von ihren Pferden sprangen und sich daranmachten, die Planwagen zu durchsuchen.

Ein Gaukler wollte ihnen den Weg verwehren, doch einer der Soldaten holte mit dem Schwert aus und versetzte dem Mann im Narrenkostüm einen Hieb mit der flachen Klinge. Obwohl der Schlag nicht tödlich war, ging der Mann blutend zu Boden. Die Waffe hatte ihn über dem Ohr getroffen, und ein roter Schleier legte sich über seine Züge. Ein lautstarkes Murren ging durch die Reihen der Gaukler, doch keiner wagte, sich den Landsknechten zu widersetzen. Asendorf war im Recht; die Jagd nach Ketzern rechtfertigte vor dem Gesetz selbst die schmutzigsten Mittel. Die Gaukler konnten froh sein, wenn der Inquisitor ihnen die Folter ersparte, um Faustus' und meinen Aufenthaltsort zu erfahren.

Auch die Anführerin der Gaukler hielt sich mühevoll zurück. Ihr war anzusehen, mit welcher Wut und Verachtung sie das Tun der Soldaten erfüllte, doch sie war klug genug, nicht zu widersprechen. Statt dessen ging sie mit zweien ihrer Gefährten neben dem Verletzten in die Knie und lenkte sich mit seiner Pflege vom brutalen Treiben der Landsknechte ab.

Asendorfs Männer nahmen sich jeweils zu dritt einen Planwagen vor, warfen Kleidung und Utensilien der Gaukler ins Freie und wüteten wie Barbaren. Im letzten der Wagen wurden sie offenbar fündig, denn einer stieß einen Ruf aus, und sogleich eilten ihm zwei andere zur Hilfe. Gemeinsam zerrten sie eine schlanke Gestalt ins Freie.

Es war ein junges Mädchen, gekleidet nur in ein leinenes Nachtgewand. Sie sackte sogleich zusammen, als ihre Füße das Gras berührten. Ihr Kopf war vollständig von einer engen, dunkelbraunen Ledermaske bedeckt. Weder Haar noch Gesicht waren zu erkennen. Allein ihre zierlichen Arme und die sanften Rundungen unter dem Hemd verrieten Jugend und Geschlecht.

Zweifellos war dies die verletzte Tänzerin, von der Friedbert gesprochen hatte. Ich blickte zu Faustus hinüber, doch er zuckte mit den Schultern. Er vermochte selbst nicht zu erkennen, ob dies das Mädchen vom Wittenberger Schloßplatz war. Offenbar war es mit der Gedankenleserei des Doktors doch nicht soweit her, wie ich bislang vermutet hatte.

Die Anführerin der Gaukler ließ jetzt von dem Niedergeschlagenen ab und trat schützend vor das Mädchen mit der Maske.

»Ihr sucht Männer, oder?« rief sie den Landsknechten wütend entgegen. »Selbst ihr müßt erkennen, daß dies kein Mann ist. Und ganz sicher ist sie nicht Doktor Faustus.« Sie hatte beide Hände zu Fäusten geballt und sah aus, als wolle sie sich jeden Augenblick auf den erstbesten der Soldaten stürzen.

»Er ist ein Gestaltwandler«, behauptete einer der

Landsknechte, wohl in der niederen Absicht, einen Blick unter das Hemd des Mädchens zu werfen.

Die Anführerin erkannte sein Trachten. »Wagt es nicht!« brüllte sie ihm ins Gesicht.

Der Kerl packte eines ihrer Handgelenke, wollte sie an sich reißen und hatte die Zähne schon zum Triumph gefletscht, als ihm das Lachen abrupt verging. Blitzschnell und mit dem Geschick einer Schlange entwand sich die schwarzmähnige Frau seinem Griff, zog ihm mit der anderen den Dolch aus dem Gürtel, sprang flink um ihn herum und hielt ihm die Klinge an die Kehle.

Um sie herum rissen die Landsknechte ihre Schwerter aus den Scheiden. Einige brachten ihre Büchsen in Anschlag. Sofort waren die Frau und ihr Opfer umringt.

Da tat Asendorf etwas, das ich ihm nicht zugetraut hätte; es paßte schlichtweg nicht in das Bild des finsteren Unholds, das ich mir von ihm gemacht hatte.

Der Hexenjäger schwang sich vom Pferd und trat mitten unter die Soldaten.

»Haltet ein!« rief er vermittelnd. Dann beugte er sich zu der mordlustigen Gauklerin hinüber und raunte ihr einige Worte ins Ohr. Zögernd ließ sie den Dolch sinken und gab den Gefangenen frei. Sogleich wollten sich mehrere Männer auf sie stürzen, doch Asendorf hielt sie mit einem scharfen Befehl zurück. Offenbar hatte er jeden Geschmack an den Gauklern verloren. Er wollte die Ketzer, nicht eine Horde dummer Zirkusgecken – dies waren in der Tat seine Worte.

Kardinal DeAriel sah erst auf Asendorf, dann auf die Planwagen; seine Miene verriet nicht, was in ihm vorging. Schließlich wendete er wortlos sein Pferd und ritt zurück zum Dorfplatz. Die Lage entspannte sich. Der Inquisitor stieg auf sein Roß, und die Landsknechte kehrten den Gauklern murrend den Rücken. Augenblicke später standen die Zirkusleute allein auf der Wiese, während sich der kriegerische Troß zurück zur Dorfmitte wälzte.

»Was habt Ihr nun vor?« fragte ich meinen Meister.

Faustus blickte starr auf das Mädchen mit der Maske. »Ich muß mit ihr sprechen.«

»Aber wie wollt Ihr das anstellen?« fragte ich verzweifelt; ich fürchtete, daß er uns nur noch tiefer ins Unglück stürzen würde.

Der Doktor dachte eine Weile lang nach, dann schüttelte er den Kopf, als führten seine Gedanken zu keiner vernünftigen Lösung. »Es hilft alles nichts«, sagte er schließlich, »wir müssen zu ihnen gehen. Die junge Frau, mit der Asendorf sprach, schien dem Inquisitor nicht allzu wohlgesonnen.«

»Natürlich nicht«, sagte ich leise und mehr zu mir selbst, »sie verbrennt schließlich Priester.«

»Das bleibt abzuwarten«, widersprach Faustus. »Zumindest wird sie nicht versuchen, uns an Asendorf ausliefern.«

»Was macht Euch da so sicher? Weshalb sollte sie die Gefahr eingehen, sich selbst und ihre Leute ans Messer zu liefern? Ich für meinen Teil würde zwei wildfremde Ketzer durchaus der Obrigkeit melden, wenn ich dadurch das Leben meiner Gefährten retten könnte.«

Faustus lächelte. »Du bist auch kein Gaukler.«

Erst später, nachdem ich auf anderen Reisen mehr über das Wesen der fahrenden Spielleute erfahren hatte, sollte ich die Worte meines Meisters gänzlich begreifen. Gaukler lebten in einer eigenen Welt. Regeln und Gesetze des gewöhnlichen Volkes hatten für sie keine Gültigkeit. Wohin sie ihr Weg auch führte, verbreiteten sie Fröhlichkeit und Freude, doch sie wußten sehr wohl, daß das Publikum sie hinter der Maskerade aus Gelächter und Geschrei verachtete. Ihr Berufsstand galt als lasterhaft und liederlich, oft wurden ihnen Diebstahl und Raub vorgeworfen. So kam es, daß die Zirkusleute ihren Zuschauern zwar nach außen hin zu Diensten waren, sie aber insgeheim aus tiefstem Herzen haßten. Und mehr noch als für Bürger und Bauern galt dies für die Männer, die sie regierten. Kirche und Kaiser waren ihnen aufs höchste zuwider.

Faustus, den seine Wege schon durch viele Länder und Städte geführt hatten, wußte das. So erachtete er die Gefahr, von den Gauklern ausgeliefert zu werden, als denkbar gering. Freilich statt mir dies mitzuteilen, zog er es vor zu schweigen, und ließ mich in meinen Befürchtungen schmoren. Auch dies war eine Seite meines Meisters, jene des listigen Schwarzkünstlers, der es liebte, andere in Angst und Schrecken zu versetzen.

Wir warteten ab, bis sich die Landsknechte zurückgezogen hatten. Dann umrundeten wir die Wiese, bis sich die Planwagen zwischen uns und dem Dorf befanden. Von dort aus überquerten wir das offene Gelände. Vom Waldrand bis zum Lager war es nicht weit, fünfzehn, höchstens zwanzig Schritte, doch die Strecke schien mir unendlich. Mir war, als versanken meine Füße im weichen Erdreich, so ängstigte mich die Vorstellung, den schützenden Wald zu verlassen und ins Freie zu treten. Ich betete zu Gott, daß Asendorf die Gauklerwagen nicht von den Hängen aus beobachten ließ. Andernfalls war unser Schicksal besiegelt.

Ungehindert erreichten wir den ersten Wagen und preßten uns eng an seine Rückseite. Die Stimmen der Gaukler waren von hier aus deutlich zu vernehmen. Sie planten einen eiligen Aufbruch.

Plötzlich bemerkte ich neben mir eine Bewegung. Ich sah zur Seite – und blickte direkt ins Gesicht eines Jungen. Er war wohl dabei gewesen, die Unordung, welche die Landsknechte angerichtet hatten, aufzuräumen, als er uns durch Zufall entdeckte. Er starrte uns aus großen Augen an, ich starrte zurück – und handelte. Blitzschnell packte ich ihn und preßte meine Hand auf seinen Mund. Er begann zu strampeln und um sich zu schlagen, doch war er viel jünger als ich und entschieden zu schwach, um es mit mir aufzunehmen. Schließlich gab er nach. Zumindest glaubte ich das bis zu jenem Moment, da ich bemerkte, daß Faustus vor mich getreten war. Streng blickte er dem Jungen in die Augen. Und da begriff ich, weshalb der Kleine seinen Widerstand aufgab. Mein Meister hatte ihm allein durch Geisteskraft seinen Willen aufgezwungen; offenbar gelang ihm bei Kindern durchaus, was ihm mit Älteren nicht glücken wollte.

Stumm gab er mir ein Zeichen, den Jungen loszulassen. Ich tat es, und der Kleine machte sogleich einen Schritt von mir fort, blieb dann aber stehen und sah Faustus erwartungsvoll an. Der Doktor flüsterte ihm einen Befehl zu, worauf der Junge um den Wagen herum zu den anderen rannte.

Augenblicke später kehrte er zurück. An seiner Hand führte er die Anführerin der Gaukler. Aus der Nähe wirkte sie noch bezaubernder, wenngleich ihr Gesicht eine kämpferische Härte aufwies, ungewöhnlich für eine junge Frau wie sie. Ihr schwarzes Haar war zerzaust. Sie schien in Eile zu sein; es gefiel ihr nicht, daß der Junge sie von wichtigeren Geschäften abhielt. Faustus hatte ihm befohlen, ihr zu sagen, er habe etwas Ungewöhnliches entdeckt, das sie sich unbedingt ansehen müsse.

Nun stand sie vor uns, und obgleich sie bei unserem Anblick leicht zusammenzuckte, verschlug er ihr doch keineswegs die Sprache.

»Sieh an«, sagte sie, »wenn das nicht die beiden Ketzer sind.«

Faustus lächelte zaghaft. »Das sind sie, in der Tat.

Verzeiht die ungewöhnliche Weise, in der wir Bekanntschaft schließen, doch es schien mir klüger, nicht gleich Euer ganzes Lager in Aufruhr zu versetzen. Zumal Asendorfs Männer sicher ein Auge auf Eure Leute haben.«

Sie sah ihn lange an, als wolle sie sich jeden Fingerbreit seiner Züge einprägen, dann tat sie dasselbe mit mir. Schließlich sagte sie: »Folgt mir in den Wagen. Hier draußen ist es zu unsicher.«

Faustus nickte, und die junge Frau stieg hinauf in den Planwagen. Im Vorbeigehen gab Faustus dem Jungen den Befehl, zurück zu seinen Leuten zu laufen. Nachdem der Kleine sich abgewandt hatte, schnippte der Doktor hinter ihm mit den Fingern. »Er hat bereits alles vergessen«, erklärte er, als ich ihn fragend ansah.

»Könnt Ihr mich das auch lehren?«

Er beugte sich hinab an mein Ohr. »Nun, um ehrlich zu sein, bin ich schon froh, wenn es mir selbst ab und an gelingt.«

Mit einem mysteriösen Lächeln stieg er hinauf in den Wagen, und ich folgte ihm enttäuscht. Niemand bemerkte uns. Die Gauklerin ließ die Plane hinter uns zufallen und setzte sich auf eine Truhe. Wir selbst gingen ihr gegenüber in die Hocke. Der Wagen war von oben bis unten angefüllt mit Taschen und Beuteln, mit Gauklerutensilien, zerknüllten Kleidungsstücken und allerlei buntem Gerümpel. Durch den dichtgewebten Stoff der Plane drang bräunliches Zwielicht.

»Ihr seid also Doktor Faustus«, sagte die Gauklerin. Ein Hauch von Anerkennung lag in ihrer Stimme. »Unser Zauberkünstler würde sicher ein Wort mit Euch schätzen.«

Faustus nickte, sagte aber nichts.

»Ich bin Lady Lara, und ich spreche für diesen Haufen dort draußen. Was wollt Ihr von uns?«

»Mein Adlatus Wagner und ich befinden uns in einer üblen Lage«, entgegnete Faustus und fügte hinzu: »Wie Ihr Euch nach dem Besuch des Hexenjägers sicher denken könnt.«

Lady Lara nickte. »Er scheint ganz besessen davon, Eurer habhaft zu werden. Aber ich will nicht wissen, was Ihr ihm angetan habt, und ich will nicht, daß Ihr von seinen Schandtaten sprecht. Tatsächlich will ich weder über Euch noch ihn irgend etwas erfahren. Ihr bringt uns alle auf den Scheiterhaufen, wenn Ihr Euch länger in unserem Lager aufhaltet.«

»Wir bitten Euch nicht um Hilfe, Lady.«

»Was wollt Ihr dann?« fragte sie mit düsterer Miene.

»Wir haben gesehen, was eben geschah«, entgegnete Faustus. »Ihr habt ein junges Mädchen bei Euch, es trägt eine Maske aus Leder. Was ist mit ihr geschehen?«

Lara runzelte die Stirn. »Ich wüßte nicht, was das zu Eurer Angelegenheit macht.«

Faustus gab keine Antwort. Als ich ihn erwartungsvoll ansah, bemerkte ich, daß sein Gesicht erstarrt war. Sein Blick fesselte den der Gauklerin. Einen Augenblick schien es, als gelänge ihm das Kunststück von vorhin ein zweites Mal, denn Laras Züge wurden wächsern, ihre Augen groß und rund. Dann aber blinzelte sie plötzlich, schüttelte den Kopf und fuhr meinen Meister giftig an: »Versucht das niemals wieder, Doktor Faustus!«

Ich erwartete angstvoll, daß sie uns sofort davonjagen oder gar dem Inquisitor ausliefern würde. Mit einem Mal aber verzog sich ihr Gesicht, und sie begann herzlich zu lachen.

»Ich kann in Euren Augen lesen, Faustus. Ihr seid verärgert. Verärgert über Euch selbst.«

»In der Tat«, gestand er. »Ich glaubte schon, mein altes Talent sei zurückgekehrt.«

Lady Lara schüttelte immer noch lachend den Kopf. »Der Kleine, bei dem es Euch eben gelang, ist ein Medium. Zumindest behauptet das sein Vater, unser Magier und Geisterbeschwörer. Das Kind ist empfänglich für allerlei geistigen Einfluß, stärker, als jeder andere Mensch, den ich kenne. Wahrscheinlich wäre er selbst dem Blick Eures Schülers erlegen.«

Was daran war nur so spaßig, daß selbst Faustus jetzt in ihr Gelächter einfiel?

Schließlich, nachdem beide wieder zu sich kamen (und wohl mein galliges Gesicht bemerkten), sagte Faustus: »Gestattet Ihr mir, mit dem Mädchen zu sprechen?«

Lara seufzte. »Sie spricht nicht. Mit niemandem. Die Kleine scheint stumm zu sein. Wir wissen nicht, ob es an ihren Verletzungen liegt.«

»Dann ist sie noch nicht lange bei Euch?« fragte Faustus.

»Wir lasen sie vor zwei Tagen am Wegesrand auf.«

»Wo war das?«

»Östlich von hier, nahe der Elbe.«

»Und sie lag einfach auf der Straße?« fragte Faustus ungläubig.

Lara blickte zu Boden. Ein Lächeln, fast verschämt, erschien auf ihren Lippen. »Ihr werdet mir nicht glauben, wenn ich Euch die genauen Umstände schildere.«

Mein Meister holte tief Luft. »Glaubt mir, ich habe schon Dinge gesehen, die mich gelehrt haben, alles zu glauben – oder umgekehrt: nichts für unmöglich zu halten.«

Lara sah erst mich, dann wieder ihn an und strich sich eine schwarze Haarsträhne aus dem Gesicht. »Nun«, begann sie zögernd, »da Ihr so unvermittelt nach dem Mädchen fragt, werdet Ihr wohl Eure Gründe haben. Ihr ahnt etwas, nicht wahr? Ich will Euch ein Geschäft vorschlagen: Ich sage Euch, was ich weiß, und Ihr helft dafür mir, mehr über die Kleine herauszufinden. Himmel, wir wissen nicht einmal ihren Namen.«

Faustus nickte zustimmend.

Lara fuhr fort: »Es war am Abend. Wir zogen entlang einer alten Pilgerstraße gen Westen und wollten noch in der Nacht die Wälder erreichen. An einem alten Kreuzweg hörten wir mit einem Mal über unseren Köpfen ein Rascheln und Stöhnen, so laut, daß es selbst die Hufe der Pferde übertönte. Gleich neben der Kreuzung stand eine alte Eiche, darunter ein Marienbild. Nun wißt Ihr selbst, wie es mit solchen Bäumen an Kreuzwegen ist: Oft wird einer darin aufgeknüpft und zappelt noch eine Weile am Strick, ehe der Sensenmann vorbeischaut. Trotzdem war mir nicht wohl bei der Sache. Es war stockdunkle Nacht, und als wir den Baum mit Fackeln beschienen, da sahen wir, daß die Laute von weit oben aus der Baumkrone kamen. Ich selbst stieg hinauf ins Geäst. Und dort fand ich sie. Die Kleine hing nackt zwischen den Ästen, völlig verrenkt, mit dem Kopf nach unten. Ihr Gesicht war verbrannt. Sie hätte tot sein müssen, und doch war noch Leben in ihr.«

Ich schenkte Faustus einen ungläubigen Seitenblick, doch er hörte immer noch aufmerksam zu.

»Das Grauenvollste aber war nicht die Brandwunde«, fuhr Lara fort. »Viel schlimmer war der Rücken des Mädchens.«

»Was ist damit?« fragte Faustus leise.

»Ihr Rücken war voller Blut, sie mußte viel davon verloren haben. Es gelang uns schließlich, sie sicher hinab auf den Boden zu heben. Bis dahin hatten wir geglaubt, man habe sie ausgepeitscht oder sonstwie gegeißelt. Doch dann entdeckten wir, daß zwei riesige Schnittwunden über ihren Rücken verliefen, nach unten hin aufeinanderzulaufend wie eine römische Fünf.

Es sieht aus, als hätte man ihr zwei tiefe Streifen aus Fleisch und Muskeln herausgeschnitten.«

»Gütiger Himmel!« entfuhr es mir schaudernd.

Faustus faßte sich schnell. »Und, habt Ihr erfahren, wie sie in diesem Zustand hinauf in den Baum gelangte?«

Lara schüttelte den Kopf. »Wir nahmen sie bei uns auf und pflegen sie seither. Sie muß vor ihrer Verstümmelung in unglaublicher Verfassung gewesen sein. Ihr habt es ja gesehen: Sie kann fast wieder auf den Beinen stehen, nur einige Herzschläge lang, doch wer von uns würde das schaffen? Keiner, das schwöre ich Euch. Dieses Mädchen muß kräftig und behende gewesen sein wie ein wildes Tier, als hätte sie ihr Leben lang nur an ihrem Körper gearbeitet, ihn geformt wie ein Kunstwerk. Deshalb erzählen wir allen, sie sei eine Tänzerin.«

»Euch fehlt also jeder Hinweis auf ihre Herkunft«, stellte Faustus grübelnd fest.

»Nicht ganz«, erwiderte Lara tonlos. »Unser Beschwörer, der Vater des Jungen, hat die Brandwunden und die furchtbaren Schnitte an ihrem Rücken betrachtet. Er sagt, daß er weiß, wo sie herkommt.«

»Woher? So redet doch«, verlangte Faustus.

»Ihr werdet kein Wort davon glauben«, sagte die Gauklerin leise und beugte sich mit ernster Miene vor. Dann lächelte sie, als bitte sie vorab um Verzeihung.

»Er sagt, sie sei ein gefallener Engel.«

❖❖❖

Lara verließ uns für eine Weile und bereitete ihre Leute auf unseren Anblick vor. Offenbar gab es kaum Widerspruch, denn sie kehrte schnell zurück und sagte: »Ihr müßt hierbleiben, bis der Abend anbricht. Im Schutze der Dunkelheit bringe ich Euch zu dem Wagen, in dem das Mädchen liegt.«

»Ich dachte, Ihr wolltet so schnell wie möglich abreisen«, sagte Faustus erstaunt.

»Wollten wir«, erwiderte Lara bitter, »doch die Landsknechte haben es uns verboten. Einer von ihnen war hier, während ich mit Euch im Wagen saß. Der Hexenjäger hat befohlen, daß wir bis zum Morgen bleiben müssen.« Ihre Worte klangen jetzt stockend, so, als bemühte sie sich, ihre Sorge zu überspielen. »Offenbar hat Euer Freund heute abend noch etwas vor.«

»Denkt Ihr, er wird angreifen?« fragte ich aufgeregt und sah meinen Kopf schon auf einem Spieß auf dem Dorfplatz.

Faustus antwortete, bevor Lara etwas sagen konnte. »Das darf er nicht. Selbst er ist an Gesetze gebunden.«

»Gesetze!« rief Lara voller Verachtung. »Die Inquisition hat sich nie an Gesetze gehalten.«

»O doch«, widersprach Faustus. »Sie dehnt sie nur ebensoweit wie ihre Opfer auf der Streckbank. Aber Asendorf muß sich schon einiges einfallen lassen, um ein Massaker an einer ganzen Gauklertruppe zu rechtfertigen. Dafür wären Verhandlungen nötig, ein Prozeß, vielleicht Absprachen mit dem Bischof. All das würde Wochen, wahrscheinlich gar Monate in Anspruch nehmen. Nein, Lady Lara, habt keine Furcht. Bis zum Morgen seid ihr sicher.«

»Er hat einen Kardinal auf seiner Seite«, gab ich zu bedenken.

»Aber einen, dem nicht an dir oder mir gelegen ist«, entgegnete Faustus, »sondern allein an den toten Priestern. Und mit denen haben die Gaukler – zumindest in seinen Augen – beileibe nichts zu tun.«

Dabei schenkte er Lara einen mehrdeutigen Blick, doch sie blieb gefaßt und verabschiedete sich bis zum Abend. »Ihr wartet hier drinnen, bis ich Euch hole«, sagte sie, dann zog sie von außen die Plane zu.

»Was glaubt Ihr«, fragte ich, nachdem die Gauklerin

verschwunden war, »ist das Mädchen wirklich ein Engel?«

Faustus lächelte, dann hob er die Schultern. »Warten wir ab, bis wir sie sehen.« Er lehnte sich zurück und zog sich die Kapuze weit über die Augen. »Bis dahin aber ist wohl endlich Gelegenheit, ein wenig zu schlafen.«

Und das war das letzte, was ich bis zum Abend von ihm hörte.

Mir selbst fiel es weit weniger leicht, den lange schon nötigen Schlaf zu finden. Ich fürchtete, Asendorfs Schergen könnten zurückkehren und die Planwagen erneut durchsuchen. Einmal glaubte ich in weiter Ferne Schreie zu hören, und ich dachte an Friedbert, den Müller, der uns so bereitwillig Unterkunft gewähren wollte. Ich fragte mich, was er den Landsknechten gesagt hatte, als sie ihn nach uns befragten.

Schließlich aber muß ich doch eingeschlafen sein, denn als Lara plötzlich die Plane aufriß und uns zuraunte, wir könnten jetzt den Wagen verlassen, da war mir, als seien seit ihrem Fortgang nur Augenblicke vergangen.

Geschwind kletterten Faustus und ich ins Freie. Bleierne Dunkelheit hing über dem Tal. Die Nacht war angebrochen, doch in der Schwärze des Himmels leuchteten keine Sterne; gegen Abend mußten Wolken aufgezogen sein. Aus dem Dorf, jenseits der großen Wiese, klangen Männerstimmen und schäbiger Gesang herüber. Hinter den Umrissen der äußeren Häuser war ein flackernder Schein zu erkennen. Die Landsknechte lagerten noch immer auf dem Dorfplatz und kommandierten wahrscheinlich die Bauern herum, ihnen Speise und Trank zu bereiten. Angewidert spie ich ins Gras. Asendorfs Männer gebärdeten sich wie fremde Eroberer. Manch hübsche Bauerntochter mochte in dieser Nacht ihre Unschuld verlieren.

Lara führte uns gebückt zu einem der anderen Wagen. Um uns im Gras lagen die Gaukler und gaben vor, zu schlafen. Tatsächlich aber folgten uns ihre wachen Blicke bei jedem Schritt. Niemand sprach. Kein Feuer brannte. Vom Dorf aus mußte es aussehen, als habe sich die Truppe zur Ruhe gelegt.

Die Anführerin schlug die Plane zur Seite und öffnete uns den Blick ins Innere des Wagens. Das Mädchen lag mit dem Bauch nach unten auf einem Stapel von Decken und Fellen. Sie schien zu schlafen. Neben ihr saß ein Mann in sternbesticktem Gewand, offenbar der Magier und Geisterbeschwörer des Zirkus. Er hielt einen brennenden Kerzenstumpf, der das Innere des Wagens nur unzureichend erhellte. Trotzdem erkannte ich, daß auf dem Rücken des Mädchens Blutflecken im reinen Weiß des Nachtgewands blühten. Die Wunden mußten immer noch nässen.

Faustus schwang sich hinauf, ich hinterher. Lara blieb draußen stehen und sah uns durch die geöffnete Plane aufmerksam zu.

»Ich bin Gisbrand«, sagte der Gaukler im Zaubererkostüm. Ob er tatsächlich im Magischen bewandert war oder ob es sich bei ihm nur um einen Scharlatan handelte, der den Leuten die Münzen aus den Taschen zog, blieb ungewiß. Ich vermutete aber, daß er zumindest medizinische Kenntnisse besaß, da Lara ihm das Mädchen anvertraute. Sein Gesicht war spröde und ledrig und sprach von jahrzehntelangem Leben auf der Straße.

»Wie geht es ihr?« fragte Faustus mit Blick auf das Mädchen.

Gisbrand zuckte mit den Achseln und hielt den Kerzenstummel näher an ihren Kopf. Die Ledermaske war hinten mit drei Schnallen verschlossen. »Sie schläft, denke ich. Man kann nie sicher sein. Sie liegt den ganzen Tag über da und regt sich nicht. Ihre Schmerzen müssen entsetzlich sein.«

Faustus nickte und machte sich daran, die Maske zu öffnen.

»Was tut Ihr da?« fragte Lara alarmiert.

»Luft muß an ihre Wunden dringen«, sagte er.

Gisbrand legte eine Hand auf Faustus' Unterarm. »Das weiß ich«, sagte er scharf.

»Warum handelt Ihr dann nicht danach?« fragte Faustus in ebenso gereiztem Ton und schüttelte die Hand des anderen ab. Es war abzusehen, daß zwischen den beiden keine Freundschaft entstehen konnte. Offenbar fürchtete Gisbrand in meinem Meister einen Nebenbuhler um Laras Anerkennung.

»Sie ist ein Engel«, erklärte der Gaukler unheilvoll. »Niemand darf ins Antlitz eines Engels sehen.«

»Ihr seid sehr gläubig, Gisbrand«, bemerkte Faustus. Er schien dasselbe zu denken wie ich: Wie konnte sich dieser Mann mit der Schwarzen Kunst beschäftigen, wenn der Glaube an Gott so tief in ihm verwurzelt war?

Bevor der Gaukler etwas erwidern konnte, hatte Faustus bereits die letzte Schnalle geöffnet. Mit einem Wink gab er mir zu verstehen, den Oberkörper des Mädchens zu heben. Dann zog er unendlich vorsichtig die Maske herunter.

Bisher war immer nur vom verbrannten Gesicht des Mädchens die Rede gewesen; keiner hatte mich auf den Anblick ihres Hinterkopfes vorbereitet. Von ihrem Haar war nichts übriggeblieben, alles war restlos verbrannt. Ihre Kopfhaut war pechschwarz und schuppig, wie Asche in einem Lagerfeuer. Mich wunderte, wie sie mit solchen Verletzungen noch am Leben sein konnte.

Dann rollte Faustus sie behutsam auf die Seite, und ich sah ihr Gesicht.

»Allmächtiger!« entfuhr es mir.

Ihr Züge waren eine geschwollene Masse, blasig,

fast unkenntlich. Ihre Lider waren geschlossen, doch ich zweifelte, daß die Augäpfel darunter noch sehen konnten. Ihre Nase glänzte feurig rot und hatte sich mehrfach geschält, war aber wider Erwarten nicht fortgebrannt. Auch ihr Mund schien bis auf die Schwellung unversehrt. Trotzdem war ihr Anblick entsetzlich. Mitleid zerriß mir schier das Herz.

»Das arme Kind«, sagte Faustus, der durch keine Regung verriet, ob er das Mädchen vom Scheiterhaufen wiedererkannte. Ich mochte nicht glauben, daß sie es wirklich war; mit solchen Wunden wäre sie zweifelsohne kaum in der Lage gewesen, noch an das Schicksal eines anderen zu denken, geschweige denn, ihn zu befreien und zu flüchten. Andererseits war da, was Lara über ihre Zähigkeit gesagt hatte. Und sicherlich hatte sie recht: Kaum ein anderer hätte solche Verletzungen lebend überstanden.

»Könnt Ihr etwas für sie tun?« fragte Lara.

Faustus wandte seinen Blick nicht einen Moment von dem entstellten Gesicht. »Ich weiß es nicht. Ich will es versuchen. Doch das braucht Zeit, die wir nicht haben.«

Eine Weile lang schwiegen wir alle. Ich glaubte etwas wie Erleichterung auf Gisbrands Gesicht zu entdecken: Der große Doktor Faustus vermochte nicht mehr als er selbst.

»Ich müßte ständig um sie sein, um ihr zu helfen«, sagte Faustus schließlich. »Und selbst dann weiß ich nicht, ob ich sie retten kann.«

»Aber sie hat das Schlimmste bereits überstanden«, widersprach Gisbrand. »Sie lebt, das ist das Wichtigste.«

Faustus blickte auf und funkelte ihn wütend an. »Ihr solltet wissen, daß es damit keinesfalls getan ist. Brandwunden sind tückisch. Mag sein, daß sie noch Tage lebt und dann plötzlich, von einem Augenblick zum nächsten, stirbt. Und fraglos wird sie das«, fügte er zornig hinzu, »wenn sie noch länger diese Maske trägt.«

Gisbrand kochte vor Wut. »Sie ist ein *Engel*!«

Faustus schüttelte den Kopf. »Laßt mich die Wunden auf ihrem Rücken sehen.«

Behutsam bettete er ihr Gesicht wieder auf das Kissen und sah zu, wie Gisbrand das weiße Nachthemd aufwärtsschob. Schließlich lag sie völlig entblößt da. Sie war schlank wie eine Elfe, doch unter der weißen Haut ihrer Arme und Schenkel verliefen straffe Muskelstränge.

Ihr Rücken war bandagiert, und es dauerte eine Weile, ehe Gisbrand die Verbände gelöst hatte. Er tat es widerwillig, und doch fügte er sich Faustus' Wunsch. Vielleicht, weil Lara es so wollte.

Gisbrand hatte die entsetzliche Wunde mit Kräutern und Salbe bestrichen, die den Anblick der verkrusteten, V-förmigen Verstümmelung noch scheußlicher machten. Ich sah Faustus an, doch der nickte nur stumm; er schien mit Gisbrands Behandlungsmethode einverstanden. Den Gaukler erstaunte dies offenbar noch mehr als mich selbst, denn auch er zog es vor zu schweigen. Die Überraschung hatte ihm die Sprache verschlagen.

Ich begriff jetzt, woher er seine Überzeugung nahm. Die riesige Wunde sah tatsächlich aus, als hätte jemand mit dem Geschick eines Fleischers ein Flügelpaar aus dem Rücken des Mädchens geschnitten. Faustus fuhr vorsichtig mit dem Zeigefinger über die Krusten. Ich nahm an, daß er nach einem Ansatz von Knochen oder Knorpel tastete, der beim Mensch nicht an diese Stelle gehörte. Jedoch schien er durch die fingerhohe Schicht aus Grind und getrocknetem Blut nichts fühlen zu können.

»Ihr habt die Wunde gut versorgt«, sagte er schließlich zu Gisbrand, der das Lob nur zögernd mit einem sanften Nicken annahm und sich dann daran machte, die Verbände zu erneuern.

Lara beugte sich zu uns in den Wagen. »Wenn Ihr wirklich Zeit braucht, um sie gesund zu pflegen, Faustus, warum schließt Ihr Euch uns nicht an?«

Das Angebot überraschte uns alle gleichermaßen. Am Nachmittag noch hatte sie das Unheil beschworen, das unsere Anwesenheit über die Gaukler bringen würde – und nun bot sie uns an, zu bleiben. Vor allem Gisbrand schien diese Vorstellung nicht zu behagen.

Faustus sprach aus, was alle dachten: »Die Gefahr für Euch wäre zu groß. Asendorf würde es erfahren, und er würde Euch ebenso gnadenlos jagen wie Wagner und mich.« Er schüttelte den Kopf. »Habt Dank, doch ich kann Euer Angebot nicht annehmen.«

Lara nickte, fast ein wenig erleichtert. Es war ihr ernst gewesen, doch sie wußte sehr wohl um die Folgen, die Faustus und ich für ihre Leute bedeuten mochten. Sie hatte allein für das Wohlergehen des Mädchens gesprochen, und das war ihr hoch anzurechnen.

»Wie Ihr wollt«, erwiderte sie leise.

»Ich habe einen anderen Vorschlag«, sagte Faustus. Neugierig sah ich ihn an, als er fortfuhr: »Vertraut uns das Mädchen an. Wir werden sie mitnehmen, und ich kann mich unterwegs um sie kümmern. Das ist die beste Lösung für uns alle – vor allem für sie.«

Dieser Meinung war ich keineswegs. »Aber, Meister, wie sollen wir es mit ihr bis zur Wartburg schaffen?«

Ich bemerkte meinen Fehler noch im gleichen Moment. Faustus schenkte mir einen zornigen Blick. Ich hatte unser Ziel laut ausgesprochen. Herrgott, was für eine erbärmliche Dummheit! Schnell sah ich mich zu Lara und Gisbrand um, doch die beiden zeigten kein Anzeichen dafür, daß sie überhaupt zugehört hatten.

Die Worte meines Meisters beschäftigten sie viel zu sehr, als daß sie auf das achteten, was sein Schüler zu sagen hatte.

»Sie wird Euch aufhalten«, wandte Lara ein. »Eine Flucht auf Leben und Tod wird sie nicht überstehen.«

»Das laßt meine Sorge sein«, widersprach Faustus. »Ich verspreche Euch, wenn sie nicht bald von einem wirklichen Mediziner betreut wird – und versteht dies bitte nicht als Beleidigung, Meister Gisbrand –, lebt sie keine vier Tage mehr. Ich kann sie mit meinem Wissen retten. Da aber ich nicht mit Euch reisen kann, muß sie mit mir kommen. Es ist die einzige Möglichkeit.«

»Ich glaube nicht, daß sie bei uns sterben wird«, fuhr Gisbrand auf. Sein Gesicht bebte vor unterdrückter Wut. »Ihr spielt Euch auf zum Herrscher über Leben und Tod, Doktor Faustus. Man hört manches über Euch, das dem zuwiderspricht. Es heißt, Ihr seid ein Quacksalber.«

Faustus sah ihn an und lächelte höflich. »Ihr schenkt nicht nur den Lehren der Kirche zuviel Glauben, sondern auch ihren Verleumdungen.«

»So es Verleumdungen sind«, entgegnete der zornige Gaukler.

Er wollte noch etwas sagen, doch im selben Moment traf Lara eine Entscheidung. »Ich bin einverstanden mit Eurem Vorschlag, Faustus«, sagte sie zu meiner und Gisbrands Bestürzung. »Ich glaube Euch, daß Ihr gewissenhaft für sie sorgen werdet. Und falls Asendorf Eurer habhaft werden sollte – nun, das Schicksal, das sie erwartet, bleibt so oder so dasselbe.«

Ich ahnte, was sie zu diesem Entschluß getrieben hatte. Sie vertraute Faustus tatsächlich, doch zugleich schien ihr Gisbrands Feststellung, das Mädchen sei ein gefallener Engel, Unbehagen zu bereiten. So war sie nur froh, sich der unheilvollen Last auf elegante und menschliche Art entledigen zu können.

Gisbrand wollte erneut etwas einwenden, als draußen im Lager plötzlich Lärm aufkam. Unruhe breitete sich in spürbaren Wellen aus, erst Gemurmel und behutsames Geflüster, dann schließlich sorgenvolle Rufe. Die bärtige Frau erschien neben Lara im Halbrund des Einstiegs. »Komm, schnell!« sagte sie mit männlicher Stimme. »Sieh dir das an!«

Lara warf uns einen verstörten Blick zu, dann wandte sie sich ab und verschwand. Wir anderen reckten besorgt die Köpfe aus dem Wagen und blickten hinaus, in der furchtvollen Ahnung, Asendorfs Männer seien ins Lager zurückgekehrt. Doch von ihnen war keine Spur zu entdecken. Statt dessen standen nur die Gaukler zwischen den Planwagen auf der Wiese und blickten mit aufgerissenen Augen zu einem Punkt hoch über dem Tal. Trotz der Dunkelheit bemerkte ich ihre verstörten Mienen.

Als ich ihren Blicken folgte, sah auch ich, was ihre Ängste schürte.

An der Nordseite des Tals, oben auf dem Berg, stand Friedberts Mühle und war in waberndes, rotes Licht getaucht. Nur ihre Spitze und drei der vier Windflügel ragten über den Wipfeln der Fichten empor, und doch war deutlich zu erkennen, daß an ihrem Fuß ein Feuer brannte. Sein Schein tauchte den oberen Teil der Mühle von unten her in flackernde Helligkeit. Es wirkte gespenstisch, als sei die Mühle eine überirdische Erscheinung, die sich eben erst aus einer anderen Welt als der unseren manifestiert hatte.

Sie haben die Mühle in Brand gesteckt! dachte ich voller Empörung, doch was folgte, belehrte mich eines Besseren. Mit einemmal begannen die Flügel der Windmühle langsam nach rechts zu schwingen und sich zu drehen. Das schmerzvolle Ächzen der Gewinde war bis hinab ins Tal zu hören. Zugleich ertönte ein Schrei, der mich über die Jahre hinweg noch bis heute verfolgt: Langgezogen und hoch, so wie kein Mensch ihn ausstoßen kann – es sei denn im Augenblick höchster Qual. Es war ein Laut solcher Pein, daß selbst Faustus, der schon viele hatte sterben sehen, erstarrte und die Augen vor Entsetzen weit aufriß.

Die Flügel der Windmühle drehten sich weiter, und jetzt kam jener hinter den Wipfeln zum Vorschein, den die Bäume bislang vor unseren Blicken verborgen hatten. An seinem äußeren Ende hing Friedbert, der Müller, mit gespreizten Armen und Beinen, und er brannte lichterloh. Asendorfs Schergen hatten ihn gekreuzigt und in Brand gesteckt. Unbarmherzig drehten sich die Flügel weiter, bis der, an dem das Feuer loderte, den höchsten Punkt erreicht hatte. Zwei der Windflügel standen jetzt aufrecht, zwei waagerecht, ein gewaltiges Kreuz, Sinnbild des Christentums, an dessen Spitze der schreiende Müller brannte wie eine lebende Fakkel. Hoch über dem Tal und dem schäbigen Dorf fand er sein Ende, und das glühende Fanal seiner Hinrichtung mußte meilenweit über die Wälder hinweg zu sehen und zu hören sein.

Einige der Gaukler wandten sich ab, andere packten sich an den Händen oder umarmten sich. Zorn und Angst war ihnen zugleich in die Gesichter geschrieben, und doch sprach niemand ein Wort. Es gab keine lauten Verwünschungen, keine Wutausbrüche oder Zornesgebärden. Eine unheimliche Stille lag über dem Lager. Allein aus dem Dorf war manch anfeuernder Jubellaut zu hören, fraglos von den Männern des Inquisitors.

»Ein Exempel«, flüsterte Faustus tonlos. »Asendorf statuiert ein Exempel. Um jedem zu zeigen, was geschieht, wenn er Ketzer wie uns unterstützt.«

»Aber woher wußten sie …«, begann ich und gab mir dann selbst die Antwort: »Natürlich, die Pferde. Sie haben unsere Pferde entdeckt.«

»Alles übrige werden sie durch die Folter aus ihm herausgeholt haben«, bestätigte Faustus.

Plötzlich stand Lara neben uns. »Ihr müßt fort«, raunte sie gehetzt. »Sie werden weiter nach Euch suchen.«

Faustus nickte. »Wir brauchen neue Tiere.«

»Nehmt drei von unseren«, erwiderte die Gauklerin. Ihr Gesicht glänzte vor Erregung.

»Asendorf wird es bemerken«, gab ich zu bedenken.

»Dann habt ihr sie eben gestohlen«, widersprach sie ungeduldig.

Ich bezweifelte, daß der Hexenjäger sich damit zufriedengeben würde. Noch einmal blickte ich hinauf zur Mühle. Friedbert hatte aufgehört zu schreien. Er lebte nicht mehr. Sein lodernder Körper schwebte über dem Tal, als habe der Mond am Nachthimmel Feuer gefangen.

»Was machen wir mit ihr?« fragte ich und deutete ins Innere des Wagens.

»Sie kommt mit«, erwiderte Faustus, »so wie abgesprochen.«

»Wir haben einen Sattel mit Rücken- und Armlehnen«, sagte Lara, »für eine unserer Pferdenummern. Wir könnten sie darin festbinden.«

»Sie muß liegen«, warf Gisbrand von hinten ein.

Faustus schüttelte den Kopf. »Eine Weile lang wird es gehen. Zumindest so lange, bis wir weit genug von diesem Tal entfernt sind.«

Lara gab einigen ihrer Leute Befehle, und wenig später standen im Schutze eines Planwagens drei Pferde bereit. Auf einem hatten die Gaukler den hochlehnigen Sattel befestigt. In ihn wurde nun das Mädchen gehoben. Sie stöhnte leise, zeigte aber kein anderes Zeichen von Leben. Die Lehne in ihrem Rücken wurde mit Decken gepolstert, dann band man sie mit Stricken fest, so daß sie nicht mehr herabfallen konnte.

»Das Pferd ist an diesen Sattel gewöhnt«, sagte Lara und zwang sich zu einem zaghaften Lächeln. »Notfalls kann es damit ein paar Kunststücke vollführen.«

»Kann es galoppieren?« fragte Faustus.

»Eine Weile lang«, entgegnete Lara. »Aber gebt acht damit im Wald. Denkt daran, das Mädchen kann sich nicht vor tiefhängenden Ästen schützen.«

Wir sprangen auf unsere Pferde und nahmen eiligen Abschied. Faustus ergiff Laras Hand. »Habt Dank für alles«, sagte er.

Lara nickte. »Verschwindet jetzt, Doktor Faustus. Ich hoffe, wir sehen uns niemals wieder.«

Er lächelte. »Wir werden sehen.«

Dann ritten wir davon, quer durch den Wald, das Pferd mit dem kraftlosen Mädchen in unserer Mitte. Die Gaukler, das Tal und der brennende Müller blieben hinter uns zurück. Schließlich versperrte die schwarze Mauer der Baumreihen jede Sicht auf das, was hinter uns lag.

»Man sagt, Ihr kennt die Zukunft«, rief ich Faustus zu, als wir einen Pfad erreichten und die Tiere zur Eile trieben. »Sagt, was seht Ihr da? Werden wir sie wiedertreffen?«

Faustus gab lange keine Antwort, doch als er schließlich sprach, wünschte ich mir, er hätte es nicht getan.

»Ich sehe Feuer, Wagner«, sagte er leise. »Nichts als gewaltige Feuer und vielfachen Tod.«

Kapitel 4

Zumindest in einem sollte Lara recht behalten: Das Mädchen erholte sich ungewöhnlich schnell. Seine Gesundung ging mit solch halsbrecherischer Geschwindigkeit voran, daß selbst Faustus der Mund vor Staunen offenstand, wenn er die Verbände wechselte oder die Salbe, die er aus allerlei Waldkräutern gefertigt hatte, auf die Wunden strich. Da man Faustus im ganzen Land nur allzugut kannte, und das Mädchen durch seine Entstellung zu großes Aufsehen erregt hätte, verzichtete ich freimütig auf meine Mönchskutte und hüllte sie um die Verletzte. Die Ledermaske steckte zwar in dem Bündel, das Gisbrand in aller Eile gepackt hatte, doch Faustus blieb bei seinem Entschluß, daß die Wunden Luft brauchten. Wir zogen ihr daher die Kapuze weit ins Gesicht, so daß die Verletzungen zumindest aus der Ferne nicht zu sehen waren. Wundersamerweise konnte sie sich schon nach zwei weiteren Tagen aus eigener Kraft im Sattel halten, so daß wir Arm- und Rückenlehnen abnahmen und im Unterholz vergruben.

»Ich verstehe es nicht«, gestand Faustus einmal. »Ihre Kräfte kehren schneller zurück als bei jedem anderen, den ich bisher gepflegt habe. Allein die Wunden in ihrem Rücken müßten es ihr unmöglich machen, ohne Stütze aufrecht zu sitzen, ganz zu schweigen von den Verbrennungen.«

Doch auch ihm blieb nichts weiter zu tun, als staunend den Fortschritten seiner Patientin zu folgen und sie nach jeder Veränderung gutgelaunt in ihrem Willen zu baldiger Heilung zu bestärken.

In jenen Stunden, während wir durch die grüne Hügellandschaft südlich der Harzwälder ritten und uns

Schritt um Schritt unserem Ziel näherten, grübelte ich lange über die Herkunft des Mädchens nach. Zwar behauptete Faustus, er könne nicht erkennen, ob sie tatsächlich seine Retterin aus Wittenberg war, doch die Inbrunst, mit der er sich um ihre Genesung sorgte, schien mir Anhaltspunkt dafür, daß er die Möglichkeit zumindest in Betracht zog. Vielleicht wollte er, daß sie es war; vielleicht suchte er jemanden, an dem er wiedergutmachen konnte, was ihm selbst an Gnade widerfahren war. In jenen Stunden verlor Faustus immer mehr von seiner überirdischen Aura. Aus meinem Meister wurde ein Mensch.

»Ist sie nun ein Engel oder nicht?« fragte ich ihn in der Nacht, bevor wir Eisenach erreichten.

»Wer an Engel glaubt, der glaubt an Gott«, gab er zur Antwort. »Und du verlangst wohl nicht von mir, daß ich Männern wie Asendorf Glauben schenke.«

»Das gilt auch für mich«, sagte ich eilfertig.

Faustus lächelte. »Ich würde dir nicht verübeln, wenn es anders wäre, mein Freund. Du hast jahrelang unter Bruder Martinus studiert. Auch er handelt aus Überzeugung vor Gott. Trotzdem macht ihn das nicht zu einem schlechten Menschen, und es würde auch dich zu keinem machen. Wichtig ist allein, daß du deinen Glauben vor dir selbst eingestehst.«

Ich seufzte. »Wenn das so einfach wäre ...«

Er lachte und sprach nicht mehr davon.

Bei solchen und ähnlichen Gesprächen lag unsere neue Gefährtin stumm neben uns am Feuer, hielt die geschundenen Augen geschlossen und atmete ruhig ein und aus. Was ihre vermutliche Blindheit betraf, so war meine anfängliche Befürchtung falsch gewesen. Ihre Augen waren auf wunderbare Weise unverletzt geblieben, und wenngleich sie auf vieles erst spät oder zuweilen gar nicht reagierte, so besserte sich doch auch dies von Tag zu Tag. Allein zu sprechen vermochte sie nicht; sie nickte nur dann und wann dankbar, wenn Faustus ihre Wunden versorgte oder ich ihr ein Essen bereitete.

Es war eine seltsame Verbindung, die sich da zwischen uns entspann, denn obgleich wir nichts über sie wußten, so wuchs sie uns doch durch ihre Hilflosigkeit immer mehr ans Herz. Wir überlegten sogar, ob wir ihr nicht einen Namen geben sollten, verwarfen den Gedanken aber schließlich, weil Faustus meinte, man solle keinem Menschen den wahren Namen streitig machen und es daher lieber bei Namenlosigkeit belassen.

Wider Erwarten schonte uns das Schicksal vor Asendorfs Mörderbande. Auf unserem Weg nach Südwesten mieden wir jede menschliche Siedlung, machten weite Bögen um Dörfer und Gehöfte und hofften so, keine Fährte für den Inquisitor und seine Schergen zu hinterlassen. Wenngleich wir uns nicht der Illusion hingaben, er habe die Jagd nach uns aufgegeben, so vergingen doch die Tage, ohne daß wir einen Hauch seines feurigen Atems in unseren Nacken spürten.

Während des ganzen Weges von Wittenberg nach Eisenach wußte Faustus jederzeit, in welche Richtung wir uns an Kreuzwegen und Gabelungen zu wenden hatten. Während ich selbst in den endlosen Wäldern und später auf eintönigen Hügelketten schon nach wenigen Meilen die Orientierung verlor, bereitete es meinem Meister keinerlei Schwierigkeiten, stets zu wissen, wohin wir unsere Pferde treiben mußten. Einmal fragte ich ihn danach und bekam darauf eine seiner seltsamen, unverständlichen Antworten:

»Wir reisen auf den Kraftadern der Erde, Wagner. Sie sind es, die uns den Weg weisen und uns die Stärke geben, ihn zu meistern.«

»Das verstehe ich nicht«, gestand ich kleinlaut.

»Weißt du, was man unter der Kunst der Geomantie versteht?«

»Nein, Meister.«

»Der Geomant sieht die Erde als lebendiges Wesen, das mit einem Netz von Adern und Nerven durchzogen ist«, erklärte Faustus. »Viele sind unsichtbar und können nur vom Geist ertastet werden, andere aber sind greifbar, wie mancher Wasserlauf oder die Gold- und Erzadern tief unten im Gestein. Das wußten zum Beispiel auch die Baumeister der großen Kathedralen. Sie spürten, daß sich an bestimmten Orten zahlreiche jener unsichtbaren Verbindungen trafen, und so Plätze besonderer Macht entstanden. Sie behaupteten oft, der Heilige Geist habe sie an jenen Stellen überkommen und ihnen die Kraft gegeben, dort ihre Dome zu errichten. Dabei war es allein die Macht der Erde, die sie spürten.«

»Aber, Herr«, gab ich zu bedenken, »glaubt Ihr nicht, daß …«

»Daß dies alles Unsinn ist?« führte Faustus meine Frage zu Ende. »Keineswegs. Ich glaube, daß in diesen Kraftadern die wahre Macht unserer Welt verborgen liegt. Sie sind die Straßen der Erdgeister. Der Mensch, der sich dieser Wege bedient, nimmt dabei einen Teil ihrer Kraft auf. Das stärkt ihn und weist ihm die richtige Richtung.«

Um ehrlich zu sein, ich hielt die Worte meines Meisters für ziemliches Gefasel. Ich war offen für so manche Absonderlichkeit, und dies war nur eine von vielen, die ich während meiner Reisen mit ihm erlebte. Ich hörte ihm zu, wenn er dergleichen erzählte, merkte mir auch sein Worte, doch der wahre Glaube daran blieb mir verschlossen.

Tatsache allerdings ist, daß Faustus oft auf das Netz der Kraftadern zu sprechen kam, und seinen Weg immer wieder nach ihrem Verlauf bestimmte. Er behauptete, er könne sie spüren, und es sei wichtig, daß man den Weisungen der Erdgeister Folge leiste.

Als ich dahinterkam, wie viel ihm dies tatsächlich

bedeutete, kam es zum ersten Mal zu Unstimmigkeiten zwischen uns. Kurz bevor wir unser Ziel erreichten, fragte mich Faustus mit Unschuldsmiene: »Sag mir, Wagner, wie viele Tage sind wir nun von Wittenberg bis Eisenach gereist?«

»Sieben, Herr.«

Faustus lächelte listig. »Aber sprach Martinus nicht von fünf Tagesritten?«

»Ich nehme an, er hat sich getäuscht.«

»So, so«, sagte Faustus, »das glaubst du also. Nun, ich fürchte, ich muß dir ein Geständnis machen. Wir sind einen Umweg von zwei Tagesreisen geritten.«

»Einen Umweg, Herr?« fragte ich verblüfft.

»Ja, Wagner. Die Kraftader, der wir folgten, machte einen weiten Bogen, und ich beschloß, ihr zu folgen, statt den kürzeren Weg zu nehmen.«

»Aber warum, Herr?« verlangte ich zu erfahren. Ich fühlte mich hintergangen, ja, ich glaubte gar, er habe unser aller Leben aufs Spiel gesetzt, nur um seinen geomantischen Spinnereien nachzugehen. Erstmals spürte ich Wut auf meinen neuen Lehrherrn.

»Wie fühlst du dich, Wagner?« stellte Faustus eine Gegenfrage.

»Gut«, knurrte ich mißmutig.

»Hat die Reise an deinen Kräften gezehrt?«

Darauf hatte ich bislang noch keinen Gedanken verschwendet, doch als ich nun in mich hineinhorchte, mußte ich wohl oder übel gestehen, daß ich mich trotz aller Strapazen und Entbehrung nicht schwächer oder gar ermattet fühlte.

»Nicht wirklich«, entgegnete ich deshalb.

Er nickte zufrieden. »Grund dafür ist die Macht der Kraftadern. Es würde mich nicht wundern, wenn auch die schnelle Heilung unserer Freundin damit zutun hätte.«

Das Mädchen saß reglos im Sattel. Ihr verbranntes

Gesicht wurde vom Schatten der Kapuze verborgen. Sie verriet weder Ablehnung noch Zustimmung.

Mein Zorn blieb ungeschmälert. »Asendorf hätte uns fangen oder unseren Weg abschneiden können. Wie konntet Ihr nur eine solche Gefahr eingehen?«

»Es war nötig«, erwiderte Faustus knapp. »Die Erdgeister sind uns wohlgesonnen.«

»Warum waren dann nicht sie es, die Euch aus dem Kerker befreiten?« fragte ich bissig, durchaus in der Absicht, ihn zu verletzen. Zwei Tage Umweg! Er mußte den Verstand verloren haben.

Faustus lächelte. »Ich verstehe deine Wut, lieber Wagner. Doch auch du wirst eines Tages begreifen, weshalb es nötig ist, nicht immer gleich den schnellsten Weg zu gehen. Die Macht im Inneren der Erde ist unerschöpflich. Man muß nur verstehen, sie zu nutzen. Laß uns nicht länger streiten und gib dir ein wenig Mühe, meine Entscheidung zu akzeptieren.«

Mürrisch gab ich nach und sprach für den Rest des Tages kein Wort mehr mit ihm.

Am späten Nachmittag endlich blickten wir von der Kuppe eines Hügel hinab auf Eisenach. In einiger Entfernung hockte die Wartburg auf einem dicht bewaldeten Bergrücken. Trutzig reckte sie ihre Mauern, Wehrgänge und Türme dem grauen Wolkenhimmel entgegen. Meine sauertöpfische Laune wich nur allmählich. Erst als ich aus der Ferne das erste Wirtshaus erblickte, hob sich meine Stimmung – um sich gleich darauf erneut zu verfinstern, denn Faustus ritt achtlos daran vorüber.

Zumindest diesmal war er im Recht. Wir durften nicht noch mehr Zeit verlieren. Erst, wenn sich die Tore der Wartburg hinter uns schlossen, waren wir vor Asendorfs Schergen in Sicherheit.

Wir umrundeten die Stadt und hielten dabei immer wieder Ausschau, ob der Hexenjäger und sein Mördertrupp uns bereits zuvorgekommen waren. Doch Straßen und Häuser wirkten friedlich, die wenigen Landsknechte, die wir aus der Ferne beobachteten, gehörten ihrer Kleidung nach zur Eisenacher Stadtgarde und hatten offenbar keine gesonderte Order bekommen, Ausschau nach zwei Ketzern in Augustinerkutten zu halten. Erstmals schöpfte ich neue Hoffnung.

Wir ließen die Häuser hinter uns und ritten durch den Wald hinauf zur Burg. Von oben mußte sie in etwa die Form einer Schuhsohle haben, das schmale Ende im Norden, das breite im Süden. Klotzige Steinbauten, überdachte Wehrgänge aus Fachwerk und ein mächtiger Bergfried krönten ein schmales Felsplateau, das weit über die Wipfel der höchsten Bäume ragte. Eine steinerne Rampe führte hinauf zur Zugbrücke, neben der zwei Wachtposten mit Schwertern und Hellebarden Aufstellung bezogen hatten.

»Meldet Eurem Hauptmann, wir seien Freunde des Bruders Martinus aus Wittenberg«, bat Faustus den einen. »Wir werden erwartet.«

Der Mann gab die Worte an einen Laufburschen weiter, und eine Weile später ertönte aus dem Torhaus der Befehl, uns einzulassen. Die Blicke der Wachtposten folgten uns mißtrauisch. Vor allem das Mädchen, das seinen Kopf unter der Kapuze verbarg, schien ihnen nicht geheuer.

Wir ritten unterm Torhaus hindurch und gelangten in einen engen Innenhof, der sich erst in einiger Entfernung verbreiterte und vor einer hohen Mauer endete; sie trennte den Nord- vom Südhof. Links von uns wuchs die Burgmauer empor, gekrönt von einem Wehrgang. Zu unsere Rechten stand ein zweistöckiger Fachwerkbau. Faustus und ich stiegen von den Pferden und halfen dem Mädchen aus dem Sattel. Unsicher, mit gesenktem Haupt, stand es da und hielt sich am Sattelknauf fest.

Mägde und Dienstmänner bevölkerten den Hof. Ein paar Soldaten der Burggarde saßen am Fuß der Mauer und reinigten ihre Büchsen. Kaum jemand schenkte uns Beachtung. Zwei Stallknechte eilten herbei und führten unsere Pferde davon. Gleichzeitig trat aus dem Haus rechts von uns ein untersetzter Mann mit hellgrauem Haar und ebensolchem Vollbart. Er trug teure, jedoch keine prunkvolle Kleidung: ein purpurnes Hemd, darüber ein schwarzes Wams und enge Hosen. Seine Füße steckten in Stulpenstiefeln, der Fußbekleidung der Edelleute.

»Ich bin Hans von Berlepsch, Hauptmann der Wartburg«, sagte er und blieb zwei Schritte vor uns stehen. »Und Ihr seid –«

»Freunde Martin Luthers«, unterbrach ihn Faustus. Das war unhöflich, aber nötig – der Hauptmann hätte sonst des Doktors wahren Namen ausgeplaudert. Dabei mußte doch niemand, vor allem nicht die umstehenden Dienstleute und Soldaten, erfahren, wer wir wirklich waren.

Berlepsch verstand und nickte freundlich. »Ich begrüße Euch und bitte Euch, mir zu folgen.«

Das taten wir und gelangten so ins Innere der Vogtei. Die Wände waren aus Holz, vielfach verputzt, die Böden teils aus Stein, teils aus Dielen. Durch niedrige Bogentüren gelangten wir in einen Raum, der dem Hauptmann als Arbeitszimmer diente. Es gab einen großen Tisch, auf dem allerlei Schriftstücke und Grundrisse, eine Tabaksdose und zahlreiche Federn und Griffel umherlagen. Davor standen mehrere Stühle.

Der Hauptmann bat uns Platz zu nehmen.

Faustus blieb stehen. »Verzeiht«, sagte er, »aber unsere Gefährtin hier braucht dringend ein Bett.« Damit gab er dem Mädchen ein Zeichen, die Kapuze zurückzuziehen. Sie tat es in einer langsamen, beinah träumerischen Bewegung.

Berlepschs Mund öffnete sich, doch das Keuchen, das ihm beim Anblick der grauenvollen Brandwunden entfleuchen wollte, blieb ihm vor Mitleid und Grauen im Halse stecken. Dann, ganz plötzlich, verwandelte er sich in einen regelrechten Derwisch von Beflissenheit und Sorge.

»Warum habt Ihr das nicht gleich gesagt?« rief er, wartete aber die Antwort nicht ab und rief sogleich durchs offene Fenster zwei Mägde herbei.

Als die beiden Frauen in die Stube eilten und die Verletzungen des Mädchen sahen, schauderten sie, sagten aber kein Wort.

»Bringt dieses arme Geschöpf in mein Gästezimmer«, ordnete der Hauptmann an. »Bettet sie gut und gebt ihr alles, was sie verlangt.«

»Sollen wir Euren Leibarzt rufen?« fragte die eine Magd stockend und zwang sich sichtlich, den Blick von dem Mädchen zu wenden.

Berlepsch sah Faustus an, doch der schüttelte den Kopf. »Ich werde mich selbst um sie kümmern«, sagte er.

Der Hauptmann nickte. »Ihr habt es gehört«, sagte er zu den Mägden. »Ich will, daß ihr beide an ihrer Seite wacht.«

»Aber haltet euch von ihren Verbänden fern«, fügte Faustus hinzu. »Ich selbst werde sie später wechseln.«

Die Mägde verneigten sich und führten das Mädchen hinaus. Es folgte ihnen stumm und mit langsamem Schritt. Wieder bewunderte ich es um seiner schnellen Genesung willen. Es hatte mehr Kraft als alle Männer, die ich kannte.

Die Frauen schlossen die Tür hinter sich, und wir waren allein mit dem Hauptmann.

»Ihr seid also Doktor Faustus«, sagte Berlepsch und schüttelte meinem Meister herzlich die Hand. Dann wandte er sich an mich: »Und Ihr müßt Wagner sein, der Adlatus, über den Bruder Martinus schrieb. Euer Vormund hält große Stücke auf Euch.«

Ich grinste erfreut und beschloß, den Hauptmann zu mögen. Er wirkte ehrlich, hatte eine feine Aussprache, und die prallgefüllten Bücherregale an den Wänden seiner Stube ließen auf einige Bildung schließen. Seine Händedruck war fest und kräftig, wenngleich er ein wenig kleiner war als ich selbst und eine gehörige Leibesfülle besaß. Er verbreitete eine Gemütlichkeit und Ruhe, die ich während der vergangenen acht Tage schmerzlich vermißt hatte.

Im Gespräch mit ihm erfuhren wir nun, daß Kurfürst Friedrich Martinus' Brief zwar noch empfangen hatte, sich aufgrund eiliger Regierungsgeschäfte aber nach Dresden hatte begeben müssen. Zuvor jedoch hatte er seinem Burghauptmann aufgetragen, die beiden Freunde seines Wittenberger Schützlings mit offenen Türen zu empfangen und sie für beliebige Dauer auf der Wartburg aufzunehmen. Berlepsch selbst schien keinerlei Scheu vor dem Ruf meines Meisters zu haben, vielmehr bekundete er offene Sympathie für einen so weitgereisten Schwarzkünstler – wenngleich er selbst es doch lieber mit den Lehren des Christentums hielte, wie er schmunzelnd ergänzte. Allerdings, so gestand der Hauptmann, sei auch ihm das herrschaftliche Getue der päpstlichen Pfaffen zuwider, und es sei hoch an der Zeit, die Bischöfe und Äbte von ihren prunkvollen Gütern zu vertreiben und den Päpsten in Rom die Völlerei zu verbieten. Jeder, der sich gegen die selbstherrlichen Robenträger stelle, sei ihm willkommen, und er wolle es im Rahmen seiner Möglichkeiten nicht an Unterstützung mangeln lassen.

Schließlich fragte er, was denn dem Mädchen zugestoßen sei. Faustus gab eine Halbwahrheit zur Antwort: Wir hätten sie am Wegesrand aufgelesen, in eben jenem Zustand, und es sei uns bislang nicht gelungen, auch nur ein Wort aus ihr herauszubekommen. Allerdings, so mein Meister weiter, gebiete es nicht nur die christliche Nächstenliebe, einem solchen Geschöpf zu helfen, und deshalb sei sie nun mit uns hier. Darauf beteuerte Berlepsch noch einmal, daß er alles in seinen Kräften stehende zur Gesundung des armen Dings beitragen werde.

Dergestalt in Freundschaft übereingekommen, ließ der Hauptmann uns zwei Kammern in einem Haus an der Ostseite der Burg bereitstellen. Das Mädchen ruhe besser in seinem Gastzimmer in der Vogtei, sagte er, weil es dort trockener und auch ein wenig wärmer sei, was der Heilung sicher zugute kommen werde. Natürlich, so fügte er hinzu, könne Faustus jederzeit zu ihr und sich ihrer annehmen. Des weiteren würde er sich glücklich schätzen, wenn wir ihm am Abend beim Essen Gesellschaft leisten würden.

Froh und zufrieden über die erfreuliche Wendung der Umstände verließen wir sodann den Hauptmann und bezogen unsere Kammern. Sie waren weder so kalt noch so feucht, wie Berlepsch angedeutet hatte, wenngleich offenbar war, daß die Räume seit längerem nicht genutzt worden waren. Sie lagen unter dem Dach des dreistöckigen Gebäudes, und aus ihren schmalen Fenstern blickte man hinaus auf sanfte Waldhügel, die sich bis zum Horizont erstreckten.

Hier läßt es sich wahrlich eine Weile aushalten, dachte ich bei mir, warf mich glücklich aufs weiche Bett und schlief sogleich für eine Weile ein.

Heftiges Klopfen an der Tür riß mich am Abend aus dem Schlaf. Als ich die Augen öffnete, war Faustus bereits eingetreten und hieß mich, aufzustehen. Ich machte mich an einer Wasserschüssel in einer Ecke der Kammer ein wenig frisch, dann gingen wir hinüber zur Vogtei, wo Berlepsch uns schon erwartete.

»Eure Begleiterin schläft«, sagte er zu Faustus, der

zufrieden nickte. Ich erfuhr, daß er sich während meines Schlafes bereits um das Mädchen gekümmert hatte, ihre Verbände gewechselt und die Wunden mit Salbe bestrichen hatte.

Zu dritt überquerten wir den Hof und traten in ein mächtiges Gebäude, dessen Fassade mit zahllosen Kapitellen geschmückt war. »Der Palas«, erklärte Berlepsch. »Einst galt er als Prachtbau und besaß eine Reihe offener Arkaden und Wandelgänge. Wegen der starken Herbst- und Winterstürme mauerten frühere Generationen die Öffnungen an der Ostseite zu. Deshalb bietet er sich heute ein wenig düster dar.«

Wir speisten in einem großen Saal im Erdgeschoß des Hauses, vor einem hohen, offenen Kamin, in dem wegen der warmen Jahreszeit nur ein kleines Feuer brannte. Nach dem deftigen Essen aus Jägerkost, einigen Bechern vom besten Wein und einem fröhlichen Gespräch mit unserem Gastgeber zogen Faustus und ich uns schließlich zurück.

Mein Meister verschwand sogleich in seiner Kammer, ich aber beschloß, noch ein wenig durch die Burg zu geistern und vielleicht ein paar Worte mit den hübschen Mägden zu wechseln, die ich am Nachmittag und während unseres Weges zum Palas beobachtet hatte.

Eine von ihnen, die ich nahe der Zisterne im Südhof traf, zeigte sich nur zu bereit, mir für eine Handvoll Heller aufs Zimmer zu folgen. Wir hatten, ich muß es gestehen, eine Menge Spaß miteinander. Sie war ein freches, heißblütiges Ding, so jung wie ich selbst, mit flammendem Haar, voller Brust und einem Hinterteil für die Götter. Wir tollten und balgten auf dem Bett umher, und ich beschloß, meinen Meister am folgenden Tag zu einem längeren Aufenthalt auf der Burg zu bereden. Die Kleine bestärkte mich in dieser Absicht (wohl auch in froher Erwartung weiterer Münzen) und zog sich schließlich in ihre eigene Unterkunft auf der anderen Seite der Burg zurück.

Danach gab ich mir alle Mühe einzuschlafen, doch die Erinnerung an die vergangenen Stunden in den Armen der Schönen ließ mir keine Ruhe. Hellwach drehte ich mich im Bett hin und her, wobei mich der Geruch unseres Treibens verfolgte und nur noch unruhiger machte. Ich wünschte mir, sie wäre noch ein wenig länger geblieben, doch sie hatte mir schelmisch erklärt, ihre Mutter, die Meisterin des Waschhauses, achte peinlich darauf, daß ihr Töchterlein sich des Nachts nicht in fremder Betten herumtreibe. Sie müsse also zurück, um den alten Drachen mit irgendeiner Lüge zu beruhigen. Wenn ich es aber wünsche, so hatte sie gesagt, wolle sie gern in der nächsten Nacht zurückkehren.

Aber die nächste Nacht war fern und ich selbst nicht zum Schlafen aufgelegt. Der Mond schien zu allem Überfluß durchs Fenster, als gelte es, seine Leuchtkraft unter Beweis zu stellen. Kalkige Helligkeit erfüllte die Kammer. Holzwürmer raschelten im Dachgebälk, und irgendwo in der Ferne kläffte ein Hund. Einsam und mißmutig lag ich da, starrte hinauf zur dunklen Decke und grübelte über meine Zukunft als Zauberlehrling.

Der Hund bellte erneut. Diesmal klang es näher, als stünde er vor der Außenmauer, tief unter meinem Fenster. Ich sprang auf, weil ich ohnehin keine Ruhe finden würde, und reckte meinen Kopf ins Freie. Da das Fenster in die Dachschräge eingelassen war, konnte ich nicht erkennen, was sich unter mir befand. Zudem war es tiefste Nacht, und der Wald am Fuß des Felsplateaus war in der Dunkelheit versunken wie in schwarzem Schlamm.

Plötzlich hörte ich vor meiner Kammer leise Schritte, die eilig vorüberliefen. Neugierig eilte ich zur anderen Seite des Raumes und legte mein Ohr ans Holz der Tür. Mein Lauschen war vergebens; wer immer über den Flur gelaufen war, er oder sie war längst verschwunden.

Geräuschlos drückte ich die Klinke herunter und trat hinaus auf den Gang. Hier horchte ich erneut und, tatsächlich, ich vernahm leise Schritte in den Schatten am Ende des Flurs, die sich geschwind von mir entfernten. Ich sah hinüber zur Tür von Faustus' Kammer und bemerkte, daß sie nur angelehnt war. Zögernd trat ich davor und klopfte. Niemand antwortete. Mit der Fingerspitze drückte ich die Tür einen Spaltbreit auf, sehr langsam, sehr vorsichtig, aus Furcht, ich könnte den Meister bei irgendeiner nächtlichen Tätigkeit stören. Es mußte kurz nach Mitternacht sein. Die Zeit der Zauberei und Rituale.

Faustus war nicht da. Sein Bett war unberührt. Auf dem Tisch lagen mehrere schwere Bücher, einige aufgeschlagen. Er mußte sie sich aus der Burgbibliothek besorgt haben. Unwillkürlich fragte ich mich, ob er gehört hatte, daß ich den Abend über nicht allein gewesen war. Die Wände waren dünn, und die Laute unseres Liebesgetümmels hatten fraglos ihren Weg in Faustus' Zimmer gefunden. Der Gedanke bereitete mir Unbehagen.

Die Verlockung, seine Kammer zu betreten, war groß. Zu gerne hätte ich einen Blick in die Schriften geworfen, mit denen er die Nacht verbrachte. Waren es Zauberbücher? Magische Folianten, angefüllt mit altem Wissen? Konnte es angehen, daß sich in der Bibliothek der Wartburg solche Texte fanden?

Ich widerstand der Versuchung und beschloß statt dessen, meinem Meister zu folgen. Zweifellos war er es gewesen, der sich so eilig über den Flur gestohlen hatte. Was hatte er vor, zu so später Stunde? Verbarg er etwas vor mir?

Ich lehnte die Tür der Kammer wieder an, ganz so, wie ich sie vorgefunden hatte, und schlich dann den Gang hinunter. Faustus' Schritte waren längst verhallt. Ich eilte die Treppen hinab und gelangte ins Erdgeschoß. Ein Durchgang führte von hier aus auf die Wehrgänge. Ich warf einen Blick hinein, konnte aber in der Schwärze nichts erkennen. Der lange überdachte Schlauch lag still und offenbar verlassen da.

Ich ging zur Haustür und trat hinaus ins Freie. Keine Menschenseele war zu sehen. Ich nahm mir einen Augenblick Zeit und dachte nach. Konnte es sein, daß Faustus unterwegs war zu dem verletzten Mädchen? Die Vogtei lag am Nordende der Burganlage. Um dorthin zu gelangen, mußte er den Hof überqueren. Ich lief deshalb zum Tor, das den Süd- mit dem Nordhof verband, und blickte hindurch. Sein Vorsprung war groß, doch der Hof erstreckte sich weit genug, so daß ich ihn hätte sehen müssen, wenn er diesen Weg eingeschlagen hätte. Doch auch hier war er nicht. Blieb nur die entgegengesetzte Richtung. Faustus mußte sich noch im Südteil der Burg befinden.

Der Mond erhellte den freien Platz. Neben mir wuchs der Bergfried düster in den Nachthimmel. Sein langer Schatten schnitt pechschwarz über den Hof; es sah aus, als hätte sich ein tiefer Spalt im Boden aufgetan. Etwas in mir warnte mich davor, über die Ränder des lichtlosen Streifens zu treten. Das war Unsinn, natürlich, und doch schien mir eine Stimme leise ins Ohr zu säuseln: Und wenn es doch ein Abgrund ist und kein Schatten?

Ich fragte mich, ob Faustus es vermochte, mir solche Gedanken einzugeben. Wollte er mich so davon abhalten, ihm zu folgen? Nein, unmöglich. Der Rest eines Zweifels aber blieb.

Leise lief ich los, über den bedrohlichen Schatten hinweg und an der Fassade des Palas vorüber. Dahinter hatte ich freie Sicht auf die Südmauer der Wartburg. Vom Hof aus war sie nicht hoch, nicht mehr als zwei Mannslängen. Obenauf verlief ein Zinnenkranz; er war, im Gegensatz zu den Wehrgängen im Nordteil, nicht überdacht. Eine schmale Steintreppe führte hinauf.

Vor den Zinnen stand eine Gestalt und hatte mir den Rücken zugewandt. Sie blickte über die Mauer hinab in die Tiefe, weit vorgebeugt, als betrachte sie angestrengt etwas, das sich am Fuße der Felsen befand. Die langen dürren Glieder der schwarzen Silhouette ließen keinen Zweifel offen – es war Faustus. Und nun hörte ich gar, daß er sprach, ganz leise, fast murmelnd, als unterhalte er sich mit jemandem, der außerhalb der Burg im Wald kauerte.

Mir war unheimlich. Ich wagte nicht, näher heranzutreten, obgleich ich nicht verstand, was Faustus sagte. Die Gefahr, entdeckt zu werden, war zu groß.

Plötzlich hob Faustus seine Stimme und sagte laut, ohne sich umzudrehen: »Komm schon her, unstetes Nachtgespenst!«

Erschrocken fuhr ich zusammen. Faustus hatte bemerkt, daß ich ihm nachspionierte. Mir blieb nichts, als mich seinem Befehl zu beugen.

Ich trat hinter der Ecke des Palas hervor und erklomm die Treppe zu den Zinnen. Auf der anderen Seite der Mauer erstreckte sich das schwarze Meer der Baumwipfel. Diffuse Umrisse schwebten darüber hinweg, Geister, die über den Hügeln jagten. Ich sah noch einmal hin; es war nur der Wind, der Zweige und Baumkronen erbeben ließ und die Schatten in zitternde Bewegung brachte. Es schien, als seien die Wälder in lautlosem Aufruhr.

Faustus wartete, bis ich neben ihm stand. Dann erst drehte er den Kopf und sah mich an. Sein Körper blieb weiter über die Zinnen gebeugt.

Stammelnd suchte ich nach einer Ausrede. »Ich … ich machte mir Sorgen um Euch und …«

»Natürlich«, sagte er leise. »Das ist sehr ehrenwert von dir. Schließlich wäre es möglich, daß der Hauptmann mich entführen läßt, nicht wahr?«

Ich brauchte einen Augenblick, ehe ich den Spott in seinen Worten verstand. Doch Faustus klang nicht erbost. Jetzt lächelte er sogar.

»Nun, wo du einmal hier bist, möchtest du vielleicht wissen, was ich hier draußen treibe, nicht wahr?«

»O nein«, wehrte ich eilig ab, »nicht nötig. Ich gehe einfach wieder hinauf in meine Kammer und lege mich schlafen. Alles andere geht mich nichts an.«

»Das sollte es aber«, widersprach er. »Du bist jetzt mein Schüler. Zudem hätte ich dir ohnehin davon erzählt.«

Aus dem Abgrund jenseits der Zinnen ertönte erneut das Hundebellen, das ich bereits früher vernommen hatte. Es klang jetzt ganz nah. Da begriff ich.

Faustus sah es mir an und nickte. »Mephisto«, flüsterte er. Dann wandte er sich von mir ab und blickte wieder hinab in die Wälder.

Ich beugte mich zwischen den Zinnen hindurch und sah wie mein Meister an Mauer und Felswand hinunter. Ihr Ende verschwamm mit dem wogenden Blätterdach, das sich weit unter uns bis an die Felsen schmiegte. Falls dort unten etwas Lebendes war, so hielt es sich gänzlich im Dunkeln verborgen. Und doch: Je länger ich hinab in die Finsternis blickte, desto deutlicher wurden zwei glimmende Punkte, die mein Starren erwiderten. Glühend rot und reglos. Augen.

»Wie kommt er hierher?« flüsterte ich leise, fast erfurchtsvoll.

»Niemand hält Mephisto gefangen«, erwiderte Faustus. »Nicht einmal die Heilige Inquisition.«

»Aber er ist nur ein Hund«, entgegnete ich.

Faustus legte einen Finger an die Lippen. »Laß ihn das nicht hören.«

»Nicht hören?« fragte ich erstaunt. »Aber ...«

»Still jetzt«, unterbrach er mich bestimmt.

Ich verstummte sofort, obgleich mir die Worte auf den Lippen brannten. Ich kannte die Gerüchte um den Hund meines Meisters. Es hieß, er sei kein Tier wie jedes andere. Die Alten erzählten sich, er könne die Farbe wechseln, wenn Faustus ihm die Hand auflegte. Manche behaupteten, er könne fliegen und sei in Wirklichkeit gar ein mächtiger Dämon, der Faustus nach seinem Pakt mit dem Teufel zur Seite gestellt worden sei.

Ich selbst aber glaubte nicht an diesen Pakt, und so hielt ich auch die Schauermär über Mephisto für blühenden Unsinn. Ein Hund war ein Hund. Auch dieser. Wenngleich mir Faustus' Benehmen und seine rätselhaften Worte Unbehagen bereiteten. Was hatte er gemeint, als er sagte, niemand halte Mephisto gefangen? Wollte er damit sagen, daß der Hund sich nie in Gefangenschaft befunden hatte? Oder daß man ihn nicht gefangenhalten *könne*?

Die Antwort darauf blieb er schuldig.

Faustus blickte weiter wortlos in die Tiefe. Sein Mund schien sich sachte zu bewegen, doch kein Laut drang an mein Ohr. Dann wieder war sein Gesicht vollkommen reglos, so, als lausche er einer Antwort, die er nicht mit den Ohren vernahm.

Du bist jetzt der Schüler eines Zauberers, sagte ich mir mit Nachdruck. Du solltest dich an dergleichen gewöhnen.

Doch das war leichter gesagt als getan. Trotz aller Menschlichkeit, die Faustus im Umgang mit mir und dem Mädchen gezeigt hatte, schien er mir doch mehr als ein gewöhnlicher Mann. Wieder fragte ich mich, ob nicht doch manches an den unheilvollen Gerüchten, die man sich über ihn erzählte, der Wahrheit entsprach. Faustus, der mächtige Magicus. Faustus, der Satansdiener.

»Weshalb kommt er nicht herauf in die Burg?« fragte ich leise.

»Weil er dort draußen sehr viel nützlicher ist«, gab Faustus zu Antwort.

Ich nahm all meinen Mut zusammen und fragte: »Spricht er zu Euch?«

Die Mundwinkel des Schwarzkünstlers verzogen sich zu einem spröden Lächeln. Sein weißes Gesicht schimmerte im Mondlicht wie der Schädel eines steinernen Götzen. »Manchmal.«

»Tut er es … jetzt?«

»Wenn du es sprechen nennen willst.«

Ich schwieg und sah wieder hinab in die Dunkelheit. Das rote Augenpaar leuchtete noch immer an derselben Stelle. Wie zwei glühende Kohlen, die jemand in die Tiefe geworfen hatte.

Dann, plötzlich, bewegten sie sich, verloschen von einem Herzschlag zum nächsten und blieben verschwunden.

Faustus richtete sich auf. Seine ungesunden Züge wirkten sorgenvoll. Seine düsteren Augen hatten sich noch tiefer ins Gesicht gegraben, als zögen sie sich von selbst zurück, wenn er andere Sinne als die menschlichen gebrauchte.

»Etwas geschieht«, raunte er vage.

»Was meint Ihr?«

»Jemand nähert sich der Burg.«

»Asendorf?« fragte ich alarmiert. Meine Unruhe wurde zu Besorgnis, schließlich zu Angst.

Faustus nickte, ohne mich anzusehen. »Er und DeAriel. Doch nicht nur sie.«

»Wer noch?« fragte ich tonlos.

Mein Meister blickte hinauf zum Mond und badete seine Züge im knochenfarbenen Nachtlicht. »Ich verstehe nicht, was Mephisto mir sagen will«, gestand er verwirrt und schwieg für eine ganze Weile.

Ich wartete atemlos darauf, daß er fortfuhr.

»Engel«, erklärte er schließlich. »Mephisto sagt, die Wälder seien voller Engel.«

❖❖❖

Wir ließen den Hauptmann wecken und trafen uns mit ihm in seiner Amtsstube. Berlepsch wirkte weder müde noch ungehalten, als er uns schließlich gegenübersaß. Er ahnte wohl, daß ein Mann wie Faustus Gründe für sein Vorgehen hatte.

Mein Meister erklärte ihm, er sei sicher, daß unsere Gegner innerhalb weniger Stunden die Wartburg erreichen würden. Auf die Frage, wie er darauf komme, erwiderte Faustus nur, er wisse es eben. Berlepsch gab sich damit zufrieden.

»Wann werden sie eintreffen?« fragte er. Nicht einen Augenblick lang verriet er Zweifel an Faustus' Fähigkeit, in die Zukunft zu blicken. Ich selbst freilich wußte es besser – wobei fraglich blieb, was unglaublicher war: Hellseherei oder ein sprechender Hund.

»Ich weiß es nicht genau«, erwiderte mein Meister wahrheitsgemäß. »Spätestens am Vormittag, wahrscheinlich noch eher.«

Berlepsch wurde kreideweiß. Als Hauptmann der Wartburg war er allein Kurfürst Friedrich zum Gehorsam verpflichtet, und doch fürchtete auch er den Zorn der Heiligen Inquisition. Es waren schon Männer in höheren Ämtern als er selbst auf dem Scheiterhaufen verbrannt. Die Grausamkeit der Hexenjäger war unberechenbar. Der Arm des Papstes reichte bis in die Thronsäle der Fürstenhäuser, und niemand, nicht einmal ein Monarch, wagte, sich offen gegen Männer wie Asendorf zu stellen.

»Wenn Ihr es wünscht, werden wir die Burg verlassen«, sagte Faustus.

Einen Augenblick lang sah es aus, als verspüre der Hauptmann ungeheure Erleichterung. Dann aber schüttelte er den Kopf. Seine Züge verhärteten sich. »Ihr seid Gäste des Fürsten. Er hat Euch in seinem Haus aufgenommen, und hier sollt Ihr bleiben. Wenn Ihr überhaupt irgendwo sicher seid, dann in diesen Mauern.«

Faustus schenkte ihm ein dankbares Lächeln. »Ihr seid ein wahrer Ehrenmann. Erlaubt jedoch, daß wir zumindest unsere Gästezimmer räumen und uns an einen weniger offensichtlichen Ort innerhalb der Burg zurückziehen. Wenn Asendorf in Euren Hallen nicht fündig wird, wird er schnell weiterziehen.«

»Ihr habt recht«, sagte Berlepsch nickend. »Ich kann ihm nicht den Zutritt verwehren. Die Gastfreundschaft gebietet, daß ich ihn einlasse, wenn er und die Seinen um Aufnahme bitten.«

»Es gibt noch etwas, das Ihr wissen solltet«, sagte Faustus. »Kardinal DeAriel reitet an Asendorfs Seite.«

Berlepsch gab sich redliche Mühe, seinen Schrecken nicht zu zeigen. Trotzdem zögerte er eine Weile, ehe er antwortete. »Nichtsdestotrotz gilt mein Wort – und das des Fürsten. Ihr bleibt hier, Doktor Faustus, und wenn der Papst persönlich vor den Toren steht.«

Faustus schmunzelte. »Ich fürchte, Leo hat alle Hände voll zu tun, das Geld der Kirche aus den Fenstern des Vatikans zu schaufeln«, erwiderte er scherzhaft. Die Verschwendungssucht des Papstes war allgemein bekannt. Innerhalb seiner zweijährigen Amtszeit hatte Seine Heiligkeit die Kasse der Stellvertreter Gottes bis auf den Grund geschröpft. Bruder Martinus hatte keine Gelegenheit ausgelassen, die Verfehlungen der Päpste lautstark zu postulieren, daher kannte ich ihre zahlreichen Schwächen nur zugut. Papst Leo entstammte dem Geldadel der Medici, und er nutzte seinen Stand als Oberhaupt der Kirche allein dazu, seinen Verwandten und sich selbst die Taschen zu füllen.

Berlepsch erhob sich von seinem Stuhl. »Wir werden ein Versteck für Euch und Eure Begleiter finden, Faustus, dessen seid versichert.« In dem schalen Versuch, uns allen Hoffnung zu machen, fügte er hinzu: »Es gibt mehr geheime Kammern in dieser Burg, als Asendorf in einem ganzen Jahr durchstöbern könnte.«

Wir kamen überein, daß wir trotz allem die Pferde satteln lassen und die Burg zum Schein verlassen würden. Landsknechte und Bedienstete mußten glauben, daß wir in der Nacht abgereist seien, denn zu viele von ihnen wußten, daß wir Berlepschs Gäste waren. Obgleich sie unsere Namen nicht kannten, war die Gefahr zu groß, daß einige von ihnen Asendorf die richtigen Hinweise geben würden. Alles mußte daher so aussehen, als hätten wir die Wartburg vor der Ankunft des Hexenjägers verlassen.

Während Faustus und ich so lautstark wie nur möglich unsere Abreise vorbereiteten und mitten auf dem Hof, gut sichtbar für jeden, unsere Taschen auf die Pferde luden, führte Berlepsch persönlich das Mädchen aus seinem Gästezimmer zu uns herab. Auf Faustus' besonderen Wunsch hin hatte man ihr eine Hose statt eines Kleides angezogen. Darüber trug sie ein weites Wams mit Kapuze, unter der sie ihr zerstörtes Gesicht verbarg.

Zu dritt ritten wir durchs Tor hinaus in die Nacht. Die Wachtposten grüßten, als wir sie im Licht ihrer Fackeln passierten. Unsere Pferde trugen uns den Weg hinab bis zum Fuß des Berges. Dort bogen wir nach links auf einen schmalen Pfad ins Unterholz. Berlepsch hatte uns diesen Weg beschrieben, und ganz wie er versprochen hatte, führte er uns in einem weiten Bogen durch die Wälder schließlich zurück zur Felswand unterhalb der Burg. Ich blickte nach oben und erkannte hoch über unseren Köpfen den Umriß des Südturms, der sich dräuend vom Himmel abhob. Wir mußten uns jetzt etwa an jener Stelle befinden, an der noch vor kurzem Mephisto gestanden hatte. Freilich war von dem Hund keine Spur zu entdecken.

Statt seiner fanden wir den Hauptmann, der plötzlich vor uns aus dem Dickicht am Fuß der Felswand emporwuchs, unerwartet wie ein hölzerner Magier aus den Tiefen einer Puppenbühne.

»Hier entlang«, zischte er uns zu und schob Büsche und Unterholz beiseite. Dahinter kam die schwarze Öffnung eines geheimen Felsengangs zum Vorschein. Es war ein Spalt, hoch genug, daß wir auf den Rücken der Pferde hätten hineinreiten können. Trotzdem stiegen wir ab und führten die Tiere an den Zügeln. Sie mußten uns notgedrungen in unser Versteck folgen.

Als wir den Gang betraten, schlug uns der muffige Geruch von feuchtem Gestein und Erdreich entgegen.

»Um ehrlich zu sein, werter Hauptmann, Eure Dachkammer schien mir behaglicher«, bemerkte ich naserümpfend.

Berlepsch entzündete eine Fackel, die er aus der Burg mit hierhergebracht hatte. Ihr Licht ließ mich die Umgebung deutlicher erkennen. Der Felsspalt verbreiterte sich nach einigen Schritten zu einer hohen, äußerst schmalen Höhle. Hier banden wir die Pferde an zwei Pfähle, die aus dem Gestein ragten, und ließen sie zurück. Vertraute des Hauptmanns würden sich später um sie kümmern. Uns selbst führte Berlepsch tiefer hinein ins Innere des Felsens. Es ging enge, aus dem Stein gehauene Treppen hinauf, so viele Stufen, daß ich nach einer Weile das Zählen aufgab. Ich sorgte mich um das Mädchen, doch unsere verletzte Begleiterin nahm unermüdlich Absatz um Absatz.

Endlich erreichten wir eine niedrige Kammer, in deren Decke eine hölzerne Falltür eingelassen war. Wir alle mußten uns bücken, um nicht mit den Köpfen anzustoßen. Berlepschs Fackel zeichnete wirre Muster aus Ruß aufs Gestein.

»Über uns liegen die Ställe«, erklärte der Hauptmann und drückte die Falltür behutsam nach oben. Augenblicklich drang der Geruch von Stroh und Pferdedung an meine Nase.

Berlepsch sah sich vorsichtig um, dann schob er die Falltür gänzlich auf. Eilig kletterte er hindurch, ich folgte als zweiter. Von oben streckte ich dem Mädchen die Hand entgegen, doch es zog sich aus eigener Kraft an den Rändern der Luke hinauf. Faustus verließ das Loch als letzter und scharrte loses Stroh über die geschlossene Falltür.

»Hier entlang«, flüsterte der Hauptmann und lief gebückt durch den dunklen Stall. Einige der Pferde schnaubten leise, als wir ihm folgten.

An der Rückwand des Stalls gab es eine schmale Tür, dahinter schraubte sich eine Wendeltreppe aus Holz in die Höhe. Sie knirschte unter jedem unserer Schritte. Die Geräusche schienen mir laut genug, um jeden Bewohner der Burg aus dem Schlaf zu reißen. Doch falls einer etwas hörte, so ließ er sich nicht blicken.

Der Schacht, durch den die Treppe nach oben führte, war äußerst eng und düster, trotz der Fackel. Ich ahnte, daß er in keinem Lageplan der Burg verzeichnet war. Die Stufen führten auf einen kaum schulterbreiten Gang, der nach etwa zehn Schritten und einer scharfen Biegung vor einer weiteren Tür endete. Eiserne Beschläge verrieten ihre Festigkeit und Stärke. Berlepsch zog einen riesigen Schlüssel aus seinem Wams und drehte ihn im Schloß. Sogleich ließ sich der Durchgang öffnen. Dahinter war nichts als Finsternis.

Der Hauptmann trat als erster hinein und beleuchtete mit der Fackel einen Raum. »Es ist wohl ein ziemliches Loch«, sagte er seufzend und bat uns, hereinzukommen.

Wir befanden uns in einer erstaunlich geräumigen Kammer. Drei ihrer vier Wände waren schräg; der Raum mußte sich im Winkel eines trapezförmigen Dachstuhls befinden, wahrscheinlich dem des Torhauses. Berlepsch bestätigte meine Vermutung.

»Diese Kammer ist seit Jahren nicht mehr genutzt worden«, fügte er hinzu. »Es gibt leider nicht einmal ein Fenster.« Er blickte sich suchend um. »Ah ja«, entfuhr es ihm schließlich, »dort vorn sind sie ja.« Er entfernte sich einige Schritte, bückte sich und hielt plötzlich eine hölzerne Kiste voller Kerzen in der Hand. »Die sollten eine Weile lang reichen«, sagte er, stellte die Kerzen ab und entzündete mehrere an seiner Fakkel. Jeder von uns nahm eine zur Hand.

»Ich werde versuchen, Asendorf und DeAriel so schnell wie möglich loszuwerden – falls sie wirklich kommen«, sagte Berlepsch. »Bis dahin müßt ihr wohl mit dieser kargen Unterkunft vorlieb nehmen.«

Faustus nickte. »Ich bin sicher, Ihr wißt, was Ihr tut, Hauptmann.«

Berlepsch lächelte geschmeichelt. »Ich werde Euch später einige Decken bringen, außerdem natürlich Essen und Trinken. Es soll Euch hier oben an nichts mangeln.«

Mein Meister bedankte sich, und Berlepsch wandte sich zum Gehen. Bevor er verschwand, reichte er Faustus den Schlüssel. Der nahm ihn entgegen und verschloß hinter dem Hauptmann die Tür. Dann blickte er sich mit einem Seufzer um.

»Nun, im Kerker der Inquisition ist es sicher sehr viel ungemütlicher«, sagte er und bemühte sich offenbar, das Beste aus unserer Lage zu machen.

Das Mädchen sagte wie üblich gar nichts (ich war

mittlerweile überzeugt, daß sie von Geburt an stumm war – oder aber seit dem Unglück, das ihr widerfahren war). Sie hockte sich vor eine Wand und zog die Knie eng an den Körper. Ihr Gesicht schimmerte vage im Schatten der Kapuze.

Faustus schritt an allen vier Wänden entlang und betrachtete jede Unebenheit und Fuge. Während die drei Schrägen aus Holz gezimmert waren, hatte man die einzige gerade Wand aus Stein gemauert. In ihrer linken Ecke befand sich der Eingang, in der rechten auf Höhe des Bodens ein niedriges Gitter. Es war keinen Schritt breit, und seine obere Kante reichte mir kaum bis zum Knie. Die Stäbe standen so eng, daß man gerade eine Hand hindurchschieben konnte.

»Wohin führt das?« fragte ich.

»Ein Luftschacht«, erklärte Faustus. »Dieser Raum wurde gebaut, um seinen Bewohnern für lange Zeit Schutz zu bieten. Fenster durfte es nicht geben, damit er von außen unsichtbar bleibt. Deshalb wird die Luft durch einen Schacht hereingelassen, der an einer anderen Stelle des Gebäudes an die Außenwand führt.«

Ich bückte mich und rüttelte an den Gittern, doch sie waren fest im Stein verankert und gaben nicht im mindesten nach.

»Als Fluchttunnel untauglich«, bemerkte ich enttäuscht.

Faustus nickte. »Wir werden uns ganz auf Berlepsch verlassen müssen.«

»Ihr seht aus, als ob Euch diese Vorstellung nicht gefällt.«

»Ich weiß nicht«, sagte Faustus schulterzuckend. »Der Hauptmann verheimlicht uns etwas.«

Erstaunt sah ich ihn an. »Wie kommt Ihr darauf?«

»Es gibt noch einen weiteren Gast auf der Burg, von dem er uns nichts erzählt hat«, erwiderte mein Meister.

»Wirklich?« fragte ich. Ich hatte nichts davon bemerkt. »Weshalb sollte Berlepsch seine Anwesenheit vor uns geheimhalten?«

»Wenn ich das wüßte, wäre mir wohler.«

»Ihr hättet ihn fragen können.«

»Das werde ich – später. Wenn wir seinen Gast bis dahin nicht schon kennengelernt haben.«

»Ihr sprecht wieder einmal in Rätseln, Meister.«

Er lächelte. »Ich bin sicher, er wird uns schon bald einen Besuch abstatten.«

»Ihr glaubt, Berlepsch verriet ihm unser Versteck?«

»Ganz sicher sogar.«

Ich verstand noch immer nicht, wollte ihn aber aus Stolz nicht weiter drängen. Nur eines verlangte ich noch zu erfahren: »Woher wißt Ihr überhaupt, daß da noch jemand ist?«

»Ich habe es im Stall bemerkt«, erklärte Faustus. »Neben unseren Pferden stand eines, das offenbar erst am Abend hier angekommen war. Es rührte sich nicht und war offenbar völlig erschöpft, wie nach einem langen oder aber überaus eiligen Ritt. Während ihr anderen vorausgingt, berührte ich es mit der Hand. Es war heiß, und sein Herz schlug schneller als gewöhnlich.«

Ich schüttelte verständnislos den Kopf. »Aber das muß nichts bedeuten. Es könnte einem Boten gehören. Oder einem Jäger, der spät von der Pirsch heimkehrte.«

»Es trug ein Brandzeichen«, widersprach Faustus. »Eines, das nicht dem Kurfürst gehört.«

»Dann wißt Ihr, woher es stammt?« fragte ich verblüfft.

Er lächelte und gefiel sich offenbar sehr in der Rolle des Geheimniskrämers. »Ich denke, schon. Doch laß uns abwarten. Wir werden bald Gewißheit haben.«

Gerne hätte ich ihm gesagt, was ich von seiner Art hielt, aus allem ein Rätsel zu machen. Doch welchen Sinn hätte es gehabt, in dieser Lage noch mit ihm zu streiten?

»Sagt, warum sind wir nicht einfach aus dieser Gegend geflohen?« fragte ich statt dessen und ließ mich im Schneidersitz auf dem Boden nieder.

»Um bei jedem Laut aufzuschrecken? Um stets mit der Gefahr im Nacken zu reisen?« Erstmals hatte er seine Stimme merklich angehoben, weniger aus Zorn über mich denn aus Wut über unsere Lage. »Um immer und überall unter falschem Namen aufzutreten? Nein«, gab er sich selbst die Antwort, »unsere Flucht muß ein Ende haben.«

Da verstand ich. Oder glaubte zu verstehen. Faustus genoß es, daß die Menschen seinen Namen mit Ehrfurcht aussprachen. Er liebte es, sich unter ihren bewundernden Blicken zu bewegen, ebenso, wie er es brauchte, ihnen durch öffentliche Kunststücke das Geld abzuknöpfen. Mit Asendorf im Rücken aber war das unmöglich. Daher gab es nur zwei Möglichkeiten: Entweder, er besiegte den Inquisitor ein für allemal – oder aber, er brachte soviel Abstand zwischen sich selbst und den Hexenjäger, daß dieser seine Suche von neuem beginnen mußte.

Faustus hatte sich offenbar für letzteres entschieden: Abwarten, bis Asendorf gekommen und wieder gegangen war und in anderen Teilen des Reichs nach ihm suchte. Dann erst waren wir sicher vor ihm. Zumindest eine Weile lang.

Ich beschloß, ihm fürs erste keine weiteren Fragen zu stellen. Statt dessen rückte ich neben das Mädchen. Langsam drehte sie ihr Gesicht zu mir um, und das Licht meiner Kerze fiel auf ihre verbrannten Züge. Der Anblick war noch immer entsetzlich, wenngleich die Schwellung zurückgegangen war. Nun sah es aus, als sei ihr gesamter Kopf von etwas wie Baumrinde überzogen, schorfigen Hautschuppen, zwischen denen Augen, Mund und Nase schrecklich fehl am Platze wirkten. Sie blickte mich reglos an, ohne eine Miene zu verziehen, und da erst begriff ich, daß sie es nicht konnte, selbst wenn sie gewollt hätte. Ihre Gesichtsmuskeln waren zerstört. Ihre Züge waren zu einer braunen, krustigen Maske erstarrt. Dies war das Schlimmste von allem, schlimmer noch als der Schmerz, schlimmer als der Makel ihrer Anblicks: Sie würde nie wieder lächeln können.

Ergriffen tastete ich nach ihrer Hand und nahm ihre Finger in die meinen. Zu meinem Erstaunen ließ sie es geschehen. Mehr noch: Sie schloß für die Dauer einiger Herzschläge die Augen, als genieße sie die Berührung, statt sie nur zu dulden. Zum erstenmal begriff ich die wahre Tragödie ihres Schicksals, und zugleich fühlte ich mich ihr enger verbunden denn je.

Mehr als alles andere wünschte ich mir in diesem Augenblick, ihren Namen zu kennen. Mit dem Zeigefinger schrieb ich meinen eigenen in den Staub des Bodens, in der Hoffnung, sie würde ihren daneben schreiben. Doch ebenso wie alle bisherigen Versuche, sie zum Schreiben zu bewegen, blieb auch dieser erfolglos.

Ich seufzte und wollte, wie schon so oft, auf sie einreden, doch da hob sie plötzlich die rechte Hand, streckte ihren Zeigefinger aus und setzte ihn zögernd in den Staub.

Also doch! schrie es in mir. Sie schreibt!

Doch das tat sie keineswegs. Ihr Finger zeichnete keine Buchstaben in den Schmutz. Vielmehr begann sie, mehrere Linien zu ziehen und miteinander zu verbinden.

Als sie fertig war, hatten die groben Striche die Form zweier Symbole angenommen. Das eine war ein Quadrat, auf das sie ein Dreieck gesetzt hatte, mit der Spitze nach oben. Darauf wiederum befand sich ein Kreuz.

Die zweite Darstellung war gleichfalls ein Dreieck, an dessen Spitze ein kleiner Kreis anschloß. Neben die beiden seitlichen Schenkel hatte sie zwei weitere Dreiecke gezeichnet.

Das Ganze sah folgendermaßen aus:

Es gehörte nicht viel dazu, die erste Zeichnung als Kirche zu deuten. Und auch die zweite erschien mir eindeutig: Es war zweifellos ein Engel.

Faustus hatte sich nach unserem Gespräch auf die andere Seite der Kammer gehockt und die Augen geschlossen. Mochte der Teufel wissen, wie er trotzdem bemerkte, was vorging. Plötzlich sprang er auf, eilte auf uns zu und ging neben uns in die Knie. Die Hand des Mädchens zuckte vor, um die Zeichnung im Staub zu verwischen, doch Faustus hielt sie zurück, bis er beide Symbole lange genug betrachtet hatte. Auch ihm war sofort klar, was sie bedeuteten.

Sobald er den Arm des Mädchens losgelassen hatte, wischte ihre Hand durch den Staub und zerstörte die Zeichnungen. Einen Moment lang trafen sich unsere Blicke. Es ist schwer, aus den Augen eines anderen zu lesen, wenn sich dessen Gesicht nicht bewegt – und doch hatte ich den Eindruck, daß ein stummer Vorwurf aus ihren traurigen Augen sprach. Mir hatte sie die Symbole zeigen wollen, nicht Faustus. Ihre Enttäuschung traf mich ins Herz wie ein giftiger Dorn; sie hatte mir vertraut. Zum ersten Mal hatte sie gegenüber einem von uns etwas wie Wärme oder Nähe aufkommen lassen, doch Faustus hatte diesen zarten Moment durch sein Eingreifen zerstört. Und ich hatte nichts unternommen, um ihn aufzuhalten. Allein ich selbst trug die volle Schuld.

Ich sah sie an, versuchte verzweifelt, ihren Blick zu halten, das unsichtbare Band zwischen uns nicht reißen zu lassen. Doch das Mädchen senkte nur den Kopf und zog sich in den Schatten der Kapuze zurück. Es war ein Rückzug in sich selbst, in eine Seele, die kaum weniger verwundet war als ihr Gesicht. Faustus hatte ihr durch seine Grobheit eine weitere Narbe verpaßt.

Ich wollte auffahren, Faustus für sein mangelndes Feingefühl schelten, doch er kam mir zuvor.

»Eine Kirche«, sagte er nachdenklich. »Und ein Engel.« Zweifellos hatte er nichts von dem bemerkt, was zwischen mir und dem Mädchen geschehen war. Die Lösung des Rätsels war es, die ihn beschäftigte, nichts sonst. Herrgott, was für ein grober Klotz!

Ich faßte mir ein Herz. »Meister, ich weiß, Ihr wart dagegen«, begann ich, »und doch denke ich, es ist längst an der Zeit, ihr einen Namen zu geben. Dieses Mädchen ist ein Mensch, kein Ding, über das Ihr verfügen könnt, wann immer es Euer Verstand befiehlt.«

Ich erschrak selbst über die Schärfe meiner Worte. Und doch fürchtete ich seinen Zorn nicht mehr. Es war längst fällig, daß ich mein Selbstvertrauen unter Beweis stellte. Stillschweigendes Kuschen lag mir nicht. Ja, ich beglückwünschte mich selbst zu meinem Wagemut. Sollte ich damit seine Wut heraufbeschwören, nun gut, dann sollte es eben so sein.

Doch Faustus wurde nicht zornig. Statt dessen sah er erst mich, dann die verletzte junge Frau an. Mit einem Mal schien er zu begreifen, daß ich bereit war, mich ganz auf ihre Seite zu stellen. Seine Mundwinkel zuckten, als müsse er ein Lächeln unterdrücken (höchst unpassend, in einem solchen Augenblick, wie ich fand!). Doch er beherrschte sich und sagte nur:

»Du hast wohl recht. Wir werden ihr einen Namen geben. In Anbetracht ihrer Zeichnung und Gisbrands Verdacht – was hältst du von Angela?«

»So heißen nur Großmütter«, gab ich maulend zur Antwort.

»Nun, dann Angelina. Das bedeutet die Engelhafte.«

»Angelina?«

»Ganz richtig.«

Ich hob die Schultern. »Warum nicht ...«

Faustus nickte zufrieden.

»Wir sollten sie trotzdem selbst dazu befragen«, gab ich zu bedenken.

»Und wie willst du das tun?« fragte er belustigt.

Ich beachtete ihn nicht weiter und griff erneut nach ihrer Hand. Einen Herzschlag lang spürte ich, wie sie zusammenzuckte, so, als wollte sie ihre Finger zurückziehen. Dann aber gab sie nach und schmiegte ihre Hand in die meine. Dabei blickte sie auf und sah mich an. Ihre Augen leuchteten blau wie zwei Seen inmitten einer zerklüfteten Felsenwüste.

»Angelina?« fragte ich und deutete auf sie.

Wieder schloß sie die Augen. Als sie sie nach einer Weile noch immer nicht geöffnet hatte, räusperte Faustus sich lautstark. Ich schenkte ihm keine Beachtung, sah nur das Mädchen an. Plötzlich öffnete sie die Lider wieder, und zum erstenmal sah ich sie weinen. Die Tränen quollen aus ihren Augen und verloren sich in der schuppigen Oberfläche ihrer Wangen. Dann nickte sie sachte.

»Angelina?« fragte ich noch einmal.

Sie nickte erneut, diesmal heftiger.

Ich strahlte sie an und hoffte, daß es ermutigend wirkte. Ihre Tränen rührten mich bis ins Innerste. Mein erster Gedanke war, sie ihr abzutupfen, doch ich fürchtete, ihrer zerstörten Haut damit Schmerzen zuzufügen. Warum weinte sie? Was bedeutete das Wort Engel für sie?

Faustus, in Gedanken längst einen Schritt voraus, ging vor uns in die Hocke und zeichnete die beiden Symbole mit eigener Hand noch einmal in den Staub. Angelina ließ es geschehen, ohne die Zeichnungen erneut zu verwischen.

Mein Meister deutete erst auf die grobe Engelsfigur am Boden, dann auf Angelina. Dabei sagte er kein Wort.

Das Mädchen sah ihn aus großen Augen an, beugte sich vor und zog einen Pfeil zwischen den beiden Symbolen. Er zeigte von der Kirche auf den Engel.

Was hatte das zu bedeuten? Wo war die Verbindung zwischen den beiden, abgesehen von der offensichtlichen, religiösen? Gab es überhaupt eine andere? Und wenn nicht – weshalb wies Angelina uns dann darauf hin?

»Ein Engel, der aus einer Kirche kommt«, murmelte Faustus.

»Was heißt das?« fragte ich.

Ich weiß nicht, ob Angelina meine Worte verstand. Sicher ist, sie begriff ihren Sinn, denn sie streckte erneut den Finger aus, um die Zeichnung zu ergänzen.

Neben den einen Engel zeichnete sie nun ein halbes Dutzend weitere. Dann nahm sie sich erneut den ersten vor, jenen, den Faustus gezeichnet hatte, und verwischte seine Flügel. Sie deutete erst auf ihn, dann auf sich selbst.

»Ein Engel ohne Flügel«, sagte Faustus.

»Aber wie kann sie glauben, daß sie ein Engel ist?« fragte ich verwirrt.

Er zuckte mit den Achseln. »Dafür kann es verschiedene Erklärungen geben«, sagte er. »Krankheit, Visionen, Rauschzustände.«

»Ihr glaubt, sie sei krank … im Geiste?«

»Ich weiß es nicht«, gestand er. »Niemand verkraftet solche Verletzungen ohne Spuren.«

Ich wollte etwas darauf erwidern, doch im selben Augenblick klopfte es an der Tür, und Hauptmann von Berlepsch bat um Einlaß. Faustus öffnete ihm, während Angelina eilig die Zeichnungen verwischte. Berlepsch trat ein, mit einem großen Stapel Decken in den Armen. Offenbar vertraute er unsere Versorgung nicht einmal seinen engsten Untergebenen an.

Nachdem er seine Last abgelegt hatte, wollte er sich umdrehen und gehen, doch Faustus hielt ihn zurück.

»Sagt, Hauptmann, wer ist der andere Gast, der am Abend die Burg erreichte?«

Berlepsch fuhr unmerklich zusammen. Es schien, als könne er sich nicht erklären, woher mein Meister davon wußte. »Wann habt Ihr ihn gesehen?« fragte er statt einer Antwort.

Faustus lächelte schwach. »Gar nicht. Und doch weiß ich, daß er hier ist. Ist es jemand, über den wir Näheres wissen sollten?«

In jeder anderen Lage hätte er Berlepschs Gastfreundschaft mit solch forschem Drängen auf die Probe gestellt. Doch die Umstände sprachen für uns. Vorsicht konnte uns der Hauptmann schwerlich zum Vorwurf machen.

»Er bat mich, zu niemandem über ihn zu sprechen«, sagte Berlepsch nach kurzem Zögern. »Genauso wie Ihr selbst. Ihr solltet das respektieren.«

»Können wir mit ihm reden?« bat Faustus.

Der Hauptmann seufzte. »Das muß er selbst entscheiden. Ich werde ihm Euren Wunsch überbringen.«

Damit wandte er sich um und ging.

»Ihr habt doch einen Verdacht, nicht wahr?« fragte ich, nachdem Faustus hinter Berlepsch abgeschlossen hatte.

»Nicht wirklich«, gestand er. Es klang aufrichtig. »Ich glaube, daß der Mann ein Geistlicher ist, denn sein Pferd trägt das Wappen des Bischofs als Brandzeichen.«

»Also ein Knecht Asendorfs«, entfuhr es mir erschrocken.

»Nicht unbedingt. Zudem scheint der Mann wie wir auf der Flucht zu sein, wenn er solch ein Geheimnis um seinen Aufenthalt auf der Burg macht.«

»Er könnte ein Spion des Hexenjägers sein«, gab ich zu bedenken.

Faustus schüttelte den Kopf. »Berlepsch wird ihn nur unter zwei Voraussetzungen aufgenommen haben: Entweder, er kennt ihn bereits seit längerem, oder aber er konnte ähnliche Fürsprecher aufweisen wie wir. Beides scheint mir gegen einen Spion zu sprechen. Doch laß uns erst abwarten ...«

Damit schien es ihm ernst zu sein, und ich bohrte nicht nach weiteren Antworten. Wenn Berlepschs Gast wie wir selbst ein Flüchtling war, würden wir ihn früher oder später treffen. Sicherlich gewährte der Kurfürst aufgrund seiner Abneigung gegen die Kirche allein solchen Gästen Schutz, die den Zorn Roms auf sich gezogen hatten. Was lag demnach näher, als den Unbekannte auf unserer Seite zu vermuten?

Wir breiteten die Decken aus und legten uns zur Ruhe. Tausend Gedanken wirbelten durch mein Hirn. Was hatte es mit Angelinas Zeichnungen auf sich? Wollte sie wirklich behaupten, sie selbst sei ein Engel? Und welche Kirche meinte sie mit ihrer einfachen Darstellung?

Ich fragte mich, ob Faustus über ähnlichen Dingen grübelte. Wir hatten alle Kerzen bis auf eine gelöscht. In ihrem flackernden Schein betrachtete ich meinen Meister. Er lag lang ausgestreckt auf dem Rücken und hatte die Augen geschlossen. Ich vermochte nicht zu erkennen, ob er wirklich schon schlief.

Angelina hatte sich im Gegensatz zu ihm auf die Seite gerollt und die Knie bis fast zum Gesicht gezogen. Sie wirkte hilflos und schutzbedürftig. Schatten lagen über ihren Zügen. Sie atmete ruhig und entspannt, doch je länger ich sie betrachtete, desto deutlicher durchdrang mein Blick die Dunkelheit auf ihren Zügen. Plötzlich begriff ich, daß ihre Augen offenstanden. Reglos sah sie mich an. Ich bemühte mich um ein sanftes Lächeln, doch ihr erstarrtes Gesicht war unfähig, es zu erwidern. Steif wie eine Puppe, der man die Augen nur aufgemalt hatte, lag sie da und verriet keinen ihrer Gedanken.

Verunsichert versuchte ich Schlaf zu finden, doch es dauerte lange, ehe die Müdigkeit die Wirrnis aus meinem Schädel vertrieb.

Und dann – mir war, als sei ich gerade erst eingeschlafen – stand plötzlich Faustus vor mir und legte sich den schwarzen Mantel um die Schultern. In einer Hand hielt er den Schlüssel.

Erschrocken fuhr ich auf. »Wo wollt Ihr hin?«

»Schlaf weiter, Wagner«, sagte er leise, wohl, um Angelina nicht zu wecken. »Im Morgengrauen bin ich zurück.«

»Aber wohin wollt Ihr?« beharrte ich zu wissen.

»Hinaus in den Wald.«

»In den Wald?« fragte ich entgeistert. Doch dann begriff ich. »Wegen dem, was Mephisto gesagt hat? Ihr wollt die Engel sehen, von denen er zu Euch sprach.«

Er nickte entschlossen. »Ich will wissen, was es mit diesem ganzen Gerede von Engeln auf sich hat. Gisbrand sprach davon, dann Mephisto – von unserer Angelina hier ganz zu schweigen.«

»Und nun wollt Ihr einfach hinunter in die Wälder und nachsehen? Himmel, man wird Euch fangen. Oder Schlimmeres.«

»Keine Angst«, entgegnete er. »So leicht fängt man einen Faustus nicht.«

Ich sprang auf und trat vor die Tür, entschlossen, ihn nicht fortzulassen. »Das haben wir in Wittenberg erlebt, nicht wahr?« Zorn sprach aus meiner Stimme, nicht allein aus Sorge um ihn selbst. Vielmehr fragte ich mich, was aus Angelina und mir werden sollte, wenn Faustus erneut in die Klauen des Hexenjägers geriet. Ein zweites Mal würde Asendorf kaum zulassen, daß ihm sein verhaßter Gegner entwich.

»Noch ist der Inquisitor nicht auf der Wartburg«, versuchte Faustus mich zu beruhigen. »Ich will die Stunden bis zu seiner Ankunft nutzen. Danach bleibt genug Zeit, sich hier oben zu verkriechen.«

»Nein!« protestierte ich mit aller Schärfe. »Ihr dürft nicht gehen, Meister. Was geschieht mit Angelina, wenn Euch etwas zustößt? Sie ist auf Eure Heilkunst angewiesen.«

»Sie erholt sich aus eigener Kraft viel schneller, als meine Künste es vermögen.«

»Laßt mich gehen!« schlug ich ihm vor.

»Dich, Wagner?« fragte er erstaunt. »Aber du bist mein Schüler. Wie könnte ich zulassen, daß du in dein Verderben läufst?«

»Ist es denn weniger schlimm, wenn Ihr hineinlauft, Meister?«

»Ich weiß mich zu wehren.«

»Das weiß ich auch. Ich bin kein Kind mehr.«

»Sicher«, sagte er besänftigend. »Nun laß mich trotzdem gehen.« Dabei hob er die Hand, um mich zur Seite zu schieben.

Ich aber war schneller. Ehe er sich versah, hatte ich ihm den Schlüssel entrissen. Eilig fuhr ich herum, steckte ihn ins Schloß und öffnete. »Ihr bleibt bei Angelina«, sagte ich bestimmt. »Ihr Wohlergehen ist wichtiger als Mephistos Engel.«

Hätte man mir nur Stunden zuvor gesagt, daß ich in diesem Ton zu ihm sprechen würde, ich hätte es voller Empörung abgestritten. Doch jetzt ging es um mehr als die gebührende Höflichkeit. Ohne ihn war Angelina verloren, davon war ich in jenem Moment überzeugt. Was ich tat, tat ich für sie.

Faustus packte meine Schulter, doch ich entwand mich seinem Griff.

»Warte«, sagte er ungehalten.

Ich sprang bereits hinaus auf den Gang und zog die Tür hinter mir zu. Einen Augenblick später war sie verschlossen. Ich hatte meinen eigenen Meister eingesperrt.

»Wagner, sei kein Narr!« rief er mir gedämpft durch das Holz hinterher.

»Verzeiht mir, Meister«, entgegnete ich. »Ich werde das Geheimnis der Engel für Euch lösen. Kümmert Ihr Euch um Angelina. Ihr darf nichts geschehen.«

Damit steckte ich den Schlüssel von außen ins Schloß und machte mich auf den Weg. Am Morgen würde Berlepsch nach seinen Gästen sehen; spätestens dann würde er die Tür öffnen.

Ich wußte nicht, ob Faustus mir je verzeihen würde. Ich hoffte inständig, daß er meine Gründe verstand, wenn er sie auch nicht nachvollziehen konnte.

Ich schlich mich hinab in den finsteren Stall. Es war immer noch tief in der Nacht. Kein Mensch war zu sehen. Einen Augenblick lang verharrte ich und überlegte, wie ich mein Vorhaben angehen sollte. Vielleicht hätte ich noch einen Moment abwarten und Faustus seine Pläne entlocken sollen. So stand ich nun allein vor der Frage, wie ich die Engel in den Wäldern aufspüren sollte. Ich entschied mich schließlich für die naheliegendste Lösung: Ich würde hinausgehen und das Unterholz nach verräterischen Spuren absuchen.

Die Wälder sind voller Engel, hatte Faustus gesagt.

Nun, wenn sie voll davon waren, sollte es nicht allzu schwierig sein, wenigstens einen davon aufzuspüren.

(Ihr, verehrter Leser, mögt mir an dieser Stelle meine Leichtfertigkeit vorwerfen. Wie kann er so dumm sein? werdet Ihr fragen – und mir bestenfalls meine Jugend zugute halten. Ich weiß, daß Ihr so denkt, und doch kann ich es nicht ändern. Dies war die Entscheidung, die ich damals traf – aus Übermut, Unbedarftheit oder wackerem Heldentum –, und dazu muß ich stehen. Doch haltet Euch mit Eurem Urteil zurück und hört, wie sich die Dinge entwickelten.)

Ich stieg unbemerkt durch die Falltür hinab in den Geheimgang, der steil durch den Berg hinab zum Fuß der Felswand führte. Ich hatte weder Kerze noch Fackel dabei. Die lange Treppe lag in völliger Finsternis. Jede Stufe mußte ich mühsam mit den Füßen ertasten. In Gedanken pries ich den Baumeister dieser Anlage für seine Weisheit, keine Abzweigungen einzuplanen. Selbst ein Blinder – und nichts anderes war ich während meines Abstiegs durch die Dunkelheit – mußte so auf dem rechten Weg bleiben. Auch spürte ich keine Furcht, denn ich wußte, daß meine wahren Gegner die Burg noch nicht erreicht hatten. Gefahr drohte mir erst, wenn ich den Stollen verließ und hinaus in die Wälder trat.

Nach einer halben Ewigkeit gelangte ich unten an. Die drei Pferde schnaubten leise, als ich die Höhle betrat, von der aus der Felsspalt ins Freie führte. Augenblicke später stand ich draußen, vor mir die schwarze Wand des Waldes, über mir die mächtige Burg. Mit einemmal kam ich mir sehr allein, sehr hilflos vor. Aber gut – ich hatte diesen Weg gewählt, nun mußte ich ihn bis zum Ende beschreiten.

Ohne rechte Idee, in welcher Richtung ich meine Suche beginnen sollte, brach ich vorwärts durchs Unterholz. Falls ich es mit echten Engeln zu tun bekäme, würden wohl sie eher mich als ich sie aufstöbern. Mit wenig Vertrauen in Gott, jedoch genug in mich selbst, stiefelte ich tiefer in den Wald. Auch hier war es stockfinster, wenngleich nicht so vollkommen lichtlos wie im Inneren des Berges. Der Mond ergoß seinen fahlen Schein durch Risse im Blätterdach. Zumindest konnte ich erkennen, wohin ich meine Füße setzte.

Ich gab mir Mühe, mich so lautlos wie möglich zu bewegen, doch im dichten Unterholz war dies Vorhaben zum Scheitern verurteilt. Bei jedem meiner Schritte knackten Äste, raschelte Laub. Gelegentlich jagte knisternd ein Tier davon. Andere beobachteten mich reglos aus den Schatten, und schon nach kurzer Zeit war mir, als blickten mir von überall glühende Augen entgegen. Schmerzlich wurde mir bewußt, daß ich nicht einmal eine Waffe besaß. Ich hob einen kräftigen Stock vom Boden auf, in der schalen Hoffnung, sein Gewicht würde meine aufgewühlten Sinne besänftigen. Doch die vermeintliche Sicherheit, in die er mich wog, war gering im Vergleich zu der Furcht, die mir der Wald und seine wilden Bewohner einflößten.

Nun, Mephisto, dachte ich, wo sind deine vermaledeiten Engel? Sitzen sie in den Bäumen? Schlafen sie im Unterholz? Wo, verdammt noch mal, sind sie? Und wo überhaupt bist du?

Ich will Euch die Einzelheiten meines nächtlichen Irrwegs ersparen. Nur soviel sei gesagt: Ich umrundete den Berg ein ganzes Mal, und erst als am Horizont die Dämmerung aufstieg wie Nebeldunst an einem Herbstmorgen, wurde ich endlich fündig.

Gerade verfluchte ich zum hundersten Male mein elendes Geschick, da vernahm ich plötzlich Laute. Ich befand mich bereits auf meiner zweiten Runde um die Wartburg und war nur noch einige Dutzend Schritte von dem Weg entfernt, der die Festung mit der Stadt verband. Der Wald schien sich dort nur widerwillig zu teilen, denn allerorts ragten vorspringende Zweige über die schmale Straße, die einem Reiter bei mangelnder Vorsicht durchaus zur Gefahr werden konnten. Ich wußte noch von unserer Ankunft her, daß sich der Weg ein ganzes Stück vor dem Burgtor gabelte. Während der eine Arm hinauf zur Rampe führte, verschwand der andere als schmaler Pfad im Dickicht. Diesen zweiten Weg mußten die sechs Männer und Frauen auf ihren Pferden eingeschlagen haben, denn ich entdeckte ihr Lager nahebei auf einer kleinen Lichtung.

Es hätte nicht viel gefehlt, und ich wäre auch ein zweites Mal achtlos daran vobeigestolpert. Was meine Aufmerksamkeit erregte, war das leise Singen, das durch die Büsche an meine Ohren drang. Mehrere Stimmen sangen unverständliche Strophen. Erst als ich näher an die Quelle des unheimlichen Singsangs heranschlich, bemerkte ich, daß die fremden Silben lateinische Worte formten. Mehr noch, es war ein Lied, das ich selbst einst in der Kirche gelernt hatte. Wer aber saß zu so früher Stunde im Wald und erging sich in frommen Gesängen?

Obgleich mein Herzschlag sofort zu rasen begann, mochte ich doch nicht glauben, daß wahre Engel, immerhin Gottes Krieger auf Erden, nichts Besseres zu tun haben sollten, als sich am Fuße der Wartburg im Unterholz zu versammeln. Noch dazu, um zu *singen*. Nein, hier mußte – ganz buchstäblich – anderes im Busche sein.

Behutsam schob ich mich näher an den Rand der Lichtung, durch Dornenranken und mannshohe Farnsträucher. Schließlich teilte ich mit beiden Händen den Vorhang aus Zweigen und Blättern und blickte heimlich auf das, was sich vor mir befand.

Das halbe Dutzend Menschen kniete in einem Kreis zwischen überwucherten Baumstämmen, Findlingen und Waldbeersträuchern. Auf den ersten Blick sahen sie alle völlig gleich aus. Jeder trug schulterlanges Haar, blond, fast weiß. Ihre Körper waren überaus schlank. Sie waren in schwarze Hosen und Hemden gekleidet, auch die beiden Frauen, die ich unter ihnen erkannte. Die übrigen vier waren Männer, wenngleich es eine Weile dauerte, ehe ich die Unterschiede bemerkte. Sie alle hatten schneeweiße Haut, als hätte sie jahrelang kein Sonnenstrahl berührt.

Sie hielten die Hände gefaltet und die Augen geschlossen und waren völlig versunken in ihre Gesänge. Schließlich kamen sie zum Ende. Einer erhob seine Stimme und rief auf lateinisch:

»Wir rufen die Diener der Elohim. Wir rufen Ghob, König der Gnomen. Wir rufen Diin, König der Salamander. Wir rufen Niksa, König der Undinen. Und wir rufen Paralada, den König der Sylphen.«

Was immer sie erwarten mochten – keiner der genannten vier spazierte aus dem Unterholz.

Statt dessen versanken die sechs Betenden nun in andächtige Stille. Ich nutzte die Zeit und sah mich aufmerksam um. Ihre Pferde standen unweit der Lichtung am Waldrand, festgebunden an Zweigen und Stämmen. An ihren Sätteln hingen lange, schmale Schwerter mit feinverziertem Handschutz, außerdem Wurfdolche und kleine, handliche Armbrüste. Es sah aus, als zögen die Reiter in einen Krieg. Dabei fiel mir etwas Ungewöhnliches auf: Obwohl nur sechs Männer und Frauen zu sehen waren, besaßen sie doch sieben Pferde. Das überzählige konnte keineswegs ein Lastentier sein, denn alle sieben waren gesattelt und mit gleicher Bewaffnung bestückt. Sogleich sah ich mich angstvoll um, ob ich etwa eine dieser Gestalten übersehen hatte, einen Wachtposten vielleicht, der sich mir nun von hinten näherte. Doch da war niemand. Der seltsame Betzirkel auf der Lichtung schien sich in Sicherheit zu wiegen. Trotzdem blieb ich vorsichtig. Es mochte gut sein, daß der Siebente lautlos durch die Wälder schlich. Und obgleich es sich bei den Männern und Frauen um fromme, gottesgläubige Menschen handeln mochte, jagte mir ihre stille Demut und der Klang der fremden Namen, die sie angerufen hatten, Furcht ein.

Wir rufen die Diener der Elohim, hatte der eine gesagt. Die Elohim – hebräische Schöpfungsgötter, die als Teil Gottes die Welt erschufen. Die Erzengel des Herrn.

Augenblicklich fiel mir wieder Angelinas Zeichnung ein. Sieben Engel neben einer Kirche. Einer davon ohne Flügel.

Und hier auf der Lichtung: Sieben Pferde, eines ohne Reiter. Sechs Menschen, die betend am Boden saßen.

Die Wälder sind voller Engel.

Wir rufen die Diener der Elohim.

Angelina.

Sie war eine von ihnen. Es gab keinen Zweifel. Sie war die fehlende Siebente. Es war kein Verdacht, keine vage Idee. Mit einem Mal erfüllte mich völlige Gewißheit.

Wie viele waren es gewesen, die den Anschlag auf die Wittenberger Schloßkirche verübten?

Ebenfalls sieben.

Eine davon hatte sich den Kopf verbrannt, jene, die Faustus befreite.

Wieder Angelina.

Die Steine des Mosaiks fügten sich zueinander, ergaben ein erschreckendes Bild: Angelina als brandschatzender Racheengel.

Allein eine Einzelheit machte mich stutzig. Keinem dieser Sechs wuchsen Flügel aus dem Rücken. Und doch hatte man Angelina verstümmelt. Irgend etwas war aus ihrem Körper geschnitten worden.

Ich betrachtete die sechs Betenden genauer. Sie alle knieten leicht vornübergebeugt, so daß sich der Stoff ihrer Hemden über den Rücken spannte. Es gab dort keinen Ansatz von Flügeln.

Trotz solcher Bedenken war ich sicher. Ich hatte Angelinas Herkunft entschlüsselt. Sie mußte einst ausgesehen haben wie diese hier: blond, hellhäutig. Sie war auf dem siebenten Pferd geritten, hatte mit Schwert, Dolch und Armbrust gekämpft. Gottes Krieger auf Erden. Ein Engel.

Ich fragte mich, wie sie uns gefunden hatten. Nein, vielmehr: Waren überhaupt wir diejenigen, die sie suchten?

Falls nicht – konnte dieses erneute Zusammentreffen ein Zufall sein? Erst Wittenberg, dann die Wartburg. Was war die Verbindung?

Darauf gab es drei Antworten: Die eine war Bruder Martinus.

Die zweite Faustus.

Die dritte war ich.

Die sechs Männer und Frauen knieten immer noch mit geschlossenen Augen im Kreis. Ihre Münder bewegten sich lautlos in stummem Gebet. Mochten sie sich selbst auch für Engel halten, für die Werkzeuge des Herrn, so war doch etwas an ihnen, das mir angst machte. Ihre Haut und ihr Haar waren so hell, als erstrahlten sie in der Dämmerung von innen heraus. Es mochte eine Täuschung sein oder auch nicht – letztlich gab es den Ausschlag, daß ich mich zum Rückzug entschloß. Ich hatte genug gesehen. Ich würde Faustus berichten können, was Mephisto mit seinen rätselhaften Worten gemeint hatte.

Zum Teufel, ich nahm es schon als selbstverständlich hin, daß ein Hund zu meinem Meister sprach wie ein Mensch! Oder nein, nicht wie ein Mensch; ihre Geister hatten zueinander gesprochen.

Wie auch immer, in jenem Augenblick beschäftigten mich andere Sorgen. Ich mußte ungesehen vom Rand der Lichtung verschwinden, ohne die unheimlichen Gestalten auf mich aufmerksam zu machen. Sie sahen aus, als seien sie völlig in sich und ihre Andacht versunken. Und doch konnte ich unmöglich sicher sein, ob sie mich nicht hören würden. Vorhin, als ich hierhergekommen war, hatte ihr Gesang meine Schritte im Unterholz übertönt. Jetzt aber lag geisterhafte Stille über der Lichtung und dem angrenzenden Wald. Selbst die Tiere schwiegen. Jedes Knistern, jedes Brechen eines Astes mußte weithin zu hören sein.

Es half alles nichts. Ich mußte zurück zur Burg, so schnell wie nur möglich. Faustus mußte erfahren, was hier vorging. Er würde abschätzen können, ob uns eine Gefahr durch die gespenstischen Krieger drohte.

Unendlich langsam zog ich die Hände zurück und sah zu, wie sich der Vorhang aus Zweigen vor mir schloß. Dann drehte ich mich vorsichtig um, machte erst einen, dann einen zweiten Schritt – und trat direkt in das Loch eines Fuchsbaus. Mein Fuß verhakte sich, ich taumelte, ruderte hilflos mit den Armen und krachte der Länge lang zu Boden. Äste splitterten unter meiner Last, und das Laub raschelte so laut, daß es mir in den Ohren sauste.

Mit einem stummen Fluch sprang ich hoch und rannte los so schnell ich konnte. Ich sah mich nicht um. Ich mußte mich nicht vergewissern, daß sie meinen Sturz bemerkt hatten.

Und dann hörte ich sie auch schon. Ein Mann rief hinter mir etwas auf Latein, dann schabte Stahl auf Stahl – Schwerter, die aus ihrer Umhüllung gerissen wurden. Ich war allein und unbewaffnet; sie aber waren zu sechst, noch dazu ausgerüstet, als gelte es, die Burg zu erobern. Mein einziger Vorteil war mein Vorsprung und die Flinkheit meiner Füße. Ich hoffte inständig, daß ihre nicht flinker waren.

Zweige schlugen mir ins Gesicht, als ich achtlos durch die Büsche brach, mich nach links wandte und in die Richtung der Burg lief. Ich mußte die Höhle erreichen, koste es was es wolle, und Faustus vor diesen Menschen (Engeln?) warnen. Mir war, als drehten sich die endlosen Reihen der Bäume vor meinen Augen, als geriete der Boden selbst ins Schwanken. Ich hatte Mühe zu atmen, als sei die Luft plötzlich zu zäh für Mund und Nase.

Hatten sie nicht die Geister der Luft und die Gnomen der Erde beschworen? Waren sie es, die mich mit einemmal bedrängten? Alles wirbelte und drehte sich, mir stockte der Atem, und doch lief ich weiter, immer weiter, schneller, immer schneller. Der Weg durch die peitschenden Äste wurde zum Spießrutenlauf, die Bäume zu grinsenden Nachtmahren, die hämisch auf mich einschlugen. Ich wußte nicht, wo meine Verfolger waren, nicht wie nah oder fern. Ihre Schritte wurden längst vom Taumel meiner eigenen verschluckt. Ich dachte nur an meine Flucht. Ganz allein das Vorwärts zählte.

Ich erreichte die vorderen Felsen und rannte entlang der Steilwand nach Süden. Irgendwann mußte ich so den Eingang zur Höhle erreichen.

Im selben Augenblick schien hinter mir das Unterholz zu explodieren. Knirschend barsten die Zweige, als zwei Gestalten aus dem Schatten der Bäume ins Freie jagten. Sie mochten noch zwei Dutzend Schritte hinter mir sein. Aus dem Augenwinkel sah ich, mit welchem Geschick sie sich bewegten, unfaßbar schnell. Es war, als gerate ihr ganzer Körper in Bewegung, als rege sich jedes ihrer Glieder. Gleich wimmelnden Ameisen schossen sie hinter mir her. Sie holten auf. Kamen näher. Angst packte mich – als wären es keine Menschen, die mir im Nacken saßen.

Und waren es denn welche?

Wir rufen die Diener der Elohim.

Vor mir klaffte in der Dämmerung ein Stück Schwärze. Der Felsspalt. Der Eingang zur Höhle.

Ihre Finsternis umfing mich mit klammer Hand. Die

Pferde wieherten verstört, als ich an ihnen vorüberrannte. Eines trat unruhig nach hinten aus, doch sein Huf verfehlte meine Hüfte um mehr als einen Schritt. Bald schon erreichte ich die ersten Stufen. Das Licht vom Eingang reichte nicht mehr bis hierher. Die Furcht vor dem, was mir folgte, war größer als jene, in der Dunkelheit zu stürzen. Wie von selbst fanden meine Füße die Stufen. Die Treppe machte eine Biegung, und der helle Felsspalt in meinem Rücken verschwand. Um mich war nur noch absolute Schwärze.

Das Wiehern der Pferde wurde mit einem Mal wieder lauter. Meine Verfolger mußten die Höhle entdeckt und betreten haben. Ich wollte schneller laufen, doch in der Finsternis war das unmöglich. Eine einzige Frage raste durch meinen Schädel, immer wieder und wieder: Können Engel auch im Dunkeln sehen?

Jetzt hörte ich ihre Schritte weiter unten auf der Treppe. Sie schienen noch immer zu zweit zu sein. Offenbar waren die übrigen vier zurückgeblieben. Sie sprachen nicht miteinander, riefen sich keine Warnungen vor unsichtbaren Ecken und Kanten zu, fluchten nicht einmal. Auch sie fanden den Weg ohne Hindernisse. Ihre Schritte hallten in dem engen Steintunnel wider, schufen ein Echo, das zugleich von oben und unten zu kommen schien. Ich hätte nicht sagen können, ob sie fünf oder fünfzig Stufen hinter mir waren. Schon glaubte ich, sie in meinem Rücken zu spüren, doch es war nur die Angst, die mir eisig den Körper herabkroch.

Das Echo nahm zu. Bald schon dröhnte es in meinen Ohren, lauter noch als die Geräusche meiner eigenen Schritte. Mein Herz schlug dazu in einem jagenden Takt. Meine Lungen rasten. Jeder Atemzug war ein verzweifeltes Schnappen nach Luft, als drohte mich die Schwärze in ihrer Umarmung zu ersticken. Von überall hörte ich Laute.

Ich begriff, daß ich verloren war. Die beiden Krieger

würden mich einholen. Sie waren schneller als ich, geschickter als ich. Ihre Waffen waren scharf und tödlich. Mochten sie auch vorgeben, Engel zu sein; der Sinn stand ihnen allein nach Tod und Vernichtung. Denn war Gott, ihr Herr, nicht ein Gott der Zerstörung? Hatte er nicht ganze Völker ins Elend gestürzt, sie hingeschlachtet mit einem Wink seiner Hand? Was mochte ihm da das Leben eines armseligen Zauberadepten bedeuten?

Einmal war ich sicher, daß nun tatsächlich auch von vorn Schritte auf mich zukamen. Das aber war unmöglich. Die beiden Verfolger waren hinter mir. Und wer sollte mir von oben entgegenkommen? Ein Retter? Sicher nicht. Faustus, der einzige Mensch, der mir hätte zur Hilfe kommen können, saß eingeschlossen in der geheimen Dachkammer; ich selbst hatte schließlich den Zugang versperrt. Wer noch? Berlepsch? Der hatte andere Sorgen. Angelina? Für sie galt dasselbe wie für Faustus. Außerdem: Auf welcher Seite stand sie eigentlich? Schließlich war sie eine von ihnen. Fraglich, ob sie mir überhaupt helfen *wollte.*

Ich erreichte einen Treppenabsatz, an dem der Schacht sich zu einer schmalen Kammer ausdehnte und der Grund für einige Schritte eben war. Ich bemerkte das aber erst, als mein Fuß vergeblich nach der nächsten Stufe tastete, mit vollem Schwung ins Leere stieß und mich haltlos mit sich riß. Der Boden verschwand für einen Herzschlag unter meinen Füßen, dann war er wieder da – unter meinem Kinn. Ausgesprochen hart und schmerzhaft. Der Aufprall raubte mir fast die Besinnung. Wäre ich in der Schwärze nicht ohnehin blind gewesen, mein Blick hätte sich wohl verschleiert. So aber verlor ich für einige Augenblicke gänzlich das Gefühl fürs Oben und Unten. Mir war egal, was mit mir geschehen würde. Alles wurde bedeutungslos. Ich drehte mich ununterbrochen um mich selbst, oder glaubte es zumindest. Schwindel und Schmerz verbanden sich zu einem wilden Taumel. Ich wußte, daß ich jetzt sterben würde.

Füße stießen gegen mich. Meine Verfolger. In einer Art Halbschlaf spürte ich, daß sie stehenblieben. Ich war wehrlos und keineswegs in der Lage, etwas an diesem Zustand zu ändern. Mit enormer Willensanstrengung gelang es mir zumindest, mich auf den Rücken zu rollen. Selbst das war eine gehörige Leistung angesichts meines erbärmlichen Befindens.

Ich erwartete den ersten Schlag mit der Schwertklinge wie ein Lamm auf dem Opferstein. Sollten sie mich töten. Sollten sie mich vom Erdboden tilgen. Kaum einer würde es bemerken. Was war ich schon im Angesicht dessen, der unser Handeln bestimmt?

(Ihr, staunender Leser, kennt mich mittlerweile gut genug, um zu wissen, daß dies keine üblichen Gedanken für einen wie den Wagner waren. Ihr habt mich als mutigen, tapferen Recken erlebt, als einen, dem die Frauenherzen zuschmachten, der alles wagt, um sein Glück zu erreichen. Ihr wißt um meine Kühnheit und mein hehres Wesen ohne Fehl. Wittere ich Widerspruch? Nun, in jenem Augenblick jedenfalls, auf der geheimen Treppe unter der Wartburg, verlor ich all meine wackeren Gedanken, das muß ich zugeben. Doch bemerkt Ihr meine List? Ich gestehe eine Schwäche, um in noch hellerem Lichte vor Euch zu erstrahlen!)

Ich lag da und erwartete den Tod.

Plötzlich klirrte es über mir, kreischend laut und metallisch. Eine Handbreit vor meinem Gesicht sprühten Funken. Ihr Flackern tauchte die Kammer einen Herzschlag lang in Zwielicht. Der Augenblick war schnell vorüber. Und doch hatte ich etwas gesehen. Gleich über mir kreuzten sich Schwerter. Vor mir dräuten zwei Gestalten, wohl die beiden Engelkrieger. Hinter mir stand eine dritte Person. Jemand, der seine

Klinge schützend über mich gehalten hatte, als meine Gegner zum Todesschlag ausholten.

Dann, ehe ich irgend etwas begriff, entbrannte ein wilder Schwertertanz, direkt über meinem Kopf! Klingen schlugen aufeinander, grelle Funken sprühten. Weiter Stoff rauschte mir um die Ohren. Gedankenschnell rollte ich mich zur Seite, plötzlich von neuem Lebensdrang erkühnt. Vorbei war aller Gleichmut. Leben wollte ich, wollte sehen, wie man meinen Feinden den Garaus machte – wer auch immer dabei die Waffe führte. Zugegeben, vom Sehen und vom Garaus der Feinde war ich um einiges entfernt. Noch tobte der Kampf, und noch herrschte völlige Finsternis. Mit welchen Sinnen die Kämpfer zueinanderfanden, blieb mir ein Rätsel. Alles, was ich wahrnahm, war ein Rausch aus Bewegung. Ständig streiften mich Füße und Körper. Die Funken der wirbelnden Klingen erglühten um mich her wie ein Feuerwerk. Meine größte Furcht war, daß ein verirrter Schwerthieb seinen Weg zu mir finden könnte. Doch schienen die drei Kämpfenden – zwei gegen einen – ihr Handwerk gut zu verstehen. Keiner schien blind um sich zu schlagen, in der schalen Hoffnung, einen anderen zu treffen. Nein, dieser Kampf wurde gezielt geführt, trotz der Dunkelheit, trotz der beengenden Kammer.

Inmitten dieses Wirbels aus klirrendem Tod schob ich mich auf dem Bauch bis zur nächstbesten Felswand. An ihr drückte ich mich entlang, bis ich den Treppenaufgang erreichte. Von hier aus ging es weiter nach oben. Dem Licht und dem Leben entgegen. Die Frage, wer mich gerettet hatte, brannte lodernd heiß in meinem Denken. Trotzdem bezwang ich den Drang, nach seinem Namen zu fragen. Damit hätte ich erneut die Aufmerksamkeit meiner Feinde erregt. Erst galt es, so schnell wie möglich zu verschwinden. Um Antworten konnte ich mich später bemühen.

Ich ließ die drei, die dort unsichtbar in der Schwärze aufeinanderhieben, hinter mir zurück und stürmte mit letzter Kraft die Stufen hinauf. Schließlich erreichte ich die obere Kammer und schlüpfte durch die Falltür hinauf in den Stall. Ich bemerkte wohl, daß nun viel mehr Pferde dastanden als zuvor, dachte mir aber nichts dabei. Vor dem Tor dämmerte der Morgen, und auf dem Hof war Betriebsamkeit ausgebrochen. Eilig lief ich zur Geheimtür in der Stallwand, zwängte mich unbemerkt hindurch und gelangte in den engen Treppenschacht. Als ich die Tür hinter mir schließen wollte, sah ich eben noch durch den Spalt, wie die Falltür, durch die ich gerade erst gekommen war, von unten aufgestoßen wurde. Doch ich ließ mir nicht die Zeit, mich zu vergewissern, wer dort ans Tageslicht kletterte. Es mochte mein unbekannter Retter sein – oder auch die beiden Engelkrieger. Wieder entschied ich, mich zuerst in Sicherheit zu bringen, bevor ich mir Zeit für Fragen ließ. Ich zog also die Tür hinter mir zu und rannte die Treppe hinauf.

Gerade hatte ich den obersten Absatz erreicht, als ich hinter mir schon das Öffnen der Geheimtür hörte. Wer auch immer mir folgte, Freund oder Feind, er war nur noch wenige Schritte entfernt. Die Versuchung, abzuwarten, war groß. Und doch lief ich weiter. Ich war nicht bis hierher gekommen, um mich schließlich doch noch von den beiden Weißhaarigen erschlagen zu lassen. Erst in der Geheimkammer unterm Dach war ich sicher. Ihre Tür war massiv. Sie konnte ich versperren. Nicht einmal die geisterhaften Kämpfer würden sie überwinden können.

Ich stürmte gerade den Gang zur Kammer entlang, als mir klar wurde, daß ich verloren hatte. Ich mußte die Tür erst von außen aufschließen, ein allzu langwieriger Vorgang in Anbetracht der Nähe meiner Verfolger. Was, wenn der Schlüssel fort war? Oder das

Schloß klemmte? Bange Fragen wie diese trieben mich zu einer neuen Entscheidung.

Auf Bodenhöhe des steinernen Flurs befand sich in einer Wand eine Öffnung, jener ganz ähnlich, die ich in der Geheimkammer bemerkt hatte. Durch sie drang frische Luft in die verborgenen Räume. Allein durch eines unterschied sich dieses Loch von dem anderen: Es war nicht vergittert.

Blitzschnell ging ich in die Knie und schob mich kopfüber in den dahinterliegenden Schacht. Er verlief waagerecht und war eben breit genug, um mir Unterschlupf zu gewähren. Spinnweben legten sich über mein Gesicht wie ein seidener Schleier. Trotzdem kletterte ich weiter, bis auch meine Füße vom Gang aus nicht mehr zu sehen waren. Dann blieb ich reglos liegen, wagte nicht einmal mehr zu atmen. Kein Laut durfte nach außen dringen.

Hinter mir stürmte ein Mann an der Öffnung vorüber und machte sich an der Tür der Geheimkammer zu schaffen. Entweder der Schlüssel steckte tatsächlich noch, oder aber er hatte ihn bei sich. Letzteres sprach dafür, daß es in der Tat mein Retter war, der als Sieger aus dem Kampf hervorgegangen war. Fest stand auf jeden Fall, daß es eine einzelne Person war. Noch ein Hinweis, der gegen die beiden Engelkrieger sprach.

All dies machte mir neuen Mut. Gerade wollte ich mich rückwärts wieder aus dem Schacht hinausschieben, als auf dem Gang neuerliche Schritte laut wurden. Diesmal waren es mehrere, ja, ein regelrechter Menschenauflauf schien in dem engen Flur aufzumarschieren.

»He da!« rief eine Stimme, die nur dumpf bis zu mir in den Luftschacht vordrang. »Öffnet die Tür! Wir wissen, daß ihr euch dahinter versteckt. Und falls du es bist, Faustus, dann solltest du dich um so mehr beeilen – vielleicht lasse ich dann Gnade walten!« Diese letzten Worte, eindeutig voller Hohn und keineswegs ernstgemeint, machten mir klar, wer dort draußen auf dem Gang stand.

Asendorf hatte uns gefunden.

Was auch immer hier während meiner Abwesenheit vorgefallen war, es hatte keinesfalls eine Wendung zum Guten gebracht. Der Inquisitor mußte die Wartburg am frühen Morgen erreicht haben.

Wir waren entdeckt! Der Gedanke bereitete mir solches Entsetzen, daß ich erst nach einer Weile begriff, daß er nicht völlig der Wahrheit entsprach. Faustus war entdeckt. Und Angelina. Ich aber befand mich noch in Sicherheit. Niemand wußte, daß ich in diesem Schacht steckte.

Der ganze Gang war jetzt voller Menschen. Zweifellos Asendorfs Landsknechte. Ich verfluchte mich, daß ich nicht rückwärts in den Schacht gekrochen war; dann hätte ich sie wenigstens sehen können. So aber wandte ich ihnen die Schuhsohlen zu, und eine Drehung war in dem engen Schlauch unmöglich.

»Faustus!« rief die Stimme erneut. »Ich weiß, daß du dort drinnen bist. Glaube ja nicht, daß ich die Tür einschlagen lasse! Diese Kammer ist als Gefängnis so gut wie jede andere.«

Asendorf konnte nicht sicher sein, daß es wirklich Faustus war, der sich dort vor ihm versteckte. Es sei denn, Berlepsch hätte geplaudert. Freilich, ob er es wußte oder nur vermutete – einen Unterschied machte das nicht.

»Meine Männer werden hier draußen auf dich warten«, sagte Asendorf. »Es wird eine Weile dauern, die Scheiterhaufen für dich und deine Ketzerfreunde zu errichten. Bis dahin magst du in dieser Kammer sitzen und dein Schicksal erwarten.« Daraufhin gerieten die Männer auf dem Gang erneut in Unordnung, denn Asendorf wandte sich ab und stieg über die Wendeltreppe ins Freie. Seine Soldaten blieben zurück. Sie machten rauhe Scherze und lachten. Tatsächlich hatten sie allen Grund zur Freude. Der Erzfeind ihres Meisters war gefaßt.

Ich selbst hatte keine Wahl. Langsam und so lautlos wie nur möglich schob ich mich tiefer in den Schacht. Ich hegte die vage Hoffnung, auf diesem Weg das Gitter zu erreichen, das in die Geheimkammer führte.

Schon nach kurzer Strecke gelangte ich an eine Gabelung. Zum einen führte der Schacht weiter geradeaus, wahrscheinlich zur Außenmauer; nach rechts aber machte er einen scharfen Knick. Mit aller Mühe gelang es mir, mich um die Ecke zu schlängeln. Der Stein schien von allen Seiten tonnenschwer auf meinen Körper zu drücken. Einen Augenblick lang bedrängte mich die entsetzliche Vorstellung, in diesem Tunnel steckenzubleiben, weder vor noch zurück zu können, eingepfercht, hilflos, verloren. Ich würde verdursten oder von Ratten und Spinnen gefressen. Wahrhaft erbauliche Gedanken.

Trotz allem gelang es mir, weiter voranzukommen. Gleich einem Schiffsbug, der sich durch Algenschleier schiebt, stieß mein Gesicht durch hauchdünne Spinnweben. Immer wieder war mir, als krabbelten dürre Beine über meine Haut, über meine Wangen und Lippen. Ich war froh, in der Dunkelheit nichts sehen zu können. Schließlich aber quoll mir ein fahler Schein entgegen, und da wußte ich, daß ich am Ziel war.

Mit beiden Händen umfaßte ich das Gitter und zog mich mit dem Gesicht heran. Von hier aus hatte ich einen Großteil der Geheimkammer im Blick. Die Kerzen tauchten sie in orangefarbenes Halblicht.

Angelina hockte unverändert an der Wand, beide Knie angezogen, das verbrannte Gesicht gesenkt. Faustus ging aufgeregt auf und ab. Zweifellos grübelte er über einen Weg, Asendorfs Häschern zu entkommen.

Zudem aber befand sich eine dritte Person in dem Raum. Es war ein Mann, feist und schwer, gekleidet in die weiten Gewänder eines Priesters. Ich hatte sein Gesicht nie zuvor gesehen; es war breit und fleischig, die Lippen rote Wülste. Sein Schädel war vollkommen haarlos. Doch obwohl ich den Mann nicht kannte, wurde mir mit einem Mal klar, wer er war und was hier seit meinem Abschied geschehen sein mußte (später erfuhr ich, daß ich damit goldrichtig lag).

Asendorf hatte im Morgengrauen die Burg erreicht. Deshalb brachte Berlepsch den anderen, uns unbekannten Besucher – den fetten Priester also – hinauf in unsere Kammer, denn auch er war auf der Flucht. Der Hauptmann hoffte wohl, daß der Pfaffe ebenso wie wir hier oben sicher sein würde. Nachdem ich selbst so lange auf mich warten ließ, wurde Faustus unruhig. Er war dank Berlepsch nicht länger eingeschlossen, und so machte er sich auf den Weg, mir zu Hilfe zu kommen – was ihm ja auch im letzten Augenblick gelungen war. Er besiegte oder vertrieb die beiden Engelkrieger unten im Geheimgang und folgte mir nach oben. Ich aber versteckte mich dank meiner Dummheit vor ihm im Schacht, und Faustus eilte zurück in die Kammer, wohl weil er glaubte, ich sei bereits dort eingetroffen. Zugleich mußte aber auch Asendorf oder einer seiner Männer auf ihn aufmerksam geworden sein; wahrscheinlich, als Faustus durch die Falltür den Stall betrat. Den Rest der Ereignisse hatte ich mit eigenen Ohren belauscht: Der Hexenjäger folgte meinem Meister mit seinen Soldaten und belagerte die Tür.

Da also waren wir nun: Faustus, Angelina und der Priester gefangen, ich selbst in diesem Luftschacht verborgen, ohne Aussicht, ihn lebend zu verlassen, denn an seinem Ausstieg warteten Asendorfs Schergen.

»Meister!« flüsterte ich leise durchs Gitter.

Faustus fuhr herum. Er sah mich und lächelte sogleich. »Wagner! Du bist also frei«, entfuhr es ihm erfreut.

»Nun, wenn Ihr es so seht ...«, erwiderte ich vorsichtig. Freilich schrie alles in mir danach, zu widersprechen – Freiheit stellte ich mir doch ein wenig anders vor –, doch wollte ich ihm nicht die geringe Hoffnung zerstören, die ihm die letzten Stunden versüßen mochte.

Er ging vor dem Gitter in die Hocke. Der dicke Priester gesellte sich daneben, deutlich behäbiger, und verstellte mir die Sicht auf Angelina, die mir weit wichtiger war als er. Ich hoffte, daß sie näher kommen würde, wohl weil ich wünschte, daß auch sie sich um mich sorgte. Doch Angelina kam nicht.

Bemüht, mir meine Bedrückung darüber nicht anmerken zu lassen, schilderte ich Faustus mit wenigen Worten, was geschehen war. Als ich ihm die Versammlung der Männer und Frauen im Wald beschrieb, nickte er wissend, sagte aber nichts. Statt dessen polterte der Priester:

»Das sind sie, das sind sie!«

Ich schenkte ihm einen zweifelnden Blick – er hatte sich mir noch immer nicht vorgestellt –, und fuhr dann in meinem Bericht fort. Faustus erlaubte sich ein schwaches Schmunzeln, als ich erzählte, wie ich in den Schacht geraten war.

Dann berichtete er seinerseits, daß sich meine beiden Verfolger nach dem Duell mit ihm zurückgezogen hatten. Er sei nicht sicher, ob er sie tatsächlich in die Flucht geschlagen habe oder ob die Männer andere Gründe für ihren Rückzug gehabt hätten.

Endlich, nachdem wir nun beide über das Geschehene aufgeklärt waren, sagte Faustus: »Dies hier ist Pater Gregorius.« Er nickte dem Priester aufmunternd zu: »Es hat eine Weile gebraucht, bis er endlich Vertrauen zu mir gefaßt hat.«

»Ihr in meiner Lage hättet nicht anders ...«, begann Gregorius, doch Faustus unterbrach ihn.

»Natürlich, Pater, natürlich.« Dann wandte er sich wieder an mich. »Gibt es von deiner Seite aus eine Möglichkeit, dieses Gitter zu öffnen?«

Ich betrachtete eingehend die dicken Eisenstangen und schüttelte den Kopf. »Sie sind fest ins Gestein eingelassen.«

Faustus nickte. »Das dachte ich mir.«

»Gibt es keine andere Möglichkeit, aus der Kammer zu entkommen?« fragte ich entgegen besseren Wissens. Die Angst um ihn und Angelina gab mir die Worte ein, nicht der Verstand.

»Keine«, entgegnete Faustus.

»Heißt das etwa, Ihr wollt Euch geschlagen geben?« fragte ich enttäuscht.

»Geschlagen geben kann sich nur ein Verlierer«, erwiderte Faustus rätselhaft.

Dies schien auch den Priester zu verwirren. Seine fetten Züge wellten sich empört. »Aber wir müssen irgend etwas tun!«

»Ihr seid ein Diener Gottes, Pater«, sagte Faustus. »Wie wäre es mit einem Gebet?«

Die Antwort des Paters zeugte von einer Schlagfertigkeit, die ich ihm keineswegs zugetraut hatte: »Ihr seid ein Diener Satans, Faustus. Gebt *Ihr* Euch mit Beten zufrieden?«

Mein Meister lächelte und nickte ihm anerkennend zu.

»Was ist mit Eurem Schwert?« fragte ich aufgeregt.

Faustus hob die Schultern. »Ich werde es Asendorf aushändigen, falls er es verlangt.«

»Ohne Euch zu verteidigen?«

»Glaubst du, ich könnte es mit zwei Dutzend Landsknechten aufnehmen?« Seine Stimme klang jetzt ernster, fast ein wenig streng. Es war ein Fehler gewesen, anzunehmen, daß er den Ernst der Lage unterschätzte.

Wir mußten ein merkwürdiges Bild abgeben: Faustus und der Pater auf den Knien vor der Gitteröffnung, und ich selbst dahinter, lang ausgestreckt im Schacht. Mein ganzer Körper wurde von einem grauenvollen Juckreiz befallen, doch der Schacht war so eng, daß ich mich nicht einmal kratzen konnte, und so begann ich in recht seltsamen Verrenkungen mit Rücken, Beinen und Hinterteil an der Decke und den Wänden zu reiben, um mir so zumindest ein wenig Erleichterung zu verschaffen. Das Jucken aber blieb trotzdem.

Faustus sah Gregorius an. »Warum erzählt Ihr meinem Schüler nicht, was Ihr mir und dem Mädchen eben berichtet habt?«

»Hat das noch Sinn?« erwiderte der Pater und betrachtete mich zweifelnd in meiner armseligen Lage.

»Was meint Ihr damit?« fragte ich beleidigt. »Zumindest stehe ich nicht mit einem Bein auf dem Scheiterhaufen, wie manch anderer hier.«

Der Pater zuckte zusammen, und Faustus seufzte. »Ich bitte Euch, Gregorius, erzählt Wagner, was Ihr wißt.«

Der Dicke rümpfte pikiert die Nase und schwieg.

Die Miene meines Meisters verdüsterte sich. »Nun denn«, sagte er beherrscht, »dann muß wohl ich selbst das übernehmen.«

Und so erfuhr ich, daß der Pater aus dem nahen Gotha, östlich von Eisenach, zur Burg geflohen war. Offenbar, so hatte er Faustus erzählt, war er nur mit Not einem Anschlag auf sein Gotteshaus und das eigene Leben entkommen. Man habe ihm das Dach über dem Kopf anzünden wollen – und ihn selbst gleich mit. Die Mordbrenner hatten ihn zweifellos für tot gehalten, nur deshalb war er ihnen entwischt. Bevor er sich jedoch davongeschleppt hatte, war es ihm gelungen, einen Blick auf die Attentäter zu werfen: sechs Männer und Frauen mit hellem Haar und noch hellerer Haut, die sich untereinander in lateinischer Sprache unterhielten – ein fraglos ungewöhnlicher Umstand. Es bestand kein Zweifel, daß es sich bei den Mördern um dieselben Männer und Frauen gehandelt hatte, die ich im Wald beobachtet hatte.

»Habt Ihr sie je zuvor gesehen?« wandte ich mich an Gregorius, nachdem mein Meister den Bericht beendet hatte.

Der Pater schien seine Abneigung gegen mich zu überwinden und erwiderte: »Nein.« Und zögernd fügte er hinzu: »Zumindest nicht nach ihrer heutigen Erscheinung.«

»Was meint Ihr damit?« fragte Faustus erstaunt.

»Nun ja«, sagte Gregorius und fühlte sich dabei sichtlich unwohl, »möglicherweise habe ich einen von ihnen gesehen, als er noch ein Kind war.«

»Ein Kind?« entfuhr es mir und Faustus wie aus einem Mund.

Der Pater nickte und sah dabei keinem von uns in die Augen. »Habt Ihr je vom Auszug der Erleuchteten gehört?« fragte er.

Ich schüttelte den Kopf und sah Faustus an. Doch auch der schien nicht zu wissen, von was Gregorius sprach.

Der Pater fuhr fort: »Bis vor zwölf Jahren regierte in Rom Papst Alexander VI., das ist Euch bekannt. Sicher wißt Ihr auch um seinen Ruf, mit dem Teufel paktiert zu haben.« Dabei schenkte Gregorius meinem Meister einen vielsagenden Blick, den dieser gelassen erwiderte.

Der Pater fuhr sogleich fort, doch erlaubt mir an dieser Stelle eine neuerliche Unterbrechung. Dem unwissenden Leser will ich in wenigen Worten das sündige Leben des Papstes Alexander schildern, kommt ihm doch in Gregorius' Bericht eine wesentliche Rolle zu.

Rodrigo Borgia war im Jahre 1492 durch einen geschickten Handel mit Ämtern, die er an seine Getreuen verteilte, an die Macht im Vatikan gelangt und hatte den Namen Alexander VI. angenommen. Er hielt sich einen ganzen Stall von Mätressen und zeugte mit ihnen zahlreiche Kinder – neun, sagen die einen, neunzig, die anderen –, von denen zwei zu besonderer Berühmtheit gelangten: die Hure Lucrezia, die von ihrem Vater mehrfach verheiratet wurde, stets so, wie es seine politischen Dünkel erforderten – und Cesare, der finstere Giftmischer und Mordbube. Der Papst machte in seiner Verruchtheit kein Geheimnis aus seinem verbotenen Nachwuchs, im Gegenteil, er förderte ihn offen aus den Truhen der Kirche. Religion bedeutete ihm nichts, ebenso das Ansehen des Heiligen Stuhls. Er vergab die vatikanischen Ländereien an seine Familie und genoß es, mit Dutzenden von Dirnen ausschweifende Orgien zu feiern. Schon bald war sein Gesicht von der Syphilis zerfressen, was ihm den Ruf einbrachte, selbst ein Dämon zu sein, der sich zum Herrscher der Christenheit emporgeschwungen hatte. Bei öffentlichen Auftritten verbarg er seine entstellte Fratze stets hinter einer schwarzen Maske. Sein Schreiber berichtete kurz nach Alexanders Tod von Satansmessen und Ritualen der Schwarzen Magie, die er in den heiligen Hallen beobachtet hatte, um Feinde zu verderben und die Macht der Borgia zu mehren. Auch die schöne Lucrezia, Alexanders Tochter, stand demnach mit dem Teufel im Bunde – sie machte sich alle Männer in ihrer Umgebung zu Sklaven und galt schon bald als Hexe, die einen unheiligen Einfluß auf ihren Vater ausübte. Es kam sogar vor, daß sie in Abwesenheit Alexanders die kirchlichen Geschäfte führte – man stelle sich vor, eine Frau auf dem Heiligen Stuhl!

Man hat später viel über die Umstände von Alexanders Tod getuschelt. Der Borgia erkrankte kurz nach den Feierlichkeiten zum zwölften Jahrestag seiner Weihe und starb nur wenige Tage später unter seltsamen Umständen. Es hieß, er habe vor seiner Wahl zum Papst einen Pakt mit dem Teufel unterzeichnet und seine Seele dem Leibhaftigen versprochen – im zwölften Jahr seiner Herrschaft. Als der gefürchtete Tag nun nahte, flehte der Papst seinen höllischen Gönner vergeblich um Aufschub an. Daraufhin ergriff ihn eine tödliche Krankheit, die ihn unter entsetzlichen Qualen ans Bett fesselte. Man munkelte, sieben Dämonen hätten in der Gestalt schwarzer Affen an seiner Seite Wache gestanden, während der Papst im Todeskampf die Hände um die Brüste seiner Dirnen krallte.

Als Alexander endlich starb, begann seine Haut zu kochen, Blasen quollen ihm aus Mund und Nase, und seine Glieder schwollen an, bis nichts Menschliches mehr an ihnen war. Die Zunge, die ihm gespalten aus dem Maul hing, färbte sich schwarz und verbreitete ihre Fäulnis auf den ganzen Körper. Überall in der Stadt veranstalteten schwarze Hunde einen teuflischen Lärm, sie bellten und jaulten und weinten mit Kinderstimmen. Einige Nonnen, die sich in einer kleinen Kapelle nahe des Vatikans hatten einmauern lassen, um ihr Lebensende in freiwilliger Klausur zu verbringen, sollen daraufhin schreiend um Erlösung gebeten haben und seien, so die Gerüchte, aus ihrem gewählten Gefängnis befreit worden. Keine von ihnen fand den Weg zurück in Gottes Schoß; sie wurden zu Lustsklavinnen bösartiger Satansdiener und beschlossen ihr Dasein im tiefsten Sündenpfuhl.

Niemand brachte es über sich, den aufgequollenen Leichnam des Borgia-Papstes zu berühren. Deshalb schleppten ihn die Totengräber an Seilen aus seinen Gemächern, zwängten ihn mit Schaufeln in einen viel zu engen Sarg und verscharrten ihn in geheiligter Erde. Dann erst soll das satanische Treiben, das in jener

Nacht über die Stadt gekommen war, ein Ende gefunden haben.

(Ihr, zweifelnder Leser, glaubt mir natürlich kein Wort. Ihr seht, ich kenne Euch gut! Und doch haben weisere Männer, als ich einer bin, auf dieser Schilderung beharrt. Selbst meinem Meister konnte ich kein Wort des Widerspruchs entlocken, als wir über den verfluchten Borgia sprachen. Das Jahr 1515, der Zeitpunkt meiner Erzählung, war laut Kalender das zwölfte Jahr nach dem Ende der zwölfjährigen Amtschaft Alexanders – eine Übereinstimmung, die von Bedeutung sein mochte. Nun ist die Zahl Zwölf nach den Lehren der Kabbala das Sinnbild für Seligkeit und Heiligkeit – worin mir kaum ein Zusammenhang zum Borgia-Papst zu bestehen scheint. Betrachten wir aber das Todesdatum Alexanders genauer – er starb im August 1503 –, so stellen wir fest, daß unser Aufenthalt auf der Wartburg im Mai 1515 vor Abschluß des zwölften Jahres nach seiner Regentschaft stattfand. Was uns eine Zahl zurück zur Elf führt. Und die Elf, das lehrt Euch jeder Kabbalist, ist das Sinnbild der Sünde! Wen also mag es wundern, daß das Treiben des Teufelspapstes mit einem Mal an neuer Bedeutung gewann? Es ist keine Übertreibung, wenn ich behaupte, daß seine Geisterkrallen noch aus dem Grabe nach uns griffen. Und wer glaubt, meine Rechnung prüfen zu müssen, der sollte sein Talent lieber aufs Schafe zählen oder das Eintreiben von Steuern verwenden – ein wahrer Okkultist wird aus ihm nie.)

Doch wo war ich stehengeblieben? Richtig, bei Pater Gregorius.

»Im Jahre 1502 ließ Alexander einen geheimen, päpstlichen Erlaß an all seine Priester überstellen«, fuhr der in seiner Erklärung fort. »Darin verlangte er, daß man ihm Auskunft über bestimmte Kinder gebe – nicht irgendwelche, versteht sich. Es mußten solche sein, deren Eltern hellblonde Haare hatten und durch Schönheit, Geschick und Klugheit aufgefallen waren.«

Ich schüttelte ungläubig den Kopf, wollte ihn aber nicht durch Fragen unterbrechen.

Auch Faustus blickte verständnislos drein.

»Ihr vermögt Euch vorzustellen, daß dies keine einfache Aufgabe war«, sagte Gregorius. »Die Auswahl der Haarfarbe beschränkte die Suche auf die Länder des Nordens. Zudem bestand Alexander darauf, daß das Haar der Eltern nicht einfach ein schlichtes Blond sein durfte – nein, beinah weiß mußte es sein. Denn er wollte sichergehen, daß die Kinder sich genauso entwickelten. Und was Schönheit, Klugheit und Geschick anging: Auch sie mußten im Übermaß bei beiden Eltern vorhanden sein.« Er strich sich mit dem Handrücken den perlenden Schweiß von der Stirn. »Um es kurz zu machen: Alles in allem wurden wohl einige Dutzend Kinder ausfindig gemacht. Wir Priester wurden verpflichtet, sie zu melden und fortan darüber zu schweigen. Auch ich fand ein solches Kind in meiner Gemeinde und meldete den Namen der Eltern einem persönlichen Gesandten des Papstes, der allein zu diesem Zweck durch die Lande zog. Und was glaubt Ihr, geschah? Zwei Tage später verschwand die Familie vom Erdboden.«

»Sie wurde ermordet?« fragte ich tonlos.

Der Pater holte tief Luft. »Man fand keine Leichen und kein Blut. Alles, was blieb, war ein leeres Haus. Damals wußte ich nicht, daß anderswo ähnliche Dinge geschahen, daher nahm ich an, die Familie, die ich selbst gemeldet hatte, sei vielleicht mit dem Gesandten gezogen oder, schlimmstenfalls, vor ihm davongelaufen. Ich hatte nicht die mindeste Ahnung, was der Papst mit diesen Menschen vorhatte, aber natürlich war ich überzeugt, daß es eine gute Sache war, etwas, das zu Ehren des Herrn geschah. Erst später erkannte ich ein Stück der Wahrheit. Durch eine Reihe von Zufällen erfuhr ich, daß in anderen Gemeinden, weit verstreut über das ganze Reich, ähnliche Gesandte aufgetaucht waren. Und auch dort schien es, als habe der Boden die betreffenden Familien verschluckt. Alle verschwanden ohne eine Spur. So begann ich, mit meinen bescheidenen Mitteln Nachforschungen anzustellen, und ganz allmählich erfuhr ich, daß die Kinder von den Gesandten nach Süden gebracht worden waren – nach Rom. In den Annalen der Kirchenschreiber wird dieser Vorfall als Auszug der Erleuchteten geführt, oder auch als Zug der Engel.«

Da war es wieder, das gefürchtete Wort.

Engel.

»Was geschah mit den Eltern?« fragte Faustus. »Brachte man auch sie nach Rom?«

Der Pater senkte betreten den Blick. »All jene, mit denen ich sprach, Menschen also, die die Gesandten auf ihrem Weg beobachteten, erwähnten stets nur die Kinder. Von ihren Eltern hatte keiner etwas bemerkt. Ich glaube nicht, daß sie jemals nach Rom gelangten. Und im Lichte der neuen Ereignisse befürchte ich das Schlimmste für sie.«

»Aber ... das ist unmöglich«, keuchte ich atemlos. »Der Papst mag ein Wahnsinniger gewesen sein, vielleicht gar ein Satansjünger. Aber er konnte unmöglich all diese Kinder entführen und ihre Eltern ermorden ...«

»Meint Ihr?« fragte Gregorius und sah fast ein wenig mitleidig zu mir herab. »Die Päpste haben über die Jahrhunderte hinweg ganz Städte ausrotten lassen. Sie haben Kriege geführt und ritten höchstpersönlich an der Spitze ihrer Armeen. Hunderttausende wurden getötet, gemartet – «

» – und verbrannt«, fügte Faustus trocken hinzu.

Fast hätte ich gegrinst. Nur fast.

Gregorius ließ sich dadurch nicht beirren. »Kein

weltlicher Herrscher hat in den letzten fünfhundert Jahren so grausam regiert wie einige der Stellvertreter Petri. Und Alexander war einer der Schlimmsten.«

Faustus blieb gelassen. »Nehmen wir an, Ihr hättet recht mit Eurer Annahme. Was hätte der Borgia dann mit den Kindern anfangen sollen?«

Natürlich mußte auch Faustus längst zu einem ähnlichen Schluß gekommen sein wie ich selbst: Daß nämlich die weißhaarigen Krieger draußen im Wald niemand anders waren als eben jene Kinder, dreizehn Jahre nach ihrer Entführung durch den heiligen Schlächter. Sie alle waren geworden wie ihre Eltern – weißhaarig und wunderschön, dazu voller Kraft und Geschicklichkeit. Nur die Entschlossenheit, mit der sie anderen nach dem Leben trachteten, mußte ihnen von Alexanders Häschern eingepflanzt worden sein.

Gregorius gab die gleiche Antwort: »Der Papst hat diese Kinder zu Mördern gemacht. Mörder, die jetzt den Auftrag haben, auch die letzten Spuren ihrer Existenz zu tilgen. Deshalb wollten sie mich töten. Ich selbst und einige andere Priester sind die einzigen, die noch vom Auszug der Erleuchteten wissen.«

»Warum aber sollten sie so lange damit gewartet haben?« wollte ich wissen.

Es war natürlich eine dumme Frage.

Faustus bewies, daß er längst viel weiter gedacht hatte. »Sagt, Gregorius, wißt Ihr noch, wie viele Jahre das Kind zählte, das Ihr dem Gesandten gemeldet habt?«

»Nicht mehr als fünf.«

»Demnach wäre es heute achtzehn.«

»In der Tat.«

Mein Meister sah mich durch das Gitter an. »Und wie alt waren die Männer und Frauen, die du im Wald beobachtet hast?«

»Es war dunkel, und ihre Schönheit verschleierte ihr wahres Alter. Sie sahen sich alle sehr ähnlich, fast wie

Geschwister. Mag sein, daß sie nicht mehr als achtzehn Lenze zählten.«

Die beiden anderen nahmen es schweigend zur Kenntnis. Wieder fügten sich einzelne Bruchstücke zu einem großen Bild zusammen.

»Trotzdem«, gab ich zu Bedenken, »welchen Sinn hätte es für den Borgia gehabt, sich eine Armee hellblonder, weißhäutiger Mörder heranzuzüchten?« Nun, da ich es aussprach, schien es noch ungleich absurder.

Faustus hob die Schultern und lächelte schwach. »Lieber Wagner, eben diese Frage wird mir auf dem Weg zum Scheiterhaufen zu denken geben. Und ich fürchte, daß ich die Antwort nicht mehr erfahren werde. Eine elende Vorstellung, bei meiner Treu!«

»Sagt so etwas nicht«, bat ich flehend.

Was sollte aus mir und Angelina werden, wenn Faustus nicht mehr war?

Angelina!

Herrgott, ich hatte sie völlig vergessen.

Sie war eine der Erleuchteten! Mußte das nicht bedeuten, daß auch sie –

Ich kam nicht dazu, den Gedanken zu Ende zu denken. Angelina war schneller. Plötzlich legten sich ihre weißen, schmalen Hände von hinten um den Hals des Paters. Gleichzeitig hieb sie ihm ein Knie in den Rükken. Gregorius ging mit einem heiseren Keuchen zu Boden.

Ich riß den Mund auf, doch der Schrei blieb mir im Halse stecken. Das entstellte Mädchen bildete mit Zeige- und Mittelfinger ihrer rechten Hand ein V und rammte es in die winzigen Schweinsaugen das Paters.

Faustus überwand seine Überraschung um ein Vielfaches schneller als ich selbst. Er warf sich auf Angelina und wollte sie von Gregorius zerren, doch sie entwand sich ihm mit kraftvoller Geschicklichkeit. Ihre Wunden mußten sie vor Schmerzen fast um den Verstand bringen, und doch schien ihr einziges Streben der Tod des Paters zu sein. Als hätte sie sich erst jetzt wieder an ihren eigentlichen Auftrag erinnert.

Faustus packte sie erneut, und diesmal ging er gezielter vor. Er holte aus und schlug ihr mit der flachen Hand zwischen die Schulterblätter. Ihr Zustand würde sich dadurch kaum verschlimmern, doch der Schmerz mußte höllisch sein. Er *mußte* sie einfach außer Gefecht setzen.

Die Rechnung ging auf.

Ehe Gregorius sein Augenlicht einbüßen mußte, ließ Angelina von ihm ab und krümmte sich vor Pein. Aus ihrem Mund drang erst ein Keuchen, dann ein Schrei. Der erste Laut, den ich überhaupt von ihr hörte! Mußte das nicht bedeuten, daß sie auch sprechen konnte?

Mir blieb keine Zeit, länger darüber nachzudenken, denn im selben Moment wurde von außen gegen die Tür gehämmert. Asendorfs Männer mußten den Tumult gehört haben. Der Eingang war noch immer verschlossen, und nun mochten sie erstmals bereuen, daß sie ihn nicht öffnen konnten. Mit einem Streit unter den Gefangenen hatte keiner gerechnet.

»He, was ist los?« rief eine gedämpfte Stimme durch das Holz.

Der Soldat wartete vergeblich auf Antwort. Faustus dachte nicht daran, und Angelina und der Pater waren mit sich selbst und ihrem Schmerz beschäftigt.

Vor der Tür ertönte aufgeregtes Gerangel. Offenbar sandte man nach Asendorf. Der Inquisitor sollte entscheiden, was zu tun war.

Dabei erinnerte ich mich erstmals wieder an DeAriel. Wo war der Kardinal? Hielt er sich auch in der Burg auf? Seine Stimme zumindest hatte ich vorhin nicht gehört. Nur die von Asendorf. Doch das mußte nichts bedeuten.

Aber natürlich! DeAriel! Warum nur hatte ich nicht

früher an ihn gedacht? Hatte es nicht geheißen, er selbst hätte den Auftrag, die Mordbrenner ausfindig zu machen? Welch üble List! Der Vatikan schickte mit seinen Mördern gleich denjenigen, der sie nach außen hin überführen sollte. Dabei war seine wahre Aufgabe die, das Treiben der Mordbrenner zu decken und durch falsche Ermittlungen zu vertuschen. Nur so und nicht anders war seine Anwesenheit an Asendorfs Seite zu erklären.

Doch es blieb keine Zeit, über die Hintergründe des vatikanischen Komplotts nachzudenken. So viele Fragen blieben offen: Was steckte hinter dem Plan des Borgia, sich eine Armee von Mördern mit Engelsgesichtern heranzuziehen? Und warum zeigte man in Rom selbst heute noch, dreizehn Jahre und drei Päpste später, Interesse an der Vertuschung jener Ereignisse von 1502?

»Angelina«, sagte ich leise. »Angelina, hör mir zu!«

Sie schien einen Augenblick zu zögern, dann unterdrückte sie ihren Schmerz und sah mich an. Ihr erstarrtes Gesicht verriet keinen ihrer Gedanken. Zumindest machte sie keinen weiteren Versuch, sich auf Gregorius zu stürzen.

»Du verstehst uns, nicht wahr?« sagte ich. Es war keine wirkliche Frage. Ihr Angriff auf den Pater hatte sie verraten. Die ganze Zeit über hatte sie uns im ungewissen gelassen, ob sie unsere Worte verstand oder nicht. Dabei hatte sie stets gewußt, über was wir sprachen. Trotzdem mochte ich nicht glauben, daß sie uns wirklich Böses wollte.

Sie nickte langsam. Ja, sie verstand nur zu gut.

»Kannst du sprechen?« fragte ich.

Angelina schüttelte den Kopf.

»Dieses Biest!« schrie Gregorius, der sich allmählich von dem Angriff erholte. Er hatte beide Fäuste geballt, als wollte er sich auf das Mädchen stürzen. Doch ob ihm ihre katzengleiche Attacke Respekt eingeflößt hatte oder ob er sich schlichtweg seines gesunden Menschenverstandes entsann – er zügelte sich und ließ sie in Frieden.

Was ihn freilich nicht davon abhielt, sie mit Worten anzugreifen. »Dieses Miststück hat es nur darauf abgesehen, uns alle zu verraten! Sie wird uns an ihre Brüder und Schwestern ausliefern.« Er klang jetzt ganz und gar nicht mehr wie ein Geistlicher im friedfertigen Dienste des Herrn.

»Ihr wißt, wie sie zu dem geworden ist, was sie heute ist«, versuchte Faustus ihn zu besänftigen. »Angelina trägt daran keine Schuld.«

Daraufhin schwieg der Pater und ging in sich. Vielleicht sah er ein, daß Faustus die Wahrheit sprach. War nicht sogar er selbst verantwortlich für das, was aus diesen Kindern geworden war? Hatte er nicht selbst eines von ihnen in sein Verderben geschickt – auch wenn es ohne Absicht geschah? Es gehörte nicht viel dazu, sich die Gedankengänge des Paters auszumalen. Der gequälte Ausdruck auf seinem Gesicht war keine Folge von Angelinas Attacke – es war das Spiegelbild seiner Selbstzweifel.

Angelina rollte sich zusammen wie ein hilfloses Kind. Sie schien verwirrt über ihr eigenes Benehmen. Vielleicht war ihr der Haß auf ihre auserwählten Opfer so tief eingesät worden, daß er selbst in einer Lage wie der unseren noch zur Blüte reifte. Obwohl ihr doch klar sein mußte, daß sie in den Augen ihrer früheren Gefährten längst die Seiten gewechselt hatte. Spätestens in jenem Augenblick, in dem sie Faustus – aus Mitleid? – vom Scheiterhaufen befreit hatte, mußte sie die anderen gegen sich aufgebracht haben. Hatten die Engel des Borgia sie deshalb so grausam bestraft? Wurde sie deshalb verstümmelt und achtlos am Wegrand liegengelassen, um dort zu verenden wie ein Tier? War das die Strafe für ihren Verrat an der Sache des Vatikans?

Wie aber war sie dann hinauf in den Baum gelangt?

Erneutes Hämmern am Eingang. Dann ein lautes Krachen. Asendorfs Männer brachen die Tür auf. Das Holz war dick und die Beschläge massiv, trotzdem würden sie nur eine Zeitlang standhalten. Wieder warf sich jemand dagegen. Und wieder.

Faustus packte das Schwert, mit dem er die beiden Engelkrieger in die Flucht geschlagen hatte. Er legte es vor sich auf den Boden und schob es mir durch das Gitter entgegen.

»Nimm es!« sagte er. »Du wirst es dort draußen besser gebrauchen können als ich.«

Ich wollte widersprechen, ihn bitten, damit um sein Leben zu kämpfen, doch im selben Moment flog die Tür nach innen und Asendorfs Männer stürmten in die Kammer. Es gelang mir gerade noch, die Klinge unbemerkt in den Schacht zu ziehen, dann rissen ein halbes Dutzend Hände meinen Meister grob auf die Füße. Angelina lag immer noch zusammengerollt am Boden. Einer der Kerle machte eine bösartige Bemerkung über ihr verbranntes Gesicht, die übrigen lachten. Weitere Beachtung schenkten sie ihr nicht, ebensowenig wie Gregorius, der dasaß und die Soldaten mit glasigen Augen anstarrte. Offenbar glaubte er, auch sein Ende sei gekommen.

Doch die Landsknechte hatten es allein auf Faustus abgesehen. Er wurde durch die Tür gezerrt und fortgebracht. Zwei Soldaten blieben zurück. Sie fesselten die Hände der übrigen Gefangenen – beide ließen es willenlos über sich ergehen – und verließen dann die Kammer. Sie zogen die Tür hinter sich zu, obwohl das Schloß zerbrochen war. Ich hörte, wie die beiden draußen ihre Posten bezogen. Niemand schien Gregorius und Angelina einen Fluchtversuch zuzutrauen.

Meine Angst um das Leben meines Meisters war übermächtig. Sein Scheiterhaufen konnte noch nicht vollendet sein; wahrscheinlich würde Asendorf zuerst mit ihm sprechen oder ihn gar foltern wollen. Zugleich aber wußte ich, daß das Schicksal Angelinas und des Paters nun in meinen Händen ruhte. Ich war der einzige, der sie jetzt noch retten konnte.

Der Rückweg durch den Schacht gestaltete sich weitaus schwieriger als der Hinweg. Aufgrund der Enge mußte ich die Strecke rückwärts bewältigen, mit den Füßen voran. Vor allem die scharfe Abzweigung bereitete mir Sorgen. Ich hatte gerade meinen Unterkörper um die Ecke gebogen, als ich mit einemmal feststeckte. Ich kam nicht vor und nicht zurück. Panik überflutete mein Denken. Plötzlich war ich sicher, nie mehr ans Tageslicht zu kommen. Ich ruckte, schob und zerrte, immer schneller, immer verzweifelter, bis es mir schließlich doch noch gelang, vollends um die Ecke zu kriechen. Dabei gab ich mir alle Mühe, keine lauten Geräusche zu verursachen, doch es war keine Frage, daß das Rascheln meiner Kleidung bis hinaus auf den Gang zu hören sein mußte. Ich hoffte inständig, daß die beiden Landsknechte Ratten im Schacht vermuten würden. Ohnehin war es mir ein Rätsel, wie ich unbemerkt hinaus auf den Gang gelangen sollte, ohne daß die Soldaten bemerkten, daß sich gleich neben ihnen zwei Füße, dann Beine und schließlich ein ganzer Kerl aus der Wand schoben. Sie würden mich in aller Ruhe in Scheiben schneiden, ehe ich überhaupt bis zum Knie im Freien war.

Gemartert von bösen Vorahnungen blieb ich ausgestreckt liegen und dachte nach. Ich schmiedete allerlei unsinnige Pläne und verwarf sie wieder. Meine Schuhsohlen mußten jetzt noch etwa eine Elle von der Öffnung in der Flurwand entfernt sein. Was mir fehlte, war die rechte Gelegenheit, in der die beiden Wachmänner abgelenkt waren.

Als hätte man mein stummes Flehen erhört, ertönte

plötzlich ein Schrei. Dann lautes Schimpfen und Hilferufe.

Natürlich! Gregorius! Ich wußte nicht, ob er wirklich mit Angelina stritt oder nur mein Dilemma erkannt hatte. Wie auch immer – sein Gezänk erfüllte seinen Zweck. Ich hörte, wie die Landsknechte fluchend in die Kammer stürmten.

Das war der Moment, den ich nutzte. Eilig schlüpfte ich rückwärts kriechend aus dem Schacht, in der Hoffnung, daß beide Männer mit ihren Gefangenen beschäftigt waren. Zu meinem Glück blieb ich unbemerkt. Ich packte das Schwert und sprang auf die Füße.

Der Gang war leer. Die eingetretene Tür der Geheimkammer stand offen. Ich machte einige Schritte darauf zu und blickte vorsichtig um die Ecke in den Raum. Gregorius und Angelina saßen immer noch mit gebundenen Händen am Boden. Das Mädchen trat mit beiden Füßen nach ihm, während der dicke Pater blasphemische Flüche ausstieß.

Die beiden Landsknechte standen davor und hatten mir den Rücken zugewandt. Das merkwürdige Schauspiel schien sie zu belustigen. Einer lachte leise.

Das Lachen verging ihm, als ich ihm die Schwertklinge von hinten handbreit in die Schulter hieb. Der Angriff war keineswegs ehrenvoll, doch hier ging es nicht um Anstand oder Kampfesruhm. Schreiend brach der Mann zusammen. Eine Blutfontäne schoß als roter Fächer aus der Wunde. Der andere Landsknecht fuhr herum und riß seinerseits das Schwert hoch. Viel zu langsam. Meine Klinge durchstieß seine Brust, bevor er überhaupt begriff, wie ihm geschah. Sein Blut spritzte über Gregorius' Kutte, dann brach auch er zusammen. Sein verletzter Gefährte lebte noch; er patschte ungläubig mit der linken Hand in der entsetzlichen Wunde herum und winselte um Gnade. Das Leben quoll ihm dunkelrot zwischen den Fingern hervor. Es war nicht nötig, ihn zu töten. Er würde jeden Augenblick an der Blutung sterben.

Es war das erste Mal, daß ich einem anderen das Leben nahm. Man sollte meinen, daß mich dieser Augenblick zeichnete. Daß er mich schockierte, entsetzte oder auf andere Weise berührte. Doch alles, was ich empfand, war – nichts! In meinem Kopf war nur die Angst um Angelina und die Furcht vor Entdeckung durch weitere Schergen des Hexenjägers. Alles andere blieb außen vor. Ich empfand nicht mehr, als hätte ich einen hungrigen Wolf erschlagen, der sich in den Wäldern auf mich stürzte – der Wille zu überleben nahm mir in gleichem Maße alle Furcht und mein Gewissen.

Erst viel später begriff ich die wahre Tragweite dieses Moments.

Gregorius starrte ungläubig auf das grausige Schlachtfest, dann auf die frischen Flecken im Stoff seiner Kutte. Willenlos ließ er zu, daß ich seine Fesseln durchschnitt. Ganz anders Angelina: Sie sprang sofort auf, nachdem ich sie befreit hatte, achtete nicht auf die rote Pfütze, in der ihre Füße standen, und riß den Pater auf die Beine. Offenbar war der letzte Streit zwischen den beiden doch nur gespielt gewesen; Angelina schien den Haß, den man ihr eingepflanzt hatte, überwunden zu haben. Ihr eigener Wille gewann die Oberhand.

»Los, kommt!« Ich rannte los, während die beiden anderen über die reglosen Körper der Landsknechte stolperten und mir folgten. Ungehindert gelangten wir bis zur Wendeltreppe, sprangen die Stufen hinunter und verhielten unsere Schritte erst vor der Geheimtür zum Pferdestall. Vorsichtig schob ich sie einen Spaltweit auf und blickte hinaus.

Die zahlreichen Tiere der Landsknechte schienen den Stall schier zu sprengen. Selbst auf dem Mittelgang hatte man viele von ihnen angebunden. Soldaten waren keine zu sehen, doch es wäre dumm gewesen, anzunehmen, daß sich keine Wachen vor dem Tor des Stalls befanden. Trotzdem mochten wir es im Schutz der Pferdeleiber unbemerkt bis zur Falltür schaffen.

Wir hatten keine Wahl. Ich gab Angelina und dem Pater ein Zeichen. Gemeinsam schlüpften wir durch die Tür. Sofort umwogte uns der Geruch von Tieren und Stroh. Während wir hinüber zur Falltür liefen, sah ich durch das offene Tor Asendorfs Männer. Gleich vier von ihnen standen draußen auf dem Hof, höchstens ein Dutzend Schritte entfernt, und sprachen miteinander. Zwei von ihnen stützten sich auf armlange Handbüchsen.

Eilig beugte ich mich über die Klappe im Boden und riß sie auf. Angelina begriff sofort und sprang ohne Zögern hinab in die Dunkelheit. Gregorius hatte offenbar Bedenken, doch ich stieß ihn nur wortlos an und gab ihm zornig zu verstehen, er möge sich beeilen. Mit geschlossenen Augen wuchtete er seinen fetten Körper durch die Öffnung und verschwand in der Tiefe.

Nun war die Reihe an mir, doch ich dachte nicht daran, den beiden zu folgen. Statt dessen beugte ich mich vor und flüsterte hinab ins Dunkel: »Folgt der Treppe nach unten. In einer Höhle findet ihr Pferde. Reitet in die Wälder und versteckt euch.«

»Was ist mit Euch?« hörte ich Gregorius leise aus dem Abgrund.

»Ich muß den Meister retten«, entgegnete ich entschlossener, als ich mich tatsächlich fühlte.

Ich hörte noch, wie der Pater zu einem Widerspruch ansetzte, dann schloß ich von außen die Falltür und streute Stroh über ihre Fugen. Ich wußte nicht, ob die Engelkrieger sich vielleicht in dem Treppenschacht aufhielten und ob die beiden dort unten wirklich in Sicherheit waren. Und doch war die Flucht durch den Berg ihre einzige Hoffnung. Erstaunt, ja fast panisch stellte ich fest, daß ich zum ersten Mal nicht an mein eigenes Wohlergehen dachte.

Das allerdings sollte sich schleunigst ändern, denn nun war ich gänzlich auf mich allein gestellt. Ich machte mir keine falschen Vorstellungen von der Unmöglichkeit meines Vorhabens. Was konnte ich alleine schon gegen Asendorfs ganze Soldatenschar ausrichten?

Ich faßte keinen wirklichen Plan, sondern beschloß viel mehr, Schritt für Schritt vorzugehen. Als erstes mußte ich erfahren, wo Faustus festgehalten wurde.

Ich schlich zwischen den unruhigen Pferden hindurch zu einem Fenster. Der Stall befand sich im Erdgeschoß der Vogtei, und ich hatte von hier aus gute Sicht über den gesamten Nordhof. Er war voller Landsknechte, die auf Treppen und am Boden saßen, allein und in Gruppen, ihre Waffen säuberten, Karten spielten oder ihren Sold beim Würfeln einsetzten. Es war unmöglich, ungesehen an ihnen vorbeizugelangen.

Ein Scheiterhaufen war nirgends zu sehen.

Das Verbindungstor zum Südhof stand offen. Auch dort ließ nichts auf eine bevorstehende Hinrichtung schließen.

Da begriff ich, was Asendorf vorhatte. Als Inquisitor war er stets auf eine große Wirkung seiner Urteile bedacht. Weshalb also hätte er Faustus – ausgerechnet ihn – hier oben auf der Burg verbrennen sollen? Nein, Asendorf wollte Zuschauer, wollte die große Menge als Zeugen. Folglich würde er die Scheiterhaufen für Faustus, mich und die anderen in der Stadt errichten lassen, unten auf dem Marktplatz.

Obwohl dies für mich einen Zeitaufschub brachte und vielleicht sogar andere Möglichkeiten, meinen Meister zu befreien, so stellte es mich doch vor neue Schwierigkeiten. Befand Faustus sich überhaupt noch auf der Burg? Oder war er bereits auf dem Weg nach

Eisenach? Mir kam nicht die Spur eines Einfalls, wie ich in diesem Punkt Gewißheit erlangen konnte.

Nur eines war gewiß: Ich mußte schnellstens aus diesem Stall heraus, irgendwie – was sich in Anbetracht der gewaltigen Anzahl von Landsknechten vor seinem Tor als schwerste Hürde von allen erweisen mochte.

Gebückt schlich ich von Pferd zu Pferd und zerschnitt ihnen mit dem Schwert die Zügel. Es mochten an die drei Dutzend Tiere sein, und sie alle zu befreien nahm gehörige Zeit in Anspruch. Anschließend lief ich durch die Geheimtür zurück zur Kammer unterm Dach. Mit einer brennenden Kerze kehrte ich zurück, nahm sie zwischen die Zähne und klammerte mich mit Armen und Beinen fest an die Flanke eines der Pferde. Dann erst spie ich die Kerze in hohem Bogen ins Stroh. Die Flamme sprang sofort über, und innerhalb weniger Augenblicke loderte im hinteren Teil des Stalls ein kniehohes Feuer.

Die ängstlichen Tiere gerieten in Aufregung. Der Rauch fraß sich in ihre empfindlichen Nüstern, und die plötzliche Hitze ließ die Pferde an der Rückwand mit schrillem Wiehern vorwärtspreschen. Panik brach aus. Von einem Herzschlag zum nächsten verwandelte sich die eben noch friedliche Szene in einen brodelnden Hexenkessel. Auf dem Hof wurden Schreie laut, doch sie wurden übertönt vom Wiehern der Tiere und dem harten Schlag ihrer Hufe. Wie eine Sturzflut aus dunklen Leibern ergossen sich die Pferde ins Freie, trampelten alles nieder, was ihnen in den Weg geriet, wollten nur fort von dem Stall und dem Feuer, das sich darin in Windeseile ausbreitete.

Das Pferd, an dessen Seite ich hing wie eine Zecke, preschte als eines der letzten durchs Tor. Da waren die Menschen im Hof schon längst nicht mehr um die Tiere bekümmert, sondern vielmehr um das Feuer, das zur

Bedrohung für die ganze Burg werden konnte. Eimerketten wurden gebildet, und während die ersten Wasserkübel ihren Inhalt in die Flammen ergossen, ließ ich mich nahe des Torhauses zu Boden fallen. Blitzschnell rollte ich mich zur Seite, um nicht unter den stampfenden Hufen zu enden. Mit viel Glück entging ich einem tödlichen Tritt, rappelte mich im Schutz des Tumults aus Pferdeleibern, schreienden Mägden und verwirrten Landsknechten auf und sprang zur nahen Treppe eines Wehrgangs. Niemand schenkte mir Beachtung. Soweit war meine List geglückt.

So schnell ich konnte stürmte ich die Treppe hinauf, nahm immer drei Stufen auf einmal, bis ich mit wenigen Sätzen oben anlangte. Der überdachte Fachwerkgang war menschenleer. Alles war beim Ausbruch des Feuers hinab in den Hof gelaufen. Ich machte mir keine falschen Vorstellungen: Die Flammen sahen größer und gefährlicher aus, als sie es tatsächlich waren, und schon in Kürze würde man sie gelöscht haben. Man würde sich der Gefangenen entsinnen und in der Dachkammer nach dem Rechten sehen. Was geschähe, wenn man die beiden Leichen entdeckte, wagte ich mir nicht auszumalen. Spätestens dann mußte ich die Burg verlassen oder aber ein todsicheres Versteck gefunden haben. Beides schien mir aussichtslos.

Trotzdem war es wichtig, daß ich vom Wehrgang aus einen Blick auf den Weg warf, der sich aus dem Tor, quer durch den Wald und den Berg hinunter bis in die Stadt schlängelte. Zumindest Teile davon waren von hier aus einzusehen. Falls man Faustus wirklich nach Eisenach bringen wollte, konnte er in so kurzer Zeit unmöglich dort angelangt sein. Doch die schmale Straße war verlassen, weder von Faustus noch Asendorf war etwas zu erkennen. Es sprach also einiges dafür, daß mein Meister noch hier in der Burg festgehalten wurde. Wenigstens hatte ich nun den Ort näher eingegrenzt, an dem ich nach ihm suchen mußte. Freilich entfiel damit auch die Möglichkeit einer Flucht von der Wartburg. Erst galt es, Faustus zu befreien.

Ich rannte den Wehrgang hinunter nach Süden, wo er an das Wohnhaus grenzte, in dem wir die erste Nacht auf der Burg verbracht hatten. Die Erinnerung an die hübsche Dienstmagd flimmerte mir trotz aller Eile durchs Gedächtnis, und Wehmut überkam mich bei dem Gedanken an friedlichere, lustvollere Augenblicke.

Ich riß die Verbindungstür auf und betrat das Gebäude. Auch hier war wegen des Aufruhrs im Hof niemand zu sehen. Ich war mir wohl bewußt, daß ich mich immer weiter vom Tor entfernte und mich statt dessen dem Palas näherte, jenem Bau mit seinem Festsaal, in dem der prunkverwöhnte Asendorf zweifellos residierte. Ich erhoffte mir, daß man eher in den abgelegenen Teilen der Burg nach mir suchen würde, und nicht hier, in direkter Reichweite des Hexenjägers. Vielleicht nahm man an, ich hätte die allgemeine Aufregung gemeinsam mit den beiden anderen zur Flucht in die Wälder genutzt, eine Vorstellung, die mir einleuchtend schien. Die Frage war, ob Asendorf und DeAriel eine Verfolgung anordnen würden. Faustus saß gefangen, wir anderen waren im Vergleich dazu nur unbedeutende Mitläufer. Ohne ihn waren wir nichts. Möglicherweise würde der Hexenjäger uns laufenlassen.

Doch die schönsten Hoffnungen und besten Pläne taugen nichts, wenn man den Feind unterschätzt. Und eben das war der Fehler, den ich in diesem Augenblick beging.

Statt abzuwarten und zu beobachten, was Asendorf als nächstes plante, glaubte ich, es sei am besten, gleich einen Versuch zur Befreiung meines Meisters zu unternehmen. Ich hoffte, daß auch die Wachmannschaft ihre Pflichten vernachlässigen und hinaus auf den Hof laufen würde. Man möge mir anrechnen, daß ich nie zuvor in einer ähnlichen Lage war. Bei Gefahr hatte ich stets die Flucht ergriffen, und mich ihr keinesfalls, so wie jetzt, wagemutig ins offene Maul geworfen. Ich wußte nicht, wie Heerführer ihre Strategien planten, und ich hatte nicht den Schimmer einer Ahnung, wie ein Mann wie Asendorf seine Verteidigung organisierte. Allein diesem Mangel an Erfahrung war es anzulasten, daß ich wie ein Blinder ins offene Messer lief.

Ich hatte eben das Wohnhaus im ersten Stock durchquert und das anliegende Treppenhaus betreten, als mir eine breite Gestalt den Weg vertrat. Ich blickte ihr nicht ins Gesicht – statt dessen wurden meine Augen von der schwarzen Mündung der Handbüchse angezogen, die genau in meine Richtung wies.

»Wenn das nicht der kleine Zauberlehrling ist«, frohlockte eine rauhe Stimme, dann rammte ein harter Gegenstand in meine Seite. Ein zweiter Büchsenlauf.

Jetzt erst blickte ich auf und sah in die Gesichter meiner Gegner.

Zwei Landsknechte des Inquisitors. Und sie schienen mehr als glücklich, mir hier und jetzt den Garaus zu machen.

Der eine lachte grimmig, doch der andere blieb ernst.

»Abrakadabra«, sagte er leise.

Kapitel 5

Die Landsknechte machten sich nicht einmal die Mühe, mich in einen Kerker zu stecken. Statt dessen führten sie mich hinaus auf den Südhof, legten mir Handeisen an und ketteten mich im Freien an einen Eisenring am Fuße des Bergfrieds. Dutzende Augen beobachteten mich, wie ich mit angezogenen Knien am Boden saß und mir alle Mühe gab, einen klaren Gedanken über meine neue Lage zu fassen.

Das Feuer im Stall war offenbar erfolgreich gelöscht worden. Man hatte die Pferde im Nordhof zusammengetrieben, so daß sich die Soldaten und Dienstleute nun im Süden aufhielten. Die umstehenden Landsknechte beachteten mich kaum, wohl aber einige der Frauen und Dienstboten. Und dann, gerade als ich alle Hoffnung fahren ließ, entdeckte ich auch die hübsche Magd, die mir die erste Nacht versüßt hatte. Sie eilte schnurstracks an mir vorüber und gab sich offenbar alle Mühe, mich nicht anzusehen. Es gelang ihr nicht gänzlich, und so fing ich einen ihrer Blicke auf, der durchaus bekümmert wirkte.

Nun, dachte ich, zumindet wird jemand deinen Tod betrauern.

Ich hatte weder Faustus noch Asendorf oder gar De-Ariel getroffen. Ich war niemandem gegenübergestellt und von keinem verhört worden. Dabei mußten die Schergen des Hexenjägers doch mittlerweile sicher sein, daß ich derjenige war, der die beiden Wachtposten getötet und das Feuer gelegt hatte. Oder trauten sie mir solche Entschlossenheit nicht zu?

Wahrscheinlich war es schlichtweg einerlei – ich würde so oder so verbrannt. Ob mich die Todesstrafe wegen Ketzerei oder Ermordung zweier Landsknechte ereilte, war letztenendes gleichgültig. Ich hoffte nur, daß ich noch einige Worte mit meinem Meister wechseln durfte. Mir lag viel daran, ihm zu versichern, daß ich Angelina und Gregorius in Sicherheit gebracht hatte. Vorausgesetzt, die beiden Streithähne zerfleischten sich nicht gegenseitig.

Nach einer ganzen Weile, während der ich fantastische Fluchtpläne schmiedete und allesamt wieder verwarf, öffnete sich das Tor des Palas. Vier Landsknechte traten ins Freie, gefolgt vom Inquisitor und seinem Bibelzwerg.

Konrad von Asendorf schenkte mir einen eisigen Blick aus seinen schmalen Augen. Sie waren von funkelndem Grün, beinah wie Edelsteine. Ich erwartete, daß er mich ansprechen würde, doch statt dessen trat er mit einem siegessicheren Lächeln an mir vorüber und ging durch das Verbindungstor zum Nordhof. Ihm folgten Kardinal DeAriel und als letzter schließlich, umringt von einem halben Dutzend Landsknechte, mein armer Meister. Faustus trat hocherhobenen Hauptes ins Freie, stolz, ungeschlagen, keineswegs wie einer, den nur noch der Tod erwartet. Langsam sah er sich um, als wolle er sich vergewissern, daß sein Auftritt von einem ausreichend großen Publikum verfolgt wurde. Er brachte es gar über sich, einigen Mägden ein galantes Lächeln zu schenken. Himmel, er verstand es wirklich, sich in Szene zu setzen!

Da aber entdeckte er mich, und für einen kurzen Augenblick fiel seine Maskerade in sich zusammen. Pure Verzweiflung stand ihm mit einem Mal ins Gesicht geschrieben. Es währte nicht lange, da glättete sich die Oberfläche seiner selbstbewußten Erscheinung wieder, doch der Moment hatte ausgereicht, um mich erkennen zu lassen, wie es wirklich in ihm aussah. Dabei glaubte ich nicht einmal, daß er allzusehr um sich selbst fürchtete; doch daß nun auch ich – sein schutzbefohlener Schüler – in die Hände der Inquisition gefallen war, schien ihn mehr als alles andere zu bekümmern.

Man führte ihn ebenfalls durchs Tor, wo er mit den übrigen aus meinem Blickfeld verschwand. Dann traten plötzlich zwei Landsknechte vor und befreiten mich aus meinen Ketten. Mit groben Stricken fesselten sie mir die Hände auf den Rücken und trieben mich mit Stößen und Tritten hinter Faustus, dem Kardinal und Asendorf her.

Als ich den Nordhof betrat, stand dort bereits ein offener Pferdewagen bereit, auf dem man notdürftig zwei Pfähle aufgestellt hatte. Soeben wurde Faustus an einen davon gebunden, mit dem Rücken zum Kutscher. Ich selbst wurde ebenfalls dort hinaufgetrieben und an den anderen Pfahl gefesselt, so daß mein Meister und ich uns im Abstand von zwei Schritten von Angesicht zu Angesicht gegenüberstanden. Mit uns setzten sich zwei Soldaten auf den Wagen.

Asendorf, DeAriel und ihr Gefolge bestiegen die Pferde, lenkten sie zwischen den übrigen Tieren hindurch, die notgedrungen noch immer auf dem Hofe standen, und ritten über die Zugbrücke zum Burgtor hinaus. Unser Wagen folgte ihnen. Den Abschluß der Prozession bildete ein weiterer Trupp von Landsknechten.

Es gab keinen Zweifel mehr, daß man uns hinab nach Eisenach bringen würde. Die Scheiterhaufen standen bereit.

Als der Wagen durchs Tor rumpelte, gelang es mir, einen Blick auf den Burghauptmann zu erhaschen. Berlepsch stand am Fenster seiner Vogtei und starrte uns mit leerem Blick hinterher. Was geschah und noch geschehen würde, war nicht seine Schuld. Ich zweifelte nicht, daß Kardinal und Hexenjäger all ihre kirchliche Macht aufgeboten hatten, um sich gegen den Hauptmann durchzusetzen. Ihr Glück war, daß der Kurfürst nicht persönlich auf der Wartburg weilte; Friedrich hätte ihre Pläne durchkreuzt. Berlepschs Macht allein aber reichte dazu nicht aus. Hätte ich keine anderen Sorgen gehabt, so hätte er mir leid getan.

»Die anderen sind in Sicherheit«, zischte ich Faustus zu, als wir die Rampe herabrollten.

Sofort gab mir einer der Landsknechte einen heftigen Stoß in den Magen. »Halt's Maul!« fuhr er mich an.

Faustus nickte mir zu. »Das hast du gut gemacht.«

Der Soldat fuhr herum und starrte Faustus finster ins Gesicht. »Bist du taub, Ketzer?«

Einen Moment lang verhärtete sich der Blick meines Meisters, als er wieder einmal den Versuch unternahm, einem anderen seinen Willen aufzuzwingen. Doch wie so oft mißlang es auch diesmal.

Der Landsknecht wandte sich mit einem Kopfschütteln ab und setzte sich neben seinen Gefährten auf den Rand des Wagens. Die Straße durch den Wald war alles andere als ebenmäßig, und beide hatten Mühe, sich an der Holzkante festzuhalten.

Meine Sicht war durch die Fesselung am Pfahl auf das beschränkt, was vor uns lag, während Faustus nur an mir vorbei nach hinten und zur Burg hinaufsehen konnte. Ich blickte auf Asendorf und DeAriel, die sich leise miteinander unterhielten. Der Bibelzwerg saß freihändig auf seinem Pony und las wie üblich aus der Heiligen Schrift. Asendorf gab ihm schon nach kurzer Zeit einen Wink, so daß sich der Zwerg in seiner Litanei auf lautlose Mundbewegungen beschränkte. Er las weiter, doch kein Wort drang über seine Lippen.

Wieder gingen mir tausend Fragen durch den Kopf. Welche Rolle spielte Kardinal DeAriel wirklich? Sicher, er war vom Vatikan beauftragt und hatte fraglos den Oberbefehl über die Engel des toten Borgia. Diese aber hielten sich im Wald versteckt. Daher bestand kein Zweifel, daß ihr Handeln, ja selbst ihre Anwesenheit streng geheimgehalten wurden.

Und hatte Asendorf meinen Meister in Wittenberg nicht um Hilfe im Fall der verbrannten Priester ersucht? Wenn aber doch der Vatikan hinter den Anschlägen steckte, warum gab der Inquisitor sich dann solche Mühe, die Täter aufzudecken?

Darauf konnte es nur eine einzige Antwort geben:

Asendorf war in die Pläne nicht eingeweiht. Er wurde von DeAriel und seinem Herrn in Rom ebenso an der Nase herumgeführt wie der Rest der Christenheit. Schlimmer noch: Der Heilige Stuhl nutzte den Hexenjäger ohne dessen Wissen aus, um die Attentate zu verschleiern. Denn zweifellos ritt DeAriel vor allem deshalb an Asendorfs Seite, um diesen stets von neuem in die Irre zu leiten. Nur so konnte sichergestellt werden, daß niemand die vatikanischen Mordbrenner bei ihrem Todeshandwerk störte.

Im selben Augenblick, da ich die Zusammenhänge begriff, brach ein gehässiges Lachen aus mir hervor. Asendorf war der größte Narr von allen! Papst Leo und seine Kardinäle mußten sich die Wänste halten vor Gelächter über seine vergeblichen Mühen. Und warum sollte ich ihnen darin nachstehen?

Ich lachte und lachte, lauter und lauter, bis sich selbst der Inquisitor im Sattel nach mir umwandte. Ich hätte nicht aufhören können, selbst wenn ich gewollt hätte. Faustus musterte mich erstaunt, doch ich sah es nur verschwommen durch die Tränenströme, die mir aus den Augen quollen. Herrgott, diese Ironie! Asendorf glaubte sich auf der Höhe seines größten Sieges, und doch war er nicht mehr als ein jämmerlicher Hanswurst an den Fäden des Vatikans.

Ich wollte ihm die Wahrheit entgegenschreien, ihm

die größte aller Erniedrigungen zukommen lassen, hier und jetzt, vor all seinen Männern, doch ein brutaler Schlag ließ mich verstummen. Dann traf mich ein zweiter, direkt in die Magengrube, und der Schmerz löschte für eine Weile jeden anderen Gedanken aus.

Ich muß wohl zusammengesunken sein, denn als meine Sinne sich lichteten, brannten meine Handgelenke wie Feuer, so tief schnitten die Fesseln ein, an denen ich mit meinem ganzen Körpergewicht hing. Um uns erkannte ich Häuser und jubelnde Menschen. Für Faustus wiederholten sich die Ereignisse aus Wittenberg, doch für mich war *diese* Sicht einer Hinrichtung neu. Zum ersten Mal war ich selbst das Opfer, und als wir nun durch Eisenachs Gassen rollten, da wurde mir plötzlich die ganze Tragweite meines Schicksals bewußt. Ich würde nicht einfach nur sterben, nein, ich sollte brennen, die schlimmsten aller Qualen erleiden, bis mir die kochende Haut vom Gerippe tropfte.

Unser Troß erreichte den Marktplatz im Schatten schmutziger Fachwerkhäuser. Vier Scheiterhaufen waren in einem Halbrund errichtet worden. Hatte man Angelina und Gregorius doch noch gestellt? Nein, unmöglich. Der Auftrag, die Holzgerüste aufzubauen, mußte überbracht worden sein, als die beiden noch mit Faustus gefangensaßen. Das bedeutete aber auch, daß man zu jenem Zeitpunkt schon fest damit gerechnet hatte, auch meiner habhaft zu werden. In jeder anderen Lage hätte mich solche Schmach beleidigt; jetzt aber war es mir gleichgültig.

Henkersknechte stopften Reisig und Stroh in die Lücken der beiden mittleren Scheiterhaufen. Die Gerüste sahen ähnlich aus wie jenes in Wittenberg – hölzerne Plattformen mit einem Pfahl in der Mitte –, obgleich man ihnen die Eile anmerkte, in der sie errichtet worden waren.

Unsere Bewacher standen auf und lösten unsere

Fesseln. Während uns die versammelte Menschenmenge neugierig anstarrte, wurden Faustus und ich vom Wagen gezogen. Das letzte Stück mußten wir zu Fuß gehen. Wir beeilten uns, trotz dessen, was uns erwartete, denn sonst hätte man uns vorwärtsgetrieben wie Vieh. Mir war weder nach ehrenvollem Auftritt noch nach sonstigen Etiketten zumute, doch die äußerliche Ruhe und die Beherrschtheit, mit der mein Meister durch die Gasse zwischen den Menschen schritt, steckte mich an. Ich bemühte mich, all mein Denken auf ihn auszurichten, als sei er eine Art Priester oder, besser noch, ein Gott, zu dem man aufblickte und dem man selbst im Augenblick des Todes nacheifern wollte.

Irgendwo wurden Trommeln geschlagen, erst langsam, dann immer schneller. Auf den Gesichtern der Männer und Frauen erschien ein Ausdruck angespannter Erwartung. Münder, Augen und Nasen verschmolzen zu einer einzigen, gewaltigen Grimasse, fleischig und verzerrt, die sich lachend an unserem Elend ergötzte.

Die Henkersknechte führten uns getrennt auf die Scheiterhaufen und fesselten uns an die Pfähle.

Das Tempo der Trommelschläge steigerte sich.

Asendorf betrat ein Podest am Rande der Menge. Der Bibelzwerg ging zu seinen Füßen in die Hocke.

So also endet es, dachte ich.

Der Trommelwirbel fand seinen Höhepunkt – und verstummte.

Der Inquisitor ergriff das Wort: »Doktor Johannes Faustus, der du dich den Quellbrunn der Nekromanten nennst, den Zweiten unter den Magiern, Astrologe, Chiromant, Aeromant, Geomant, Pyromant und Hydromant! Du, und mit dir dein Diener, bist angeklagt der Ketzerei. Du bist angeklagt, anders zu glauben und zu lehren als die römische Kirche. Du bist angeklagt des Mordes an den Dienern der Kirche.«

Damit mochte er die beiden erschlagenen Landsknechte meinen oder auch die verbrannten Priester. Mir war es längst egal.

»Das Urteil der Heiligen Inquisition lautet Tod durch Verbrennung!« Asendorf bemühte sich redlich, jeden Anflug von Triumph zu unterdrücken, doch gänzlich vermochte er seinen Siegestaumel nicht zu verbergen. Nach jahrelanger Jagd hatte er seinen Erzfeind endlich dort, wo er ihn längst hatte haben wollen. Und diesmal würde es keine falschen Pestkranken geben, um die Hinrichtung zu vereiteln.

Ich zwang mich, einen klaren Gedanken zu fassen – was nahezu unmöglich war, denn jetzt tauchten die Henkersknechte ihre Fackeln in ein Feuerbecken. Der berüchtigte Anfang vom Ende.

Ich sah über die Menge hinweg, hoch über die Dächer der Häuser zu den dunkelgrünen Berghängen jenseits der Stadt. Wir hatten drei Verbündete, irgendwo dort draußen. Angelina, Gregorius und wohl auch Mephisto. Der Hund mochte mit Faustus sprechen können, wie er wollte – befreien konnte er uns nicht. Und Gregorius war vor allem anderen ein fetter Mönch, den die Furcht um das eigene Leben und die Flucht vor seiner Schuld vollkommen nutzlos machten. Blieb allein Angelina. Sie war ein verstoßener Engel des Borgia; das bedeutete, sie konnte mit Waffen umgehen, war schnell und geschickt. Doch Angelina war verletzt und schlimmer noch – allein. Gegen den Hexenjäger und seine Soldaten war sie machtlos.

Die Henkersknechte mit ihren lodernden Fackeln kamen näher.

Beide bückten sich. Hielten die Flammen an unsere Scheiterhaufen.

Die Glut sprang über.

Bis zuletzt hatte ich nicht wirklich daran geglaubt. Hatte es nicht wahrhaben wollen. Jetzt aber sah ich mit aufgerissenen Augen, wie das Holz am Fuße der Plattform Feuer fing. Der Scheiterhaufen brannte!

Mein Herzschlag raste. Mit aller Kraft bäumte ich mich gegen meine Fesseln auf. Ich hörte, wie mein Blut in den Ohren rauschte, als kochte es bereits in den Adern.

Im selben Moment sauste irgend etwas durch die Luft. Kein Pfeil oder Armbrustbolzen. Kein Dolch im letzten Augenblick. Nichts, das meine Fesseln zerschnitt. Das Ding landete vor den Flammen am Boden. Für mich änderte sich nichts. Ich war noch immer gefesselt. Das Feuer brannte weiter. Niemand beachtete das, was herangeflogen war.

Warum auch? Es sah aus wie ein Lumpenbündel. Irgendein unförmiges Knäuel, kaum größer als ein Kopf.

Und doch war da etwas, das ihm den Anschein von Bewegung gab. Es mochte an der Hitze liegen, welche die Luft erflimmern ließ. Vielleicht war es auch nur ein Wahnbild im Angesicht des Todes.

Trotzdem – je länger ich das Ding betrachtete, desto sicherer war ich, daß sich an seiner Oberfläche etwas rührte.

Ja, kein Zweifel. Etwas bewegte sich.

Noch ein Bündel flog heran. Dann ein weiteres.

Ich sah hinüber zu Faustus. Flammen tanzten um den Sockel seines Scheiterhaufens. Auch in ihrer Nähe lagen zwei der merkwürdigen Knäuel. Er sah sie an und verhielt sich vollkommen reglos.

Verdammt, was ging hier vor?

Einige der Männer, Frauen und Kinder am vorderen Rand der Menschenmenge begannen plötzlich, um sich zu schlagen. Ebenso die beiden Henkersknechte.

Asendorf blickte sich verwirrt um.

Auch DeAriel schien ratlos.

Schreie wurden laut. Immer mehr Menschen hoben

die Arme, wedelten wild damit umher, sprangen auf und ab und drängten schließlich nach hinten. Innerhalb weniger Herzschläge verwandelte sich der Marktplatz in ein kreischendes Tollhaus. Fast, als griffe die Tanzwut um sich oder …

Wespen! Tausende und Abertausende!

Die Bündel waren nichts anderes als Wespennester, die irgendwer in Lumpensäcke gesteckt hatte. Beim Sturz auf den harten Boden hatten sie sich geöffnet. Die Hitze der nahen Scheiterhaufen tat das ihre, die winzigen Tiere in einen regelrechten Blutrausch zu stürzen. Gewaltige Schwärme brachen surrend und stechend aus ihren zerstörten Nestern hervor und stürzten sich auf alles, was sich regte.

Nur Faustus und ich blieben verschont. Die Flammen, die am Fuße der Scheiterhaufen brannten, schreckten sie ab.

Die Menschenmenge brach schreiend auseinander. Es gab nun keinen Unterschied mehr zwischen Bürgern und Bauern, Landsknechten und Kirchendienern. Selbst Asendorf und DeAriel wirbelten jetzt mit den Händen um ihre Köpfe und versuchten vergeblich, sich vor den rasenden Wespen zu schützen.

Während die Männer und Frauen in alle Himmelsrichtungen davonstürzten, liefen rechts von uns aus einer Gasse mehrere vermummte Gestalten. Sie hielten Schwerter und Dolche in den Händen, einer sogar eine Armbrust, mit der er tödliche Bolzen auf die Landsknechte Asendorfs verschoß.

Der Inquisitor schrie nach seinen Männern und befahl ihnen mit schriller Stimme, für den Fortgang der Hinrichtung zu sorgen. Er selbst aber wandte sich um, sprang auf sein Pferd und preschte davon.

Da entdeckte ich zwei weitere Menschen, die inmitten des Tumultes standen, ohne zu flüchten. Es waren Angelina und Gregorius, beide in weite Kapuzenmäntel gehüllt. Einen Augenblick lang glaubte ich, sie steckten hinter der teuflischen Wespenlist, doch tatsächlich schienen sie von den Ereignissen ebenso überrascht wie alle anderen. Sie zogen sich die Ränder ihrer Mäntel vor die Gesichter und kamen wagemutig näher, der Pater nur zögerlich, Angelina aber schnell und entschlossen.

Dann verlor ich sie aus den Augen, denn im selben Moment sprangen gleich zwei der vermummten Gestalten auf mein Podest und machten sich an meinen Fesseln zu schaffen. Mit einem dumpfen Laut lösten sich die Seile, und ich war frei. Einer der beiden zog mir einen groben Leinensack übers Gesicht, in den man einen dünnen Spalt für die Augen geschnitten hatte. Dann zerrten mich meine Retter in einem weiten Satz über die Flammen hinweg und riefen mir zu, so schnell wie möglich davonzulaufen.

Das tat ich – und stieß schon nach wenigen Schritten mit Faustus zusammen, dem man offenbar denselben Rat gegeben hatte. Polternd stürzten wir übereinander. Ich riß mir den Sack vom Gesicht und bemerkte, daß die Wespen sich allmählich verteilten. Die meisten schwirrten immer noch dort umher, wo sich einige der unglücklichen Zuschauer voller Qual am Boden wälzten. Der Rest flog davon, um sich in Dachstühlen und Bäumen neue Nester zu bauen.

Auch Faustus zog sich den Sack herunter und grinste mich an.

»Lauf!« rief er mir zu. »Ich will derweil unseren Freunden beistehen.«

»Unseren Freunden?« fragte ich, denn ich wußte noch immer nicht, wem wir unsere Rettung verdankten.

»Ja, hast du sie denn nicht erkannt?« erwiderte er, gab mir aber keine Erklärung, sondern rannte los zu den anderen.

Ich stand einen Augenblick lang ratlos da, dann folgte ich ihm.

Asendorfs Landsknechte hatten sich zu einem erbärmlichen Haufen zusammengerottet. Viele hatten ihre Waffen fortgeworfen und schlugen mit bloßen Händen nach den stechenden Insekten. Einigen schwollen bereits Gesichter und Finger an, dort, wo sich die Stacheln der Wespen in ihr Fleisch gebohrt hatten. Noch dazu drangen nun die Vermummten, nicht mehr als ein knappes Dutzend, auf sie ein. Es bereitete ihnen keine Schwierigkeiten, die angeschlagenen Landsknechte gänzlich zu entwaffnen und jene, die Widerstand leisteten, niederzumachen.

Die Pferde der Soldaten irrten ziellos auf dem Marktplatz umher. Drei der Vermummten packten je ein Tier an den Zügeln, schwangen sich hinauf und folgten dem flüchtenden Asendorf. Die vorderste der Gestalten riß sich die Tücher vom Kopf. Zum Vorschein kam ein schwarzer Haarschopf, der hinter ihr wehte wie ein Schweif. Lady Lara schien mir schöner denn je.

Die Gauklerin hieb ihrem Pferd die Fersen in die Flanken und preschte stadtauswärts davon. Ihre beiden Gefährten folgten ihr. Sie waren entschlossen, Asendorfs Flucht zu vereiteln.

Faustus griff nach einem herrenlosen Schwert, zog sich gleichfalls auf ein Pferd und folgte den dreien auf der Spur des Hexenjägers. Ich wollte es ihm gleichtun, doch es gelang mir nicht, eines der panischen Pferde zu zähmen. So blieb mir nur, ihm besorgt hinterherzublicken. Er rief mir etwas zu, doch wurden seine Worte vom Lärm der Kämpfenden verschlungen. Einen Augenblick später war er fort.

Ich blickte ihm nach und zögerte noch, dann schloß ich mich mit einem Schwert in der Hand unseren Rettern an. Nach und nach entledigten sie sich ihrer Vermummung. Immer mehr bekannte Gesichter kamen zum Vorschein. Selbst der Junge, Gisbrands Sohn, war darunter. Ich sah, wie er mit dem viel zu großen Schwert ausholte und es einem wehrlosen Landsknecht in den Rücken hieb. Blut besudelte ihn vom Scheitel bis zur Sohle, und doch stieß er wieder und wieder zu. Dann erst zog ihn einer der Gaukler von dem Leichnam zurück. Gisbrand selbst, der Magier und Heiler der Truppe, war nirgends zu sehen.

Ich wußte nicht recht, an welchen der Gaukler ich mich wenden, wem ich danken sollte. Lara war die einzige gewesen, mit der wir gesprochen hatten, die übrigen kannte ich allein vom Sehen. Ein wenig unentschieden stand ich daher einige Schritte abseits und beobachtete das Ende des Kampfes.

Die Gaukler hatten die restlichen Landsknechte zusammengetrieben. Vierzehn von Asendorfs Männern hatten den Angriff überlebt. Sie knieten jetzt entwaffnet am Boden, während die Sieger des Getümmels übermütig um sie herumsprangen, ihnen mit überzogener Gebärde drohten und das Ganze wie eine Aufführung ihrer Gaukelspiele erscheinen ließen. Die Männer und Frauen hüpften auf und ab, wedelten mit den Schwertern und schnitten Grimassen. So absurd dieser Anblick auf den Unbeteiligten auch wirken mußte, die Landsknechte stürzte er in heillose Angst und Verwirrung. Solche Gegner hatten sie zweifellos noch nie erlebt. Dabei schien ihnen vor allem die Unberechenbarkeit der Gaukler zu schaffen zu machen. Immer wieder surrten Klingen nur um Haaresbreite über ihre Köpfe hinweg. Die Soldaten waren keineswegs sicher, ob die Waffen ihre Schädel absichtlich oder ungewollt verfehlten. Tatsächlich aber schienen sich die merkwürdigen Gesellen mit ihren Opfern lediglich einen wilden Spaß zu erlauben. Und wer mochte ihnen das verübeln; sie hatten gerade ihr Leben aufs Spiel gesetzt, und zwei von ihnen hatten es verloren. Die beiden Gaukler lagen niedergestreckt zwischen den Leichen der erschlagenen Landsknechte. Auf Asendorfs Seite hatten neun Männer den Kampf nicht überlebt.

Eine junge Gauklerin mit rotem Haar und einem Gesicht voller Sommersprossen hatte ihre Klinge fallen gelassen und war neben einem ihrer toten Gefährten in die Knie gegangen. Während die übrigen ihre Anspannung in gemeinen Späßen mit den Gefangenen lösten, weinte die junge Frau bittere Tränen über dem Toten.

Von schlechtem Gewissen getrieben trat ich zu ihr. Dieser Mann hatte sein Leben gelassen, um meines zu retten.

Doch als ich nun nach besänftigenden Worten suchte, um die Frau zu trösten, fuhr sie plötzlich herum und sah mich mit versteinerter Miene an. »Er starb nicht für dich«, sagte sie schluckend. »Er ließ sein Leben für Gisbrand.«

»Was ist mit Gisbrand?« fragte ich.

Die junge Frau zerrte den Oberkörper des Toten in ihren Schoß und wiegte seinen blutüberströmten Kopf sanft hin und her wie ein Neugeborenes. Sie sah mich nicht an, als sie antwortete: »Der Hexenjäger ließ ihn foltern und töten. Asendorf hat Gisbrand ermordet.«

»Wegen uns?« fragte ich betroffen und dachte wieder daran, mit welchem Haß der Junge den hilflosen Landsknecht erschlagen hatte.

Ein Mann legte mir von hinten die Hand auf die Schulter. Er hatte dunkle Haut wie ein Muselmane, und an seinen Ohren waren goldene Ringe aufgereiht wie Jagdtrophäen. Auch ihn kannte ich aus dem Gauklerlager. Er führte mich einige Schritte von der Trauernden fort und sagte: »Gisbrand wußte, daß ihr zur Wartburg wolltet.«

Ein Kloß in meinem Hals raubte mir den Atem. Es war also meine Schuld. Ich hatte in meiner Dummheit unser Ziel ausgeplaudert. Gisbrand und Lara hatten es beide gehört.

Ich schloß für einen Moment die Augen und überließ mich einem quallvollen Schuldgefühl. Nur dumpf, wie durch eine Wand, hörte ich die weiteren Worte des Gauklers.

»Asendorf und seine Männer kamen in unser Lager. Sie ahnten, daß wir euch geholfen hatten. Sie drohten, uns alle zu töten. Gisbrand trat vor und nahm die ganze Schuld auf sich. Er behauptete, er hätte euch die Pferde ohne unser Wissen überlassen, da auch er ein Magier sei und deinen Meister bewunderte. Lara, die es besser wußte, mußte schweigen; sonst wären wir alle getötet worden. Asendorf ließ Gisbrand fesseln und zwang uns, dabei zuzusehen, wie er ihn langsam zu Tode folterte.«

»Auch sein Sohn mußte zuschauen?« fragte ich entsetzt. Ich sah mich um und entdeckte den Jungen, wie er mit glasigen Augen in die lodernden Scheiterhaufen starrte.

»Auch er«, erwiderte der Gaukler. »Es dauerte den ganzen Morgen, dann erst war Gisbrand tot, und Asendorf wußte, wo er euch zu suchen hatte. Wir sind ihm gefolgt, um Rache zu nehmen. Dies hier« – er deutete auf die haushohen Feuer – »war die beste Gelegenheit.«

»Asendorf ist geflohen«, wandte ich ein.

»Ohne seine Männer ist er machtlos«, entgegnete der Muselmane überzeugt. »Lara und die anderen werden ihn finden und bestrafen.«

»Mein Meister reitet mit ihnen.«

»Um so besser.«

Noch immer wußte ich nichts über die wahre Natur der Feindschaft, die Faustus und Asendorf verband.

Erst später sollte ich alles darüber erfahren. Doch das ist Teil einer anderen Geschichte.

»Wie ist dein Name, Freund?« fragte ich den Dunkelhäutigen.

»Musil«, erwiderte er und schüttelte mir zögernd die Hand.

Ich schaute mich erneut um, und mit einemmal fiel mir etwas auf. Obgleich die Männer des Hexenjägers gefangen waren, mußte es weitere Landsknechte in Eisenach geben. Allein die Stadtwache mußte mehr als eine Hundertschaft zählen. Doch keiner von ihnen griff uns an. Tatsächlich war der Markt noch immer in der Hand der Gaukler, und allein an seinen Rändern, an den Einmündungen der Gassen und Straßen, zeigten sich verängstigte Bürger, die das Treiben mit großen Augen beobachteten. Doch von den Soldaten ließ sich keiner sehen.

Der Grund wurde mir erst nach einigen Augenblicken klar. Berlepsch! Der Hauptmann mußte den Befehl an die Stadtgarde gegeben haben, nicht in das Geschehen einzugreifen. Demnach hatte er beobachtet, was sich abgespielt hatte. Ich vermochte mir vorzustellen, daß ihn Asendorfs und DeAriels Niederlage mit grimmiger Freude erfüllte. Freilich durfte er sich nicht zeigen; später würde er beteuern, von all dem nichts gewußt zu haben. Und schließlich, so würde er zweifellos bemerken, sei eine Ketzerverbrennung Sache der Kirche und nicht der weltlichen Herrschaft.

Was für ein gerissener Hund!

Ohne Berlepschs geheime Duldung hätten die Gaukler keine lange Freude an ihrem Sieg gehabt. In ihrer Unbedarftheit tanzten sie weiter über den Marktplatz und ahnten nichts von ihrem Schutzengel. Einen besseren Zeitpunkt für ihre Rache hätte es in der Tat nicht geben können.

Jenseits der ausgelassenen Gauklerschar entdeckte

ich Gregorius und Angelina. Sie kamen eilig auf mich zu. Der Pater hob die Hand zum Gruß.

Da ertönte plötzlich ein gellender Schrei.

Musil und ich wirbelten gleichzeitig herum.

Inmitten der toten Landsknechte stand Kardinal DeAriel. Seinen linken Arm hatte er um den Hals der jungen Frau gelegt, die eben noch ihren Gefährten beweint hatte. In der Rechten hielt er einen Dolch, dessen Spitze unters Kinn der Gauklerin wies. Er zitterte. Gesicht und Gewänder des Kardinals waren über und über mit Blut beschmiert. Er mußte sich unter den Leichen der Soldaten verborgen und auf den rechten Moment zur Flucht gewartet haben. Die Geisel erschien ihm da als ein Geschenk des Himmels.

»Ein Pferd!« schrie er schrill. »Ich will ein Pferd!«

Musil wollte vorspringen und DeAriel angreifen, doch ich hielt ihn am Arm zurück. Er schenkte mir einen giftigen Blick, gehorchte aber.

Auch Angelina und Gregorius blieben stehen. Sie waren noch etwa fünfzehn Schritte entfernt.

»Er wird die Frau töten«, zischte ich dem Muselmanen zu.

»Das wird er so oder so«, erwiderte er.

Der Kardinal tat, als hätte er die Worte nicht gehört. Dabei standen wir ihm von allen am nächsten.

»Ein Pferd«, wiederholte er noch einmal. Der Dolch in seiner Hand war voller Blut, doch es war nicht zu erkennen, ob die Spitze die Haut der jungen Frau bereits durchstoßen hatte. Ihr Gesicht war schmerzverzerrt.

Die Gaukler machten keinerlei Anzeichen, die gefangenen Landsknechte freizulassen. Sie hatten aufgehört zu springen und zu tanzen und hatten ihre Waffen nun ihrerseits auf die Gefangenen gerichtet. Doch DeAriel schien nichts an den Männern zu liegen.

Einer der Gaukler packte jetzt ein Pferd an den Zügeln und ging damit langsam auf den Kardinal zu. Stille lag mit einemmal über dem Platz. Nur die lodernden Scheiterhaufen knisterten und krachten im Hintergrund. Ich umfaßte den Griff meines Schwertes fester. Noch zehn Schritte trennten DeAriel und den Mann mit dem Pferd voneinander.

Plötzlich blieb der Gaukler stehen und gab dem Tier einen kräftigen Schlag. Das Pferd machte einen Satz nach vorn und sprang auf den Kardinal zu. Verwirrt wollte DeAriel danach greifen und ließ dabei seine Gefangene los. Schon wollte ich mich auf ihn werfen, doch der Geistliche war schneller. Innerhalb eines Herzschlages begriff er seinen Fehler, stieß mit dem Dolch zu, rammte ihn der jungen Frau in den Rücken und fuhr gleichzeitig herum. Er ergriff den Sattelknauf des Pferdes, zog sich mit beachtlichem Geschick hinauf und galoppierte in westlicher Richtung vom Marktplatz.

Wir anderen erwachten aus unserer Erstarrung. Ein Heulen ging durch die Reihen der Gaukler, als sie sahen, wie die Frau kraftlos nach vorn fiel. Die Klinge des Dolches steckte zwischen ihren Schulterblättern. Nur der Griff war noch zu sehen. Aus dem Mund der Gauklerin schoß Blut.

Was mir vorhin nicht gelungen war, schaffte ich nun auf Anhieb: Ich griff nach den Zügeln eines der Pferde, schwang mich auf seinen Rücken und folgte DeAriel. Musil tat es mir gleich, ebenso ein anderer Gaukler. Zu dritt preschten wir über den Platz, während einige der übrigen sich um die Verletzte kümmerten. Es gab keinen Zweifel, daß ihre Wunde tödlich war.

Das Hämmern der Hufe hallte hohl zwischen den Häusern wider, als wir durch das Gassenlabyrinth der Stadt galoppierten. Niemand stellte sich uns in den Weg. Auf geraden Straßen konnten wir DeAriel in einiger Entfernung vor uns sehen, in den verwinkelten Gäßchen aber war er durch seinen Vorsprung im Vorteil. Statt sich jedoch in einem Torweg oder Hinterhof zu verstecken, wie es die Vernunft gebot, ritt er weiter bis zum Stadtrand und von dort hinaus in die Wälder.

Schweigend rasten wir hinter ihm her, ungeachtet der Zweige, die unsere Gesichter peitschten. DeAriel hatte den Tod verdient, und ich war ebenso begierig, die Strafe zu vollstrecken, wie jeder meiner Gefährten. Wir sprachen kein Wort, während wir durch die Wälder preschten, immer auf der Spur des Kardinals, blind und taub für alles andere.

Da, plötzlich, zügelte Musil sein Pferd. Wir anderen bemerkten es einen Augenblick später. In einigem Abstand voneinander brachten wir die Tiere zum Stehen.

»Was ist los?« fragte der zweite Gaukler.

Die Antwort war überflüssig.

Um uns herum geriet das Dickicht in Bewegung.

DeAriel trat als erster zwischen den Büschen hervor, doch er blieb nicht der einzige. In einem weiten Kreis brachen sechs Gestalten aus dem Unterholz, mit gezogenen Schwertern und den Gesichtern von Engeln.

Mein Pferd scheute leicht, als ich es sich einmal um sich selbst drehen ließ. Die Sechs kamen bedrohlich auf uns zu.

Musil straffte seinen Oberkörper. Er war bereit.

»Gott im Himmel, hilf!« entfuhr es dem zweiten Gaukler, als er die Falle erkannte.

Die Engel des Borgia hatten uns fast erreicht.

Ich schüttelte langsam den Kopf. »Schau sie dir an«, sagte ich leise. »Glaubst du nicht auch, daß Gott auf *ihrer* Seite steht?«

❖❖❖

Mein Meister berichtete mir später, wie es ihm und den anderen erging, während sie der Spur des Inquisitors folgten.

Asendorf floh nicht blindlings in die Wälder, wie Faustus zuerst angenommen hatte. Statt dessen schlug er den einzigen Weg ein, der ihn vor der Rache der Gaukler retten konnte: Er folgte der Straße in die Berge, hinauf zur Wartburg.

Die Dämmerung breitete ihren finsteren Mantel über die bewaldeten Kuppen. Der Himmel ging von einem trüben Blau in ein ungemütliches Dunkelgrau über. Weiter südlich zog ein Gewitter auf. Spätestens in der Nacht würde sich seine Wut über der Burg und der Stadt an ihrem Fuß entladen. Der Weg, dem Asendorf und seine Jäger jetzt folgten, verwandelte sich bei starkem Regen in einen reißenden Sturzbach; seine Böschung wölbte sich steil, wenn auch niedrig nach oben. Die talwärts schießenden Wassermassen machten einen Aufstieg an solchen Tagen unmöglich. Faustus hoffte, daß ihre Jagd bis dahin ein Ende hatte.

Sollte es Asendorf gelingen, die Wartburg zu erreichen, war er in Sicherheit. Berlepsch mochte ihn noch sehr verachten, die Aufnahme in seinen Mauern durfte er dem Hexenjäger nicht verwehren. Nicht einmal der Kurfürst hätte dem Hauptmann beistehen können, hätte sich dieser offen gegen die römische Kirche gestellt.

Also galt es, den Inquisitor einzuholen, bevor er es bis zur Zugbrücke schaffte.

Faustus hatte sich den Weg genau eingeprägt, und so vermochte er grob abzuschätzen, wieviel Zeit ihnen noch blieb. Nicht mehr viel, das war sicher. Zwar waren ihre Pferde offenbar ein wenig schneller als das Tier des Hexenjägers, doch sein Vorsprung betrug gut und gerne zweihundert Schritt. Vor allem Lara hatte in der Wahl ihres Tieres Glück gehabt; sie ritt mehrere Pferdelängen vor den anderen. Falls einer von ihnen

Asendorf noch rechtzeitig einholen konnte, dann war sie es.

Zudem besaß die Anführerin der Gaukler eine kleine Armbrust, die ihr jedoch bislang keinen Nutzen gebracht hatte. Abgesehen von der Unmöglichkeit, einen Pfeil zielsicher vom Rücken eines galoppierenden Pferdes abzuschießen, verlief auch der Weg bergauf in einer Vielzahl von Biegungen und Schleifen, so daß das Schußfeld stets durch Bäume und Abhänge blockiert war.

Schon rückte die Wartburg näher und näher, und es mochten kaum noch hundert Schrittweit sein, die Asendorf vom Burgtor trennten. Da ging mit einem Mal alles so schnell, daß weder Faustus noch die anderen auf den ersten Blick begriffen, was wirklich geschehen war. Plötzlich knickte Asendorfs Pferd mit den Vorderläufen ein, strauchelte und warf seinen Reiter in hohem Bogen ab. Mit einem Aufschrei stürzte der Inquisitor ins Unterholz.

»Vorsicht! Nicht weiter!« schrie Faustus den anderen zu, vor allem aber Lara, die immer noch um einiges vorausritt.

Die Gauklerin brachte ihr Pferd mit einem heftigen Ruck zum Stehen und sah Faustus erstaunt an. Auch die anderen zügelten ihre Tiere.

»Seht, dort unten«, sagte Faustus und wies mit ausgestrecktem Finger vor Laras Pferd auf den Weg. Nun, da sie direkt davorstanden, sahen alle ganz deutlich, was er meinte.

Ein dünnes Seil war auf Kniehöhe über den Weg gespannt. Asendorfs Pferd war mitten hineingelaufen. Das Tier lag mit gebrochenem Vorderlauf am Waldrand. Einer der Gaukler stieg ab und befreite es von seiner Qual.

Faustus blickte hinauf zur Burg. Es war nun beinahe dunkel, und er vermochte nicht zu erkennen, ob jemand auf den Zinnen des Bergfrieds stand. Trotzdem hätte er jeden Eid darauf geschworen, daß Berlepsch von dort aus das Geschehen beobachtete. Und er war sicher, daß ihnen der Hauptmann erneut durch eine List zur Hilfe gekommen war. Als Berlepsch aus der Ferne gesehen hatte, daß Asendorf den Weg zur Burg einschlug, hatte er seinen Leuten in aller Eile befohlen, das Seil über die Straße zu spannen. Später würde er es wieder entfernen; keine Spur wies dann mehr darauf hin, daß der Abwurf des Inquisitors keine natürliche Ursache hatte. Es würde nicht schwerfallen, die Schuld auf ein Erdloch oder eine Wurzel zu schieben.

Während Faustus das Seil mit einem Schwerthieb durchtrennte, machten die Gaukler den Inquisitor ausfindig. Er lag stöhnend im Dickicht und versuchte vergeblich, seinen Verfolgern kriechend zu entkommen. Mochte sein, daß eines seiner Beine gebrochen war. Faustus machte sich nicht die Mühe, es herauszufinden. Er wußte, was Asendorf bevorstand. Ein Knochenbruch war im Vergleich dazu ohne Bedeutung.

Die beiden Gaukler packten den Hexenjäger an den Armen und zerrten ihn tiefer ins Unterholz. Asendorf bemühte sich, zu protestieren, doch aus seiner Kehle entwich nur ein schmerzerfülltes Keuchen. Er war beinahe ohnmächtig. Auch das würden die Gaukler ändern. Der Inquisitor sollte wissen, was mit ihm geschah. Er sollte es spüren.

Nach etwa fünzig Schritten ließen ihn die beiden Männer auf einer kleinen Lichtung ins Gras fallen. Die Dunkelheit kam nun immer schneller, und es dauerte eine Weile, ehe die Gaukler ein kleines Feuer entzündet hatten. Die ganze Zeit über lag Asendorf am Boden, stöhnte, spuckte, zuckte mit allen Gliedern und war doch unfähig zu fliehen. Die Flammen spiegelten sich als glühender Schimmer auf seinem glänzenden Gesicht. In der Ferne grollte der erste Donner.

Lara und die beiden Gaukler entledigten sich der Säcke und Stoffbahnen, die sie zum Schutz vor den Wespen um ihre Kleidung gewickelt hatten. Dann rissen sie dem Inquisitor die Gewänder vom Leib, bis er nackt und schutzlos am Boden lag. Einer von ihnen brachte in den Flammen eine Dolchklinge zum Glühen.

Faustus beobachtete das Geschehen vom Rande der Lichtung aus. Er lehnte an einem Baumstamm, kaute auf einem Grashalm und sah zu. Er wußte, daß er nichts an Asendorfs Schicksal ändern konnte. Niemand würde auf seine Einwände hören; zudem war er nicht sicher, ob er überhaupt welche hatte. Es stand außer Zweifel, daß der Inquisitor jede Unze Schmerz verdient hatte, die ihm die Gaukler zufügen konnten. Lara und ihre Leute hatten den Weg nach Eisenach und den Kampf gegen die Landsknechte allein aus Rachsucht auf sich genommen, das wußte Faustus mittlerweile. Und ihre Rache wollten sie nun nehmen. Niemand konnte ihnen das verübeln.

Sie fesselten Asendorfs Hände, hoben ihn unter den Achseln hoch und schleppten ihn zum nächstbesten Baum. Lara schlug mit dem Schwert einen der unteren Äste ab, eine Handbreit vom Stamm entfernt. Die beiden Männer rissen die Arme des Hexenjägers nach oben und hängten seine gefesselten Hände über den Aststumpf. Er war gerade niedrig genug, daß Asendorfs Zehenspitzen den Boden berührten. Er hing jetzt da, mit den Armen nach oben, den nackten, knöchernen Körper angespannt, während aus seinem Mund eine ganze Flut von Keuchlauten drang, die sich allmählich zu Worten formten.

»Bitte, tut das nicht!« Seine aufgerissenen Augen hingen wie gebannt an der glühenden Klinge, die einer der Männer jetzt aus dem Feuer zog.

»Wer sollte uns daran hindern?« fragte Lara.

»Ich gebe euch Gold. Viel Gold.«

Eine Antwort darauf war unter der Würde der Gauklerin.

»Was wollt ihr sonst? Ich tue alles, was ihr verlangt.«

»Zweifellos«, erwiderte Lara und nahm den Dolch entgegen.

»Aber das … das könnt ihr doch nicht machen!«

Lara hob die rotglühende Klinge und bewegte sie langsam auf Asendorfs Bauchnabel zu. »Du selbst hast es doch oft genug getan.«

»Großer Gott, nein! Bitte nicht!« winselte der Inquisitor.

Die Gauklerin legte ihre Linke auf Asendorfs Oberschenkel. Der Hexenjäger zuckte zusammen und schrie auf.

»Na?« fragte die Gauklerin. »Sind etwa das schon Schmerzen für dich?«

Die Dolchklinge wanderte vom Bauchnabel zur rechten Brustwarze, ohne jedoch die Haut zu berühren.

»*Tut es nicht!*« kreischte Asendorf.

Lara schob ihr Gesicht bis auf eine Fingerbreite an den Hexenjäger heran. »Erinnere dich an Gisbrand«, flüsterte sie ihm zu.

Es waren für lange Zeit die letzten Worte, die gesprochen wurden.

Faustus sah aus der Entfernung zu und schwieg. Er hatte schon Schlimmeres gesehen. Er hatte Asendorf bei der Arbeit erlebt.

Die Gaukler vergolten Gleiches mit Gleichem. Sie taten Asendorf all das an, was er ihrem Heiler angetan hatte – und vielleicht noch ein wenig mehr. Sie zerschnitten seine Brustwarzen, verbrannten seine Haare und Fußsohlen, schlugen ihm spitze Äste und Fichtennadeln unter die Nägel und rissen ihm einzelne Zähne heraus. Sie brachen seine Finger und zerrten an seinem Oberkörper, bis die Arme aus den Gelenken sprangen.

Als sie sich an Asendorfs Augen vergreifen wollten, beschloß Faustus, zurück in die Stadt zu reiten. Er hatte sich gerade abgewandt und wollte zu den Pferden gehen, als eine kleine Gestalt aus dem Unterholz brach.

»Eminenz! Eminenz!« schrie sie mit hoher Stimme, stürmte an Faustus vorüber und rannte auf Asendorf und seine Peiniger zu.

Das Gesicht des Bibelzwergs war tränenüberströmt, und er heulte laut auf, als er sah, was die Gaukler seinem Herrn angetan hatten. Der kleine Kerl griff nach einem Stock und wollte damit auf Lara einschlagen, als ihn einer der Männer zurückhielt.

Unverständliche Laute drangen aus dem Mund des Hexenjägers, Blut und Speichel quollen hervor. Er nahm nichts mehr wahr von dem, was um ihn herum vorging.

Der Bibelzwerg entwand sich dem Griff des Gauklers, sprang auf Asendorf zu und umarmte verzweifelt seine Beine. Er sah aus wie ein Kind, das sich an den geschundenen Leib seines Vaters klammerte.

Faustus blieb stehen und beobachtete, was weiter geschah. Sollten die Gaukler dem Kleinen ein Leid antun wollen, würde er eingreifen. Asendorf hatte seine Strafe verdient, doch der Zwerg war unschuldig. Faustus war nicht sicher, welchen Einfluß der kleine Mann auf den Hexenjäger hatte, und welche Rolle er in dessen Gefolge spielte; doch eine innere Stimme gebot ihm, den Zwerg zu schonen. Er mochte noch einmal von Wichtigkeit sein.

Lara zögerte einen Augenblick, dann gab sie ihren Männern ein Zeichen. »Laßt sie, alle beide!« befahl sie. »Für Asendorf wird es schlimmer sein, weiterzuleben.«

Die Gaukler gehorchten ohne Murren, wischten sich Blut und Schweiß von den Händen und folgten ihrer Anführerin. Sogleich begann der Bibelzwerg vergeblich, auf und ab zu hopsen, um Asendorf zu befreien. Faustus zog sein Schwert, trat zwischen den Gauklern hindurch vor den Gemarterten und zerschnitt seine Fesseln. Schweigend sackte der Hexenjäger zusammen und blieb gekrümmt und zitternd am Boden liegen. Der Zwerg ließ sich neben ihm auf die Knie fallen und weinte bitterlich.

Faustus, Lara und die beiden Gaukler wandten sich ab und gingen zurück zu den Pferden. Gemeinsam ritten sie den gewundenen Weg hinab in die Stadt. Irgendwo in der Ferne bellte Mephisto.

Hinter ihnen zuckte der erste Blitz vom schwarzen Himmel.

Es begann zu regnen.

❖❖❖

Die Engel nahmen uns in einem engen Kreis in ihre Mitte. Ihre Schwerter wiesen wie anklagende Zeigefinger aus scharfem Stahl in unsere Richtung. Im Dämmerlicht des verblassenden Tages schimmerten ihre weißen Gesichter über der schwarzen Kleidung wie blanke Totenschädel. Eine Flucht war unmöglich, ebenso jeglicher Widerstand. Wir waren zu dritt, sie zu sechst; wir waren erschöpft, sie ausgeruht, besser bewaffnet und kampfgeschult.

DeAriel trieb sein Pferd an und ritt langsam auf uns zu. Er sah noch immer aus, als hätte man ihn kopfüber in ein Faß voller Blut getaucht. Ein roter Schleier lag über seinen Zügen, seiner Kleidung, selbst seinen Händen. Das Zwielicht vertiefte die Schatten um seine Augen. DeAriel war Kardinal, einer der höchsten christlichen Würdenträger, doch in diesem Augenblick erschien er uns allen wie ein grinsender Dämon, aufgestiegen aus den Schlünden der Hölle, gebadet im Blut seiner Opfer.

»Eure Überheblichkeit ist unerträglich«, sagte er leise, während er sich näherte. »Was glaubt ihr, gegen wen ihr kämpft? Gegen mich? Gegen ein paar Landsknechte?«

Er zügelte sein Pferd jetzt außerhalb des Kreises seiner Engelkrieger. »Ihr habt euch gegen Gottes Willen aufgelehnt. Der Herr selbst ist es, gegen den ihr euch erhoben habt. Seine Macht ist es, die euch zerschmettern wird.«

Als wollte der Himmel seiner Zustimmung Ausdruck verleihen, grollte in weiter Ferne ein Donner. Ein Gewitter war im Anzug.

»Ihr lügt!« rief ich zu meinem eigenen Erstaunen. Ich deutete auf die Schwerter der Engelkrieger. »Sind es nicht diese Klingen, die uns töten werden? Und seid nicht Ihr derjenige, der den Befehl dazu gibt?«

DeAriel verzog keine Miene. »Ich bin der verlängerte Arm des Herrn. Ich führe seine Befehle aus.«

»Die Befehle des Papstes!«

»Glaubst du das wirklich, kleiner Ketzer? Glaubst du, Papst Leo hätte mich hierhergesandt? Es gibt andere Mächte im Vatikan, die sich weit über jene des Heiligen Stuhls erheben. Mächte, die nicht schwach werden, wenn man sie mit einem Sack voll Gold besticht.«

»Alexander hat das gewußt, nicht wahr?« Ich versuchte den Augenblick unseres Todes so lange wie möglich hinauszuzögern. Auch wenn ich dabei vorgeben mußte, von Dingen zu wissen, von denen ich nicht die geringste Ahnung hatte. Die Erwähnung des Borgia-Papstes schien mir so gut wie jede andere.

Zu meiner Überraschung brachte Alexanders Name DeAriel gänzlich aus der Fassung. »Was weißt du davon?« fuhr er mich an. »Und was wissen andere?«

Ich überlegte fieberhaft, was ich darauf erwidern könnte, doch der Kardinal schien meine Ratlosigkeit als Weigerung mißzuverstehen. Er starrte mich einen Augenblick lang mit versteinerten Zügen an, dann warf er plötzlich den Kopf zurück und stieß ein schallendes Lachen aus. »Du bist ein Spieler, Zauberlehrling. Ein Spieler und ein Narr. Du hast mit dem fetten Priester gesprochen, nicht wahr? Gregorius hat dir gesagt, was er während seiner lächerlichen Nachforschungen herausgefunden hat. Das ist alles. Du hast keinen Schimmer von der ganzen Wahrheit!«

»Seid Ihr da sicher?« fragte ich mit schwankender Stimme. Meine Unsicherheit mußte ihm längst verraten haben, daß er recht hatte. In der Tat wußte ich nichts, was über Gregorius schmale Erkenntnisse hinausging.

So vieles blieb offen: Warum hatte der Borgia-Papst die Kinder vor dreizehn Jahren zu einem Trupp falscher Engel heranziehen lassen? Und welche Rolle spielte das Geheimnis, das die Ereignisse von damals umgab, bis zum heutigen Tag? Weshalb hatte DeAriel – oder wer immer hinter ihm stehen mochte – erst so viele Jahre später damit begonnen, alle Mitwisser des Auszugs der Erleuchteten zu beseitigen?

Da stieß der Kardinal mit einem Mal einen markerschütternden Schrei aus. Ganz langsam senkte er seinen Kopf und blickte mit weit aufgerissenen Augen auf den Dolch, der aus seiner Brust stak. Zitternd hob er beide Hände, legte sie um den Griff und zog ihn mit letzter Kraft heraus. Eine Blutfontäne schoß wie eine Springflut bis über das weiße Haar eines der Engel. Dann stürzte DeAriel ohne ein weiteres Wort vom Pferd und schlug mit dem Rücken auf den Waldboden. Noch im Liegen preßte er seine Brust weit heraus, sein Kopf schob sich nach hinten, sein ganzer Oberkörper bildete einen Bogen. Und genau so ließ der Tod ihn erstarren, verzerrt, verkrampft, grauenvoller denn je.

Noch während der Kardinal seinen letzten Atemzug verhauchte, wirbelten die Engel des Borgia herum. Suchend fächerten ihre Blicke durch die umliegenden Bäume. Die anbrechende Dunkelheit spannte Vorhänge aus Schatten zwischen den Stämmen. DeAriels Mörder konnte sich überall versteckt halten.

Ich bezweifelte, daß selbst die Engelkrieger mit ihren geschulten Sinnen und übermenschlichem Geschick den Attentäter gefangen hätten, hätte er sich während der ersten Aufregung im Schutze des Abends davongestohlen. Einen Moment lang schienen sie uneins, ob es wichtiger sei, uns zu bewachen, oder sich auf die Jagd nach dem Mörder zu machen. Aufgeregte Worte in lateinischer Sprache wurden gewechselt. Zwei von ihnen, ein Mann und eine Frau, ließen ihre Waffen sinken und knieten sich neben DeAriel auf den Boden. Eine seltsame Wandlung schien mit ihnen vorzugehen. Der Disput wurde immer heftiger, schien sich zum ausgewachsenen Streit zu wandeln. Schon schöpfte ich neue Hoffnung, als einer von ihnen den übrigen zurief, ruhig zu sein. Darauf folgten lateinische Sätze, so schnell, daß ich nichts verstand.

Die Engelkrieger drehten sich allesamt zu uns herum. Die Entscheidung schien gefallen – offenbar zu unseren Ungunsten. So sehr sie der Tod ihres Anführers DeAriel doch verstörte, so gebunden fühlten sie sich doch an seinen letzten Befehl.

Ich hob mein Schwert, um ihnen trotz aller Sinnlosigkeit Widerstand zu leisten. Die anderen taten es mir gleich.

Das Rauschen weiter Gewänder drang an mein Ohr. Das Geräusch kam von oben. Ich blickte auf, hoch in die Baumkronen über unseren Köpfen, und da sah ich sie.

Angelina hockte sprungbereit im Geäst und blickte auf uns herab. In einer Hand hielt sie eine Armbrust, die auf einen der Engel zeigte, der sein Schwert gegen mich erhoben hatte. In der anderen lag ein zweiter Wurfdolch, ein Ebenbild jener Waffe, die DeAriel getötet hatte. Sie saß dort oben mit der Selbstverständlichkeit eines Vogels, der sich einen Moment der Ruhe gönnte. Sie hielt sich nicht fest, hockte vielmehr allein auf den Zehenspitzen auf einem Ast und behielt dabei mühelos ihr Gleichgewicht.

Auch die Engelkrieger blickten voller Erstaunen nach oben. Fraglos erkannten sie ihre einstige Gefährtin wieder. Einer von ihnen rief Angelina etwas zu, doch sie schüttelte zur Antwort nur den verbrannten Kopf – und wirbelte mit einem einzigen, sicheren Sprung zu einem anderen Ast hinüber. Sie nahm dabei keine ihrer Hände zu Hilfe, stieß sich einfach mit den Füßen ab und flog mit wehendem Umhang über unsere Köpfe hinweg in die Krone des Nachbarbaums. Dort landete sie ohne zu schwanken und hatte innerhalb eines Herzschlages wieder Armbrust und Dolch im Anschlag.

Da endlich begriff ich, wie das Mädchen damals in den Baum gelangt war, in dem Lady Lara und die Gaukler sie entdeckt hatten. Angelina war keineswegs vom Himmel gefallen, wie Gisbrand es vermutet hatte. Vielmehr mußte sie sich mit letzter Kraft, trotz ihrer furchtbaren Wunden, hinauf in die Äste geflüchtet haben. Der Grund dafür konnten nicht die übrigen Engel gewesen sein – die waren fertig mit ihr, hatten sie zum Sterben am Wegesrand liegengelassen. Es war eine gänzlich andere Furcht, die sie trieb, trotz aller Qual hinauf in den Baum zu steigen: Sie hatte Angst vor den Menschen, die sie finden mochten. Eine Angst, die größer war als die Hoffnung auf Hilfe. Es war dieselbe Menschenscheu, die auch die anderen Engel dazu trieb, sich im Wald abseits der Straßen zu verbergen und ihr Versteck nur auf ausdrücklichen Befehl zu verlassen. Die Kirche in Angelinas Zeichnung war nichts anderes als der Vatikan gewesen. Der Borgia mußt die Kinder vor dreizehn Jahren im tiefsten Keller vor der Menschheit verborgen haben, und seine Nachfolger hatten die Ausführung dieses Plans zu Ende gebracht. Dafür sprach auch die Bleiche ihrer Haut. Ich ahnte nun, daß die Engelkrieger mehr Angst vor uns verspürten als wir vor ihnen. Ihnen blieb allein ihre Schulung, die sie uns allen überlegen machte. Für nichts anderes hatten sie all die Jahre gelebt.

Die Flut dieser Erkenntnis überkam mich in einem einzigen Augenblick. Angelina, die waffenstarrend oben in den Bäumen saß, hatte mir unbeabsichtigt den letzten Hinweis gegeben. Plötzlich glaubte ich, die fahlen Männer und Frauen besser zu verstehen. Und am besten von ihnen verstand ich Angelina.

Als sie Faustus beim Anschlag auf die Wittenberger Kirche befreite, mußte sie zum ersten Mal eigenen Willen bewiesen haben. Dafür ließ DeAriel sie grausam durch die Hand ihrer Brüder und Schwestern bestrafen. Was immer sie ihr aus dem Rücken geschnitten hatten, es mußte eine Art Zeichen sein, irgend etwas, das allen Engeln des Borgia gemein war.

Mit einemmal taten sie mir nur noch unendlich leid.

Ausgenommen Angelina. Bei ihr wurde mein Mitleid zu einer Art zarter Zuneigung, trotz ihrer entstellten Züge und trotz der Geheimnisse, die sie umgaben.

Einer der Engel stürmte vorwärts und erklomm mit blitzschnellen Bewegungen den Baumstamm, in dessen Krone Angelina saß. In der Erinnerung scheint es mir fast, daß seine Hände und Füße wie die Beine eines Käfers an der Rinde hafteten, so schnell, so flink ging sein Aufstieg vonstatten.

Angelina wirbelte herum und schoß die Armbrust ab. Der Bolzen rammte in den schlanken Körper des Engelkriegers, gleich unterhalb seines Brustbeins, und schleuderte ihn zurück auf den Boden. Dort blieb er liegen, während ihm das Leben als schmales Rinnsal entfleuchte.

Ich erwartete, daß es zu einem Tumult kommen würde, einer Hetzjagd auf meine treue Gefährtin.

Doch zu meinem maßlosen Erstaunen blieben die übrigen Männer und Frauen vollkommen ruhig. Ich wechselte einen Blick mit Musil und dem anderen Gaukler. Fassungslos verfolgten sie das Geschehen. Sie begriffen längst nicht mehr, was wirklich um sie herum geschah, weshalb wer wen tötete.

Die Engelkrieger sahen sich untereinander an und wechselten lateinische Sätze. Ich verstand einige Bruchstücke; offenbar war ihre Verwirrung weit größer als ihr Wille, weiter gegen uns und Angelina zu kämpfen. Sie fürchteten uns nicht wirklich, natürlich nicht. Doch schien ihnen endlich die Erkenntnis zu dämmern, daß ohne DeAriel keiner mehr da war, der ihnen Befehle erteilte.

So trug zuletzt ihr Freiheitsdrang den Sieg aus diesem Kampf davon.

Ohne weiteres Blutvergießen oder kriegerische Gesten zogen sie sich zurück. Zwei hoben den toten Engel auf und nahmen ihn mit sich. Innerhalb weniger Herzschläge waren sie im Dickicht verschwunden. Nach einem Augenblick hörte ich hinter den Büschen das Hämmern von Pferdehufen, die sich eilig entfernten.

Schweigend wünschte ich ihnen Glück bei dem, was sie vorhatten. Ich nahm nicht an, daß sie zurück nach Rom gehen würden. Die Engel des Borgia waren frei, zumindest diese fünf. Wer aber wußte schon, wie viele von ihren Brüdern und Schwestern noch in den Gewölben des Vatikans auf ihren Einsatz warteten?

Die einzige, die eine Antwort darauf kannte, war stumm und schien weder lesen noch schreiben zu können. Es würde lange dauern, mehr über sie und ihr Leben zu erfahren. Suchend sah ich mich nach ihr um, doch Angelina war nirgends zu entdecken. Ich fürchtete schon, sie hätte sich den übrigen Engelkriegern angeschlossen, als sie auf einem Pferd aus dem Unterholz brach und langsam auf mich zutrabte.

Erste Regentropfen zerplatzten auf ihrem erstarrten Gesicht, während sich um uns die Nacht aus den Wäldern erhob. Ich versuchte, durch die verkrustete Maske ihrer Brandwunden zu blicken, und suchte nach Spuren jenes verletzlichen Wesens, das sich darunter verbarg. Sie machte es mir leicht und reichte mir ihre schmale Hand. Ihre weißen Finger waren kalt, und doch drang aus ihnen eine Wärme in mein Inneres, die mich auf dem ganzen Weg bis in die Stadt begleitete. Wir ritten nebeneinander, die beiden Gaukler irgendwo hinter uns. Es war bedeutungslos, daß wir nicht miteinander sprechen konnten.

Das Mädchen, das nicht lächeln konnte.

Ich fragte mich, ob sie weiter mit Faustus und mir reisen würde, in der Hoffnung, die Lösung aller Rätsel zu finden.

Ich wußte die Antwort, auch ohne daß Angelina sie aussprach.

Nachwort des Autors

Gewiß haben Sie es sofort bemerkt: Der Doktor Faustus dieses Romans hat wenig Ähnlichkeit mit dem Faust des Dichterfürsten Goethe. Wie Dutzende andere Autoren während der vergangenen Jahrhunderte hat sich auch Goethe einer Figur bedient, die Ende des 15. bis Anfang des 16. Jahrhunderts tatsächlich gelebt hat. Goethes Interpretation der Faust-Geschichte ist zweifellos die berühmteste, gefolgt von jenen Christopher Marlowes und Thomas Manns. Aber auch zahlreiche andere Autoren haben Romane, Dramen, Dialoge und Gedichte über Faustus verfaßt, manche bedeutend, andere trivial. Knapp siebzig Bearbeitungen des Themas habe ich während meiner Recherchen eingesehen. Zum Vergleich: Die Faust-Sammlung der Weimarer »Herzogin Anna Amalia Bibliothek« nennt 13000 literarische und wissenschaftliche Werke über Faustus ihr eigen!

Denjenigen, auf den all diese Erzählungen und Berichte, Dichtungen und Kurzgeschichten zurückgehen, hätte dieser posthume Ruhm gewiß verwirrt. Sicher ist, er hätte ihn genossen. Denn das Streben nach Berühmtheit, der Drang, sich zu verewigen, muß eines der vordringlichsten Merkmale des historischen Doktor Faustus gewesen sein.

Vieles ist aus heutiger Sicht rätselhaft und widersprüchlich im Leben dieser Persönlichkeit. Schon sein Vorname sorgt seit Jahrzehnten für einen Gelehrtenstreit: Hieß er nun Johannes, Georg, Jörg oder Heinrich? Und überhaupt – nannte er selbst sich Faustus oder Faust? Ganz genau weiß das niemand.

Geboren wurde er zwischen 1480 und 1490; manche

Historiker haben sich – wohl im Sinne der goldenen Mitte – auf 1485 geeinigt. Als mögliche Geburtsorte werden in zeitgenössischen Schriften gleich vier Städte angegeben: Knittlingen (bei Pforzheim), Simmern (bei Kreuznach), Rode (bei Weimar) und schließlich Salzwedel (in Sachsen-Anhalt). Faustus starb zwischen 1536 und 1540 – die einen sagen bei Wittenberg, die anderen in Staufen.

Auch über seinen Studienort besteht Unklarheit: Wittenberg, Heidelberg und Ingolstadt werden genannt. Andere Quellen geben an, er habe überhaupt keine Universität besucht.

Während seiner Zeit an der hohen Schule, wo er anfangs Theologie, später aber Medizin, Astronomie und Astrologie studiert haben soll, sei Faustus über Kontakte zu Zigeunern und Tataren der Magie verfallen, heißt es. Was unter »Magie« zu verstehen ist, bleibt freilich unklar. Lange sprach man ihm tatsächliche Zauberkräfte zu, später aber zog man es vor, ihn zum schnöden Taschenspieler zu degradieren. Doch welche Talente er auch immer besessen haben mag – sie sorgten damals schon für gehörigen Wirbel. Zahllose Zeitgenossen haben ihn in ihren Schriften erwähnt, darunter Martin Luther. Bereits zu Faustus' Lebzeiten waren Legenden und Gerüchte im Umlauf, die ihn zum mächtigen Schwarzkünstler stilisierten.

Unterstützt wurde er auf seinen Reisen von seinem Schüler Christof Wagner (manchmal auch Johannes Wagner oder Wayger), der später Faustus' Vermögen geerbt haben soll. Über ihn ist weit weniger bekannt als über seinen Meister; eine Quelle schildert ihn als einstigen Betteljungen, der es in Wittenberg zum Theologiestudenten brachte, ehe er in die Dienste des Doktors trat.

1587 schließlich, rund fünf Jahrzehnte nach Faustus' Tod, erschien das Volksbuch *Historia von D. Johann*

Fausten dem weitbeschreiten Zauberer und Schwarzkünstler. Fortan setzte ein wahrer Faust-Boom ein, der sich durch viele Länder, Jahrhunderte und Erzähltraditionen bis in heutige Zeiten zieht.

Von der Weltliteratur bis zum Heftroman, der berüchtigte Doktor und seine Zaubershow haben auf mehr als einer Bühne gastiert. Und trotz aller Unbill, die Faustus zu Lebzeiten erdulden mußte, eines hat ihm sein Pakt mit dem Teufel gebracht – die Unsterblichkeit. Zumindest in der Literatur.

Kai Meyer, Juli 1995

Der Traumvater

Prolog

Gestern traf ich den Tod. In Paris hatte man zweitausend Hugenotten ermordet, deshalb war er bester Dinge. Wir sprachen über dieses und jenes, und glaubt mir, er ist ein freundlicher Geselle. Es war nicht das erste Mal, daß er mir erschien. Manchmal kommt er als Frau daher, selten gar als Kind. Meist aber belebt er ein Gerippe, denn er bricht nicht gern mit Traditionen. (Einer, der solchen Pathos liebt, kann kein schlechter Kerl sein, oder?)

Es hat wenig Sinn, mit ihm über das Wetter zu sprechen. Es berührt ihn nicht. Auf den Pfaden, die er geht, gibt es keinen Regen. Und natürlich keine Sonne. Deshalb ist es manchmal schwer, mit ihm ins Gespräch zu kommen. Man muß profundere Stoffe als diesen finden, um seine Neugier zu erregen.

»Wie geht es Euch?« ist wohl die dümmste Frage, die man ihm stellen kann; haltet Euch damit zurück, wenn Ihr ihn trefft. Denn was soll einer wie er darauf erwidern? Vielleicht: »Sterbenselend ist mir heute«? Oder: »Die alten Knochen wollen nicht mehr so wie früher«?

Sicher wißt Ihr, was ich meine.

Auch zeigt er sich wenig gesprächig, wenn man ihn zur eigenen Zukunft befragt. Er schätzt es nicht, seine Pläne zu verraten. Und Pläne, ja, die hat er – für jeden von uns.

Anders steht es mit der Vergangenheit. Denn sie ist es, worin sich der Tod als wahrhaft geschwätzig erweist. Es ist amüsant, mit ihm über alte Zeiten zu plaudern, und ich tue es, wann immer sich unsere Wege kreuzen.

Gestern also traf ich ihn wieder, und wir kamen

schnell ins Gespräch. Ihr kennt das: Nichts ist erfreulicher als seichtes Geplauder über alte Bekannte. »Was macht denn eigentlich …?« – »Und wie ist es … ergangen?« – »Hat … immer noch diese Vorliebe für schweren Wein?« – »So war er schon, als er noch lebte.«

Ihr müßt wissen, ich habe all meine Freunde überlebt, jeden einzelnen von ihnen. Man sagt, ich sei uralt, und schon wird getuschelt, ich hätte ganz wie mein Meister einen Pakt mit dem Teufel geschlossen. Dabei hat es doch mit meinem Meister – dem ehrenwerten Doktor Faustus – kein gutes Ende genommen, und wenn es denn eine Lektion gibt, die tief in mein Inneres gedrungen ist, so ist es der Schrecken seines plötzlichen Hinscheidens. Ein Verkauf meiner Seele kam fortan nicht mehr in Frage.

Mein Name ist Christof Wagner, meines Zeichens einstiger Zauberlehrling und Gehilfe des weltberühmten Schwarzkünstlers Doktor Johannes Faustus, Erbe seiner Schätze und Chronist seiner Taten. Man hat mich einen Schmarotzer und Nichtsnutz geschimpft, was ich selbst für verleumderisch halte. Ein wahrer Magus ist wohl nie aus mir geworden, obgleich ich mein Bestes tat, dem Meister an Können nachzueifern.

Immerhin: Ich erkenne den Sensenmann, wenn ich ihn treffe.

Während meiner Plauderei mit dem Knöchrigen ging es vor allem um zwei meiner Gefährten, die wichtigsten, und diese beiden will ich Euch vorstellen.

Der erste, Ihr mögt es ahnen, ist natürlich mein Meister selbst, der arme Doktor Faustus. Sein Ableben war kein erfreulicher Anblick. Der Teufel (oder einer, der ihm ähnlich sah) suchte ihn in seiner Kammer heim, packte ihn an den Füßen und schlug ihn wütend gegen die Wände, bis ihm das Hirn aus den Ohren spritzte. Kein schöner Tod, bei meiner Treu! (Eine Ansicht übrigens, die der Tod mit mir teilt.)

Faustus wurde aus dem Schoß einer armen Bäuerin geboren und wuchs bei seinem wohlhabenden Onkel zu Weimar auf. Der schickte ihn schließlich zur hohen Schule nach Ingolstadt. Doch das begonnene Studium der Theologie vermochte meinen Meister nicht zu fesseln, und so verlegte er sich auf Medizin, Astrologie und Astronomie. Er begann, ein übermäßiges Interesse an allem Magischen und Wunderlichen zu entwickeln, erlernte das Handlesen und allerlei Zaubertricks und entwickelte sich allmählich zum Meister der Schwarzen Künste. (So zumindest besagt es die landläufige Meinung; ich selbst mußte während meines ersten Abenteuers an seiner Seite erkennen, daß es keineswegs allzugut um seine angeblichen Talente bestellt war.)

Faustus beerbte den reichen Onkel, verpraßte einen Großteil seiner Schätze und verlegte sich darauf, trotz seines Titels eines doctor medicinae, über die Jahrmärkte zu ziehen und das dumme Volk mit einträglicher Gaukelei zu narren. Mal schlief er im Freien, mal im Himmelbett eines Landesfürsten – denn als sich sein Ruf herumsprach, schätzten ihn die Mächtigen mehr und mehr als Berater.

Eine Weile lang konnte Faustus geruhsam solchem Lebenswandel nachgehen, dann aber wurde die Heilige Inquisition seines blasphemischen Treibens überdrüssig und erklärte ihn zum Feind der Christenheit. Vor allem ein einzelner Hexenjäger, Konrad von Asendorf, machte es sich zur erklärten Aufgabe, Faustus durch die Lande zu jagen. Mehrfach geriet mein Meister in die Klauen dieses Unholds und schmeckte seine Folterzangen. Ich selbst rettete ihn im Jahre 1515 zu Wittenberg aus Asendorfs Kerker, was ihn dazu brachte, mich als Schüler in seine Dienste zu nehmen. Ich blieb bis zu seinem Lebensende als Gehilfe an Faustus' Seite.

Eben noch geschätzter Zaubermeister und Höflingsberater, galt er mit einem Mal als Ketzer und Dämon, dessen übler Ruf bis weit über die Grenzen des Heiligen Römischen Reiches drang. Sein Leben im Luxus wandelte sich zu einem Dasein auf der Flucht, ständig im Schatten der Inquisition, gejagt, bedroht, geächtet.

Dies war seine Lage, als ich mich ihm anschloß, und trotz allen Leids und aller Mühsal bin ich froh ob dieser Fügung.

Eine weitere Person gibt es, die ich Euch vorstellen will. Faustus und ich gaben ihr den Namen Angelina, denn wie sie wirklich hieß, haben wir nie erfahren.

Angelina ist ein Engel. Oder sagen wir, sie ist einem Engel so nah, wie ein Mensch es nur sein kann. Als sie ein Kind war, wurde sie gemeinsam mit einer Vielzahl anderer Jungen und Mädchen aus ihrem Elternhaus entführt und im »Zug der Erleuchteten« nach Rom gebracht. Denn nicht Räuber und Verbrecher hatten sie verschleppt, sondern die Schergen des Borgia-Papstes Alexander VI. Angelina und die übrigen – alle blauäugig und mit weißblondem Haar – wurden in den Gewölben des Vatikans vor der Welt versteckt und zu perfekten Kämpfern ausgebildet. Sie vergaßen ihre Herkunft und Muttersprache und erlernten das Lateinische. Heimtückische Lehrmeister zwangen ihnen den Glauben auf, sie seien Engel des Herrn, von ihm auserwählt, um Gerechtigkeit auf Erden zu verbreiten. Welche Gerechtigkeit dies war – nun, das sollte allein der Borgia-Papst entscheiden. Jener Alexander, gefürchtet für seine Satansmessen, Orgien und Massaker an braven Christenmenschen, hatte große Pläne für seine falschen Engel.

Aber auch ein Papst lebt nicht ewig, und Alexander raffte es schon 1503 dahin, ein Jahr nach dem Zug der Erleuchteten. Nach seinem Tod wurde die geheime Ausbildung der Borgia-Engel fortgeführt, zwölf Jahre lang, dann erhielten sie unter Papst Leo X. ihren ersten Auftrag: Sieben von ihnen sollten jene Priester zum Schweigen bringen, die dem Borgia einst die Kinder zugeführt hatten. Überall im Land gingen Kirchen in Flammen auf, wurden Geistliche getötet – angeblich von Ketzern, tatsächlich aber im Auftrag des Heiligen Stuhls. Die sieben Engel wüteten entsetzlich, bis Faustus und ich ihnen auf die Spur kamen, ihren Herrn, den bösartigen Kardinal DeAriel, besiegten und dem Treiben so ein Ende setzten. Fünf von ihnen entkamen in die Freiheit, einer starb – und die siebente, Angelina, wechselte die Seiten und schloß sich uns an.

Noch etwas solltet Ihr über sie wissen: Angelina wird nie wieder lächeln können. Beim Brandanschlag auf die Wittenberger Schloßkirche geriet sie ins Feuer. Die Flammen verzehrten ihr Gesicht und verwandelten ihr Engelshaupt in eine erstarrte Maske aus Narbengewebe. Neben ihrer Schönheit verlor sie dabei die Stimme. Seither ist Angelina zu ewigem Schweigen verdammt.

Faustus hat es sich zur Aufgabe gemacht, das Rätsel um die Borgia-Engel zu lösen. Weshalb wurden sie geschaffen? Was bezweckten Papst Alexander und seine Nachfolger mit dieser geheimen Engelsheerschar?

Es dauerte lange, ehe wir die Wahrheit erfuhren. Ihr, neugieriger Leser, sollt später mehr davon hören, an einem Tag, der nicht heute ist.

Das gleiche sagte ich auch zum Tod, als er mich danach fragte.

Er war beleidigt und drohte, mich bald wieder aufzusuchen: »Dann bringe ich die Sense mit.«

Sprach's und klapperte davon.

Manchmal ist er geradezu possierlich.

Kapitel 1

Ich sah den Gehängten schon aus der Ferne. Sein lebloser Körper schaukelte schlaff im Wind, der von Westen über das Land fegte und die weiten Wiesenhügel in ein Meer aus wogendem Grün verwandelte. Die grobe Hanfschlaufe, die man um den Hals des Mannes gelegt hatte, endete am Ast einer knorrigen Weide; die herabhängenden Peitschenzweige umschlossen die Todesszenerie wie ein orientalischer Perlenvorhang. Sie raschelten und bebten, während sich der Gehängte hinter ihnen als schwarzer Scherenschnitt abhob.

Je näher wir kamen, desto deutlicher war er zu erkennen. Als wir unsere Pferde vor ihm zum Stehen brachten, erklang das Knirschen des Astes unter seiner Last als hoher, jammernder Laut. Während der Leichnam sich langsam drehte – mal nach rechts, mal nach links, um dann wieder blitzschnell zurückzuschnellen und uns das Gesicht zuzuwenden –, spürte ich, wie sich mir die Kehle zuschnürte. Es war ein scheußlicher Anblick: Die Zunge des Mannes hing aus seinem Mund bis zum Kinn herab, schwarz und pelzig; seine Augen waren weit aufgerissen und zum Himmel gewandt, als habe er in seinen letzten Momenten vergeblich um Erlösung gefleht. Er mochte wohl seit einem Tag hier hängen, während der knirschende Ast sein Trauerlied sang. Der Vorhang aus Zweigen hatte die Krähen davor bewahrt, sich seiner anzunehmen, und so war sein Körper vollkommen unversehrt geblieben.

Ich sah erst Angelina an, dann Faustus. Die hellblauen Augen des Borgia-Engels inmitten der schorfigen Narbenwüste ihres Gesichts glänzten, doch aus den erstarrten Zügen war keine Gefühlsregung abzulesen. Sie sagte kein Wort.

Faustus dagegen lächelte erfreut.

»Welch wunderbare Gelegenheit«, rief er aus, ohne seine Worte näher zu erläutern. Eine seiner üblen Angewohnheiten.

Er sprang vom Pferd, schob die herabhängenden Zweige beiseite und tänzelte spinnengleich auf seinen dürren Beinen um den Toten herum. Ein Windstoß brachte den Leichnam erneut in Bewegung. Es sah aus, als drehe er sich mit Faustus, so als wolle er ihn nicht aus den toten Augen verlieren.

Mein Meister trug wie meist seinen schwarzen Mantel. Das wilde, dunkle Haar wucherte ihm wirr bis auf die Schultern. Sein langes, knöchernes Gesicht war von unnatürlichem Weiß und hob sich daher nur noch deutlicher von seiner schwarzen Umgebung ab. Die meisten Menschen, die von Faustus gehört, ihn aber nie zuvor gesehen hatten, waren überrascht, wenn sie seiner erstmals angesichtig wurden; nicht etwa, weil sein gespenstisches Äußeres seinem Ruf nicht gerecht wurde. Nein, seine Jugend war es, die sie verblüffte. Er mochte kaum sein dreißigstes Jahr überschritten haben, doch die Gerüchte, die über ihn im Umlauf waren, ließen es erscheinen, als sei er ein Greis, der seit Jahrzehnten durch die Lande zog. Nun, sie wurden enttäuscht – von seinem Alter, nicht vom Rätsel seiner Ausstrahlung.

»Wagner«, wandte er sich an mich, »bist du bereit, etwas Neues zu lernen?«

Ich zögerte nur einen Herzschlag lang. »Natürlich, Meister.«

Knapp zwei Monate stand ich nun in seinen Diensten. Seit unseren Erlebnissen auf der Wartburg waren nur wenige Wochen verstrichen. Es war der Sommer des Jahres 1515, ich zählte neunzehn Lenze und war in der Tat begierig darauf, mein Wissen so schnell als möglich zu mehren. Der Anblick der Leiche jedoch und die üblen Ahnungen, welche die makabere Vorfreude meines Meisters in mir heraufbeschworen, ließen mich zweifeln. Ich war keineswegs sicher, ob mir ausgerechnet nach *dieser* Lektion zumute war.

Faustus schob den Weidenvorhang mit beiden Händen auseinander und sah mich auffordernd an. »Schneid ihn ab«, gebot er mir.

Ich wechselte einen letzten Blick mit Angelina, sie zuckte mit den Schultern. Dann stieg ich vom Pferd, schob meinen Dolch zwischen die Zähne und erklomm den Weidenbaum. Wenig später durchtrennte ich das Seil. Der Leichnam fiel schwer zu Boden und blieb mit verdrehten Gliedern liegen.

Faustus packte ihn an den blutleeren Händen und zog ihn unter dem Baum hervor ins Freie. Ein wenig abseits des Weges rollte er den Toten im hohen Gras auf den Rücken und rief Angelina und mich herbei. Noch einmal sah er sich prüfend um. Die umliegenden Hügel waren menschenleer. Die Weide stand einsam an der festgestampften Straße. Der Wind fuhr noch einmal durchs Geäst; die Spitzen der Zweige wiesen raschelnd nach Osten.

»Bring mir mein Besteck aus der Satteltasche«, wies Faustus mich an.

Sein Besteck! Natürlich, was sonst.

Ich lief zum Pferd, zog die kleine Ledermappe hervor, eilte zurück zu Faustus und reichte sie ihm. Dann trat ich geschwind zwei Schritte zurück. Der Leichnam schien mich vorwurfsvoll anzustarren. Der Tag hatte so hoffnungsvoll begonnen, mit einem kräftigen Frühstück nach einer Nacht im Gasthof. Das war ungewöhnlich, denn meist mieden wir die Herbergen am Wegesrand und schliefen in Heuschobern und unter Brücken. Zum ersten Mal seit Wochen war ich ohne die Angst vor Verfolgern erwacht.

Und nun das!

Du bist jetzt ein Zauberlehrling, redete ich mir aufmunternd zu. Besser, du gewöhnst dich an dergleichen.

Faustus zog ein scharfes Messer aus der Mappe und ließ es im Sonnenlicht aufblitzen. »Habt Ihr je das Innere eines Menschen gesehen?« fragte er.

Zu meinem Erstaunen nickte Angelina. Dann begriff ich, woher ihr Wissen rührte: Sie mußte mehr als einen Menschen aufgeschlitzt haben, vielleicht schon während der Jahre ihrer Ausbildung, gewiß aber in den vergangenen Wochen. Ihr zierlicher Körper täuschte über die Kraft hinweg, die sich darin verbarg. Nie zuvor hatte ich jemanden getroffen, der so geschickt mit den verschiedensten Waffen umging wie die falschen Engel des Borgia. Nicht einmal Faustus, gleichfalls geübt im Umgang mit dem Schwert, hätte es mit einem von ihnen aufzunehmen vermocht, auch nicht mit der schmalen, so zerbrechlich wirkenden Angelina.

Faustus lächelte sie an. »Vielleicht kannst du trotzdem noch etwas lernen. Und du, Wagner, schau genau zu ...«

Mit diesen Worten riß er dem Toten das schmutzige Hemd vom Leib und führte einen tiefen Schnitt vom Brustbein bis zur Scham. Er rammte beide Hände in die Wunde und brach mit einem angestrengten Keuchen den Rippenkäfig auseinander. Ein furchtbarer Geruch stieg auf und betäubte meine Sinne. Ganz zu schweigen von dem Anblick, der sich mir bot.

Faustus öffnete den Oberkörper zur Gänze und begann ungerührt, ein Organ nach dem anderen zu entnehmen. Prüfend wog er sie in der Hand und gab weitschweifige Erklärungen über Namen und Aufgaben im menschlichen Körper. Einmal forderte er mich auf, einen blasigen, glitzernden Fleischklumpen zu berühren. Zum erstenmal widersetzte ich mich seinem

Willen, auch auf die Gefahr einer Rüge hin, doch Faustus lächelte nur und legte das Organ beiseite.

»Ich fürchte, Wagner, du weißt dein Glück gar nicht zu schätzen«, sagte er und wühlte weiter in dem Leichnam. »Du hast keine Vorstellung, wie erbärmlich solche Lektionen an den hohen Schulen durchgeführt werden. Der Lehrer steht hoch auf dem Podium und doziert mit sichtlicher Verachtung über Tatsachen, die er aus eigener Erfahrung nicht kennt, denn ein anderer, der Bader, muß derweil die Sektion der Leiche vornehmen. Die Lehrer machen sich die Finger nicht schmutzig, sie haben ihr Wissen aus Büchern gelernt und beten es demgemäß trocken herunter. Schlimmer noch, viele lesen ihre Stoffe nur ab. Die Bader aber, welche die Autopsie durchführen, sind so unwissend, daß sie nicht in der Lage sind, den Schülern die präparierten Teile zu zeigen und zu erklären. Und da der Lehrer die Leiche nicht berührt, der andere aber die lateinischen Bezeichungnen nicht kennt, arbeitet jeder auf eigene Faust, was zu einem schrecklichen Durcheinander in der Reihenfolge des Vortrags führt. Auf diese Weise wird der Unterricht zum schlechten Scherz, und der Student lernt weniger, als ein Metzger den Professor lehren könnte.«

Ich nickte und tat, als stimmte ich Faustus in allem zu. Freilich zweifelte ich nicht an seinen Worten; und doch wäre mir die Weite eines Vorlesungssaales zwischen mir und der Leiche lieber gewesen, als gleich danebenzustehen, während mein Meister sie zerlegte.

Nachdem Faustus seine fachmännische Ausschlachtung beendet hatte, stand er auf und sagte: »Du kannst das jetzt forträumen.«

»Forträumen, Herr?« fragte ich hilflos.

Er nickte ernsthaft. »Leg alles zurück in den Körper. Und dann begrabe ihn. Der gute Mann hat uns einen Dienst erwiesen, damit hat er sich ein anständiges Begräbnis verdient.«

Erst glaubte ich, mein Meister erlaube sich einen Scherz, dann aber begriff ich, daß er seine Worte todernst meinte. Stöhnend blickte ich hinab auf das, was von dem Leichnam übriggeblieben war, und auf den rotbraunen Haufen, den mein Meister daneben aufgeschichtet hatte.

Faustus ging zurück zu den Pferden, ohne sich noch einmal nach mir umzusehen. Still vor mich hinfluchend machte ich mich ans Werk. Voller Todesverachtung begann ich, die Eingeweide mit bloßen Händen zurück in den offenen Leichnam zu schaufeln. Zu meinem Erstaunen ging Angelina neben mir in die Knie und half mir. Ohne Zögern griff sie in die feuchte Masse und hob sie in die Wunde. Dann schabten wir Dreck und Gras zusammen und verteilten beides über dem Toten, bis er notdürftig bedeckt war.

Faustus saß schon im Sattel, als wir den Weidenbaum erreichten. Unsere Hände und Arme waren über und über mit Blut und Erde beschmutzt. Wir stanken steinerweichend. Ich schaute mich suchend um, doch ein Bach oder Tümpel war in der weiten Graslandschaft nirgends zu entdecken. Wir würden wohl oder übel ungewaschen weiterreiten müssen. Mein Meister, kaum sauberer als wir, trieb sein Pferd voran, und wir folgten.

Eine Weile lang sprach niemand ein Wort, dann aber fragte ich: »Es scheint keine Siedlung weit und breit zu geben. Wer hat den Mann dort aufgeknüpft?«

»Wegelagerer«, erwiderte Faustus trocken.

»Wegelagerer?« Entsetzt raste mein Blick über die Hügel. Doch da war niemand. Keine rauhen Gesellen, die uns ans Leben wollten. Keine Räuber, verborgen im hohen Gras. Schlichtweg keine Menschenseele.

»Sie sind längst fort«, erklärte Faustus, nachdem er mein Erschrecken mit zufriedenem Lächeln ausgekostet hatte.

»Was macht Euch da so sicher?«

»Dazu braucht es wenig Spürsinn, lieber Wagner. Kaum ein Mensch reitet hier vorüber. Für gewöhnlich müßten sie Tage warten, bis ihnen jemand ins Netz ginge. Nein, sie haben ihr Opfer gefunden, und nun sind sie fort. Mag sein, daß sie sich in die Wälder zurückgezogen haben.«

»Wälder?« fragte ich zweifelnd. Ringsum gab es nichts dergleichen.

»Warte ab«, entgegnete mein Meister. »Hinter dem nächsten Hügel siehst du, was ich meine.«

So war es in der Tat. Nach der Wegkehre öffnete sich vor unseren Augen ein weites Waldgebiet, hingestreckt von Horizont zu Horizont. Ein Ozean aus buschigem Grün und Braun, dampfend in der Glut der Sommersonne.

Wie mancher Mensch trug auch der Spreewald in seinem Herz ein Geheimnis, verborgen, noch unsichtbar: Faustus' Ziel.

Das Schloß des Schlangenkönigs.

❖❖❖

Es begann einige Tage zuvor. Etwas geschah.

Bis dahin war es unser Plan gewesen, den Weg nach Süden einzuschlagen und auf der Spur der Erleuchteten nach Rom zu reiten.

Rom! Das bedeutete eine weite, aufregende Reise durch allerlei fremde Gebiete. Obgleich mich der Gedanke durchaus bange machte, so wollte ich mich doch der Herausforderung stellen. Ich wußte nicht, was Faustus plante, als er sagte, es gebe einen Mann im Vatikan, der uns – Angelinas Vergangenheit betreffend – weiterhelfen könne. Ihn gelte es aufzusuchen.

Gewiß, ich dachte daran, wie gefährlich es sein mochte, dem Gegner in die Arme zu laufen, ja, ihn direkt in seiner Heimstatt aufzusuchen. Doch Faustus war guter Dinge und zerstreute meine Sorgen. Es gebe viele Besucher in den Hallen des Papstes, sagte er, drei mehr oder weniger würden dort nicht auffallen. All das klang, als sei er bereits dort gewesen, und als ich ihn fragte, bestätigte er meinen Verdacht. Natürlich ohne Näheres zu verraten, wie üblich.

Dann aber kam alles ganz anders.

Ohne daß Angelina oder ich es bemerkten, muß sich etwas ereignet haben, das Faustus umstimmte, buchstäblich über Nacht. Plötzlich bestand er darauf, statt nach Süden in östliche Richtung zu reiten. Man erwarte ihn dort, behauptete er und hüllte sich fortan in Schweigen.

Diesmal jedoch bestand ich auf Erklärungen, da ich glaubte, Angelina verlieren zu müssen, wenn wir uns nicht wie versprochen nach Rom begaben. Sie schien mehr als begierig, den Ort, an dem sie all die Jahre über eingesperrt gewesen war, erneut aufzusuchen.

Doch so sehr ich auf Einzelheiten über das Vorhaben meines Meisters drängte, desto schweigsamer wurde er. Unser Ziel sei der Spreewald, verriet er einsilbig, und darin die Ruine eines Schlosses. Die Menschen, die in den Wäldern lebten, raunten, einst habe dort der legendäre Schlangenkönig gehaust.

Angelina fügte sich. Sie verriet keine Enttäuschung, erst recht keine Wut. Sie schien Faustus zu vertrauen, und zähneknirschend folgte ich ihrem Beispiel. Ich war nur ein Schüler, und was blieb mir schon, als dem Willen meines Meisters Folge zu leisten?

Nach Osten, also.

So näherten wir uns allmählich den Ausläufern des Waldes. Immer häufiger legten sich die Schatten der Erlen über unseren Weg, bis er schließlich zur Gänze in ihnen ertrank.

»Dies ist ein merkwürdiges Land«, brach Faustus

das Schweigen. Um uns rauschten die Bäume, raschelten Tiere im Unterholz. »Nirgendwo sonst in den Ländern diesseits des Mittelmeeres gibt es ein Gebiet wie dieses.«

»Wie meint Ihr das, Herr?« fragte ich neugierig, wenngleich die Furcht vor den Wegelagerern mehr und mehr mein Denken beherrschte. Die Dämmerung brach an.

»Die Wälder erstrecken sich über viele Meilen, durchzogen von einem weitläufigen Netz von Wasseradern. Hunderte von Bächen, Flüssen und Gräben durchkreuzen das Land, und die Menschen, die hier leben, befahren sie mit Kähnen und Gondeln. Die Einwohner dieses Landstrichs sind seltsame Menschen. Der alte Aberglaube ist tief in ihnen verwurzelt. Sie glauben, der Nix lebt auf dem Grund der Gewässer, ein Wassergeist, dem sie Opfer bringen, um ihn gnädig zu stimmen. Es heißt, Irrlichter führten den Fremden ins Verderben. Selbst die Schlangen, die sich durch die feuchten Wälder winden, haben ihre eigenen Legenden.«

Dies mochte die Gelegenheit zu einem Vorstoß sein. »Ihr meint den Schlangenkönig?«

»Auch ihn.«

»Was hat es damit auf sich? Ich habe nie von ihm gehört.«

Faustus, mit einem Mal in redseliger Stimmung, ließ seinen Blick durch die Baumreihen geistern. »Die Schlange ist ein magisches Tier, soviel entspricht der Wahrheit. Eine Schlange im Rauchfang eines Hauses kann seinem Besitzer seherische Kräfte geben. Pulver, aus ihrem Körper gewonnen, dient zu manch mächtigem Zauber, und einige sagen, wer Schlangenfleisch ißt, vermag sich unsichtbar zu machen. Nun, ich habe es versucht.«

»Und?« fragte ich aufgeregt.

»Mir wurde schlecht, und ich lag tagelang darnieder. Höchst sichtbar, übrigens. Ein peinlicher Vorfall.«

Ich nickte enttäuscht. Unsichtbarkeit wäre eine feine Sache gewesen.

»Die Menschen des Spreewaldes füttern die Schlangen mit Milch und Fleisch«, fuhr er fort. »Dadurch erhoffen sie sich Glück und Gesundheit. Oft wohnt ein Schlangenpaar unter der Hausschwelle. Stirbt der Hausvater oder die Hausmutter, ist auch die entsprechende Schlange des Todes.«

»Ihr glaubt, das ist die Wahrheit?«

»Nein. Aber das ist es, was man sich erzählt. Es mag ebenso ein Hirngespinst sein wie die Berichte vom Schlangenkönig. Es heißt, er habe in früheren Zeiten in einem alten Schloß gelebt, dessen menschliche Bewohner schon vor Jahrhunderten ausgestorben sind. Die Sagen beschreiben ihn als gewöhnliche Schlange, nicht größer als jede andere, die aber auf ihrem Haupt eine goldene Krone trägt. Diese Krone ist von unschätzbarem Wert, so heißt es, und manch einer hat versucht, sie an sich zu bringen. Bis auf einen starben alle am Gift der Schlangen, die das Schloß und den König bewachten. Eines Tages aber gelang es einem Förster, in das Anwesen einzudringen. Lange Zeit irrte er durch die gewaltigen Säle und Flure, bis sein Blick durch ein Fenster hinaus auf die Schloßwiese fiel. Dort entdeckte er den Schlangenkönig, wie er mit seinem Gefolge in der Sonne tollte. Die Krone hatte er abgenommen, sie lag am Rande der Wiese im Gras.«

Faustus verhielt einen Augenblick und horchte mißtrauisch hinaus in die Abenddämmerung. Erstaunen erschien einen Herzschlag lang auf seinem fahlen Gesicht, dann aber nahm er den Faden wieder auf: »Der Förster schmiedete einen verwegenen Plan. Am nächsten Tag kehrte er zurück zu jener Stelle, an der die Schlangen zu spielen pflegten, und legte ein durchsichtiges Netz dorthin, wo der Schlangenkönig seine Krone ablegen würde. Tatsächlich tat er es auch diesmal wieder, und – ungeschickt genug – achtete nicht auf das Netz. Der Förster aber hatte einen Faden daran befestigt und zog Netz und Krone zu sich ins Dickicht. Er ahnte, daß die Schlangen auf Rache sinnen würden, deshalb hatte er sein Pferd bereitgestellt und ritt darauf eiligst von dannen. Doch trotz des schnellsten Galopps zischelten die Sklaven des Königs hinter ihm her und drohten, ihn einzuholen. Da schleuderte er ihnen seinen Mantel entgegen, und in ihrer haltlosen Wut verbissen sie sich darin. So konnte er entkommen und die Krone für sich behalten. Den Mantel fand man Tage darauf zerfetzt und durchlöchert am Wegesrand.«

»Und Ihr glaubt, die Legende hat einen wahren Kern?« fragte ich erstaunt, denn eine Schlange mit Krone auf dem Kopf schien mir vielmehr albern als bedrohlich.

»Mag sein«, gab Faustus zur Antwort. »Das Schloß zumindest existiert, wenngleich nur Eingeweihte wissen, wo sie danach suchen müssen.«

»Was aber führt uns dorthin?«

Darauf verstummte Faustus für eine ganze Weile, ehe er sich schließlich besann, uns zumindest einen Teil des Rätsels zu offenbaren. »In jener Nacht, vor einigen Tagen, überbrachte mir ein gefiederter Bote eine Nachricht: Es wird eine Zusammenkunft geben von Menschen, die ich zum letzten Mal vor vielen Jahren traf.«

»Im Schloß des Schlangenkönigs?«

»Eben dort.«

»Warum aber macht Ihr so ein Geheimnis aus einem Treffen mit alten Freunden?«

Er zögerte einen Augenblick mit der Antwort. »Es sind keine Freunde«, sagte er dann.

Als er keine Anstalten machte, weiterzusprechen,

ließ ich mein Pferd mißmutig ein, zwei Schritte zurückfallen. Wieder hatte er mir einige Krumen hingeworfen, meinen Appetit auf mehr angeregt und ließ mich nun mit leerem Magen stehen. So war er, mein Meister. Manchmal fiel es schwer, ihn zu lieben.

Schon nach kurzer Zeit überquerten wir die erste Wasserader. Eine knarrende Bohlenbrücke führte darüber hinweg. Ich blickte vom Pferd hinab auf die trübe Oberfläche und stellte mir vor, wie der Nix darunter seine Bahnen zog. Dann schalt ich mich einen Narren: Das Wasser war hier kaum einen Schritt tief; der Nix hätte ein wahrhaft winziger Geist sein müssen, um ungesehen auf dem Grund zu wandeln.

Immer tiefer in die Wälder führte uns der Weg, über weitere Bäche und Flüsse hinweg, die wir mal über Brücken, mal durch schlammige Furten passierten. Der Wald selbst war nicht dunkel. Erlen, Eschen und Eichen standen weitverteilt und luftig, ihr Laubdach war keineswegs dicht. Dunkel war allein die anbrechende Nacht, die mit jedem unserer Schritte weiter über das Land kroch und mein Herz mit Beklemmung erfüllte. Ich wünschte mir, Faustus hätte nicht von giftigen Schlangen erzählt. Ich glaubte, sie überall in den Schatten zischen zu hören, glaubte zu sehen, wie sie sich wanden und drehten und ihre Köpfe mit den spitzen Zähnen an den Läufen meines Pferdes emporreckten.

»Wollen wir nicht die Nacht über rasten, Meister?« fragte ich zaghaft.

Faustus schüttelte den Kopf. »Für den, der den Weg kennt, ist es nicht weit bis zum Schloß, ganz gleich, von welcher Seite man die Wälder betritt.«

Erwähnte ich schon, daß mein Meister nichts so sehr liebte wie den Hauch des Mysteriums, mit dem er sich umgab?

So ritten wir weiter, schweigend, grübelnd. Der Tag war warm gewesen, heiß sogar, doch die Nacht verschlug mir den Atem mit drückender Schwüle. Wir erreichten ein neuerliches Ufer, das elfte oder zwölfte, als Faustus plötzlich an den Zügeln seines Pferdes riß. Mit einem erschrockenen Wiehern blieb es stehen. Auch wir anderen verharrten.

Faustus starrte gebannt nach rechts. Meine Augen folgten seinem Blick.

Eine schmale Gondel mit spitzem, hochgezogenem Bug und flachem Heck glitt lautlos über das schmale Gewässer. Sie war aus dunklem Holz und hob sich kaum von der Oberfläche ab. Das Wasser lag da wie ein Stück funkelnder Nachthimmel. Die Gondel entfernte sich langsam von uns und bog beinah im selben Augenblick, da ich sie entdeckte, um eine enge Flußbiegung. Ehe sie aber verschwand, besah ich mir den Mann, der aufrecht in ihrer Mitte stand. Er hatte uns den Rücken zugewandt und war vollkommen nackt. Sein heller Körper war schmal, beinahe knöchern. Ein fremdartiges Muster bedeckte seinen Rücken, aufgemalt oder eingestochen. Ich konnte nicht erkennen, was es darstellte. Er stand da mit leicht gespreizten Beinen und vor der Brust verschränkten Armen. Obgleich er die Gondel weder mit Ruder noch Stock nach vorne schob, entglitt sie meinen Blicken. Es gab keine Strömung; das Wasser schimmerte glatt und reglos, ein Spiegel aus schwarzem Glas. Mochte der Teufel wissen, was die Gondel vorwärtstrieb.

Der Teufel – oder Faustus.

»Wer war das, Herr?« fragte ich atemlos, nachdem der Unheimliche fort war. »Jemand, den Ihr kennt?«

Faustus wandte sich nach mir um, doch sein Blick schien durch mich hindurchzusehen. Nachdenklich hob er die Schultern. »Mag sein, ich bin nicht sicher.«

»War es der Wassergeist?«

Da schmunzelte Faustus. »Nein, Wagner, der war es bestimmt nicht.«

»Wer dann? Ihr habt doch einen Verdacht…«

»Ich weiß es nicht«, erwiderte er leise, »nicht wirklich. Ich muß abwarten. Geduld, nur ein wenig Geduld.«

Die letzten Worte hatte er mehr zu sich selbst als zu einem von uns gesprochen. Er klang, als beschäftigte etwas seine Gedanken, das keinerlei Ablenkung duldete. Er trieb sein Pferd an und trabte ans andere Ufer. Wieder blieb uns beiden nichts übrig, als einen mürrischen Blick zu wechseln und ihm zu folgen. Seine Geheimiskrämerei, seine ständige Schweigsamkeit zur falschen Zeit, entwickelte sich allmählich zur Belastung für uns alle. Wenn ich mich schon einer Gefahr aussetzte, dann war es mir lieber, ich wußte um ihre Natur. Die Ungewißheit aber machte alles nur noch schlimmer. Faustus schien das nicht zu begreifen. Wahrscheinlich stand er weit über solcherlei Sorgen.

Der Weg führte schnurgerade durch ebenes Gelände. Sterne und Halbmond erhellten sanft, was vor uns lag, doch jenseits der vorderen Baumreihen versank der Wald in Finsternis. Mit einem Mal galt meine Furcht weniger den allzu irdischen Wegelagerern, als vielmehr jener unwirklichen Gestalt, die wir auf der Gondel beobachtet hatten.

Warum trug der Mann keine Kleidung? Weshalb bewegte sich sein Boot wie von Geisterhand? Und was hatten die fremdartigen Muster auf seinem Rücken zu bedeuten?

Obgleich sich mir doch sein bedrohlicher Anblick tief hätte einprägen müssen, gelang es mir nicht, in meinem Gedächtnis mehr als verschwommene Schemen auszumachen. Es war fast, als verblaßte die Erinnerung selbst zu groben, vergänglichen Schatten.

(An dieser Stelle, schaudernder Leser, ist eine kurze Erklärung vonnöten. Ihr wißt, da ich dies niederschreibe, sind all die dargestellten Ereignisse längst vorüber und bedeutungslos; allemal bedeutungsloser jedenfalls, als sie mir damals erschienen. Man sollte meinen, vieles habe sich über die Jahrzehnte hinweg aus meinem Geist verflüchtigt. Der eine oder andere mag gar vermuten, daß ich die Lücken mit Erdachtem fülle. Doch Euer Mißtrauen ist unbegründet. Es ist seltsam, doch die Jahre, die ich an der Seite des Doktors verbrachte, stehen mir noch heute klar und scharf umrissen vor Augen, als habe sich all das Geschehene erst gestern zugetragen – ganz im Gegensatz zu meiner Kindheit, übrigens, und allem, was nach Faustus' Tod geschah. Um so ungewöhnlicher ist es, daß meine Erinnerung an den Mann auf der Gondel tatsächlich getrübt ist. Mag sein, daß ich damals viel mehr von ihm sah als eben beschrieben. Vielleicht sah ich sein Gesicht, vielleicht begriff ich gar, was die Zeichnung auf seiner Haut bedeutete. Doch wenn dem so war, so kann ich mich dessen heute nicht mehr entsinnen. Obgleich man alles auf vernunftvolle Weise erklären könnte, was damals geschah, so habe ich doch meine Zweifel daran, daß die Vernunft bei dem, was uns bevorstand, eine Rolle spielte. Die Vernunft am allerwenigsten.)

Wir kamen jetzt in ein Gebiet, in dem es keine Brücken gab. Die Wege waren unbefestigt und wohl seit Jahren kaum benutzt. Oft endeten sie vor einer der zahllosen Wasseradern, die wir zaghaft auf unseren Pferden durchritten. Nicht selten reichte den Tieren dabei das Wasser bis zum Bauch, und mir war mehr als unwohl, wenn meine Beine in schwarzem Gewässer verschwanden. Einmal streifte blitzschnell etwas Glattes meine Wade, und ich erstarrte im Sattel und dachte an den Nix. Wer wußte schon, was die Bewohner der Wälder ihm zum Opfer brachten? Sicher war ein feines Wagnerbein so ganz nach seinem Geschmack.

Trotzdem blieb ich still und gab mir Mühe, meine Furcht zu verbergen. Angelina ließ sich nichts anmerken, und so wollte auch ich selbst mir keine Blöße geben. Wiewohl, ihre Gesichtsmuskeln waren unter der Narbenkruste erstarrt, und es fiel schwer, ihr überhaupt eine Regung anzusehen. Vielleicht hatte sie unter dieser Narben-Maske ebensolche Angst wie ich. Und doch blieben mir Zweifel. Angelina mußte in den Jahren seit ihrer Entführung weit Schlimmeres durchlitten haben als einen Ritt durch einen Spukwald. Ich hätte viel dafür gegeben, wenn sie jetzt hätte sprechen können. Faustus war ein allzu einsilbiger Reisegefährte.

Schließlich blieb mein Meister erneut stehen, schaute sich suchend um, horchte wieder und ritt dann voran ins Unterholz. Mir gefiel es nicht, in solch einer Gegend vom Weg abzuweichen, doch Faustus würde wissen, was er tat.

Zweige schlugen mir ins Gesicht, und auch die Pferde hatten alle Mühe, sich nicht in wucherndem Unkraut und Dornenranken zu verstricken. Der Wall aus unwegsamem Dickicht war nur ein Dutzend Schritte breit, dann erreichten wir einen neuerlichen Weg. Jener war zu meinem Erstaunen gepflastert, wenngleich die Steine von Moos überwuchert und an vielen Stellen im feuchten Erdreich versunken waren. Es mußte viele Jahrzehnte, vielleicht gar Jahrhunderte her sein, daß Menschenhände diesen Steinpfad angelegt hatten.

Nach einer halben Meile blieb der Wald zu beiden Seiten des Weges zurück und gab den Blick frei auf eine gewaltige, mondbeschienene Lichtung. Im eisigen Glitzer der Sterne wuchs dort eine monströse Ruinenlandschaft aus der Dunkelheit. In ihrer Mitte thronte ein klobiges Gebäude, drei Stockwerke hoch, rechteckig und von einem verwinkelten, vielgiebeligen Dach gekrönt. Das Haus stand auf einem hohen Sokkel, an dem eine verfallene Freitreppe hinaufführte. Hinter einigen der hohen Spitzbogenfenster im Erdgeschoß flimmerte fahler Kerzenschein.

An der rechten Seite des Haupthauses stand ein hoher Bergfried, der vor Urzeiten zur Hälfte in sich zusammengestürzt war. Es standen nur noch zwei der einstmals vier Turmwände, und während von den fehlenden Mauern kaum mehr Trümmer zu sehen waren, hatten sich die beiden übrigen bis hinauf zu den Zinnen vollständig erhalten. An ihren Innenseiten waren noch die Reste steinerner Stufen zu erkennen.

Rund um Haus und Bergfried gab es eine Vielzahl zerborstener Mauerzacken, die aus einer wildwuchernden Wiese ragten. Einstmals mußten das Nebengebäude gewesen sein. Nun aber war außer vereinzelten Wänden, einsamen Torbögen und Steinhaufen nichts davon übriggeblieben. Sie alle schimmerten im Mondlicht wie Silber.

Die Anlage war riesig; das ließen selbst ihre Ruinen erkennen. Ihr Anblick war gleichermaßen unheimlich wie beeindruckend. Wie, um alles in der Welt, konnte man ein so gewaltiges Bauwerk vor Neugierigen und Schatzsuchern verborgen halten?

Statt schnurstracks auf das Haupthaus zuzureiten, wie ich eigentlich erwartet hatte, wandte Faustus sein Pferd nach links. Wir folgten ihm entlang des Waldrandes und bestaunten dabei die Weitläufigkeit des verfallenen Geländes. Das Gras reichte den Pferden fast bis zum Bauch, und allerlei Gewächsranken hatten die Mauerreste und Trümmer in ihre knotigen Arme genommen. Gelegentlich stießen wir auf die Überbleibsel einstmals prächtiger Statuen, die auf Sockeln aus dem Dickicht ragten. Da wandten sich steinerne Arme flehend zum Himmel, und leere Augen starrten uns leblos entgegen. In ihrem sterbenden Prunk ähnelten diese Gärten nichts, was ich bislang gesehen hatte.

Wir erreichten ein weiteres Gebäude, das die Prüfungen der Zeit überstanden hatte. Es war ungleich kleiner als das Haupthaus und stand fern davon am Rande des Schloßgartens. Faustus stieg vom Pferd und forderte uns auf, es ihm gleichzutun. Er trat an die Eingangstür und gab ihr einen vorsichtigen Stoß. Knirschend schwang sie nach innen.

»Das Gästehaus«, sagte er. »Ihr werdet hier auf mich warten, während ich mich im Haupthaus umsehe.«

Ich blickte zweifelnd in den schwarzen Türspalt und nahm eine Prise der muffigen, abgestandenen Luft, die uns daraus entgegenschlug. »Warum sollen wir uns trennen?« fragte ich. »Wäre es nicht klüger, an einem solchen Ort beieinander zu bleiben? Wir könnten mit Euch gehen.«

»Unter keinen Umständen«, erwiderte Faustus eilig und in einem Ton, der keinen Widerspruch duldete. »Ihr werdet Euch vom Hauptgebäude fernhalten, ganz gleich, was geschieht. Habt ihr das verstanden?«

Angelina zuckte gleichgültig mit den Schultern.

Ich selbst war aber keineswegs bereit, mich so schnell geschlagen zu geben. »Herr, erklärt uns wenigstens, was Ihr vorhabt. Müssen wir um Euer Leben fürchten?«

Faustus, der sehr wohl begriff, daß ich zuvorderst um mein eigenes Wohlergehen fürchtete, lächelte schwach. »Hab keine Angst«, sagte er und wußte dabei ganz genau, welchen Stich mir diese Worte in Angelinas Gegenwart versetzten. »Ich werde bald schon zurückkehren und entscheiden, was weiter geschehen soll. Möglicherweise sind meine Angelegenheiten an diesem Ort dann längst erledigt.«

Natürlich glaubte ich ihm kein Wort. Er hatte keinen so weiten Weg in Kauf genommen, um dann nach wenigen Stunden wieder aufzubrechen.

»Ihr laßt Euch nicht erweichen, was?« stellte ich mit dünner Stimme fest.

Er schüttelte den Kopf. »Ihr wartet hier, dabei bleibt es. Ich werde euch Nachricht geben, wenn es an der Zeit ist.«

Angelina war bereits im Haus verschwunden, als sei es ihr ganz und gar egal, was er vorhatte. Ich aber blieb draußen stehen und sah wortlos zu, wie Faustus sein Pferd bestieg, die unseren an den Zügeln packte und mit allen drei Tieren in Richtung der Schloßruine davonritt.

Täuschte ich mich, oder waren da riesige Umrisse, die sich hinter den trübschimmernden Fenstern bewegten? Ein Ball, auf dem nur die Schatten tanzten.

Ein Rascheln in meinem Rücken ließ mich herumwirbeln.

»Angelina?« flüsterte ich zaghaft.

Das Mädchen war nirgends zu sehen. Statt dessen starrten mich rote Augen an, glühend in der Finsternis jenseits der Bäume.

Zugleich löste sich Angelina aus dem Hauseingang. Sie mußte mich gehört haben und trat nun auf mich zu, legte fragend den Kopf ein wenig schräg.

Einen Herzschlag später verblaßten die Glutaugen, und etwas entfernte sich mit knisternden Schritten im Unterholz.

Angelina folgte meinem Blick, doch es war zu spät. Es gab nichts mehr zu sehen.

»Mephisto«, raunte ich ihr zu. »Er ist ganz in der Nähe.«

Es gab vielerlei Gerüchte über den schwarzen Hund meines Meisters. Die einen sagten, er sei gar kein Tier, sondern ein mächtiger Dämon, der nur die Gestalt eines Hundes angenommen hatte. Andere behaupteten, Mephistos Fell wechselte die Farbe, wenn Faustus ihm die Hand auflegte. Ich selbst hielt all das für Gewäsch, denn Mephisto zeigte sich niemandem außer Faustus selbst. Und obgleich ich meine Angst vor ihm allmählich überwunden hatte, so blieb doch stets ein vages Gefühl der Beunruhigung, wenn er mich aus der Dunkelheit anstarrte. Alles, was ich in den vergangenen Wochen von ihm hatte sehen dürfen, waren seine rotlodernden Augen gewesen, nichts sonst. Faustus behauptete zudem, er könne sich im Geiste mit Mephisto unterhalten, und mindestens einmal hatte uns dessen Warnung das Leben gerettet – zumindest, falls Faustus die Wahrheit sprach. Denn manchmal waren derlei Aussprüche aus seinem Mund mit Vorsicht zu genießen, da er seine Aura des Magischen auch mit unlauteren Mitteln pflegte.

Mephisto folgte meinem Meister überall hin, wenngleich er sich am Tage außer Sichtweite hielt. Nur bei Nacht pirschte er sich gelegentlich in unsere Nähe. Dann glühten seine Augen im Schatten und erinnerten Faustus an etwas, über das er nicht sprach. Mit niemandem.

Angelina hob die Schultern und gab mir mit einem Wink zu verstehen, ihr ins Innere zu folgen.

Ich zögerte und drehte mich noch einmal zu Faustus um. Er aber war längst verschwunden.

Im Haupthaus erloschen die Lichter.

Kapitel 2

Vielleicht hatte ein Windstoß die Kerzen ausgeweht. Oder die übrigen Gäste, wer immer sie sein mochten, hatten nur auf Faustus gewartet, um sich nun in einen anderen Teil des Schlosses zurückzuziehen. Es mußte wirklich nichts bedeuten.

Und doch – meine Angst um den Meister blieb. Ich ahnte, daß etwas nicht stimmte. Es war mehr als eine innere Unruhe. Ich spürte die Bedrohung, die von diesem Gemäuer und seiner fremdartigen Umgebung ausging, und da war etwas, das mir zuraunte, so schnell wie möglich das Weite zu suchen.

Die Anordnung meines Meisters war deutlich gewesen. Warten, bis er zurückkehrt. Ich war nicht sicher, wie lange ich mich daran halten würde.

Auch Angelina hatte die Veränderung im Schloß bemerkt. Ihre zarte Hand legte sich auf meinen Arm und zog mich mit sich durch die Tür des Gästehauses. Im Inneren war es weit düsterer als im Freien, und wir brauchten eine Ewigkeit, ehe es uns gelang, mit unseren Utensilien ein Feuer zu entfachen. Wir zerschlugen einen alten Stuhl, umwickelten seine gedrechselten Beine mit dem Stoff eines vermoderten Vorhangs und benutzten sie als Fackeln. Eine brachten wir neben der Tür an, je eine nahmen wir selbst zur Hand. Damit begannen wir unsere Erkundung.

Das Haus besaß zwei Stockwerke. Im unteren befanden sich neben der winzigen Eingangshalle vier Zimmer. Sie alle standen leer, bis auf ein paar zertrümmerte Bettgestelle, einige Stühle und hier und da eine verstaubte Kiste. Als wir die Stufen nach oben stiegen, sprang uns eine pechschwarze Katze entgegen, streifte mit ihren Krallen meinen Arm und verschwand kreischend im Freien.

»Das bringt Unglück«, sagte ich im Spaß, doch mir war klar, wie halbherzig mein Lächeln wirkte.

Oben erwartete uns die gleiche Anzahl von Räumen, ebenso aufgeteilt und ähnlich heruntergekommen. Die Betten waren alle verfallen und nicht mehr zu benutzen. Wir suchten uns daher eine Kammer, deren glasloses Fenster zum Haupthaus wies, und blickten von dort aus nach draußen.

»Glaubst du, daß es hier wirklich Schlangen gibt?« fragte ich und stützte mich mit beiden Händen auf die Fensterkante.

Angelina nickte und deutete mit ausgestrecktem Zeigefinger auf eine Stelle am Boden vor dem Haus. Im Mondlicht wanden sich zwei schimmernde Blindschleichen.

»Die sind nicht giftig«, sagte ich erleichtert.

Angelina schüttelte den Kopf, griff in mein Haar und zwang meinen Blick mit sanftem Druck in eine andere Richtung. Was ich dort sah, brachte mein Herz fast zum Stillstand.

Eine Schlange, etwa fünfmal so dick und viermal so lang wie die Blindschleichen, lag zusammengerollt im Gras. Sie schien zu schlafen, und doch stand ihr Maul mit den nadelspitzen Fangzähnen weit offen, als wartete sie nur darauf, daß sich eine Beute hinein verirrte. Ihr Körper schillerte betörend.

Ich schüttelte mich vor Ekel und Entsetzen. Es war zu dunkel, um zu erkennen, ob zwischen den Gräsern noch weitere dieser Biester lauerten. Vielleicht hatte Faustus recht; vielleicht war es am besten, hier im Haus auf seine Rückkehr zu warten.

Ich wandte den Kopf zu Angelina und betrachtete sie stumm. Sie rührte sich nicht, blickte einfach geradeaus in die Nacht. Das Eislicht schien allem die Farbe zu nehmen, auch ihren Augen; das Blau war zu einem hellen Grau geworden. Die Schatten ihrer Narben wirkten noch tiefer, was ihrer Haut ein bizarres schwarzes Muster verlieh. Außer ihren Augen waren allein die Lippen unversehrt. Nachdem die ursprüngliche Schwellung abgeheilt war, waren sie nun ebenmäßig und von feinster Form. In jedem anderen Gesicht hätten sie bezaubernd, beinahe fordernd gewirkt. Doch es fiel schwer, sich vorzustellen, daß Angelina irgendwann einmal die Ruhe finden würde, an etwas anderes als an ihre Vergangenheit und die Vergeltung dafür zu denken.

Die Wunden auf ihrem Rücken waren fast vollständig verheilt. Als die Engel des Borgia sie aus ihren Reihen verstießen, hatten sie ihr dort etwas aus dem Fleisch geschnitten. Auch Faustus wußte nicht, was es war. Die Verletzung hatte die Form einer römischen Fünf, die sich fast über ihren ganzen Rücken erstreckte. Der Heiler einer Gauklertruppe, die Angelina halbtot am Straßenrand auflas, hatte behauptet, sie sei ein echter Engel gewesen, dem man die Flügel herausgeschnitten hatte. Nun wußten wir aber, daß Angelina allzu menschlicher Abstammung war, daher blieb das Rätsel der Wunden ungelöst.

Angelina trug dunkle Hosen wie ein Mann, dazu ein Hemd aus weißem, weitfallendem Stoff. Wenn unser Weg es nötig machte, Dörfer und Städte zu durchqueren, zog sie eine Ledermaske über ihr Gesicht und den kahlen Schädel. Freilich erregte sie auch maskiert noch einiges Aufsehen. Immer wieder erkundigten sich Wirte und Stadtgardisten, ob Angelina an einer ansteckenden Krankheit litte. Oft geschah es, daß Menschen einen großen Bogen um uns machten, wenn sie ihrer ansichtig wurden. Die Pest wütete ungebrochen in zahlreichen Landstrichen, und so war die Furcht vor Seuchen größer als vor dem leibhaftigen Satan.

Ein Schrei ließ uns aufschrecken. Er war hoch und leise, der Schrei eines Tieres. Er schien von oben zu kommen. Vom Dach.

Ich wollte mich nicht weiter darum kümmern, doch Angelina fuhr herum. Mit wenigen weiten Sätzen war sie an der Tür.

Ich rief ihren Namen, vergeblich.

Ihre leichten Schritte huschten draußen über den Gang und entfernten sich. Als ich selbst die Tür erreichte und auf den Flur trat, sah ich, wie Angelina prüfend eine viereckige Holzplatte in der Decke betrachtete. Dann schaute sie sich suchend am Boden um, lief schließlich an mir vorbei zurück in die Kammer und zog ihr Schwert aus den Bündeln unserer Habseligkeiten. Damit stellte sie sich unter die Platte und versuchte, sie von unten mit der Schwertspitze anzuheben. Der Versuch glückte, und in der Decke tat sich der Einstieg zum Dachboden auf.

»Was hast du vor?« fragte ich einigermaßen verwirrt.

Angelina winkte mich herbei und bedeutete mir, daß sie über meine Schultern nach oben steigen wollte. Meinen Protest ließ sie nicht gelten. Blitzschnell glitt sie an mir hinauf und zog sich über die Kante auf den Speicher. Es war stockdunkel dort oben. Ich eilte zurück, holte eine unserer Fackeln herbei und reichte sie ihr mit ausgestrecktem Arm. Dann verschwand sie jenseits des Einstiegs.

Noch einmal rief ich hinter ihr her, obgleich ich wußte, wie zwecklos das war. Ich beschloß, ihr zu folgen.

Der Tierschrei, zum zweiten Mal. Eine Katze. Wahrscheinlich das schwarze Mistvieh, das mich auf der Treppe gekratzt hatte.

Ich wollte Angelina erklären, daß Katzen aus allen möglichen Gründen und zu jeder Gelegenheit kreischen. Ich zweifelte, daß es dort, wo sie die vergangenen dreizehn Jahre verbracht hatte, Katzen gab. Hoffentlich hatte sie das Tier wenigstens als solches erkannt und setzte ihr Leben nicht für einen Irrtum aufs Spiel.

Ich trug einen der alten Stühle unter die Deckenluke, stellte mich obenauf und versuchte von dort aus, in einem gewagten Sprung nach der Kante zu greifen. Meine Finger berührten das Holz, doch hatte ich wohl mein Geschick überschätzt. Ich verlor meinen Halt, fiel nach hinten und schlug der Länge nach auf den Boden.

Fluchend und mit schmerzendem Schädel wagte ich einen zweiten Anlauf. Diesmal gelang es mir besser, und ich konnte mich unter Keuchen und Stöhnen hinauf auf den Dachboden hangeln. Angelina war nirgends zu sehen, wohl aber ihre Fackel; sie hatte sie leichtsinnig zwischen zwei Dachbalken geklemmt. Die Flammen leckten bereits bis wenige Fingerbreit unter das ausgetrocknete Holz. Nicht mehr lange, und der ganze Dachstuhl würde brennen wie Zunder.

Ehe es soweit kommen konnte, zog ich die Fackel hervor und leuchtete mit ihr im Halbrund über den Speicher. Angelina war immer noch nirgends zu sehen. Wohl aber entdeckte ich etwas anderes: Nur wenige Schritte von der Dachluke entfernt hatte sich jemand aus Decken eine Schlafstatt bereitet. Der Stoff war zerwühlt. Daneben lag ein offenes Bündel mit zwei, drei Kleidungsstücken, einem dickleibigen Buch, in Leder gebunden, und einem Kamm. Jenes Utensil schien mir ein Anzeichen dafür, daß es sich beim Bewohner dieses Dachbodens um eine Frau handeln mußte. Sie selbst aber war, ebenso wie meine Gefährtin, verschwunden.

Neben der Stelle, an der Angelina die Fackel zurückgelassen hatte, klaffte ein Durchbruch im Dach. Er stammte nicht von ihr – die Bruchstellen im Holz waren alt und spröde –, und doch war es der einzige Weg, auf dem sie den Speicher verlassen konnte.

Die Katze schrie erneut. Diesmal klang es lauter, näher. Das anschließende Wimmern kam eindeutig vom Dach.

Vorsichtig streckte ich meinen Kopf durch die Öffnung und blickte mich um. Die Schräge wirkte an ihrer Außenseite sehr viel steiler als von innen. Die Dachziegeln waren mit grünbraunem Moos bewachsen.

Angelina stand hoch oben auf dem Dachfirst. Ohne Mühe hielt sie ihren zierlichen Körper im Gleichgewicht. Langsam setzte sie einen Fuß vor den anderen und ging auf den Kamin des Gästehauses zu, ein massiver Steinturm, den zwei Männer nicht mit ihren Armen hätten umfassen können. Er ragte mannshoch über das Dach hinaus. Auf seiner Spitze saß die schwarze Katze und kreischte von neuem. Der Laut fuhr mir bis ins Mark.

Ich rief Angelina zu, sie solle umkehren und zurückkommen. Es sei doch nur eine verdammte Katze.

Sie tat, als höre sie mich nicht.

Die Katze verlegte sich nun auf leises Maunzen. Sie hatte Angst. Offenbar war sie dort heraufgesprungen und wagte sich nicht mehr hinunter. Sie starrte Angelina an und ahnte wohl, daß jemand zu ihrer Rettung eilte. Es war ein seltsames Bild.

Ich hatte bereits erlebt, mit welch unglaublichem Geschick Angelina es verstand, in Baumkronen von Ast zu Ast zu springen, fast, als könnte sie fliegen. Sie schien keinerlei Scheu vor großen Höhen zu haben, und das mochte ihr die völlige Gewißheit geben, daß sie nicht fallen würde. Sie zögerte nicht, zitterte nicht. Machte einfach nur einen Schritt nach dem anderen.

Vielleicht schafft sie es wirklich, dachte ich. Aber war es das wert? Ihr Leben aufs Spiel zu setzen, nur um eine verwilderte Katze zu retten?

Wobei das Tier so verwildert nicht aussah. Sein schwarzes Fell glänzte, und es hatte keine sichtbaren Wunden oder Narben, wie sie zweifellos jedes Lebewesen davontrug, das im Wald ums Überleben kämpfte.

Angelina war jetzt noch zwei Schritte vom Kamin entfernt, schräg über mir.

Und plötzlich wußte ich, daß sie fallen würde.

Es war keine Ahnung, keine vage Befürchtung. Was ich spürte, war völlige Gewißheit.

Angelina würde fallen. Es waren mindestens zwölf Schritte bis zum Boden.

Meine Stimme setzte aus, als ich sie warnen wollte. Es war, als weigerten sich die Worte, meine Kehle zu verlassen.

Angelina stellte sich auf Zehenspitzen. Sie streckte den Arm nach der Katze aus.

Das Tier machte einen Buckel und starrte sie an.

Ich wollte mich an einigen Dachziegeln aus der Öffnung ziehen, doch das Moos war spiegelglatt. Meine Finger rutschten ab, ich sank zurück in die Öffnung.

Die Katze hatte aufgehört zu jammern. Jetzt fauchte sie.

Angelinas Finger waren kaum noch eine Handbreit von ihr entfernt.

Sie würden beide abstürzen, schoß es mir durch den Kopf. Alle beide.

Angelina reckte sich weiter hinauf. Nur noch ihre Zehenspitzen berührten den Dachfirst. Sie schien fast zu schweben.

Die Katze kreischte gellend auf. Ihre Vorderpfote schoß vor und schlug nach Angelinas Hand. Es mag Einbildung gewesen sein, doch ich glaubte, das Funkeln ihrer Krallen zu erkennen. Und die tückische Glut in ihren Augen.

Die scharfen Hornklingen rissen Striemen über Angelinas Handrücken. Mit einem Mal war Blut an ihren Fingern.

Das Tier kreischte noch immer. Dann sprang es Angelina direkt ins Gesicht.

Ich schrie auf. Angelina entfuhr ein entsetztes Stöhnen, dann taumelte sie. Ihre Hände griffen nach dem Kamin, doch der Schwung der Katze hatte sie bereits nach hinten geworfen. Sie taumelte wie ein Betrunkener. Das Tier krallte sich an ihren Kopf und bedeckte ihre Züge wie eine Maske aus schwarzem Fell.

Es gelang Angelina noch, einen weiteren Schritt nach hinten zu machen, dann rutschten ihre Füße auf dem Moos ab. Sie schlug mit dem Rücken auf die Dachziegeln und glitt mit halsbrecherischer Geschwindigkeit die Schräge hinab.

Genau auf mich zu.

Ohne nachzudenken, riß ich beide Arme aus der Öffnung. Die Fackel flog in weitem Bogen in die Tiefe.

Angelina kam näher, rasend schnell, dann packte ich sie. Die Wucht des Aufpralls riß mir fast die Arme aus den Gelenken. Die Finger meiner Rechten krallten sich in weichen Stoff, mit der Linken umfaßte ich ihre Hand. Sie rutschte weiter. Das Hemd riß auf, und plötzlich hielt ich sie nur noch am Arm. Lang ausgestreckt hing sie unter mir auf der Schräge. Ihre Füße und Waden ragten über den Rand des Daches hinaus und strampelten im Nichts.

Der Schmerz in meinen Armen war stechend, aber nicht unerträglich. Ich hielt sie fest. Sie würde nicht mehr stürzen.

Da löste sich die Katze mit einem bösen Fauchen von Angelinas Kopf und sprang auf mich zu. Ich riß mein Gesicht zur Seite. Vor Schreck hätte ich das Mädchen fast losgelassen. Die Katze schoß um Haaresbreite an mir vorbei und verschwand durch die Öffnung im Inneren des Speichers.

Mühsam zerrte ich Angelina nach oben und zog sie durch das Loch in Sicherheit. Eine Weile lang blieben wir schweratmend auf dem Dachboden liegen, inmitten von Staub und Schmutz. Ihr Hemd war völlig zerrissen. Ich hatte sie zahllose Male nackt gesehen, während Faustus und ich ihre Wunden pflegten. Und doch war es in diesem Moment etwas anderes, ein Stück ihrer glatten, hellen Haut zu sehen, schimmernd im schneeweißen Mondlicht.

Plötzlich drehte sie sich zu mir um. Ihr erstarrtes Gesicht rührte sich nicht. Ich schwöre, daß sie mit den Augen lächelte. Mit ihren klaren, sanften Augen.

Dann beugte sie sich herüber und preßte ihre Lippen auf meinen Mund. Nur einen Herzschlag lang.

Ehe ich etwas sagen, nur etwas denken konnte, war sie schon aufgesprungen. Sie bewegte sich, als sei nichts geschehen.

Ich wollte ihr etwas zuflüstern, doch da war sie bereits an der Luke und glitt hinab ins Haus.

Ich konnte sie nicht um eine Erklärung bitten, und das war wohl das Schlimmste. Weder erfuhr ich, warum sie ihr Leben für eine Katze aufs Spiel gesetzt noch konnte sie mir verraten, weshalb sie mich geküßt hatte.

Ich empfand keinen Widerwillen bei dem Gedanken an ihren Kuß. Es war merkwürdig. Ihr Gesicht war entstellt, so schlimm, wie man einen Menschen nur entstellen konnte. Und doch war etwas an ihr, das mich ungemein anzog. Nicht ihr schlanker Wuchs, nicht ihre weiche Haut (und sicher nicht ihr Wortwitz). Ich bin nicht sicher, was es war. Selbst heute nicht.

Sie zog ein anderes Hemd über, und damit war die Sache für sie überstanden. Ich ertappte mich dabei, daß ich ihre Stärke und Zähigkeit bewunderte. Fraglos beneidete ich sie ein wenig darum. Doch welche Entbehrungen hatte sie auf sich nehmen müssen, um sich so unter Kontrolle zu halten? Die Antwort darauf erwartete uns in Rom. Hoffentlich.

Trotz allem aber schien sie mir nachdenklich. Etwas hatte sie tief berührt. Daß ich ihr Leben gerettet hatte? Nun, sie hatte dasselbe schon für mich getan.

Um uns abzulenken, sagte ich: »Vielleicht sollten wir doch nachsehen, wie es Faustus ergangen ist. Ich mache mir Sorgen.«

Meine Furcht vor den Schlangen war unverändert groß, doch was sonst blieb uns zu tun? Ich hatte das Warten und Ausharren auf den väterlichen Ratschluß meines Meisters satt. Obwohl meine Arme noch immer schmerzten, und die eine oder andere Wunde wie Feuer brannte, spürte ich neuen Mut. Wir hatten eine Gefahr überstanden, warum nicht auch alle anderen?

(Natürlich könnt Ihr, allzu logischer Leser, dies nicht verstehen. Doch wenn Ihr einmal selbst in meine Lage kommt, so werdet Ihr feststellen, daß ein bestandenes Abenteuer, ein bewältigter Kampf oder schlichtweg eine Sorge weniger zu neuen Taten anspornt und nicht etwa zum Ausruhen reizt. Erzählte ich Euch schon die Geschichte, als mich in einer Nacht am Hofe von Karl V. zwölf Zofen hintereinander mit ihren Reizen beglückten? Ha, ich sage Euch, selbst nach der letzten war ich zu weiteren Spielen aufgelegt! Ein Zustand, der sich erst einen Tag später legte, als ich einen mörderischen Juckreiz zwischen den Schenkeln bemerkte und mein bestes Stück fortan für Wochen mit stinkendem Kräutersud bestreichen mußte.)

Angelina stimmte meinem Vorschlag, Faustus zu folgen, mit einem Nicken zu. Sie stand nicht wie ich in seinen Diensten und war nicht an seine Order gebunden. So gab sie sich keine Mühe, ihre Ungeduld im Zaum zu halten. Auch sie drängte es zu erfahren, was im Haupthaus der Schloßruine vorging, und weshalb

Faustus die Reise nach Rom so plötzlich unterbrochen hatte. Sie hatte fraglos ein Recht darauf.

Nachdem wir die Kratzspuren an ihrem Hinterkopf und auf ihrem Handrücken notdürftig versorgt hatten, rüsteten wir uns mit Schwert und Dolch und machten uns auf den Weg.

Die Trümmerlandschaft lag im Schatten einiger Wolken, als wir ins Freie traten. Sie hatten den Mond verschluckt und gossen gespenstische Finsternis über den Wald. Das fehlende Licht machte es noch schwieriger nach Schlangen Ausschau zu halten; wir sahen auch keine einzige. Wir hörten kein Zischeln und wurden nicht gebissen. Vielleicht hatten wir einfach nur Glück.

Je näher wir dem Haupthaus kamen, desto gewaltiger erschien es mir. Allein die verwinkelte Giebellandschaft seiner Dächer war wie eine Stadt für sich, eine Ansammlung dunkler Spitzen, Schrägen und Täler, ein Gebirge aus Schieferziegeln. Der steinerne Sockel, auf dem sich das Gebäude erhob, wuchs riesig vor uns in die Höhe. Die weitgeschwungenen Freitreppen an Vorder- und Rückseite zählten an die sechzig Stufen. Der Fürst, der diese Anlage vor Jahrhunderten erbaut hatte, mußte über unermeßlichen Reichtum und eine ebenso große Familie verfügt haben; für wen sonst hätte er dieses Bauwerk errichten sollen? Dabei war das Haupthaus nur ein einziges Gebäude von vielen gewesen, die heute alle in Trümmern lagen.

Angelina schien weit weniger beeindruckt als ich selbst, denn sie verschwendete keinen Blick an die Giebelzacken und Spitzbogenfenster. Sie lief neben mir auf das Gebäude zu und starrte dabei vor sich auf den Boden. Die Erkenntnis, daß sie die Schlangen offenbar mit ähnlichem Widerwillen erfüllten wie mich selbst, ließ mich insgeheim aufatmen. Nicht einmal ihre jahrelange Ausbildung hatte ihr alle Ängste nehmen können. In ihr steckte mehr von einem gewöhnlichen

Mensch, als ihr ungeheures Kampfgeschick vermuten ließ.

Wir preßten uns an den grauen Steinsockel. Er endete etwa drei Mannslängen über uns an einer efeuumrankten Balustrade. An seinem Fuß pirschten wir bis zur Treppe. Es mochte gefährlich sein, die Stufen so offen und von allen Seiten sichtbar zu ersteigen, doch es schien keinen anderen Weg ins Haus zu geben. Wir hatten nur die Wahl zwischen dieser Treppe oder jener an der Vorderseite. Für unsere Zwecke war eine so ungeeignet wie die andere. Und doch, was blieb uns übrig?

Wir eilten so leise wie möglich nach oben und verharrten unterhalb der Balustrade. Hinter ihr befand sich ein schmaler Weg, der rund ums Haus zu führen schien. Die Kerzen hinter den hohen Fenstern blieben erloschen. Nichts rührte sich. Keine Menschenseele war zu sehen, kein Laut zu vernehmen.

Ich erinnerte mich an das, was Faustus über das Schloß erzählt hatte. Es stand seit einer halben Ewigkeit leer. Das aber mußte bedeuten, daß es hier weder Wachtposten noch Bedienstete gab. Allein die Menschen, die zu Faustus' mysteriöser Zusammenkunft gehörten, befanden sich im Inneren des Gemäuers.

Ich flüsterte Angelina meine Gedanken ins Ohr, und sie nickte. Offenbar war sie der gleichen Ansicht.

Allerdings wußten wir nichts über die Art dieses Treffens. Das große Geheimnis, das Faustus darum machte, schien auf etwas Verbotenes hinzudeuten. Möglicherweise würde man nicht zögern, zwei unliebsame Zeugen zu beseitigen. Auf Faustus konnten wir uns dabei nicht verlassen; wir wußten nicht, wie schwer sein Wort in dieser Runde wog. Es war also auch ohne Wachtposten ratsam, größte Vorsicht walten zu lassen.

Wir nahmen die letzten Stufen mit wenigen Schritten, dann blickten wir durch die milchigen Scheiben ins Haus. Es war dunkel hinter den Fenstern, und doch war zu erkennen, daß der Raum dahinter beträchtliche Ausmaße besaß. Ein Ballsaal, vielleicht. Niemand regte sich darin.

Wir schlichen weiter, von Fenster zu Fenster. Die ersten acht gehörten alle zum selben Saal. Dann folgte ein Stück, auf dem man zwei weitere Fenster schon vor langer Zeit zugemauert hatte. Dahinter ging es um die Ecke. Entlang der Seitenwand, die eine beträchtliche Tiefe des Anwesens verriet, liefen wir zur Vorderseite. Kurz bevor wir sie erreichten verlangsamten wir unsere Schritte. Gut möglich, daß die Zusammenkunft in einem der vorderen Räume stattfand.

Bevor wir um die Ecke traten, warf ich einen Blick auf den Waldrand. In der Finsternis war es unmöglich, den Einschnitt zu erkennen, durch den wir die Lichtung betreten hatten. Einen Augenblick lang kämpfte ich mit der beängstigenden Vorstellung, die unheimliche Wand aus Bäumen hätte sich hinter uns geschlossen wie die Reihen einer stillen, schwarzen Armee.

Es ist nur die Nacht, redete ich mir ein, nur die Nacht; es ist zu dunkel, um die Schneise von hier aus zu sehen.

Angelina berührte mich ungeduldig am Arm und gab mir ein Zeichen, mit ihr nach vorne zu schleichen. Das taten wir, und in der Tat: Da waren breite Lichtbahnen, die sich fächerförmig von einigen Fenstern aus über den Weg und die Balustrade ergossen. Ich atmete auf. Meine Besorgnis beim Verlöschen der Kerzen war unbegründet gewesen. Die Versammelten hatten sich lediglich in einen anderen Raum zurückgezogen.

Wir blieben einen Moment lang stehen und lauschten. Das erste der erhellten Fenster lag noch einige Schritte entfernt. Noch war nichts zu hören.

Weiter. Vorwärts bis zum Fenster. Dann ein vorsichtiger Blick hinein.

Sieben Männer und Frauen saßen rund um eine Eichentafel inmitten eines hohen Saales. Der Tisch war riesig, so daß sich die Anwesenden in weiten Abständen darum verteilt hatten. Den Raum schmückten einst prachtvolle Wandmalereien, doch die meisten von ihnen waren zerfallen, die Farben abgeblättert. Schmutz und Staub lagen kniehoch in den Ecken, und von der Decke hatten sich Stücke der aufgesetzten Verzierungen gelöst und waren zu Boden gestürzt. Im Schein zahlloser Kerzen sah ich nun auch, daß gleich zwei der sechs Fenster zerbrochen waren. Das würde es erleichtern, dem Gespräch im Inneren zu lauschen.

Es waren vier Männer, einer davon Faustus, dazu drei Frauen. Die Gruppe hätte in ihrer Mischung aus sonderbaren Charakteren keinen seltsameren, keinen gegensätzlicheren Eindruck erwecken können. Nun verstand ich, was Faustus gemeint hatte, als er sagte, diese Leute seien keine Freunde. Wer sie vor sich sah, der konnte daran nicht einen Augenblick zweifeln. Schon der erste Eindruck verriet, daß es keine Gemeinsamkeiten zwischen ihnen gab.

Zur Rechten meines Meisters saß ein kleiner schmaler Mann mit grauer, ledriger Gesichtshaut. Seine dürren Finger zitterten unruhig wie Weberknechte über die Tischplatte. Seine Nase war so fein und scharfgeschnitten, daß sie von vorne kaum zu erkennen war. Überhaupt schien sein ganzes Gesicht nicht breiter als mein Oberarm, als hätte man es ihm als Kind von beiden Seiten zusammengeschoben. Diese puppenhafte Verzerrung setzte sich über seinen Oberkörper fort. Ich konnte mir vorstellen, wie zerbrechlich seine Beine waren, obgleich sie sich im Moment unter dem Tisch verbargen. Ich hatte bislang geglaubt, Faustus sei an Knöchrigkeit und Dürre kaum zu übertreffen, doch hier fand ich den lebenden Gegenbeweis.

Links von meinem Meister saß eine alte Frau in der Tracht einer Nonne. Sie trug eine breite, weiße Haube, die allerdings mit allerlei Mustern aus rotem Faden bestickt war. Ähnliches hatte ich bei anderen Töchtern Gottes nie bemerkt, und es schien mir ein Anzeichen dafür, daß es sich hier um keine gewöhnliche Nonne handelte. Ihr Gesicht besaß ebenfalls kaum Farbe, wirkte aber nicht so verhärmt wie das des Knochenmannes.

Die drei, die Faustus an der anderen Längsseite des Tisches gegenübersaßen, konnte ich nur von hinten sehen. Eine von ihnen war eine Frau mit aufgetürmten weißen Haarfontänen, die sich nach oben hin zu einer Spitze verjüngten, was ihre Haarpracht wie eine Mütze erscheinen ließ. Ich bezweifelte, daß sie damit durch die Tür des Saales gehen konnte, ohne sich zu bücken.

Die beiden Männer neben ihr vermochte ich noch nicht zu erkennen, deshalb will ich sie später vorstellen.

Am Kopfende der Tafel hockte eine Monstrosität von Frau, fett wie fünf Schweine, mit den Gesichtszügen einer Wasserleiche. Augen und Mund waren kaum mehr als Schlitze in den fleischigen Buckeln ihrer Wangen. Ihr ganzer Leib thronte wie eine menschliche Pyramide auf einer Art gigantischem Tablett. Jenes wiederum ruhte auf vier Stühlen, die man rundherum daruntergeschoben hatte. Falls sie Beine und Füße besaß, so waren sie unter den Massen ihres Körpers verborgen. Ihre ganze Gestalt wirkte, als habe jemand versucht, aus einem großen Klumpen Lehm einen Menschen zu formen, dabei aber nach den ersten Bemühungen aufgegeben. Sie schien so formlos und unfertig wie massig, und es fiel schwer, ein menschliches Wesen in ihr zu sehen. Was dort kauerte, war vielmehr ein bebender Berg aus Fleisch. Wie ich später erfuhr, hieß sie Ariane von Lunderbusch, und selten wurde der Wohlklang eines Namens vom Äußeren seiner Trägerin so Lügen gestraft.

Eine Kreatur habe ich in meinen Betrachtungen bislang übersehen; ich sage »Kreatur«, weil es sich dabei eindeutig nicht um einen Menschen handelte. Am Ende einer Kette, die irgendwo in der Fleischmasse Arianes verschwand, saß ein Wesen, wie ich es nie zuvor erblickt hatte. Es besaß die Gestalt eines ungemein kräftigen Mannes, wenn auch gekrümmt und mit überlangen Armen und Fingern. Sein Leib aber war über und über mit Fell bedeckt. Schlimmer noch erschien mir sein Gesicht, eine schwarzhäutige Teufelsfratze mit vorgewölbter Mundpartie. Das Wesen rollte die Lippen vor und zurück und entblößte scharfe Raubtierhauer. Später erst erfuhr ich, daß es sich um ein Tier aus den fernen Ländern im Süden handelte. Faustus nannte es »Orang-Utan«.

Man kann sich zweifellos mein Entsetzen im Angesicht dieser grunzenden Obszönität vorstellen.

Mir war höchst erleichtert ums Herz, als ich feststellte, daß andere offenbar ebensowenig Gefallen an der Bestie fanden wie ich. Der schmale Mann neben Faustus musterte die Kreatur mit Widerwillen und sagte: »Es ist abscheulich von dir, Ariane, deinen Gespielen mit zu dieser Zusammenkunft zu bringen. Wo immer du ihn auch her hast, mein Rat ist, ihn zurückzuschaffen.«

Der Fleischberg Ariane öffnete vor Empörung den Mundschlitz innerhalb ihres klobigen Gesichts, sagte aber vorerst nichts. Erst als der Knochenmann nachsetzen wollte, erklärte sie mit heller Fistelstimme: »Sisyphos ist nicht mein Gespiele, Adelfons Braumeister.« Der Name des Knochenmannes klang aus ihrem Mund wie eine Beleidigung, so zäh und betont sprach sie ihn aus. »Sisyphos ist mein Träger und Diener. Zudem bin ich nicht die einzige, die ihre Bediensteten mitgebracht hat – oder ihre *Gespielen*, nicht wahr, Nicholas?«

Einer der beiden Männer, die uns den Rücken zuwandten, sprang entrüstet von seinem Stuhl. Drohend lehnte er sich mit dem Oberkörper über die Tischkante und schob sich auf Ariane von Lunderbusch zu. »Die beiden Mädchen sind meine *Töchter*.«

Ariane verzog das Gesicht. »Ganz entzückende Zwillinge, in der Tat. Doch weshalb schlafen sie in deinem Bett, mein Bester? Frierst du des Nachts? Soll ich dich wärmen?«

Nicholas ließ sich angewidert zurück auf seinen Stuhl fallen. Er hatte graues, abstehendes Haar, war äußerst untersetzt und hielt sich gebeugt, fast bucklig. »Ich würde an deinem Busen ersticken, Ariane.«

»Du wärest nicht der erste«, versetzte sie eilfertig. Ihre Wangen bebten vor Vergnügen über den Schlagabtausch.

»War das ein Lächeln?« fragte Nicholas bösartig. »Du versprühst die Reize eines Mastschweins, meine Liebe.« Daraufhin lachte er schallend. Er blieb der einzige.

»Das Lächeln ist das legitime Kind des Glücks«, erwiderte Ariane ungerührt, »das Gelächter aber der Bastard des Wahnsinns.«

Das letzte Wort schien den Grauhaarigen besonders zu treffen, doch ehe er protestieren konnte, meldete sich die seltsame Nonne zu Wort:

»Hört auf damit!« verlangte sie scharf. »Ariane ist dir mit Worten überlegen, Nicholas, du mußt nicht auch noch den Beweis dafür antreten. Und was die beiden Kinder in deiner Kammer angeht, so wüßte ich gerne, wer ihre Mutter ist.«

»Das geht dich nicht das geringste an, *Schwester* Walpurga«, entgegnete Nicholas.

Ich begriff jetzt, daß Walpurga keine wirkliche Nonne war. Sie mochte einst in Gottes Diensten gestanden haben, doch es war mehr als deutlich, daß diese Zeiten vorüber waren. Bei näherem Hinsehen erkannte ich die Stickereien auf ihrer Tracht als kabbalistische Zeichen. Eine Hexe!

Zum ersten Mal, seit wir unser Versteck vor dem Fenster bezogen hatten, erhob sich nun Faustus von seinem Platz und stützte sich mit beiden Händen auf den Tisch. Er sah erst Nicholas, dann alle anderen der Reihe nach an.

»Nicholas hat recht«, sagte er, »es geht uns nichts an, was er in seinem Bett mit den Zwillingen treibt. Wenn er behauptet, die Kinder seien seine Töchter, dann sollten wir das akzeptieren. Mir scheint, wir nehmen ungewöhnlichere Umstände als gegeben hin.«

Ich glaube nicht, daß Faustus seine wahren Gedanken aussprach, doch er schien der Streiterei endgültig überdrüssig und verhalf ihr auf diese Weise zu einem vorläufigen Ende.

»Kommen wir endlich zur Sache«, verlangte er barsch. »Ariane, du bist als erste hier eingetroffen.«

»Vor zwei Tagen«, sagte sie mit sichtlichem Stolz.

»Dann weißt du vielleicht mehr als wir übrigen«, vermutete Faustus. »Es ist allmählich an der Zeit, daß wir herausfinden, weshalb der Vater uns hierhergerufen hat.«

Der Vater! Wen oder was er damit meinte, blieb ungewiß. Ich brannte darauf, endlich die Hintergründe zu erfahren. Wie es schien, hatten Angelina und ich eine gute Gelegenheit für unseren Ausflug zum Haupthaus gewählt.

Ich stützte mich mit einer Hand auf die Fensterkante. Ich hatte nicht bemerkt, wie spröde der Mörtel war. Der Stein löste sich.

Angelinas Hand schoß vor, um ihn aufzufangen, doch es war schon zu spät.

Der Stein prallte polternd auf den Boden.

Sofort preßten wir uns eng an die Mauer neben dem Fenster. Das Gespräch im Saal verstummte.

»Was war das?« fragte eine besorgte weibliche Stimme, die ich zum erstenmal vernahm. Sie mußte der Frau mit dem aufgetürmten Haarschmuck gehören.

Stühle wurden gerückt. Nur noch wenige Augenblicke, und die ersten Gesichter würden sich aus dem Fenster schieben.

Ehe ich selbst einen Entschluß fassen konnte, riß Angelina mich bereits mit sich. Taumelnd rannten wir los, bogen um die Ecke und liefen an der Hausmauer entlang zur Rückseite. Dort stürmten wir die Freitreppe hinab, nahmen immer drei Stufen auf einmal. Ohne die Schlangen oder sonstige Gefahren zu beachten, hetzten wir durch den verwilderten Schloßgarten, durch zerfallene Torbögen, um Statuen und verödete Brunnen.

Endlich erreichten wir das Gästehaus.

Wir sprangen die Stufen herauf und wollten vom Flur in unsere Kammer treten, als wir bemerkten, daß aus der offenen Luke zum Dachboden sanfter Lichtschein fiel. Fragend blickten wir uns an, dann traten wir zögernd darauf zu.

Im selben Augenblick schnellte aus der Öffnung ein Gesicht. Kopfüber blickte es auf uns herab.

Es war ein junges Mädchen, und sein Haar war so lang, daß es wie ein Vorhang von der Decke herab bis zur Höhe meines Bauchnabels fiel.

Sie sah uns verdutzt an. »Wer, um alles in der Welt, seid ihr denn?«

❖❖❖

Sie hieß Gwendolin – »aber nennt mich Gwen« – und erklärte uns, sie sei die Schülerin der berühmten Hellseherin Delphine. Nach Angelinas Blicken zu urteilen, sagte ihr dieser Name ebensowenig wie mir selbst. Trotzdem ließen wir Gwen in dem Glauben, daß ein jeder »diesseits und jenseits des Jenseits« ihre Herrin kennen müsse.

Sie schien mir ein rechter Wildfang zu sein, ein Eindruck, der von ihrer wildwuchernden Haarmähne noch verstärkt wurde. Sie redete viel und schnell und betonte jede Silbe mit weitschweifigen Gesten, vergnügtem Gekicher oder finster verkniffenen Augenbrauen. Sie war hübsch, auf eine sehr natürliche Art. Keine wirkliche Schönheit wie manche Edeldame; sie entsprach eher dem landläufigen Bild einer gewitzten Räubertochter oder Geächteten. Es fiel nicht schwer, sie zu mögen.

Ihre Herrin Delphine, so erklärte sie, verkehre oft an den Höfen der Mächtigen und sage ihnen die Zukunft voraus, ein Handwerk, für das sie gut entlohnt werde.

»Trägt deine Meisterin ihr Haar aufgetürmt zu so einem… nun, zu…« Mir fehlten die Worte, deshalb fuchtelte ich mit beiden Händen über meinem Kopf, um zu beschreiben, was ich meinte.

Gwen lachte fröhlich. »Das ist sie. Wo hast du sie gesehen?«

»Drüben im Haus«, erwiderte ich vorschnell.

Angelina verpaßte mir einen Stoß mit dem Ellbogen. Ich weiß nicht, ob sie Gwen mißtraute, doch auf alle Fälle schien es ihr ratsam, nicht jedem gleich alles zu offenbaren – womit sie zweifellos recht hatte.

Gwens Blick verfinsterte sich prompt. »Ihr wart im Haupthaus?«

Ich bemerkte, daß Angelina die Augen verdrehte, entschied aber dann, daß es zu spät zum Leugnen war. »Gerade erst. Weißt du, was dort vorgeht?«

Sie musterte uns mit einem Mal mißtrauisch, wobei ihr Blick einen Moment zu lange auf Angelinas Verbrennungen ruhte. Es war fast, als bemerkte sie die Wunden jetzt zum ersten Mal.

»Ich weiß wenig«, sagte Gwen schließlich, »aber offenbar mehr als ihr. Delphine hat eingesehen, daß sie mich nur vom Haus fernhalten kann, wenn sie mir zumindest einen Teil der Hintergründe verrät.«

An ihr sollte Faustus sich ein Beispiel nehmen, dachte ich, erwiderte aber nichts.

»Ihr seid vollkommen ahnungslos, was?« fragte sie.

Angelina überließ es mir, Gwens Worten zuzustimmen. Sie schien sich diese Blöße nicht geben zu wollen. Ich war verblüfft, wieviel mädchenhafter Trotz noch unter ihrer Maske der Kämpferin schwelte. Vom gefühllosen Borgia-Engel wandelte sie sich allmählich zur Frau.

Gwen schien Angelinas Ablehnung durchaus zu bemerken, deshalb wandte sie sich fortan nur noch an mich. »Was willst du wissen?« fragte sie.

»Fang einfach vorne an.«

Sie seufzte und setzte sich auf dem Boden unserer Kammer zurecht. »Sagt dir der Begriff Chymische Hochzeit etwas?«

Ich tat, als überlegte ich, und schüttelte dann den Kopf.

»Chymische Hochzeit ist ein Begriff aus der Alchimie«, erklärte sie. »Er bezeichnet die Vereinigung polarer Gegensätze. Mit anderen Worten: Gegenstände, Stoffe oder auch Personen werden zusammengefügt, die unterschiedlicher Natur sind.«

»Die Unterschiede waren nicht zu übersehen«, bemerkte ich.

Gwen kicherte, als hätte ich einen großartigen Spaß gemacht. »Das dachte ich mir«, sagte sie. »Delphine schien auch wenig an diesem Treffen gelegen. Mir war, als ahnte sie bereits, was sie hier erwartet. Sie hat auch von deinem Meister gesprochen.«

»Viel Gutes, nehme ich an.«

Sie kicherte wieder, dann wurde sie ernst. »Wenn

ihr sie belauscht habt, hast du sicher bemerkt, daß sie sich alle kennen. Und das schon seit Jahren. Ihre Bekanntschaft war keinesfalls freiwillig, wie du dir denken kannst. Was sie miteinander verbindet, ist ihr Streben nach Wissen, nach der Macht über die Träume.«

Sie muß mir meine Verblüffung angesehen haben, denn sie fügte sogleich hinzu: »Dein Meister hat dir wohl nie vom Traumvater erzählt.«

Eine Antwort darauf war überflüssig.

»Der Traumvater war ein Weiser aus Ägypten«, erklärte Gwen. »Vor Jahren zog er durch die Welt und lehrte seine Schüler, ihre Träume zu beherrschen. Mit seiner Hilfe gelang es ihnen, ihre Traumbilder zu deuten, zu steuern, und das zu träumen, was sie sich wünschten. Unsere Meister gingen ebenso bei ihm in die Lehre wie die übrigen Männer und Frauen, die sich im Schloß versammelt haben. Wie sie und viele, viele andere – nur daß die meisten ihre Lehrzeit nicht zum Abschluß brachten. Der Traumvater zerstörte ihren Geist, er zerfleischte ihre Seele und weidete ihre Gedanken aus. Nur wenigen ist es gelungen, ihm zu widerstehen. Jene, die es schafften, habt ihr eben gesehen.«

All das klang völlig unglaublich. Und doch war ich geneigt, ihr zu vertrauen. Irgendwann einmal mußte auch Faustus ein Schüler gewesen sein, der erst langsam die wahre Tiefe seines Talents entdeckt hatte. Und weshalb hätte sein Meister nicht ein Wesen sein sollen, das sich Traumvater nannte? Je wirrer die Geschichte und fantastischer die Einzelheiten, desto eher mochte ich sie glauben. Sie paßte zu einem wie Faustus.

Ich sah Angelina an, doch ihr erstarrtes Gesicht verriet nicht, was sie dachte. Ihre Augen musterten Gwen und schienen sich jeden Zug ihres Äußeren und jedes ihrer Worte einzuprägen.

»Wie konnte der Traumvater solche Macht über die Menschen erlangen?« fragte ich.

Gwen zuckte mit den Schultern. »Er pflanzte Träume in ihre Köpfe wie Steckrüben. Wenn sie anschlugen, mochten wunderbare Visionen daraus sprießen, aber auch der schwärzeste Alpdruck. Delphine sagt, unsere Träume bestimmen einen jeden von uns viel mehr, als wir selbst es ahnen. Der Traumvater hat sich das zunutze gemacht.«

»Und diese sieben, drüben im Schloß, sind die einzigen, die die Lehrzeit bei ihm überstanden haben?« Bei der Erinnerung an einige der merkwürdigen Gestalten schien mir dies mehr als unwahrscheinlich.

Doch Gwen nickte. »Ja, innerhalb der Grenzen des Reichs. Sie sind selbst von Schülern zu Meistern ihrer Träume geworden.«

»Du meinst, Faustus kann mir des Nachts Träume eingeben, ohne daß ich es weiß oder etwas dagegen tun kann?« Die Vorstellung entsetzte mich zutiefst, und auch Angelina wirkte beunruhigt.

»Nein, das vermag nur der Traumvater selbst«, erwiderte das Mädchen beschwichtigend. »Doch Doktor Faustus und Delphine und all die anderen können ihre eigenen Träume regieren, und das ist weit mehr, als wir übrigen vermögen. Sie lernen aus dem, was sie bei Nacht erleben, sie vergessen nichts davon und sind noch Jahre später in der Lage, sich an jede Einzelheit zu erinnern – und sie erneut zu träumen, falls sie es wünschen. Meine Meisterin etwa schaut im Schlaf in die Zukunft, und nur so vermag sie das Schicksal vorauszusagen.«

»Was aber hat das alles mit dieser … Chymischen Hochzeit zu tun?« fragte ich verwirrt.

»Meine Herrin, und sicher auch die anderen, erhielt eine Botschaft vom Traumvater. Er befahl ihnen allen, sich in diesem Schloß zu treffen, eine Vereinigung ihrer unterschiedlichen Wesenszüge.«

»Aber sie scheinen den Grund dafür nicht zu kennen.«

»Sie haben Vermutungen, aber sie sind sich nicht sicher.«

»Und trotzdem sind sie alle sofort herbeigeeilt«, stellte ich verwundert fest. »Der Traumvater muß noch immer große Macht über sie haben.«

Gwen schob eine Strähne ihres hellbraunen Haars zurück hinters Ohr. »Ich glaube, es ist nicht einmal gewiß, daß er noch lebt. Er muß uralt gewesen sein, damals, als sie ihm während seiner Wanderungen begegneten. Sein Körper war krank und schwach. Delphine behauptet, er war schon damals vom Tode gezeichnet.«

»Du sagtest aber doch, die Botschaft sei von ihm gewesen.«

»Zumindest schien sie es zu sein. Doch wer weiß, vielleicht schrieb sie ein anderer in seinem Namen, mit gutem oder schlechtem Vorsatz.«

Mir war klar, daß Gwen nur die Worte ihrer Herrin nachplapperte, und doch konnte ich nicht umhin, sie weiter zu befragen, als wüßte sie von sich aus für alles eine Erklärung.

»Auf unserem Weg hierher sahen wir einen nackten Mann auf einer Gondel, die sich wie von Geisterhand bewegte. Er trug eine merkwürdige Zeichnung auf dem Rücken. Könnte er der Traumvater gewesen sein?«

Einiges sprach natürlich dagegen. Der Mann auf der Gondel war jung gewesen, während der Traumvater laut Gwens Beschreibung ein Greis sein mußte.

Und doch erinnerte ich mich nur zu gut an den Schrecken auf Faustus' Gesicht, und allein dieser Ausdruck war es, der mich auf die Verbindung zwischen beiden brachte.

»Von einer Zeichnung weiß ich nichts«, sagte Gwen. »Aber das muß nichts bedeuten. Delphine hat mir sicher nicht alles über ihn erzählt.«

»Wieso sollte die Zusammenkunft ausgerechnet an diesem Ort stattfinden?«

Gwen lächelte, stolz, daß sie eine Antwort darauf wußte. »Du kennst die Legende vom Schlangenkönig?«

»Natürlich.«

»Es heißt, der Traumvater sei in seiner Heimat Ägypten ein Hohepriester des Apophis-Kultes gewesen und sei so zu dem geworden, was er später war – oder immer noch ist. Apophis ist ein mächtiger Schlangendämon, der Feind des Sonnengottes und Sinnbild der Mächte der Finsternis. An jedem Morgen, wenn die Sonne aus der Unterwelt aufsteigt, und am Abend, wenn sie auf ihrer Barke wieder hinabfährt, wird sie von Apophis angegriffen. Und jedes Mal unterliegt der Schlangendämon ihrer Kraft, und der Himmel färbt sich rot von seinem Blut.«

Das mochte allzu wahnwitzig klingen, doch die Vorstellung schlug mich nichtsdestotrotz in ihren Bann. »Demnach könnte es in der Tat eine Beziehung zwischen der Verehrung des Traumvaters für den Schlangendämon und diesem Schloß geben.«

Gwen nickte. »Das ist es, was Delphine glaubt. Sie sagt, seine Macht sei hier am stärksten. Wenn es wirklich der Apophis-Kult war, der ihm seine Kraft der Traumbeherrschung verlieh, dann mußte er früher oder später während seiner Reisen auf dieses Schloß stoßen. Die Lichtung ist das Reich des Schlangenkönigs.«

»Ein Dämon wie Apophis«, bemerkte ich nachdenklich, »und vielleicht sogar …«

»… ein und derselbe«, führte Gwen den Satz zu Ende.

Plötzlich kehrte ein Funken Vernunft zurück in meine Sinne. »Aber das alles sind Hirngespinste und Aberglaube.«

»Mag sein«, entgegnete Gwen entschieden, »aber der Traumvater existiert. Und für ihn existiert der Schlangendämon, ganz gleich, wie man ihn in welchem Teil der Welt auch nennen mag. Apophis – oder eben der Glaube an ihn – verlieh dem Traumvater seine Macht. So ist es nur naheliegend, daß er dieses Schloß als Ort der Zusammenkunft wählte.«

»Er oder derjenige, der sich als Traumvater ausgibt«, sagte ich. »Vorausgesetzt, er ist tot.«

»Ich denke, das werden unsere Meister bald erfahren.«

»Du scheinst dir keine Sorgen um sie zu machen.«

Sie schüttelte den Kopf. »Delphine kennt die Zukunft. Sie wird ihre Vorbereitungen treffen, um sich zu schützen.« Trotz dieser Worte wirkte ihre Überzeugung gespielt. Gwen *war* besorgt, mochte sie es auch noch so laut abstreiten.

»Was macht deine Herrin so sicher, daß der Traumvater seinen Schülern Böses will?« fragte ich.

»Der Haken ist, daß sie nicht mehr seine Schüler sind. Sie waren es, doch damit ist es vorbei. Jeder, der die Schule des Traumvaters beendet hat, ist entweder tot, wahnsinnig – oder er hat seine Prüfung bestanden. Diese sieben, die es geschafft haben, haben wie jeder, der bei ihm in die Lehre gegangen ist, einen Pakt mit ihm geschlossen: Scheitern sie, nimmt er ihnen jeden ihrer Träume, er saugt sie leer, und das übersteht kein normaler Mensch; die meisten sterben, der Rest verliert den Verstand. Jene wenigen aber, denen es gelingt, die Prüfungen des Traumvaters zu meistern, zahlen kein Lehrgeld. Sie dürfen ihn unbeschadet verlassen und einen Großteil seines Wissens mit sich nehmen. So lautet die Abmachung.«

»Und was bedeutet das?« fragte ich, denn mir war unklar, worauf sie hinauswollte.

»Das bedeutet, daß es nur zwei Gründe geben kann,

weshalb der Traumvater seine Schüler hier versammelt hat. Der eine ist, daß er es nicht verwunden hat, daß sie seiner Macht standhalten konnten. Er will nachträglich sein Lehrgeld einfordern.«

»Dann geht es ihm nur um schnöden Reichtum?«

Gwen lächelte nachsichtig. »Nicht im Sinne von Münzen. Er will ihre Träume. Nirgendwo kann er so ausgereifte, so vollendete Träume finden wie in den Köpfen dieser sieben Menschen, ganz gleich, wie sie von außen erscheinen mögen. Sie haben jahrelang Zeit gehabt, ihre Traumwelt unter ihre Macht zu zwingen. Vielleicht will er die Früchte dieser Saat nun ernten.«

So wirklichkeitsfremd sie klingen mochten, innerhalb der ihnen eigenen Logik ergaben Gwens Argumente einen vollkommenen Sinn.

»Was ist der andere Grund?« fragte ich. »Du sprachst von zwei Möglichkeiten.«

Sie atmete tief durch, während Angelina neben mir unruhig hin und her rutschte. »Der zweite Grund«, sagte Gwen, »ist der, daß der Traumvater alt und krank und hilflos ist. Möglicherweise sucht er einen Nachfolger.«

»Einen Nachfolger?«

»Ja. Vielleicht hat er seine besten Schüler zusammengerufen, um einen von ihnen auszuwählen und in die allerletzten Geheimnisse der Traumlehre einzuweihen – jene zur Beherrschung der Träume anderer Menschen, nicht nur der eigenen.«

»Wenn der Traumvater einen der sieben auswählt, werden die übrigen sich das kaum bieten lassen.«

»Delphine glaubt, daß es dazu nicht kommen wird. Sie sagt, der Traumvater wird die sechs anderen töten.«

Ich schauderte. Wenn die Wahrsagerin recht behielt, bedeutete das, daß es nur zwei Folgen dieser Zusammenkunft geben konnte: Entweder starben nur sechs der Anwesenden oder alle sieben. Keine erfreuliche Aussicht.

Angelina stieß mich an, und ich verstand, was sie meinte. Eine Frage gab es noch, die offenblieb:

»Wenn auf jeden der sieben hier der Tod warten kann, warum hatten sie es dann so eilig, dem Wunsch des Traumvaters Folge zu leisten?«

Gwen zögerte. »Ich bin nicht sicher, ob ich euch das sagen sollte.«

Angelina wollte wutentbrannt auffahren, doch ich hielt sie mit einer Handbewegung zurück. »Was hättest du schon zu verlieren?«

Gwen lächelte scheu, doch es war kein Zeichen von Belustigung, nur von Unsicherheit. »Einen der wertvollsten Schätze der Welt.«

Ich starrte sie ungläubig an. Vielleicht führte sie uns doch an der Nase herum. »Wie meinst du das?«

»Der Traumvater hat jedem seiner Schüler den siebenten Teil eines unermeßlichen Schatzes versprochen. Und wenn es einen einzigen Wesenszug gibt, der allen gemeinsam ist, so muß das wohl ihre Freude am Reichtum sein. Denn schließlich sind sie alle gekommen, trotz der Gefahr.«

»Und was für ein Schatz soll das sein?«

Gwen erhob sich vom Boden und trat eilig ans Fenster. Ihr Blick richtete sich in die Nacht, hinüber zum Haupthaus der Schloßruine. Dann drehte sie sich langsam um und sah uns nachdenklich an. Ihr Lächeln wirkte gekünstelt, als glaubte sie selbst nicht an ihre eigenen Worte.

»Die Krone des Schlangenkönigs«, sagte sie schließlich.

Kapitel 3

Ich wußte, was Angelina dachte, und mir selbst erging es kaum anders. Der Schlangenkönig war eine Legende, eine Drohung, mit der man unartige Kinder erschreckte. Gleiches galt für seine Krone: Ihr einziger Wert war es, das Elend der Waldbewohner zu offenbaren – je ärmer ein Volk, desto glänzender die Schätze in seinen Mythen und Märchen.

Doch eines gab es, das dagegen sprach, die Sache schlichtweg als Unfug abzutun: Faustus glaubte daran. Wäre er sonst hierhergekommen? Ihm konnte unmöglich an einem Kräftemessen mit dem Traumvater gelegen sein. Auch vermochte ich mir nicht vorzustellen, daß er ernsthaft dessen Nachfolge antreten wollte. Nein, er mußte einen anderen Grund gehabt haben, den Weg hierher anzutreten.

Ich wußte, daß er dem Glanz und Gewicht von Gold schwerlich widerstehen konnte, um so mehr, da er sich seit seiner Verfolgung durch den Hexenjäger Asendorf aus den meisten Städten fernhalten mußte. Bis dahin hatte er von den Resten seines Erbes und der Vorführung von Zauberkunststücken gelebt. Doch das Geld seines Oheims schien aufgebraucht, und Zuschauer kamen nur noch, wenn man ihn auf den Scheiterhaufen führte. Ohne eine stattliche Anzahl von Münzen aber war es unmöglich, die Reise nach Rom anzutreten, und so mag ihm die Lockung des Traumvaters durchaus zupaß gekommen sein.

Das aber bedeutete, daß zwar der Schlangenkönig selbst ein Hirngespinst sein mochte, seine Krone aber durchaus existierte. Denn mein Meister war zweifellos keiner, der sich aufmachte, Luftschlösser zu erstürmen. Irgend etwas, sei es Ahnung oder Wissen, mußte ihn überzeugt haben, daß der Traumvater die Wahrheit sagte: Der Schlangenschatz war hier im Schloß.

All das Gerede über Träume muß mich stärker beschäftigt haben, als ich selbst für möglich gehalten hatte, denn in den wenigen Stunden, die uns zum Schlafen blieben, erschien mir ein Engel.

Ich hatte sein Gesicht nie zuvor gesehen, und doch wußte ich mit völliger Gewißheit, daß es Angelina war. So, wie sie vor der Verbrennung ausgesehen hatte. Sie eilte mir mit federnden, schwebenden Schritten entgegen, das weißblonde Haar wallend auf ihren nackten Schultern, ein betörendes Lächeln auf den schönen Zügen. Ihr Körper, glatt und zart und ebenmäßig, schimmerte in einem unirdischen Licht, während sie näher und näher kam. Ich blickte ihr erwartungsvoll entgegen, hoffte auf ihre Umarmung, ihre Sanftmut, und so öffnete ich beide Arme, um sie zu empfangen. Auf ihrem Rücken entfalteten sich strahlende Engelsschwingen.

Dann aber stand sie vor mir, und ich erkannte die furchtbare Wahrheit. Ich starrte auf ihre Schwingen und begriff, daß das, was ich für leuchtende Federn gehalten hatte, in Wirklichkeit blitzende Klingen waren. Messerscharfe Schneiden, tückisch und glitzernd. Die Messerflügel klappten auf wie ein offenes Buch, sie bogen sich nach vorne und kamen auf mich zu. Ihre Spitzen berührten sich in meinem Rücken, ihre Umarmung wurde enger und enger, bis sie mich fest an Angelina drückten, auf ihre Haut, in ihren Schoß. Doch es waren keine Wonnen, die ich spürte, es waren allein die Klingen, die von überall in meinen Körper schnitten, Haut und Fleisch und Knochen zerfetzten.

Ich erwachte verschwitzt und mit Tränen in den Augen. Unmöglich, noch einmal einzuschlafen. So wartete ich, bis der Morgen graute und der erste

Schimmer des neuen Tages auf mein Lager fiel. Dann stand ich auf und sprang geschwind ans Fenster.

Bei Tageslicht, selbst wenn es so trüb und zögerlich über die Baumwipfel kroch, verlor die Ruinenlandschaft viel von ihrem unirdischen Zauber. Ich war recht froh darüber. Das, was wir von Gwen erfahren hatten, war für sich allein bereits bedrohlich genug. Die Umgebung mußte nicht auch noch das Ihre dazutun.

Freilich blieb das Haupthaus ein finsterer Koloß, und auch die Trümmer der Nebengebäude wirkten kaum erfreulicher als in der Nacht. Zudem lag ein Nebelschleier über dem Boden, so daß es aussah, als ragten die Ruinen aus einem stillen, weißen See. Wallend drängten seine Gestade gegen die verfallenen Mauern und umschmeichelten das schwarze Moos.

»Also doch nur ein Traum«, sagte hinter mir eine müde Stimme. Gwen war aufgewacht. Sie erhob sich, ohne ihre Worte zu erklären. Vielleicht war es besser so; es reichte, daß ich mit meinen eigenen Nachtmahren kämpfte.

Angelina setzte sich ebenfalls auf, und eine Weile später hockten wir alle drei auf Mauerstümpfen unweit des Gästehauses. Der Nebelsee reichte uns bis zu den Knien. Unschlüssig sprach ich mit Gwen über dieses und jenes und äußerte meinen Kummer darüber, daß Faustus nichts von sich hören ließ. Erstmals gestand Gwen auch ihre eigene Sorge um Delphine.

Da schoß plötzlich ein dunkler Schatten durch die Nebelschleier, nur wenige Schritte von uns entfernt.

»Die Katze«, entfuhr es mir, während ich dem Schemen wutentbrannt nachstarrte.

»Ihr habt also auch schon ihre Bekanntschaft gemacht?« fragte Gwen spöttisch.

In wenigen Sätzen erzählte ich Gwen, was am Abend auf dem Dach des Gästehauses geschehen war.

»Das muß zu der Zeit gewesen sein, als ich im Wald nach Beeren suchte«, sagte sie

»Und, hast du welche gefunden?«

»Nicht eine einzige. Hier wächst nichts außer diesen verfluchten Bäumen und ein paar dürren Sträuchern. Ich frage mich allmählich, was wir hier essen sollen.«

»Vielleicht die Katze.«

Gwen lachte, und Angelina trat mir spielerisch vors Bein.

»Sie ist ein Ungeheuer«, sagte Gwen. »Gestern nachmittag hat sie mich angegriffen. Jetzt wagt sie es nicht mehr, wahrscheinlich weil wir zu dritt sind.«

»Dann ist sie zudem nicht dumm. Ich würde ihr den Hals umdrehen.«

»Ist euch aufgefallen, wie gepflegt sie wirkt?«

Angelina und ich nickten zugleich.

Gwen blickte hinüber zum Haupthaus. »Ich glaube fast, sie gehört zu einem der Gäste. Delphine sprach von einer Hexe, einer ehemaligen Klosterschwester, die sich nach ihrer Lehre beim Traumvater von Gott abgewandt hat.«

»Schwester Walpurga«, fügte ich hinzu.

»Ja, das ist der Name, den sie sich gab. Eine schwarze Katze würde zu ihr passen, so wie meine Herrin sie beschrieb.«

Ich stimmte zu. »Aber ist sie wirklich eine Hexe?«

»Ist dein Meister wirklich ein Magier?« Gwen blies abfällig durch verkniffene Lippen. »Wer ist schon wirklich das, was er zu sein scheint.«

Mit diesen Worten stand sie auf und streckte sich. »Ich bin todmüde«, sagte sie. »Ich werde mich wieder hinlegen. Hier entgeht einem ja doch nichts.«

»Ich will noch einmal zum Haupthaus«, erklärte ich schnell, damit sie nicht fortlief, ehe ich sie einladen konnte, sich anzuschließen.

Angelina sah mich verblüfft an, nickte aber zustimmend, daß sie mitkommen wollte. Ich litt noch immer ein wenig unter den Nachwehen meiner Vision: Angelina mit Schwingen aus Messerklingen. Ich hatte Mühe, ihr in die Augen zu sehen.

Gwen hob abwehrend die Hände. »Gott bewahre! Ich werde mich hüten, diesem Gemäuer auch nur einen Schritt näher zu kommen als nötig. Falls der Traumvater wirklich dort umgeht und es auf seine Schüler abgesehen hat, wird er vor dem Schüler eines Schülers kaum haltmachen. Nein, geht nur allein, wenn ihr wollt und so wenig an eurem Leben hängt.«

Sie drehte sich um und teilte mit ihren Schritten den Nebel. Kurz darauf war sie im Gästehaus verschwunden.

»Was hältst du von ihr?« fragte ich Angelina leise, ohne den Blick von der Haustür zu nehmen.

Sie zuckte mit den Achseln und seufzte tonlos.

Nachdenklich sah ich hinauf zum Fenster, an dem für einen Augenblick Gwens braune Haarflut vorüberhuschte. Sie packte ihre Sachen und zog sich wieder auf den Dachboden zurück. Wahrscheinlich fühlte sie sich dort oben sicherer – vor dem Traumvater oder wem immer ihre Furcht galt. Vielleicht hatte sie recht; vielleicht schätzten wir die Lage nicht ernst genug ein. Ein weiterer Besuch des Haupthauses mochte Leichtsinn sein, doch meine Neugier ließ mir keine Ruhe. Ich war dankbar, daß es Angelina genauso erging.

»Sie scheint eine Menge über den Traumvater und seine Schüler zu wissen«, sprach ich meine Gedanken laut aus. »Weshalb erzählt ihre Herrin ihr so vieles, während Faustus alles für sich behält? Ich hoffe, er meint es nur gut mit uns.«

Angelina lehnte sich vor, durchstieß mit dem ausgestreckten Zeigefinger die Nebeldecke und zeichnete etwas ins Erdreich. Ich mußte vor ihr in die Hocke gehen und mein Gesicht beinahe bis zum Boden beugen, ehe ich erkannte was es war: ein kreisförmiger Bogen, dessen Enden mit Pfeilspitzen aufeinander wiesen.

»Was bedeutet das?« fragte ich verwundert. Doch dann begriff ich. »Umgekehrt, meinst du? Das, was ich gerade gesagt habe, nur andersherum?«

Angelina nickte, offenbar erfreut, daß ich das Symbol verstanden hatte.

»Du glaubst, Faustus will uns Böses?«

Sie schüttelte entschieden den Kopf.

Ich überlegte weiter. »Delphine, nicht wahr? Sie hat ihrer Schülerin all die Einzelheiten erzählt, weil es nachteilig für Gwen sein könnte.« Das ergab wenig Sinn, war aber die einzige verbleibende Möglichkeit.

Angelina antwortete mit einem neuerlichen Nicken.

Ich dachte darüber nach. »Warum aber sollte sie das tun?« fragte ich ernüchtert, weil ich keine Lösung fand.

Angelina war schlau und hatte es keineswegs verdient, daß man einen ihrer Vorschläge als Unsinn abtat. Ich war mir jedoch sehr wohl bewußt, daß ihr Gedankengang zu verworren sein mußte, um ihn in ein schlichtes Symbol zu kleiden. Was immer sie auch meinen mochte, sie konnte es mir nicht mitteilen.

Sie selbst wußte das am besten und verzichtete auf einen Versuch. Statt dessen stand sie auf.

»Gut«, sagte ich schulterzuckend, »gehen wir.«

Bei Tag und vor dem Hintergrund des Nebelteppichs mußten wir schon von weitem zu erkennen sein, deshalb schlugen wir allerlei Haken, verbargen uns immer wieder hinter Ruinen und Büschen und näherten uns so ganz allmählich dem düsteren Gemäuer im Zentrum der Lichtung. Mir war klar, daß alle List nicht helfen würde, falls wirklich jemand nach uns Ausschau hielt, doch bei einem flüchtigen Blick aus dem Fenster mochte unser Versteckspiel uns vor Entdeckung bewahren.

Wie erreichten schließlich den Sockel des Hauses und entschieden, ihn an seinem Fuß zu umrunden. Ich wollte sicher sein, daß es wirklich keinen weiteren Zugang außer den beiden Freitreppen gab.

Schon nach kurzer Zeit wurden wir an der Ostseite fündig. Dort gab es eine hölzerne Tür, weder allzu hoch noch breit, eher eine Luke, die ins Innere des Steinsockels führte. Sie war aus massiven Eichenbohlen gezimmert und mit stählernen Beschlägen verstärkt, was jedes Eindringen vereitelt hätte – wäre sie nicht offen gewesen. Wahrlich, unser Erstaunen hätte nicht größer sein können, als wir feststellten, daß die Tür lediglich angelehnt war. Jemand mußte von innen den Riegel beiseite geschoben haben. Wann das geschehen war, ob vor Jahrzehnten oder erst gestern, ließ sich jedoch nicht mehr feststellen.

Hinter der Tür befand sich der Einstieg zu einem verlassenen Steinflur. Schmutz und Staub bedeckten den Boden fast knöchelhoch. Einst mußte dies der Dienstboteneingang gewesen sein, doch mit Aussterben der Hausherren vor Hunderten von Jahren waren auch die Diener verschwunden. Einen Augenblick lang packte mich die ungute Ahnung, daß dies auch die Tür gewesen sein mochte, die der Schlangenkönig und sein giftiges Gefolge benutzt hatten; durch diesen Gang gelangten sie schneller ins Haus als über die weitgeschwungenen Freitreppen.

Sogleich schalt ich mich einen Narren und lenkte meine Aufmerksamkeit darauf, unbemerkt ins Gebäude einzudringen. Weder Angelina noch ich hatten daran gedacht, eine Fackel mitzunehmen. So standen wir nun vor der Schwierigkeit, unser Vorhaben ohne Licht angehen zu müssen. Wir beschlossen daher, die Tür weit offenstehen zu lassen, selbst auf die Gefahr hin, daß irgendwer die Öffnung entdeckte. So fiel ein Abglanz des trüben Tageslichts in den finsteren Schacht.

Wenigstens konnten wir nun mit einiger Mühe erkennen, wohin wir unsere Füße setzten.

Der Gang führte an zahlreichen Kammern vorbei. Die Türen der meisten standen offen, doch aufgrund des Mangels an Helligkeit war nicht zu erkennen, was sich dahinter befand. Wir machten uns auch nicht die Mühe, einen der fensterlosen Räume näher zu erforschen. Sicher hatte man sie einst als Lager und Vorratskammern genutzt. Auch war es möglich, daß ein allzu herzloser Edelmann hier seine Bediensteten einquartiert hatte; das Privileg eines Fensters galt auch heute noch bei vielen Dienstherren als Gunstbeweis und war keineswegs selbstverständlich.

Der Gang endete in einem runden Treppenhaus, in dem breite Steinstufen sowohl nach oben als auch nach unten führten. Es gab demnach einen Keller unter dem Haus, wahrscheinlich sogar mehrere. Zwei oder drei unterirdische Stockwerke waren bei Anwesen wie diesem nicht unüblich.

Angelina deutete nach oben. Ohne Fackeln machte es keinen Sinn, tiefer in die Erde hinabzusteigen. Zumal die Schüler des Traumvaters sich zweifellos in den oberen Räumen aufhielten.

Wir hatten die ersten Stufen der breiten Wendeltreppe erstiegen, als etwas an uns vorüberhuschte. Es gelang mir gerade noch, zu erkennen, daß es sich einmal mehr um die schwarze Katze handelte, dann verschwand sie schon hinter der nächsten Biegung. Sie rannte lautlos nach oben, mußte uns also durch den Gang gefolgt sein.

Angelina sah mich an, und ich bedeutete ihr mit einem Schulterzucken meine Ratlosigkeit. Offenbar mußten wir uns vorerst damit abfinden, daß das Tier zu unserem Schatten wurde. Möglicherweise würde es uns später gelingen, das heimtückische Biest in die Finger zu bekommen.

Ich hatte den Schreck, den mir die Katze eingejagt hatte, gerade überwunden, als plötzlich ein Schrei ertönte. An- und abschwellend gellte er durch das Gemäuer, fing sich im Treppenschacht und heulte uns von allen Seiten entgegen. Nach wenigen Herzschlägen brach er abrupt ab. Von einem Augenblick zum nächsten herrschte Stille. Allein aus der Tiefe des Kellers ertönte in weiter Ferne noch ein sterbendes Echo.

»Los, komm!« flüsterte ich Angelina zu, doch sie war längst losgelaufen und hatte schon einen Vorsprung von mehreren Stufen. Sie war nicht nur geschickter als ich, sondern zudem erheblich schneller. Lange vor mir erreichte sie den Treppenabsatz im Erdgeschoß, und ehe ich die weitere Richtung mit ihr abstimmen konnte, rannte sie bereits hinauf in den ersten Stock. Ich warf einen Blick in den Saal, an dem wir vorüberliefen; er erstreckte sich über zwei Stockwerke des Hauses. Weiter oben verlief eine Balustrade entlang der Wand.

In der Mitte der Halle lag reglos und verkrümmt ein Körper, umgeben von einer glitzernden Blutlache. Ich erkannte die Leiche selbst aus der Entfernung.

Einen Augenblick lang verharrte ich. Angelina mußte sie ebenso gesehen haben wie ich, und trotzdem war sie weiter nach oben gelaufen. Da begriff ich: Sie wollte hinauf zur Balustrade. Von dort aus hatten wir den besten Blick auf das, was geschehen würde und liefen geringere Gefahr, entdeckt zu werden.

Schon hörte ich eilige Schritte und ein entsetztes Keuchen, nicht im Treppenhaus, sondern draußen im Saal. Ehe ich sehen konnte, wer dort herbeieilte, lief ich weiter, um tunlichst einer Entdeckung zu entgehen. Es fehlte noch, daß man mich selbst der Tat beschuldigte.

Angelina kauerte längst hinter dem hölzernen Geländer des Rundgangs, als auch ich den zweiten Stock erreichte und neben ihr in die Knie ging. Atemlos preßte ich mein Gesicht gegen die gedrechselten Stäbe und starrte hinab in den Saal.

Vier Menschen hatten sich bereits um den Leichnam versammelt. Die beiden übrigen kamen soeben aus unterschiedlicher Richtung hinzu.

Überall am Boden war Blut. Der Mörder mußte zahllose Male mit einem Messer oder Dolch auf sein Opfer eingestochen haben.

Es war nicht schwergefallen, die Tote selbst im Vorbeilaufen zu erkennen. Der weiße Haarturm, der nun blutig und halb aufgelöst dalag, war unverkennbar.

Es war Delphine.

Gwens Herrin lag mit verdrehten Armen und Beinen auf der Seite, das Gesicht uns zugewandt. Ich dankte dem Schicksal für die Gnade, daß ihre Lider geschlossen waren.

Die anderen standen da und starrten fassungslos auf den Leichnam hinab. Nun waren sie alle versammelt: Faustus, Nicholas, der knöcherne Adelfons Braumeister, Schwester Walpurga, die unglaublich feiste Ariane von Lunderbusch und auch der Mann, den ich in der Nacht nur von hinten hatte sehen können und der während der ganzen Zeit über geschwiegen hatte. Er war alt und trug eine halbrunde Mütze auf dem Kopf. Sein Gesicht war faltig, das schwarze Wams bis zum Kinn geknöpft.

Was meinen Blick von der Leiche ablenkte, war die Art und Weise, in der die fette Ariane noch immer auf ihrem runden Tablett saß. Jetzt aber lagerte es nicht mehr auf Stühlen, sondern schwebte scheinbar frei im Raum. Als ich sie genauer betrachtete, bemerkte ich, daß sich jemand unter der Platte befand, der sie nahezu ohne Schwanken in der Luft hielt. Ich erkannte die behaarten Arme und Beine der Bestie Sisyphos, den Ariane ihren Diener genannt hatte. Nun begriff ich, was sie damit meinte: Da ihre Beine die Last ihres Körpers nicht mehr zu tragen vermochten, saß Ariane tagaus, tagein auf ihrer Plattform und ließ sich auf ihr von Sisyphos umherbalancieren. Kein gewöhnlicher Mann hätte ein solches Gewicht in die Höhe stemmen können, doch der Tiermensch trug sie gebeugt auf Schultern und Rücken, als wiege sie kaum mehr als ein Sack voller Obst. Nicht einmal in einem Augenblick wie diesem stellte er sie am Boden ab. Wahrscheinlich begriff er überhaupt nicht, was geschehen war.

Nach einem Moment gespannter Stille kam nun Bewegung in die sechs Männer und Frauen. Jammern und Klagen wandelten sich zu gegenseitigen Vorwürfen und Beschimpfungen. Allein Faustus sagte kein Wort. Er ging neben der leblosen Delphine in die Knie, fühlte ihren Puls, zog eines ihrer Lider hoch, blickte in ihr Auge und betastete den Oberkörper nach den mörderischen Wunden. Schließlich stand er auf und brachte die übrigen mit einer scharfen Geste zum Schweigen.

»Sie ist tot«, sagte er in die angebrochene Stille.

Die Hexe Walpurga kicherte leise. »Sieh an, sieh an.«

Nicholas, dem man in der Nacht die Zwillinge zum Vorwurf gemacht hatte, die ihn begleiteten, fiel böse mit ein: »Wo sie doch so frisch und lebendig wirkt.«

»Ich bin Arzt, Nicholas!« fuhr Faustus ihn an. »Doch selbst du solltest wissen, daß jemand, der wie eine Leiche aussieht, noch lange keine sein muß.«

»Das ist wahr«, unterbrach ihn Arianes Fistelstimme. »Unser Adelfons ist der lebende Beweis.«

Der Knochenmann ballte die Fäuste, verzichtete aber auf eine Erwiderung.

Zum erstenmal sprach jetzt der alte Mann mit der Mütze. Seine Stimme klang ernst, fast erhaben. »Du bist sicher, daß kein Leben mehr in ihr ist?« fragte er an Faustus gewandt.

Mein Meister nickte. »So ist es.«

Sogleich begannen Klagen und Anklagen von neuem. Allein Faustus und der alte Mann hielten sich zurück und schwiegen. Ungeachtet des vielen Blutes hob mein Meister die Leiche vom Boden und trug sie erhobenen Hauptes aus dem Saal.

»Wo bringst du sie hin?« rief Nicholas ihm hinterher.

»Hinunter in die Gruft«, gab Faustus zur Antwort, ohne sich nach ihm umzuschauen. »Und wenn du nur eine Unze Anstand im Leibe hast, kommst du mit und erweist ihr die letzte Ehre. Das gilt auch für euch anderen.« Dann hatte er den Saal durch die Tür zum Treppenhaus verlassen. Ich hörte, wie seine Schritte in der Tiefe verklangen.

Nach einigem Zögern folgten ihm die übrigen, der alte Mann voran, der Rest hinter ihm her. Selbst Ariane ließ sich von Sisyphos hinab in den Keller tragen. Es war eine seltsame Prozession.

Das letzte, was ich hörte, war Arianes Stimme, irgendwo tief unten im Treppenschacht:

»Wer, glaubt ihr, ist der nächste?«

❖❖❖

Vor allem eines gab mir zu denken:

»Sie schienen nicht überrascht, oder?« sagte ich zu Angelina, und sie nickte.

Es war in der Tat, als hätte ein jeder erwartet, daß es einen von ihnen treffen würde. Und, das entnahm ich Arianes Worten, danach einen zweiten, dann einen dritten und so weiter und so fort.

Noch etwas war mir aufgefallen, und ich sprach auch diese Beobachtung flüsternd aus: »Sie haben sich zwar gegenseitig beschuldigt, daß einer nicht auf den anderen achtgegeben habe, doch keiner hat einen der übrigen als Mörder verdächtigt. Sie scheinen vollkommen sicher zu sein, daß derjenige, der Delphine erstochen hat, nicht unter ihnen war. Das aber bedeutet wiederum, daß sich noch jemand im Schloß aufhalten muß.«

Angelina deutete, vielleicht halb im Scherz, erst auf sich selbst, dann auf mich.

Ich nickte. »Natürlich, da sind wir beide und Gwen. Und die Zwillinge. Aber sie werden wohl kaum annehmen, daß einer ihrer Diener oder Schüler der Mörder ist. Es muß ein anderer sein. Jemand, von dem wir noch nichts wissen.«

Angelina schüttelte kräftig den Kopf, und natürlich hatte sie recht. Wir wußten wohl von ihm, und falls es noch eines weiteren Beweises für seine Existenz bedurft hatte, so hatten wir ihn nun bekommen: Der Traumvater lebte. Er mordete. Und er war irgendwo um uns, irgendwo im Schloß.

Die plötzliche Erkenntnis jagte mir einen solchen Schrecken ein, daß ich mich sogleich angsterfüllt umsah. Auch Angelina wirkte mit einemmal äußerst beunruhigt. Die Vorstellung, wieder durch den engen Gang und die lichtlosen Kammern zu schleichen, schien mir jetzt völlig undenkbar. Benutzte auch der Traumvater diesen Weg? War vielleicht er es gewesen, der den Riegel gelöst und die Tür nach außen geöffnet hatte?

Ich nahm mir fest vor, nie wieder dort hinabzusteigen, ganz gleich, was geschah. Mochten sie uns doch entdecken! Mochte Faustus von mir denken, was er wollte! Auch um seinetwillen würde ich dem Traumvater nicht blindlings ins Messer laufen.

Angestrengt dachte ich nach, was als nächstes zu tun sei. Selbst Angelina, die sonst nie um Entscheidungen verlegen war und langes Zögern verachtete, schien im Zweifel über das richtige Vorgehen.

Fest stand, wir mußten fort aus diesem Haus. Wir waren dem Traumvater gleichgültig – so hoffte ich zumindest. Wenn es einen Zwist gab, so bestand er zwischen ihm und seinen Schülern. Wir waren nur als Gefolge mit in dieses Unglück geschlittert. Insgeheim verfluchte ich Faustus für seinen Beschluß, hierherzukommen. Falls es ihm wirklich um die Krone des Schlangenkönigs ging, so mochte sie noch so prachtvoll, noch so wertvoll sein, unser Leben ließ sich kaum damit aufwiegen. Um den Wegzoll nach Rom zu begleichen, gab es andere Mittel. Hatte ich ihm gegenüber nie erwähnt, daß ich mich gut darauf verstand, reichen Kaufleuten ein wenig von ihrem Eigentum abzuzwacken? Wir waren ohnehin Gejagte, welchen Unterschied machte da schon ein kleiner Diebstahl? O ja, ich verspürte in der Tat gehörigen Zorn auf meinen Meister.

Wieder einmal war es Angelina, die ihre Vernunft als erste beisammen hatte und eine Entscheidung fällte. Sie sprang auf und stieß mich an, damit ich ihr folgte. Zu meinem Entsetzen lief sie die Treppe hinunter.

»Warte!« verlangte ich leise. »Die sind alle dort unten! Wir können nicht…«

Doch da hatte sie bereits ihre Hand erhoben und mir fest auf den Mund gedrückt. Keine Zeit für Gerede, hieß das.

Nun gut, dachte ich beleidigt, vielleicht war es ganz gut, ihr die Führung zu überlassen. Immerhin war sie ein Kriegsengel des Borgia und ich nur ein armer Waisenjunge.

(Euch, verächtlicher Leser, mag es erscheinen, als sei ich in dieser bedrückenden Lage nicht fähig gewesen, selbst für mein Wohlergehen zu sorgen. Ja, es mag klingen, als hätte ich die Verantwortung für mein Leben eilfertig auf das Mädchen geschoben. Doch da kennt Ihr den Wagner schlecht! Wie oft riskierte ich meine Haut für andere, uneigennützig und voller Edelmut! Selbst als ich einst Faustus aus dem Wittenberger Kerker befreite, da dachte ich nur an seine Rettung. Nun, freilich, auch an ein wenig Reichtum und Ruhm, doch was hieß das schon angesichts meiner heroischen Tat? Was ich sagen will: Ich war stets der Ansicht, daß man auch dem schwachen Geschlecht die Möglichkeit geben soll, seinen Mut unter Beweis zu stellen. Auch Weiber müssen lernen, Verantwortung für andere zu tragen! Und, glaubt mir, eben diese Gedanken gingen mir durch den Kopf, als ich Angelina zitternd durchs Treppenhaus folgte.)

Im Erdgeschoß verharrten wir und horchten aufmerksam in die Tiefe. Weit, weit entfernt drangen Wortfetzen aus den Kellergewölben zu uns herauf. Eilig setzten wir unseren Weg fort, ehe die Schüler des Traumvaters aus der Gruft zurückkehren und uns auf den Stufen begegnen konnten. Zu unserem Glück hatten sie auf ihrem Abstieg nach unten einige der Fackeln entzündet, die in weiten Abständen in Halterungen an den Wänden steckten. Zwei davon nahmen wir an uns und hatten fast den Fuß des Sockels erreicht, als wir vor uns auf der Treppe Schritte hörten. Entsetzt starrten wir uns an, einen Augenblick lang unentschlossen, ob wir weiterlaufen und hoffen sollten, die Mündung zum Gang als erste zu erreichen, oder ob es besser sei, umzukehren und uns zu verbergen.

Die Schritte näherten sich schneller als erwartet, und so blieb uns nur, in aller Eile die Stufen zum Erdgeschoß wieder hinaufzuspringen und hinaus in den Saal zu laufen. Wir löschten die Fackeln mit unseren Füßen und sahen uns um. Der Geruch des Blutes hing in der Luft, trotz der Entfernung. Rechts und links vom Eingang standen zwei rostzerfressene Rüstungen. Die linke hatte bereits einen Arm verloren; er lag zerschellt am Boden, neben ihrem Holzsockel. Es waren mehr als bescheidene Verstecke, doch uns blieb keine andere Wahl. So schnell wie möglich zwängten wir uns zwischen Wand und Rüstungen, Angelina links von der Tür, ich auf der rechten Seite. Von hier aus konnten wir nicht ins Treppenhaus blicken. Wir mußten uns allein auf unsere Ohren verlassen.

Die Schritte verharrten kurz vor dem Eingang. Obwohl ich nicht sehen konnte, wem sie gehörten, spürte ich doch, daß es nur ein einzelner Mensch sein konnte, nicht etwa mehrere. Ich hielt den Atem an. Derjenige, der dort vor der Tür stand, kaum drei Schritte von mir entfernt, mochte einer der sechs verbliebenen Schüler sein – oder auch der Mörder. Mein Herzschlag raste vor furchtsamer Aufregung. Ich konnte heftiges Atmen hören, rasselnd von der Anstrengung des Treppenaufstiegs. So erstarrt war ich in meiner Angst vor Entdeckung, daß ich nicht einmal den Kopf wenden konnte, um zu sehen, wie es Angelina erging.

Worauf, um Himmels willen, wartete er?

Oder war es eine Frau? Ariane kam nicht in Frage. Das Schnaufen des Tiermenschen klang anders. Blieb also von den Frauen nur Walpurga.

Ganz gleich ob Weib oder Mann, jetzt machte der Unbekannte einen weiteren Schritt auf die Tür zu. Dann noch einen. Nach dem nächsten würde er neben mir stehen. Meine Beine fühlten sich an wie heißes Wachs.

Ein dritter Schritt. Obwohl ich den Kopf noch immer nicht drehen konnte, aus Angst, der andere würde die Bewegung bemerken, wußte ich, daß uns jetzt nur noch eine Ellenlänge voneinander trennte.

Zu meinem Glück schien er in eine andere Richtung zu blicken, auf die Blutlache, nahm ich an.

Ich schloß die Augen. Wartete ergeben auf meine Entdeckung. Allmählich ging mir die Luft aus. Ich mußte atmen, bald schon, jetzt gleich, sofort.

Gierig sog ich die Luft ein, doch der andere bemerkte es nicht, denn er setzte sich im gleichen Augenblick in Bewegung. Mein Atmen ging im Klappern seiner Schritte unter.

Nun sah ich ihn. Der alte Mann mit der Mütze trat schnurstracks auf den verschmierten Blutfleck zu. Ich sah nur seinen Rücken und konnte nicht erkennen, was dabei auf seinem Gesicht vorging. Schließlich ging er neben der Lache in die Hocke, berührte das Blut und verrieb den roten Saft zwischen Daumen und Zeigefinger. Nachdenklich blieb er eine Weile hocken, ehe er sich schließlich erhob.

Meine Arme und Beine waren eingeschlafen, mein ganzer Körper juckte und kratzte, als sei er von Flöhen befallen. Wenn der Alte sich jetzt umdrehte und zurück zur Treppe ging, mußte er uns entdecken.

Doch der Mann ging quer durch den Saal zu einem anderen Ausgang, ohne einen Blick zurückzuwerfen. Dann war er in einer angrenzenden Halle verschwunden. Seine Schritte verklangen in der Ferne.

Aufatmend wollten wir uns aus unseren Verstecken zwängen, als erneuter Lärm an unsere Ohren drang. Die Schüler kehrten zurück. Unter allerlei Beschimpfungen und Streitereien kamen sie die Treppe herauf. Schon fürchtete ich, auch sie würden den Saal betreten, doch zu meiner Freude und Erleichterung polterten sie an der Tür vorbei und stiegen weiter nach oben.

Wir warteten noch einen Moment, bis sie weit genug entfernt waren, dann traten wir endgültig hinter den Rüstungen hervor. So schnell wir konnten rannten wir die Treppe hinunter und entzündeten dabei unsere Fackeln an einer der Wandleuchten. Mit eiligen Schritten bogen wir vom Treppenhaus in den Gang, der zur Außentür führte.

Wir hatten kaum ein kleines Stück zurückgelegt, als Angelina, die vor mir lief, plötzlich wie angewurzelt stehenblieb. Ich blickte über ihre Schulter und entdeckte zu meinem Entsetzen eine Gestalt im schwarzen Mantel, die uns breitbeinig den Weg versperrte.

»Meister!« entfuhr es mir erschrocken.

Faustus atmete tief durch, seufzte und kam dann langsam auf uns zu. »Ich hätte es wissen müssen«, sagte er leise.

»Herr, ich kann alles erklären«, stammelte ich. »Wir waren im Haus, aber wir haben nichts mit dem Mord zu tun und –«

»Natürlich nicht«, unterbrach er mich barsch, doch seine Stimme klang erheitert. »Glaubst du, ich hielte dich für einen Mörder? Zum Teufel, Wagner, du bist mir ein rechter Schelm.«

Er trat jetzt in den Lichtkreis der Fackeln. Sein schmales Gesicht schimmerte gespenstisch. Zu Angelina gewandt sagte er: »Ich nehme an, Wagner hat dich überredet, gegen meine Anordnung zu verstoßen.«

Sie verneinte mit einem Kopfschütteln.

Ich aber sagte ehrenhaft: »Genauso war es. Es war meine Idee. Ich war neugierig.« Es schien mir eine ungemein edle Geste, alle Schuld auf mich zu laden.

Tatsächlich war es unnötig. Faustus erduldete unsere Anwesenheit mit unverhoffter Gelassenheit. »Nun seid ihr einmal hier«, sagte er, »und du, Wagner, kannst wahrscheinlich kaum noch Luft holen, so viele Fragen verstopfen dir den Hals.«

Ich rang mir ein zaghaftes Lächeln ab. »So ist es, Meister.«

»Dann folgt mir«, gebot Faustus und führte uns weiter den Tunnel entlang Richtung Ausgang.

Auf halber Strecke blieb er vor einer der offenen Kammertüren stehen und deutete hinein.

»Hier müßten wir weit genug von den anderen entfernt sein«, stellte er fest. »Sie müssen nicht wissen, daß ihr euch im Haus herumtreibt.«

Wir gingen mit den Fackeln voran und verjagten einige Ratten aus den Ecken. Die Kammer war klein und vollkommen leer. Feuchtigkeit hatte den Staub der Jahrhunderte zu einer zähen Masse verklebt. Unsere Stiefel hinterließen tiefe Abdrücke. Faustus ging in die Hocke, Angelina und ich taten es ihm gleich.

»Was wollt ihr wissen?« fragte er freiheraus.

Ich schilderte ihm, was wir von Gwen erfahren hatten, und bat ihn, falls es ihm recht sei, einige der Lükken zu füllen.

Er schloß für einen Moment die Augen, machte aber nicht klar, was er davon hielt, daß wir in so vieles eingeweiht waren. »Delphine hat schon immer gerne mit ihrem Wissen geprahlt«, sagte er schließlich, beinahe zu sich selbst.

»Dann kanntet Ihr sie schon lange?« fragte ich behutsam.

»O ja«, erwiderte Faustus, ohne aber näher darauf einzugehen. In seinen Augen erschien ein Ausdruck, den ich bei jedem anderen als Verklärtheit gedeutet hätte. Aber bei Faustus? Unmöglich. Einem Mann wie ihm konnte keine Frau etwas bedeuten, mochte ihre Verbindung auch noch so lange zurückliegen. Die Vorstellung, er könnte eine Geliebte in seinen dünnen, langen Armen halten, war undenkbar. Faustus war ein Magier und hatte kein Bedürfnis nach derlei diesseitigen Gelüsten. Oder doch? Sein kurzes »O ja« verwirrte mich mehr als jede seiner alchimistischen Lektionen.

»Erzählt uns von den anderen Schülern des Traumvaters«, bat ich unsicher.

Faustus nickte, während seine Gedanken immer noch anderswo weilten, irgendwo in der Vergangenheit. Schließlich aber begann er zu erzählen.

Demnach hatte Adelfons Braumeister, der grauhäutige Knochenmann, lange Zeit im Dienste des Hofes gestanden und als Amtsmann trockene Regierungsgeschäfte erledigt. Er war nie in wichtiger Stellung gewesen und lebte mit der Tristesse seiner Existenz wohl in rechtem Einklang, bis er während einer Reise zu den Fürstentümern im Süden des Reiches den Traumvater traf. Wie bei all den anderen wußte Faustus nichts über die Einzelheiten dieser Begegnung oder über die Art der Unterweisung, die Braumeister erfuhr. Seitdem aber wollte der Amtsmann in seinen Träumen gelesen haben, daß er der letzte Sproß eines alten Albengeschlechtes sei. Faustus schmunzelte, als er dies erzählte, und fügte hinzu: »Könnt ihr euch das vorstellen? Ausgerechnet Adelfons Braumeister, der in solch spröden Bahnen denkt, daß ihm bei jedem Wort Staub von den Lippen wehen müßte – ausgerechnet er hält sich für den Nachkommen eines Fabelwesens!«

Als Sonderling unter Sonderlingen galt auch Nicholas Erasmo, ein musikalischer Virtuose. Seit seiner Kindheit lebte er am Hofe zahlreicher Fürsten, mal bei diesem, mal bei jenem, und erfreute sie alle mit seinen Singspielen und melodischen Versen. Wer ihn nicht kannte, mochte ihn für einen verschrobenen Künstler halten. Faustus aber warnte uns vor ihm: »Nicholas steht an der Schwelle zum Wahnsinn, und er selbst weiß das am besten. Er hat Anfälle, fast täglich, und die beiden Mädchen, mit denen er reist, haben sicher einiges zu erdulden.«

»Sind sie wirklich seine Töchter?«

Faustus schüttelte den Kopf. »Nicholas ist ein Heuchler. Er hat nie in seinem Leben ein Kind gezeugt, zumindest keines, von dem ich wüßte – und ich weiß vieles über ihn. Er hält sich Gespielinnen, je jünger, desto lieber. Die Zwillinge scheinen seine neuesten Errungenschaften zu sein.«

Ich verzog das Gesicht. »Das ist abscheulich.«

Mein Meister verscheuchte mit seiner Hand eine Ratte, die sich schleichend seinem Stiefel genähert hatte. »Hättest du wie ich einen Blick in so manches Fürstengemach und Lustschloß der Edelleute getan, so wüßtest du, daß es weit Schlimmeres gibt.«

Er beließ es bei seiner Andeutung, und ich nahm

mir vor, ihn an einem späteren Tag darüber zu befragen.

Über Schwester Walpurga war Faustus nur wenig bekannt. Er wußte kaum etwas, das über das hinausging, was wir bereits von Gwen erfahren hatten. Walpurga – was nicht ihr wahrer Name war – hatte einst in einem Kloster gelebt, irgendwo im Hessischen. In ihren Träumen hatten sie des Nachts Bilder der Hölle und Verdammnis geplagt, so daß sie ihr Heil beim Traumvater suchte, der eines Tages im Kloster um Unterkunft bat. Er nahm sie als Schülerin an, Walpurga verließ ihre Schwestern und öffnete sich ganz ihren Visionen. Sie änderte ihr Leben von Grund auf und verschrieb sich dem Leibhaftigen, dem sie nun als Hexe und Kupplerin diente.

»Unser Freund Asendorf hätte seine Freude an ihr«, bemerkte Faustus trocken.

Ariane von Lunderbusch war eine gelangweilte Adelige, bis sie in den Bann des Traumvaters geriet und entgegen ihres trägen Äußeren eine hohe Begabung für die Beherrschung ihrer Träume entwickelte. Unter den Schülern galt sie als diejenige, die am meisten Aussicht darauf hatte, vom Vater in die höheren Sphären seiner Kunst eingewiesen zu werden – so es ihm denn wirklich um einen Nachfolger ging.

»Was ist das für ein Biest, das sie umherträgt?« fragte ich. Allein der Gedanke an Sisyphos bereitete mir Unbehagen.

»Sie behauptet, er sei einer der Kerkopen«, sagte Faustus lächelnd, »aber das ist natürlich Unfug.«

»Was sind das… Kerkopen?«

»Ein Volk, das im alten Griechenland gelebt haben soll. Seine Männer waren berüchtigt für ihre Hinterhalte und Raubzüge. Kein Reisender, der durch ihr Gebiet zog, kam mit dem Leben davon. Als Königin Omphale davon erfuhr, befahl sie dem Helden Herakles, gegen die Kerkopen zu ziehen. Es soll ihm tatsächlich gelungen sein, den ganzen Stamm zu besiegen, viele zu töten und einen Teil gefangenzunehmen. Als Strafe für ihre Untaten wurden sie vom Göttervater Zeus in Affenmenschen verwandelt.« Faustus schüttelte belustigt den Kopf. »Ariane erzählt nun jedem, ganz gleich ob er fragt oder nicht, Sisyphos sei einer der verzauberten Kerkopen. Tatsächlich aber ist er nur ein Tier, dessen Vorfahren von Kreuzrittern aus einem Sultanspalast in ihre Heimat verschleppt wurden. Gelegentlich stößt man zu Hofe auf einen dieser Riesenaffen, obgleich man es ihnen nicht immer gleich ansieht.«

Ich lachte leise über die Anspielung, wartete aber schweigend, bis Faustus auch die übrigen Traumschüler vorstellte.

Während ihm zu Delphine nur zu entlocken war, daß sie eine Hellseherin gewesen sei – also weniger, als uns ohnehin längst bekannt war –, wußte er über den alten Mann einiges mehr zu berichten.

Er nannte sich Jheronimus Bosch, wenngleich sein wirklicher Name Jeroen van Aken war. Er stammte aus dem Herzogtum Brabant, weit im Westen des Reiches. Bosch galt überall als angesehener Maler religiöser Motive und war wohl über sein Talent zu einigem Reichtum gelangt. Faustus schwärmte in höchsten Tönen von seinen Darstellungen der Hölle, von Dämonen und Teufeln, die Bosch bis in die kleinste Einzelheit in seinen Bildern festhielt. Die Fähigkeit dazu hatte er, wie kaum anders zu erwarten, vom Traumvater erlernt, der ihm gezeigt hatte, wie er die Kreaturen seiner Alpträume auf die Leinwand bannen konnte. Philipp der Schöne, der viel auf den Maler hielt, schützte Bosch vor den Anschuldigungen der Kirchenhetzer und Prediger, die ihm Besessenheit und Satansdienste nachsagten. Faustus ließ nicht unerwähnt, wie sehr er Bosch auch als Menschen schätzte, und daß er ihm unter den verbliebenen Schülern der liebste sei.

»Dabei wollen wir es belassen«, sagte er schließlich und erhob sich. »Ich habe eure Neugier gestillt, und nun ist es an euch, meinen Wunsch zu erfüllen. Geht ins Gästehaus und wartet dort. Böses wird hier im Schloß geschehen, und ich müßte mich täuschen, stünden uns nicht weitere Morde bevor. Mir liegt wenig daran, daß einer von euch unter den Opfern ist. Ihr habt gesehen, wie es Delphine erging. Laßt euch das eine Warnung sein.«

Damit wollte er sich abwenden und wieder nach oben eilen.

»Wartet noch!« bat ich schnell, selbst auf die Gefahr hin, mich im Ton zu vergreifen. »Warum gehen wir nicht einfach fort von hier? Glaubt Ihr wirklich, daß sich die Krone irgendwo im Schloß befindet?«

»Möglicherweise«, erwiderte er schulterzuckend. »Niemand weiß es genau.«

»Aber wir sind nicht darauf angewiesen.«

»Lieber Wagner«, sagte er nachsichtig, »denkst du etwa, es ginge mir um ihren Wert in Gold?« Er wies den Verdacht mit einer abfälligen Geste von sich. »Mag sein, daß es Reichtum ist, der die anderen hierhergelockt hat, obwohl ich es bezweifle. Bosch und Ariane besitzen soviel Geld, daß sie es kaum ausgeben können. Und zumindest Walpurga mag die wahre Macht der Schlangenkrone erahnen.«

»Dann geht es um Magie?« fragte ich verblüfft.

Er nickte. »Der Schlangenkönig, so es ihn je gegeben hat, war kein Mensch, und seine Krone war kein Menschenschatz. Jedes Wesen, dem es gelingt, das Reich der Legenden zu verlassen und seinen Platz in der Wirklichkeit zu behaupten, besitzt übernatürliche Kräfte. Und mit ihm alles, das es sein eigen nennt. Diese Krone, Wagner, ist ein magisches Artefakt, wie es kein zweites gibt in diesem Teil der Welt. Wie kannst du verlangen, daß ich es hier zurücklasse? In den Händen dieser … Barbaren?«

Plötzlich machte er mir angst. In seinen Worten lag ein Ton, der gefährlich nah an Besessenheit grenzte. Mochte die Krone existieren oder nicht, ihre Macht war deutlich zu spüren. Plötzlich hatte ich Angst um Faustus. Und auch *vor* ihm.

Er trat hinaus auf den Flur und ging. Nachdenklich blieben Angelina und ich zurück. Zu gerne hätte ich gewußt, was sie in diesem Augenblick empfand. Faustus und sie hatten sich gegenseitig das Leben gerettet, und doch verband sie kein solches Band mit ihm wie mich. Ich verehrte ihn zutiefst für das, was er war, für das, was er wußte. Er war kein Mensch wie jeder andere. Um so mehr erschreckte mich nun, daß auch er einer allzu menschlichen Gier erlag. Mochte er sich noch so oft auf die Magie der Krone berufen; letztlich war es ein Wert wie jeder andere, ob man ihn nun in Gewicht oder Zauberkraft maß.

Wir hoben unsere Fackeln auf und liefen durch die Dunkelheit zur Außentür. Auf dem Weg zum Gästehaus wichen wir mehrfach geringelten Schlangenleibern aus. Es schien fast, als versammelten sie sich in den Gärten rund um das Schloß.

Als wir das Gebäude betraten, kam mir mit einemmal ein Gedanke: Gwen wußte noch nicht, was geschehen war.

Ihre Herrin war tot, und sie wußte es nicht!

Jemand mußte es ihr sagen, und von uns beiden kam nur einer in Frage.

Kleinlaut schlich ich die Treppe hinauf. Erst am oberen Absatz wurde mir bewußt, daß Angelina meine Hand hielt.

❖❖❖

Gwen war verschwunden. Sie hielt sich in keinem der Zimmer auf und auch nicht auf dem Speicher. Nirgends war eine Spur von ihr zu entdecken, sogar ihr Bündel war fort. Ich rief ihren Namen, erst leise, dann immer lauter, doch selbst als wir die Umgebung des Hauses erforschten, gab es keinen Hinweis auf ihr Schicksal. Ich konnte nicht glauben, daß sie fortgegangen war, obgleich sie keinen Hehl daraus gemacht hatte, wie sehr sie das Schloß und den Traumvater fürchtete.

War es möglich, daß sie doch vom Mord an Delphine erfahren hatte? Immerhin ging sie bei einer Hellseherin in die Lehre. Vielleicht hatte sie danach ihre Sachen gepackt und war auf dem schnellsten Wege geflohen.

Meine innere Stimme schalt mich einen Narren. Gwen hatte viel zu große Angst gehabt, um allein einen Weg aus dem Wald zu suchen. Der Traumvater konnte überall auf sie lauern, nicht nur im Schloß.

Dabei fiel mir ein, daß ich völlig vergessen hatte, Faustus nach dem Mann auf der Gondel zu fragen. Die Antwort mußte nun bis später warten.

Es war bereits Abend, als wir unsere Suche aufgaben und beschlossen, uns schlafen zu legen. Vielleicht würde Gwen nach Einbruch der Dunkelheit von sich aus zurückkehren. Möglicherweise suchte ich nur einen Vorwand, um nicht länger dort draußen herumzuirren.

Ich lag lange wach in dieser Nacht und horchte auf Angelinas Atem. Sie lag einen Schritt von mir entfernt unter ihrer Decke, eingerollt, das verbrannte Gesicht in die andere Richtung gewandt. Ich wußte, daß sie in fast jeder Nacht von Alpträumen heimgesucht wurde, spürte es an ihrer Unruhe, an ihren Bewegungen im Schlaf. Manchmal schien es fast, als versuche sie zu sprechen, aber nicht mehr als ein heiseres Stöhnen entrang sich ihren Lippen. Sie zeigte niemandem, was sie wirklich empfand, und doch war mir klar, wie sehr sie litt. Sie mochte von den vatikanischen Lehrmeistern in einem Geiste erzogen worden sein, der Schönheit keine Bedeutung beimaß, doch selbst sie hatten Angelina nicht auf solch ein Schicksal vorbereitet. Ihre Schmerzen mochten weitgehend vergangen sein, doch jeder Blick in einen Spiegel, in ein stilles Wasser oder nur in die Augen eines Menschen, der sie zum ersten Male sah, mußte ihr zeigen, welche Wunden das Feuer ihr tatsächlich zugefügt hatte.

Ihr zierlicher Körper zeichnete sich sanft unter der Decke ab. Ich wußte wohl, daß sie im Schlaf keine Kleidung trug. Sie hatte von Anfang an keinerlei Scheu gezeigt, sich vor mir oder Faustus auszuziehen; sie wußte, daß wir tagelang ihre Wunden gepflegt hatten und mit ihrer Nacktheit vertraut waren. Bis vor einer oder zwei Wochen hatte ich in der Tat nichts dabei gespürt, wenn sie ihren Leib vor dem Schlafengehen enthüllte. Es war eine Verbindung wie Bruder und Schwester gewesen, nicht wie die zweier Liebender. Und doch fragte ich mich immer öfter, was es wirklich war, das ich für sie fühlte. Verband uns wirklich nur die Nähe zweier Geschwister? Warum aber verwirrte mich dann der Anblick ihres Körpers so sehr?

Wieder drängte sich mir die Frage auf, was sie oben auf dem Speicher zu jenem Kuß getrieben hatte. War es nur eine plötzliche Regung gewesen? Oder steckte mehr dahinter? Durfte ich auf ihre Liebe hoffen? Und wollte ich das überhaupt?

Dergleichen beschäftigt und von Zweifel und Zuversicht zerrissen, schlief ich ein.

Als ich wieder erwachte, war es immer noch dunkel. Mondlicht fiel als breite Säule durchs Fenster. Es herrschte dichter Nebel, sogar im Zimmer. Einiges daran war merkwürdig: Nebel kriecht nicht durchs offene Fenster. Und er riecht nicht nach Feuer.

»Angelina!« schrie ich laut und zog mir dabei die Hose über.

Meine Gefährtin fuhr aus dem Schlaf und erfaßte in Gedankenschnelle, was um sie geschah.

Das Gästehaus brannte.

Eiliger noch als ich schlüpfte sie in Hose und Hemd. Das Feuer selbst war noch nicht zu sehen, doch der dichte Rauch, der die Kammer erfüllte, ließ darauf schließen, daß es nicht mehr allzu fern war.

Wir waren kaum auf den Beinen und hatten notdürftig unsere Sachen aus dem Fenster geworfen, da drang auch schon ein lautes Knistern und Bersten an unsere Ohren. Das Feuer mußte auf dem Speicher ausgebrochen sein, ein Brand, der rasch mit glühender Wut zum Flammenmeer wurde. Im selben Augenblick fiel glutrotes Licht durch Tür und Fenster. Der rote Hahn begann seinen Tanz auf dem Dach.

Hustend tasteten wir uns durch den Rauch zur Treppe, um uns flimmerndes Gelb und Rot und nun auch ein erster Schwall von Hitze. Wir stolperten die Stufen hinunter und hatten den Fuß der Treppe erreicht, als wir sahen, daß das Feuer auch hier unten wütete. Die Wände der kleinen Eingangshalle, Teile des Bodens und einige der angrenzenden Türen standen in Flammen. Die Hitze nahm mir den Atem. Überall war Rauch. Ich ergriff Angelinas Hand, war froh, sie zu spüren, denn sehen konnte ich sie nicht inmitten der Schwaden. Mit angehaltenem Atem stürmten wir in eine der Kammern, die bislang vom Feuer verschont worden waren, und kletterten geschwind durch das zerborstene Fenster. Erleichtert spürte ich feuchtes Gras unter meinen Händen und Füßen, packte mein Bündel und taumelte beinah blind davon, nur fort vom Haus, fort von den Flammen.

Wir rannten, bis wir einen gebührenden Abstand zwischen uns und dem brennenden Gebäude gebracht hatten. Neben einer kopflosen Hermes-Statue sanken wir zu Boden und sahen uns zum ersten Mal nach dem Haus um.

Die Flammen, die den Dachstuhl zerfraßen, verschmolzen zu einer gewaltigen Lohe, die weit über die Lichtung hinaus zu sehen sein mußte. Aus den Fenstern leckten vielgliedrige Feuerarme und griffen mit glühenden Fingern nach allem, was sie erreichen konnten: nach Büschen, Gras und vor allem nach Efeu, das an der Fassade emporrankte. An ihm kletterten die Flammen in Windeseile rund ums ganze Haus, bis es aussah, als wanden sich brennende Riesenschlangen um das Gebäude. Der verwilderte Schloßgarten und die uns zugewandte Seite des Herrenhauses flimmerten in feurigem Glanz. Ohne das brennende Gästehaus hätten es die Strahlen eines malerischen Sonnenuntergangs sein mögen, der die Ruinen in huldvolles Goldlicht tauchte.

Ich sah hinüber zum Haupthaus und glaubte in einigen der Fenster Gesichter zu erspähen, doch mochten es ebenso Spiegelungen des Feuers sein. Ich wunderte mich, wo Faustus blieb. Fraglos mußte er den Brand bemerkt haben. Sorgte er sich nicht um Angelina und mich? Bislang war er nirgends zu sehen.

Es gab keinen Zweifel daran, daß das Feuer von Menschenhand gelegt worden war. Wie sonst hätte es an zwei Orten gleichzeitig ausbrechen können, auf dem Dachboden und im Erdgeschoß? Wer aber wollte uns bei lebendigem Leibe verbrennen? Derselbe Unbekannte, der auch Gwen verschwinden ließ – vorausgesetzt, sie war nicht freiwillig gegangen?

Die einzigen Menschen, die sich in der Gegend aufhielten, waren jene im Haupthaus. Einer von ihnen hätte der Brandstifter sein können – oder auch der Traumvater selbst. Gab es gar noch weitere Personen in den Ruinen, von denen wir nichts wußten?

Mir war klar, daß ich so keine Lösung des Rätsels finden würde. Wichtiger war vielmehr, für die Zukunft zu planen. Wer immer uns ermorden wollte, hatte sicherlich unser Entkommen beobachtet. Gut möglich, daß er jetzt bereits neue Pläne schmiedete. Vielleicht näherte er sich schon von hinten!

Ich fuhr herum, doch da war niemand. Angelina sah mich an und schien meine Sorge zu begreifen, denn auch sie hielt gleich darauf Umschau nach dem Mörder. Ich schrak hoch, als ich gleich neben mir einen zusammengerollten Schlangenkörper entdeckte, doch es war nur eine Blindschleiche, die überdies noch schlief. Die Ereignisse hatten mich sehr ängstlich gemacht. Kein Wunder – erst der Mord an Delphine, nun ein Anschlag auf mein eigenes Leben. Und weshalb? Weil Faustus einem Gespenst nachjagte, besser: dem Schatz eines Gespenstes.

Als hätte er meine Gedanken gelesen (ein Verdacht, den ich des öfteren erwog), stand Faustus plötzlich neben uns. Er trat hinter einem zerfallenen Torbogen hervor und eilte mit großen Schritten auf uns zu.

»Ist euch etwas zugestoßen?« fragte er besorgt. Sein Gesicht verriet, daß er es ehrlich meinte. Wie konnte ich auch daran zweifeln?

»Alles in Ordnung«, brachte ich müde hervor.

Das Gesicht meines Meisters glänzte vor Schweiß. Die Flammen spiegelten sich darauf. Es sah fast aus, als trüge er eine Maske, die auf unheimliche Weise zum Leben erwacht war und sich in langsamen, fließenden Wellen bewegte.

»Wie konnte das geschehen?« wollte er wissen.

Ich stemmte mich auf die Füße, um nicht zu ihm aufsehen zu müssen. »Ich weiß es nicht. Plötzlich brannte alles. Erst der Dachstuhl, dann auch der untere Teil des Hauses. Mir scheint, jemand hat das Feuer absichtlich gelegt.«

Mein Meister nickte. »Das ist anzunehmen.«

»Aber weshalb will man uns töten? Angelina und

ich haben kein Verlangen nach der Krone, und wir waren niemals Schüler des Traumvaters.«

»Ihr seid mit einem hierhergereist«, erwiderte Faustus. »Mag sein, daß dem Brandstifter das genügt. Aber ich glaube nicht, daß er euch töten wollte. Wenigstens noch nicht.«

Verblüfft starrte ich ihn an. »Aber warum –«

»Er will, daß ihr ins Haupthaus zieht«, unterbrach mich Faustus. »Mag sein, daß es ihm mißfällt, seine Opfer nicht alle unter einem Dach zu wissen. Hätte er es wirklich darauf angelegt, euch zu ermorden, so glaubt mir, es wäre ihm gelungen.«

»Und nun?«

»Wir tun das, was er erwartet. Ihr kommt mit mir ins Haus. Das Zimmer neben meinem steht leer – wie die meisten Räume im Schloß.«

Verwundert, ja entsetzt widersprach ich: »Das kann nicht Euer Ernst sein! Er wird uns ebenso töten wie Delphine.«

Faustus schüttelte den Kopf. »Auch ich glaubte, hier draußen wäret ihr sicher, doch das stimmt offenbar nicht. Im Schloß kann ich auf euch achtgeben, zumindest besser als hier. Wo sonst wollt ihr hin? In den Wald? Glaubst du, dort ist es sicherer?«

»Aber, Herr, Ihr seht doch, wohin das alles führt. Laßt uns abreisen, um Himmels willen…«

»Nein«, entgegnete er fest. »Der Mörder will uns Angst einjagen. Er will uns verunsichern, damit er leichtes Spiel hat. Doch den Gefallen dürfen wir ihm nicht tun. Wir bleiben.«

»Es geht Euch nur um die Krone«, erwiderte ich streitlustig, doch Faustus hatte sich bereits abgewandt.

»Kommt mit«, befahl er leise.

Wir hatten kaum die halbe Strecke zurückgelegt, da fragte er plötzlich: »Wo ist übrigens Delphines Schülerin? Gwendolin ist ihr Name, nicht wahr?«

»Ihr kennt auch sie?«

»Flüchtig.«

»Sie ist seit gestern abend verschwunden. Als wir ins Gästehaus zurückkehrten, war sie fort. Glaubt Ihr, ihr ist etwas geschehen?«

Er hob die Schultern, sagte aber nichts.

Im selben Moment ertönte hinter uns ein ohrenbetäubendes Krachen und Bersten. Ich schaute mich um und sah gerade noch, wie der brennende Dachstuhl in sich zusammenstürzte. Funken stoben in alle Richtungen und gingen als glitzernde Kaskaden zu Boden. Das feuchte Gras löschte ihre Glut. Es bestand keine Gefahr, daß das Feuer weiter um sich griff. Ich bedauerte es fast; mir wäre lieber gewesen, das ganze verfluchte Schloß wäre bis auf den letzten Stein niedergebrannt.

»Was werden die anderen sagen, wenn Ihr uns mit ins Haus bringt?« fragte ich, während wir das letzte Stück Wegs bewältigten.

»Mach dir darüber keine Sorgen, Wagner. Nicholas hat seine Lustmädchen, Ariane ihren Menschenaffen –«

» – und Ihr habt uns. Ein treffender Vergleich«, versetzte ich mürrisch.

Faustus erlaubte sich ein schales Lächeln. »Sei nicht gleich beleidigt, mein Lieber. Ich verspreche dir, du wirst mich nicht tragen müssen.«

Woher, in Gottes Namen, nahm er nur mit einem Mal seinen Humor? Faustus war keiner, dem ein Scherz leicht über die Lippen kam. Um so mehr wunderte mich nun seine Bemerkung, ausgerechnet in einer solchen Lage. Er war in der Tat ein Mann der tausend Widersprüche und versetzte mich Tag für Tag in neues Erstaunen.

Wir stiegen die Freitreppe an der Rückseite des Herrenhauses empor. Das Feuer in unserem Rücken ließ fremdartige Schemen über die Außenwand geistern.

Unsere Schatten wuchsen turmhoch an der Fassade empor, schwarze Ungeheuer auf dem rotgelben Feuerschein.

Hinter Faustus traten wir durch eine doppelflügelige Tür ins Innere. Das unirdische Licht fiel durch die Fenster und tanzte formlos durch Kammern und Säle. Niemand erwartete uns. Kein Mensch war zu sehen.

»Wo sind sie?« fragte ich.

»Sie haben sich in ihren Zimmern eingeschlossen«, erwiderte Faustus grimmig. »Sie alle haben Angst, zu Recht, wie mir scheint.«

Während der Nachhall solch erbaulicher Worte noch durch meinen Schädel schallte, stiegen wir mit Faustus die Treppen hinauf bis in den zweiten Stock. Dort traten wir auf einen verlassenen Flur, der sich fensterlos und dunkel nach rechts und links erstreckte. Faustus bog linker Hand ein und führte uns bis zum Ende des Gangs.

»Dies ist mein Zimmer«, erklärte er und deutete auf die hintere Tür. »Ihr habt den Rest des gesamten Stockwerks für euch, wenn ihr wollt. Außer mir hat nur Delphine hier gewohnt. Die übrigen haben es vorgezogen, sich unter uns zusammenzurotten. Diese Narren glauben, gemeinsam seien sie dem Mörder überlegen.«

Angelina wirkte nicht glücklich, und auch mir war keineswegs erleichtert zumute. Fürs erste mochten wir sicher sein. Doch wie lange? Bis zum Morgen? Oder gar den ganzen Tag? Ich spürte, daß Faustus recht hatte: Es würde weitere Opfer geben. Es bedurfte keiner Hellseherin wie Delphine, um zu spüren, daß der Tod durch die Flure und Säle schlich. Es war nur eine Frage der Zeit, ehe er erneut zuschlagen würde.

Faustus deutete auf die Tür des Nebenzimmers. Sie war fast zehn Schritte von der seinen entfernt, was auf die enorme Größe der Räume schließen ließ.

»Nehmt dieses Zimmer«, sagte er. »Es gibt keine

Verbindungstür zu meinem, doch die Wände sind dünner, als sie scheinen. Ruft mich, wenn ihr Hilfe braucht.«

Wir hatten oft genug zu dritt in einem Raum geschlafen oder nah beieinander im Freien gelegen, deshalb verwunderte mich, daß er in einer solchen Lage auf zwei getrennten Zimmern bestand. Ich fragte mich erneut, welches Spiel Faustus spielte. *Wessen* Spiel.

Er zog sich in seine Kammer zurück, und Angelina und ich betraten die unsere. Es war in der Tat ein gewaltiger Raum, an dessen Stirnseite ein überdachtes Himmelbett stand. Während die Vorhänge an den Fenstern zerfressen und verschlissen waren, wirkten die Decken auf dem Bett leidlich sauber. Es gab sogar zwei Kissen. Eines hatte ein Loch; weiße Federn bedeckten das Kopfende wie Schneeflocken.

Weiterhin standen im Raum ein hoher Schrank, eine Kommode und darauf eine Wasserschüssel. Der Boden war aus Parkett, an den Wänden hingen verblassende Teppiche. Es gab zwei Fenster, aus denen man mit etwas Mühe den zerfallenen Schloßturm an der Seite des Gemäuers erkennen konnte. Faustus' Zimmer, das auf der Ecke lag, mußte direkt an ihn grenzen.

Galant wählte ich jene Seite des Bettes aus, auf der das beschädigte Kissen lag, und überließ Angelina die andere. Sie würde es kaum zu schätzen wissen. Wer ahnte schon, mit welchen Lagern sie dreizehn Jahre lang in den Tiefen des Vatikans vorliebnehmen mußte? Angelina schien immer mit allem zufrieden.

Bis zum Morgengrauen war es noch eine ganze Weile, und es gelang uns beiden, ein wenig Schlaf zu finden. Trotzdem starrte ich noch lange hinauf zur Decke. Das Feuer führte dort ein wogendes Schattenspiel auf. Die Dunkelheit floh vor dem Licht mit den Windungen schwarzer Schlangenleiber.

Kapitel 4

»Wo ist Sisyphos? Hat jemand Sisyphos gesehen?«

Arianes Keifen schwirrte als bebender Hall durch den Saal und schien kein Ende zu finden. Sie hockte auf dem Fußboden wie ein aufgequollener Haufen Unrat, schwitzend, zitternd, während ihr Rotz und Tränen übers Gesicht liefen.

»Wo ist Sisyphos?« schrie sie erneut. Weder der Affe noch die silberne Plattform, auf der sie sich für gewöhnlich umhertragen ließ, waren zu sehen. Sie mußte sich, unglaublich aber wahr, auf eigenen Füßen hierherbegeben haben. Zum erstenmal sah ich nun ihre Beine. Sie waren kurz und verkrüppelt und ragten wie nutzlose Anhängsel unter der Fülle ihres Leibes hervor. Zwei Krücken, die sie sich beim Gehen unter die Achseln schob, lagen achtlos neben ihr.

»Und wo ist dieser verfluchte Braumeister?« rief sie, während einige der Anwesenden hilflos, andere angewidert dreinblickten.

»*Adelfons Braumeister!*« kreischte Ariane hinauf zur Decke. »Wo bist du Schwein, du Mörder?« Das letzte Wort zog sie mißtönend in die Länge, als gelte es, alles Glas im ganzen Haus zum Zerspringen zu bringen.

»Ariane!« fuhr Faustus sie an. »Es reicht! Weder dein Affe noch Adelfons sind in diesem Saal. Ich fürchte, wir werden sie suchen müssen.«

Zum ersten Mal hatten sich alle versammelt, in einem Saal im Erdgeschoß, wenn auch nicht jenem, in dem Delphine gestorben war. Ich bezweifelte, daß einer von ihnen sich herabgelassen hatte, ihr Blut fortzuwischen.

Außer Faustus und Ariane standen auch Nicholas,

Schwester Walpurga und der Maler Bosch in einem Halbkreis beieinander. Angelina und ich hielten uns ein wenig abseits. Bei unserem Eintreten hatte uns manch finsterer Blick gestreift, doch niemand fragte nach unseren Namen, und Faustus stellte uns nicht vor.

In einer Ecke des Saales kauerten die Lustzwillinge des Musikers. Sie saßen artig auf einer Bank, deren Bezug längst verrottet war. Die Mädchen mochten allerhöchstens vierzehn Lenze zählen. Sie hatten schwarzes Haar, das ihnen lang und ungemein glatt über Rücken und Brustknospen fiel. Beide trugen hauchdünne weiße Kleidchen, die, obgleich sie bis zum Boden reichten, keine Einzelheit ihrer feingliedrigen Körper verschleierten.

Sie beobachteten die Szene mit riesigen, unschuldsvollen Augen, beinahe verständnislos. Es schien, als habe sich die Natur einen Scherz mit ihnen erlaubt: Die Zwillinge waren sich nicht nur ähnlich, sie waren gleich bis hin zum Fall ihrer Haarsträhnen. Es war unglaublich. Ich fragte mich unwillkürlich, ob Nicholas ihnen Namen gegeben hatte oder ob er Gefallen an der Austauschbarkeit seiner kindlichen Gespielinnen fand.

Der Tag hatte so unerfreulich begonnen wie der vorherige geendet hatte. Wir alle waren von Arianes Geschrei erwacht, als sie festgestellt hatte, daß Sisyphos verschwunden war. Bei der eilig einberufenen Zusammenkunft stellte sich heraus, daß auch der knöcherne Adelfons Braumeister, der einstige Amtsmann und selbsternannte Albensohn, nicht aufzufinden war. Sein Zimmer war unverriegelt, das Bett zerwühlt. Er mochte verschleppt worden sein, oder er hatte sich aus freien Stücken davongemacht. Niemand vermochte darauf eine Antwort zu geben.

Allein Ariane hatte ihr Urteil längst gefällt. Da Braumeister den verschwundenen Affen regelmäßig mit

Worten attackiert und seine Verachtung für ihn zum Ausdruck gebracht hatte, glaubte sie, er habe das Tier getötet und irgendwo verscharrt. Daraufhin, so behauptete sie mit Vehemenz, hatte er sich selbst in den Tiefen des Schlosses verborgen, um geduldig abzuwarten und beizeiten erneut zuzuschlagen.

»Adelfons ist der Mörder«, rief sie weinerlich. »Er hat Delphine getötet und nun auch Sisyphos. Der Traumvater ist in ihn gefahren. Glaubt mir doch: Er ist der Mörder!«

Ich horchte auf. *Der Traumvater ist in ihn gefahren.* Dieser Satz gab mir Rätsel auf. Wie konnte ein Mensch – und ein solcher war doch der Traumvater trotz allem – in einen anderen fahren? Gewiß, es kam vor, daß Teufel und Geister die Körper von Menschen in Besitz nahmen, doch daß ein Mann von einem anderen besessen wurde, davon hatte ich nie gehört.

»Sie könnte recht haben«, raunte Walpurga Nicholas ins Ohr. Ich stand nahe genug bei beiden, um ihre Worte zu verstehen.

Doch auch Faustus, der um einiges weiter von ihnen entfernt war, hatte die Bemerkung der selbsternannten Hexe vernommen. »Adelfons könnte ebensogut der Mörder sein wie du, Walpurga, oder Nicholas oder ich selbst. Gib acht, daß du ihm nicht unrecht tust.«

Die gefallene Betschwester verzog verächtlich den Mund. »Und wenn schon? Den Herrn Beelzebub wird ein wenig Unrecht sicher erfreuen.« Sie kicherte leise.

»Wo ist Sisyphos?« schrie Ariane erneut und brachte damit alle übrigen gegen sich auf. Selbst Bosch, der sich bislang aus den Streitereien der Traumschüler herausgehalten hatte, bat sie mit Nachdruck um Ruhe.

Ariane packte eine ihrer Krücken und fuchtelte drohend damit in der Luft. »Ich will, daß er gefunden wird!« rief sie. »Ich will, daß ihr ihn sucht!«

Walpurga lachte abfällig. »Wie es scheint, bist du in

der Gunst des Vaters gefallen, meine Liebe. Ist es das, was du fürchtest? Daß er einen anderen für seine Nachfolge bestimmt hat?«

Der Hieb gegen ihr überlegenes Traumtalent hielt Ariane nicht davon ab, weiter zu fluchen und zu zetern, bis Faustus schließlich sagte: »Wir werden sie suchen, alle beide. Was bleibt uns schon anderes zu tun?« Und an Ariane gewandt fügte er hinzu: »Träumen Affen eigentlich wie wir Menschen?«

Die Fette wollte sich erneut erzürnen, doch mein Meister schnitt ihr mit einer Handbewegung das Wort ab. Er schien keine Antwort auf seine Frage zu erwarten; vielleicht wollte er nur, daß sie darüber nachdachte. Falls der Traumvater wirklich Macht über andere gewinnen konnte, dann nur durch ihre Träume.

Mein Meister sah uns der Reihe nach an. »Wir sollten herausfinden, was mit den beiden geschehen ist. Wenn Adelfons noch lebt, liegt in der Tat der Verdacht nahe, daß er mehr weiß, als wir übrigen. Wenn er aber tot ist, nun, dann wissen wir wenigstens, daß er nicht der Mörder war.«

Nicholas hob gleichgültig die Schultern, während Bosch bedächtig nickte. Walpurga verzichtete zumindest auf Widerspruch, was darauf schließen ließ, daß auch sie einverstanden war.

So wurde beschlossen, daß Nicholas und Walpurga gemeinsam im Freien suchen sollten, während Faustus und Angelina Erdgeschoß und ersten Stock, Bosch und ich den zweiten Stock und die verwinkelten Dachböden des Haupthauses erforschen sollten. Ich ahnte, weshalb Faustus ausgerechnet den ersten Stock für sich beanspruchte: Er wollte ungestört einen Blick in die Zimmer der anderen werfen. Möglich, daß es dort weitere Spuren gab.

Ariane, die ohnehin kaum laufen konnte, sollte mit den Zwillingen zurückbleiben und abwarten, was unsere Suche ergeben würde. Murrend, aber insgeheim sicher erleichtert, stimmte sie zu.

Während Bosch und ich die Treppen hinaufstiegen, stellten wir uns einander vor. Er erwies sich als wortkarg, aber höflich und schien mir während der ganzen Zeit mit seinen Gedanken anderswo zu weilen. Ich erinnerte mich nur zu gut an seinen merkwürdigen Auftritt unten im Saal, als Angelina und ich uns hinter den Rüstungen versteckt hatten. Ich brannte darauf zu erfahren, weshalb er vor den anderen aus der Gruft zurückgekehrt war. War es eine Rückkehr an den Ort seiner Untat? War etwa er der Mörder?

Nein, das vermochte ich mir kaum vorzustellen. Bosch war alt und nicht mehr rüstig genug, um es mit jüngeren Männern und Frauen aufzunehmen. Ich fragte mich, warum er überhaupt dem Ruf des Traumvaters gefolgt war. Schenkte man Faustus Glauben, so war Bosch auf den Schatz des Schlangenkönigs nicht angewiesen. An Magie aber schien ihm ebenfalls wenig zu liegen, denn er vertraute mir an, daß er auch während seines Aufenthalts im Schloß an einem Gemälde arbeitete und für alles andere schwerlich Geduld aufbringen könne. So käme ihm das ganze Gerede über Mord und Totschlag und natürlich der Tod der armen Delphine höchst ungelegen, und er bereue bereits, daß er seine Zeit nicht besser genutzt hatte, als in diesen abgelegenen Landstrich zu reisen. Daraufhin vermutete ich stillschweigend, daß er sich wohl tatsächlich Hoffnungen auf die Nachfolge des Traumvaters gemacht hatte. Gewißheit erhielt ich freilich nicht, denn ich wagte nicht, ihn offen darauf anzusprechen, und von sich aus gab er keine Erklärung.

Der zweite Stock, in dem ja auch unsere eigenen Zimmer lagen, war völlig verlassen. Die übrigen Schlafräume waren seit Jahren unbenutzt, ihr Mobiliar zerfallen. Eine Spur, die zu Braumeister oder Sisyphos hätte führen können, gab es nicht. Blieb uns nur, die letzten Stufen zum Dachboden zu erklimmen. Der Gedanke, die riesigen Speicher unter den scharfen Giebeldächern zu erkunden, bereitete mir Unbehagen. Sollte jemand den Versuch machen, uns anzugreifen, würde mir Bosch kaum eine Hilfe sein. Er war zu gebrechlich, um einen ernstgemeinten Anschlag abzuwehren. Die Herausforderung, es mit dem Mörder aufzunehmen, würde deshalb mir allein zufallen. Zu allem Unglück war ich unbewaffnet bis auf meinen schmalen Dolch, den ich im Stiefel trug.

Die Treppe endete vor einer hohen Tür aus dunklem Eichenholz. Sie war nicht verriegelt und schwang geräuschlos nach innen. Dahinter war es drückend warm und finster. Der Geruch nach Staub und altem, modrigem Holz schlug uns entgegen. Das Licht unserer Fackeln drang nur einige Schritte weit, dahinter schien sich die Dunkelheit wie eine Mauer zu erheben.

Bosch und ich standen gleichermaßen zögernd auf der Schwelle. Dem alten Maler schien die Vorstellung, den riesigen Dachboden nach den Verschwundenen oder ihren Leichen zu durchkämmen, ebenso verdrießlich wie mir selbst. Der Mörder mochte überall in den Schatten lauern, hinter jedem Balken, in jeder Ecke. Von hier aus war nicht zu sehen, wie der Speicher des Schlosses angeordnet war, doch die Unmenge von Giebeln, die wir von außen hatten erkennen können, ließ auf zahllose Kammern und Flure schließen. Sollten wir etwa jede einzelne durchsuchen? Noch dazu, wo wahrscheinlich seit Jahrzehnten, wenn nicht gar Jahrhunderten keine menschliche Seele einen Fuß auf diese Böden gesetzt hatte. Das Parkett mochte morsch, die Räume voller Ratten sein. Allein die Vorstellung, bei jedem Schritt das sanfte Streicheln von Spinnweben im Gesicht zu spüren, schuf Gänsehaut auf meinen Armen.

Doch da war noch etwas anderes. Ein Geräusch.

Bosch wollte etwas sagen, doch ich brachte ihn mit einem Wink zum Schweigen. Ich lauschte.

Ja, da war es. Ein Rascheln, das allmählich immer lauter wurde. Als näherte sich etwas aus großer Entfernung, vom anderen Ende des schwarzen Korridors.

Bebend schob ich meinen Arm mit der Fackel weiter über die Schwelle. Sie beleuchtete einen Umkreis von acht, höchstens zehn Schritten. Angestrengt blinzelte ich in die Finsternis jenseits des Lichtkreises.

Etwas bewegte sich.

Etwas raste auf uns zu.

Mit einem Aufschrei riß ich Bosch am Arm herum. Die Zeit reichte nicht mehr aus, um rückwärts über die Stufen zu fliehen. Statt dessen zog ich den alten Mann eng an die Wand, gleich neben die Tür.

Im selben Augenblick schoß ein Umriß an uns vorüber. Mit ausgestreckten Krallen flog Walpurgas Katze durch die Tür, verfehlte Boschs Bein, streifte aber meines. Das Tier verfing sich im Stoff der Hose, überschlug sich und krachte mit einem schrillen Schrei rücklings auf die oberste Stufe. Ehe es sich fangen konnte, griff ich bereits zu und packte es am Nackenfell. Die Haare fühlten sich hart und borstig an, ungewöhnlich für eine Katze. Das Tier kreischte wie am Spieß, seine Klauen wirbelten in alle Richtungen und zerkratzten mir die Hand.

Ich holte mit der Fackel aus, um auf das widerliche Biest einzuschlagen, das mir nun schon zum dritten Mal einen solchen Schrecken eingejagt hatte. In seinen Augen funkelte tückischer Scharfsinn. Einen Moment lang war ich gewiß, daß die Katze sehr wohl wußte, was sie tat. Sie wollte Böses tun und genoß es regelrecht.

Boschs Hand hielt meinen Arm mit der Fackel zurück.

»Tut es nicht«, verlangte er mit sanfter Stimme. »Es ist nur eine arme Kreatur.«

Die Katze nutze mein Zögern und entwand sich meinem Griff. Mit einem letzten mißtönenden Kreischen sprang sie die Treppe hinab und verschwand hinter der nächsten Biegung. Ich hörte, wie ihr Trappeln tiefer unten auf den Stufen verklang.

»Ihr kennt dieses Miststück nicht«, fuhr ich den Maler an, viel schärfer, als es nötig gewesen wäre.

Der alte Mann lächelte milde. »Wollt Ihr Eure Wut und Furcht an einem Tier auslassen? Hält Euch die Angst so fest in ihrem Griff? Glaubt mir, Wagner, auch ich fürchte mich vor dem, was uns auf diesem Dachboden erwarten mag. Aber es hilft keinem von uns, wenn Ihr eine Katze erschlagt, die keine Schuld an unserem Dilemma trägt.«

Ich wollte widersprechen, doch Bosch wandte sich bereits ab und trat beherzt über die Schwelle. Mit ausgestreckter Fackel machte er zwei Schritte voraus in das Zwielicht, dann verharrte er erneut.

»Es ist heiß hier oben«, sagte er, ohne sich nach mir umzudrehen. »Heiß und trocken. In einer Luft wie dieser gedeiht die Bosheit besser als irgendwo sonst.«

»Ihr macht mir wahrlich Hoffnung, Meister Jheronimus«, entgegnete ich grimmig.

Der Maler stieß ein leises Lachen aus. Sogar dieser Laut schien mir mit einem Mal unheimlich und angsteinflößend. »Wollt Ihr mir folgen, oder gedenkt Ihr, im Treppenhaus zu warten, bis ein alter Mann alle Arbeit allein getan hat?« Kurioserweise fiel mir jetzt erstmals auf, daß er mit einem leichten Akzent sprach.

»Ich komme schon«, entgegnete ich unwirsch und folgte ihm ins staubige Innere des Speichers. Meine Hand mit der Fackel zitterte. Ich besann mich und zog den Dolch aus meinem Stiefel.

Bosch sah sich just in diesem Augenblick um. »Ah, ich sehe, Ihr seid für alles gewappnet.«

»Wie kommt es nur, daß ich den Eindruck habe, als machtet Ihr Euch über mich lustig?«

Der Maler schüttelte ernsthaft den Kopf. »Verzeiht, wenn ich Euch Anlaß zu dieser Vermutung gab, mein junger Freund. Es lag keineswegs in meiner Absicht. Aber laßt uns nun endlich diese elende Aufgabe erledigen. Ich bin ihrer vollkommen überdrüssig und sehne mich nach Pinsel und Palette.«

Während wir den Gang hinuntergingen, möglichst leise und mit behutsamen Schritten, fragte ich ihn flüsternd: »Woran arbeitet Ihr zur Zeit, Meister Jheronimus?«

»Kommt mich in meinem Zimmer besuchen, wenn Ihr mögt«, raunte er zurück. »Dann zeige ich Euch, was ich male.«

Ich entschloß mich, meine wichtigste Frage nicht länger zurückzuhalten. »Meister, gestern sah ich Euch, als Ihr aus der Gruft heraufkamt. Mir schien, daß Ihr Delphines Blut genauer untersucht habt.«

Er zuckte unmerklich zusammen, dann aber gab er ein schnarrendes Kichern von sich. »Ich wollte wissen, ob ihr Blut als Farbe taugt.«

»Als Farbe?« fragte ich, teils wißbegierig, teils erschrocken.

»Jawohl«, erwiderte er. »Ich kehrte später zurück und verdünnte ihr Blut, bis es sich auf der Leinwand verarbeiten ließ. Delphine ist nun Teil meines neuen Gemäldes.«

»Ihr malt mit Ihrem Blut?«

»Könnte es einem höheren Zweck als dem der Kunst und Schönheit dienen?«

»Aber –«

Er unterbrach mich. »Ihr fürchtet um die Moral, um den christlichen Anstand, nicht wahr? Doch ohne Näheres über Eure Ausbildung in Faustus' Diensten zu wissen, müßte es mich doch wundern, wenn Ihr selbst nicht schon an Schlimmerem teilgehabt habt.«

»Faustus tut das, was er tut, im Dienste der Menschheit«, entgegnete ich, empört über den gewagten Vergleich.

»Dann müßte ich mich zeitlebens sehr in ihm getäuscht haben«, sagte Bosch beinahe höhnisch. »Ich glaubte immer, er tut es vor allem im Dienste seines Geldbeutels.«

»Er heilt Menschen.«

»Und er betrügt sie.«

»Ohne ihnen aber wirklich zu schaden.«

»Ihr glaubt also, meine Malerei mit Delphines Blut habe ihr geschadet? Einer Toten? Verzeiht, aber diesem Standpunkt kann ich nicht folgen.«

Ich erinnerte mich an den Gehängten, den ich auf Faustus' Gebot hin vom Baum schneiden mußte, nur damit er ihn zerlegen konnte. Gegen Vorhaltungen hätte Faustus sicher ähnlich argumentiert: Er ist tot, und er kommt einem höheren Nutzen zugute.

Doch war auch die Kunst ein höherer Nutzen?

Ich schwieg, während ich über diese Frage nachsann und zugleich nach Spuren der Verschwundenen Ausschau hielt. Der Gang führte an zwei Dutzend kleinen Kammern vorüber, viele mit schräger Decke. Das Dach über unseren Köpfen war von Spitzen und Türmen beherrscht, ein ständiges Auf und Ab aus Schindeln und Schieferplatten.

Gelegentlich kamen wir an Zugängen zu schmalen Wendeltreppen vorbei, die meisten nur wenige Stufen hoch, bevor sie blind und scheinbar sinnlos vor blanken Mauern oder unter Dachbalken endeten. Ein anderes Mal entdeckten wir einen ummauerten Schacht, der wie ein Brunnen in einen lichtlosen Abgrund führte, durch sämtliche Stockwerke hindurch und wer weiß wie tief ins Erdreich. Ich wagte nicht, einen Stein hinabzuwerfen, aus Angst vor dem, was ich wecken mochte.

In einigen Kammern standen verrottete Betten und Stühle. Einst mußten dies Räume der Dienerschaft gewesen sein, ähnlich den Zimmern im Sockel des Gemäuers. Die Decken der meisten Kammern und Flure waren nicht abgehangen; statt dessen thronte über ihnen das beängstigende Gewirr der Balken und Bohlen, viele von Schimmel und Holzwurm befallen, trotz der Trockenheit. Staub bedeckte den Boden und die wenigen Möbelstücke wie farblose Blütenpollen. Bei jedem unserer Schritte stoben kleine Wolken auf. Fremde Fußabdrücke waren nirgends zu sehen, nur unsere und die der Katze.

Wir hatten gerade das Ende des langgestreckten Hauptkorridors erreicht, als in weiter Ferne hinter uns ein Licht aufflammte. Jemand war am Eingang des Dachbodens.

»Wagner! Bosch!« rief eine Stimme, die meinem Meister gehörte, wie ich unschwer bemerkte. »Kommt schnell! In den Ruinen des Gästehauses liegt eine Leiche.«

Wir liefen los, wobei ich mich zurückhielt, aus Rücksicht auf den Alten. Mit einem Mal schienen die Schrecken des Speichers gering im Vergleich zur Aussicht auf einen weiteren Toten.

Als wir die Treppe hinabstürmten, traf mich die Erkenntnis wie ein Schlag ins Gesicht. Eine furchtbare Ahnung bemächtigte sich meiner.

War Gwen in der Nacht noch zurückgekehrt? Hatte sie schlafend auf dem Speicher des Gästehauses gelegen, als das Feuer ausbrach?

Hatte Delphines Schicksal auch ihre Schülerin ereilt?

❖❖❖

Das Gerippe lag inmitten schwarzer Haufen aus Schmutz und Asche. Der obere Teil des Gästehauses war in sich zusammengebrochen und hatte das Erdgeschoß unter sich begraben. Aus verkohlten Steinhügeln stachen Mauerreste und verbrannte Balken. Daß die zerstörten Wände und Böden das Skelett nicht verschüttet hatten, war zweifellos ein glücklicher Zufall, doch daß sein Schädel fast unversehrt geblieben war, grenzte an ein Wunder.

Es war nicht Gwen.

Das Gesicht trug keine menschlichen Züge.

Das dunkle Fell, das Sisyphos' Kopf bedeckt hatte, war größtenteils verschmort. An manchen Stellen schimmerte der Schädelknochen durch die aufgeplatze Haut. Das vorgewölbte Maul und das Raubtiergebiß gehörten unverkennbar dem Affen.

Das Gerippe hingegen unterschied sich kaum von dem eines ausgewachsenen Mannes, zumal es in der Hitze auseinandergefallen war und nicht mehr in seiner ursprünglichen Anordnung beieinanderlag. Die Knochen des Affen waren vom Feuer so schwarz gefärbt wie alle übrigen Reste des Gästehauses.

»Wie ist er dort hineingeraten?« fragte ich Faustus, der neben mir stand. Die anderen Traumschüler streiften auf der Suche nach weiteren Spuren durch die schwelenden Trümmer, doch ihre Mühe blieb erfolglos. Angelina und Bosch waren die ersten, die sich zu uns gesellten.

»Wenn ich das wüßte, wäre mir wohler«, erwiderte Faustus auf meine Frage. »Freiwillig hat er sich dem Feuer bestimmt nicht genähert. Tiere fürchten Flammen und Hitze noch viel mehr als wir Menschen.«

»Ihr glaubt also, er wurde ermordet?« fragte ich.

»Falls man bei einem Tier von Mord sprechen kann.«

»Dann ist Braumeister der Mörder«, stellte Nicholas fest.

Faustus winkte ab. »Noch spricht nichts gegen ihn.«

»Aber er ist verschwunden«, warf nun Walpurga ein, die ebenfalls neben uns trat. Ihre Stimme klang empört. Sie schien mit einemmal gewillt, Arianes Anschuldigungen Glauben zu schenken.

Ich muß gestehen, auch mir schien der Verdacht nicht unbegründet.

»Verschwunden war auch Sisyphos«, entgegnete Faustus, »und seht selbst, wie es ihm ergangen ist. Weshalb sollte nicht auch Adelfons' Leiche irgendwo liegen?«

»Er hat dieses Biest von Anfang an gehaßt«, sagte Nicholas. Sein Gesicht hatte sich vor Erregung rotgefärbt. Noch schien er unschlüssig, gegen wen er seinen Zorn richten sollte. Offenbar nährten die Ereignisse einen jener Anfälle, die Faustus kurz erwähnt hatte: *Nicholas steht an der Schwelle zum Wahnsinn.*

Ariane konnte Nicholas' Beleidigung des toten Sisyphos nicht hören, sonst hätte sie zweifellos protestiert. Sie saß noch immer mit den Zwillingen im Haupthaus. Es war ihr unmöglich, sich auf eigenen Beinen hierher zu begeben. Ich fragte mich, wie sie das Schloß ohne den Affen jemals verlassen wollte. Irgend jemand würde sie zu ihrer Kutsche tragen müssen, wenn diese kam, um sie abzuholen. Vorausgesetzt, es lebte dann noch einer, um zu tragen oder getragen zu werden.

Faustus beachtete die Anschuldigungen der übrigen nicht länger und faßte statt dessen einen anderen Gedanken in Worte, der auch mich schon beschäftigt hatte: »Wollen wir den Leichnam des Affen bestatten?« fragte er in die Runde.

»Er ist nur ein Tier«, empörte sich Walpurga sogleich.

»Was tust du mit deiner Katze, wenn sie stirbt?« gab Faustus zurück.

Nicholas grinste hämisch. »Sie hext ihr neues Leben ein.«

Die Hexe funkelte ihn bösartig an, ließ sich jedoch nicht zu einer Erwiderung herab.

»Ich bin dafür, daß wir ihn begraben«, warf nun der alte Maler ein.

Nicholas schüttelte den Kopf und ging in die Richtung des Haupthauses davon. »Macht ihr euch nur die Mühe, wenn ihr glaubt, es sei nötig. Ich werde mich an solchen Kindereien nicht beteiligen.«

Walpurga stimmte ihm zu. »Ich ebenso«, sagte sie schnell, folgte Nicholas aber erst in einigem Abstand. Die Ablehnung der beiden füreinander war nicht zu übersehen.

Faustus, Bosch, Angelina und ich blieben zurück. Wir hatten weder Schaufeln noch sonstige Werkzeuge, deshalb schichteten wir über dem Gerippe und dem Schädel notdürftig Steine übereinander, bis der Tote völlig von ihnen bedeckt war.

Auch mir schien dieser Aufwand kaum gerechtfertigt, doch zugleich sagte mir etwas, daß es die richtige Entscheidung war. Wer konnte schon wissen, wieviel Menschliches in dem Affen gesteckt hatte?

Schließlich kehrten wir ins Schloß zurück. Faustus stieg mit Angelina und mir in den zweiten Stock hinauf, wo wir ungestört waren. Vor der Tür unseres Zimmers blieb er stehen.

»Ich möchte, daß ihr diesen Raum nicht verlaßt«, sagte er. »Es ist gefährlich in diesen Mauern, und es wird von Tag zu Tag gefährlicher.«

»Habt Ihr einen Verdacht, wer der Mörder ist?« fragte ich leise.

Faustus hob die Schultern. »Ich weiß es nicht. Braumeister kommt in Frage, das ist nicht abzustreiten, und doch bin ich nicht überzeugt von seiner Schuld. Ich wüßte gerne, wo er steckt.«

»Warum haben wir die Suche dann abgebrochen?«

»Weil wir ihn nicht finden werden. Der Affe wurde in die Trümmer des Gästehauses gelegt, damit wir früher oder später über ihn stolpern. Wer immer ihn getötet hat, er wollte, daß wir Sisyphos entdecken. Hätte sich der Affe während des Feuers im Haus aufgehalten, hätten die Trümmer ihn verschüttet. Daß sein Leichnam obenauf lag, verrät deutlich, daß er mit Absicht dort abgelegt wurde.« Faustus holte tief Luft, bevor er fortfuhr: »Umgekehrt scheint mir dies aber zu bedeuten, daß wir Adelfons *nicht* finden sollen – sei es, weil er der Mörder ist und sich vor uns versteckt hält, oder aber, weil er selbst ein Opfer wurde und sein Körper irgendwo verscharrt liegt. Ansonsten hätte man dafür gesorgt, daß auch seine Leiche entdeckt wird. Das aber ist nicht geschehen.«

»Und daraus schließt Ihr, daß eine Suche vergeblich wäre?«

»Vorerst, ja.«

Nachdenklich lehnte ich mich mit dem Rücken gegen die Korridorwand. »Welchen Nutzen aber hat es für den Mörder, daß wir auf den Leichnam des Affen stießen?«

Faustus lächelte, offenbar zufrieden, daß ich diese Frage stellte. »Das ist es, was mir zu denken gibt. Vielleicht wollte er uns nur verunsichern, damit er leichtes Spiel mit seinen nächsten Opfern hat. Aber ich bin nicht sicher, daß dies der einzige Grund ist. Ehrlich gesagt, ich glaube, er plant etwas ganz anderes.«

❖❖❖

Am frühen Abend begann Ariane zu schreien.

Vor den hohen Fenstern legte sich die Dämmerung über den Wald, bis Statuen und Ruinen in den verwilderten Gärten eins wurden mit der Dunkelheit. Angelina und ich hatten bereits vor einigen Tagen begonnen, eine einfache Zeichensprache zu entwickeln, mit der wir uns untereinander zu verständigen hofften. Natürlich waren auch damit weder Sätze noch echte Gespräche möglich, doch wir ordneten bestimmten Begriffen eindeutige Symbole zu, die sich leicht mit Hand und Fingern formen ließen. Wenn sich die Gelegenheit ergab, ergänzten wir unser bisheriges Alphabet durch neue Zeichen und Worte, was stets eine zeitaufwendige und nicht ganz einfache Sache war. Schließlich war es nicht damit getan, ein schlichtes Symbol zu ersinnen; es mußte zudem unverwechselbar, vor allem aber einprägsam sein. In der Regel ging das so vonstatten, daß ich einen Begriff vorschlug, der mir wichtig erschien, und Angelina anschließend ein entsprechendes Zeichen erfand. Daran feilten wir gemeinsam, bis es den Anforderungen unserer neuen Verständigung entsprach. Zu unserer beider Überraschung bereiteten uns diese Bemühungen einigen Spaß, und obgleich Angelina nicht lachen konnte, so war ihr doch anzumerken, daß sie Vergnügen an dieser Beschäftigung fand.

So hatten wir also den Nachmittag damit verbracht, im Schneidersitz auf dem Bett zu hocken und Fingersymbole für Worte wie »Tod« und »Mörder« zu finden, als uns Arianes Schreie aus unseren Vergnügungen rissen.

Es waren hohe, spitze Laute, die in ihrem Mißklang nur aus dem Munde einer einzigen Person stammen konnten. Ich war mir nicht einen Augenblick lang im ungewissen, daß es die fette Ariane war, die die trügerische Ruhe zunichte machte. Den Geräuschen haftete etwas Keuchendes, beinahe Atemloses an, wie den Todesschreien eines abgestochenen Schweins. Ja, Arianes Schreie klangen zweifellos eher nach einem entsetzlichen Grunzen denn nach Lauten aus einem menschlichen Rachen.

Wir hörten, wie die Tür des Nebenzimmers aufgerissen wurde und Faustus den Flur hinabrannte. Mein Verlangen, ihm zu folgen, war größer als alle Vernunft. Natürlich wußte ich sehr wohl, was er befohlen hatte. Doch wie hätten wir in solch einer Lage tatenlos in unserem Zimmer sitzen können, hilflos und ohne eine Ahnung, was unter uns vor sich ging? Erneut entschlossen wir uns, die Anordnung meines Meisters zu mißachten und wie alle anderen zur Quelle des Kreischens zu eilen. Angelina und ich sprangen gleichzeitig vom Bett, stürmten hinaus auf den Gang und von dort aus die Treppe hinunter.

Ariane lag auf dem Bett in ihrem Schlafzimmer, doch sie hätte ebenso sitzen mögen. Ihre groteske Körperform machte es fast unmöglich, senkrecht von waagerecht zu unterscheiden. Sie ruhte in einer leichten Schrägstellung, was sich in ihrem Fall nur dadurch von ihrer sonstigen Haltung unterschied, daß ihr fleischiger Schädel leicht nach hinten versetzt an ihrem Kugelwanst klebte.

Ihr Mund stand weit offen, und noch immer drangen klägliche Überreste ihres Geschreis daraus hervor, heiseres Krächzen, unterbrochen von abgehacktem Atemholen. Auch ihre Augen waren weit aufgerissen – das erste Mal, daß ich unter den Fettwülsten ihrer Lider die Pupillen erkennen konnte. Ariane schien verstört aber unverletzt, was bedeutete, daß der Mörder, so er denn bei ihr gewesen war, unverrichteter Dinge verschwunden war.

Faustus stand neben dem Bett, ebenso die übrigen Traumschüler. Sogar die Zwillinge waren hinzugekommen; sie drängten sich verstört aneinander, einige Schritte abseits der anderen. Ihr schwarzes Haar war zerzaust, die weißen Hemdchen zerknittert. Offenbar waren sie eben erst aus Nicholas' Bett geschlüpft.

Mein Meister bemerkte natürlich, daß auch Angelina und ich den Raum betraten. Er verzog finster die rechte Augenbraue, sagte aber nichts und kümmerte sich lieber um Ariane. Erst ruhig, dann immer heftiger sprach er auf sie ein. Nachdem sie trotz zahlreicher Versuche keine Antwort gab, ja, nicht einmal ihre Schreckensmiene ablegte, holte Faustus mit der Rechten aus und versetzte ihr eine schallende Ohrfeige. Die fleischigen Wellen, die der Schlag verursachte, rollten von ihrem Gesicht bis hinab zum Bauch. Es war, als geriete ihr ganzer Leib in zitternde Schwingung.

»Ich…«, brachte sie schließlich bebend hervor, »ich habe ihn gesehen.«

»Wen hast du gesehen?« fragte Faustus, obgleich doch jeder die Antwort bereits wußte.

»Sisyphos' Mörder. Delphines Mörder«, keuchte sie schwerfällig.

Die Umstehenden wurden von Unruhe gepackt. Nicholas Erasmo, der sich in der Eile nur eine Hose übergezogen hatte, brach mit schwankender Stimme das Schweigen: »Was tun wir hier eigentlich, verdammt? *Was tun wir hier?*«

Bosch sah ihn nicht an, als er trocken entgegnete: »Warten, bis einer übrigbleibt. Was sonst?«

Faustus beachtete die beiden nicht und packte Ariane an ihrem teigigen Oberarm. »Hast du sein Gesicht erkannt?« fragte er.

Ariane wollte nicken, doch ihr Doppelkinn war dabei im Weg. »Ja«, antwortete sie, »ich sah ihn.«

»Das ist doch lächerlich«, warf Nicholas aufgeregt ein. »Wie hätte sie ihn sehen sollen, ohne daß wir ihm auf dem Gang begegnet wären?«

Faustus schenkte ihm einen giftigen Blick. »Vielleicht sind wir ihm ja begegnet, ohne es zu bemerken, nicht wahr, Nicholas?«

Der Musiker trat zornig einen Schritt auf ihn zu. »Was willst du damit sagen, Quacksalber?«

»Das weißt du doch, oder?« entgegnete Faustus ruhig. »Wir waren alle auf dem Gang. Und jeder von uns kann der Mörder sein.«

»Aber doch nicht unser Nicholas«, fuhr Walpurga höhnisch dazwischen. Sie trug trotz der späten Stunde ihre volle Schwesterntracht. »Nicholas würde niemandem etwas antun, ist es nicht so, mein Lieber?«

Der Musiker sah sich mit einem Mal von allen Seiten angegriffen. Blut schoß ihm ins Gesicht. Seine rechte Hand schoß vor und packte Walpurga an der Kehle. »Bei dir häßlicher Krähe könnte ich eine Ausnahme machen…«

»Nicholas!« Faustus riß ihn herum. Walpurga befreite sich stöhnend aus Nicholas' Griff und taumelte hustend zurück. »Laß uns hören, was Ariane gesehen hat«, rief Faustus bestimmt. »Und mach unsere Lage nicht noch schlimmer, als sie es ohnehin schon ist.«

Nicholas gab keine Antwort und beachtete Walpurga nicht weiter. Die angebliche Hexe fluchte still vor sich hin und hielt gebührlichen Abstand zu ihrem Angreifer. Sie sah nicht aus, als könnte sie leicht vergessen, was gerade geschehen war.

Faustus wandte sich wieder an Ariane. »Wessen Gesicht hast du gesehen?«

»Braumeister!« stieß sie hervor und starrte dabei stur an allen anderen vorbei zur Wand. »Adelfons Braumeister!«

»War er hier in deinem Zimmer?« fragte Faustus ohne großes Erstaunen.

»Nicht im Zimmer«, gab Ariane zurück. »Hier oben war er.« Dabei hob sie eine Hand und deutete auf ihren Schädel.

Nicholas seufzte, sagte aber nichts. Auch die übrigen wirkten enttäuscht.

Nur Faustus blieb ernst. »Du hattest wieder eine Vision?«

Ich erfuhr kurz darauf, daß Ariane gern von sich behauptete, ein mächtiges Medium zu sein, und es scheint mir, als täte ich gut daran, diese Erklärung voranzustellen. Sie sah oft Dinge in ihren Träumen, die aus der Erfahrung eines anderen zu stammen schienen. Sie hörte Stimmen von Lebenden, die sich an weit entfernten Orten aufhielten, und von Toten aus dem Jenseits. Offenbar vermutete Faustus, daß eine solche Erscheinung sie auch an diesem Abend heimgesucht hatte.

Ariane bestätigte seinen Verdacht. »Eine Vision, ja. Braumeister ist der Mörder. Er hat Sisyphos und Delphine getötet. Er wird weiter morden, immer weiter. Ich hab ihn gesehen, mit dem Messer über Delphines Leichnam. Überall Blut.«

Sie sprach stoßweise und undeutlich. Vielleicht war das der Grund, weshalb Faustus einen Augenblick lang erstaunt das Gesicht verzog.

»Ich habe es gewußt«, tönte Nicholas. »Adelfons hat es auf uns alle abgesehen. Der Vater ist in ihm.«

Walpurga fiel, trotz aller Streitigkeiten mit dem Musiker, in seine Rede ein. »Der Vater bestimmt seine Träume. Er läßt ihn morden. Er will, daß wir alle sterben.«

Ariane schien sich einigermaßen gefangen zu haben. »Wir müssen ihm zuvorkommen. Sucht ihn und tötet ihn. Dann sind wir sicher.«

Bosch schüttelte den Kopf. »Dann wird der Traumvater von einem anderen Besitz ergreifen. Ich verstehe eure Aufregung nicht. Sind wir nicht deshalb hierhergekommen? Ihr alle wußtet, was geschehen würde. Nur einer kann überleben. Nur einer wird Nachfolger. Die anderen sterben. So sollte es von Anfang an sein. Warum lehnt ihr euch jetzt dagegen auf?«

»Dir mag es nichts ausmachen, zu sterben«, entgegnete Nicholas wütend.

»Wer sagt, daß ich sterbe?« fragte Bosch mit Unschuldsmiene. »Einer muß überleben.«

Nicholas lachte böse. »Und das bist ausgerechnet du, alter Mann?«

Der Maler blieb gelassen. »Wenn beim Sterben in diesem Schloß das Alter eine Rolle spielte, wäre ich zweifellos schon tot, nicht wahr?«

Faustus, dem es nicht um die Nachfolge des Traumvaters, sondern allein um die Schlangenkrone ging, wirkte betroffen, als er das Gespräch der beiden verfolgte. Auch mich erschreckte, mit welcher Leichtfertigkeit Bosch und Nicholas über unser aller Tod sprachen. Wäre es nach Faustus gegangen, hätte nicht einer sterben müssen – nur die Krone, die wollte er für sich. Und das nach Möglichkeit, bevor sich der Mörder an ihm selbst oder an Angelina und mir verging. Deshalb mußte es sein Bestreben sein, herauszufinden, wer der Täter war, um so weitere Morde zu vereiteln. Wie er zugleich aber der Krone nachspüren wollte, war mir ein Rätsel.

»Ich glaube, wir sollten zurück auf unsere Zimmer gehen«, schlug mein Meister vor und blickte in die Runde. »Hier bleibt uns ohnehin nichts zu tun.«

Die Antwort aller war gemurmelte Zustimmung. Walpurga, Nicholas und Bosch verließen den Raum. Allein Ariane schien nach wie vor äußerst erregt.

»Ihr müßt ihn finden, Faustus«, sagte sie. »Er wird weiter morden. Ihr müßt ihm zuvorkommen!«

Faustus nickte gelassen, ohne ihr aber Hoffnung zu machen. Irgend etwas schien ihn zu beschäftigen, viel mehr, als der Gedanke an Braumeister oder an weitere Morde. Wie üblich verriet er es nicht, auch nicht, als er mit mir und Angelina die Treppe hinaufstieg. Er wünschte uns vielmehr eine gute Nacht, wies uns an, die Tür zu verriegeln, und zog sich in sein Zimmer zurück.

Als wir nebeneinander im Bett lagen, machte Angelina die Zeichen für »Frage« und für »schlafen«. Ich schüttelte den Kopf. Die Aufregung hatte mich hellwach gemacht.

Angelina aber kuschelte sich unter ihre Decke und schloß die Augen.

Kurz darauf legte sich ihre Hand auf meinen Oberschenkel, wie zufällig.

Ich lag endlos lange wach, während sie neben mir schlief, endlich ungestört, vielleicht sogar traumlos.

❖❖❖

Ein Klopfen an der Tür weckte mich. Helligkeit fiel durch die Fenster. Staub tanzte auf Sonnenbahnen durch den Raum. Angelina streifte gerade ihr Hemd über die Schultern. Ehe ich mir den Schlaf aus den Augen blinzeln konnte, bedeckte der weiße Stoff schon ihre Brüste und Hüften. Erneut fragte ich mich, warum mich ihr Anblick neuerdings so gefangennahm. Etwas *hatte* sich zwischen uns verändert, das ließ sich nicht länger leugnen.

Es klopfte erneut, diesmal heftiger.

»Macht auf, schnell!« erklang dumpf die Stimme meines Meisters.

Angelina sprang zur Tür und schob den Riegel zurück.

Faustus trat ein.

»Es hat wieder einen Mord gegeben, heute nacht«, sagte er.

Ich saß sofort kerzengerade im Bett. »Wer ist es diesmal?«

Er senkte den Blick, beinahe, als träfe ihn dieser Tod ganz besonders. »Ariane«, erwiderte er. »Sie liegt in ihrem Bett. Jemand hat ihr den Kopf abgeschnitten.«

Merkwürdigerweise wiesen meine Gedanken in

diesem Augenblick in eine einzige absurde Richtung: Wie hatte der Mörder zwischen all den Fleischfalten ihren Hals gefunden? Wie lang mußte sein Messer gewesen sein?

Aber ich begriff auch, weshalb Arianes Tod Faustus so heftig berührte. Er machte sich Vorwürfe. Sie hatte ihn gewarnt, den Mörder schnell ausfindig zu machen. Sie hatte Angst gehabt, doch Faustus war nicht darauf eingegangen. Vielleicht hätte er ihr Leben retten können.

»Das beweist, daß Braumeister der Mörder ist«, sagte ich, während ich ungewaschen in meine Kleidung schlüpfte.

»Tut es das?« fragte Faustus zweifelnd.

Angelina pflichtete mir mit heftigem Nicken bei.

»Ariane war sicher, daß er die anderen getötet hat«, erklärte ich. »Sie hat diesen Verdacht laut ausgesprochen. Wer weiß schon, was sie in ihrer nächsten Vision gesehen hätte? Vielleicht sein Versteck. Er mußte handeln, um sie zum Schweigen zu bringen.«

Faustus ließ sich nicht überzeugen. »Du übersiehst eine Kleinigkeit, mein Freund. Braumeister war nicht bei uns, als Ariane ihre Vision schilderte. Woher aber wußte er, was sie gesehen hat?«

»Vielleicht hat er gehorcht«, bot ich unsicher als Erklärung an, doch sie mochte mich selbst nicht recht überzeugen. »Oder aber –«

Faustus nickte. »Oder einer der anderen ist sein Verbündeter. Doch welchen Sinn hätte das für ihn? Er will die Nachfolge des Traumvaters. Diesen Preis kann er sich mit niemandem teilen. Wer sollte sich auf so einen Pakt einlassen, zumal derjenige weiß, wozu der Mörder fähig ist?«

Enttäuscht mußte ich eingestehen, daß er recht hatte. »Bleibt trotzdem die Möglichkeit, daß er uns belauscht hat. Vielleicht gibt es in Arianes Zimmer einen zweiten Zugang, eine doppelte Wand oder irgend etwas in der Art.«

»Irgend etwas in der Art«, wiederholte Faustus nachdenklich. »Wer weiß, vielleicht hast du recht. Wir sollten uns zumindest vergewissern.«

Ich lief zur Tür. »Dann laßt uns keine Zeit verlieren.«

Faustus winkte ab. »Später. Erst bringen wir Arianes Leichnam hinab in die Gruft. Die anderen warten schon.«

Als wir Arianes Zimmer betraten, lag die Tote noch immer unverändert in ihrem Bett. Bosch, Nicholas und Walpurga standen unschlüssig um sie herum. Die Zwillinge waren nirgends zu sehen.

Kissen und Decke hatten begierig das Blut aufgesogen, das in Strömen aus der offenen Halswunde geflossen war; der Stoff hatte sich dunkelbraun verfärbt. Die Leiche war völlig ausgeblutet. Auch auf dem Boden hatte sich eine getrocknete Lache ausgebreitet. Es stank bestialisch nach fauligem Fleisch. Die Tat mußte schon einige Stunden zurückliegen.

Arianes Hände hatten sich im Todeskampf klauenartig in die Decke verkrallt. Eines ihrer verwachsenen Beine, kaum länger als mein Unterarm, stand schräg nach oben; es war in einer verzweifelten Strampelbewegung erstarrt.

Der Mörder hatte den abgeschnittenen Kopf auf einen der Bettpfosten gesteckt. Die Zunge hing aus dem verzerrten Mund. Fliegen krabbelten über die blaugraue Haut.

Arianes Bett hatte keinen Baldachin, statt dessen eine hohe Vorder- und Rückwand, verziert mit verstaubten Schnitzereien. Der Schädel auf dem Bettpfosten befand sich genau vor meinem Gesicht. Die Augen waren unnatürlich weit nach oben verdreht. Zwischen den Fleischfalten war nichts als Weiß zu erkennen.

Wir machten uns unter Fluchen und Stöhnen an die

entsetzliche Arbeit, den unsagbar schweren Torso vom Bett auf die silberne Plattform zu ziehen, auf der Sisyphos seine Herrin einst umhergetragen hatte. Es blieb kein Platz für den Schädel, so daß einer von uns ihn in der Hand tragen mußte. Da wir Männer die Plattform hinab in den Keller schleppen mußten, blieb als Kopfträger nur eine Frau. Angelina übernahm diese Aufgabe. Sie hüllte den Schädel in eines von Arianes monströsen Kleidungsstücken und trug ihn beinahe ehrfürchtig mit beiden Händen vor sich her.

Selbst zu viert war es eine grauenvolle Plackerei, den Körper drei Treppen hinabzutragen. Stets drohte einer von uns unter der Last zusammenzubrechen, und mehrfach konnten wir nur mit Mühe verhindern, daß der Torso von der Platte rutschte. Die ganze Zeit über befand ich mich mit meinem Gesicht bedrohlich nah an der offenen Wunde, und schlimmer noch als der unbeschreibliche Gestank war der Anblick dieses schwarzbraunen Schlundes, der ins Innere des ungeheuren Körpers führte. Ich dankte den Mächten des Himmels und der Hölle dafür, daß zumindest der Blutfluß versiegt war.

Nach einer Zeit, die mir endlos schien, erreichten wir endlich den Eingang zur Gruft. Die Tür war zum Glück breit genug, um die Platte mit ihrer schrecklichen Last hindurchzutragen. Schwierigkeiten dagegen verhieß die Art und Weise, in der die Toten hier verwahrt wurden: Sie wurden, mit dem Kopf voran, in tiefe Wandfächer geschoben, die kaum einen Schritt breit waren. Es erforderte erbittertes Drücken und Pressen, den schwammigen Leib dort hinein zu zwängen, und eine Weile lang steckte er fest wie ein Korken. Trotzdem gelang es uns schließlich, die Leiche vollständig in das Fach zu schieben. Den Schädel legten wir als letztes hinzu, dann wurde die Öffnung mit einer Steinplatte verschlossen.

Bosch erwähnte flüsternd, daß Delphines Leichnam im Nebenfach liege und daß es wohl nur noch eine Frage weniger Tage wäre, bis auch der Rest der Fächerreihe – immerhin noch fünf weitere Öffnungen – gefüllt sei. Ich verzichtete auf eine Erwiderung.

Erstmals blickte ich mich in der unterirdischen Kammer um. Es war ein rechteckiger Raum, ungemein feucht, in dessen Mitte ein mit Reliefs bedeckter Steinblock kauerte. Einst hatte man ihn wohl genutzt, um die Toten darauf aufzubahren, bevor sie für immer in den Löchern verschwanden. Drei der vier Wände waren mit Leichenfächern bedeckt, je drei Reihen übereinander mit bis zu fünfzehn Öffnungen. Die meisten waren geschlossen; in ihnen mochten uralte Knochen dem Jüngsten Gericht entgegenfaulen. Die Reihe, in der Delphine und Ariane bestattet worden waren, war die einzige, deren Fächer allesamt leer gewesen waren – ehe unser Aufenthalt im Schloß ihre Nutzung unvermeidlich machte.

Bosch faltete die Hände und sprach vor Arianes letzter Ruhestätte ein kurzes Gebet. Obwohl keiner der übrigen einen Sinn für Gottes Wort besaß, Faustus und Walpurga am allerwenigsten, so hielten sie doch anstandsgemäße Ruhe. Sogar Nicholas, der doch zu allem eine unpassende Bemerkung wußte, schien auf seine Weise berührt. Er senkte wie wir übrigen den Blick und schwieg.

Bosch war noch nicht ganz am Ende, als Angelina neben mir herumwirbelte und aus der Gruft rannte. Alle sahen auf, die meisten verwundert, Faustus mit Besorgnis. Ich gab ihm mit einem Schulterzucken zu verstehen, uns zu entschuldigen, dann eilte ich Angelina nach.

Ich fand sie schließlich im Erdgeschoß, wo sie auf einer Treppenstufe hockte, beide Hände vor das verbrannte Gesicht geschlagen.

»Was ist passiert?« fragte ich voller Sorge, doch sie schüttelte nur abweisend den Kopf. Sie hätte nicht darüber reden können, selbst wenn sie gewollt hätte. Ich begriff, wie lächerlich unser Versuch war, mit Hilfe der Zeichensprache den Anschein einer Verständigung aufzubauen. In Momenten wie diesem, da es wirklich darauf ankam, mußte jedes schlichte Symbol versagen.

Ich setzte mich neben sie und legte zögernd meinen Arm um ihre Schulter. Sie schien unmerklich zusammenzuzucken, doch vielleicht bildete ich mir das in meiner Scheu nur ein. Als sie mich schließlich ansah, rannen Tränen über ihre zerfurchten Wangen.

Da begriff ich, was geschehen war.

»Es ist deine Erinnerung, nicht wahr?« fragte ich behutsam. »Die unterirdischen Räume, das Gebet – all das erinnert dich an etwas, das du in Rom erlebt hast.«

Sie nickte und bemühte nun doch einige unserer Zeichen. Erst bildeten ihre Finger die Zahl Dreizehn, dann formte sie das Symbol für »Jahr«.

»Dreizehn Jahre lang?« fragte ich.

Erneut nickte sie.

»Du hast dreizehn Jahre lang in solch einer Kammer gelebt?« wagte ich einen Vorstoß. Und um ihr Verhalten angesichts des Gebets in dieser Mutmaßung unterzubringen, fügte ich hinzu: »Unter der Aufsicht von Priestern?«

Bestätigendes Nicken. Dann die Zeichen für »Tag«, »Licht« und für »nein«.

»Dreizehn Jahre ohne Tageslicht.« Großer Gott! Was Faustus und ich immer befürchtet hatten, war also die Wahrheit! Die schneeweiße Haut der Borgia-Engel, ihre Vorliebe für die Nacht und die Tatsache, daß Angelina sich unserer Sprache, die sie doch einst als kleines Kind erlernt haben mußte, erst mühsam wieder erinnert hatte – all das bestätigte, was sie nun zu schildern versuchte.

Die päpstlichen Gesandten, die sie als Kind entführten und ihre Eltern verschwinden ließen, hatten sie und die anderen in den Gewölben unterhalb des Vatikans eingesperrt, all die Jahre lang. Sie hatten ihnen beigebracht, lateinisch zu sprechen, ohne sie aber das Lesen und Schreiben zu lehren – vielleicht fürchteten die Pfaffen, daß die Kinder ihre Lügen dann durchschauten. Hätten sie in der Heiligen Schrift oder in anderen Büchern lesen können, wären ihnen vielleicht Zweifel an den Worten der Geistlichen gekommen. Denn die Borgia-Engel hielten sich tatsächlich für Gottes Gesandte, vom Himmel herabgestiegen, um dem Papst als Krieger und Mörder zu dienen. Auf irgendeine Weise war es den Männern des Papstes gelungen, die Kinder so zu beeinflussen, daß sie ihre Kindheit und Entführung vergaßen; die möglichen Mittel dazu waren zahlreich, und Faustus hatte mir allein ein halbes Dutzend genannt.

Angelina hatte seit dem mißglückten Anschlag auf die Wittenberger Schloßkirche, bei dem ihr Gesicht verbrannt war und sie Stimme und Schönheit verlor, viele dieser falschen Lehren durchschaut. Sie wußte, daß sie kein Engel, sondern ein Mensch war; sie hatte unter Mühen gelernt, ihre Muttersprache zumindest zu verstehen, wenn auch nicht zu schreiben oder gar zu sprechen; und sie hatte begriffen, daß ihre wahren Gegner nicht wir oder andere Feinde der Kirche waren, sondern die Päpstlichen selbst, jene Männer, die sie dreizehn Jahre lang gefangengehalten hatten.

Die Gruft in Verbindung mit Boschs Gebet mußte die Erinnerung an die Schrecken ihrer Jugend, die doch nur wenige Monate zurücklagen, erneut heraufbeschworen haben. Da war es nicht verwunderlich, daß sie die Flucht aus der entsetzlichen Kammer ergriff.

Wir saßen noch immer schweigend auf der Treppe,

mein Arm um ihre Schulter, als die Traumschüler aus den Kellergewölben heraufstiegen. Nicholas murmelte leise etwas vor sich hin, als er uns erblickte, und grinste hinterlistig, ging aber ohne weitere Worte an uns vorbei. Walpurga würdigte uns keines Blickes, nur Bosch schaute einen Moment lang besorgt auf Angelina, verzichtete jedoch ebenfalls darauf, uns anzusprechen. Faustus kam als letzter, er blieb bei uns stehen und wartete, bis die anderen weiter oben verschwunden waren.

Er wollte nicht wissen, was geschehen war. Gewiß ahnte er es ebenso wie ich selbst.

Statt dessen fragte er nur: »Was habt ihr in den beiden letzten Tagen gegessen?«

»Den kümmerlichen Rest unseres Proviants«, erwiderte ich.

Er nickte. »Es gibt frische Vorräte hier im Schloß. Der Traumvater gewährt uns offenbar ein Gnadenbrot, bevor er uns zur Schlachtbank führt.« Er lächelte grimmig, während er das sagte, und mir schien fast, als belustigte ihn die Vorstellung wirklich. »Wenn ihr also Hunger habt«, fügte er hinzu, »kommt heute abend in den Bankettsaal im Erdgeschoß.«

Kein Wort mehr davon, uns im Zimmer einzusperren. Sicher war auch Arianes Tür verriegelt gewesen.

Faustus schritt die Stufen hinauf und war fort.

Ich überlegte, wie einfach es sein mußte, unser aller Essen zu vergiften, doch im selben Moment spürte ich wieder Angelina in meinem Arm, und sogleich galt mein Denken ihr allein.

❖❖❖

Als wir kurz darauf auf dem Weg nach oben den ersten Stock erreichten, faßte ich den Entschluß, noch einmal einen Blick in Arianes Zimmer zu werfen. Falls ihre Tür wirklich verschlossen gewesen war, mußte der Mörder auf andere Weise in den Raum gelangt sein. Angelina war einverstanden, mich zu begleiten, und so gingen wir gemeinsam den Gang hinunter, vorbei an den Zimmern, in denen sich die anderen längst wieder verkrochen hatten.

Arianes Tür war nur angelehnt. Dahinter war ein Rascheln zu hören, dann nur noch Stille.

Ich wechselte einen vorsorglichen Blick mit Angelina, doch ihre Panik schien überwunden. Sie war bereit, sich auf denjenigen zu stürzen, der sich im Zimmer zu schaffen machte. Natürlich lag der Verdacht nahe, daß es Faustus war, der den Schauplatz des Mordes erforschte. Doch mein Meister war hinauf in den zweiten Stock gegangen; seine Schritte waren auf der Treppe zu hören gewesen. Auch konnte ich mir nicht vorstellen, daß er erst nach oben gestiegen und später auf leisen Sohlen zurückgekehrt war.

Vorsichtig legte ich meine Hand auf das kühle Holz der Tür und drückte. Mit einem kaum hörbaren Knirschen schwang sie nach innen. Ich sah aus dem Augenwinkel, wie Angelina sich straffte.

Der Raum war unverändert, zumindest auf den ersten Blick.

Das Bett war blutig und zerwühlt. Rund um den Pfosten, auf dem Arianes Schädel gesteckt hatte, war die Decke voller Flecken wie von blutigen Fußabdrükken. Fliegen bedeckten die Spitze des Pfostens, eine schwarze lebende Kappe. Die widerlichen Tiere summten, während sie sich hungrig von der braunen Kruste nährten.

Kein Mensch war zu sehen.

Trotzdem war ich sicher, daß ich eben etwas gehört hatte. Ein Laut, der eindeutig nicht von den Fliegen stammte.

Das Bett stand mit dem Kopfende zur rechten Wand des Raumes. Links davon, halb verdeckt durch einen Vorhang, der sich rund um das Bett zusammenziehen ließ, hing ein ovaler Wandspiegel. Es war der gleiche wie in unserem Zimmer, eingefaßt von einem verschnörkelten Rahmen, von dem die Goldfarbe in strähnigen Fetzen abfiel.

Etwas aber unterschied Arianes Spiegel von unserem eigenen.

Die Glasfläche war verschwunden. Der falsche Goldrahmen umfaßte eine schwarze Öffnung, groß genug, daß ein Mensch hindurchsteigen konnte. Dahinter war schattige Leere.

Angelina bemerkte es im selben Augenblick. Blitzschnell und völlig lautlos huschte sie um das Bett und preßte sich neben dem Spiegel an die Wand, plötzlich allein vom Instinkt getrieben. Mit einem Wink gab sie mir zu verstehen, das gleiche zu tun. Vorsichtig, wenn auch nicht ganz so geräuschlos, folgte ich ihr und drückte mich neben sie. Unsere Körper berührten sich. Ich glaubte, ihren aufgeregten Herzschlag zu hören, doch es war nur mein eigener, der mir mit einem Mal laut in den Ohren dröhnte.

Wir verhielten uns vollkommen still und lauschten.

Lange Zeit tat sich nichts, und ich wollte schon vor die Öffnung treten und hineinsehen, als sich das Rascheln wiederholte. Wer immer vorhin auf der anderen Seite des Spiegels gewesen war, er kehrte zurück. Leise, vorsichtige Schritte kamen allmählich näher.

Jetzt mußte er ganz nahe sein. Gleich hinter der Wand.

Eine Gestalt beugte sich durch den Spiegel.

Angelinas Arme schossen vor, packten den anderen an Kopf und Schulter und zerrten ihn mit erstaunlicher Kraft durch den Rahmen.

Es *war* Faustus. Und ich hatte recht behalten: Er hatte weder Treppe noch Korridor betreten, um hierher zu gelangen.

Mit einem Keuchen stürzte er zu Boden, während Angelina erschrocken erkannte, wen sie da durch die Öffnung gerissen hatte. Faustus wirbelte überrascht mit seinen dürren Gliedern umher, eine seltsame Geste der Hilflosigkeit, die ich noch nie bei ihm erlebt hatte. Er schlug mit dem Kopf auf. Sein zerzaustes schwarzes Haar vermochte den Aufprall kaum zu dämpfen. Stöhnend wollte er auf die Füße springen, als er Angelina erkannte. Dann sah er mich, doch seine mißmutige Grimasse schwand schon einen Augenblick später.

»Tüchtig, tüchtig«, brachte er hervor, während wir zugleich die Hände ausstreckten, um ihm aufzuhelfen. Er schlug beide aus und rappelte sich aus eigener Kraft hoch. Eilig sprang er zur Zimmertür und schob den Riegel vor. Schließlich kehrte er zu uns zurück und schenkte Angelina ein gequältes Lächeln. »Ich sehe, ich muß mir um euch weit weniger Sorgen machen, als ich das bislang getan habe.«

Ich wollte mich entschuldigen, doch er winkte ungeduldig ab. »Ich war unvorsichtig«, sagte er, »und ich habe es nicht besser verdient. Ich hätte euch wohl von dem Gang erzählen müssen.«

»Wie lange wißt Ihr schon davon?«

»Erst seit heute morgen. In jedem Schlafzimmer gibt es einen solchen Spiegel. Alle lassen sich öffnen, allerdings nur von der Rückseite aus. So lange niemand versucht, sie abzuhängen, wird keinem auffallen, daß es sich um etwas anderes als gewöhnliche Spiegel handelt.«

»Das heißt, man kann durch sie jeden Raum erreichen?«

»Eigentlich nicht weiter erstaunlich«, erwiderte Faustus nickend. »Gebäude wie dieses sind immer voll von geheimen Gängen und Kammern, man muß nur wissen, wo sie zu finden sind. Oder wo man nach ihnen suchen muß. Nachdem mir allerdings klargeworden war, daß es einen zweiten Zugang zu Arianes Zimmer geben mußte, war das nicht weiter schwierig. Ich mußte nicht einmal diesen Raum betreten. Ich durchsuchte einfach ein leerstehendes Zimmer im zweiten Stock, zerschlug schließlich den Spiegel und entdeckte ein ganzes System von Gängen, die durch die Wände führen. Ich mußte nur noch die Treppe nach unten finden und die Rückseiten der Spiegel abzählen, bis ich den zu Arianes Zimmer fand. Es war mein Fehler, daß ich den Zugang offenstehen ließ, während ich die Entfernung zur nächsten Treppe abmaß. Ich hätte ahnen sollen, daß ihr beiden euch hier herumtreibt.«

Beschämt lenkte ich das Gespräch in eine andere Richtung. »Habt Ihr das Zimmer schon durchsucht?«

»Gewiß. Zumindest wissen wir nun, wie wir uns nachts vor dem Mörder schützen können. Ich schlage vor, ihr geht gleich nach oben und schiebt einen Schrank vor euren Spiegel. Das mag ihn im Ernstfall nicht aufhalten, doch bis er ihn beiseite gerückt oder umgeworfen hat, seid ihr längst gewarnt. Ich werde in meinem Zimmer das gleiche tun.«

»Was ist mit den anderen? Wollt Ihr ihnen nicht von Eurer Entdeckung berichten?«

»Damit der Mörder weiß, daß wir zumindest eines seiner Geheimnisse aufgedeckt haben? Nein, ich glaube, das wäre nicht klug.«

»Aber sonst können sie sich nicht vor ihm schützen«, warf ich ein, unsicher ob seiner Kaltblütigkeit.

»Denk doch nach«, forderte Faustus mich barsch auf. »Was ist dir wichtiger: Daß wir sicher sind oder die anderen?« Dabei warf er einen kurzen Blick auf Angelina, der nur scheinbar willkürlich war. Tatsächlich wußte ich, daß er mein Empfinden durchschaut hatte. Er wollte sagen: Ist dir Angelinas Sicherheit weniger wert als die der Traumschüler?

Ich nickte schließlich, und auch Angelina, die den wahren Sinn seiner Worte nicht bemerkt hatte, stimmte zu. Dabei fragte ich mich längst, wer von uns beiden eigentlich wen beschützte. Nachdem ich gesehen hatte, wie leichthändig sie Faustus überwältigt hatte, schienen mir unsere Rollen mit einemmal vertauscht. Dabei wußte ich doch schon lange um ihr besonderes Geschick im Kampf; sie hatte es nur seit Wochen nicht einsetzen müssen. Männer neigen dazu, die Talente der Frauen zu vergessen, wenn sie ihnen nicht täglich vor Augen geführt werden.

(Natürlich fragt Ihr Euch nun, mißtrauischer Leser, wie ein solcher Satz der Feder des alten Wagner entfließen kann. Nun, tatsächlich war dies kein Gedanke, den ich damals faßte. In Wirklichkeit ersann ich diesen trefflichen Ausspruch erst vor wenigen Wochen, als meine Magd sich tagelang weigerte, für mich zu kochen, denn ich hatte nach einer Zecherei ihren Eintopf erbrochen. Ich begann also, mein Essen außer Haus einzunehmen, und war ganz zufrieden damit, bis mir auffiel, welche Summen solche Schlemmerei verschlang. Ich besann mich deshalb eilig auf die niedere Kochkunst dieser Hexe und log ihr die Hucke voll, wie wunderbar es bei ihr munde. Dabei kam mir plötzlich der obige Satz über die Lippen, und sie war so begeistert von meiner Heuchelei, daß ich beschloß, ihn sogleich in meine Schrift aufzunehmen, in der Hoffnung, den Weibern unter Euch Lesern zu gefallen. Ihr Männer wißt es ohnehin besser.)

Faustus schien zu erwarten, daß wir uns sofort aufmachen und nach oben gehen würden.

»Was ist mit Euch?« fragte ich und blieb stehen. »Kommt Ihr nicht mit uns?«

»Und der Spiegel?« entgegnete er. »Soll ich ihn offenlassen, damit jeder sein Geheimnis erfährt? Er läßt sich nur von der Rückseite schließen, deshalb werde ich den Geheimgang benutzen.«

Ich ahnte schon, daß er plante, das System der Gänge noch weiter zu erforschen – allerdings ohne uns. Was blieb uns also, als seinen Willen zu akzeptieren?

Wir verließen gehorsam den Raum, nicht ohne uns an der Tür vorsorglich zu vergewissern, daß niemand gelauscht hatte oder uns auf dem Rückweg beobachten konnte.

In unserem Zimmer traten wir sogleich vor den Spiegel und unterzogen ihn einer genauen Untersuchung. Er war an der gleichen Stelle angebracht und ebenso groß wie jener im Stockwerk unter uns, wenngleich sich sein Rahmen in Einzelheiten von jenem in Arianes Raum unterschied. Angelina klopfte gegen das Glas, doch es klang nicht einmal hohl, so dick war die Scheibe. Faustus mußte einige Gewalt angewendet haben, um einen dieser Spiegel zu zerbrechen. Mich wunderte, daß der Krach nicht im ganzen Haus zu hören gewesen war.

Tatsächlich sah der Zugang zum Geheimgang wie ein ganz gewöhnlicher Spiegel aus. Ich bemerkte, daß Angelina die Glasfläche viel länger musterte als nötig, bis mir klar wurde, daß sie ihr eigenes entstelltes Gesicht betrachtete. Ich wagte nicht, mir vorzustellen, was in ihrem Kopf vorging.

Dabei fühlte ich selbst mich von ihren Zügen längst nicht mehr abgestoßen. Nicht, daß meine Gefühle für sie den Anblick schönten, keineswegs. Ich sah das geschmolzene und verbrannte Fleisch mit den gleichen Augen wie jeder andere, und doch vermochte ich, durch die Oberfläche hindurchzuschauen. Ich wußte sehr wohl, was das bedeuten mochte. Und doch: Ich wagte nicht einmal, an diese Empfindung, an das gefürchtete Wort zu denken, geschweige denn davon zu sprechen.

Endlich ließen wir den Spiegel Spiegel sein und schoben, dem Rat meines Meisters entsprechend, den schweren Schrank davor. Niemand würde jetzt noch unbemerkt eindringen können – vorausgesetzt, es gab keine weiteren geheimen Kammern und Türen. Doch eine ausgiebige Untersuchung des Zimmers brachte kein entsprechendes Ergebnis. Es schien, als wären wir vorerst in Sicherheit. Ein Gefühl, das trügen mochte.

Wir vertrieben uns die Zeit mit unserer Zeichensprache und bemühten uns so gut wie möglich, unsere Verlegenheit und Verwirrung zu meistern. Ich zog es seit jeher vor, Unangenehmes zu verdrängen, und so war es auch mit meinen Gedanken über den Mord an Ariane. Ich gab mir alle Mühe, so zu tun, als hätte das Verbrechen nie stattgefunden.

Als es Abend wurde und ein weiterer nutzloser Tag im Schloß sich seinem Ende zuneigte, gingen wir hinunter in den Bankettsaal. Mein Magen knurrte ganz erheblich, schließlich hatte ich zuletzt am Tag zuvor gegessen. Die Gefahr einer Vergiftung schien mit einem Mal nebensächlich. Fraglich blieb allerdings, wer unsere Speisen zubereiten mochte; es gab keine Diener, und sicherlich würde niemand zulassen, daß ein anderer sich an seinem Essen vergriff.

Meine Befürchtung erwies sich als zutreffend, denn alles, was es gab, waren trockene Früchte, rohes Gemüse und steinhartes Brot. Auch waren sie nicht auf der Tafel aufgetragen. Vielmehr diente der Saal nur als Treffpunkt, von dem aus wir zu einer Speisekammer gingen, in der alle Nahrung lieblos auf einem Haufen lag. Die Tür war durch drei Schlösser gesichert; Faustus, Nicholas und Walpurga hatten gleich nach der Ankunft auf ihren Betten je einen Schlüssel vorgefunden. Nur gemeinsam konnten sie den Zugang öffnen. Das sollte wohl verhindern, daß irgendwer sich allein an der Nahrung zu schaffen machte; was für sich genommen vielleicht der größte Hohn war, denn wer anders als der Traumvater selbst wollte seinen Schülern ans Leben? Die größte Gefahr ging daher von ihm aus, und so wunderte mich, daß alle in blindem Vertrauen seine Speisen aßen. Jedoch, was blieb uns anderes übrig, und so deckte auch ich mich mit Obst und Gemüse ein. Selbst Angelina griff zögernd nach ein paar Mohrrüben.

Verzehrt wurde das Essen nicht etwa in der Speisekammer. Jeder durfte sie nur einmal betreten, stets überwacht von den mißtrauischen Blicken der übrigen. So wollte man einem möglichen Giftanschlag vorbeugen.

Nicholas griff reichlich zu, um auch den Zwillingen ihren Anteil zu sichern. Er zog sich als erster in sein Zimmer zurück, was ich ihm kaum verübeln konnte, denn die Stimmung unter uns Überlebenden hatte ihren Tiefpunkt erreicht. Mißtrauen und Mißgunst beherrschten die trüben Gespräche. Allein Bosch gab sich betont gelassen. Ich glaube, selbst Faustus verlor allmählich seine Ruhe, wenngleich er doch mit der Entdeckung des Geheimgangs vor den übrigen Schülern im Vorteil war.

Wir saßen gerade im Bankettsaal beieinander, als mir plötzlich etwas einfiel: »Meister!« rief ich erschrocken aus. »Was ist mit den Pferden? Werden nicht auch sie langsam hungrig sein?«

Faustus verzog die Lippen zu einem schmalen Lächeln. »Du mußt mich für einen wahren Unmensch halten, mein Lieber. Natürlich haben die Pferde Hunger. Und natürlich habe ich ihnen täglich Gras und Hafer gefüttert. Sie stehen in einem alten Stall, draußen in den Gärten. Das Dach ist nicht mehr ganz dicht, und die Westfront zerfallen, doch an Wasser und Nahrung fehlt es den Tieren dort nicht. Unser Gönner« – er sprach das Wort mit deutlicher Verachtung aus – »hat sogar dafür gesorgt.«

Dergestalt in meiner Unruhe beschwichtigt, kaute

ich lustlos auf einem runzligen Apfel herum. Faustus' Erwähnung von »frischen« Vorräten mußte einer seiner merkwürdigen Scherze gewesen sein, die allein er verstand.

Bosch und Walpurga erhoben sich schon nach kurzer Zeit und gingen hinauf in ihre Zimmer. Nun saßen Faustus, Angelina und ich allein an der riesigen Tafel. Trotz meiner beiden Freunde fühlte ich mich verlorener denn je. Der gespenstische Saal und die gewaltige, von zahllosen Messern eingekerbte Tischplatte bereiteten mir Unbehagen. Die Vorstellung, wie belebt dieser Ort einst gewesen sein mußte und was heute aus ihm geworden war, machten das bedrückende Gefühl der Einsamkeit fast unerträglich. Ich wünschte mich zurück auf die Straße, auf den Rücken meines Pferdes, südwärts gewandt oder nordwärts, egal wohin. Zum erstenmal spürte ich einen leisen Anflug von Reue, daß ich mein bequemes Leben an der hohen Schule zu Wittenberg gegen ein Dasein an Faustus' Seite eingetauscht hatte. Mir war klar, daß diese Empfindung schnell vergehen würde, doch in Augenblicken wie diesem stand sie turmhoch über all meinem Denken.

Da wurde mit einem Mal die Tür des Bankettsaals aufgerissen, und Nicholas Erasmo stürmte herein. Sein Gesicht glänzte von Schweiß, sein Atem raste. Er war vollkommen außer sich.

»Sie sind fort!« schrie er aufgebracht. »Beide sind fort! Ich habe sie überall gesucht.«

Faustus sprang auf. »Die Zwillinge?« fragte er alarmiert.

»Wer sonst, um Himmels willen!« Nicholas' Stimme drohte sich zu überschlagen. Er taumelte erschöpft auf uns zu und stützte sich mit beiden Händen auf die Tischplatte. Graue Haarsträhnen klebten ihm an der Stirn, hatten sich vom Schweiß fast schwarz gefärbt. »Ich habe gesucht, im Zimmer, im Flur, in den anderen

Räumen, überall. Weder Bosch noch Walpurga haben sie gesehen. Sie sind fort! Einfach fort!«

»Warst du im Keller?« fragte Faustus. »Und auf dem Dachboden?« Jeder wußte, daß Nicholas dazu gar keine Zeit geblieben war.

»Nein«, brachte der Musiker atemlos hervor. »Aber ... bedeutet das, daß auch ihr sie nicht gesehen habt?«

Es mochte ungerecht ihm gegenüber sein, doch mich erstaunte, wie besorgt er um die beiden Mädchen war. Ich hatte angenommen, für ihn waren sie nicht mehr als hübsches Spielzeug, jederzeit verfügbar, willig und leicht zu beherrschen. Daß ihr Verschwinden ihn nun in solche Verzweiflung stürzte, schien mit meinem bisherigen Bild von Nicholas unvereinbar.

»Sie waren nicht hier«, sagte Faustus. »Wir haben sie ja ohnehin kaum zu Gesicht bekommen.«

»Ich glaubte, sie wären oben im Zimmer«, sagte Nicholas und stieß die Worte dabei so schnell aus, daß es schwierig war, ihnen zu folgen. »Wenigstens waren sie dort, als ich wegen des Essens herunterging. Als ich zurückkehrte, waren sie fort.«

»Vielleicht sind sie fortgelaufen«, schlug ich vor. Die Bemerkung sollte gedankenlos wirken, einfach so dahergeredet, tatsächlich aber wollte ich Nicholas damit treffen. Was immer die Mädchen ihm bedeutet hatten, letztlich waren sie nicht mehr als Lustsklavinnen gewesen. Er hatte es verdient, unter ihrem Verschwinden zu leiden.

Seine Stimme steigerte sich zu einem grellen Kreischen. »Was wagst du, Knecht? Sie wären niemals davongelaufen. Sie hatten es gut bei mir.«

»Das sieht man an dem angenehmen Ort, an den Ihr sie geführt habt«, erwiderte ich mit betonter Ruhe.

Nicholas stieß sich von der Tischkante ab und wollte auf mich losgehen, als Faustus zwischen uns trat und den Musiker zurückhielt. »Hört auf! Wir müssen die Kinder suchen, wenn wir Gewißheit haben wollen.«

Nicholas und ich starrten uns noch einen Augenblick lang in erbitterter Feindschaft an, dann aber entspannte er sich und nickte. »Ich werde hinunter in den Keller gehen. Vielleicht sind sie dort.«

»Tu das«, stimmte Faustus zu. »Und gib auf dich acht. Wir werden derweil hier oben suchen. Das ist alles, was wir tun können.«

Angelina und ich erhoben uns von unseren Plätzen, während Nicholas den Saal verließ. Einen Moment später hörten wir, wie er hinab in die Kellergewölbe eilte.

»Heißt das, wir werden erneut das ganze Haus durchsuchen?« fragte ich müde. »Wahrscheinlich sind sie ihm wirklich davongelaufen.«

Faustus griff nach einem Brotkanten und ging damit zur Tür. »Ich weiß, wo wir sie finden. Vorausgesetzt, du hast unrecht, Wagner.«

»Ihr wißt...? Aber woher?«

»Logik, mein Lieber. Die Logik des Mörders.« Er lächelte jetzt beinahe spöttisch.

Ehe einer von uns etwas erwidern oder weitere Fragen stellen konnte, sagte er: »Kommt schon mit.«

Wir folgten ihm verwundert die Treppen hinauf bis in den zweiten Stock. Dort bog er ab und ging den Gang zu unseren Zimmern hinab. Bevor wir sie aber erreichen konnten, stellten wir fest, daß eine der anderen Türen offenstand. Sie gehörte zu dem leerstehenden Zimmer, das gleich an Angelinas und meines grenzte.

»Die Tür war geschlossen, als wir nach unten gingen«, sagte ich.

Faustus nickte zufrieden. »Allerdings.«

»Nicholas könnte sie geöffnet haben, als er nach den Mädchen suchte«, gab ich zu bedenken.

»Möglich. Aber ich glaube eher, der Mörder will mit

uns spielen. Die Sache beginnt, ihm Vergnügen zu bereiten.«

»Ihr meint, er hat die Tür geöffnet, damit wir es bemerken?«

»Ja. Und er will sicher, daß wir hindurchgehen.«

Ich warf einen angstvollen Blick zu Angelina, doch auch sie konnte nur mit den Achseln zucken. Faustus war uns erneut voraus, nicht nur mit seinen Schlüssen, auch auf den Füßen. Während wir noch zögerten, betrat er bereits den Raum.

Angespannt folgten wir ihm und sahen uns um. Ein Bett, ein Schrank, eine Kommode. Staub und Schmutz und Spinnweben.

Natürlich, der Spiegel.

Er war geöffnet. Jemand hatte die Glasfläche von der Rückseite aus herausgenommen.

Faustus trat ohne zu zögern vor die dunkle Öffnung. »Mir scheint, er lädt uns ein.«

»Eine Falle«, stieß ich hervor.

»Das glaube ich nicht«, gab Faustus zur Antwort, und ehe ich ihn zurückhalten konnte, stieg er schon durch den Rahmen.

»Meister, seid vorsichtig«, rief ich und eilte auf ihn zu.

Faustus sah sich im Geheimgang um. »Hier ist niemand«, sagte er. »Wagner, sei so gut und hole aus dem Treppenhaus eine Fackel.«

Zögernd wandte ich mich ab, lief aber dann so schnell ich konnte. Nur wenige Augenblicke später kehrte ich mit einer brennenden Fackel zurück.

Faustus nahm sie entgegen. »Das hier ist keine Falle. Er macht sich vielleicht über uns lustig, doch er hält uns nicht für dumm. Er will uns klarmachen, daß er weiß, daß wir den Geheimgang entdeckt haben. Er zeigt uns, daß er uns wieder einen Schritt voraus ist. Und er möchte, daß wir etwas finden.«

»Etwas finden...«, murmelte ich nachdenklich. »Die Zwillinge?«

»Das befürchte ich. Angelina, du wartest hier und bewachst den Eingang. Wagner, du kommst mit mir!«

Mit einem heftigen Rumoren im Bauch stieg ich durch den Spiegel und betrat den gar nicht mehr so geheimen Gang. Er war kaum mehr als schulterbreit, allerdings ebenso hoch wie die Zimmer. Ich hatte mir bislang nie Gedanken über seinen Verlauf gemacht, jetzt aber wurde mir klar, wie aufwendig es gewesen sein mußte, ihn anzulegen. Im Grunde genommen hatte man das ganze Haus um ihn herumgebaut. Da offenbar jede einzelne Wand des Gebäudes einen solchen Hohlraum besaß, stellten Türen und Fenster unerwünschte Hindernisse dar: Dort wo sie die Mauern durchbrachen, mußten die Gänge enden. Um dies aber zu vermeiden, hatte man ein kompliziertes System von Leitern und steilen Treppen errichtet, welche die verborgenen Korridore um die Tür- und Fensteröffnungen herumleiteten. Im Falle unserer Zimmertür sah dies so aus, daß der Geheimgang vor ihr endete, die Mauer jedoch eingekerbte Stufen besaß. An ihnen mußte man hinaufklettern und gelangte so in den Hohlraum zwischen den Wänden des darüberliegenden Stockwerks. Dort konnte man bequem über die störende Tür hinweggehen und auf der anderen Seite wieder hinuntersteigen. Hätte man nun, wie allgemein üblich, die Türen aller Stockwerke genau übereinander angeordnet, wären diese Umgehungen unmöglich gewesen; deshalb hatten die Erbauer des Schlosses alle Türen zueinander versetzt, meist um einen bis zwei Schritte. So ergab sich insgesamt ein unglaublich komplexes Gewirr aus Gängen, Hohlräumen und Schächten, alle untereinander verbunden wie die Streben eines engen, aber unregelmäßigen Gittergeflechts. Demnach war es möglich, schon nach wenigen Schritten in ein anderes Stockwerk zu wechseln und mögliche Verfolger in die Irre zu führen. Es war in der Tat, als hätte man das ganze Gemäuer nur errichtet, um darin die Geheimgänge zu verstecken.

Die weitverzweigte Anlage der Hohlräume brachte es jedoch mit sich, daß alle paar Schritte Löcher im Boden gähnten, dort also, wo es Verbindungen zwischen den Stockwerken gab. Diese Öffnungen waren nicht gekennzeichnet und konnten so zu gefährlichen Fallgruben werden. Stets mußten wir achtgeben, wohin wir unsere Füße setzten, um dann mit einem weiten Schritt über diese Verbindungslöcher hinwegzusteigen.

Hätte es noch eines weiteren Beweises bedurft, daß der Mörder sich über uns lustig machte, so waren dies die Pfeile, die er mit Blut an die Mauern geschmiert hatte. Sie wiesen alle in eine Richtung, um mehrere Ekken herum und immer wieder Leitern und Stufen hinauf und hinunter.

Schließlich fanden wir die Leiche.

Das Mädchen lag am oberen Ende einer Leiter, ein Stockwerk über uns. Kopf und Arme baumelten über die Mauerkante herab, das Gesicht war uns kopfüber zugewandt. Die Augen der Kleinen standen weit offen, das lange Haar hing wie ein schwarzer Fächer über den Sprossen. Dunkle Blutfäden waren an den schneeweißen Armen herabgelaufen und an ihren Fingerspitzen zu glitzernden Rubinen geronnen. Eine häßliche Wunde führte quer über ihren zerbrechlichen Hals. Jemand hatte dem Mädchen die Kehle durchgeschnitten.

Sein Zwilling war nirgends zu sehen.

Obgleich ich versucht hatte, mich gegen den Anblick zu wappnen, so erschütterte mich der Tod des Kindes doch zutiefst. Alles, was es im Leben erfahren hatte, waren die Schändungen eines skrupellosen

Lüstlings gewesen. In diesem Augenblick war mein Haß auf Nicholas fast noch größer als der auf den Mörder.

Auch Faustus war entsetzt, obgleich er doch auf seinen Reisen weit Schlimmeres gesehen hatte als das hier. Er war von Anfang an überzeugt gewesen, daß wir die Leiche finden würden, trotzdem war sein Gesicht jetzt starr und farblos. Vielleicht war es auch nur eine Täuschung des Fackellichts.

Nachdem wir unser erstes Entsetzen überwunden hatten, machten wir uns daran, die Tote zu bergen. Unter einigen Mühen und – ich will es gern gestehen – manch stiller Träne schafften wir das tote Mädchen durch das Labyrinth der Gänge zurück ins Zimmer. Angelina kam uns entgegen, nachdem sie uns gehört hatte, doch die Hilfe, die sie uns anbot, war in der Enge des Korridors nutzlos.

Wir legten den Leichnam auf das Bett und berieten uns mit schweren Herzen.

»Wo ist ihre Schwester?« fragte ich und erschrak insgeheim, wie leicht die Worte über meine Lippen kamen. Sie bedeuteten die Verdopplung allen bisherigen Leids, und doch klang meine Frage seltsam unbeteiligt.

»Irgendwo im Haus«, erwiderte Faustus mit schwacher Stimme, eine ungewöhnlich vage Auskunft aus seinem Mund.

»Sollen wir noch einmal dort hinein und nach ihr suchen?«

Er schüttelte den Kopf. »Es wird mehr und mehr zum Spiel für den Mörder. Die Pfeile endeten an der Leiche. Das zweite Mädchen muß demnach anderswo liegen. Aber ich bin sicher, wir werden sie bald schon finden.«

Faustus nahm das tote Mädchen quer über beide Arme und trug es hinunter. Das hauchdünne Kleidchen war blutgetränkt und schmiegte sich um den zierlichen Körper wie eine zweite, dunkelrote Haut.

Nicholas, der uns aus dem Keller entgegenkam, brach zusammen, als er sah, welche gräßliche Last Faustus in den Armen hielt. Er weinte und schrie, bis auch Bosch und Walpurga zu uns stießen, und gemeinsam bildeten wir eine neuerliche Prozession in die toten Tiefen des Gruftgewölbes.

Angelina blieb auf der Treppe zurück, während Bosch nunmehr zum dritten Mal sein Gebet sprach. Ihm war anzusehen, daß er selbst nicht mehr an die Worte glauben mochte. Sie klangen längst spröde und leer, und der Trost, den sie spenden sollten, war wie ungewollter Hohn. Es war ein schrecklicher Moment, als Faustus endlich die dünne Steinplatte auf das Wandgrab preßte, hinter der das Mädchen seine letzte Ruhe fand. Obgleich dies nicht der erste Mord war, und wir alle ahnten, daß weitere folgen mochten, so war es doch derjenige, der uns am meisten berührte. Nicholas verstummte schließlich, und die Stille, die sich über die Lebenden und Toten legte, war viel bedrückender als sein Weinen und Wehklagen.

Alle fragten sich, wo die Leiche des zweiten Zwillings liegen mochte, und nach endlosem Zögern entschlossen wir uns schließlich, Haus und Garten neuerlich zu durchsuchen. Diesmal bildeten wir keine Gruppen, sondern blieben alle beisammen. Wir begannen auf dem Dachboden, durchforsteten den ersten und zweiten Stock, dann das Erdgeschoß.

Im Keller schließlich traf uns die Grausamkeit des Mörders mit all ihrer Häme und Schadenfreude. Faustus hatte recht; es war ein Spiel. Und unser Feind trumpfte von neuem auf.

Während wir das erste Mädchen bestattet hatten, hatte uns nur eine Wand von seiner toten Schwester getrennt. Die zweite Leiche lag in einer tiefen Pfütze, nur eine Tür von der Gruft entfernt. Nicholas gestand, bei seiner Suche im Keller nur einen flüchtigen Blick in die Kammer geworfen zu haben. Das Kind war fast vollständig von schlammigem Wasser bedeckt, nur ein weißer Arm ragte hervor. Daneben lag der abgetrennte Schädel, und der Mörder hatte das lange schwarze Haar so über Gesicht und Arm ausgebreitet, daß beides im Fackellicht kaum auffiel. Der Kellerboden lag voller Schmutz und Gerümpel, und Torso und Schädel fügten sich beinah unsichtbar ein.

Es war Bosch, den Blick von seiner Malerei geschärft, der das Mädchen schließlich entdeckte. Wir zogen es aus dem Wasser und bestatteten es in einem Grabfach, welches an das seiner Zwillingsschwester grenzte. Die halbe Nacht war vergangen, seit wir das erste Mädchen hierhergebracht hatten, und doch war uns allen, als hätte uns etwas in der Zeit zurückversetzt, um die Bestattung noch einmal zu durchleben.

Spätestens, als sich die zweite Grabplatte schloß, wurde uns allen klar, daß wir die Lage zu leicht genommen hatten. Es ging nicht um den Traumvater und nicht um die Krone.

Wichtig war nur eines: Wir sollten alle sterben.

Kapitel 5

Die Nacht reifte dem Morgen entgegen, und doch zog sich keiner auf sein Zimmer zurück. Wir saßen im Bankettsaal beieinander, schweigend, grübelnd. Faustus war tief in Gedanken versunken, und ich bemerkte, wie Walpurga ihm mehr als einmal mißtrauische Blikke zuwarf; vielleicht glaubte sie, er sei der Mörder. Doch das mochte sie auch von uns anderen denken, und Bosch und Nicholas starrten einander und alle übrigen nicht weniger finster an. In der Tat mißtraute ein jeder jedem, Angelina, Faustus und mich ausgenommen – was die anderen nicht daran hinderte, *uns* zu verdächtigen. Und ich muß gestehen, daß selbst Faustus mir nicht ganz geheuer war. Ich hielt ihn nicht für den Mörder – bewahre! –, doch ich spürte, daß er etwas vor uns verbarg. Irgend etwas beschäftigte ihn, und manchmal blickte er beinahe schuldbewußt.

Ein Dutzend Kerzen flackerten auf der Tafel und spendeten Wärme, wo sonst nur unterkühlte Spannung war. Vor den hohen Spitzbogenfenstern hoben sich die schwarzen Waldwipfel vom ersten Goldglanz des Morgens ab. Der Himmel verlor ganz allmählich seine pechschwarze Tiefe und nahm die Farbe eines bodenlosen Waldsees an, ein unbehagliches Blaugrün.

Niemand sprach. Ich blickte sinnlos in alle Richtungen, hundemüde und doch zu aufgeregt, um einfach schlafenzugehen. Der verstaubte Kronleuchter baumelte über unseren Köpfen wie eine Riesenspinne am Ende ihres Fadens, die Messingbeine angewinkelt.

Nicholas senkte den Blick und starrte leer vor sich auf die Tischplatte. Sein graues Haar war noch zerwühlter als sonst, sein Rücken gebeugt. Ich spürte kein

Mitgefühl für ihn; für die toten Zwillinge schon, aber nicht für ihn. Er würde die Mädchen ersetzen wie ein Paar abgetragener Schuhe. Vorausgesetzt, er überlebte die kommenden Tage.

Es war fast, als seien alle auf ihren Plätzen entschlummert und hätten vergessen, die Augen zu schließen. Wenn einer sich regte, zu heftig die Luft einsog oder gähnte, glich das fast einer Sensation; die Blicke aller wanderten gleich zu ihm hinüber, jeder wartete auf eine Lösung, auf ein Ende der Ungewißheit.

Gerade war ich dabei, wirklich ein wenig einzudösen, als ein schwarzer Schemen durch den Saal schoß, knapp an Nicholas vorüberflog und mit einem sanften Schnurren vor Walpurga haltmachte. Sie ergriff die Katze mit beiden Händen und setzte sie sanft auf ihre Schulter. Das listige Tier schnurrte noch lauter und rieb sich wohlig an der Schwesternhaube seiner Herrin.

Nicholas hieb wütend eine Faust auf den Tisch. Scheppernd erbebten die Kerzenständer. Wahrscheinlich war der Musiker dankbar, endlich einen Grund zu haben, seinem Zorn freien Lauf zu lassen. »Schaff dieses Biest hier raus, Hexe, oder ich schwöre dir, ich drehe ihm den Hals um!«

Zu meinem Erstaunen blieb Walpurga gefaßt. »Spar dir deine Verbitterung für denjenigen auf, der sie verdient.«

Nicholas ließ sich nicht beirren. »Fort mit dem Tier, sage ich!« schrie er. Rund um den Tisch wurden alle aus ihren Gedanken gerissen. Jeder starrte Nicholas, dann Walpurga an. Keiner griff ein, nicht einmal Faustus. Er hoffte wohl, daß einer der beiden in seiner Unbeherrschtheit einen Hinweis auf die Morde liefern mochte, ein verräterisches Wort oder Zeichen.

»Ich warne dich, Nicholas, treibe es nicht zu weit.«

Walpurgas Stimme gewann an Schärfe, doch noch immer blieb sie ruhig sitzen und kraulte mit einer Hand die Katze auf ihrer Schulter. Das Tier maunzte leise. Seine grünen Augen richteten sich spöttisch auf Nicholas.

Der Musiker sprang vom Stuhl. Bosch streckte den Arm aus, um ihn zurückzuhalten, doch Nicholas beachtete ihn nicht. Statt dessen eilte er mit wenigen Sätzen um den Tisch und blieb erst zwei Schritte vor Walpurga stehen.

»Das Biest hat mich mehr als einmal angegriffen«, schnaubte er mit gerötetem Haupt. »Ich will, daß es verschwindet.«

Demnach hatten wir zumindest eines gemeinsam. Auch ich hätte das Tier allzu gerne im Kamin geröstet. Die Erinnerung, wie es Angelina fast in den Tod gestürzt hatte, stand mir noch höchst lebendig vor Augen.

»Die Katze bleibt«, entgegnete Walpurga kalt. »Immerhin hat auch keiner gefordert, daß deine Hurenkinder verschwinden.«

Nicholas' Hände schnellten vorwärts wie die Klauen eines jagenden Falken. Gleichzeitig sprang er auf Walpurga zu. Es war nicht klar, ob er nach der Hexe oder ihrer Katze gezielt hatte, denn seine Hände verfehlten beide. Mit überraschender Behendigkeit erhob sich Walpurga vom Stuhl und floh mit zwei, drei Sätzen aus Nicholas' Reichweite.

Der Musiker heulte auf wie ein getretener Straßenköter und setzte zur Verfolgung an. Bosch und Faustus schrien gleichzeitig, die beiden sollten sich beruhigen und das Unglück nicht herausfordern, doch niemand scherte sich darum.

Die Katze hockte immer noch gebuckelt auf Walpurgas Schulter. Einen Moment lang schien es mir, als wisperte sie der Frau etwas ins Ohr. Zweifellos eine Täuschung.

Während Nicholas immer näher kam, wich Walpurga zurück. Schließlich stieß ihr Rücken gegen die hohe, abblätternde Wand des Saales. Die Grimasse des Musikers gewann durch ein böses Lächeln an Schrecken.

»Nicholas!« schrie Faustus erneut und sprang ebenfalls auf. Es sah aus, als wollte er notfalls mit Gewalt einschreiten. Angelina und ich erhoben uns, um ihm beizustehen. Allein Bosch blieb sitzen und verfolgte das Geschehen gelassen, wenn auch mit Neugier.

Ein Schritt mochte Nicholas und Walpurga jetzt noch voneinander trennen. Faustus rannte von hinten auf den Musiker zu.

Plötzlich wirbelte Nicholas herum. Blitzschnell griff er unter sein Wams. Als er die Hand wieder hervorzog, blitzte ein Dolch in seinen Fingern. Die Klinge maß fast die doppelte Länge meiner Hand. Ihre Spitze wies auf Faustus.

Mein Meister blieb stehen. Damit hatte er wohl nicht gerechnet. Angelina und ich schlossen zu ihm auf, und blieben in drei Mannslängen Entfernung vor Nicholas stehen.

Die Stimme des Musikers klang leise, doch die Drohung, die darin mitschwang, war nicht zu überhören. »Ihr habt es doch gehört, nicht wahr? Sie hat sie Hurenkinder genannt. *Hurenkinder!*«

»Beruhige dich«, sagte Faustus behutsam und machte einen vorsichtigen Schritt auf ihn zu.

»Bleib stehen!« schrie Nicholas und stocherte mit dem Dolch in der Luft. Mit einem Kopfnicken wies er hinter sich, auf Walpurga. »Was ist, wenn sie die Mörderin ist? Hat sie dann den Tod nicht verdient?« Sein Gesicht sah aus, als kochte das Blut unter der Haut.

»Wovon hast du vergangene Nacht geträumt?« fragte Faustus unvermittelt.

Nicholas sah ihn verblüfft an. »Ich … ich habe nicht geträumt.«

Faustus nickte. »Keiner von uns hat geträumt, nicht wahr? Seit wir in diesem Schloß sind. Niemand träumt mehr irgend etwas.« Er schaute fragend Walpurga und Bosch an. Der Maler nickte stumm, während die Hexe es für ratsamer hielt, sich nicht zu bewegen. Die Gefahr, die von Nicholas ausging, war keineswegs gebannt.

Ich selbst dagegen wollte meinem Meister widersprechen, denn ich hatte sehr wohl geträumt, von Angelina mit Engelsschwingen aus Messern statt Federn. Galten seine Worte nur für die Traumschüler?

»Wir träumen nicht«, sagte Faustus noch einmal. »Das bedeutet, daß der Traumvater in unser aller Köpfen ist. Er spielt mit uns. Er löscht unsere Träume aus und vielleicht auch unsere Gedanken. Schlimmer noch: Vielleicht fügt er Dinge hinzu! Habt ihr je darüber nachgedacht? Nicholas, was ist mit dir? Ist es wirklich dein eigener Wille, der dich lenkt? Oder ist es der Wille des Traumvaters?«

Ich begriff, was er vorhatte. Und ich bewunderte ihn maßlos für seine Klugheit.

»Ich …«, stammelte Nicholas, »ich bin ich selbst. Ich fühle es.«

»Ist es wirklich deine eigene Wut, Nicholas?« Faustus machte einen weiteren Schritt auf ihn zu. Ganz langsam. Diesmal blieb das Messer ruhig. Keine neuen Drohungen.

»Meine Wut … ja, natürlich.« Die Ratlosigkeit des Musikers schlug um in Verwirrung. »*Meine* Wut!«

Faustus hatte erwähnt, daß Nicholas' Geist an der Grenze zum Wahnsinn schwankte, mal hierhin, mal dorthin. Man mochte es ihm die meiste Zeit über nicht anmerken, nun aber hatte ihn einer seiner Anfälle gepackt. Faustus, immerhin studierter Mediziner, ahnte wohl, wie er damit umzugehen hatte.

Er machte einen weiteren Schritt auf Nicholas zu.

Walpurga preßte sich noch immer eng an die Wand. Aus ihren Augen sprach Zorn, aber auch Furcht. Sie wußte nicht, was Nicholas als nächstes tun würde. Er brauchte sich nur zu ihr umzudrehen, dann war das Messer in Reichweite.

Nicholas aber blieb stehen, Blick und Klinge auf Faustus gerichtet. Doch seine Miene hatte an Bedrohlichkeit verloren.

»Er stiehlt uns unsere Träume?« fragte er zögernd. »Aber er war es doch, der sie uns geschenkt hat.«

»Nein«, widersprach Faustus. »Deine Träume gehören nur dir. Der Vater hat dich gelehrt, sie zu lesen, ihre Macht zu erkennen. Das war sein Geschenk. Nun aber hat er etwas anderes getan. Er hat direkt in unsere Köpfe gegriffen und hat die Träume herausgezerrt. Mach nicht den Fehler, zu glauben, er nehme nur das, was sein ist. Das stimmt nicht. Es sind deine Träume, Nicholas, unsere Träume, und was der Vater jetzt tut, widerspricht allem, was er uns damals beigebracht hat. Er rammt seine Macht wie ein Schwert in unsere Schädel und verändert das, was darin ist. Begreifst du, was ich meine? Begreift ihr es alle? Der Traumvater ist hier drin« – er wies heftig auf seine Stirn –, »und er bestimmt, was darin vorgeht. Er ist es, der deine Klinge hält, Nicholas, nicht du!«

Jedes seiner Worte schien einen Sinn zu ergeben, und ich war sicher, daß Nicholas ihm allmählich glaubte. Faustus redete ihm ein, daß er Walpurga eigentlich gar nicht töten *wollte*, und er hatte Erfolg damit. Der Musiker geriet so durcheinander, daß er seine Wut zu vergessen schien.

Ich zweifelte allerdings, daß Faustus tatsächlich die Wahrheit sagte. Der Traumvater nahm seinen Schülern die Träume, gut, das mochte angehen; ich vermochte mir sogar vorzustellen, daß er die Handlungen des Mörders steuerte. Jedoch nicht durch Einfluß auf seine Gedanken, sondern durch die Macht über seine Träume. Bei allem, was ich bislang über den Vater gehört hatte, konnte es nur so sein: Er gaukelte einem von uns in seinen Träumen etwas vor, machte Versprechungen, stellte Ziele in Aussicht, die es durch den Tod der anderen zu gewinnen galt. Was voraussetzte, daß es einen Unterschied zwischen dem Mörder und allen anderen gab: Er träumte, sie nicht.

Angelina. Schwingen aus blitzenden Klingen. Nur ein Traum.

Mein Traum!

Die Erkenntnis ließ mich einen Moment lang erstarren, dann fand ich meine Beherrschung wieder. Ich schaute mich um, doch niemand hatte etwas bemerkt. Die Blicke aller hingen an Nicholas und Faustus.

Nicholas' Drang, Walpurga zu töten, hatte nichts mit den Einflüsterungen des Traumvaters zu tun. Er wollte ihren Tod, weil sie die ermordeten Zwillinge beleidigt hatte. Das wiederum bedeutete, daß Nicholas seinem eigenen Willen folgte und keineswegs dem des Vaters. Auch Faustus mußte das wissen, doch der Einfall, Nicholas das Gegenteil vorzutäuschen, war großartig. So und nicht anders mochte er Schlimmeres vereiteln.

Wenn mein Gedanke richtig war, daß all jene nicht träumten, die unschuldig waren, dann hatten wir damit vielleicht ein Mittel in der Hand, um den Mörder zu erkennen. Nicholas hatte als erster davon gesprochen, daß er keine Träume hatte; er hatte nicht gewußt, welche Bedeutung dies haben mochte – deshalb konnte er nicht der Mörder sein. Gleiches galt für Faustus: Er hatte das Schema der Traumlosigkeit durchschaut und uns allen mitgeteilt – was auch gegen ihn als Schuldigen sprach. Blieben also Walpurga und Bosch. Und der verschwundene Adelfons Braumeister. Drei mögliche Täter.

Eine innere Stimme fragte hämisch: Und was ist mit dir, kleiner Wagner? Du träumst. Du könntest der Mörder sein.

Nein! Ich war kein Mörder. Ich wußte, was ich tat. Zudem war ich mit Faustus und Angelina zusammen gewesen, als die Zwillinge starben.

Es gab zwei weitere Personen, die ich in die Reihe der Verdächtigen einfügen mußte. Die eine war Angelina. Nachdem ich die obigen Regeln aufgestellt hatte, gab es wenig, was gegen ihre mögliche Schuld sprach. Und doch strich ich sie gleich von meiner Liste. Ich gestehe, mein Antrieb dazu entsprang allein den Gefühlen, die ich für sie empfand. Ich weiß sehr wohl, daß meine Annahme ihrer Unschuld weder logisch noch konsequent war. Ich blieb trotzdem dabei. (Und, immerhin, eines bestätigte ebenso ihre Arglosigkeit wie meine eigene: Auch sie war im Bankettsaal gewesen, als die Mädchen ermordet wurden.)

Die letzte schließlich, die als Täterin in Frage kam, war Gwen. Sie war seit Tagen verschwunden, niemand wußte wohin. Versteckte sie sich irgendwo im Schloß? War sie es, die des Nachts auf Menschenjagd ging?

Insgesamt blieben also vier Verdächtige: Walpurga, Bosch, Braumeister und Gwen. Ich war stolz darauf, wie eng ich den Kreis der Verdächtigen eingegrenzt hatte, so lange, bis ich begriff, daß dies eigentlich der Mörder für mich getan hatte. Schließlich war er es, der einen Unschuldigen nach dem anderen beseitigte.

(Natürlich kommen Euch, spitzfindiger Leser, schon wieder neue Zweifel: Wie soll sich dieser Wagner, jung und höchst unerfahren in solcherlei Mordgeschäften, in einem einzigen Augenblick, festgefroren innerhalb des Streits zwischen Walpurga und Nicholas, all diese Theorien zurechtgelegt haben? Die Antwort ist einfach: Hat er nicht. Vieles von dem, was Ihr eben gelesen habt, kam mir erst später in den Sinn und fügte sich nahtlos ins Ganze. Den Anstoß aber gab zweifellos die List meines Meisters, den wirren Nicholas zu beschwichtigen, so daß mir dies ein guter Moment schien, Euch meine Gedanken offenzulegen. Und gebt zu, soweit Ihr meine Thesen begriffen habt, klingen sie nicht dumm, nicht wahr?)

Nicholas war noch immer tief in Gedanken versunken. Faustus näherte sich ihm langsam, Schritt um Schritt, als plötzlich etwas geschah, das all die klugen Pläne meines Meisters zunichte machte.

Die Katze stieß ein gräßliches Maunzen aus, löste ihre Krallen von Walpurgas Schulter und sprang Nicholas fauchend ins Genick.

Der Musiker schrie auf und riß die Klinge nach oben. Die Katze begriff sehr wohl, was da blitzend auf sie zuschoß. Sie gab ihr Vorhaben auf (falls Walpurgas Verteidigung wirklich ihr Vorhaben gewesen war) und federte davon. Die Dolchspitze traf nun dort, wo eben noch das Tier gesessen hatte – in Nicholas' Genick nämlich –, auf leere Luft. Und sie streifte scharf die Haut des Musikers. Nicholas kreischte gellend auf, begriff nicht gleich, daß er selbst sich die Wunde zugefügt hatte, und fuhr herum.

»Du elende Hure!« schrie er Walpurga ins entsetzte Gesicht.

Die Zeit schien mit einem Mal zäh wie Honig, die Luft war wie Glas. Jede Bewegung währte vor meinen Augen eine Ewigkeit, alles verlangsamte sich, wurde träge, schwerfällig. Faustus stürzte sich auf Nicholas, doch es war kein Stürzen mehr, sondern ein lahmes Taumeln. Angelina eilte ebenfalls nach vorne, doch auch sie kam viel zu spät.

Nicholas stieß den Dolch in Walpurgas Richtung. Die Klinge rammte wie ein silberner Blitz in ihre Kehle. Die Hexe riß beide Hände hoch, faßte sich an den

Hals. Blut sprühte in feinsten Tröpfchen umher, ein roter, glitzernder Fächer.

Ich starrte fassungslos auf den rieselnden Blutschauer und fragte mich, ob Sonnenstrahlen in ihm ebensolche Regenbögen schaffen könnten, wie sie es im Wasser taten.

Das Schicksal blieb mir die Antwort schuldig. Draußen beherrschte immer noch wäßriges Nachtblau den Himmel, die Sonne schlief glühend hinter den Wäldern.

Walpurga taumelte zurück und rutschte mit dem Rücken an der Wand hinunter. Um sie herum ging eine eigene Sonne auf, ein sternförmiges Muster aus Rot.

Am Fuß der Wand sackte sie reglos zusammen.

Faustus und Angelina erreichten Nicholas im selben Augenblick. Sie packten den schreienden Mann, Angelina entwand ihm die blutige Klinge, während mein Meister seine Arme packte. Mit wenigen Handgriffen war er überwältigt und lag wehrlos auf dem Bauch. Faustus hockte über ihm und drückte die Hände des Musikers hinter dessen Rücken zusammen. Nicholas schrie und stöhnte, er verfluchte uns alle und brüllte immer wieder, die Hexe hätte es so gewollt. Sie sei die Mörderin, wie sonst hätte sie so über die toten Mädchen sprechen können, derart lästerlich und böse. Faustus redete auf ihn ein, doch als Nicholas weder Reue zeigte noch Ruhe gab, entschied er, ihn einzusperren.

Bosch hatte den Mord an Walpurga und das anschließende Handgemenge entgeistert, aber reglos beobachtet. Erst jetzt schien er zu begreifen, was wirklich geschehen war. Er trat neben Walpurgas Leiche, ging in die Hocke und starrte in ihre toten Augen.

»Wer hätte das gedacht?« flüsterte er leise. »Er hat es wirklich getan.«

Faustus und ich zogen Nicholas auf die Füße. Er strampelte mit den Beinen und versuchte, seine Arme loszureißen. Doch alle Versuche, sich zu befreien, blieben zwecklos. Unser Griff war eisern genug, um es mit den Kräften des Musikers aufzunehmen. Schließlich sah auch er selbst seine Niederlage ein und gab auf.

»Was habt ihr jetzt mit mir vor?« fragte er weinerlich. »Glaubt ihr etwa, ich sei der Mörder?«

»Das eben sah mir in der Tat nach einem Mord aus«, bemerkte Faustus trocken.

»Aber die anderen«, stammelte Nicholas. »Die anderen … das war ich nicht.«

»Wir werden sehen«, entgegnete Faustus. »Komm, Wagner, wir bringen ihn in ein Verlies im Keller. Es ist feucht dort unten, aber eine Weile wird er es aushalten.«

»Ihr sperrt mich in den Kerker?« schrie Nicholas und begann erneut, sich heftig zu wehren. »Niemals. Nicht dort hinunter. Nicht in den Keller, nicht zu den Mädchen. Ich hätte sie niemals töten können, versteht ihr? Niemals hätte ich ihnen ein Haar gekrümmt!«

Faustus gab keine Antwort, und so schleppten wir den zappelnden und fluchenden Nicholas die Treppe hinunter. Angelina ging mit einer Fackel voran, Bosch folgte in größerem Abstand. Er beließ es bei der Rolle des staunenden Beobachters.

Nicht weit von der Treppe führte ein niedriger Torbogen in einen schmalen Gang. Rechts und links von ihm zweigten Gittertüren ab. Dahinter befanden sich winzige, fensterlose Zellen. Ihre Wände glänzten vor Nässe, Wassertropfen glitzerten wie Perlen auf schwarzem Moos.

Wir stießen Nicholas in den ersten dieser Kerker und verschlossen die Tür mit einer langen Kette, deren Enden wir an einem Ring in der Wand befestigten. Nun mochte er rütteln wie er wollte, das Gitter würde nicht nachgeben. Ohnehin standen die Stangen so eng, daß ein erwachsener Mann den Arm nicht zwischen ihnen hindurchschieben konnte; nicht einmal Faustus, dessen Glieder aus kaum mehr als Haut und Knochen bestanden, hätte hindurchgreifen können.

Nicholas schrie wie am Spieß, als wir ihn in der Dunkelheit zurückließen und nach oben in den Bankettsaal gingen.

»Ist es nicht allzu grausam, ihn in diesem Loch einzusperren?« fragte ich Faustus, während wir die Treppe hinaufstiegen.

Mein Meister senkte seine Stimme. »Nur eine Nacht lang. Ich will wissen, was er danach zu sagen hat.«

»Ihr glaubt, er wird die Morde gestehen?« fragte ich verblüfft, denn ich hatte Nicholas doch als Täter ausgeschlossen.

Faustus schüttelte den Kopf. »Ich glaube nicht, daß er es war, aber nur er selbst kann uns die Wahrheit sagen.«

»Und das wird er tun?«

»Wer weiß? Zudem: Wo sonst hätten wir ihn einschließen können? Die Zimmer sind alle mit den Geheimgängen verbunden. Selbst wenn wir eines gefunden hätten, das uns geeignet erschiene, so hätte Nicholas doch in der Nacht Zeit genug gehabt, um einen verborgenen Zugang aufzuspüren. Nein, Wagner, der einzig sichere Ort sind diese Kerker.«

»Für uns, nicht für ihn«, gab ich zu bedenken.

»Wie meinst du das?«

»Falls Nicholas unschuldig an den anderen Morden ist, könnte der wahre Mörder ihm heute nacht einen Besuch abstatten.«

»Das will ich hoffen, denn es ist Teil meines Plans.«

Ich starrte ihn voller Verwunderung an, und so fuhr er fort:

»Wir werden den Mordanschlag vereiteln und dem Schuldigen auf die Schliche kommen.«

»Und wie?«

»Du wirst Wache halten.«

Ich blieb erschrocken stehen. »Unten im Verlies?«

»Wo sonst?« fragte Faustus und unterdrückte ein Schmunzeln.

»Aber, Herr ...«, zeterte ich mit unterdrückter Stimme, »ich ganz allein dort unten, ich meine, die Dunkelheit ... und die Kälte. Ich werde mir ein Fieber holen oder Schlimmeres. Das kann nicht Euer Ernst sein.«

»O doch, lieber Wagner, nicht, was das Fieber angeht, aber Wache halten wirst du.«

»Warum gerade ich?«

»Weil ich mir bei dir vollkommen sicher bin, daß du unschuldig bist.«

Ich war drauf und dran, ihm von meinem Traum zu berichten, ließ es dann aber bleiben.

»Was ist mit Angelina?« flüsterte ich hoffnungsvoll.

Bosch und der Borgia-Engel waren bereits durch die Tür zum Bankettsaal getreten und konnten uns nicht hören. Faustus hielt mich auf dem Gang zurück, wir blieben stehen.

»Ich weiß, sie war bei uns, als die Zwillinge ermordet wurden«, sagte er, »und auch sie kann nichts mit den Morden zu tun haben. Aber für sie habe ich eine andere Aufgabe. Sie wird vom Geheimgang hinter dem Spiegel aus auf Bosch achtgeben.«

»Sie soll ihn beschützen?«

Er nickte. »Beschützen, wenn es nötig ist. Vor allem aber soll sie ihn beobachten.«

»Ist er nicht zu alt, um der Mörder zu sein?«

»Das ist der Traumvater auch.«

Ich sah ihn eindringlich an. »Der Mann in der Gondel schien mir aber eher jung und kräftig.«

Faustus lächelte, weil er meinen Versuch, ihn aus der Reserve zu locken, natürlich sofort durchschaute. »Du hast recht, Wagner, der Mann *war* der Traumvater. Mittlerweile bin ich mir dessen vollkommen sicher. Irgend etwas ist mit ihm geschehen, daß sein Äußeres verjüngt hat, und ich will wissen, was es war.«

Mein Atem stockte. »Dann wollt Ihr –«

»Ich werde ihn suchen und mit ihm sprechen«, erwiderte er nickend. »Heute nacht. Deshalb seid ihr beiden auf euch allein gestellt. Ich glaubte, ich könnte abwarten, bis er von selbst das Gespräch mit uns sucht, aber ich fürchte, dann werden alle bis auf einen nicht mehr leben. Ich muß ihm zuvorkommen, bevor sein Plan aufgeht. Und mir scheint fast, als wäre heute nacht die letzte Gelegenheit dazu.«

❖❖❖

Zu meinem eigenen Erstaunen gelang es mir am Vormittag, einige Stunden Schlaf zu finden. Faustus übernahm so lange die Wache vor Nicholas' Zelle, und ich löste ihn am Nachmittag ab. Währenddessen führte Faustus Angelina durch die Geheimgänge, zeigte ihr den Weg von unserem eigenen zu Boschs Zimmer und erklärte ihr, wie sie das Spiegelglas einen Spaltweit zur Seite schieben konnte, um den Maler unauffällig zu beobachten. Wie ich später erfuhr, war Faustus nach dieser Einweisung verschwunden. Er hatte sich aufgemacht, den Traumvater zu suchen, und zu meinem Erstaunen tat er dies nicht im Schloß, sondern in den verwilderten Gärten und im Wald.

Ich selbst kauerte unweit von Nicholas' Kerkerzelle am Boden, lehnte mit dem Rücken an der kalten, feuchten Wand und horchte furchtsam auf jeden ungewohnten Laut. Wasser tropfte aus dem Gemäuer, Rattenkrallen schabten im Dunkeln über Stein, und fern in den einsamen Tiefen der unteren Keller fauchte ein geisterhafter Luftzug durch Kammern und Schächte.

Nicholas ahnte nicht, daß ich in seiner Nähe war. Einmal, gleich nachdem ich herabgestiegen war, war ich vor seine Zelle getreten und hatte an der gegenüberliegenden Mauer eine brennende Fackel befestigt. Er saß mit angezogenen Knien an der Rückwand der Kammer und beobachtete mich durch das Gitter, sagte aber kein Wort. Auch ich sprach ihn nicht an. Sodann ging ich zurück zur Treppe, stieg lautstark die Stufen hinauf und schlich sie anschließend geräuschlos wieder hinunter.

Nahe der Zellentür gab es eine Nische im Mauerwerk, höchstens zwei Schritte tief und einen breit. Einst mochten hier Waffen für den Fall einer Gefangenenrevolte aufbewahrt worden sein oder auch andere Kerkergeräte, an die ich nicht einmal denken mochte. Heute aber stand sie leer und war wie geschaffen für meine Zwecke. In ihr ließ ich mich ganz leise nieder und blickte vorsichtig hinaus auf den Gang. Von hier aus konnte ich auf den Korridor sehen, ohne selbst entdeckt zu werden. Zwar lagen auch die Zelle unseres Gefangenen und die Fackel außerhalb meines Blickfeldes, doch vertraute ich auf meine Ohren und war gewiß, daß ich bemerken würde, falls sich jemand näherte. Zudem beugte ich mich in regelmäßigen Abständen auf den Gang und warf einen verstohlenen Blick hinaus.

Obgleich oben noch Tageslicht herrschte – es war erst später Nachmittag –, machte das im Keller keinen Unterschied. In den weiten Gewölben und verschlungenen Fluren herrschte ewige Nacht. Zum ersten Mal seit langem fielen mir wieder die Schlangen ein, und schon war mir, als winde sich eine an meinem Rücken hinauf, doch es war nur ein Trugbild, ein Streich meiner Sinne. Ich war allein. Allein mit Nicholas.

Ich dachte an Angelina. Falls alles so vonstatten ging, wie Faustus es geplant hatte, hockte sie jetzt hinter Boschs Spiegel im Geheimgang und lugte durch einen Spalt in sein Zimmer. Ich erinnerte mich, daß er mich eingeladen hatte, das Bild zu betrachten, an dem er gerade arbeitete. Falls Bosch wirklich eine solche Berühmtheit war, wie mein Meister behauptet hatte, mochte das eine einmalige Gelegenheit sein. Ich würde dabei sein dürfen, wenn eines seiner Werke entstand. Nicht, daß mich die Kunst allzusehr kümmerte. Doch es mochte ein Erlebnis sein, mit dem ich später prahlen konnte, in Wirtshäusern, an Fürstenhöfen, in Begleitung hübscher Damen.

Für den letzten Gedanken schämte ich mich. Noch immer haderte ich mit meinen Gefühlen für Angelina. Sofort kam Sorge um sie in mir auf. Sie war allein dort oben, eingezwängt in die Enge des geheimen Gangs. Was, wenn der Mörder sich an sie heranschlich, statt an Nicholas oder mich selbst? Er mußte jede Einzelheit des Gangsystems in den Wänden kennen, denn er benutzte es schon seit Tagen. Angelina dagegen kannte sich darin nicht aus. Es würde ihm nicht schwerfallen, sie in die Enge zu treiben.

Gedankenverloren schüttelte ich den Kopf. Angelina ließ sich von niemandem in die Enge treiben. Ich mußte aufhören, von ihr wie von einem gewöhnlichen Mädchen zu denken. Sie war dreizehn Jahre lang als Kämpferin geschult worden. Sie wußte nur zu gut, wie man sich wehrte. Der Mörder, wer immer es sein mochte, würde kein leichtes Spiel mit ihr haben.

Nun begriff ich auch, weshalb Faustus mich im Keller statt im Geheimgang postiert hatte. Angelina würde sich selbst eingezwängt im Labyrinth zu verteidigen wissen. Zwar mochte meine Aufgabe die unheimlichere sein, doch falls es zu einer Begegnung mit dem Mörder kommen sollte, war ihr Posten gefahrvoller. Ich mußte mich lediglich bis zur Treppe durchschlagen und nach oben fliehen. Sie aber konnte nur über ein Gewirr von Leitern und Stufen entkommen.

Mit solcherlei Gedanken im Kopf muß ich wohl eingeschlafen sein, denn ganz plötzlich ruckte ich hoch und war einen Augenblick lang völlig verwirrt über den Ort, an dem ich mich befand. Ich wußte nicht, wieviel Zeit vergangen war, und es war auch gleichgültig. Wichtig war allein, wie es Nicholas ging.

Ich erwähnte schon, daß ich von meinem Versteck aus keinen Blick in seine Zelle werfen konnte. Nicht einmal auf seine Tür. Deshalb horchte ich erst einmal auf Lebenszeichen.

Nichts war zu hören. Nur das Rauschen der unterirdischen Kellerwinde.

Ich schob meinen Kopf aus der Nische und blickte erst nach rechts den Gang hinab, in jene Richtung, in der die Zelle meines Schützlings lag. Die Fackel brannte noch, ihr gelbes Licht zuckte über die schwarzen Mauern. Auf dieser Seite des Gangs war keine Menschenseele zu sehen.

Ruckartig wandte ich den Kopf und sah in die andere Richtung, nach links. In etwa zehn Schritten Entfernung lag der Torbogen, der Ausgang des Kerkertraktes. Von dort aus war es nicht mehr weit bis zur Treppe. Beides war jedoch in der Finsternis nicht zu erkennen. Das Fackellicht reichte nicht weit genug. Bis zu jener Stelle, an der die Schatten den Gang verschluckten, war auch diese Seite leer. Niemand war da. Keiner, der mit erhobenem Messer durchs Dunkel pirschte.

Das Schwierigste aber stand mir erst noch bevor. Ich mußte herausfinden, ob Nicholas wohlauf war. Ihn zu rufen, verbot sich von selbst; er durfte nicht wissen, daß ich in seiner Nähe war. Blieb also nur, mein Versteck zu verlassen und näher an seine Gittertür zu schleichen. Vielleicht konnte ich einen Blick hineinwerfen, ohne daß er mich bemerkte.

Ich verfluchte meine Schläfrigkeit. Faustus würde

mir niemals verzeihen, falls Nicholas während meiner Wache etwas zustieß. Was hätte ich ihm auch sagen können, wie mich verteidigen? Alles würde meine Schuld nur noch schlimmer machen, mein Ungeschick betonen. Ich hätte nicht abwägen mögen, an welcher meiner Ängste ich in diesem Moment schwerer zu tragen hatte: der Angst vor dem Zorn meines Meisters oder jener vor den Schrecken der Kellergewölbe und der Bedrohung durch den Mörder.

Ich hatte keine Wahl. Ich mußte jetzt hinaus auf den Gang.

Ein letztes Mal blickte ich nach links, dorthin, wo sich die Dunkelheit zu einer Mauer aus Schatten verdichtete. Das fehlende Licht war ein besseres Versteck, als meine Nische es je hätte sein können. In der Finsternis mochten noch so viele Gestalten lauern, von hier aus waren sie nicht zu erkennen.

Das gleiche galt für das rechte Ende des Korridors. Jenseits der Fackel schien das Dunkel sogar ungleich bedrohlicher. Die Flamme im Vordergrund täuschte meine Augen, schuf Leben, wo keines war. Oder etwa doch? Gleichgültig. Ich mußte nachsehen, mußte mir Gewißheit schaffen.

Vorsichtig, unendlich behutsam, setzte ich einen Fuß aus der Nische auf den Gang. Meine Rechte krallte sich feucht um den Griff meines Schwertes. Ich fühlte das Metallgeflecht des Handschutzes an meinen Fingern. Sein verworrenes Muster preßte sich in meine Haut. Trotz meiner Furcht hätte ich jede Form, jede Windung anhand der Berührung nachzeichnen können. Anspannung spielt einem Menschen seltsame Streiche.

Lautlos schob ich mich näher an die Zelle des Gefangenen heran. Fünf Schritte trennten mich noch von der Gittertür. Die Fackel knisterte, ihr Feuer fauchte leise. Aus der Zelle selbst drang kein Ton. Kein

Schnarchen, kein Schaben von Kleidung auf Stein. Faustus hatte mir berichtet, daß Nicholas lange geweint hatte, während mein Meister Wache hielt. Doch jetzt war nicht mal sein Schluchzen zu hören. Im Kerker herrschte völlige Stille. Totenstille.

Die Kette war unverändert um zwei Gitterstangen geschlungen, ihre Enden in der Wand verankert. Die Tür war nicht geöffnet worden. Innerlich atmete ich auf. Erleichterung ist etwas, das aus uns herausdrängt, lautstark aus unserem Inneren bricht. Ich bezwang sie mit Mühe, schalt mich zur Ruhe. Das Kribbeln im Bauch aber blieb.

Noch drei Schritte. Dann würde ich in die Zelle blicken können.

In der Finsternis raschelte etwas. Aufgeregt schaute ich mich um. Niemand war zu sehen, nicht hinter mir, nicht vor mir. Vielleicht war es eine Ratte. Jawohl, nur eine Ratte, nichts sonst. Der Gedanke hätte mich beruhigen sollen. Er konnte es nicht.

Ich ging weiter. Zwei Schritte. Nur noch einer.

Ehe ich das letzte Stück überwand, preßte ich mich eng an die Mauer neben der Zellentür. Ich mußte den Winkel, in dem ich in die Zelle blickte, so klein wie möglich halten. Nicholas sollte mich auf keinen Fall entdecken.

Unendlich langsam schob ich mein linkes Auge über die Mauerkante hinaus. Erst Stein, dann Metall – der Rahmen des Eisengitters – füllten mein Blickfeld aus. Dann hatte ich freie Sicht in die Zelle.

Die Augen des Musikers waren weit geöffnet. Da war viel Weiß in ihnen, ungewöhnlich viel Weiß. Er hatte die Lider aufgerissen, bis es schmerzen mußte, und nun schimmerten seine Augen wie Glaskugeln, von denen sich die dunklen Iriden abhoben wie ungewollte Makel.

Er lehnte immer noch mit dem Rücken zur Wand,

saß am Boden und hatte die Knie angezogen. Das graue Haar stand in Strähnen ab, verdreht wie leblose Käferbeine. Seine Lippen waren eng zusammengepreßt. Er sprach nicht – aber er atmete.

Es gab keinen Zweifel: Nicholas lebte. Ihm war nichts geschehen.

Hatte ich doch nicht so lange geschlafen? Vielleicht nur wenige Augenblicke? Hatte nie Gefahr bestanden, daß ihm etwas zustieß?

Wieder das Rascheln. Nicht näher, nicht weiter entfernt. Sehr leise.

Ich zog den Kopf zurück, ehe Nicholas mich bemerken konnte. Das Geräusch kam nicht aus der Zelle, soviel war sicher. Der Gefangene hatte sich nicht bewegt.

Hatte mich der gleiche Laut aus meinem Schlaf geweckt? Das würde bedeuten, daß es keine Ratte war. Ratten bewegten sich. Sie kamen und liefen davon. Die Laute, die sie verursachten, ertönten nicht zweimal von derselben Stelle.

Ich schaute mich erneut um, sah aber nichts. Meine Schwerthand begann zu zittern.

Das Rascheln wiederholte sich erneut. Wieder an der gleichen Stelle. Es kam aus der Dunkelheit jenseits der Fackel. Ich blinzelte und versuchte, durch das Feuer hindurchzuschauen. Vergeblich. Die Flammen lenkten meine Blicke ab, schlimmer noch: Sie blendeten. Eine Weile lang tanzten sie als grüne und rote Schemen. Ich durfte auf keinen Fall ein weiteres Mal hineinschauen. Vielleicht war es gerade das, was die Laute bezweckten: Meinen Blick in die Flammen lenken, meine Augen betäuben. Eine List.

Noch mal das Rascheln. Dann bewegte auch Nicholas sich. Ich preßte mich enger an die Wand und horchte, als er nach vorne ans Gitter trat.

»Ist da jemand?« fragte er unsicher.

Ich wagte nicht, ihm den Kopf zuzuwenden. Ich

wußte auch so, daß er sein Gesicht jetzt gegen die Stäbe preßte, bis die Haut dazwischen hervorquoll. Angestrengt rollte er mit den Augen, suchte nach demjenigen, der das Geräusch verursacht hatte. Falls es nicht doch nur ein Tier gewesen war.

Aber es war kein Tier. Dessen war ich mir mit einem Mal sicher. Zuletzt war es wohl die Feststellung meines Meisters, die mir die Wahrheit vor Augen führte: Er spielt mit uns, hatte Faustus gesagt.

Und er tat es auch jetzt, genau in diesem Moment.

Er verursachte Laute, immer wieder.

Eine Vision: Ein grinsendes Gesicht in den Schatten, verdeckt vom schützenden Wall der Flammen. Gelbrotes Licht zuckt über wesenlose Züge.

Ich wußte nicht, wer es war. Doch daß dort jemand stand und in voller Absicht mit seiner Kleidung raschelte, daran hatte ich nun keinen Zweifel mehr. Er machte sich lustig über meine Furcht, mein Zögern, mein Schleichen.

Mein Herz bewegte sich in meinem Brustkorb wie ein gefangenes Tier, schien auf- und abzuspringen.

Der Mörder war da. Nur wenige Schritte von mir entfernt. Und er spielte wieder, spielte, wie er es schon seit Tagen tat.

Ich brauchte nur einen Augenblick, um die Gefahren abzuwägen. Davonlaufen? Nein, dann war Nicholas wehrlos. Also angreifen. An der Zellentür vorbeispringen, das Schwert im Anschlag. Nicholas würde mich sehen, na und? Es ging jetzt um sein Leben und um meines. Das Versteckspiel war zu Ende.

Ich setzte den Plan in die Tat um. Mit einem Sprung setzte ich am Gitter vorüber. Ich bemerkte, wie Nicholas erschrocken zurücktaumelte. Auch die Fackel blieb hinter mir zurück. Ich hatte nicht hineingeschaut, trotzdem blendete mich ihre Helligkeit. Einen winzigen Moment lang war ich abgelenkt, kämpfte um mein

Augenlicht. Dabei stieß ich das Schwert in die Dunkelheit, einfach voraus, in der Hoffnung, jemanden zu treffen.

Plötzlich waren Schritte vor mir. Leichtfüßige, behende Schritte. Sie entfernten sich von mir. Der Mörder ergriff die Flucht.

Ich setzte ihm sofort nach, tiefer in die Finsternis, bis mir klar wurde, daß ich die Fackel brauchte. Ich lief zurück, entriß sie ihrer Halterung und nahm damit die Verfolgung auf. Die Schritte waren noch immer zu hören, doch sehen konnte ich den Flüchtigen nicht. Sein Vorsprung im Dunkeln war zu groß.

Wohin der Gang führte? Ob ich je zurückfinden würde? Fragen, die ich mir in diesem Augenblick nicht stellte. Ein merkwürdiger Zwang hatte mich gepackt, eine ungewohnte Kraft trieb mich vorwärts. Es war kein Mut und auch kein Leichtsinn. Eher eine brennende Neugier, der Drang, endlich das Geheimnis zu lüften – und vor allem: Es vor Faustus zu lüften.

Die Fackel riß einen Ausschnitt von allenfalls zehn Schritten aus dem Dunkel. Rechts und links zweigten gelegentlich weitere Gänge ab. Mein rasselnder Atem und das Scheppern meiner Stiefel übertönten die Schritte des Verfolgten beinah gänzlich; immer leiser drangen die Laute seiner Flucht an meine Ohren. Einige Male glaubte ich bereits, ich hätte ihn verloren. Auch bestand die Gefahr, daß er in einen anderen Gang eingebogen war. Mein Gefühl aber sagte mir, daß er sich immer noch vor mir befand, irgendwo dort vorn, eingehüllt in die Finsternis der Keller, ein Schatten unter Schatten.

Weit, weit hinter mir verstummten Nicholas' aufgeregte Schreie.

Ich rannte weiter, eine Hand um den Schwertgriff, die andere um die Fackel gekrallt. Die Flamme war bereits ziemlich geschrumpft; noch immer wußte ich nicht, wie lange ich geschlafen hatte, doch es mochten Stunden gewesen sein, in denen das Feuer allmählich an Kraft verlor.

Der Gang führte um eine Ecke und mündete in einen unterirdischen Saal. Er war nicht so hoch wie jene in den oberen Teilen des Schlosses, dafür jedoch um so weitläufiger. Die Decke wurde durch zahllose Säulen gestützt, die in weiten Abständen im Fackellicht glühten, die vorderen heller, die hinteren schwach. Rechts, links und an der Stirnseite waren keine Wände zu sehen, der Feuerschein reichte nicht weit genug.

Ich blieb stehen und horchte erneut. Die Schritte des anderen hatten aufgehört, doch das überraschte mich nicht. Er mochte überall in der umliegenden Dunkelheit lauern. Einen Moment lang erwog ich, ihn zu rufen, ihn aufzufordern, sich zum Duell zu stellen. Doch dann siegte der Hasenfuß in mir, und ich zog es vor, einen Kampf so weit wie möglich zu vermeiden.

Namen und Gesichter rasten durch mein Denken, während ich mich atemlos umsah. Wer von ihnen war es? Der knochige Adelfons Braumeister? Möglich, denn die Schritte hatten leicht geklungen, als lastete kaum Gewicht auf ihnen. Daher kam auch Gwen in Frage. Wie eine Mörderin war sie mir nicht erschienen; trotzdem ließ sich die Möglichkeit ihrer Schuld nicht ausschließen. Vielleicht hatte sie auch das Feuer im Gästehaus gelegt. Blieb nur noch Bosch. Der Maler war gewiß zu alt für lange Verfolgungsjagden, was der Grund sein mochte, weshalb sich mein Gegner jetzt im Dunkeln verbarg. Konnte er nicht mehr weiterlaufen? Dagegen sprach, daß Angelina in diesem Augenblick auf Bosch achtgeben sollte. Sie würde sich nicht von einem Mann, der bald sein siebzigstes Jahr erreicht haben mußte, überwältigen lassen. Dennoch durfte ich Bosch nicht aus meinen Überlegungen ausschließen.

Ein würdiger Gegner mit dem Schwert mochte mir

von diesen dreien alleine Gwen sein. Ich wußte nicht, ob sie mit der Waffe umzugehen verstand, doch die nötige Flinkheit besaß sie ohne Zweifel. Jedoch, ein Kampf mit ihr auf Leben und Tod? Ein seltsame Vorstellung. Vielleicht tat ich ihr unrecht.

Vorsichtig wagte ich mich weiter in den Saal. Zu beiden Seiten glitten die vorderen Säulenreihen an mir vorüber, wie alte, mächtige Pappeln in einer stillen Allee. Obwohl sich meine Augen doch längst an die Finsternis gewöhnt haben mußten, konnte ich noch immer kein Ende der Halle ausmachen. Es dauerte lange, ehe ich endlich die andere Seite erreichte, und zu meiner Überraschung gab es dort keinen Ausgang. Ich hielt die Fackel am ausgestreckten Arm nach rechts, dann nach links, doch alles, was ich sah, war kahles, feuchtes Mauerwerk.

Gerade wollte ich die Rückwand entlang gehen, um so früher oder später auf die seitliche Begrenzung des Saales zu stoßen, als mein Blick plötzlich eine Bewegung erfaßte. Nicht hinter einer der Säulen, wo sich zweifellos der Mörder verbarg, sondern direkt vor mir, unten am Boden.

Es war eine Schlange. Und sie mochte mindestens zweimal so lang sein wie ich selbst. Aus ihrem Maul drang ein tückisches Zischen, und als sie drohend die Kiefer aufriß, da hätte ihr Gebiß mühelos meinen Kopf umfangen können, so weit und hungrig sah es aus.

Ich wußte nichts über Schlangen, nicht, ob diese hier giftig war und wie schnell sie mit ihrem Schädel zustoßen konnte. Es war wohl dieser mangelnde Respekt vor ihrer wahren Gefährlichkeit, der mich das einzig richtige tun ließ: Ich sprang zurück. Zwei, drei große Sätze brachten mich aus der Reichweite der Bestie – und trugen mich vom Regen in die Traufe.

Denn dort, wo ich nun zum Stehen kam, erst erleichtert, dann entsetzt, tummelte sich ein ganzes Nest von Schlangen. Wie viele es waren, ließ sich nicht erkennen: Ihre Leiber wanden sich über- und untereinander, wie ein Haufen alter Seile und Taue, in die unvermittelt Leben gefahren war. Ihre fauchenden Mäuler wandten sich mir in einer einzigen, zuckenden Bewegung zu. Nun begriff ich, wie die Einheimischen auf die Legende vom Schlangenkönig gekommen waren, und es wunderte mich nicht mehr, daß der Gedanke an diese Kreaturen sie mit Angst und Schrecken erfüllte.

Für eine Weile vergaß ich die Jagd auf den Mörder. Die Heimtücke, mit der er mich in diese Falle gelockt hatte, und die Klugheit, mit der er sich die angestammten Bewohner der Ruine zunutze machte, rangen mir fast etwas wie Anerkennung ab. Er hatte die Tage und Nächte seines Versteckspiels schlau genutzt, indem er die Gegebenheiten im Schloß gründlich erforscht hatte. Es war keineswegs Zufall, daß er mich ausgerechnet in diesen Saal geführt hatte.

Je länger ich um mich in die Dunkelheit blickte, desto mehr Schlangen entdeckte ich. Sie waren in der Tat überall, und nun schoben sie sich auch über den Weg, den ich gekommen war; ungemein schnell schloß sich die Schneise zwischen den Säulen unter einer wimmelnden Flut von Schlangenleibern.

(Bevor Ihr, tadelnder Leser, meine Ängste verlacht oder Euch naserümpfend von diesen Seiten abwendet, will ich Euch versichern, daß ich heute freilich weiß, daß die wenigsten unserer heimischen Schlangentiere gefährlich sind. Damals jedoch war mir dies keineswegs bekannt, und mir gefällt die wohltuende Vorstellung, daß wohl auch derjenige, der mich in diesen Keller lockte, dies nicht wußte. Vielleicht glaubte er, er könnte mich auf diese Weise endgültig loswerden, zuckend und spuckend im Fieberwahn der Schlangenbisse. Ha, was für ein Dummkopf!)

Ich will meine Bemühungen, den Tieren zu entgehen, nicht in unnötiger Breite schildern. Erwähnt sei lediglich, daß es eine gehörige Weile in Anspruch nahm, ehe ich hüpfend und springend, auf einem und auf beiden Beinen, über sie hinwegsetzen konnte. Tatsächlich dauerte dieses schmachvolle Spektakel so lange an, daß es schließlich außer Zweifel stand, daß der Mörder derweil das Weite gesucht hatte. In der Tat, er war entkommen.

Wiewohl, ich hatte gerade den Saal verlassen, als mir klar wurde, daß es ihm nie ums Entkommen gegangen war. Er hatte mich immer nur fortlocken wollen. Fort von Nicholas' Zelle.

Ich rannte los, mit letzter Kraft, so schnell ich nur konnte. Den Gang hinunter, um die Ecke und dem Zellentrakt entgegen. Die Fackel war nun fast völlig niedergebrannt.

Statt dessen mußte nun irgendwo vor mir ein Feuer brennen. Ich konnte es riechen. Und jetzt erkannte ich auch einen hellen Schein in der Ferne.

Die ersten Gittertüren, rechts und links von mir. Ich hetzte weiter. Rief Nicholas' Namen.

Er gab keine Antwort.

Kurz darauf erfuhr ich den Grund.

In der Zelle tobte ein Feuer. Nicholas Erasmo stand in Flammen, er bewegte sich nicht mehr. Zwischen den Lohen erkannte ich die kurzen, kräftigen Beine, seine untersetzte Statur. Der Körper brannte lichterloh. Irgend jemand mußte ihn mit einer brennbaren Flüssigkeit übergossen haben. Rauch und Gestank verschlugen mir den Atem.

Die Gittertür war verschlossen. Ich wollte die Kette aus ihrer Verankerung an der Wand lösen, doch der Mörder hatte sie mit einem schweren Vorhängeschloß gesichert.

Meine Lunge drohte auseinanderzuplatzen. Ich

brauchte Luft, jetzt sofort. Nicholas war tot, ich konnte ihn ohnehin nicht mehr retten. In der Zelle war nichts als feuchter Stein; das Feuer würde nicht übergreifen und bald schon von alleine ausbrennen.

Womit hätte ich es auch löschen sollen? Hier unten gab es nirgends Wasser.

Ich hatte keine Wahl. Ich mußte atmen.

Keuchend stürmte ich die Treppe hinauf, schleuderte dabei die Fackel zur Seite. Der Aufprall brachte sie gänzlich zum Verlöschen. Trotz aller Aufregung nahm ich mir die Zeit, eine neue aus einer der Wandhalterungen zu ziehen und am letzten Glimmen zu entzünden.

Es war dunkel im Schloß, draußen herrschte tiefe Nacht. Der Rauch aus dem Keller stieg nach oben, quoll aber hinaus ins Erdgeschoß und von dort durch die zerschlagenen Fenster. Ich konnte nur abwarten, bis sich das Feuer legte.

Faustus war noch nicht zurückgekehrt; gewiß wäre er gleich zu mir heruntergekommen, um nach dem Rechten zu sehen. Aber mir blieb keine Zeit, mich um ihn zu sorgen. Er würde wissen, was er tat.

Ich erreichte den ersten Stock, verhielt dort meine Schritte und zwang mich zum Nachdenken. Ich lehnte mich an die Wand des Treppenhauses, an einer Stelle, wo ich sowohl den Gang als auch die Stufen im Blick hatte. Die Hitze der Fackel wehte über mein Gesicht. Ich hatte mit einem Mal entsetzlichen Durst. Oben in unserem Zimmer lagen noch zwei volle Schläuche, doch mein Gewissen wandte ein, daß es jetzt wahrlich Wichtigeres gab als Wasser.

Wie konnte ich Angelina mitteilen, was vorgefallen war? Der einfachste Weg wäre der Gang durch Boschs Zimmer gewesen: *Verzeiht, aber gestattet Ihr wohl ein kurzes Wort mit Eurem Spiegel?* Nein, das war wahrlich kein guter Einfall.

Blieb also nur der Geheimgang. Ich mußte ihn

durch ein anderes Zimmer betreten und so zu Angelina stoßen.

Ohne großes Zögern machte ich mich daran, mein Vorhaben in die Tat umzusetzen. Einen der Spiegel zu zerbrechen war unzweifelhaft zu laut und hätte jedes lebende Wesen im Haus aufgeschreckt – wobei ich mich allmählich fragte, wie viele wir überhaupt noch waren. Fest stand: Bosch, Angelina und ich waren wohlauf. Wer blieb überhaupt noch als Mörder übrig, nun, da Nicholas tot war? Offenbar nur Gwen (zu ihr paßten die leichtfüßigen Schritte) und der verschwundene Braumeister, denn der Maler war für die Verfolgung im Keller viel zu alt.

Den Traumvater selbst hatten wir zuletzt völlig aus der Reihe der Verdächtigen ausgeklammert, wohl weil Faustus ihn stets als Beobachter oder Mann im Hintergrund angesehen hatte, nicht aber als ausführendes Werkzeug. Mein Meister aber war fort, und die Morde gingen weiter. Ich kam daher nicht umhin, meinem eigenen Gespür zu vertrauen – und demnach war der Traumvater verdächtiger als jeder andere. Entweder er oder Gwen oder der dürre Adelfons, darauf lief es wohl hinaus.

Weshalb aber hätte Gwen all die anderen töten sollen? Hoffnungen auf die Nachfolge des Traumvaters konnte sie sich nicht machen. Und ob der Vater wirklich durch seine Träume Einfluß auf jeden von uns nehmen konnte, hielt ich gleichfalls für zweifelhaft. Ich selbst hatte geträumt, offenbar als einer der wenigen, doch der Vater hatte mir diese Bilder nicht eingegeben. Sie machten keine Versprechungen und trieben mich nicht zum Mord. Vielleicht war es möglich, daß er seinen Schülern die Träume stahl und ihr Schlaf seit der Ankunft im Schloß einsam und leer war. Doch mußte das bedeuten, daß er sie zum Mord anstiften konnte? Langsam kamen mir selbst daran Zweifel.

Überhaupt: Das ganze geheimnisvolle Gerede hing mir allmählich zum Halse heraus. Was, wenn es dem Mörder um etwas ganz und gar Weltliches ging? Etwas, das sich in Gold aufwiegen ließ? Ja, diese Vorstellung behagte mir schon besser, zumal sie mir vollkommen einleuchten mochte. Denn es gab einen solchen Wert im Schloß, falls ich den Worten meines Meisters Glauben schenken durfte:

Die Krone des Schlangenkönigs.

Und mit dieser Erkenntnis klärte sich auch schlagartig mein Denken von allem überirdischen Geschwafel und falschem Hokuspokus.

Dem Mörder ging es allein um Gold! Nicht um irgendwelche Traumgespinste oder magischen Mächte; allein der Münzwert der Krone war von Bedeutung.

Vieles wurde mir plötzlich klar. Der Traumvater hatte in den Botschaften an seine Schüler in voller Absicht die Krone erwähnt. Er wußte, daß zumindest einer unter den Teilnehmern der Chymischen Hochzeit sein würde, der alles tun würde, um in ihren Besitz zu gelangen. Es gab keine Beeinflussung durch Träume. Der Vater hatte nur das Gold in Aussicht stellen müssen, alles andere geschah wie von selbst: Einer tötete die übrigen Männer und Frauen, bis schließlich nur noch zwei am Leben waren. Zwischen ihnen, dem Mörder und seinem letzten Opfer, sollte der letzte Kampf entbrennen. Und wer immer das Duell für sich entscheiden mochte, er war würdig, die Nachfolge des Traumvaters anzutreten, ob mit oder ohne Schlangenkrone, ob mit oder gegen seinen Willen. Der Mörder mochte noch so viele Leichen in den Ruinen aufhäufen – am Ende blieb doch der Traumvater Sieger.

Niedergeschlagen von dieser Einsicht machte ich mich auf, Angelina zu finden. Wenn ich keinen der Spiegel zerschlagen konnte, mußte ich einen Zugang finden, der bereits offenstand. In Frage kam allein jener im Raum neben unserem Zimmer. Weder Faustus noch ich hatten ihn geschlossen, nachdem wir die Leiche des Mädchens herausgetragen hatten. Ich nahm an, daß auch Angelina diesen Weg genommen hatte, um hinter den Spiegel des Malers zu gelangen.

Nachdem ich ins zweite Stockwerk geeilt war, fand ich den Zugang tatsächlich offen. Ich packte Schwert und Fackel, dann wagte ich den Einstieg.

Zwischen den Wänden roch es widerwärtig. An den Mauern prangten immer noch die blutigen Pfeile, mit denen uns der Mörder zur Leiche des Zwillings geführt hatte. Fette, glänzende Fliegen krochen satt und schwerfällig über die getrocknete Kruste; sie flogen nicht einmal auf, als ich an ihnen vorüberging. Angeekelt nahm ich mir die Zeit, sie mit der Fackel zu versengen.

Schon nach wenigen Schritten bog ich um die erste Ecke und stieg kurz darauf durch eine Öffnung ins tiefer liegende Stockwerk. Angelina konnte jetzt nicht mehr weit sein. Da ich gezwungen war, immer wieder Zimmertüren durch Überklettern zu umgehen, dauerte es eine Weile, bis ich mich endlich der letzten Ecke näherte. Falls ich mich beim Abzählen der Räume nicht getäuscht hatte, mußte Angelina gleich dahinter warten.

Im selben Augenblick vernahm ich Schritte. Doch sie kamen nicht aus der Richtung, in der ich den Borgia-Engel vermutet hatte. Die Laute ertönten von hinten. Besser gesagt: von hinten und von unten. Ich fuhr herum und starrte angestrengt ins Zwielicht. Wer immer dort durch die Geheimgänge schlich, er mußte sich im Erdgeschoß befinden. Zudem kam er näher. Gleich würde er auf die nächste Zimmertür stoßen und zu mir heraufklettern. Spätestens dann würde ich sehen können, wer es war, der dort durch das Labyrinth schlich. Und diesmal würde das Fackellicht weit genug reichen, um sein Gesicht zu erkennen. Plötzlich war ich sicher, daß meine Begegnung mit dem Mörder bevorstand.

Ich brachte das Schwert in Anschlag, während ich weiter auf die Schritte horchte. Sie kamen näher, immer näher. Bald schon mußte der Unbekannte die Leiter erklimmen. Sein Kopf würde sich durch die Öffnung schieben, ich würde ausholen und –

Eine Hand legte sich von hinten auf meine Schulter.

Im letzten Moment unterdrückte ich einen Aufschrei und fuhr herum. Meine Klinge wirbelte durch die Dunkelheit. Um Haaresbreite verfehlte sie Angelinas zarte Hüfte und schabte mit der Spitze an der Wand entlang.

Erschrocken, doch zugleich erleichtert, sie wohlauf zu sehen, gab ich ihr mit einem Wink zu verstehen, sich nicht zu bewegen. Ich bedeutete ihr zu horchen, und so standen wir schließlich da, durch die Enge des Geheimgangs nah aneinandergepreßt, lauschend in die Dunkelheit.

Die Schritte hatten aufgehört.

Wer immer im Stockwerk unter uns durch den Gang geschlichen war, er war stehengeblieben. Das Reiben der Schwertspitze auf Stein mußte ihn gewarnt haben.

»Er ist da unten«, flüsterte ich Angelina ins Ohr.

Sie nickte, huschte völlig lautlos um die Ecke und kam einen Augenblick später mit dem Schwert in der Hand zurück. Sie nickte erneut, als Zeichen, daß sie bereit war.

Der Gang zwischen den Wänden war zu schmal, als daß wir nebeneinander Platz gefunden hätten, deshalb ging ich voran. Angelina blieb dicht hinter mir. Die Fackel hatte ich am Boden abgelegt, damit das Licht unsere Bewegungen nicht verriet. Zwei Schritte vor uns klaffte die erste Öffnung im Boden, wo der darunterliegende Gang vor einer Leiter endete. Ein Stück dahinter befand sich eine zweite Öffnung; dort setzte sich der schmale Korridor fort. Wollte der Mörder die Türbarriere im Erdgeschoß umgehen, mußte er durch das eine Loch zu uns heraufklettern und durch das andere wieder herabsteigen. Jetzt aber schien er abzuwarten.

Leise setzte ich einen Fuß vor den anderen. Ich hielt den Atem an, um den Gegner kein zweites Mal zu warnen. Das einzige Ergebnis war, daß meine Lungen kurz darauf noch begieriger nach Luft verlangten und mein Atem lauter war als zuvor.

Vorsichtig stiegen wir über die erste Bodenöffnung hinweg, während sich unsere Schatten über die zweite schoben. Spätestens jetzt mußte der andere bemerken, daß wir uns ihm näherten. Und tatsächlich: Im selben Augenblick war im Stockwerk unter uns das Knarren von Bodenbrettern zu hören, dann eilige Schritte.

»Er flieht!« zischte ich Angelina zu. Hastig machte ich einen Satz nach vorne und blickte durch das Loch in die Tiefe. Unten brannte kein Feuer. Wer immer es gewesen war, mußte sich gut genug im Labyrinth der Geheimgänge auskennen, um sich im Dunkeln hineinzuwagen. Seine Schritte entfernten sich mit großer Geschwindigkeit, und ehe ich am unteren Ende der Leiter angekommen war, waren die Laute verklungen. Entweder war er erneut stehengeblieben, oder aber er war endgültig fort. Beides ließ es nicht ratsam erscheinen, die Verfolgung aufzunehmen, denn es mochte durchaus sein, daß unser Gegner uns in eine Falle locken und hinterrücks niedermachen wollte.

Angelina muß ähnliche Gedanken gehegt haben, denn sie stieg gar nicht erst die Leiter herab. Während ich wieder nach oben kletterte, fluchte ich still vor mich hin. Durch seine Vertrautheit mit den Geheimnissen dieses Gebäudes war uns der Mörder vielfach überlegen. Er mußte die Gänge hinter den Wänden vom ersten Tag an erkundet haben.

»Wo ist Bosch?« fragte ich flüsternd, als ich mit Angelina zurück zur Fackel schlich und sie aufhob.

Als Antwort deutete sie um die Ecke.

»In seinem Zimmer?«

Sie nickte.

»War er dort die ganz Zeit über?«

Noch ein Nicken.

Wir traten leise an die Rückseite des Spiegels. Angelina hatte die Platte ein wenig zur Seite geschoben und so einen kaum fingerbreiten Spalt geschaffen, schmal genug, um von der anderen Seite aus nicht aufzufallen.

Ich blinzelte mit einem Auge hindurch und sah Bosch, wie er mit dem Rücken zu mir vor einer großen Leinwand stand, in einer Hand den Pinsel, in der anderen eine Palette. Das Gemälde war in dunklen Rot- und Brauntönen gehalten, mit vereinzelten hellen Formen gesprenkelt. Ich konnte aus der Entfernung nicht erkennen, welcher Art das Motiv war, doch schien es sich um Menschen zu handeln, zahllose Menschen in einer düsteren Felslandschaft.

Ich wandte mich wieder Angelina zu. Im zuckenden Fackellicht sah es aus, als bewegten sich die Narben auf ihrem Gesicht. Ihre herrlichen Augen blickten mich fragend an. Ich zog sie einige Schritte zur Seite und berichtete ihr flüsternd, was geschehen war, verschwieg jedoch wohlweislich, daß ich während meiner Wache eingeschlafen war. Als ich meine Jagd durch den Keller schilderte, ergriff sie meine Hand und drückte sie fest. Nicholas' Tod schien sie nicht im geringsten zu bekümmern, doch die scheinbare Gleichgültigkeit mochte auch von der Starre ihrer Züge rühren. Obgleich ich sie nun schon seit Wochen kannte, war es immer noch schwierig, ihre Gedanken zu erraten. Im Gegensatz zu allen anderen Menschen bot ihr Gesicht keinen Hinweis auf das, was in ihrem Kopf vorging.

Nachdem ich geendet hatte, deutete sie auf die Rückseite des Spiegels.

Ich verstand. »Du meinst, wir sollten Bosch davon erzählen?« vergewisserte ich mich.

Angelina nickte.

»Vielleicht hast du recht«, sagte ich nachdenklich. »Wenn er die ganze Nacht in seinem Zimmer war, kann zumindest er nicht der Mörder sein. Es ist nur recht und billig, daß er die Wahrheit erfährt.«

Wir kamen überein, während der verbleibenden Zeit im Schloß nicht mehr voneinander zu weichen. Ob der Mörder es mit uns beiden, Seite an Seite, ebenso leichtfertig aufnehmen würde wie mit einem einzelnen, blieb abzuwarten. Bei diesen Gedanken packte mich neuer Mut. Vielleicht war unsere Misere doch nicht völlig ausweglos. Ich faßte neue Hoffnung und fühlte mich fast beschwingt, als wir uns auf den Rückweg zum Ausgang des Labyrinths machten.

Angelina stieg als erste die Leiter zum zweiten Stock hinauf und hatte wachsam Kopf und Fackel durch die Öffnung geschoben, als ihr Körper plötzlich erbebte. Erst glaubte ich, eine Waffe hätte sie getroffen, und packte schon ihre Waden, um sie nach unten in Sicherheit zu ziehen. Sie aber strampelte sich los und kletterte blitzschnell die Sprossen hinauf. Nicht ahnend, was uns dort erwarten mochte, folgte ich ihr so schnell ich konnte.

Oben angekommen sah ich gerade noch, wie Angelina samt Fackel hinter der nächsten Ecke verschwand. Ich rief ihren Namen, sie aber rannte weiter. Verwirrt lief ich hinter ihr her, stets in der bangen Befürchtung, im Dunkeln in eines der Löcher im Boden zu treten.

Als ich um die Ecke bog, schickte Angelina sich an, eine Leiter zum nächsten Stockwerk zu erklimmen. Aber über uns lag nur noch der Dachboden. Mit

Schrecken dachte ich an meinen ersten Ausflug mit Bosch nach dort oben.

Ich stürmte vorwärts und hielt sie am Arm zurück. Sie fuhr herum und deutete mit fahrigen Handbewegungen an den Sprossen hinauf. Da erst bemerkte ich, daß Blut über ihre schorfige Stirn rann. Es verteilte sich in den Rissen und Schluchten ihrer verbrannten Haut wie ein weitverzweigtes Geäst.

Sorgenvoll wollte ich mich vorbeugen, um die Wunde zu untersuchen, doch sie drängte mich ungeduldig zurück. Derjenige, der ihr die Verletzung zugefügt hatte, mußte hinauf auf den Speicher geklettert sein. Angelina hatte recht; vielleicht konnten wir nun nachholen, was uns vorhin mißlungen war: den Mörder aufspüren und stellen. Zu zweit brauchten wir den Kampf mit ihm nicht zu scheuen, ganz gleich wer es sein mochte.

Ich schob Angelina zur Seite, im Wissen, daß sie nicht protestieren konnte, nahm ihr die Fackel aus der Hand und kletterte als erster nach oben. Als ich Kopf und Schulter durch die Luke schob, wappnete ich mich gegen einen Schlag oder Tritt, wie er Angelina getroffen hatte. Doch der erwartete Schmerz blieb aus. Der Flüchtige war bereits weitergelaufen. Nun hörte ich auch seine Schritte, nicht einmal weit von mir.

Ich zog mich über die Kante und reichte Angelina meine Hand. Dann sahen wir uns um.

Wir standen in einer kleinen Kammer, die keinerlei Ähnlichkeit mit den beengenden Korridoren zwischen den Wänden aufwies. Mir fiel wieder ein, daß die Räume und Gänge des Dachbodens allesamt aus Holz bestanden. Möglicherweise hatte man es nicht für nötig erachtet, das geheime Labyrinth auch hier oben fortzusetzen. Fest stand jedenfalls: Die Kammer, in der wir uns nun befanden, besaß eine gewöhnliche Tür und war weder versteckt noch geheim.

Vorsichtig näherten wir uns dem Durchgang. E führte hinaus auf einen Flur. Möglich, daß es derselbe war, den Bosch und ich erkundet hatten. Die Schritte ertönten von rechts, entfernten sich immer schneller.

Es bedurfte keiner Verständigung zwischen Angelina und mir. Wir wußten, was zu tun war. Gleichzeitig liefen wir los, den Gang hinab, während die knisternden Flammen der Fackel riesige Schatten auf die Wände zauberten. Mehrere Türen führten in weitere Kammern, und das vorbeihuschende Licht schuf in der Finsternis dahinter zuckende Bewegung. Immer wieder sah ich mich erschrocken zur Seite um, wenn ich glaubte, jemanden entdeckt zu haben, nur eine Regung am Rande des Blickfelds. Doch stets erwies sich dies von neuem als Täuschung, denn da war nichts als Dunkelheit, die vor dem Fackelschein in abgelegene Ecken entfloh.

Er war immer noch vor uns, ja, das waren seine Schritte. Ich lief schneller, doch Angelina zog mühelos an mir vorüber, trotz ihrer Wunde. Mein einstiger Oheim, Bruder Martinus, hatte nie Wert auf körperliche Ertüchtigung gelegt. Ihm hatte ich es zu verdanken, daß ich im Aufspüren von Bibelzitaten weit schneller war als auf den Füßen. Doch wer mochte dem braven Mann das verdenken? Er hatte sein Leben der Reform alter Werte gewidmet, und wer hätte damals ahnen können, daß ihm ein wenig körperliches Geschick noch manches Mal zugute gekommen wäre – spätestens, als er der katholischen Kirche den Kampf ansagte und aus Bruder Martinus Martin Luther wurde.

Wir erreichten eine Biegung, und dort wurde mir klar, daß dies keineswegs derselbe Gang war, den ich bereits erforscht hatte. Der andere war schnurgerade vom Eingang des Dachbodens bis zu seinem Ende verlaufen. Dieser aber bog nach rechts und führte in eine Art Trockenspeicher. Stricke, die sich von Balken zu Balken des Dachstuhls spannten, mußten einst von emsigen Dienstmädchenhänden zum Trocknen der Wäsche benutzt worden sein.

Eine offene Luke führte hinaus aufs Dach. Sterne glänzten uns durch das samtschwarze Rechteck entgegen.

Da endlich wurde mir klar, welchen Fehler wir während der ganzen Zeit begangen hatten. Wir hatten immer angenommen, der Mörder verstecke sich irgendwo im Inneren des Schlosses.

In Wahrheit verkroch er sich *auf* dem Schloß.

Angelina und ich blieben stehen. Wir lauschten. Jetzt war nichts mehr zu hören, weder Schritte, noch andere verräterische Laute. Mit einem Mal war es totenstill.

Falls der Flüchtige wirklich aufs Dach geklettert war, hätten wir ihn dann nicht hören müssen?

Irgend etwas stimmte nicht.

Weshalb herrschte plötzlich solche Ruhe? Es war eine träge, dämpfende Art von Stille, ein beinahe fühlbares Loch im Gefüge der Natur. Angelina mußte es ebenso empfinden wie ich selbst. Unruhig trat sie von einem Fuß auf den anderen. Selbst ihr Auftreten schien mir merkwürdig weich und samtig.

Zustände wie dieser stellen sich ein, wenn hohe Anspannung jede Empfindung trübt. Oder wenn ein sechster Sinn uns warnen will.

Plötzlich war jemand hinter mir. Ich spürte den Luftzug von etwas im Rücken, das mich nur knapp verfehlte und statt dessen gegen die Fackel krachte. Der Aufprall riß sie aus meiner Hand und schleuderte sie im hohen Bogen davon. Funkensprühend stürzte sie in den engen Winkel, wo die Dachschräge auf den Fußboden stieß. Flammen züngelten nach trockenem Holz.

Gleichzeitig raste ein Schemen an mir vorüber, eine Gestalt, die ich in der plötzlichen Dunkelheit nicht erkennen konnte. Sie sprang rechts an mir vorbei, meine Hand zuckte vor und packte weiten, leichten Stoff. Die Gestalt rannte weiter, der Stoff riß, und ein Fetzen blieb in meinen Fingern zurück. Ehe Angelina oder ich unseren Schrecken überwinden konnten, war der Unbekannte schon an der Dachluke und hatte sich behende hinaufgezogen. Dann war er fort, nur das Schaben seiner Füße auf glatten Dachziegeln war noch zu hören.

Während ich noch zögerte, hetzte Angelina bereits los und kletterte durch die Luke ins Freie. Einen Moment lang war ich hin- und hergerissen zwischen dem Drang ihr zu folgen und der Notwendigkeit, die Fackel aufzuheben. Ich entschied mich widerwillig für letzteres, nahm sie vom Boden und löschte eilig die Funken, die auf das trockene Dachgebälk gesprungen waren. Das letzte, was wir jetzt noch brauchten, war eine Feuersbrunst im Schloß; wenngleich, so überlegte ich, der Mörder samt Dach ein Raub der Flammen geworden wäre. Dann aber hätten wir vielleicht nie erfahren, wer es war.

Ich rannte zur Luke und kletterte hinaus. Ein merkwürdiges Gefühl, alles bereits erlebt zu haben, beschlich mich. Natürlich, das Dach des Gästehauses! Auch da war Angelina bereits über die Giebel geklettert, während ich mich durch die Luke zog. Ganz unvermittelt hatte ich panische Angst um sie. Mochte sie noch so flink im Umgang mit ihrer Waffe sein – das Dach war glatt und gefährlich, ihr Gegner unberechenbar. Allein der Gedanke, daß ihr etwas zustoßen könnte, schnürte mir den Atem ab. Mit einemmal ging es nicht mehr darum, den Mörder zu stellen; ich wollte nur noch bei Angelina sein.

Die Ziegeln waren weit rutschiger, als ich befürchtet hatte. Das Moos wuchs fingerdick, und die Schräge, die sich vor mir nach oben erstreckte, sah im Mondlicht aus, als sei sie mit schwarzem Pelz bewachsen.

Angelina kletterte flink darüber hinweg und nahm immer wieder ihre Hände zu Hilfe, um nicht abzugleiten. Das Schwert hielt sie trotz allem festumklammert. Sie hatte bereits gehörigen Vorsprung, sieben oder acht Schritte trennten uns voneinander.

Der Schatten, den sie verfolgte, war nirgends zu sehen. Er mußte bereits über den Dachfirst geklettert sein und auf der anderen Seite nach unten rutschen. Dabei rief ich mir erneut die verwinkelte Form des Schloßdaches ins Gedächtnis. Von unten waren nur die äußeren Giebel zu erkennen gewesen, doch sie hatten ausgereicht, sich vorzustellen, daß sich dahinter eine regelrechte Landschaft aus schindelgedecktem Auf und Ab, aus Vorsprüngen, kleinen Türmen, Abgründen, Steinhöfen und Ziegelfeldern erstreckte. Ein besseres Versteck mochte es im ganzen Schloß nicht geben. Jemand, der sich hier oben auskannte, durfte keine Schwierigkeiten haben, jeden Verfolger in die Irre zu führen.

Angelina hatte das obere Ende der Schräge erreicht. Mit beiden Händen zog sie sich hoch und kam rittlings zum Sitzen. Angestrengt schaute sie auf die andere Seite hinab, blickte dann zu mir. Ganz langsam, Hände und Füße im Wettstreit mit dem freien Fall, kämpfte ich mich über den schlüpfrigen Moosteppich nach oben. Zuletzt reichte sie mir ihre Hand und half mir hinauf.

Zumindest waren wir jetzt wieder zusammen. Damals war ich naiv genug, um anzunehmen, daß uns dies mancher Sorge enthob.

Beim bevorstehenden Abstieg auf der anderen Seite war es freilich von geringem Nutzen. Vom Dachfirst, auf dem wir saßen, hatten wir eine halbwegs gute Sicht über einen Teil der umliegenden Schrägen und Giebel. Es war kein ermutigender Anblick. Am Schlimmsten von allem war, daß sich die Gestalt, der wir gefolgt waren, offenbar in Luft aufgelöst hatte. Sie war nirgends zu sehen.

Angelina stieß mich mit dem Ellbogen an und zeigte auf einen runden Aufbau, der ganz in der Nähe aus einem ebenen Feld aus Schindeln wuchs.

»Dahinter versteckt er sich?« fragte ich zweifelnd, denn der niedrige Turm war ein ordentliches Stück entfernt, zu weit für die kurze Zeit der Flucht, wie mir schien.

Doch Angelina nickte. Das wiederum bedeutete, daß unser Gegner mit den Gegebenheiten des Daches besser vertraut war, als ich befürchtet hatte. Er bewegte sich weit sicherer als wir.

Trotzdem blieb uns nichts anderes übrig, als uns auf sein erneutes Versteckspiel einzulassen. Ich sandte ein Stoßgebet zum Sternenhimmel, daß uns der Mörder nicht auf ein morsches Stück Dach locken wollte, das unter unseren Füßen zusammenbrechen würde. Letztlich aber war es unmöglich, jede Gefahr zu berücksichtigen. Wir mußten weiter. Wer wußte schon, wann wir das nächste Mal so nah an ihn herankommen würden.

Schlitternd rutschten wir in die Tiefe, überquerten mit vorsichtigen Schritten ein flaches Stück Dach, kletterten einen Vorsprung hinauf und erreichten schließlich die Schieferebene. Aus der Nähe war sie weit größer, als ich vermutet hatte. Der niedrige Turmaufbau, hinter dem der Mörder Schutz gesucht hatte, lag am anderen Ende der Fläche.

Der Mond übergoß die Dächer mit eisigem Weiß. Noch einige Tage, und er würde voll und rund am Himmel stehen. Die Fackel, die ich immer noch tapfer in der Linken hielt, war damit überflüssig. Ich warf sie zu Boden und löschte sie durch ein paar gezielte Tritte. Hier oben war sie nur hinderlich, wenngleich mir klar war, daß wir das Feuer spätestens beim Abstieg durchs dunkle Haus schmerzlich missen würden.

Wir überquerten das Steinfeld mit eiligen Schritten, bis wir die Rundung des Turms erreichten. Ein Turm war es eigentlich nur, wenn man ihm die Höhe des gesamten Hauses zugute hielt; der Aufbau selbst ragte höchstens drei Mannslängen aus der verschachtelten Krone des Schlosses. Es gab eine ganze Reihe solcher Auswüchse, einige davon hatte ich von innen bereits kennengelernt. Ihre Treppen endeten blind und sinnlos unterm Dachstuhl. Mochte der Teufel wissen, was sich der Erbauer der Anlage dabei gedacht hatte.

Wir entschieden wortlos, uns zu trennen. Angelina würde links an der Mauer entlanggehen, ich rechts. Dadurch nahmen wir unseren Gegner von zwei Seiten in die Zange. Vorausgesetzt, er versteckte sich wirklich auf der anderen Seite des Turmes und war nicht durch eine neuerliche List entkommen. Stillschweigend bezweifelte ich, daß er tatenlos abwarten würde, bis wir seiner habhaft wurden. Er war nicht lebensmüde, und er war keinesfalls dumm. Ihn zu unterschätzen wäre ein unverzeihlicher Fehler gewesen – ein tödlicher obendrein.

Angelina und ich wechselten einen letzten Blick, bevor wir in verschiedene Richtungen gingen. Da war etwas in ihren Augen, ein seltsamer Glanz, den ich nicht deuten konnte. Wärme lag darin, Zuneigung vielleicht. Was immer es sein mochte, ich hoffte inständig, daß es sie nicht ablenken würde von dem, was sie am besten konnte: sich verteidigen.

Meine Schwertspitze wies nach vorne auf den unsichtbaren Gegner, während ich langsam um die Rundung der Mauer schlich. Dabei hielt ich mich eng an der Wand. Eine unerträgliche Spannung ergriff Besitz von mir. Gleich würde ich endlich sehen, wer es war, würde endlich erfahren, wer all die Toten auf dem Gewissen hatte. Die Aufregung, aber auch meine Angst, nahm mir fast den Atem.

Ich hatte ein Drittel des Turmes umrundet, und noch immer war unser Gegner nirgends zu sehen. Auf der anderen Seite setzte sich das Gebirge der Schieferschrägen und Dachfirste fort, doch gleich hinter dem Turm fiel eine Kante steil in die Tiefe ab. Dort mußte ein enger Hof wie ein Schacht ins Gebäude schneiden. Der Mörder hatte sich selbst in eine ausweglose Lage gebracht. Den Weg nach hinten versperrte der Abgrund, und vorne warteten wir.

Doch es war zu früh zu frohlocken. Noch hatte ich ihn nicht einmal gesehen, geschweige denn besiegt. Mittlerweile konnte ich das Grollen in meinem Magen selbst nicht mehr benennen; war es Furcht, war es Zögern oder Hochgefühl? Tausend Empfindungen stürzten auf mich ein. Meine Hand am Schwertgriff war naß vor Schweiß. Das war nie ein gutes Zeichen.

Vor mir bewegte sich etwas. Ich blieb stehen, beobachtete. Ja, da war jemand, knapp zehn Schritte entfernt. Im Mondlicht war nur sein Umriß zu erkennen. Eilig, mit fahrigen Bewegungen, machte er sich an der Rückwand des Turmes zu schaffen. Himmel, da war eine Tür! Er wollte ins Innere fliehen.

Ich rannte los und stürzte todesmutig auf den anderen zu. Er wandte noch den Kopf nach mir um, dann schwang plötzlich die Tür auf und schien meinen Gegner wie ein schwarzes Maul ins Innere zu saugen. Ehe ich den Eingang erreichte, schlug er bereits wieder zu.

Ich schrie Angelinas Namen, und einen Herzschlag später stand sie neben mir. Mit aller Kraft warf ich mich gegen die Tür. Sie war jetzt von innen verriegelt, doch ich spürte bereits beim ersten Aufprall, daß das Holz nachgeben würde. Ein zweites, dann ein drittes Mal ließ ich meine Schulter gegen die Tür krachen. Mein ganzer Oberkörper schmerzte als stünde er in Flammen. Schließlich zerbarst der Riegel an der Innenseite, die Tür flog auf. Vom eigenen Schwung wurde ich stolpernd in einen dunklen Raum getragen, fing mich aber, bevor ich hilflos zu Boden stürzen konnte.

In der Turmkammer brannte keine Fackel, nur der schwache Abglanz des Mondscheins fiel durch die offene Tür. Ich erkannte kaum mehr als eine schwarze Gestalt, die gerade in einer Bodenluke verschwinden wollte, als ich mit der Tür ins Innere taumelte.

Ich erwartete, daß der andere mich sofort angreifen würde, doch zu meiner Überraschung beeilte er sich nur noch mehr mit seinem Abstieg und ließ sich nun einfach in die Tiefe fallen. Ich hörte ein Keuchen und wunderte mich über die seltsame Kopfform der Gestalt. Sie mußte einen Hut oder eine Mütze tragen.

Angelina und ich traten an die Falltür im Boden und blickten hinunter. Völlige Finsternis erwartete uns.

»Sei's drum«, stöhnte ich leise und sprang hinter unserem Gegner in die Dunkelheit.

Es war nicht tief. Trotzdem kam es mir vor, als dauerte der Fall eine Ewigkeit. Allein der Umstand, daß ich nicht sah, wohin ich sprang, machte es um ein Vielfaches schlimmer. Dann aber spürte ich Boden unter den Füßen und rief Angelina zu, sie solle mir folgen. Einen Augenblick später stand sie neben mir. Unsere Schwerter deuteten in die Schatten. Es war, als hätten wir uns in ein Faß mit Tinte gestürzt. Um uns war nichts als Schwärze. Über unseren Köpfen zeichnete sich die Luke als graues Viereck ab, doch Licht vermochte sie keines zu spenden.

Die Fackel war fort, aber wir hätten ohnehin nichts bei uns gehabt, um sie anzuzünden. Es war hoffnungslos.

Rechts von mir, gar nicht weit entfernt, glomm plötzlich ein Hauch von Helligkeit auf. Eine Tür wurde aufgerissen, jemand stürzte hinaus. Wir befanden uns wieder auf dem Dachboden, deshalb konnte das Licht nur aus dem Treppenhaus kommen, dem einzigen Ort im Gebäude, wo Tag und Nacht die Fackeln brannten. Die Tür mußte demnach in den Hauptgang des Speichers münden, der seinerseits zur Treppe führte.

Wir stürzten durch den Ausgang und eilten den Korridor entlang. Das runde Treppenhaus wurde in seiner Mitte von einer mächtigen Säule gestützt, um die sich die Stufen spiralförmig drehten. Diese Säule nahm uns jetzt die Sicht auf den Flüchtigen, obgleich er nur noch wenige Schritte vor uns war. Zum ersten Mal waren wir ganz nah daran, ihn endlich zu fassen. Ich hörte seinen heftigen Atem, bemerkte auch, daß er mehrfach stolperte. Er war mit seiner Kraft ebenso am Ende wie ich selbst. Selbst Angelina mit ihrer schier endlosen Ausdauer zeigte Zeichen von Erschöpfung. Wer immer diese Jagd für sich entscheiden mochte – sie näherte sich unzweifelhaft ihrem Ende. Einer von uns würde aufgeben, eher früher als später.

Wir erreichten das Erdgeschoß, noch immer, ohne einen Blick auf unseren Gegner erhaschen zu können. Ich hörte, wie er hinaus in den großen Saal rannte. Ich zweifelte nicht, daß er im Garten Schutz suchen wollte. Dort draußen gab es tausend gute Verstecke.

Wir bogen gerade in den Saal, als der Flüchtige eines der großen Fenster aufriß. Kaltes Mondlicht flutete herein und umspielte einen zarten Körper.

Großer Gott, das war unmöglich!

Unser Gegner wollte hinaus auf die Balustrade springen, keuchend, völlig außer Atem, doch dabei verhakte sich sein Fuß am Fensterrahmen. Mit einem Aufschrei stürzte er draußen auf den Stein.

Angelina wurde noch schneller und sprang mit einem gewaltigen Satz durch das offene Fenster. Breitbeinig landete sie auf dem Weg, der oberhalb des Sockels ums Haus führte. Sie fuhr herum und setzte dem anderen die Schwertspitze an die Kehle. Einen Augenblick später war ich neben ihr und begriff endgültig, wer da vor uns lag.

Es war eine Tote. Und doch war sie lebendig. Ihr Blick war finster, das hochgesteckte Haar zerzaust.

Delphine starrte uns wutentbrannt an. Ihr Atem raste.

Sie trug nicht mehr das weite Kleid, in dem die anderen sie beigesetzt hatten. Ihre Beine steckten in schwarzen Hosen, den Oberkörper hatte sie mit einem ledernen Wams umzurrt.

Angelinas Schwert ritzte ihre Haut, ein einzelner Blutstropfen rollte glitzernd über den Stahl. Delphine war besiegt, endgültig.

Ich wollte etwas sagen, doch kein Ton drang aus meiner Kehle, als könnte jedes gesprochene Wort die Illusion unseres Sieges zerstören.

Ich sah wieder ihre angebliche Leiche vor mir, blutüberströmt, mit verrenkten Gliedern. Und noch etwas fiel mir ein. Faustus, der sich über sie beugte, sie untersuchte und sagte: *Sie ist tot.* Dabei hatte er die Wahrheit erkennen müssen.

Doch Faustus hatte gelogen.

Er hatte gewußt, daß Delphine den Mord nur vortäuschte. Trotzdem hatte er den Betrug unterstützt. Schlimmer noch: Er und die Hellseherin mußten Verbündete sein. Es gab keine andere Erklärung.

Faustus hatte uns die ganze Zeit über etwas vorgespielt.

»Wagner!«

Jemand hinter mir rief meinen Namen. Ich wußte, wer es war, bevor ich mich umdrehte.

Mein Meister stand am anderen Ende der Balustrade, eine schwarze, hochaufragende Gestalt. Jetzt kam er langsam auf uns zu. Ein Windstoß fuhr unter seinen Mantel, hob den Stoff vom Boden. Und ich erkannte, daß da noch jemand war. Plötzlich war mir eiskalt.

Hinter Faustus stand der Traumvater.

Kapitel 6

Er blieb stehen, während Faustus auf uns zu trat. Der Traumvater sah genauso aus wie an jenem Abend, an dem wir ihn auf der Gondel gesehen hatten. Er war nackt, jung, muskulös. Das gleiche verschlungene Muster, das er auf dem Rücken trug, zierte auch seine haarlose Brust. Er stand da, etwa zwanzig Schritte von uns entfernt, die Arme verschränkt. Der Schatten eines steinernen Fauns, der auf dem Eckpfosten der Balustrade hockte, lag wie zufällig über seinem Gesicht. Seine Züge blieben völlig im Dunkeln. Und doch wußte ich, daß sein Blick mich erfaßte und prüfte. Ich fragte mich, ob ich jemals wieder träumen würde.

Faustus blieb vor uns stehen. »Steck dein Schwert ein«, wies er Angelina an.

Sie dachte nicht daran, zu gehorchen. Die Spitze ihrer Waffe deutete starr auf Delphines Kehle. Ihre Zweifel an Faustus schienen nicht geringer als die meinen.

»Bitte«, fügte Faustus hinzu, »laß sie aufstehen.«

Angelina starrte erst ihn, dann die am Boden liegende Delphine an. Die Hellseherin sagte noch immer kein Wort, doch ihr war anzusehen, wie sehr ihr diese Lage mißfiel.

»Meister«, sagte ich, als ich endlich meine Sprache wiederfand, »Ihr seid uns eine Erklärung schuldig.«

Eine Erklärung – das war ein schwaches, belangloses Wort angesichts dessen, was sich dahinter verbergen mochte. Der Tod all dieser Menschen. Der Teil meines Meisters an der Schuld. Die Wahrheit über Delphine.

All das verlangte viel mehr als eine *Erklärung*.

Faustus lächelte bemüht. »Ihr müßt Euch nicht fürchten.«

Damit weckte er meinen Trotz. »Warum sollten wir auch? Weil die Mörderin geschlagen am Boden liegt? Weil Ihr mit ihr unter einer Decke steckt?« Erst als ich die Worte ausgesprochen hatte, begriff ich, welches Wagnis ich damit einging. Aber ich war zornig, und, zum Teufel, ich hatte das Recht dazu.

»Ich verstehe deine Wut«, erwiderte Faustus ruhig. Doch seine Milde wirkte aufgesetzt und keineswegs ehrlich, als fühlte er sich selbst einem unausgesprochenen Druck ausgesetzt.

Im selben Moment trat der Traumvater einige Schritte nach vorne, kam aber nicht auf uns zu, sondern wandte sich zur Freitreppe, die hinab in den alten Schloßgarten führte. Ohne ein Wort stieg er die Stufen hinab, während wir alle ihm angstvoll und erstaunt hinterhersahen.

»Wohin geht er?« flüsterte ich.

Faustus stützte sich mit einer Hand auf die Brüstung. Plötzlich schien eine ungeheure Last von seinen Schultern zu weichen. »Er verläßt uns«, sagte er leise. »Er hat genug gesehen.«

»Was meint Ihr damit?« wollte ich wissen, und für einen Augenblick schien alles andere vergessen. Jetzt war er wieder mein weiser Meister, der auf alles eine Antwort wußte, nicht der Verbündete einer Mörderin.

Faustus wollte etwas erwidern, doch im selben Augenblick sprang ein schwarzer Hund aus den Büschen des Gartens und lief auf den Traumvater zu. Die rotglühenden Augen des Tieres zogen bei jeder Bewegung leuchtende Schlieren durch die Finsternis.

»Mephisto!« rief ich erstaunt.

Faustus schüttelte den Kopf. »Nein, das ist nicht Mephisto.«

»Nicht?« Verdutzt starrte ich auf den Hund, der sich zum Traumvater gesellte und mit ihm im Dunkeln verschwand.

»Später«, entgegnete Faustus nur. »Ich werde euch alles erklären, aber nicht jetzt.« Damit drehte er sich um und schob Angelinas Schwert mit einer rabiaten Handbewegung zur Seite. Er reichte Delphine galant eine Hand und zog sie auf die Beine.

Angelinas Augen verengten sich empört, doch sie machte keine Anstalten, die Hellseherin erneut anzugreifen. Irgend etwas war ganz und gar nicht so, wie wir glaubten. Ich hätte nicht sagen können, was wir übersehen hatten, aber da war etwas, vielleicht nur eine Kleinigkeit, die erst innerhalb des Ganzen an Bedeutung gewann.

»Hast du sie?« fragte Faustus Delphine geheimnisvoll.

Sie nickte. »Ich weiß, wo sie ist.«

Zum erstenmal betrachtete ich die Wahrsagerin genauer. Sie war unzweifelhaft einige Jahre älter als Faustus, besaß aber jetzt noch die Anmut eines jungen Mädchens. Das scheinbare Weiß ihres Haars entpuppte sich aus der Nähe als leuchtendes Hellblond. Es war völlig aus der hochgetürmten Form geraten und hing ihr nun zu beiden Seiten des Gesichts in geringelten Strähnen herunter. Dadurch gewann sie ein gehöriges Maß an Natürlichkeit, die sie noch schöner machte.

»Wo ist Bosch?« fragte Faustus an mich gewandt.

»Zuletzt sahen wir ihn in seinem Zimmer.«

Er nickte gedankenvoll und sagte dann zu Delphine: »Kannst du uns zu ihr führen? Jetzt?«

»Ich habe sie selbst noch gar nicht gesehen«, erwiderte die Hellseherin. »Aber ich kenne jetzt das Versteck. Gwen hält davor Wache.«

»Gwen?« fragte ich entgeistert.

Niemand hielt es für nötig, zu antworten, weder Delphine noch Faustus. Ich sah Angelina an und spürte, wie zornig sie war. Und natürlich hatte sie recht: Es war längst an der Zeit, uns ins Vertrauen zu ziehen.

Zudem konnte ich mir weiß Gott Angenehmeres vorstellen, als mein Leben einer Mörderin anzuvertrauen.

Faustus schien damit keine Schwierigkeiten zu haben. Als Delphine ins Haus trat, folgte er ihr bereitwillig und gab uns Zeichen, es ihm gleichzutun.

Ich nahm all meinen Mut zusammen und hielt ihn am Arm zurück, eine mehr als gewagte Geste. Statt Wut lag jedoch Ungeduld in seinem Blick, als er mich ansah. »Was ist denn?« fragte er leise.

»Herr, diese Frau hat mehrere Menschen ermordet. Ihr könnt nicht erwarten, daß –«

»Wagner«, unterbrach er mich belustigt, »lieber Wagner! Glaubst du denn wirklich noch immer, Delphine sei die Mörderin? Und du, Angelina, was denkst du? Ah, ich sehe schon, ihr seid natürlich einer Meinung. Aber vertraut mir und kommt mit. Ich verspreche euch, ihr sollt alles erfahren, doch jetzt ist erst Eile geboten. Die Gefahr ist keineswegs gebannt. Ich will so schnell wie möglich fort von hier.«

Angelina und ich wechselten einen Blick fassungslosen Erstaunens, und nun war sie nicht mehr die einzige, die sprachlos war. Keiner von uns verstand irgend etwas von dem, was hier vorging.

»Kommt endlich, wir müssen uns beeilen!« zischte Delphine, während sie bereits mit großen Schritten den Saal durchmaß.

Ich warf all mein Mißtrauen und meine Vorbehalte über Bord, stieß Angelina auffordernd mit dem Ellbogen an und beeilte mich, den beiden zu folgen. Sie blieb noch einen Augenblick stehen, überwand dann ebenfalls ihre Ablehnung und lief neben mir her. Keinem von uns war wohl dabei, doch es schien die beste Lösung. Faustus würde, gleichgültig, um was es ging, nicht so weit gehen, uns etwas anzutun. Die Frage war vielmehr, ob er verhindern konnte, daß ein anderer es versuchte.

Im Treppenhaus verharrten wir einen Moment, während Delphine und Faustus angestrengt in die Stille lauschten. Nichts war zu hören. War es Bosch, den sie fürchteten?

Auf leisen Sohlen liefen wir die Stufen hinab in den Keller. Delphine und Angelina zogen zwei Fackeln aus den Halterungen. Riesenhaft geisterten unsere Schatten über die Wände.

Als wir an der Gruft vorbeieilten, fragte ich Faustus im Flüsterton: »Warum liegt sie nicht in ihrem Grab?«

Er lächelte. »Sieht sie aus, als ob das nötig wäre?«

»Aber weshalb habt Ihr gelogen, als Ihr sagtet, sie sei tot?«

Er seufzte. »Du gibst keine Ruhe, nicht wahr? Nun, es ist ganz einfach. Der Mörder sollte annehmen, Delphine sei tot ...«

»... damit sie ungestört das Schloß durchsuchen konnte«, führte ich den Satz zu Ende, denn allmählich begann ich zu begreifen.

»So ist es. Weshalb fragst du, wenn du die Antwort bereits kennst?«

Ich überhörte seine Rüge. »Wonach aber hat sie gesucht?«

»Als ob du dir das nicht denken könntest.«

»Die Krone?«

Faustus nickte stumm.

»Und nun hat sie sie gefunden?«

»Zumindest behauptet sie das.«

»Ihr habt großes Vertrauen zu ihr«, stellte ich fest und sah ihn von der Seite an.

»Wir kennen uns bereits ... geraume Zeit«, gab er zögernd zur Antwort. Ich verstand sehr wohl, daß er nicht mehr dazu sagen würde.

»Seid still!« gebot Delphine plötzlich in herrischem Ton. Sie lief an der Spitze und führte uns durch einen engen Korridor.

Ich fragte mich, wovor sie Angst hatte. Der Traumvater war offenbar fort – ein weiteres Rätsel, das mir auf der Zunge brannte –, und Bosch, nun, der war mit seiner Malerei beschäftigt. Zudem hätte ein alter Mann wie er es kaum mit vier von uns – fünf, wenn ich Gwen dazuzählte – aufnehmen können.

Trotzdem fürchtete sie etwas. Aber ich ahnte, daß jede Frage vergeblich war. Die Hellseherin gab sich im Augenblick noch wortkarger als mein Meister.

»Haltet Ausschau, daß niemand uns folgt«, flüsterte sie lediglich.

Angelina und ich schauten uns um, sahen aber nichts. Der Korridor hinter uns lag völlig verlassen da. Kein Mensch war zu sehen. Falls uns eine Gefahr drohte, so kaum aus dieser Richtung.

Wir erreichten schließlich einen weiteren Treppenschacht, der hinab ins Innere der Erde führte. Der Zugang zu den unteren Kellern war steil, die Stufen schraubten sich wie ein schwarzer Strudel in die lichtlose Tiefe. Ein kühler Wind wehte uns aus der Dunkelheit entgegen und trug den Geruch von feuchten Gewölben und, ja, von Wasserpflanzen herauf, wie er in heißen Sommern über manch stillem Waldgewässer steht. Dort unten aber waren weder Wald noch Sommer, und der erdrückende Odem verwirrte mich.

Das Licht der beiden Fackeln begann seltsam zu tanzen, während wir die Treppe hinabstiegen. Mir war, als hätte die Dunkelheit an Dichte gewonnen. Manchmal war es schier unmöglich zu sagen, ob die schwarze Form vor einem der Vordermann oder sein Schatten war.

Die Treppe endete auf einem abschüssigen Gang. Ihm folgten wir, bis seine Wände plötzlich zu beiden Seiten im Dunkeln verschwanden. Wir mußten eine unterirdische Halle von enormen Ausmaßen betreten haben, denn unsere Schritte hallten mit einem Mal um ein Vielfaches lauter. Von irgendwo drang ganz leise ein Plätschern an mein Ohr. Der Geruch von fauligem Wasser wurde fast unerträglich.

»Gwen?« fragte Delphine vorsichtig in die Finsternis. »Gwen, wo bist du?«

Lange Zeit gab niemand Antwort, und ich fürchtete schon das Schlimmste, als plötzlich eine Gestalt in den Lichtkreis der vorderen Fackel trat.

»Hier bin ich«, sagte das Mädchen. »Ich habe meine Fackel gelöscht, damit niemand bemerkt, daß ich hier unten bin.«

Allein in dieser absoluten Schwärze, ohne Orientierung. Die Vorstellung ließ mich schaudern.

Gwen erblickte Angelina und mich, sie lächelte, erwähnte aber ihr Verschwinden aus dem Gästehaus mit keinem Wort. Sie mußte ihrer Meisterin nach deren angeblichem Tod bei der Schatzsuche im Schloß beigestanden haben. Ich fragte mich, wie oft sie oder Delphine es gewesen waren, deren Schritte wir in den Geheimgängen vernommen hatten.

Angelina stieß mich ungeduldig mit dem Ellbogen an, und ich ergriff verärgert das Wort: »Hätte irgend jemand die Güte, uns zu erklären, was hier gespielt wird?«

Faustus seufzte und hatte wohl ein neuerliches »Jetzt nicht« auf den Lippen, doch zu meinem Erstaunen kam ihm Delphine mit einem Nicken zuvor.

»Warum habt Ihr Angelina oben im Gang geschlagen?« fragte ich.

Die Wahrsagerin schenkte erst mir, dann Angelina einen überraschten Blick. »Ich habe sie nicht geschlagen«, erwiderte sie fest.

»Irgendwer hat sie im Geheimgang angegriffen, ganz in der Nähe unserer Zimmer«, entgegnete ich beharrlich.

Delphine schüttelte den Kopf. »Ihr habt mich erst

oben auf dem Speicher entdeckt. Von dort aus entkam ich aufs Dach. Den Geheimgang habe ich nicht betreten.«

Ich sah Angelina an. Sie nickte zustimmend, denn sie begriff bereits, was mir selbst erst einen Augenblick später klar wurde: »Dann war der Angreifer der wahre Mörder. Er ist vor uns geflohen und führte uns auf dem Dachboden auf Eure Fährte.«

»Dumm ist er nicht«, sagte Faustus und ließ offen, ob er damit mich oder den Mörder meinte.

»Dann muß er die ganze Zeit über gewußt haben, daß ich noch lebte«, entfuhr es Delphine.

Ich nickte. »Er muß gewußt haben, daß Ihr Euch auf dem Dachboden versteckt hieltet. Auch ahnte er, daß Ihr vor uns fliehen würdet, weil niemand erfahren sollte, daß Ihr noch am Leben seid. Und während wir Euch folgten, konnte er in aller Ruhe entkommen.«

»Dann weiß er möglicherweise auch, daß wir jetzt hier unten sind«, sagte Delphine.

Ich wollte etwas hinzufügen, doch Faustus ging ungeduldig dazwischen. »Um so schneller sollten wir von hier verschwinden. Laßt uns also endlich weitergehen.«

»Das Gehen könnte schwierig werden…«, bemerkte Gwen, entzündete ihre Fackel an der ihrer Herrin und leuchtete einige Schritte voraus in die Dunkelheit.

Der steinerne Boden endete an einer scharfen Kante, und dahinter, etwa eine Elle tiefer, erstreckte sich ein glucksendes Gewässer. Die Oberfläche wellte sich so schwarz und träge wie heißer Teer.

Meine Augen brauchten eine Weile, um sich an das neue Licht zu gewöhnen, doch schließlich sah ich auch die gegenüberliegende Seite. Es war nicht allzuweit bis dorthin, vielleicht drei Mannslängen. Dahinter wuchs ein künstliches Ufer aus Steinplatten empor. Wo das Wasser aber zur Rechten und Linken endete, war in dem begrenzten Lichtschein nicht auszumachen. Auch konnte ich nicht erkennen, ob es sich um einen unterirdischen See, ein langgestrecktes Becken oder einen Flußlauf handelte. Vieles sprach für eine von Menschenhand geschaffene Anlage, denn die Flüsse und Kanäle des Spreewaldes mußten weit über uns liegen. Hätte es eine Verbindung zu ihnen gegeben, so wäre diese ganze Halle, ja, das gesamte Kellergeschoß vom Grundwasser überflutet worden.

»Was ist auf der anderen Seite?« fragte ich.

»Die Krone«, erwiderte Delphine. »Es gibt keine andere Möglichkeit. Sie muß dort sein.« Woher sie diese Sicherheit nahm, verriet sie uns nicht. Wahrscheinlich hatte sie schlichtweg genügend Zeit damit verbracht, jede Kammer und jeden Gang in diesem Schloß zu erforschen.

Trotzdem hatte ich Zweifel. Die wenigen Tage hätten kaum ausgereicht, ein einzelnes Stockwerk gründlich auf verborgene Fächer und Räume abzusuchen, geschweige denn das ganze Gemäuer mit seinen weitläufigen Kellern.

Und hätte die Krone, falls es sie denn überhaupt gab, nicht auch unter den Trümmern eines der Nebengebäude begraben liegen können, verschüttet für alle Ewigkeit?

Jedoch, ich wagte nicht, meine Zweifel laut auszusprechen. Ich wußte ohnehin, daß nur Angelina sie teilen würde, denn die anderen drei waren vom Gedanken an den Schatz geblendet. Selbst Faustus schien völlig besessen davon. Es war eine gänzlich neue Seite meines Meisters, die ich in jenen Tagen kennenlernte. Es war keine Habgier und keine blindwütige Goldsucht; vielmehr äußerte sich darin sein Drang, immer neue Wege auf seiner Suche nach Weisheit und Vollkommenheit zu beschreiten. Er versprach sich vom Besitz der Krone zweifellos mehr als ihren Wert in Münzen. Allein ihr Zauber war es, der ihn lockte.

»Wart ihr dort drüben?« fragte er an Delphine und Gwen gewandt.

»Das Wasser ist voller Schlangen«, entgegnete Delphine, »wie überhaupt der ganze Keller.«

Furchtsam streifte mein Blick den Boden, doch zu meiner Erleichterung war keines der Tiere zu sehen.

»Hätten wir schwimmen sollen?« fragte Gwen, ein wenig zu respektlos, wie ich fand.

Faustus nahm es ihr nicht übel. »Natürlich nicht«, erwiderte er ruhig. »Aber es muß doch einen Weg zur anderen Seite geben.«

Delphine trat näher an die Uferkante und leuchtete mit ihrer Fackel über das Wasser. »Dort vorn«, sagte sie und deutete mit der freien Hand nach rechts. »Seht ihr es?«

Die Frage war überflüssig. Jeder von uns sah es sofort. Aus der schwarzen Oberfläche ragte etwas hervor – der Bug einer Gondel. Sie mußte schon vor Ewigkeiten gesunken sein und seither im Schlick stecken. Das Holz war völlig verfault.

Ich sah noch einmal zur anderen Seite hinüber. Zu erkennen war nur das steinerne Ufer und zwei, drei Schritte des Bodens dahinter. In der Dunkelheit mochten dort Berge von Gold auf ihre Entdeckung warten oder auch gar nichts. Vielleicht war dort nur eine Wand oder ein Haufen aus Schutt und Gerümpel. Blieb jedoch die Frage, weshalb die Erbauer diesen Bereich durch einen Wasserstrang abgeteilt hatten. Mußte es dort nicht in der Tat etwas geben, das nicht für jedermanns Augen – und Hände – bestimmt war?

Hinter uns in der Finsternis ertönte ein Geräusch. Ein Schritt, möglicherweise, vielleicht auch nur eine hungrige Ratte. Ich blickte die anderen an. Zumindest Faustus hatte es ebenfalls gehört. Er sah sich angestrengt um, doch auch seine Augen vermochten die Schwärze nicht zu durchdringen.

Trotzdem flüsterte er: »Da ist jemand.«

»Wir müssen irgend etwas unternehmen«, zischte Gwen gehetzt. Ihr war anzusehen, daß die vergangenen Tage in der Dunkelheit des Schlosses und in der Einsamkeit der Kellertiefen an ihrer Geduld gezehrt hatten. Aus dem Mädchen mit dem hübschen Grinsen war eine lauernde Raubkatze geworden, in jedem Augenblick bereit, zuzuschlagen.

»Einer von uns muß schwimmen«, entschied Delphine. Es war offensichtlich, daß sie einen von uns Schülern im Sinn hatte, am liebsten aber Angelina. Sie konnte ihr die Schnittwunde am Hals schwerlich verzeihen.

Faustus trat ans Ufer und zog seinen Mantel von den Schultern. Einen Moment lang glaubte ich, er wollte tatsächlich springen. Dann aber streckte er nur den Arm mit dem Mantel aus und ließ den Stoff fingertief ins Wasser sinken. Sofort geriet die Oberfläche in Bewegung, glänzende Schlangenleiber ringelten sich durch die Fluten. Eine verbiß sich gar in der unteren Kante des Mantels, und Faustus mußte ihn heftig schütteln, bis das Tier zurück ins Wasser klatschte.

»Sie sind angriffslustig, aber nicht giftig«, sagte er und hängte sich den Mantel wieder um. »Man könnte es schaffen.«

Diese Vorstellung war zuviel für mich. »Reicht es nicht, daß jemand durch dieses Schloß läuft, der uns töten will? Müssen wir uns da auch noch selbst umbringen?«

»Wie ich sagte«, entgegnete Faustus, »man *könnte* es schaffen. Ich werde es versuchen.«

»Herrgott!« rief ich. »Habt Ihr den Verstand verloren? Selbst wenn Ihr die Schlangenbisse überleben solltet, so weiß doch niemand von uns, wie dieser Graben unter der Wasseroberfläche aussieht. Ihr könntet im Schlamm steckenbleiben. Es könnte auch versteckte

Fallen geben, Eisenspitzen oder scharfe Klingen. Derjenige, der diesen Keller erbaut hat, hat sicher vorgesorgt. Ganz zu schweigen von all dem Gewürm, das sich außer den Schlangen im Wasser befinden könnte!«

Faustus zögerte. Nicht, weil er alle diese Möglichkeiten nicht auch in Betracht gezogen hätte; das hatte er längst, dessen war ich sicher. Nein, er stutzte, weil in diesem Augenblick neue Geräusche zu hören waren.

Und diesmal waren es eindeutig Schritte. Menschliche Schritte, barfuß.

Das Merkwürdige war, sie erklangen nicht mehr hinter unseren Rücken.

Statt dessen kamen sie von dort, wo Faustus gerade noch unter Einsatz seines Lebens hingelangen wollte – von der anderen Seite des Wassers!

Angelina, Delphine und Gwen traten gleichzeitig ans Ufer und leuchteten mit ihren Fackeln hinüber. Ihr lodernder Schein ergoß sich auf die gegenüberliegende Steinkante. Ganz außen, am Rande des Lichtkreises, näherte sich eine fahle Gestalt, kaum mehr als die vage Ahnung menschlicher Umrisse. Es war unmöglich, Einzelheiten zu erkennen. Jetzt blieb sie stehen. Sagte kein Wort.

»Wer ist da?« fragte Delphine.

Die Gestalt gab keine Antwort. Sie stand einfach nur da, starr, wie leblos.

Zugleich aber ertönten hinter uns weitere Schritte. Auch von dort kam jemand näher.

Faustus winkte Angelina heran und raunte ihr etwas ins Ohr. Gleich darauf reichte sie ihm Schwert und Fackel. Faustus nahm beides und sprang mit weiten Sätzen in die Dunkelheit, dorthin, wo er den Unbekannten vermutete. Schon nach wenigen Schritten sahen wir nur noch die hüpfende Fackel, irgendwo in schwarzer Ferne. Es sah nicht aus, als wäre er fündig geworden.

Wir standen da wie auf einer erleuchteten Insel inmitten eines finsteren Ozeans. Um uns war nur Dunkelheit; ebensogut hätten wir im Nachthimmel schweben können, es hätte kaum einen Unterschied gemacht. Allein dem Wassergraben war es zu verdanken, daß ich nicht völlig die Orientierung verlor. Weder Wände noch Decke waren zu sehen, nur der runde Auschnitt vom Boden, den unsere Fackeln beschienen, keine zehn Schritte im Durchmesser.

Faustus kam wieder auf uns zugerannt und rief etwas, doch der Hall verzerrte seine Worte bis zur Unkenntlichkeit. Erst als er wieder neben mir stand, verstand ich, was er sagte.

»Es ist ein Mensch, keine Frage. Ich hörte, wie er weglief.«

»Dann ist er fort?« fragte ich wenig hoffnungsvoll.

Faustus schüttelte im gelbroten Schein der Fackel den Kopf. »Nein, bestimmt nicht. Er ist irgendwo hier, ganz in der Nähe…«

Im selben Moment ertönte ein leises Kichern.

Jemand wisperte im Dunkeln: »*Eure Fackeln werden euch nicht helfen.*« Das Flüstern entstellte die Stimme so sehr, daß ich nicht hätte sagen können, ob es ein Mann oder eine Frau war, die sprach.

Drei Fackeln wurden fauchend herumgerissen. Vergeblich. Die Finsternis umgab uns wie Nebel, wie dichter, wallender Rauch.

Die Gestalt am anderen Ufer war jetzt nicht mehr zu sehen. Aber sie war nicht fortgegangen. Der Lichtkreis hatte sich nur verschoben.

Das Kichern wiederholte sich, diesmal aus einer anderen Richtung.

»Er spielt wieder mit uns«, sagte Faustus leise.

»Aber wer ist es?« fragte ich und umklammerte mein Schwert fester.

»So viele kommen nicht mehr in Frage, oder?«

»Der Traumvater?«

Faustus schüttelte wieder den Kopf. »Der ist fort. Nachdem er uns aufeinandergehetzt hat, hat er eingesehen, daß keiner von uns würdig ist, sein Nachfolger zu werden. Er hat nur beobachtet. Das hat ihm gereicht.« Die Stimme meines Meisters klang beinahe verbittert, wie ein Kind, dem man das versprochene Backwerk verweigert.

»Dann bleibt nur noch Bosch«, sagte ich. »Alle anderen sind tot oder hier bei uns.«

»Du glaubst, er war es, der das Feuer im Kerker legte?«

Ich dachte nach, kam aber zu dem Schluß, daß das unmöglich war. Angelina hatte ihn beobachtet; Bosch hatte sein Zimmer nicht verlassen.

»Ganz recht«, sagte Faustus, nachdem ich ihm meine Ansicht erklärt hatte.

Ich seufzte. »Dann muß es jemand sein, den wir noch nicht kennen.«

Bevor Faustus etwas erwidern konnte, fuhr Delphine wütend dazwischen. »Wie könnt ihr jetzt Mutmaßungen anstellen, während der Mistkerl um uns herumschleicht?«

Faustus und ich hatten leise geflüstert, doch Delphine gab sich nicht einmal Mühe, ihre Stimme zu dämpfen. Die Worte hallten verzerrt durch die unterirdische Halle.

Da war es wieder, das Raunen in der Dunkelheit: *»So, so, ein Mistkerl.«*

Und im selben Augenblick zerriß ein ohrenbetäubendes Krachen die Stille. Ein greller Blitz leuchtete auf und tauchte für einen Herzschlag alles in blendendes Weiß.

Delphine wurde von irgend etwas getroffen. Der Einschlag warf sie nach hinten, während ihr Rücken aufplatzte wie eine reife Frucht. Kaum eine Handbreit vor der Uferkante prallte sie zu Boden. Sie starb, ehe einer von uns sich über sie beugen konnte.

»Er hat eine Handbüchse!« schrie ich entsetzt. »Er hat eine gottverdammte Büchse!«

Gwen heulte verzweifelt auf und ging neben der Toten in die Knie. Faustus hockte sich daneben und ergriff Delphines leblose Hand. Für einen kurzen Moment schloß er die Augen, atmete tief ein und schluckte seine Trauer und seinen Schrecken herunter, wie einer, der auf eine Made im Apfel beißt und ihn trotzdem mit Todesverachtung herunterwürgt. Faustus weigerte sich sein Leben lang, seine Gefühle offen zu zeigen.

Der Mörder kicherte wieder, dann entfernten sich seine Schritte. Der Hall machte es unmöglich, zu erkennen, in welche Richtung er lief.

Faustus erhob sich. »Er muß erst nachladen, das dauert eine Weile.«

»Was sollen wir tun?« fragte ich verzweifelt.

Angelina trat dicht neben mich. Sie hatte Delphines Fackel an sich genommen. Gwen kniete immer noch mit gesenktem Kopf neben dem Leichnam. Das lange Haar war ihr vors Gesicht gefallen und verdeckte ihre Züge. Sie schluchzte leise.

»Löscht die Fackeln«, flüsterte Faustus. »Schnell! Ins Wasser damit – oder, nein, werft sie dort hinüber, alle auf einen Haufen.«

Die drei Fackeln landeten dicht nebeneinander, rechts von uns am Ufer. In ihrem Schein war wieder die reglose Gestalt auf der anderen Seite zu sehen. Sie hatte sich nicht bewegt, und doch war noch immer nichts genaues zu erkennen. Es war fast, als blickte man durch feine Seidenschleier.

»Jetzt kommt«, gebot uns Faustus leise und zog uns mit sich nach links, fort von den Fackeln und weit aus ihrem Lichtkreis.

Gwen wollte offenbar beim Leichnam sitzen bleiben, deshalb lief ich zurück und zog sie auf die Beine. Sie ließ es geschehen wie jemand, der gerade aus tiefem Schlaf erwacht.

»Er hat sie getötet«, murmelte sie kaum hörbar.

Nicht zum ersten Mal, lag mir auf der Zunge, aber ich sprach die Bemerkung nicht aus.

Es war klar, was Faustus vorhatte. Dadurch, daß auch wir plötzlich im Dunkeln standen verlor der Todesschütze seine Ziele. Jetzt konnte er nur noch blind ins Dunkel schießen, was uns lediglich seinen Standort verraten hätte. Oder aber er kam näher, um uns zu töten. Er war noch immer im Vorteil – vier Menschen machen mehr Lärm als ein einzelner –, und doch war es unsere einzige Möglichkeit. Wenn einer von uns ihn zu fassen bekam, konnten wir ihn besiegen.

Ich bezweifelte jedoch, daß er dumm genug war, es darauf ankommen zu lassen.

Faustus führte uns stumm am Ufer des Wassergrabens entlang und flüsterte schließlich, wir sollten uns setzen. »Wartet hier!« raunte er.

»Was habt Ihr vor?« fragte ich.

Er gab keine Antwort. Ich hörte nur, wie er davonschlich.

Um uns war nun völlige Finsternis. Ich fühlte Gwen und Angelina neben mir, doch sehen konnte ich sie nicht. In weiter Ferne brannten die drei Fackeln am Boden.

»Wo bist du?« schrie Faustus plötzlich.

Wieder erhellte ein grellweißer Blitzschlag das Dunkel, so stark, daß ich die Lider zusammenkniff. Der Donner des Büchsenschusses dröhnte in meinen Ohren, vor meinen Augen sprangen bunte Funken auf und ab. Ich wartete auf einen Schmerzensschrei oder das Krachen eines getroffenen Körpers auf Stein, doch nichts dergleichen ertönte. Die Kugel hatte Faustus offenbar verfehlt.

Der Mörder hatte in die Richtung gefeuert, aus der Faustus' Stimme erklungen war. Später erfuhr ich, daß genau das der Plan meines Meisters gewesen war. Faustus war gleich nach seinem Ruf zur Seite gesprungen. Als der Schuß losging, wurde er davon nicht mehr überrascht und konnte so trotz der Helligkeit die Augen offenhalten. Dabei sah er, wo sein Gegner stand. Statt nun aber blindlings auf ihn zuzurennen und dabei die Gefahr einzugehen, daß der Mörder ihm im Dunkeln entkam, tat Faustus etwas anderes.

Er lief so schnell er konnte zu einem Punkt der Halle, der sich auf einer Linie mit dem Mörder und den am Boden liegenden Fackeln befand. Sein Feind stand nun genau zwischen den Flammen und ihm selbst und war so für Faustus deutlich als schwarzer Umriß vor dem Feuer zu erkennen. Selbst wenn der Todesschütze sich jetzt zur Seite bewegte, mußte Faustus nur schnell genug seinen Standort verändern und die gerade Verbindung aufrechterhalten.

Und während der Mörder sich weiterhin unsichtbar glaubte, schlich Faustus im Dunkeln längst auf ihn zu, langsam, aber zielstrebig. Er konnte jetzt sehen, wie sein Gegner sich mit dem Nachladen der Handbüchse abmühte. Fünfzehn Schritte trennten sie noch voneinander.

Ich selbst ahnte zu jenem Zeitpunkt natürlich nichts vom Vorhaben meines Meisters. Statt dessen trieben mich Angst und Ungeduld zu einem eigenen Plan. Ich gab Gwen und Angelina flüsternd zu verstehen, daß sie sich nicht von der Stelle rühren sollten, und machte mich dann selbst auf den Weg. Eilig, aber so lautlos wie möglich, schlich ich auf die drei Fackeln zu.

Faustus beobachtete, wie der Mörder die Waffe nachlud. Er stopfte Pulver in den Lauf und zog aus einer Tasche eine Stahlkugel. Faustus konnte ihn vor den Fackeln jetzt klar und deutlich erkennen. Er ahnte längst, um wen es sich bei dem Umriß handelte. Noch acht Schritte.

Ich schlich derweil am Ufer des Wassergrabens entlang und näherte mich den Fackeln. Noch war ich außerhalb ihres Lichtkreises. Irgendwo rechts von mir raschelte etwas im Dunkeln. Das mochte ebensogut der Mörder wie auch Faustus sein. Ein metallisches Klakken ertönte – eine Kugel, die in den Lauf der Büchse rollte.

Faustus sah, wie sein Gegner den Hahn der Waffe spannte. Das Knirschen war aus der Nähe nicht zu überhören. Noch vier, fünf Schritte, dann war er bei ihm. Hätte er loslaufen können, wäre das keine echte Entfernung gewesen, doch er wagte nicht, sich schneller zu bewegen. Das Geräusch seiner Stiefel auf dem Boden hätte den anderen gewarnt.

Ich blickte an meinem Körper herab und konnte ihn zum ersten Mal wieder sehen. Der Fackelschein schmiegte sich matt um meine Kleidung. Jetzt war ich auch für den Mörder zu erkennen. Ich hoffte inständig, daß er gerade in eine andere Richtung blickte.

Faustus streckte beide Arme aus. Er konnte endlich sehen, wer es war. Seine Ahnung bestätigte sich.

Ich stürzte mich mit einem gewagten Sprung auf eine der Fackeln, ungeachtet des Lärms, den ich dabei verursachte, hob sie auf und schleuderte sie in weitem Schwung auf die andere Seite des Grabens. Mit wehenden Flammen flog die Fackel über das Wasser hinweg und fiel unweit der diffusen Gestalt zu Boden. Für die Dauer eines Herzschlages stand ich inmitten des Lichtkreises der verbliebenen Fackeln. Fassungslos starrte ich aufs andere Ufer. Ich sah jetzt, wer dort stand, und konnte es doch nicht glauben.

Faustus hatte seinen Gegner erreicht. Seine Hände

schwebten beinahe über den Schultern des anderen, ohne daß der es bemerkte. Im selben Moment aber, in dem ich in den Lichtkreis der Fackeln sprang, fuhr der Mörder herum. Die Hände meines Meisters griffen ins Leere. Die Büchse wurde hochgerissen, zeigte in die Richtung der Fackeln.

Ich stand da wie versteinert. Die Gestalt am anderen Ufer war erschrocken zusammengezuckt, als die Fackel auf sie zugeflogen und vor ihren Füßen aufgeprallt war. Wimmernd ging sie in die Hocke. Der weiße zierliche Körper war von zahllosen Bißwunden entstellt, Blut lief in Strömen über die zarten Glieder. Das Zwillingsmädchen mußte durch den Graben geschwommen sein, ungeachtet der angreifenden Schlangen im Wasser. Sein Kleidchen war verschwunden; vielleicht hatte es es abgestreift, oder aber die Schlangen hatten den hauchdünnen Stoff zerrissen. Jetzt sah ich auch, daß das Mädchen etwas in Händen hielt. Etwas, das glitzerte wie pures Gold.

»Nicholas!« schrie hinter mir eine Stimme. Und: »Wagner, runter!«

Ich ließ mich fallen. Im selben Augenblick krachte ein Schuß. Ein schneidender Schmerz raste durch meine linke Schulter. Blut sprühte über mein Gesicht. Der Mündungsblitz der Büchse blendete mich. Ich stürzte zu Boden und blieb benommen neben einer Fackel liegen. Die Hitze biß in meine Wange, doch das Brennen in meiner Schulter war schlimmer. Ich tastete nach der Wunde und fand eine blutige Schneise, die die Kugel durch meine Haut gepflügt hatte.

Neben mir wurde Lärm laut. Mühsam öffnete ich die Augen, zog mich erschrocken von der nahen Fackel zurück und blickte über sie hinweg ins Dunkel.

Am Rande des Lichtkreises hatte sich Faustus auf den Schützen gestürzt. Es war tatsächlich Nicholas, den ich doch mit eigenen Augen in seiner Zelle hatte verbrennen sehen. Bereits der dritte, der scheinbar von den Toten auferstanden war. Doch solcherlei Erkenntnisse erstaunten mich nicht länger. Es würde eine Erklärung dafür geben. So wie für Delphine. Und für das Zwillingsmädchen.

Ein Schatten huschte auf mich zu. Plötzlich war Angelina über mir, betrachtete die Wunde und sprang dann auf die beiden Kämpfenden zu.

Nicholas gelang es, Faustus für einen Augenblick abzuschütteln. Fast gleichzeitig riß er ein langes Messer aus seinem Gürtel, glühend im Licht der Fackeln. Die Klinge schoß vor und verfehlte das Gesicht meines Meisters. Faustus bückte sich unter dem Messerstoß hindurch und schlug seinem Gegner die geballte Faust in den Magen. Im selben Augenblick stürzte sich Angelina von hinten auf Nicholas. Die Klinge segelte in weitem Bogen davon.

Dann war es vorbei. Angelina riß Nicholas beide Arme auf den Rücken, einer brach mit vernehmlichem Bersten. Der Musiker schrie auf, doch Angelina preßte den unversehrten Arm nur noch höher, bis Nicholas seine Gegenwehr aufgab. Mit wutverzerrter Fratze hing er im Griff des Borgia-Engels und sah uns der Reihe nach haßerfüllt an.

Dann plötzlich raste sein Blick hinüber zum anderen Ufer. »Ins Wasser!« schrie er dem Mädchen zu. »Ins Wasser!«

Die Kleine sah ihn aus großen Augen an, während das Blut in zahllosen Rinnsalen über ihren Körper lief. Das lange schwarze Haar klebte ihr auf Schultern und Gesicht. Sie wirkte unsagbar hilflos.

Zitternd machte sie einen Schritt nach vorne, dann noch einen. Es dauerte einen Moment, dann begriff ich, daß ihr Schwanken kein Ausdruck ihres Zögerns war – es war pure Entkräftung. Ihr Blut floß aus Hunderten winziger Bißwunden, der Schmerz mußte kaum zu ertragen sein. Die Tage im Schloß und an Nicholas' Seite hatten sie ausgezehrt. Das Mädchen war nur noch eine willenlose Puppe, bereit, seinem Herrn überallhin zu folgen. Selbst in den Tod.

»Nein!« schrie Faustus auf.

Nicholas lachte bösartig.

Das Mädchen umklammerte den goldenen Gegenstand in seiner Faust noch fester, dann tat es den letzten Schritt. Einen Augenblick lang schien sein rechter Fuß bewegungslos über dem Wasser zu schweben, dann kippte es haltlos vornüber. Die Fluten nahmen den zarten Körper auf und überdeckten sein Weiß mit ihrer schwarzen Oberfläche. Jedem war klar, daß das Mädchen viel zu schwach war, um das diesseitige Ufer zu erreichen.

Nicholas frohlockte. Mit dem Mädchen war auch der Schatz in den Graben gesunken.

Plötzlich stieß ein heller Arm durch die Oberfläche. Eine Schlange hatte sich darin verbissen. Der Kopf des Mädchens erschien zwischen den Wellen, es schnappte verzweifelt nach Luft. Immer mehr Schlangen glitten in einer strudelnden Bewegung auf das Mädchen zu, schlugen ihre Fangzähne in weiches Fleisch.

Ich umfaßte die Uferkante mit beiden Händen und zog mich näher ans Wasser. Der Schmerz tobte immer noch höllisch in meiner ganzen linken Seite. Vielleicht konnte ich es schaffen, zu dem Mädchen zu schwimmen und es aus dem Graben zu ziehen.

Faustus kam mir zuvor. Er sprang über mich hinweg in weitem Schwung ins Wasser und schaffte es fast, bis zum Mädchen zu gelangen. Beide verschwanden für einen Augenblick unter der Oberfläche, dann tauchten sie wieder auf. Schlangen ringelten sich um ihre Glieder, immer wieder schnappten die kleinen Kiefer mit ihren nadelspitzen Fängen zu. Ungeachtet der Schmerzen schwamm Faustus mit heftigen Stößen zum Ufer. Das Mädchen schien die Besinnung verloren zu haben, denn es ließ sich reglos und ohne eigenen Willen herüberziehen. Faustus hob es aus dem Wasser und tauchte dabei selbst wieder für einige Herzschläge unter. Ich ergriff die Kleine und zog sie mühsam ins Trockene. Ihr Körper war federleicht, doch die Schulterwunde entzog meinem Arm alle Kraft. Angelina konnte mir nicht zur Hilfe kommen, sie hielt immer noch Nicholas in eisernem Griff.

Nachdem das Mädchen auf den Steinplatten lag, reichte ich Faustus eine Hand. Er ergriff sie und ließ sich ebenfalls nach oben ziehen. Mit fahrigen Handbewegungen schleuderte er einige Schlangen ins Wasser, die sich in seiner Kleidung und Haut verbissen hatten. Er blutete, aber es schien nicht wirklich schlimm zu sein.

Das Zwillingsmädchen lag bewegungslos da, die Augen geschlossen, den kindlichen Leib blutverschmiert. Es atmete.

Seine Hände hatten sich zu Fäusten geballt. Beide waren leer. Der goldene Gegenstand, vielleicht die Krone des Schlangenkönigs, war fort, versunken auf dem Grund des Grabens. Es wäre sinnlos und viel zu gefährlich gewesen, weiter danach zu suchen.

Auch Faustus blickte auf die leeren Hände des Mädchens, doch er ließ sich seine Enttäuschung nicht anmerken. Zumindest nach außen hin schien er zufrieden, das Leben der Kleinen gerettet zu haben. Ich ahnte jedoch, daß es in seinem Inneren anders aussah. Das Ringen um die Krone war zu gefährlich gewesen und hatte zu viele Menschenleben gefordert, als daß ihn ihr Verschwinden nun hätte kaltlassen können.

Nicholas versuchte erneut, sich loszureißen. Ohne Zögern brach Angelina auch seinen zweiten Arm. Seine Flüche gingen in einem kaum unterdrückten Schmerzensschrei unter.

Faustus beugte sich über das Mädchen und fühlte seinen Herzschlag. Die Schlangenbisse sahen für sich genommen ungefährlich aus, doch in solcher Menge konnten sie tödlich sein. Allerdings ging die Blutung bereits zurück, nur aus einigen der neuen Wunden, die sie bei ihrem zweiten Sprung in den Graben erlitten hatte, flossen noch hellrote Rinnsale. Das Blut vermischte sich mit dem Wasser, das auf ihrer Haut perlte.

Ich schaute mich um und suchte Gwen.

Ich sah noch, wie sie Nicholas' Dolch aufhob und damit auf den Mörder ihrer Herrin zustürzte. Ihr Gesicht war verzerrt von Haß und Leid.

Meine Schulter tat mehr als nur weh, ich war erschöpft und außer Atem. Und doch war ich der einzige, der es hätte verhindern können. Sie mußte an mir vorbei, um Nicholas zu erreichen. Faustus erkannte viel zu spät, was geschah; er hatte dem Zwillingsmädchen all seine Aufmerksamkeit geschenkt. Und Angelina war derart mit dem schreienden Nicholas beschäftigt, daß sie Gwens Absicht nicht bemerkte.

Gwen kam auf mich zugerannt. Sie ahnte sehr wohl, was ich plante: Ich wollte mich zwischen sie und den gefangenen Mörder werfen. So tat sie das, was am naheliegendsten war, und womit ich doch nicht gerechnet hatte: Sie holte im Lauf mit der geballten Faust aus und schlug sie mir ins Gesicht. Ich taumelte getroffen zurück, und spätestens da bemerkten die anderen, was Gwen vorhatte.

Es war längst zu spät. Ehe Angelina Nicholas herumreißen konnte, war Gwen bereits heran und rammte dem Mörder das eigene Messer bis zum Heft in die Brust. Es war kein ungezielter Angriff, geboren aus unbeherrschter Wut, ganz im Gegenteil. Gwen wußte nur zu gut, worauf sie zielen mußte, und so fuhr die Klinge genau in sein Herz. Nicholas vermochte nur noch seinen Mund zu öffnen, doch kein Laut drang mehr über seine Lippen. Angelina ließ ihn los. Der tote Körper glitt raschelnd zu Boden.

Gwen stand da, blickte erst auf den Leichnam, dann auf uns andere. Einen Moment lang waren wir alle sprachlos.

Sie aber kam auf mich zu, betrachtete meine blutende Nase und fragte mitfühlend: »Tut es sehr weh?«

❖❖❖

Faustus sprach lange kein einziges Wort. Nicht, als wir die Pferde aus dem Stall holten, und nicht, als wir die Lichtung hinter uns ließen und auf dem Waldweg westwärts ritten. Bosch verabschiedete sich von uns, als die Bäume spärlicher wurden und sich vor uns das Gräsermeer des Hügellands öffnete. Er hatte das Gemälde, das er in der vergangenen Nacht beendet hatte, in Tücher geschlungen und an der Seite seines Pferdes befestigt. Es war kein herzlicher Abschied, und unsere freundlichen Worte klangen karg und seltsam unpassend eingedenk der Ereignisse. Der alte Mann hatte eine weite Reise vor sich. Ich sah ihm nach, wie er in der Ferne hinter der Kuppe eines grünen Hügels verschwand, das Pferd in langsamem Trott, sein Reiter sanft im Sattel schaukelnd. Die wehenden Gräser verwischten sein Bild wie einen Farbfleck auf einer hellblauen Leinwand.

Das Zwillingsmädchen saß hinter Gwen im Sattel und klammerte sich stumm an ihre Hüften. Delphines Schülerin hatte angeboten, sich weiterhin um die Kleine zu kümmern, zumindest aber bis zur nächsten Stadt, falls sich dort eine Bleibe für sie fand. Ich dachte an die Wegelagerer, deren Spur wir auf dem Hinritt entdeckt hatten, verwarf den Gedanken aber gleich. Gwen verstand es, mit Schwert und Dolch umzugehen. Vorsichtshalber hatte sie Nicholas' Handbüchse an sich genommen und trug sie nun in einer Schlaufe am Sattel.

Auch diese beiden verließen uns bald. Gwen hatte beschlossen, mit dem Mädchen nach Berlin zu reiten. Bis dorthin waren es knapp zwei Tagesritte, und Delphine hatte dort zahlreiche Freunde, von denen Gwen sich Unterstützung erhoffte. Faustus hatte die Wunden des Zwillingsmädchens mit einer seiner übel riechenden Salben bestrichen und fest bandagiert. »Sie werden bald heilen«, sagte er zuversichtlich, während Gwen nur die Nase rümpfte.

An einem Kreuzweg wünschten wir den beiden Mädchen das Beste und ließen sie ziehen. Sie ritten nach Norden, während wir uns nach Süden wandten.

Unser Ziel war – endlich! – die Ewige Stadt.

Der Weg bis nach Rom war weit, doch die Geschehnisse im Schloß des Schlangenkönigs waren noch zu frisch, als daß ich mir bereits Sorgen um die kommenden Wochen hätte machen mögen. Zu viele Fragen, zu viele ungeklärte Rätsel verdrängten alles andere aus meinem Denken.

Schließlich, es ging gegen Abend, trieb ich mein Pferd zum Galopp, lenkte es quer über die Straße und verstellte Faustus den Weg. Er sah mich an, als erwachte er aus einem langen Schlaf, aus Träumen, die ihn trotz seiner offenen Augen quälten.

»Erklärt es uns«, sagte ich, und es war mehr Forderung als Bitte. Angelina bestärkte mich mit einem entschiedenen Nicken.

Meine Schulter schmerzte noch immer, doch auch hier zeigte die Wundersalbe erste Wirkung. Ein kühler Wind pfiff über das Land. Mit sich brachte er den Geruch nach frischem Gras, aber auch von Regen. Am Horizont ballten sich bereits graue Wolken zusammen. Es würde ein Gewitter geben. Nach der düsteren Enge der Schloßruine erschien mir selbst das wie ein Segen. Die Weite des Hügellandes und das Gefühl von Freiheit versüßten mir jede Unbill des Wetters.

»Erklärt es uns endlich«, wiederholte ich, als Faustus mich immer noch ansah, als hätte ich etwas Unmögliches verlangt.

Schließlich sagte er müde: »Und wo soll ich beginnen?«

»Wie wäre es mit Nicholas und dem Mädchen?«

Faustus nickte. »Reitet weiter. Unterwegs will ich euch sagen, was ich weiß. Was ich zu wissen *glaube.*«

Ich lenkte das Pferd herum und ließ es neben Angelina und Faustus einhertrotten.

»Der Mann, den du im Kerker verbrennen sahst, war nicht Nicholas«, sagte mein Meister.

»Nun, das dachte ich mir.«

»Es war nicht einmal ein Mensch. Sag mir, woran glaubtest du zu erkennen, daß es sich um Nicholas handelte?«

Ich dachte kurz nach. »An seinem gedrungenen Körper, den kurzen Beinen. Was meint Ihr damit, es war kein Mensch?«

»Warte ab«, erwiderte Faustus, nun bereits ein wenig lebhafter. Jetzt würde er wieder den weisen, allwissenden Schwarzkünstler geben, eine Rolle, die er sogar vor Angelina und mir nie ganz ablegen konnte. »Als du vor dem Kerker standest, hat das Feuer bereits eine Weile gebrannt, nicht wahr?«

»Ich sah kaum mehr als Flammen und die Umrisse des Toten.«

»Dann denk nach: Wer aus unserer Gruppe war ähnlich gebeugt und kurzbeinig wie Nicholas?«

Ich mußte nicht lange überlegen, die Antwort war klar: »Niemand, Herr.«

»Falsch. Einen gab es: Sisyphos, Arianes Menschenaffen.«

»Aber er verbrannte in den Trümmern des Gästehauses.«

»Noch einmal falsch, Wagner. In den Ruinen sahen wir nur den Schädel des Gorillas und einen großen Haufen verbrannter und verstreuter Knochen. Tatsächlich waren sie aber nicht die Überreste des Affen. In Wahrheit standen wir vor den Knochen Adelfons Braumeisters, der zu diesem Zeitpunkt bereits verschwunden war. Nicholas muß seinen Leichnam verbrannt und seinen Kopf gegen den von Sisyphos ausgetauscht haben, um uns weiszumachen, der Affe sei in den Flammen umgekommen. In Wahrheit aber bewahrte er den Körper des Tieres auf, denn da wußte er längst, daß der Torso ihm noch gute Dienste leisten würde.«

»Dann hat er seine eigene Verbrennung bereits so früh geplant?« fragte ich erstaunt.

»Gewiß.« Faustus lächelte gönnerhaft, ein Zug, den ich keineswegs an ihm schätzte – ich muß nicht erwähnen, daß er ihm bis an sein Lebensende zu eigen blieb. »Auch der Mord an Walpurga vor unser aller Augen war Bestandteil seines Plans. Er hoffte, daß wir ihn einsperren würden. Seine Gefangenschaft wollte er nutzen, um uns allen weiszumachen, er sei bei lebendigem Leibe verbrannt. Eine bessere Maske als die eines Toten kann es für einen Mörder nicht geben. Er ließ dich, Wagner, von dem Zwilling in die Irre führen, um dich für eine Weile loszuwerden. Das Mädchen kehrte derweil zurück, löste die Kette, und Nicholas schaffte aus einem nahen Kellerraum den toten Affen herbei, den er zuvor dort versteckt hatte. Er setzte ihn in Brand, verschloß den Kerker und verbarg sich. Da seine Statur der des Tieres ähnlich war, wußte er, daß jedermann den verbrannten Affen bei oberflächlicher Betrachtung für ihn selbst halten mußte.«

»Dann war es also auch Nicholas, der das Gästehaus anzündete.«

Faustus bejahte. »Nicht, um euch beide zu töten, sondern vor allem, um Braumeisters Leichnam zu verbrennen. Das Feuer mußte auffällig genug sein, daß wir ihn finden würden.«

Der Himmel über uns leuchtete in einem strahlenden Sommerblau, und wären die kühlen Brisen nicht gewesen, der Tag wäre warm geworden. So aber fröstelte ich trotz des herrlichen Wetters. Vielleicht lag es auch an der bösen Erinnerung.

Faustus sah mich an. »Was glaubst du, wie es Nicholas gelang, den Tod des Zwillings vorzutäuschen?«

Darüber hatte ich mir bereits Gedanken gemacht, und die Antwort war so einfach wie genial. »Nicholas schnitt einem der beiden Mädchen die Kehle durch und legte es in den Geheimgang, wo wir es entdeckten. Als wir uns nach der Bestattung auf die Suche nach dem zweiten Kind machten, zog er den Leichnam wieder aus der Gruft, trennte den Kopf vollständig ab und versteckte die Tote im Keller, so daß wir die dieselbe Leiche ein zweites Mal finden würden, dabei jedoch annehmen mußten, es handele sich um die Zwillingsschwester. Wir haben dasselbe Mädchen zweimal bestattet.«

»So ist es«, sagte Faustus anerkennend. »Du hast nur einen einzigen Fehler gemacht. Nicholas war bei uns, während wir die oberen Stockwerke nach der zweiten Leiche absuchten. Das wiederum bedeutet, daß die Tote von ihrem eigenen Zwilling enthauptet wurde. Das Mädchen hat seine Schwester verstümmelt, allein weil Nicholas es ihr befahl.«

»Himmelherrgott!« entfuhr es mir angewidert. »Wie konnte sie das tun?«

»Sie stand völlig in Nicholas' Bann«, erklärte Faustus betrübt. »Ich bin sicher, er hat sie dazu gezwungen, ebenso, wie er sie dazu brachte, durch den Schlangengraben zu schwimmen. Dabei war ihm gleichgültig, was mit dem Mädchen geschah. Er wollte nur die Krone.«

Fassungslos schnappte ich nach Luft. Ich konnte Gwen ihre Tat nicht länger verübeln – Nicholas hatte den Tod verdient. Plötzlich fiel mir etwas ein: »Den Geheimgang in den Wänden, den habt Ihr doch nicht selbst entdeckt, oder? Ihr wolltet uns weismachen, Ihr hättet einen der Spiegel zerschlagen, doch das war unmöglich. Zum einen hätten wir das Geräusch im ganzen Schloß hören müssen, zum anderen aber waren die Spiegel viel zu hart.«

Mein Meister lächelte. »Du bist sehr aufmerksam, Wagner. Mir scheint, du lernst schneller, als ich dachte.«

Meine Brust schwoll an vor Stolz. »Delphine hat Euch die Gänge gezeigt, nicht wahr? Sie stieß darauf, während sie die Krone suchte.«

»So ist es.«

»Dann waren meine Zweifel an Euch nicht unbegründet«, sagte ich erleichtert. »Ich wußte, daß Ihr uns nicht immer die Wahrheit sagtet, selbst in so kleinen Dingen. Verzeiht, wenn es mich freut, daß ich Euch durchschaut habe.«

Faustus stieß ein schallendes Lachen aus, das erste seit Tagen. »Diese Gunst sei dir gewährt, mein Freund.«

»Habt Ihr jemals wirklich angenommen, daß Braumeister der Mörder war?«

»Wegen Arianes Vision, meinst du? Nein, ich dachte mir, daß sie log. Das war einer der Gründe, weshalb ich sie in der Nacht ihres Todes nicht schützte. Ich bin ganz sicher, sie wollte den Verdacht nur aus Haß auf Braumeister lenken. Sie hat ihm nicht verziehen, was er über ihren Liebling Sisyphos sagte. Keiner der beiden hat die Anwesenheit des anderen je ertragen können, das war schon früher so. Arianes angebliche Vision war nur ein besonders perfides Mittel, ihn ins Unglück zu stürzen. Sie ahnte nicht, daß er an jenem Abend längst tot war – und natürlich konnte sie nicht voraussehen, daß auch sie den Morgen nicht erleben würde. Sie war eben nie ein wirklich gutes Medium.«

»Vielleicht rechnete sie auch damit, daß der Mörder sie verschonen würde«, sagte ich nachdenklich.

Faustus legte die Stirn in Falten. »Wieso das?«

»Falls Braumeister trotz ihrer Vision nicht der Mörder gewesen wäre, so hätte sie doch vom wahren Täter abgelenkt. Möglicherweise glaubte sie, er sei froh darüber, daß sie seine Spur verwischte. So erreichte sie zwei Ziele auf einen Schlag: Sie sorgte dafür, daß der Verdacht auf Braumeister fiel, und hoffte zugleich, damit ihr eigenes Leben zu retten.«

Mein Meister sann schweigend über diese Möglichkeit nach, dann stimmte er zu. »Ihr Pech, daß Nicholas seiner Sache sicher genug war und Arianes Hilfe nicht nötig hatte.«

Wir ritten über die Kuppe eines Hügels und hatten eine prächtige Aussicht über die umliegende Landschaft. Die unbefestigte Straße schlängelte sich als brauner Strang zwischen grüngelben Hängen dahin. Nur hier und da war das wogende Grasland mit Buschwerk und kleinen Wäldern gesprenkelt. Der Wind zerzauste unser Haar. Angelinas Blick war starr nach Süden gerichtet, so als versuchte sie, hinterm Horizont die Paläste Roms zu erblicken. Doch bis es soweit war, würden noch Wochen vergehen. Ich nahm mir vor, die Zeit zu nutzen, um unsere Zeichensprache zu verfeinern. Und um nachzudenken, über mich selbst und Angelina. Es lag soviel Sehnsucht in ihrem Blick über die Hügel, aber ich wußte, daß es eine Sehnsucht nach Rache war. Einmal mehr fragte ich mich, was Faustus dazu trieb, ihr zu helfen. Warum begleitete er sie nach Rom? Was zog ihn dorthin? Ich würde auf eine Antwort drängen, nicht jetzt, aber irgendwann später.

»Wie habt Ihr den Traumvater dazu gebracht, das Schloß zu verlassen?« fragte ich.

»Niemand bringt den Traumvater zu irgend etwas«, erwiderte Faustus. »Es war sein eigener Entschluß zu gehen. Er ist seiner Rolle überdrüssig, und er suchte in der Tat einen Nachfolger. Sein Plan war grausam aber aus seiner Sicht die beste Lösung: Er lud uns ins Schloß des Schlangenkönigs ein und machte uns alle zu seinen Puppen. Er kennt uns Menschen nur zu gut, er weiß um unsere Träume, und ihm war klar, daß er die Krone nur erwähnen mußte, um einen blutigen Wettstreit zu entfesseln. Der, welcher das Blutbad überlebte, wäre würdig gewesen, sein Nachfolger zu sein, denn es gibt nur zwei Dinge, die einen Traumvater antreiben können: zum einen völlige Verderbtheit, zum anderen aber Umsicht, welche die Zusammenhänge der Geschichte begreift und über das Schicksal einzelner hinausschaut. Der Sieger in diesem Komplott hätte eine dieser Eigenschaften innehaben sollen. Zumindest nahm der Vater das an. Entweder würde der Mörder übrigbleiben oder aber derjenige, der ihn besiegte.«

»Aber das seid Ihr, Meister.«

Er nickte und grübelte eine Weile. Dann sagte er: »Auch ich habe versagt. Ich habe mich wie alle anderen vom Glanz der Krone blenden lassen. Ich mag nicht Nicholas' Grausamkeit besitzen, doch fehlte mir die nötige Bedachtsamkeit. Mir ging es allein um den Schatz.«

»Und das hat den Traumvater enttäuscht?«

Faustus lächelte bitter. »Ein Begriff wie Enttäuschung ist ihm fremd. Er sieht nur das, was ist – und das, was die Menschen sich wünschen, das wäre. Er lebt in unseren Träumen, Wagner, und Träume enttäuschen uns nicht. Sie mögen uns entsetzen oder erfreuen, doch sie nehmen uns keinen unserer Wünsche. Im Traum schaffen wir Illusionen, aber wir betrauern sie nicht. Deshalb gibt es nichts, das den Traumvater enttäuschen könnte.«

Ich war nicht sicher, ob ich seine Worte verstanden hatte. »Trotzdem hat er auf einen Nachfolger verzichtet.«

Faustus hob die Schultern. »Er wird weiter suchen, in anderen Ländern, an anderen Orten.«

»Dann wird es dort weitere Morde geben?«

»Der Traumvater ist klug. Er weiß seine Spuren zu verwischen. Es wird aussehen wie Gier oder Mißgunst oder Eifersucht. Der Vater bestimmt den Ort, und er bereitet ihn vor, genau wie hier. Er bringt Hafer für die Pferde und Decken für die Nacht. Und er bringt den Tod. Allen, bis auf einen.«

Vor uns auf der Straße bewegte sich etwas. Etwas glitt von links nach rechts über den Weg, und als der Schatten wieder im hohen Gras entschwand, da hatte er etwas zurückgelassen, gleich vor den Pferden. Wir zügelten die Tiere und blickten zu Boden.

Dort lag, von Bißwunden gräßlich entstellt, mit zerrissenem Fell und leerem Blick, Walpurgas Hexenkatze.

»Das war Mephisto«, sagte Faustus. »Er muß sie bis zuletzt gejagt haben. Jetzt ist er wieder bei uns.«

Ich schaute mich um, ließ meinen Blick über die rauschenden Grashänge schweifen, doch da war nichts, nur eine Schneise zwischen den Halmen, dort, wo Mephisto verschwunden war.

Und da erinnerte ich mich an die wichtigste Frage von allen.

❖❖❖

Ich nahm mir Zeit bis zum Abend, ehe ich sie stellte.

»Was ist es, das Euch in Wahrheit mit dem Traumvater verbindet?«

Faustus sah mich an, doch seine Verwunderung war schlecht gespielt. »Wie meinst du das?«

»Ihr wißt, was ich meine. Da ist mehr als nur Eure Lehrzeit bei ihm. Er hatte einen Hund wie Mephisto bei sich.«

Das Gewitter war an uns vorübergezogen, doch in seinem Gefolge schob sich die Nacht über das Land. Unter einer Linde, irgendwo in den Weiten der einsamen Lausitz, machten wir Rast. Während die ersten Sterne im Schwarz des Himmels erstrahlten, entfachten wir am Boden ein Lagerfeuer, hüllten uns in unsere Decken und starrten schweigend in die prasselnden Flammen. Meine Frage waren die ersten Worte seit Stunden.

Angelina blickte auf und sah erst zu mir, dann auf Faustus. Sie nickte, als wollte sie sagen: Es ist längst an der Zeit für die Wahrheit.

Faustus holte tief Luft und blickte hinauf zu den flackernden Sternen, als befürchtete er, etwas könnte ihn aus dem schwarzen Abgrund über unseren Köpfen beobachten. Einen Moment lang war es, als verdrängte der kalte Mondschein das gelbe Glühen des Feuers von seinem Gesicht. Ein weißer Glanz kroch über seine Züge, nur einen Augenblick lang, dann war es vorbei. Der Schein des Feuers kehrte zurück, und mit ihm Wärme und das vage Gefühl von Sicherheit.

Faustus stand langsam auf und trat an seine Satteltaschen. Aus einer zog er einen hölzernen Stab hervor, etwa so lang wie mein Unterarm. Er reichte ihn mir.

»Was ist das?« fragte ich.

Er lächelte flüchtig. »Oh, ich benutze ihn als Zauberstab wenn ich auf der Bühne stehe, aber tatsächlich ist es nur eine Art Andenken. Etwas, das ich mitgebracht habe von einer weiten Reise, auf der ich auch den Traumvater traf.«

Ich betrachtete den Stab genauer. Er endete in einem hölzernen Hundeschädel mit spitzer, langgestreckter Schnauze und schmalen, aufrecht stehenden Ohren. Er sah aus wie Mephisto. Der Kopf saß auf einem menschlichen Oberkörper, der wiederum in ein dünnes Beinpaar mündete, das den Rest des Stabes formte. Das Ganze wirkte wie ein Körper, den man mit Gewalt auf das Vielfache seiner Länge gezerrt hatte. Der Stab war mit einiger Kunstfertigkeit geschnitzt worden.

Ich gab ihn zurück an Faustus.

»Es ist ein Anubiszepter«, sagte er. »Weißt du, wer Anubis ist?«

Ich schüttelte wortlos den Kopf.

»Anubis ist der Totengott der Ägypter. Sein Kopf ist der eines Hundes oder Schakals, eine Art Wolf, der sich vom Leichenfraß ernährt. Man findet ihn nicht in unseren Gegenden, aber südlich und östlich des Meeres streift er durch die Steppen und Wüsten.«

»Dann ist Mephisto ein solcher Wolfshund?«

Faustus zögerte, wenngleich nur für einen Augenblick. »Ja und nein. Er sieht zweifellos aus wie einer. Und doch ist er viel mehr.«

Eine Erinnerung überkam mich: Faustus, wie er von den Zinnen der Wartburg mit Mephisto sprach, der unten am Fuß der Mauern stand. Aber es war kein Gespräch mit Worten, sondern eines, das allein in ihren Gedanken stattfand. Damals hatte Mephisto uns vor den anrückenden Borgia-Engeln gewarnt.

Faustus fuhr fort: »Anubis war einst der Herr des Totenreiches, bis ihn der Gott Osiris von seinem Thron verdrängte. Nun wacht er in den Gräbern und gebietet beim Totengericht über die Wägung der Herzen. Und obgleich er doch die Herrschaft über das Land der Toten verloren hat, so obliegt ihm die Macht über Leben und Sterben – er entscheidet, wer geht und wer bleibt.« Faustus' Hände spielten unsicher mit dem hölzernen Zepter. »Der Traumvater ist uralt, und doch besitzt er den Leib eines jungen Mannes. Nun, Wagner, was glaubst du, wer ihm diese Gunst gewährt hat?«

Es war keine ernstgemeinte Frage, und ich mußte ihm keine Antwort geben. Wir kannten sie alle drei.

»Der Traumvater ist trotz all seiner Kräfte ein Mensch, und Menschen sterben«, sagte Faustus. »Er hat sich nie damit abgefunden. So schloß er einen Pakt mit Anubis und kaufte sich frei vom Tod. Ein schwarzer Hund wacht seither über sein Tun und folgt ihm auf jedem seiner Wege.«

Ich starrte meinen Meister entgeistert an, doch er mied meinen Blick.

»Lieber Himmel!« flüsterte ich betroffen. »Der Traumvater war nicht der erste, der diesen Pakt geschlossen hat, nicht wahr?«

Faustus blickte reglos ins Feuer und schwieg. Schließlich hob er das Anubiszepter und fuhr mit den Fingerspitzen über den schwarzen Schädel, sehr langsam, fast zärtlich. Einen Moment lang sah es aus, als wollte er den Stab in die Flammen werfen, dann aber legte er ihn behutsam beiseite.

Hinter den Hügeln riß Mephisto den Kopf empor und beweinte den toten Mond.

Nachwort des Autors

Den Namen Mephisto kennt heutzutage jeder, spätestens Goethe hat ihn sprachgewaltig in alle Schulzimmer getragen. Die meisten wissen, daß er der teuflische »Schwager« des Faustus war, ein Dämon, dem der Doktor seine Seele verkaufte im Austausch gegen Jugend, Wunscherfüllung und eine Nacht mit der schönen Helena (je nach Bearbeitung des Stoffes erhielt Faustus nur einen oder auch jeden dieser Preise).

Vergessen ist dagegen der mysteriöse Hund an der Seite des Doktors. Trotzdem gehörte er als wichtiges Element zur ursprünglichen Faust-Legende. So schrieb im Jahre 1548 Johannes Gast, ein Baseler Pfarrer, der als erster die Nachricht vom Tode des Doktors verbreitete: »(Faustus) hatte einen Hund und ein Pferd bei sich, die, wie ich glaube, Teufel waren, da sie alles verrichten konnten. Einige sagten mir, der Hund habe zuweilen die Gestalt eines Dieners angenommen und ihm Speise gebracht.«

Ein ganzes Kapitel widmet Georg Rudolf Widmann dem unheimlichen Tier in seiner 1599 erschienenen Sammlung *Wahrhaftige Historien von den greulichen und abscheulichen Sünden und Lastern, auch von vielen wunderbarlichen und seltsamen Abenteuern so D. Johann Faustus hat getrieben.*

Ein Auzug: »Unter anderen aber sah er gleichwohl (an Faustus' Seite) einen großen, schönen schwarzen zottigen Hund, der ging auf und nieder (...) und als er sich wollt mitten in die Stuben legen, da redet D. Faustus ein Wort, welches er nit verstund, alsbald ging der Hund vor die Stubentür und tät sich die Tür selbst auf, er gedacht gleichwohl, es wird nichts Natürlichs sein.

(...) Seine Augen waren ganz feuerrot und ganz schrecklich anzusehen, und ob er gleichwohl schwarzzottig war, doch wenn er ihm mit seiner Hand auf den Rücken strich und liebkoset, so verändert er sich in eine andere Farb, als Braun, Weiß und Rot.«

Es schien mir naheliegend, beide Figuren – Mephisto und den Teufelshund – in einer einzigen zu vereinen.

Der Spreewald muß einst ein Paradies für Schlangen gewesen sein. Das weitverzweigte Netz der Kanäle und Flüsse, der feuchte Boden und die vielen Möglichkeiten zum Unterschlupf boten den Tieren ideale Lebensbedingungen. Wie nirgends sonst in Mitteleuropa schlängeln sie sich hier durch zahllose Märchen, Sagen und Legenden. Auch die Geschichte vom Schloß des Schlangenkönigs wird seit Jahrhunderten an den Kaminfeuern der Bauernhäuser erzählt, selbst heute noch, obgleich mittlerweile Fremdenführer in die Rolle der alten Geschichtenerzähler schlüpfen, und ihre Zuhörer längst keine staunenden Kinder mehr sind, sondern Tausende Touristen.

Einst aber, als die Wälder noch idyllisch und nahezu unerschlossen waren, da soll das Schlangenschloß tatsächlich existiert haben – etwa dort, wo sich heute dic Ortschaft Lübbenau befindet. Die Sage vom Förster, der sich an der Krone des Schlangenkönigs vergriff, entstammt dem Legendengut der Sorben, jenes slawischen Volksstammes, der sich im 6. bis 8. Jahrhundert im Spreewald ansiedelte. Spätere Generationen machten Teile des Waldlandes urbar und erschlossen das Netz der Wasserstraßen, immerhin 970 Kilometer lang. Eine ähnliche Landschaft gibt es kein weiteres Mal in Europa, und es wundert nicht, daß ihr bis ins 19. Jahrhundert der Hauch des Magischen, des Unheimlichen anhaftete.

Der moderne Fremdenverkehr hat diesen Zauber

zerstört. Elfen schlafen längst nicht mehr zwischen den Wurzeln der Bäume, und vom Schloß des Schlangenkönigs stehen nicht einmal mehr die Ruinen. Wahrscheinlich hat selbst der Nix, einst fester Bestandteil der sorbischen Sagen, sein angestammtes Heim in den Flüssen verlassen.

Allein unter manchen Einheimischen lebt der Aberglaube weiter. Die Giebel der alten Spreewaldhöfe sind aus zwei gekreuzten Balken gezimmert – in der Form gekrönter Schlangen. Und manches Tor und mancher Zaun wird noch heute mit einer geschmiedeten Natter verziert, auf ihrem Kopf eine winzige Krone.

Kai Meyer, Mai 1996